KB181932

스토리앤이미지텔링연구소

스토리텔링, 영상을 만나다

건국대학교 스토리앤이미지텔링연구소 엮음

새미

이야기, 새로운 미디어를 만나 진화하다

박혜숙

스토리앤 이미지텔링연구소에서 발행하는 총서 시리즈의 그 첫 번째인 『스토리텔링, 영상을 만나다』는 그동안 『스토리텔링앤이미지텔링』에 실렸던 논문들 가운데 영상에 관한 글들을 취합하여 단행본으로 엮은 것이다. 연구소는 『스토리텔링앤이미지텔링』이 우리나라 최초로 스토리텔링 분야에서 한국연구재단에 등재후보지가 된 것을 기념하면서 앞으로 스토리텔링 분야의 총서 시리즈를 계속 이어갈 계획이다.

1

우리는 지금 스토리텔링이라는 말이 홍수처럼 쏟아지는 시대를 살고 있다. 수 십 억년의 세월동안 신비스러움을 만들어 왔던 땅 속의 원석도 세상 밖으로 나와 새롭게 가공되어 빛나는 보석이 될 때 그 가치를 얻게 된다. 이와 마찬가지로 이야기라는 어떤 원석도 미디어 안에서 잘 다듬어질 때 새로운 보석으로 탄생하는 것이다. IT 기술이 발달한 오늘날 새로운 미디어들의 출현은 수많은 이야기들을 필요로 한다. 책이나 연극 무대에서 펼쳐졌던 이야기들은 이제 영상 미디어의 홍수 속에서 가공되고 재탄생한다. 이제 이야기를 스토리텔링하고 이미지를 입히는 것은 하나의 문화산업으로서도 자리 잡고 있을 정도다.

이 책은 이런 이야기들이 영화를 만나서, 드라마를 통해서, 혹은 애니메이션 안에서 어떻게 새로운 모습으로 태어나는지를 고찰한 글들이다. 소설이 영화를 만났을 때, 이 둘은 이야기라는 똑 같은 서사장르이지만 어떤 매체에서 이야기가 구현되는지에 따라 색다른 모습으로 얼굴을 들어낸다.

장영미는 오정희의 소설인 「저녁의 게임」과 「동경」을 영화화한 영화, <저녁의 게임> 서사 전략을 비교한 연구에서, "영화 <저녁의 게임>은 소설 「저녁의 게임」과 「동경」에서 읽을 수 있는 다양한 이미지와 상징을 영화에서 구성/재구성하였다."고 했다. 이와 같이 영화는 원작 소설의 이미지를 최대한 살리려고 하지만 매체 변화에 따라 표현 기법도 달라질 수 밖에 없는 것은 당연할 수밖에 없다. 고경선은 이에 대하여 『겨울여자』의 영화적 스토리텔링과 한계성에 대한 글에서, 앙드레 바쟁의 말을 통해 다음 말로 대신하고 있다. 즉, 문학의 영화적 전화에 대해 "미학적인 구조에서 소설과 영화는 차이가 발생하기 때문에 원전과 똑같이 일치시킬 수는 없는 것이며 진정으로 원전에 충실하고자 하는 감독일수록 새로운 것을 발견하기 위해 더 많은 노력과 상상력을 동원"한다는 것이다.

또한 같은 맥락에서 김예니 · 정진헌은 박경리의 원작소설인 『김약국의 딸들』이 영화화 되면서 원작의 상당부분이 각색, 변형을 통해 새로운 이야기를 창조했다고 보고 있다. 즉, 영화 <김약국의 딸들>은 소설 『김약국의 딸들』의 운명적 비극성을 삭제하고 여성인물의 주체성을 축소시키면서 가부장적 공동체 복원이라는 사회변혁의 과제를 제안한다. 그리고 성적으로 타락한 악인을 벌하면서 청신한 규범을 지키는 선인들의 승리를 통해 계몽의 문법으로 체제순응적인 세계관을 보여준다는 것이다.

그러나 성공한 원작 소설이 성공하는 영화로 완성되는 것은 아니다. 두 장르의 차이는 작품 향유자들의 기대치에 차이가 나기 때문이다. 소설 문법에서 가치 있는 것이 영화 문법에서 모두 환영받는 것이 아니기 때문에 원작을 가공하여 영상화 하는 감독은 소설 속에서 느낄 수 있는 의미와 관념들을 어떻게 영상 이미지로 소화할 수 있는가에 고심할 수밖에 없을 것이다. 때로 작가의 의도를 잘못 읽을 수도 있고, 때로는 의도적으로 원작의 내용으로부터 파격을 취할 수도 있다.

구모경의 홍석중의 『황진이』와 영화 <황진이>를 통해서 분석한, <소설 원작 영화의 스토리텔링 전환 고찰>은 바로 이런 문제에 대한 연구이다. 북한 작가인 홍석중의 『황진이』가 남한의 독자들을 사로잡았다면 풍부한 야사 속에서 많은 사람들의 호기심과 상상력을 자극하는 인물 황진이의 매력 때문일 것이다. 그러나 한 편의 소설 작품이 좋은 작품으로 평가 받으며 독자들에게 읽히는 이유는 작중 인물의 매력뿐만 아니라, 구성, 문체, 사상 등과 더불어 시대적 환경도 한 몫 한다. 평양에서 출간된 이 소설(2002)은 남북문학교류 사업의 일환으로 승인 받아 남한에서 출간되었고(2004) 창작과 비평사의 '만해문학상'을 수상하게 돼 많은 관심을 받은 작품이다. 더군다나 작가가 벽초 홍명희의 손자라는 사실은 남한 독자들의 관심을 충분히 끌만 했다. 이런 시대적 환경으로부터 얻은 강점은 작품의 본질과는 괴리가 있어도 성공을 불러오는 중요한 요소임에 분명하다. 그러나 홍석중의 『황진이』는 영화로 만들어졌지만 실패하고 만다. 영화로 재가공한 스토리텔링의 문제가 컸기 때문이다. 이 연구자의 지적처럼 영화 <황진이>는 화려한 이미지에만 치중하다 보니 네러티브가 허술해져 영리한 관객들로부터 외면당하는 불행을 자초하고 만 것이라고 본다. 마치 심형래 감독의 <디워(2007)>가 많은 볼거리를 제공했음에도 불구하고 스토리의 완결성 부재로 실패한 것처럼 스토리텔링은 한 편의 영화에 막대한 영향을 끼치는 것이다.

장영미, 구모경, 김예니 · 정진헌 등의 글이 원작 소설의 영화화와 관계되는 스토리텔링에 대해서 논의한 것처럼 고경선의 논문 『겨울여자』의 영화적 스토리텔링과 한계성도 이런 내용들을 담고 있다. 이와 달리 김성일 , 송인희, 조해진의 글은 영화 자체를 분석하며 그 작품이 지닌 특성에 대하여 고찰하고 있다. 김성일의 논문, < 안드레이 타르코프스키 영화 속의 거울 이미지>에서 보여주는 거울 이미지는 미학적 장치인 주체를 왜곡 반영한다든가, 내면탐색의 수단으로 이용된다든가 등으로 사용된다. 이 논고에서 필자는 타르코프스키 영화에서 반복적으로 나타나는 거울 이미지의 특징을 영화 <증기롤러와 바이올린>, <이반의 어린 시절>, <솔라리스>, <향수> 등을 살펴봄으로 해서 우리에게 익숙하지 않은 러시아 영화의 한 면모를 보여주고 있다. 히치콕의 영화 <레베카>는 다프네 뒤 모리에 (Daphne du Maurier)의 소설 『레베카』를 원작으로 하지만 송인희가 이 논문에서 추적하고 있는 것은 영화 <레베카>의 포스트모던적인 특성이다. 조해진의 논문은 S3D 영화 <제 7광구, 2011>의 스토리텔링 특징을 연구한 글이다. 이글은 스토리텔링의 범위를 정확하게 스토리, 담화, 전략의 3부분으로 구분하고 이에 대해 '스토리공학적'으로 접근하고 있다.

2

우리가 익숙하게 사용했던 각색이라는 용어는 결국, 최근에 많이 쓰이는 리텔링(retelling), 재화(再話)라는 말과 같다. 이야기의 원석이 어디로부터 나와 어떤 장르에서 제 모습을 드러내든지 간에 이야기의 생존성은 끈임 없이 진화하며 새로운 탄생을 꿈꾼다. 전후 작가와는 다른 1960년대 새로운 감수성으로 독자들에게 다가왔던 김승옥은 소설 창작보다는 시나리오 각색자로 돌아선다. 그리고 스크린의 한 귀퉁이에 자신의 이름을 올리다 잊혀진 소설가가 되고 말았다. 물론 지금 읽어 보아도 그의 소설 <무진기행>이나 <서울, 1964년 겨울> 등은 한국 현대문학사의 빛나는 작품임을 느끼기에 충분하다. 여기에는 김승옥의 시나리오에 대하여 김세준과 정한아의 연구가 실려 있다. 그만큼 소설가 김승옥은 시나리오 각색자로서의 김승옥으로서도 중요하다는 의미를 드러내는 글이라고 본다.

김세준의 글은 김승옥의 각색 시나리오가 영화화되어 흥행을 거둔 <어제 내린 비>(1975), <영자의 전성시대>(1975), <겨울여자>(1977), <갑자기 불꽃처럼>(1979) 등을 통해서 시나리오에 나타나는 영상 이미지가 갖는 의미에 대해 논하였다. 정한아는 김승옥의 각색 시나리오 중 『겨울여자』, 『어제 내린 비』, 『영자의 전성시대』, 『강변부인』, 『태양을 훔친 여자』를 통하여 1970년대 한국 영화의 여성 표상 방식에 대하여 논했다. 이 필자는 근대화의 부름에 따라 새로운 존재 양상을 가지게 된 여성의 모습과 그것을 바라보는 특유의 시각이 김승옥의 시나리오에도 포현되어 있다고 주장한다. 1977년 『서울의 달빛 0장』으로 이상 문학상을 수상하고 절필했던 김승옥을 그나마 만날 수 있었던 것은 각색 시나리오였고, 그에게 경제적 숨통을 열어준 것도 이러한 영화였으리라고 본다. 김세준과 정한아의 연구를 통해서 김승옥 각색 시나리오의 특징을 읽을 수 있는 것 자체로도 반가운 일이다.

김영욱의 <그림책의 영상 매체 변환과 공간의 서사>는 그림책 작가로도 유명하지만 그림책의 영화화로도 성공을 거둔 크리스 반 알스버그에 관한 글이다. 『압둘가사지의 정원』 『주만지』 『하늘을 나는 배, 제퍼』와 같은 화제의 그림책을 발표한 크리스 반 알스버그에 대해서 비평가들은 그를 위대한 화가들과 비교할 정도로 예술성을 인정하고 있으며, 많은 상상력을 자극하는 그의 그림책은 영화로 만드는데 충분한 서사성을 지녔을 정도로 특별하다.

이 글에서 필자는 그림책 『폴라 익스프레스』와 영화 ≪폴라 익스프레스≫를 중심으로 두 장르의 말하기(telling)와 보여주기(showing) 의 차이점을 논하고 있다. 특히 그림책의 내러티브와 비주얼 이미지를 바탕으로 영화의 디지털 테크놀로지가 그림책 본연의 표현양식과 어떠한 상관관계를 이루며, 어떤 형식으로 공간을 재구성하는지에 대한 분석은 매우 흥미롭게 읽힌다.

양윤정은 <팀 버튼의 『팀 버튼의 앨리스 이야기』 재화>라는 글에서, 『이상한 나라의 앨리스』와 『거울나라의 앨리스』를 통해 미국의 아동문학가 린다 울버튼이 각색하고 팀 버튼이 만든 영화에 대하여 논하고 있다. 필자는 이 글에서 통과제의 서사구조가 영화가 성공할 수 있었던 요소이며, 스토리텔링을 통한 성공 전략이었다고 파악했다. 팀버튼의 환상적 상상력은 많은 영화를 통해서 알려져 왔으며, 2013년도에는 국내에서도 팀 버튼 전시회가 열려 전시장엔 발 딛을 틈이 없을 정도로 국내 팬들의 환호를 받은 바 있다. 루이스의 『이상한 나라의 앨리스』가 출간된 후 영화, 오페라, 애니메이션 등으로 수 십 번 각색되고 사랑을 받은 데는 우수한 원전 때문이기도 하지만, 팀 버튼처럼 재해석을 통한 스토리텔링도 큰 몫을 한 것이다.

이 밖에도 한류드라마로 이어진 고전 캐릭터를 최근의 인기 드라마 <별에서 온 그대>와 판소리계소설 <춘향전>을 중심으로 논의한 김현희의 연구는 이야기의 리텔링으로 성공하고 있는 최근의 영상 한류에 대한 고찰이다. 필자는 이 글에서 <춘향전>과 <별그대>는 남녀 간의 애정을 다루고 있으며 '현실적 질곡'에 '낭만적 저항'을 했다는 점에서 큰 흐름을 같이 한다고 본다. "<춘향전>과 <별그대> 속 캐릭터의 상동성을 분석한 결과 가까이는 <별그대>의 인기요인 중 하나를 찾았다고 할 수 있으며, 멀리는 우리 고전 캐릭터가 한류를 지속 가능하게 하는 하나의 실마리로 유효함을 발견하였다."라고 한 김현희 주장을 통해서 우리 이야기의 상호텍스트 관계를 잘 우려내는 것도 성공적인 스토리텔링의 한 방법임을 느낀다.

조미숙의 글 <소설과 영화의 상호작용, 스토리텔링과 이미지텔링>은 문학작품을 통해서 영상화 하는 영화에 대한 원론적인 문제와 더불어, 「저기 소리 없이 한 점 꽃잎이 지고」와 「꽃잎」을 통해서 소설과 영화의 상호작용에 대한 분석을 꾀하고 있다. 이 필자는 분석 대상이었던 최윤과 장선우의 작업을 예로 들어 소설과 영화가 어떤 방식으로 보완될 수 있는가, 그 가능성을 짚으며, 영화화 작업은 사적 영역인 소설을 공적 영역으로 끄집어내는 행위라고 결론 짓는다.

3

한때 우리나라의 애니메이션은 외국, 특히 일본 애니메이션의 원화 하청작업을 하는 것이 대부분이었다. TV에서도 일본 애니메이션들이 많은 시청자들의 시선을 사로잡았던 시절이 있었다. 지금도 <우주소년 아톰>이나 <은하철도 999>, <드래곤 볼>, <미소년 전사 세일러문>과 같은 일본 애니메이션이 우리에게 아련한 기억으로 남아있는 게 사실이다.

우리나라에서는 2006년 정부의 '애니메이션산업 중장기 발전전략' 이후, 전문인력 양성을 비롯하여 기술개발이나 해외진출 확대 등을 위한 법제도 개선이 이루어지고 문화산업으로 육성하기 위해 노력을 기울이고 있다. 이에 앞서 세계적인 애니메이션 축제인, 안시 국제 애니메이션 페스티벌에서 2002년 <마리 이야기>가 장편 경쟁 부문의 그랑프리를, 2004년 <오세암>이 안시 크리스털 상을 수상하면서 세계의 주목을 받았다. 일본의 애니메이션이 세계적인 각광을 받고, 디즈니 애니메이션의 벽을 넘어 흥행을 거듭해 온 픽사 애니메이션의 업적에서 빼놓을 수 없는 성공 요인은 훌륭한 스토리텔링으로 집합된다. 아무리 애니메이션 제작의 신기술이 융합된다 해도 가장 중요한 것은 스토리라고 할 수 있다.

정혜원이 정채봉의 동화 『오세암』과 애니메이션으로 제작한 성백엽 감독의 <오세암>을 통해서 파악하고자 한 것은 두 장르에서 차별되는 시공간의 확대와 해체의 의미에 대한 것이다. 여기에서 필자는 동화 <오세암>에는 시공간의 확대나 해체가 없는 대신, 애니메이션에서는 주인공이 과거를 회상하는 장면이나 다양한 사건의 삽입 등을 통해서 시공간의 해체와 확대가 일어나고 있다고 분석한다. 원작이 보여주는 행간의 의미들을 끄집어내어 애니메이션에서는 시공간의 확대와 해체라는 영상 기법으로, 의미를 확장하고 관객들이 생각할 수 있는 사유의 폭을 넓혔다고 본다.

조현준은 이 책에서 영국 소설『빌려 쓰는 사람들』과 일본 애니메이션 <마루 밑의 아리에띠>를 비교했다. 영국 아동 환상문학인 메리 노튼(Mary Norton: 1903-1992)의『빌려 쓰는 사람들』을 일본 애니메이션의 거장 미야자키 하야오와 니와 케이코가 각색한 <마루 밑의 아리에띠>는 서로 다른 종족의 만남(소인과 인간, 소녀와 소년)을 통해서 인종과 젠더를 넘어선 관계를 다룬 이야기이다. 이 글의 필자는『걸리버 여행기』나『이상한 나라의 앨리스』가 떠올려지는 이 작품으로부터, 소인과 거인의 관계는 많은 평론가에게 어린이/어른, 무산계급/유산계급, 약자/강자, 전근대사회/근대사회, 환상주의/산업주의, 온정주의/합리주의가 연상된다고 강조한다. 메리 노튼의『빌려 쓰는 사람들』은 카네기 상과 안데르센 상을 수상할 정도로 문학성을 인정받은 작품이다. 여기에서 조현준은 이종족 간의 대등한 관계와 소통의 가능성을 논의한다. 따라서 이 작품이 지닌 흥미로운 스토리텔링의 문제도 관심거리이지만 그 내용에 스며있는 윤리적 소명에 대해서 많은 생각을 갖도록 하는 글이다.

박혜숙

건국대학교 / 커뮤니케이션문화학부

ppoem@kku.ac.kr

차 례

서 설

제1부 소설, 영화를 만나다

제2부 이야기, 리텔링으로 다시 태어나다

제3부 동화와 소설, 애니메이션으로 변용하다

제1부
소설, 영화를 만나다

『겨울여자』의 영화적 스토리텔링과 한계성 · 고경선

소설 원작 영화의 스토리텔링 전환 고찰
– 홍석중의 『황진이』와 영화 <황진이>를 중심으로 · 구모경

안드레이 타르코프스키 영화 속의 거울 이미지 · 김성일

운명적 비극성의 삭제와 가부장적 공동체 복원을 위한 계몽적 문법
– 영화<김약국의 딸들>을 중심으로 · 김예니 · 정진헌

내 안의 타자, 그 "기괴한 낯설음"에 대하여
– 히치콕의 <레베카>를 중심으로 · 송인희

소설 「저녁의 게임」과 「동경」, 영화 <저녁의 게임> 서사 전략 비교 연구 · 장영미

S3D 영화 스토리텔링 특징 연구
– <제 7광구, 2011>의 작품분석을 중심으로 · 조해진

『겨울여자』의 영화적 스토리텔링과 한계성

고 경 선

Ⅰ. 머리말

'대중소설'은 대체로 통속성 · 저급성 · 오락성을 지닌 선정적인 문화라는 인식의 틀 안에 자리하고 있었다. "대중적이라고 평가받으면서도 동시에 지적으로나 정서적으로나 열등한 인구 다수를 위해 생산된 문화산물이라는 의미에서 통속적"[1]성격을 가지고 있다는 것이 그것이다. 이러한 인식에도 불구하고 1970년대 일간지를 중심으로 발표된 일련의 작품들은 독자들에게 커다란 반향을 일으켰다. 이들 작품은 성(性)적 소재인 '호스티스'나 '창녀'를 대거 등장시키면서 '호스티스 문학'[2]의 출발을 알렸다. 그 대표적 작품으로 최인호의 『별들의 고향』(조선일보, 1972. 9. 5~1973. 9. 9), 조선작의 『영자의 전성시대』(1974), 조해일의 『겨울여자』(중앙일보, 1975. 1. 1.~12. 31)를 꼽을 수 있다. 세 작품은 단행본의 성공과 함께 '베스트셀러'[3]의 자리에 등극했으며 이후 영화화 되어 흥행을 거두었다.

그 중에서도 김승옥이 시나리오를 맡아 1977년 동명의 영화로 재탄생한 <겨울여자>[4]의 관객 동원 수는 총 58만 5775명으로 <별들의 고

향>이 세운 최고 흥행기록 46만 명을 깬 수치를 기록하였다.[5] 이러한 흥행의 요인은 기존의 문예영화[6]나 청춘영화[7]와는 다른 '무언가 특별한 것'이 관객들의 마음을 움직였기 때문에 가능한 것이었다. 영국의 캔 워폴(K. Worpole)은 대중문학에 나타나는 즐거움, 몰입 흥분, 매혹, 소원 성취, 일시적 희망, 존재의 회복, 이국적인 시대, 장소에의 몰입, 성적 환상, 카타르시스, 폭력의 대리체험에 주의를 기울인다.[8] 즉 관객들은 여타 다른 작품에서 발견할 수 없었던 '무언가'를 <겨울여자>를 통해서 발견하고 해소했다는 것인데, 이것은 <겨울여자>만이 가지고 있는 특수한 위치에서 찾아봐야 할 것이다.

1970년대는 '긴급조치'와 '유신체제'로 대표되는 시기였다. "조금만 비위에 거슬려도 빨갱이라는 혐의를 뒤집어씌워서 가두곤 했던"[9]때였던 것이다. 전 국가적으로 개인에 대한 통제가 행해졌으며 폭압적 상황에서 자유의지는 말살 당했다. 이러한 상황에서 탄생한 조해일의 『겨울여자』는 남성인물들을 중심으로 일정부분 사회 고발적 면모를 보여준다. 그러나 산업화에 따라 대규모 노동자들이 대중문화 소비주체로 형성되었고, 정부는 이들을 효과적으로 통제하기 위해 대중문화를 통해 지배이데올로기를 강화하고자 노력했다. 즉 이 시기의 대중문화는 대체로 지배이데올로기를 공고화 하는 데 이바지하고 있는 형국이었던 것이다.[10]

당시 모든 매체들을 영화, 비디오, 연극, 가요, 광고물들을 도맡아 심의 · 검열하는 '한국공연윤리위원회'로 인해 사회성 있는 주제는 감히 다룰 엄두도 내지 못했다.[11] 이와 같은 상황으로 말미암아 원작소설에서 쉽게 찾아볼 수 있었던 권력집단에 대한 저항의 이미지는 영화화되면서 검열을 피하기 위해 퇴색할 수밖에 없게 되었다. 그리고 여타 영화에서 등장했던 '창녀'의 이미지가 '여대생'으로 치환되었을 뿐, 에로틱한 모습이 빈번히 등장하게 되면서 사회비판적 의식은 더더욱 옅어지며 소극적으로 변모될 수밖에 없었다.

"현대소설에서 배경은 배경막 이상의 것"으로 "작중인물이 특정 방법으로 행동하도록 이끄는 수단"[12]이다. 그리고 "배경과 작중인물 · 사건의 관계는 인과적"관계를 가지고 있다. 그러므로 우리가 어떤 작품을 논할 때에는 그 당대 사회상에 대해 파악하는 절차가 반드시 수반되어야 한다. 작중인물이 존재하고 행동하는 방식의 원인이기 때문이다. 이러한 맥락에서 본고는 원작소설에서 시나리오로 재생산 되는 과정을 1970년대가 가지고 있는 독특한 시대상과 연결 지어 변화추이를 파악하고자 한다. 바로 이러한 지점에서 원작소설과 다른 <겨울여자> 의 의식이 어떻게 변모되었는가를 엿볼 수 있을 것이다.

바쟁은 영화의 진보를 이야기 하면서 시나리오의 시대에 돌입했음을 선언한다. "영화는 알지 못하는 사이에 시나리오 시대로 돌입하고 만 것이다. 이것은 곧 내용과 형식의 관계가 역전했음을 의미한다."[13] 즉 시나리오라는 내용은 영화라는 '형식'의 부속물이라는 과거의 시각에서 벗어나 이제는 나름의 독립적이자 독창적인 지위를 획득하게 되었다. 그동안 원작소설을 바탕으로 하는 시나리오는 개작이라는 면에서 그 개별성을 확립하지 못했다. 그러나 "시나리오는 집을 짓고 나면 철거해 버리는 발판처럼 기술적 부속물이 더 이상 아니며, 문학적 형식으로 발전"하게 되었다.[14] 이처럼 소설의 부속물이라는 오명에서 벗어난 시나리오는 문학적으로 특수한 위치를 점하게 되었다. 그리고 시나리오가 문학과 같은 전통예술보다 유동적이고 대중적인 화법을 통해 그 전통예술의 제도화된 관습의 권위를 파괴하고 영화 속에서 갱생시킴으로써 대중적 차원을 회복했다.[15] 그로인해 자연적으로 시나리오와 원작소설과의 차이점은 부각되었으며 그 각각의 특색을 파악해 매체 전환 과정에 따른 변화 양상을 살펴봄은 필수불가결한 과제가 되었다.

<겨울여자>는 원작의 많은 내용을 재현하면서도 매체 변환에 치중하고자 새로운 의미를 만들어냈다. 주요 인물과 사회적 배경, 사건들을 수

용하면서도 소설에 나타나는 사건들을 생략 · 추가 · 변형함으로써 새로운 의미의 서사를 구성한다. 이러한 과정으로 시나리오는 원작과는 다른 주제의식을 보이게 된다. 본고에서는 이러한 변환과정에서 나타난 양상을 두 가지로 나누어 분석하고 한계점을 찾아보고자한다. 첫 번째, 원작에서는 '성처녀(性處女)'라는 이화의 면모를 통해 가족 이데올로기를 극복하려 했으며 당대 사회를 상징하는 '겨울'을 이화를 통해 극복하길 원했다. 그러나 각색에 이르러서는 이러한 의미가 약해지고 단순히 현대인들의 자유로운 애정 · 성 관념을 보여줌으로써 주인공의 성 윤리에 대해 관객들에게 의문을 던져준다. 두 번째로, 원작에 다수 표현되고 있었던 사회비판적 저항의 이미지는 시나리오와 영화에서는 축소 · 은폐되고 만다. 한 예로 원작에서 사회적 모순을 가장 신랄하게 보여줬던 '석기'와 이화의 대화는 상당히 상징적으로 표현하거나, 영상만 보여줄 뿐 소리를 삭제한다거나 하는 방법으로 시대상을 고발코자 했던 의도를 전혀 없애버리고 만다. 이러한 변화된 양상을 파악함으로써 당대 사회적 분위기 또는 대중의 욕망이 영화라는 매체에 어떠한 영향을 주었는가를 알 수 있을 것이다.

원작소설은 '겨울'을 의미하는 시대적 추위 속에 웅크리고 있는 남성들에게 따뜻한 온기를 제공하고자 하는 이화의 '성처녀'적인 자기희생을 부각하였다. 그러나 이러한 작가의 의도는 각색과정을 통해 '性'만이 강조되고 말았다. 이화의 '性'을 통한 '聖'의 발현은 마지막 이화의 눈물을 통해 억지스러운 자가당착적인 여인상을 그려냈을 뿐이다. 이런 변화를 유도한 이유는 무엇인가. 그 의문에서 본 연구를 출발하고자 한다. 흥행에 성공한 작품은 이미 대중성을 획득했음을 방증한다. 소설에서 영화로의 각색과정에서 발생하는 변이는 곧 대중들의 현실인식과 욕망을 보여주는 역할을 담당한다. 우리는 이 과정을 통해 당대 대중들의 취향과 가치체계를 엿볼 수 있는 기회를 발견하게 될 것이다.

Ⅱ. '성처녀' 의미의 약화와 性적 판타지의 확대

박정희는 "10월 유신에 대한 중간 평가는 수출 100억 달러를 달성하였느냐 못하였느냐에 달려 있다"고 외치면서 100억 달러 수출 목표달성을 1980년으로 정하고 강하게 밀어붙였다.[16] 1970년대 남성들은 이러한 강제적 동원 체제 아래에서 "억압된 육체적 기계가 되어 산업화와 총력전의 노동자로 전체주의적 인간형으로 재구성"되는데 이용되었다. 그리하여 그들의 개체성은 부인되었고, 욕망과 쾌락의 영역은 지속적인 간섭에 놓여 있었다. 1970년대 남성들은 스스로를 '거세'되었다고 느꼈다. 그렇기 때문에 그들은 배타적이지 않고 그들의 인격성과 무관하며 평등하게 모두에게 베풀어지는 종교적, 매춘적 자애에 기대어 구원을 꿈꿨다. 때문에 영화 <겨울여자>는 원작소설과는 달리 이화의 성장담이 매우 사소해지고 오히려 사랑과 섹슈얼리티의 개체성이라는 측면이 더욱 충실해진다. 이화의 이러한 역할이 충분히 반영되기 위해서는 원작 소설의 전면 수정은 필수불가결한 요소가 되었다.[17]

다음의 인용문은 조해일이 '이화'라는 여성에 부과한 의미가 무엇인지 파악할 수 있도록 도와준다. '이화'는 작가가 가지고 있던 꿈의 형상임을 밝히면서 이화의 성적 자유에 정당한 타당성을 부여하고자 한다.

> 이화는 母性(한없는 따스함과 연민)을 지녔지만 어머니는 아니며 性處女(여러 남자에게 사랑을 베풀었으면서도 마음의 순결을 잃지 않는 純潔性)을 지녔으나 생리적인 의미의 處女는 아니다. 그녀는 다만 어떤 女子이다. 이 황량하고 추운 겨울에 따뜻함(母性)과 순결(性處女)을 모두 잃지 않는 어떤 女子이다. 모든 추워하는 男子들의 마음을 자신의 따스한 체온으로 감싸주는, 그러면서도 마음의 순결을 잃지 않는 어떤 女子이다. 추위와 황량함에 몸을 떠는, 그리고 방황하는 모든 남자들의 따뜻한 마음의 길동무이다. 그것이 내가 의도한 「겨울여자」의 진정한 이미지다.[18]

소설에서의 조해일이 추구했던 주제 의식은 '겨울'을 상징하는 폭력적 사회 속에서 고달픈 삶을 살고 있는 사람들을 따뜻하게 감싸줄 수 있는 포용력을 지닌 여성상의 구현이다. 그와 함께 결혼이라는 전통적 가부장 제도에 대한 거부의식을 이화를 통해 표현한다. 그러나 김호선 감독의 연출의도를 살펴보면 소설과 다른 어떤 주제의식을 갖고 영화화 한 것을 알 수 있다. 변해가는 사회에서 등장하는 현대인의 애정 모럴을 새롭게 표출하는데 그 의의를 보인다.

> 성장과정에 있는 이화의 세계를 그리는 것인데, 이화가 처음 부딪치는 이성, 기성 윤리관 등을 통하여 육체보다 마음의 순결을 부르짖는 여대생의 엘리트. 즉 육체의 속박에서 해방, 마음의 순결을 내세우는 의미를 형상화시키는데 노력했지요. 그것을 이를테면 이화라는 한 여성을 통하여 무엇인가 잘못되어 있는 오늘날의 남성에 대한 문제, 더 나아가서는 현대인들의 그릇된 윤리관에 대한 저항이라고 볼 수 있겠습니다.[19]

이러한 각기 다른 주제의식은 서사의 흐름의 차이에도 영향을 미친다. '각색'은 단순히 매체만을 바꾸어서 형식을 달리한다는 것이 아니라 매체를 옮겨가면서 더 나은 것을 만들기 위하여 구조나 기능, 형태를 창조할 수 있도록 변경하거나 적절하게 짜 맞추는 기능성으로 정의될 수 있기 때문이다.[20] 이때 주의 깊게 살펴볼 점은 각색과정에서 원작 소설에 비해 '性'적 의미의 확대가 포착된다는 것이다. 그 원인을 총 두 가지로 유추할 수 있다.

첫째로, 소설과 영화라는 매체의 차이에서 비롯된다. "소설은 은유적 전쟁이 되지만 영화는 관객을 변화시킬 때 관객이 일차적으로 '이미지' 자체와 대면하게"[21]됨으로써 매체에 따른 각기 다른 주제의식을 가질 수밖에 없는 것이다. 소설이 가지는 은유성은 영화라는 시각화된 매체에선 쉽사리 포착하지 못한다. 반면 시각적인 '이미지'는 관객들에게 직접적인 효과를 안겨준다. 즉 소설에서는 각각의 인물과의 관계 속에서 이화의 다양한 발화들을 통해 이화의 성격과 이미지들이 묘사되어 전개되고 있는 반면, 영화는 이화의 내면적 고민과 가치관을 피력하기 보다는 그녀에게 적극적으로 다가가는 남성들과의 관계 맺음과 그것의 시각적 구현에 더욱 더 집착하고 있는 것으로 보인다. 그럼으로써 이화가 추구하고자 했던 '탈 가족이데올로기'를 위한 육체적 관계는 당위성이 사라지고 말았다. 영화매체의 특성인 시각적 이미지의 자유로운 구현을 위해 성행위에 중점을 두어 각색된 것으로 파악된다. 특히 소설에서 이화에게 받은 육체적 위안보다 정신적 위안이 더 컸던 마지막 남자 김광준의 생략은 영화가 지향하고자 하는 바를 보다 뚜렷하게 보여주는 부분이라 할 수 있겠다.

둘째로, 대중이 가지는 욕망의 충실한 반영이라는 점에서 파악해 볼 수 있다. 이화는 부유하고 독실한 믿음을 지니고 있는 가정에서 훌륭한 가정교육을 받고 자란 여성이다. 그녀는 이러한 순결한 종교적인 이미지를 덧입어 '성스러움'을 갖고 되었으며 정숙한 언행과 여대생이라는 지적인 이미지는 독자 · 관객들에게 동경을 심어주었다. 경제력 있는 집안과 아름다운 미모, 순결한 이성, 높은 지적 수준은 실제 현실 속에서는 기대하기 힘든 이상적인 존재이다. 그리고 남성의 바람대로, 자신의 의지대로 남자들과의 관계를 이끌어가면서 누구에게도 어떠한 도덕적 책임을 묻지 않는다. 이는 대중들의 욕망이 그 전의 여급문화에서 한 단계 수준이 높아졌음을 의미할 수 있다. 연민의 대상이 아니라 동경의 대상으로서의 '이화'라는 존재는 그들의 욕망을 해소하고자 노력하는 여인상이자, 더 이상 도덕적 죄의식이나 책임감 같은 불편한 감정을 느끼게 하지 않는 인물이 되었다. 요컨대 이화는 '만인의 연인'으로 남성지배 이념에서 배태된 '왜곡된 여인상'인 것이다.[22)]

본래 원작소설이 추구하고자 했던 이상(理想)은 영화라는 매체의 특성과 더불어 대중의 욕망이라는 점으로 인해 다르게 구현될 수밖에 없었다.

그 대표적 예로 작가가 '성처녀'의 순결성과 더불어 표현하고자 했던 가부정적 이데올로기에 대한 탈피의 모습은 성적 이미지의 확대로 인해 퇴색하고 말았다.

주인공 '유이화'는 고등학교 교목(校牧)인 아버지 중심의 가정에서 자라나 보수적이고 전통적인 가치관에 순응하는 인물로 등장한다. 그러나 자신을 짝사랑하던 민요섭의 자살로 말미암아 큰 충격을 받게 된다. 자신의 '性에 대한 거부감'이 요섭을 죽음으로 내몰았다는 인식을 하게 된다. 이후 대학에서 만난 '우석기'로 인해 이화는 한 가지 깨달음을 얻게 된다.

> 민요섭에 관해서는 역시 자기의 지나친 매정함이 그의 죽음을 불러왔다는 자책이 되살아 났고 (…) 자기의 육체에 관해서는 그것이 처음부터 그렇게 아끼고 도사릴 만한 특별히 소중한 물건은 아니라는 생각에 도달했다. 그러자 그녀는 마음 속이 별안간 햇빛이 가득 비치는 양지바른 곳처럼 환하고 따뜻해지는 느낌을 맛보았다.[23)]

기존에 자신이 고집스럽게도 지켰던 성 이데올로기에 대한 전통적 가치관에서 벗어난 이화는 비로소 "마음속이 별안간 햇빛이 가득 비치는 양지바른 곳처럼 환하고 따뜻해지는 느낌"을 맛보게 된다. 즉 이화의 정신적 성숙 단계에서 요섭의 자살은 일종의 통과의례로 기능하고 있는 것이다. 그리고 이후 석기의 친구 수환과 "연민으로 가득찬 몸"으로 잠자리를 갖고 자신은 "누구에게도 속해있지 않고, 누구에게나 속해있"다는 신념을 밝히는 장면은 누구에게도 구속된 자아로 살지 않겠다는 적극적 의지의 소산이다.

가부장제 집안에서 자라온 이화가 결혼제도를 부정하고 집을 나와 자신만의 삶을 살아가는 것은 기존 인습체계에 대한 저항으로 볼 수 있다. 이화는 자발적으로 여러 남성과 성관계를 갖지만, 단순히 성적 쾌락만을 지향하지 않는다. 더구나 성관계를 통해 남성들의 상처가 치유된다는 것을 볼 때, 이화의 행위는 확고한 자신의 신념에 따른 사랑의 실천으로 이해될 수 있다. 즉 『겨울여자』는 여성의 성을 통해 가부장적 이데올로기로 표상되는 전통적 가치관에 정면으로 대항하고 있는 것이다. 이러한 과정을 통해 이화의 신념은 성에 대한 방종이 아니라 투철한 신념의 표현으로 자리매김하게 된다. 그러나 시나리오에서는 '가부장적 이데올로기의 탈피'의 성격은 상대적으로 미미해지고 자유로운 성행위를 통한 에로틱한 모습만이 확대된다.

석기의 죽음 이후 이화는 자신의 고등학교 선생님이었던 '허민'을 우연히 만나게 된다. 허민은 이혼을 하고 홀로 살아가는 외로움에 빠진 중년 남성이다. 그러한 허민을 본 이화는 모든 상처 있는 사람들의 마음을 따뜻하게 안아주고 싶기에 그를 연민의 마음과 구원의 손길로 유혹해 성관계를 갖는다. 이윽고 책임지겠다며 청혼하는 허민에게 그간 자신이 갖고 있던 결혼에 대한 자신의 가치관을 역설하며 거절한다. 거부당한 자신의 마음을 추스르지 못해 이화를 거부하는 그에게 이화는 헤어진 전 부인인 '윤희'를 만나게 해 재결합을 도와준다. 그러나 이러한 일련의 과정에서 소설과 시나리오는 각기 다른 주제의식을 내포하고 있음을 알 수 있다.

원작소설에서는 청혼을 거부당한 허민이 낙담하지만 곧 이화의 명랑함으로 기운을 되찾고 그녀의 결혼에 대한 가치관을 이해하고자 노력한다. 그리고 혼자 있는 모습이 보기 싫다며 전부인과 허민을 다시 재결합시킨다. 이화는 그들의 앞날을 진심으로 축하하며 애정 어린 충고도 잊지 않는다. 결국 그녀의 대지(大地)의 여신과도 같은 한없는 모성성은 허민에게 다시금 누군가를 사랑할 기회를 주었던 것이다. 이때 이화가 베푼 애정은 박애정신에 가깝다. 연민의 마음으로 가득 차 그 사람을 구원해주고 싶다는 의지에서 비롯된 것이기 때문이다. 바로 이 지점에서 그녀가 추구했던 '성처녀' 행위는 나름의 정당성을 확보할 수 있게 된다. 그러나 허민과 윤희의 재결합으로 끝맺고 있는 영화의 마지막에서는 이화의 이러한 굳건한 가치관은 일견 무너지고 만다.

#207
이화 : 안녕히 계세요.
수화기를 놓는 이화. 눈물을 삼킨다. (밑줄-인용자)

이화가 흘리는 이 눈물은 허민과 윤희의 재결합을 축하하는 기쁨의 눈물이라고는 여겨지지 않는다. 그 이유로 소설의 후반부에 등장하는 '김광준'이 등장하고 않고 영화가 끝나기 때문이다. 광준은 이화에게 새로운 가치관과 시작을 안겨주는 중심인물이다. 그런 광준의 등장이 없이, 허민의 재결합을 지켜본 이화가 눈물을 삼키는 것에서 끝맺고 있는 영화는 이화가 가지고 있던 가치관을 보는 이로 하여금 의심하도록 만든다. 그리하여 허민과의 성행위뿐만 아니라 석기와의 자발적 성행위까지도 이화의 순결한 박애정신에서 비롯된 것으로 보기 어렵게 만들고 만다. 결국 이화는 '성처녀(性處女)'라는 거창한 가치관을 통해 모든 가련한 남성들을 구원해주고자 했지만, 그녀가 마지막으로 흘리는 눈물로 인해 '성처녀'적인 사랑의 정신은 모두 무화되어버리고 만다. 즉 소설은 모든 아픔을 가진 남자들을 포용해주는 '성처녀'의 모습으로 이화를 그리고자 했으나, 시나리오에서는 여러 남자들의 성관계를 통해 얻고자 하는 그녀의 가치관은 결국 그녀 스스로도 납득하지 못하는 듯한 모습을 보여줌으로써 관객들에게 그녀의 '성 모랄'에 대해 의구심을 안겨주고 말았다.

이처럼 각색에서는 원작소설에서 추구했던 '성처녀'로서의 이화의 모습은 왜곡되고 다만 성윤리에 희박한 여인상만이 그려졌다. 그리고 원인을 대중의 욕망의 충실한 반영이라는 점에서 파악할 수 있을 것이다. 가스통 바슐라르는 "영화는 경험과 욕구의 대리 충족을 제공하면서 무의식 중에 관객을 동일화시키는 강력한 이데올로기의 기구"[24] 라고 말한다. 관객은 영화를 통해 자신의 억압된 욕망을 표출하고자 했다. 그리고 그 욕망의 실현은 에로티시즘이라는 방법을 통해 가장 쉽게 표현될 수 있었다. 실제로 이화는 요섭의 일방적 편지에 불쾌감을 느꼈으나 쉬이 용서해

주고 석기와의 성관계도 자발적하며 허민의 아픔을 달래기 위해 먼저 유혹하는 담대함을 지니고 있다. 이런 에로티시즘은 영화에 상당히 중요하게 작용하는 요소이다. "영화에 대해서만 하나의 기획으로서, 기본적인 하나의 내용으로서 나타난다. 제법 잘 만들어진 영화가 에로티시즘의 도움을 전혀 받지 않고도 존재하고 있지만 그럼에도 불구하고 에로티시즘은 역시 영화에 있어 중요하고도 특효성이 있는 것이요, 아마도 그 본질적이기 조차 한 요소이기도 한 것이다."[25]

이화의 성처녀의 가치관은 왜곡되어 자유로운 성의 실현이라는 관념을 관객들에게 주고 말았다. 그리하여 관객들에게 석기, 허민과 동일화가 되어 한 순간의 욕망을 충족시키는 육체관계에 대해 더 이상 죄책감이나 책임감을 갖지 않아도 되는 면죄부를 갖게 되었다. 진보적인 여인상으로 이화를 포장하고 자유의지에 따른 성적 행동은 오히려 남성들이 이화에게 아무른 의무와 책임을 느낄 필요가 없도록 유도하는 장치로 기능한다. 그 뿐 아니라 남성 작가들이 최인호의 소설『별들의 고향』에서 매춘부인 '경아'에게 느꼈던 최소한의 죄의식조차 이 작품은 은폐해버리고 만다. 바로 이러한 지점에서 여타의 다른 영화와 다른 <겨울영화>만의 특징이 자리하고 있다.

이러한 은폐 의식의 기저에는 작품에 등장하는 인물들과 관객 · 독자가 '동일화'를 이루고 있기에 가능한 것이다. 마리 매클린은 이에 대해 관객 · 독자가 가지고 있는 욕망의 가장 흔한 형태인 나르시시즘이 나타난 것으로 이해한다. 이 나르시시즘은 때때로 서사체에서 욕망의 대상 또는 주체와의 동일시라는 소박한 형태를 취하기도 한다는 것이다.[26] 이때 자기 반영성 · 동일화는 독자가 텍스트의 구성에 참여하도록 자극하고, 연행의 해석학을 강조한다고 할 수 있다.[27]

시나리오로 전환하는 과정에서 사회 비판적 인식을 가지고 있는 이화의 모습은 사라지고, 이상적이고 완벽한 여인에 대한 남성의 직접적 욕망을 '성처녀'라는 단어 속에 은폐시켜 대중의 만족을 극대화 시킨 것, 바로 이 지점이 투영된 대중들의 욕망의 실체라고 할 수 있을 것이다. 그러나 이러한 각색은 남성적 시각에서 성적 자유를 추구하는 여성을 그릴 뿐, 소설에서 이화가 성처녀를 자처하며 내세웠던 그 빈약하지만 숭고한 박애정신은 탈락되고 말았기에 아쉬움을 남기게 만든다.

Ⅲ. 시대 상황에 따른 저항적 요소의 축소

『겨울여자』는 주인공 '이화'의 정신적 · 육체적 성숙과정을 담아내고 있지만, 남성인물들을 중심으로 살펴본다면 사회 고발적 면모 또한 보여주고 있다. 이화를 둘러싼 남성은 민요섭, 우석기, 허민, 김광준이 등장하는데 이들은 모두 크고 작은 상처를 가지고 있는 인물들로 그려지고 있다. 특히 허민을 제외한 나머지 인물들은 당대 지배 권력의 부조리를 폭로하고 있다. 조해일은 1991년 『겨울여자』를 재출간하면서 "당시(1975년) 험악한 상황을 고려한 일종의 안전장치라고 할 만한 것들을 이번 기회에 제거할 수 있게 된 것은 다행"이라고 말하며 이 작품을 '정치우화소설'이라고 표현한 바 있다. 즉 조해일이 자신의 작품임에도 불구하고 "70년대나 나올 수 있었을 법한 기형적 연애소설"이라고 말한 것은 70년이 주는 폭력적 권력계급의 감시망에서 자유로울 수 없었기에 '기형적 연애소설'이 될 수밖에 없었음을 의미한다. 그러나 작가가 진정으로 표현하고자 했던 것은 '정치우화소설'이었다는 것을 우리는 상기해야만 한다.

민요섭의 아버지는 부패한 정치가이며, 우석기는 학생운동을 하다 군대에 끌려가 의문사를 당했으며, 김광준의 아버지는 경제적 이익만을 우선시하는 자본가라는 점에서 조해일이 들려주고 싶었던 것은 당대 지배 권력의 부조리였던 것이다.

도대체 공정하지 못한 일을 하는 아버지가 어떻게 그렇게 오랫동안 정치가 노릇을 할 수 있었는지 모르겠어요. 그런 일이 허용되는 세상 자체가 차차 싫어지기 시작하더군요. 전 점점 더 제 방에 틀어박혀서 꼼짝하지 않게 되었습니다.[28)]

민요섭은 당시 권력집단을 상징하는 부패한 정치가인 아버지에 대한 반항으로 자기 자신을 사회로부터 격리시키고 살아가고 김광준 역시 자본주의의 폭력으로 상징되는 아버지를 거부하며 빈민촌에서 야학을 운영하는 인물로 그려진다. 김광준의 아버지는 "물리적인 힘의 대표적인 신봉자"로 "남과 싸워서 이기고 남을 짓밟고 남에게서 빼앗고 남보다 항상 월등한 지위를 누리지 않고 못 견디는 인간"으로 자신을 만들고 싶어 한다고 술회한다. 한편 지배 권력에 대한 보다 강한 비판은 우석기를 통해 타나난다. 석기는 이화의 대학 선배로 억울하게 죽은 아버지에 대한 상처를 지니고 있는 인물이다. 그의 아버지는 부정선거에 협조하지 않았다는 이유로 '빨갱이'로 몰려 죽음을 맞았다. 석기는 이러한 환경 속에서 지배 권력에 대한 모순과 억압을 통렬히 느끼고 이화를 각성하게 만든다.

힘을 어떻게 사용하는가에 따라서 인간 또는 그 인간의 힘을 조직화한 집단의 도덕적 정당성 여부가 판가름 나는 것이란 생각이 들어. 아무리 강한 힘이라도 그것이 잘못 쓰여지면, 즉 올바른 목적을 위해서 쓰여지는 것이 아니면 그것을 우리는 폭력이라고 부르지. (…) 그리고 그 지키기 위해서 존재한다는 군대 본래의 목적에 충실할 때에만 그 군대는 도덕적 의미에서 정당한 군대라고 할 수 있게 되지. 그런데 세상에는 가끔(아니 어쩌면 너무 자주) 군대 자체가 부도덕한 힘으로 화하는 경우가 있어. 다시 말해서 지키기 위한 힘으로서의 군대가 아니라 빼앗기 위한 힘으로서의 군대로 화하는 경우지.[29)]

우석기의 선동적 언행은, 정치에 대해 무관심했던 부유층 계층인 이화를 점차 각성하게 만든다. 그러나 이러한 '깨어있는 지성'이었던 석기마저 강제 입대되고 의문의 사고를 당해 죽음을 맞이하게 된다. 1970년대는 어느 누구의 저항도 용납하지 않았던 절대 권력의 시대였다. 이처럼 당대 지배 권력의 폭압성을 고발하고자 했던 작가의 노력은 석기를 통해 여실히 드러났다. 그러나 이러한 고발적 성격은 석기를 통한 이화의 각성이 이뤄졌음에도 불구하고 직접적 행동을 통한 사회의식의 확대로 팽창하지 않는다. 민요섭과 우석기의 죽음을 경험한 이화가 성과 육체에 대해 새롭게 인식하고 자발적 성행위를 갖으면서 '성과 사랑'으로 포커스가 맞춰질 뿐이다. 그럼에도 일정수준의 사회의식을 보여줬다는 점은 『겨울여자』가 가지는 여타 대중소설과의 차별성이라 할 수 있다.[30]

인물들의 사회 고발적 성격은 강렬하고 많은 지면을 할애하여 드러나 있지 않다. 다만 일련의 대화를 통해 당시의 사회적 분위기를 느낄 수 있을 뿐이다. 그렇다면 우리는 이러한 사회적 분위기를 어떻게 포착할 수 있었던 것일까. 텍스트 해석 행위는 텍스트들과 독자들 모두 그들에게 선행하는 중요한 것, 두드러진 것에 대한 문화적 함축들에 의해 운명적으로 형태지어지고 틀지어진다. 바르트가 어떤 특정 이야기에 접근하기도 전에 우리는 우리들 내부에 '일종의 플롯 언어'를 가지고 있다고 말한 이유는 우리가 서사물들과 관련을 맺는 모든 경우에 있어 문화적 의미와 특이성이라는, 관련 상황인 '문맥'이 항상 존재하기 때문이다. 이러한 것을 '플롯 요약'에서도 확인할 수 있는데, 문학적 수행능력은 습득된 것으로 문학적인 특성으로 여겨지며 '직관적인 지식'이라 부르는 문화적인 특유의 능력이 존재한다.[31] 그러나 우리가 어떤 텍스트를 이해할 때나 해석하는데 영향을 줄 수 있는 지식의 수단은 '사실'과 '이념'이다. 그 지식은 사실적인 면에서 '지식'과 '이해'의 길이를 측정할 수 없다는 것과, 이념적인 면에서 어떤 특정 관점을 취하고 있기에 불완전하다. 그렇기 때문에 작중인물에 대해 이 지식뿐만 아니라 텍스트 자료를 근거로 구체화해야 할 것이다.[32]

이러한 맥락에서 살펴본다면 이화를 둘러싼 남성들 중에서 주요 인물은 민요섭, 우석기, 허민, 김광준인데, 김광준은 시나리오에서 제외되어 있으니 언급하지 않도록 하겠다. 김광준과 허민을 제외한 요섭과 석기는 당대 지배 권력의 부조리를 폭로하고 있다는 점에서 중요하다. 요섭의 아버지는 부패한 정치가이며 석기는 학교의 일방적인 권력에 대항하는 학생기자다. 요섭의 아버지와 석기가 적대시 하는 대상은 같은 자리에 놓여 있다. 그것은 당대 유신체제의 폭력성을 대표하는 상징물이었기에 그 밑에서 신음하고 있는 민중들은 모두 요섭이자 석기가 되었다. 석기가 이화에서 자유당 정권시대를 "조금만 비위에 거슬려도 빨갱이라는 혐의를 뒤집어 씌워서 잡아 가두곤 했던"때라고 표현한 것은 당대 지배 권력의 광폭함을 고발하려는 작가의 의도성으로 파악할 수 있을 것이다. 이처럼 소설 『겨울여자』는 남성 인물들을 통해 정치 · 경제 · 사회적인 면에서 당대 지배 권력의 부조리를 폭로하는 기능을 일정부분 수행하고 있다. 요섭에서 보였던 소극적 대항은 석기에 이르러 직접적인 비판으로 드러나고, 이 과정에서 이화는 현실의 부조리를 인식하게 된다.[33)]

시나리오에서도 이러한 부조리한 현실에 대한 비판의 시각이 보인다. 그러나 소설에 비해 그것이 비교적 자세히 언급되지 않으며 비유적인 표현이 자리를 대신 차지한다. 또한 시나리오에서 영화로 전환될 때 그 언급 자체가 사라지게 되는 경우도 보이게 된다. 요섭의 경우 아버지를 부정한 정치인으로 인식하고 증오하고 원망하지 않고 그 대상을 달리 하고 있다.

#40

요섭 : (중략) 아버지를 미워하는 게 아니란 말에요, 아버지를 비판하던 친구들이 미운거란 말예요. -인서트(학교 구내)

기가 팍 죽어 있는 요섭에게 건강해 보이는 대학교 친구들이 경멸을 담은 차분한 태도로 뭔가 설득하고 있다.

이와 같이 증오의 대상이 아버지에서 친구들로 이동한 것은 직접적으로 정치인에 대한 비판적 언급을 피하고 싶어 하는 것으로 해석된다. 그리고 석기에게 이르면 보다 확고하게 시대적 비판을 드러내고 있는 부분을 찾을 수 있으나 이것 또한 은유적으로 표현됨을 살펴 볼 수 있다.

'#55 대학교정 이곳저곳, #56 동, 복도 1, 2, 3, 4, #57 강의실도 #58 연구실도 #59 실험'로 옮겨지는 카메라의 시선의 이동은 학문의 전당인 대학에 아무도 공부하고 있지 않는, 당대 어지러운 시국을 간접적으로 보여주고 있다. 이런 편집을 통해서 매우 심오한 잠재의식적인 개념-연상이 나타나거나 촉발될 수 있다. 가끔은 풍경을 보여주는 것만으로도 어떤 얼굴의 기억을 떠올리거나 상황의 성격을 설정할 수 있다. 이미지간의 이러한 상관관계는 필연적이고 자동적 과정으로 상호해석적인 연상과정을 촉발한다.[34] 또한 영상은 흑백으로 처리되어 황량한 느낌을 더한다. 이것은 소설과는 달리 영화가 '카메라의 눈'을 사용하고 있기 때문에 영상만으로도 이런 느낌을 선사 할 수 있게 되는 것이다. 즉, 그 자체로는 감정이입이 어려운 '카메라의 눈'에서 시작하는 영화는, 다양한 '카메라 워크'를 통해 감정이입이 용이한 영상을 만들어 낸다.[35]

이화의 말에서도 사회비판적인 모습은 너무나 은유적으로 표현되고 있다. 사학과 학생으로서 공부하면서 뭔가 얻은 게 있냐고 묻는 석기에서 이화는 다음과 같이 말하고 있다.

> #68
> (중략)
> 이화 : 글쎄요. 겨우 2학년인데요. 뭐...저어 이런 생각은 해봤어요.
> 이 세상을 살고 간 사람들을 크게 세 가지로 나눠보면...
> 석기 : ...크게 세 가지로 나누면...
> 이화 : <u>진실을 똑바로 쳐다보고 그 진실대로 산 사람과</u>
> 석기 : (긍정한다는 듯)예에

이화 : 진실을 알면서도 약하거나 어떤 다른 목적 때문에 그 진실을 외면하고 살다간 사람과

석기 : 예에 / 이화 : 그리고 (…) 진실이 무엇인지 모르고 살다간 사람.

(밑줄-인용자)

이것은 그 당시 시대상에 근거해 유추해 볼 때 '진실을 똑바로 쳐다보고 그 진실대로 산 사람'은 데모를 통해 사회를 경각시켜보고자 노력했던 학생 또는 깨어있는 지식인일 것이고, '진실을 외면한 사람'은 알면서도 참여하지 않고 개인의 안위를 지키기에 급급한 사람, 그리고 '진실을 모르는 사람'은 당면해 있는 어려운 시대에 관심 없이 자신만의 삶을 사는 사람을 의미할 것이다. 그리고 이러한 은유적 표현은 이화와의 데이트에서 슬롯머신에 치중해 있는 석기에게도 발견된다. '이런 걸 왜 하느냐'는 이화의 물음에 석기는 은유적 표현을 사용해 어지러운 시대상에 어지럽게 사는 자신의 삶을 표현한다.

#74

(중략)

석기 : 조화를 얻어보려구요. 내 자신은 생산적인 일이라고 생각한 일에 몰두하다 보니까 모두들 날 욕해요. 비생산적인 일도 해보면 내가 좀 달라지지 않을까 해서요. 독한 술에다가 냉수를 섞어 마시는 사람들이 있잖아요. 맛이 순해지라고 그런 거예요. (밑줄-인용자)

석기는 학생운동을 앞장서서 진행하는 진취적인 모습을 보였다. 하지만 석기의 형은 "학비는 공부하라고 대주는 거야. 임마 공부해 가지고 저 살 길 찾으라는 거야. (중략) 괜히 시건방져 가지구, 임마. 정치는 이담에 국회의원이나 돼가지구 하는거야, 임마."라고 말하면서 그 행동이 '비생산적'이라고 매도한다. 자신은 '생산적'이라고 생각한 학생 운동에 대해

모두들 '비생산적'이라고 비난하는 상황에서 이런 비생산적인 도박을 하면 자신의 생산과 비생산이 '조화'되어 더 이상 끝이 보이지 않을 것 같은 사회 운동을 그만두게 되지 않을까라는 막연한 생각에 슬롯머신에 열중하고 있는 것이다. 특히 여기에서 석기가 말하는 '독한 술'은 민주주의를 이룩하지 못하고 있는 폭력적인 세상이겠고, '냉수'는 세상에 편승해서 있는 듯 없는 듯, 개인적 안위만을 위해 사는 것을 의미하고 있는 것으로 파악할 수 있다. 그렇게 섞어 마셔서 조화가 되면 '맛이 순해지'는데, 바로 이러한 순한 상태가 석기의 가족들의 원하는 삶을 의미하고 있는 것이다. 이외에도 시나리오에서 이 시대상을 보다 뚜렷하게 나타내는 부분이 등장하는데 #98 이화와의 첫날밤에서 성관계 이후 석기가 이화의 성장을 알리기라도 하듯이 나직이 말하는 부분이 그것이다.

> #98
> (중략)
> 석기 : (생각해가며 말하듯 띄엄띄엄) 이화는 마침내 세상의 슬픔을 알기 시작했어...(중략) 자기 이익을 위해서 투쟁하고 먹고 살기 위해서 싸우고 종족 번식시키기 위해서 본능이 지시하는 바에 따르고 또 그러한 모든 과정에서 생기는 정치 경제 사회 문화의 온갖 형태가 모두 슬픔 덩어리인 것 같아. 하지만 사실은 또 사람 사는 일처럼 자랑스럽고 소중한 것도 없어. 사람들에겐 그 거창한 슬픔을 이겨 내려는 의지가 있으니까 말야. 슬픔을 슬픔으로만 받아 들여서 나약한 상태에 머무르지 않고 그걸 극복하고 마침내는 그것마저 포용해버리는 거창한 의지가 사람들한테는 있으니까 말야. (밑줄—인용자)

이런 석기의 직접적인 사회상에 대한 인식은 이화에게 서사적 추동력을 이끌어 갈 수 있는 힘이 된다. 그러나 안타깝게도 영화 상영시 이 장면에서 석기의 대사는 그 소리가 들리지 않아, 관객들은 그 장면이 무엇을 전달하고자 하는지를 알 수 없었다. 이것은 당시 삼엄한 검열 속에서 그 소리가 삭제된 것이 아닌가 하고 추측해 볼 따름이다. 또한 이화의 면회를 통해 다시 만나게 된 그들의 동침 속에서 당부하듯이 석기가 이화에게 말하는 "우리나라를 사랑해 줘, 우리가 사랑해주지 않으면 누가 사랑해 주겠어. 그리고 우리나라 사람들을 사랑해 줘."(#126)라고 말하는 부분 또한 소리가 삭제되어 관객에게로의 의미전달을 가로막는다. 군대에서 '훈련'을 나갔다 돌아오는 길에 사고를 당한 석기의 모습은 '외출'을 나갔다가 사고당하는 것으로 바뀌기도 한다.

영화에서 이화가 만난 세 남자 중 요섭은 부정한 아버지의 권력에 대한 열패감에 사로잡혀 자살함으로 마무리가 되고, 허민은 외로운 마음에 이화와 성행위를 하지만 결국 이화에게 결혼을 거부당하고 지쳐있는 자신을 영원히 외롭게 해주지 않을 인물인 전부인에게 돌아가는 위선적이고 우유부단한 지식인으로 그려진다. 그리고 가장 사회적인 인물이자 이화로 하여금 사회의식에 눈뜨게 한 석기는 영문 모를 사고로 죽게 됨으로써 관객들에게 사회적 시사점을 전혀 안기지 못하고 있다.

로버트 숄즈는 "현실을 복사하려는 종류의 예술은 '재현'으로, 단지 현실의 한 양상만을 제시하려는 예술은 '예시'로 표현할 때 예시적인 것은 상징적인 반면에, 재현적인 것은 모방적이라고 할 수 있다. 예시는 서사예술에서 실제적인 것의 선택된 면이며 윤리적, 형이상학적 진실과 관련된 본질적인 면을 제시한다."[36]고 말한다. 로버트 숄즈의 말에 따르면 <겨울여자>는 '재현'처럼 사실적 상황을 있는 그대로 보여 주려하기 보다는 '예시'를 통해 상징적으로 드러내고 있다고 볼 수 있을 것이다. 그리고 시나리오로 각색될 때 소설에서 찾아볼 수 있었던 사회 비판적 면모는 더욱 옅게 드러나게 되었고, 시나리오에서 영화 이미지로 전환될 때 한 번 더 탈각되어 관객들은 전혀 파악하지 못할 정도가 된 것이다.

Ⅳ. 맺음말

지금까지 조해일의 『겨울여자』가 각색의 과정을 통해 영화에서 어떻게 구현되고 있는지 파악해 보았다. 원작 『겨울여자』의 특수성은 성과 가족 이데올로기에 대한 전복, 지배권력의 폭압성에 대한 고발이라는 점에서 찾아볼 수 있다. 이화는 가부장제 사회에 따른 결혼제도를 부정하고 '성'을 통한 전통적 가치관에 정면으로 대항한다. 그리고 대중소설로는 드물게 당대 지배 권력의 부정성을 고발하며 사회비판적 저항의 성격을 띠고 있다. 그러나 이러한 작가의 의도는 각색과정을 통해 왜곡 · 축소되고 말았다. 이화라는 여성을 통해 표현하고자 했던 '성처녀'이미지는 남성적 시선과 욕망에 의해 일그러지고 은폐되어 성적 쾌락에 몸을 던진 여성을 그려내고야 말았다. 그러한 핵심적인 모순에도 불구하고 영화는 알찬 영상과 에로티시즘과 산문적인 대사로서 처음부터 끝까지 관객의 호기심을 만족시키는데 성공하고 있다.37)

마찬가지로 원작에서 비교적 쉽게 발견할 수 있었던 사회비판적 모습은 유신체제하라는 시대적 한계에 부딪혀 그 힘을 잃어버리고 말았다. 모든 매체에 적용된 엄격한 검열과 규제에서 <겨울여자> 또한 자유로울 수 없었을 것이다. 원작이 추구한 저항적 이미지는 도저히 실현할 수 없는 것이었다. 그런 상황에서 에로티시즘에 치우침은 어쩌면 당연한 귀결일지도 모른다. 이런 영화의 재생산 과정에서 나타난 차이점은 매체의 특성에서도 기인하겠지만 그 당대의 분위기와 존 스토리가 말하는 대중문화와 관련된 이데올로기로 이해할 수 있을 것이다. 존 스토리는 이데올로기의 의미를 대략 다섯 가지로 구분한다. 첫째로 특정 집단에 의해 부각되는 조직적인 사고 체계이다. 둘째는 일정한 눈가림이나 왜곡 · 은폐이며 셋째로는 대중문화가 사회를 이해하는 場 이라는 전제하에서 나타나는 이데올로기적 형식이다. 넷째는 알튀세르의 입장에 대한 실천행위이며 마지막 다섯째는 어떤 함축적 의미를 수정하거나 새로운 함축적 의미를 만들기 위한 헤게모니 투쟁이다.[38] 한국의 1970년대는 암울한 군사독재의 그늘 밑에서 개인의 자유는 말살 당했으며, 여성의 지위는 경제화의 성장에 따라 상승하지 못하고 성적 대상으로 자리매김할 수밖에 없었다. 이런 상황에서 독자 · 관객들은 자연스럽게 자신의 욕망을 실현시킬 수 있는 방법을 찾게 되었다. '대중예술의 통속성'이란 이러한 대중의 욕구의 충실한 반영이라 볼 수 있을 것이다. 대중예술을 이야기 할 때 그 성격을 보면 대체로 '도피주의', '대리만족', '선정적', '아편적', '비판의식을 마비시키는' 등등이 있다. 즉 "사회적 계층이나 교육적 수준에 제한됨이 없이 사회의 거의 모든 이들에게 호소하고 다른 한편으로는 사회의 낮은 지적 수준과 부족한 정서적 수용력을 갖고 있는 대다수의 소위 '저급한' 사람들에게만 수용되는 떳떳치 못한 문화 산물로 간주"되는 것이다.

조해일의 『겨울여자』와 영화 <겨울여자>는 이러한 '통속성'의 성격으로 볼 때 어느 정도 차이를 보이고 있다. 원작소설은 요섭, 석기, 광준을 통해 당대 지배 권력의 폭력성을 보여줬다. 그러나 영화 <겨울여자>는 이러한 저항적 요소마저 버리고 '여대생'을 성적 대상으로 전락시켜 남성들의 판타지를 공공연히 실현했다는 점에서 이러한 통속성을 벗어나지 못할 것이다. 이러한 맥락에서 본고는 "기존의 전통과 제도, 의식의 틀에 갇혀 있는 여성들의 관념을 깨뜨리려 한 감독의 과감한 의도가 상당한 거부반응을 일으켰으면서도, 한편 젊은 여성들이 자신의 문제로 받아들였다는 점이 흥행의 열쇠라고 할 수 있다."[39]는 논조에 의문을 가질 수밖에 없다.

앙드레 바쟁은 문학의 영화적 전화에 대해 "미학적인 구조에서 소설과 영화는 차이가 발생하기 때문에 원전과 똑같이 일치시킬 수는 없는 것이며 진정으로 원전에 충실하고자 하는 감독일수록 새로운 것을 발견하기 위해 더 많은 노력과 상상력을 동원"해야 한다고 말한다. 즉 원작을 언어와 정신적 측면에서 재생산해 냈을 때 비로소 잘된 각색이라고 말한 것이다. 이러한 바쟁의 언급은 『겨울여자』의 영화적 재생산이 가지는 아쉬움을 다시금 상기하게 한다.

고경선
건국대학교 / 국어국문학과
angelika1004@hanmail.net

소설 원작 영화의 스토리텔링 전환 고찰

– 홍석중의 『황진이』와 영화 <황진이>를 중심으로

구 모 경

Ⅰ. 들어가며

본 연구는 원작의 성공에 반해 주목받지 못한 영화를 분석함으로써 매체간의 개별적 특징을 고찰해보는 것을 목적으로 한다.

벽초 홍명희의 손자이자 국어학자 홍기문의 아들로 남한 사회에 알려진 홍석중은 『높새바람』을 통해 작가적 지위와 명성을 높이고 있는 작가이다. 2002년 평양에서 출간되었고 남북문학교류 사업의 일환으로 남측 정보의 첫 공식 허가를 받아 남쪽의 대훈출판사에서 2004년 8월 출간하였다. 이후 남측의 방송과 신문에 집중 소개되었으며, 심지어 미국 시사주간지 TIME 2004년 6월 28일에 소개되기도 하였다. 그리고 창작과 비평사에서 제정한 '19회 만해문학상(2004)'을 수상하면서 남측 독자들에게 폭넓은 사랑을 받았다.[40] 1930년대 이태준의 『황진이』(1938), 1970년대 최인호의 「황진이」 연작(1972), 정한숙의 『황진이』(1973), 2000년대 김탁환의 『나, 황진이』(2002), 전경린의 『황진이』(2004), 등의 작품들과 함께 주목을 받으면서 남북한 문학의 이질성과 동질성을 확인할 수 있는 작품으로 세간의 이목을 집중시킨 바 있다.[41]

황진이는 많은 작가들의 창조적 상상력을 자극하는 실존 인물이다. 정사가 아닌 야사에 기록된 인물이기에 작가들의 창조적 상상력을 불러일으킨다. 따라서 많은 중견 작가들이 황진이의 이야기를 토대로 자신만의 소설적 실험을 가했다.

홍석중의 『황진이』에 와서는 허구적 상상력이 극대화된다. 리쾨르는 '실제적인 사건의 기술이라는 역사'와 구분하기 위해 민담, 서사시, 신화, 비극과 희극, 소설이라는 항목으로 분류되는 것들을 모두 '허구 이야기'라고 일컫는다. 허구는 상상력의 차원에서 자유로이 시간의 무한한 가능성을 탐구하는 것이다. 즉 모든 허구는 체험된 시간에 상상적 변주를 제공함으로써 현실을 의미들로 풍성하게 한다. 리쾨르는 시간과의 이러한 허구적 놀이는 이야기 구성을 통해서 그 고유의 시간성을 다양하게 체험 할 수 있다고 본다.[42] 홍석중의 『황진이』는 리쾨르의 말처럼 독자들에게 시간의 허구적 경험을 체험케 한다.

그동안 『황진이』 연구는 많은 논자들에 의해 진척되어 왔다. 오태호는 홍석중의 황진이가 기존 북한소설이 보여주고 있는 이데올로기적 경직성을 넘어 '낭만성'을 지닌다'[43]고 했고 박태상은 다음과 같이 말한다.

> 서사구조상의 허점과 한계를 나타내고 있지만, 크게 두 가지 점에서 미학적 가치를 드러내고 있다. 하나는 황진이의 놈이에 대한 사랑을 삶의 진실성으로 해석하는 인식태도 이다. 다른 하나는 문체상의 아름다움이다. 홍석중 소설미학의 또 하나의 묘미는 작가의 창작적 개성이 드러나는 탄력적인 언어구사와 문체미라고 할 수 있다. 그는 조부 홍명희의 문체를 이어받아 조선조 상층부 사람들의 구어뿐 아니라 하층민들인의 일상어를 가감이 표현했다.[44]

박태상이 언급한바 서사구조상의 허점과 한계에도 불구하고 독자의 시선을 사로잡은 것은 정신의 본질이 전달되었기 때문이다. 로버트 숄즈는 모든 서사체에서 플롯보다 중요한 것은 서사체가 지닌 정신의 본질이며 이는 성격묘사, 동기 부여, 묘사, 그리고 논평 등의 언어에서 표현되는 것으로서 서사의 영혼이라 말했다.[45] 소설 『황진이』는 남한독자에게 거부감을 주는 북한문학에서 벗어나 한국인들이 느낄 수 있는 보편적인 정서를 추구한다. 소설이 미학적 성취를 거둔 것에 반해 세인들의 주목을 받으며 100억원을 투자하여 만든 영화는 성공적이지 못해 아쉬움을 남긴다. 필자는 이러한 결과가 각색의 어려움에서 촉발했다고 본다.

각색이란 '한 작품의 장르를 다른 장르로 전환시키거나 변형시키는 작업'이다. 소설을 희곡화, 시나리오화, 방송 극본화 하는 경우 또한 그 반대의 경우가 이에 해당된다.[46] 루이스 쟈네티에 의하면 많은 영화들은 문학작품을 기초하여 각색했으며 소설이나 희곡을 영화화하는 것은 순수한 시나리오를 쓰는 것보다 더 많은 기술과 독창성을 요하며 문학작품이 좋은 것일수록 각색하기 어렵다고 단언했다.[47]

원작의 주제의식이 명확하더라도 각색자는 영화적으로 재해석하거나 자기 나름의 방식으로 변화시킬 수도 있다. 때로는 원작자 입장에서 보면 왜곡이 될 수 있을 정도로 제 2의 창작자의 의도에 따라 원작을 해체, 재창조한 영화가 탄생하기도 한다. 성공적인 각색이란 원작과 각색 시나리오의 유사성을 말하는 것이 아니다. 원작의 스토리, 대사의 차용 빈도 등이 유사할 때 원작의 영상화가 제대로 이루어졌다고 착각하기 쉽다. 좋은 각색은 문자와 정신의 본질을 복원하는 데 성공하는 것이다.[48] 정신의 본질이란 앞서 숄즈가 얘기한 것과 마찬가지로 원작의 서사가 가지고 있는 서사의 영혼에 해당된다. 원작이 가지고 있는 문자언어의 본질을 영상언어로 재가공하는 것, 이것이 좋은 각색이라는 의미이다. 이 과정에서 새로운 창조성이 발휘된다. 그러므로 각색에 있어서 성공 여부는 원작의 작품성이 아니라 전적으로 옮기는 사람과 감독의 능력에 달려 있다고 해도 과언은 아니다. 그러나 소설 각색은 그 정확한 원리를 규명하기가 불가능할 정도로 상당히 미묘한 작업이다.[49]

소설과 시나리오는 '스토리텔링'이라는 것을 공유한다. 스토리와 스토리텔링은 서로 다른 것이다. 그 차이가 관객의 체험이다. 스토리텔링은 관객이 얻게 될 체험을 창조하고 조직화하는 것이다. 관객의 체험은 관객이 따라가는 사건이나 캐릭터에게서 창출되는 것이 아니라 스토리텔러에 의해 결정된다. 매체에 상관없이 이것이 바로 스토리텔링이라는 기술이다.[50)]

본고에서는 소설과 영화의 스토리텔링이 어떤 양상으로 이루어졌는지 살펴볼 것이다. 소설과 영화의 서사구조를 살펴보고 스토리텔링의 차이를 통해 매체 고유의 특성과 각색의 중요성에 관해 고찰하는 것이 목적이다.

Ⅱ. 소설 『황진이』 분석

1. 소설의 서사구조

장편소설 황진이는 총 세편으로 이루어져 있다. '제1편-초혼', '제2편-송도삼절', '제3편-달빛 속에 촉혼은 운다.'라는 소제목이 붙여져 있다. 본장에서는 세 편의 주제의식에 해당되는 내용들을 간략히 분석해 보기로 하겠다.

1.1 '극'적인 삶의 변화

제1편인 초혼에서는 자신을 사모하다 병들어 죽은 혼백과 영원한 사랑을 맹세한다. 출생의 비밀이 밝혀지자 황진사댁 양반집 여식인 황진이를 죽이고 기생 명월이로 다시 태어난다. 주체적으로 기생의 길을 택하는 것으로 보이지만 어머니의 기생 신분이 만천하에 알려진 황진이에게 선택의 길은 많지 않아 보인다.

> 이제 내 앞에는 세 갈래의 길이 놓여 있어요. 황진사댁의 비천한 개구멍받이 딸로서 어느 부귀한 량반을 골라서 첩실에 들어앉든가...

두 번째 길은 어머니가 이 댁의 세전하는 종이니 나도 종문서에 이름을 올리구 평생 이 집에서 종노릇을 하든가...세 번째 길은 어머니가 색주가의 논다니루 청교방에서 명을 마치셨으니 나두 어머니의 전철을 밟아 청루에 몸을 던지든가.[51]

황진이가 기생의 삶을 택하게 되는 과정은 하나의 '극적인 것'[52]에 해당된다. 양반 신분에서 신분의 하락을 맞은 황진이에게 정체성의 혼란이 찾아온다. 황진이와 관련된 고사와 야담에서 황진이라는 인간의 개별적인 고통에 관해서는 알려지지 않았다. 인물 내면의 목소리를 들을 수 있는 이야기 형식은 근대 소설에서 가능한 형식이며 내면의 목소리 역시 근대인의 시선으로 재해석한 결과이다. 현대 작가들이 재창조한 황진이 역시 고사와 야담의 확장에서 벗어나지 못하는 이유는 실존 인물에 대한 사실과 진실 사이의 거리 때문이라 할 수 있다.

2000년대 들어서면서 역사소설의 양상이 사뭇 달라진다. 역사적 인물들의 미시사에 관심을 갖기 시작한 것이다. 2004년 흥행 돌풍을 일으킨 바 있는 김훈의 '칼의 노래'에 등장하는 이순신의 면모가 그러한 예이다. 성웅 이순신이 아닌 인간 이순신의 내적고뇌가 독자들의 심금을 울렸다. 홍석중의 『황진이』가 남북의 독자들에게 사랑받은 이유도 동일한 연장선상에 있다고 본다. 야사에 기록된 기생 황진이의 뛰어난 면모가 아닌 인간 황진이의 내적 고뇌에 천착하게 만들어 공감을 획득 한다.

황진이의 출생의 비밀을 혼인할 윤승지 댁에 알린 사람은 놈이다. 놈이는 황진이의 어머니인 진현금의 장례까지 치러주지만 황진이를 파혼시키는 장본인이기도 하다. 동일한 하층계급으로 신분을 하락시켜 자신의 여인으로 만들기 위함이었다. 황진이는 파혼과 동시에 자신의 어미의 존재를 알게 되지만 장례를 치른 이후이다. 청루의 최하위급인 논다니[53]로 병에 걸려 죽은 어미의 묘소 앞에서 황진이는 다시 태어난다. 진이는 놈이에게 순결을 바치고 기생이 된다.

황진이의 파혼과 상사병에 걸려 죽은 총각에 관한 일화들은 흔히 알려진 이야기들이다. 작가는 이 사건을 확장하고 반복하기 보다는 짧은 에피소드 위성 사건으로 축소하고 이러한 사건들을 통해 변해가는 진이의 내면 서술에 중점을 둔다.

1.2 지배 계급의 비판을 위한 여성 섹슈얼리티

출생의 비밀을 안 진이의 분노는 죽은 아버지에게로 향한다. 죽은 아버지의 모습은 자신의 이복 오라비의 모습과 중첩된다. 선비행세를 하며 여종들을 성적으로 유린하는 오라비의 모습에서 환멸을 느끼는데 이는 자신의 아버지가 어머니에게 가했던 행위이며 자신의 존재이유에 해당되기 때문이다. 출생의 비밀을 안 진이에게 아버지는 부정해야 할 대상이며 아버지 법인 유교적 가부장적 질서 역시 비판하게 된다. 기생이 된 진이가 벽계수를 유혹하고 지족선사를 파괴시키는 일화들은 단지 자발적인 성적 유희가 아니라 위선과 허위를 고발하려는 신념의 표현이다.

근대 서사 양식이 세계에 대한 저항이듯, 진이가 맞서게 되는 부조리한 세계의 모습은 사회주의 북한의 이념 체제와 맞닿아 있다. 하층민으로서의 기생 진이가 바라본 양반 사대부의 위선과 권력지향의 모습은 북한문학에서 당위적인 배척의 대상이 된다. 특히 유심론적 종교에 대한 작가의 태도는 조선 건국 이후의 억불 정책을 강하게 반영하고 있다.[54] 위의 필자의 언급과 같이 홍석중은 대부분의 일화들을 자신만의 상상력으로 재창조하지만 유독 지족선사에 대한 일화는 그 정도가 심하다. 특히 지족선사라는 인물의 성격과 그의 외모에 대한 묘사는 승려를 노골적으로 폄하는 것으로 보인다.

사실의 훼손 여부를 떠나 독자들이 재미를 느끼는 것은 개연성을 획득했기 때문이다. 더군다나 황진이 역시 생몰연대가 불문명하고 그녀의 일화들도 정사가 아닌 야사에 기록되어 있어 역사의 사실성에서 벗어나는 인물이기도 하다. 황진이 일화의 전복을 통해서 독자들이 느끼는 것은 '재미'라고 할 수 있다. 우리가 서사물을 통해 재미를 느끼게 되는 요인은 개연성이란 비극의 요건에 의해서이다. 아리스토텔레스는 비극이란 진지하고 일정한 크기를 가진 완결된 행동을 모방하며, 가능하지만 믿어지지 않는 것보다는 불가능하지만 있음직한 것을 선택하는 편이 좋다고 말했다.[55]

1.3 낭만적 사랑의 지향

모든 플롯은 긴장과 해결에 의존한다. 서사체에서 가장 평범하고 흔한 플롯은 전기적 플롯과 낭만적 플롯이다. 이 두 플롯이 긴장과 해결에 대해서 가장 명백하게 상호 연관성을 보여주는 플롯이기 때문이다.[56] 『황진이』는 이 두 가지 플롯으로 구성되어 있다.

진이가 놈이에게 기둥서방이 되어주길 부탁하며 순결을 허락한 것은 기생이 되기 위한 하나의 제의적 형식이다. 여러 사내들과 성적 관계를 맺는 황진이를 목도할 수 없고 자신의 여자로 만들 수도 없는 처지를 비관한 놈이는 산 속으로 들어가 종적을 감춘다. 황진이는 더 이상 자신을 찾지 않는 놈이를 그리워한다. 그들의 사랑은 일반적인 연애에 한정되지 않는다. 어린 시절을 함께 보냈지만 성인이 된 이후 이들이 마주하는 시간은 첫날밤을 함께 보낸 것이 전부이다. 이들의 사랑은 육체적 사랑을 넘어선 정신적 사랑에 가깝다.

황진이와 풍류를 논하던 류수사또 김희열은 자신이 저지른 비리를 화적패 두목인 놈이에게 씌운다. 놈이의 심복인 괴똥이를 붙잡아 놈이가 대신 죽이겠다고 공고한다. 괴똥이를 위해 자수하는 놈이는 교수형에 처하게 된다. 놈이가 죽은 후, 황진이는 이사종과 함께 구걸을 하러 다닌다는 기이한 소문으로 끝을 맺는다.

이사종과 금강산 유람을 하고 걸식을 하는 황진이로 끝을 맺는 개연성 없어 보이는 에피소드는 "어우야담"에 기록되어 있는 황진이의 일화 중

하나인데 놈이의 죽음으로 인해 삶의 인식지평이 변한 황진이를 상상할 수 있다. 이는 채트먼의 용어로 '서사적 채워 넣기'라고 한다. 작가는 자신이 알고 있는 기존의 이야기들을 '서사적 채워 넣기'를 수행하며 글을 쓰게 된다. 작가가 쓴 글을 읽는 독자 역시 행간의 빈 여백을 채워 넣으며 읽어 나가는 독서를 수행한다는 것이다. 사건과 사건 사이에는 사실상 무한히 긴, 또는 상상 가능한 세부 사항의 연속이 있는데 작가는 연속감을 주기에 충분하다고 생각하는 사건만을 선택한다. 독자들은 서사물의 원줄거리를 그대로 받아들이고 평소의 생활과 예술 경험을 통해 습득한 지식으로 그 틈을 메운다.[57] 그런 의미에서 서사물은 작가와 독자 사이에 오고가는 무언의 소통이라 할 수 있다.

2. 소설의 인물 형상화

인물 성격 형상화에 있어서도 사건과 마찬가지로 필연적이거나 개연적이어야 한다.[58] 소설이 독자들에게 흡인력으로 작용하는 요체는 바로 주인공들의 살아 움직이는 생동감 때문이다.[59]

『황진이』는 독특한 서술을 취하고 있는데 1인칭 시점의 고백적 서술이 이에 해당된다. 고백적 서술은 내면의 목소리를 들을 수 있는 형태인 서간문 형식으로 되어있다. 편지의 발신자는 황진이와 인연을 맺을 법 했던 첫 남편과 황진이로 인해 상사병으로 죽은 영혼에 대해 마음 속 편지를 쓰는 것으로 대신한다. 이는 진이의 내면 의식을 전경화하는 장치이다.

> 언제부턴가 저는 저녁마다 이 숲의 정적 속을 거닐며 사랑의 꿈을 키워왔습니다. 그리고 그 꿈속에서 누군지를 모르면서 그 누군가를 그렇게도 열렬히 사랑해왔습니다. 누군지를 모르면서..그것은 마치 갈 곳을 모르면서 끝없이 걷지 않으면 안 되는 나그네의 고달픔과 같은 것이에요.[60]

위의 구절은 윤승지댁 도령과의 혼인이 파혼당하기 전, 얼굴도 모르는 상대를 향하여 내뱉는 내적 독백이다. 내적 독백은 서사 문학에서 간섭하는 서술자 없이 인물의 발화되지 않은 생각들의 직접적이고 즉각적인 제시이다. 이는 서사 문학의 연극적 요소이지만, 서사 문학에서만 존재할 수 있다. 이를 통해 소설가는 어떤 종류의 마음이라도 독자에게 직접적으로 드러낼 수가 있다.[61] 독백은 서사구조에 영향을 주지 않지만 인물의 내면 풍경에 감정이입 될 수 있다. 서간체는 황진이의 마음 속 편지 뿐 만 아니라, 황진이와 놈이의 서신 왕래에서도 활용된다. 놈이의 편지 역시 1인칭 시점으로 서술되어 내면의 목소리는 독자와 인물에게 동시에 전달된다.

황진이와 관련된 소설들은 대부분 기생의 예기와 에로티시즘에 집중되어 있다. 예인으로서의 면모나, 명문거장들과의 교유담 등은 일반적으로 알려진 일화들이다. 그러한 부분에서 인간 황진이는 자유로운 성적 주체, 예능인의 모습이 전부이다. 이는 기생이라는 신분에 대한 단선적인 시선이라 할 수 있다. 비록 명기이자, 예능인으로 알려져 있지만, 그것을 통해 온전히 자유를 획득할 수 있었는지 의문이다. 피해갈 수 없는 상황을 단지 전복하여 받아들이며 생을 향유했는지도 모른다. 화려함 뒤에 가려진 개별적 주체의 고뇌를 홍석중은 도저한 상상력으로 서술한다.

홍석중의 『황진이』의 특징은 놈이라는 인물 형상화에 있다. 놈이는 하위 주체로서 계급적 모순을 알고 있지만 그의 내면이 행위로 표현되지 않는다. 영웅으로 형상화시킬 수 있었음에도 변혁적 주체의 면모를 소거함으로써 기존의 북한문학과의 차별화되어 남한독자에게 거부감 없이 다가온다. 놈이는 한 여자를 사랑하는 남자이면서 자신이 아닌 타인을 위해 목숨을 거는 이타적 인간형이다. 놈이의 태도는 불의에 항거하는 동적인 영웅이 아니라 타자에 대한 이타적 사랑을 실천하는 종교인에 가깝게 묘사된다. 홍석중이 추구하는 사랑은 남녀간의 연애에 한정되는 것이 아니라 휴머니즘 사랑의 추구에 있다.

> 진이는 말없이 놈이 앞에 서서 그윽한 눈길로 그를 내려다보았다. 진이의 영채 어린 눈에 비낀 것은 사랑하는 사내를 형장으로 보내는 슬픔도 아니요 설움도 아니요 괴로움도 아니었다. 벌써 그러한 고통은 삼문 앞에서 정신 잃고 쓰러진 그날부터 나흘 동안 생사의 기로를 헤매던 어둠의 심연 속에서 흘러가버렸다. 그것은 오로지 넋이 넋을 사랑하고 넋이 넋을 리해하며 넋이 넋을 떠나보내는 서글픈 바래움이였으니 두 사람의 넋은 비록 영별을 눈앞에 두고 있으나 이미 죽음과 삶을 초월한 정화된 정신의 높이에 함께 올라섰기 때문이였다. …
>
> 놈이는 눈을 감았다. 그리고는 어제와 오늘과 래일이 없고 우와 아래와 옆이 없는 선 정삼매의 평온한 표정이 돌처럼 굳어져버렸다. 그는 이미 보지도 듣지도 생각하지도 않는 무한량, 무한대의 고요일 뿐이였다.
>
> 진이는 간에서 나왔다. 그는 죽음을 앞둔 놈이의 침착한 태도에서 깊은 감명을 받았다. 이제 날이 밝으면 참형을 당할 놈이의 얼굴에 깃든 그 평온과 그 고요의 뜻을 리해할 수 있을 것 같았다. 참으로 사람은 죽어도 그 넋은 가지도 않고 오지도 않으며, 또 머무르지도 않는 무거무래역무주한 것이 아닐까. 어쨌든 놈이는 진이, 자신보다 훨씬 큰 사람이었다.[62]

죽음이란 인간에게 가장 큰 폭력이다. 삶이란 죽음을 부정하는 것이다.[63] 놈이의 죽음을 통해 작가의 생사관을 엿볼 수 있다. 죽음을 목전에 둔 놈이의 태도는 죽음에 대한 공포를 넘어섬으로써 초월적 경지에 이른다. 놈이의 죽음을 응시하는 황진이마저 자기성찰로 향하게 한다. 놈이의 장례를 치른 황진이는 작은 보퉁이 하나를 가슴에 품은 채 정처 없는 유랑의 길을 떠난다.

더불어 소설의 주요한 특징은 주동 인물과 함께 주변 인물들을 개별적 주체로 인식했다는 것에 있다. 서술자는 다양한 인물들의 초점화를 통해 그들의 내면풍경을 보여준다. 진이는 자신의 경험이 아닌 노복인 이금이와 놈이의 심복인 괴똥이의 사랑을 통해 남녀 간의 사랑을 대리 체험한다. 자신이 누리지 못하는 사랑의 낭만성을 그들로부터 획득한다.

3. '송도'가 지닌 장소성

모든 서사물을 구축하는 3요소는 인물, 사건, 배경이다. 소설이 영화화되는 데 있어서 '송도'라는 실존적 장소가 중요한 비중을 차지한다. 조선 중기 민중들의 일상적 삶의 풍속을 세부적으로 묘사한 작품은 전무하다고 볼 수 있다. 이는 홍석중이라는 작가가 이룩한 문학적 성취 할 수 있다. 한국에 존재하는 역사 소설이라 해도 조선 중기의 일상성을 세부적으로 묘사한 작품은 거의 부재하다. 북한은 1980년대부터 표방한 '조선민족 제일주의'라는 이데올로기를 강조했다. 민족적 전통성을 앞세우는 민족주의적 색채를 통해 세습체제를 강화하려는 의도에 의한 것이다. 또한 개성공단 유치를 위한 문화재 보존하고 홍보하여, 외국의 자본유치와 기술의 도입을 유도하기 위함이다. 『황진이』 역시 이러한 배경 하에 탄생한 것이다.[64)]

세상에 존재하는 모든 이야기는 유사하며 더 이상 새로운 이야기는 존재하지 않을지도 모른다. 아리스토텔레스는 시학에서 장경은 우리를 매혹하기는 하나 예술성이 가장 적으며 작시술과는 가장 인연이 먼 것이라 했다.[65)] 하지만 오늘날의 서사체에서는 장경이 중요한 요소가 된다. 플롯 차원에서 더 이상 새로운 스토리, 이야기를 찾기 어렵기 때문이다. 스토리텔링의 소재는 새로움과 익숙함, 보편성과 특수성이 씨줄과 날줄처럼 얽혀 있어야 한다. 여기서 공간과 장소의 특수성은 장경에 속한다. 홍석중은 『황진이』를 통해 독자들을 조선 후기, 송도라는 낯선 장소에 데려다 놓는다.

인문지리학자 투안은 공간과 장소에 대한 논의에서 장소와 공간을 구분하였다. 그의 설명에 따르면, 장소는 안전과 안정의 감각과 결합된 것으로 식량, 물, 육식, 번식과 같은 생물학적 필요가 충족되는 가치의 중심지이며 편안함을 느낄 수 있는 정감의 연장성에 있는 것으로, 삶의 근거지인 집 그리고 집이 있는 땅과 밀착된 정감 같은 특성이 비록 강도의 기복은 있을지라도 계속적으로 이어진 곳을 통틀어 일컫는 말이라고 설명한다. 이에 비해 공간은 자유의 움직임의 감각과 결합된 것으로, 동적이고, 목적적인 자아를 중심으로 하는 대략적인 좌표틀 이자 경험과 상징을 통해 구조화된 세계를 의미한다. 인간은 공간과 장소를 필요로 하고, 그런 인간의 필요에 의해 구획된 공간이 장소가 되는 것이다.[66] 장소는 인간의 삶이 영위되는 구상적인 것인 반면, 공간은 이러한 장소를 범주화한 추상적인 것이다. 이를테면 장소는 사실로서 존재하는 것이고, 공간은 개념으로서 존재하는 셈이다.[67]

'송도'는 북한 개성의 옛 이름이다. 홍석중은 '송도'의 장소성을 구축한다. 조선 중기의 시간을 '송도'라는 장소에 호출함으로써 '송도'의 장소성은 독자에게 이질적인 시공간을 형성한다. '송도'는 익히 존재하는 지명이며 황진이, 서화담, 박연폭포 등은 '송도삼절'로 알려져 있다. 실제 존재했고 들어왔지만 결코 가닿을 수 없는 세계인 '송도'는 독자에게 환상성을 고취시킨다. 이는 소설이 독자들을 사로잡을 수 있는 중요한 요인이며 시각화에 대한 열망도 불러일으킨다. 인용한 부분은 영화에서도 그대로 재현되는 장면이다.

> 참으로 기괴한 행렬이었다. 방상시도 없고 명정이나 혼백이나 만장도 없고 오로지 공포를 달아 맨 장대 하나가 상여 앞에 우뚝 솟아 있었다. 상여 뒤에는 수십 명의 녀인들이 뒤따르는데 상복 차림은 하나도 없고 모두 울긋불긋 눈이 어지러운 채색옷차림에 머리 우에는 빨간 꽃들을 꽂고 있었다. 녀인들의 뒤로 사내들의 행렬이 뒤따랐다. 하나같이 빨간 꽃을 꽂은 패랭이를 삐딱하게 머리에 얹고 있었다. 그 기괴한 행렬 속에서 지어낸 곡이 아니라 참말로 살을 저미고 뼈를 깎는 슬픈 호곡 소리가 새여나가고 있었다.

어째서 혼백을 인도하는 길잡이의 음악 소리가 저리도 질탕스러울가. 어째서 검소해야 할 상주들의 옷차림이 저리도 현란스러울가. (중략)

"줄무지장이라오."

"할머니, 줄무지장이란 게 뭐예요?"

이금이가 놀라운 듯 눈을 동그랗게 뜨고 손가락을 입에 물었다.

"색주가의 풍속이란다. 몸을 팔던 불행한 녀인이 죽으면 저렇게 즐거운 음악으로 저승길을 바래우지. 그들한테는 이승을 하직하는 게 슬픔이 아니라 더없이 기쁜 일이거든."[68)]

독자가 흔히 알고 있는 장례 풍속과는 다른 기이한 장례 행렬은 그로테스크하다. 소위 근엄한 장례 풍속이 아니라, 즐거운 음악으로 저승을 바래는 질탕스러운 풍경은 색주가 여인들의 죽음보다 더한 삶을 은유한다. 특정 장소에 대한 구체적 세부묘사는 그 지형에 대한 전반적인 취재에 의해 쓰여 진다. '송도'의 장소성 복원은 북한 작가만이 구축할 수 있는 작가적 상상력에 해당한다고 할 수 있다.

이는 우리 문학사에 있어서도 주목해야 한다고 보는 바이다. 역사소설이 일정한 수준의 독자를 획득하면 영상화 작업으로 이어진다. 요즈음 역사소설의 각색을 통해 무분별하게 양산되는 사극은 대부분 퓨전사극과 정통사극으로 나뉘는데, 정통사극은 거대담론 위주의 전쟁이나, 궁궐 밖을 벗어나지 못하고, 퓨전사극은 판타지에 가깝다. 궁궐 밖, 민중의 삶에 대한 재현은 피상적 수준에 그친다. 시대를 막론하고, 독자나 수용자들의 관심은 세부적 일상으로 넘어왔다. 시각화에 대한 열망은 리얼리티에 대한 열망에서 비롯된다. 사극의 재현은 그때 거기의 풍경을 보고 싶어 하는 열망이 내재되어 있다. 인류는 흘러가면 되돌릴 수 없는 시간의 한계 속에서 자유로워지고 싶어 한다. 역사소설은 영상화 작업의 구성에 있어서 내러티브적 요소 뿐 아니라 생생한 세부 묘사를 통해 당대의 일상을 복원할 수 있는 중요한 기능을 제공한다.

Ⅲ. 원작의 영화 스토리텔링 전략과 그 한계

각색 영화의 태생적 이유는 현대인들의 시각적 이미지에 대한 욕망에서 비롯된다. 2000년대 이후 한국 영화계에서 역사 소재 작품들은 이전의 사극 문법을 과감하게 탈피하고 역사를 다른 방식으로 전유함으로써 논란거리가 되고 있다. 그것은 시각적 이미지라 할 수 있다. 문제적인 지점은 시각적 이미지 자체가 아니라 과잉이라는 데에 있다. 이미지의 과잉은 내러티브를 우선한다.[69] 앞서 언급했듯 장경 위주의 볼거리에 치중함으로써 내러티브가 엉성해지는 것이다. 내러티브의 영상물은 그 자체로 역사의 물질성을 띤다. 실재하는 외적 현실을 영상으로 포착하는 순간 그 영상이 역사성을 획득하기 때문이다. 이것은 마치 사관이 사건을 기록하듯이 카메라를 통해 역사적 순간을 영상으로 기록하는 것에 다름 아니다. 따라서 역사물에 대한 영상화는 진위여부, 사실 왜곡이라는 후폭풍을 떠안게 된다. 역사에 대한 상상적 재구성의 결과로서의 역사드라마는 여러 층위의 영상물로 구분된다. 정사를 토대로 재현해 낸 역사드라마, 야화나 민담을 토대로 재구성한 과거 이야기, 또는 아예 상상력에만 의존해 만들어낸 판타지류가 그것이다.[70]

◈ 영화의 서사구조

① 놈이와 진이는 신분은 다르지만 오누이처럼 지낸다.
② 놈이는 진이의 부탁으로 저잣거리에 데리고 나섰다가 진이를 잃어버리고 다시 찾는다.
③ 이를 알게 된 황진사는 놈이에게 죄를 묻는다. 어린 진이는 온몸을 막아 놈이를 보호하지만 자신의 처지를 비관한 놈이는 황진사댁을 나간다.
④ 세월이 흐른 후, 황진사댁에 도둑이 들자 놈이는 이들을 잡아 훔쳐간 재물을 다시 돌려놓는다. 이를 계기로 놈이는 황진사댁에 다시 들어오게 된다.

⑤ 병들어 죽어가는 현금이 진이의 주변을 맴돈다.
⑥ 현금과 우연히 알게 된 놈이는 진이의 출생의 비밀을 알게 되고 진이의 어미인 진현금의 장례를 치러준다.
⑦ 진이의 혼인을 앞두고 놈이는 혼인 상대인 윤승지댁에 진이의 출생의 비밀을 알리고 이로 인해 파혼당한다.
⑧ 자신의 신분을 알게 된 진이는 기생의 길을 선택하고 놈이에게 기둥서방 자리를 부탁하며 귀밑머리를 풀게 한다.
⑨ 기생이 된 진이가 수모를 겪는 모습을 보자 놈이는 화적패가 되어 산으로 들어간다.
⑩ 진이는 벽계수를 유혹해 그의 위선을 조롱하고 류수사또 김희열과 어울려 풍류를 논한다. 화담 서경덕을 찾아가 그에게 배움을 요청하기도 한다.
⑪ 화적패가 된 놈이는 의적 활동으로 어려운 이들을 돕는다.
⑫ 놈이는 조정과 김희열에게 있어 공공의 적이 된다. 김희열은 자신의 비리 행각을 놈이에게 덧씌워 그를 잡으려 한다.
⑬ 진이는 놈이를 구하기 위해 김희열에게 수청을 든다.
⑭ 진이와의 동침에도 불구하고 김희열은 놈이에게 질투를 느끼고 그를 잡으려 한다.
⑮ 김희열은 놈이의 노복인 괴똥이를 잡아 가두자 놈이는 자신의 발로 김희열에게 찾아가 자수하여 죽음을 맞는다.
⑯ 진이는 금강산으로 올라가 놈이의 유골을 뿌린다.

영화 <황진이> 는 개봉 초부터 많은 주목을 받았다. 장윤현 감독은 황진이의 아름다움을 새롭게 담아내려 시도했다. 단 이전의 황진이 대한 차별화를 위해 에로티시즘적 색채를 소거시키고 단아한 모습의 황진이를 내세웠다. 홍석중의『황진이』를 옮겨 놓으려 한 흔적이 엿 보인다. 한국을 대표하는 미녀 배우 송혜교가 한국의 미를 상징하는 실존 인물을 연기한다는 것 자체만으로도 마케팅에 있어 성공적이었다. 아름다운 이미지를 시각화시키려는 연출의 목표는 확실했고 수용자들의 기대도 컸다고 할 수 있다. 특히 '송도'라는 지형적 특성에 기반 한 낯선 한복은 복장 연구로까지 이어질 정도로 시각적 이미지 모사에 충실했다. 이는 비단 <황진이> 뿐 아니라 현재 상영되는 사극 영화의 주된 특징이기도 한다. 하지만 내러티브 구성이 충실하지 못 한 영화는 성공하지 못한다는 선례를 남겼다. 배우의 어색한 연기, 엉성한 서사구조는 흥행 실패의 주된 요인으로 이어졌다. 다음에서 영화 스토리텔링의 문제점은 무엇인지 짚어볼 것이다.

1. 인물의 목표와 욕망 부재

영화 시나리오는 캐릭터 중심과 사건 중심으로 나뉜다. 할리우드 메인스트림은 플롯 중심의 시나리오이고, 충무로 메인스트림은 캐릭터 중심의 시나리오다. 플롯 중심은 대체로 제작비가 많이 든다. 사건 자체에 관객의 시선을 집중시켜야 되는 까닭에 일정한 스케일과 스펙터클을 제공해야 한다. 캐릭터 중심의 시나리오는 사건보다는 인간을 파고드는 까닭에 상대적으로 제작비가 적게 된다. 플롯 중심의 시나리오를 쓴다고 해도, 캐릭터가 탄탄하지 못하면 좋은 성적을 기대하기 어렵다.[71]

황진이라는 인물이 지닌 이야기성에 의해 사건보다 캐릭터 중심의 영화에 적절하다. 하지만 영화 <황진이>에서 황진이는 성격의 일관성이 없다. 아리스토텔레스는 『시학』에서 비극의 인물에게 필요한 성격의 자질로 일관성을 꼽았다.[72] 인물이 일관적이지 않은 이유는 소설의 인물을 영화적으로 재창조하지 않았기 때문이다. 매체의 차이는 많은 변화를 요구한다. 문자언어와 영상언어는 그 질료가 완연히 다르다. 범박하게 표현하자면 원작의 각색이란 구체적인 모방에 해당될 수 있겠는데 모방은 단순한 문제가 아니다. 모방자가 대상을 모방할 때 자신의 것으로 소화내지 못하면 흉내 내기에 그치고 만다. 모방 역시 새로운 창조, 상상력의 기반 위에 이루어져야 한다. 앞서도 언급한바 소설의 황진이는 질곡 같은 시련을 겪고 정체성을 찾아 간다. 황진이의 변화는 성격의 일관성 없음이 아니라 '극적인 사건'을 통해 인식지평이 달라지는 것을 의미한다.

인물의 성격이 일관되지 못한 것은 인물의 목표가 부재하기 때문이다. 이는 캐릭터 형상화 의 실패로 이어진다. 목표나 동기는 인물이 갖는 '욕망'이다. 그것은 캐릭터가 이루고자 하는 꿈이거나 그가 행동하면서 사건을 주도하는 핵심 원인일 수 있다. 인물의 욕망이 크거나 강할수록 캐릭터는 보다 극적이 될 수 있다. [73] 더불어 주인공의 욕망은 시각적으로 보여줄 수 있는 능동적인 욕망이어야 한다. 품을 수 없는 욕망을 품어야 하며, 한 가지 이상의 매력을 지니고, 냉소적이지 않고 열정적인 인물이며, 추상적이지 않으며, 구체적인 그 무엇을 지니고 있어야 한다. 이러한 열망을 지닌 주인공을 통해 영화의 스토리는 텔링 할 수 있는 것이다.[74] 관객은 주인공이 역경을 극복하는 과정을 지켜봄으로써 감정이입을 할 수 밖에 없는 존재여야 한다. 관객이 그의 내면에 동화되어야 하고, 그의 내적 갈등이 무엇인지 알아야 한다. 내적 갈등은 행위로 드러나야 한다. 주인공은 어떤 목표를 가지고 그것을 이루기 위하여 애를 쓰는 사람이다.[75]

그러나 <황진이>에서 황진이의 주체적인 목소리가 거의 들리지 않는다. 주인공의 고통, 슬픔, 욕망, 목표 등의 실체가 모호하다. 대상이나 세상과의 갈등도 보이지 않는다. 시종일관 차가운 모습으로 어색한 발성과 표정으로 연기하고 있는 인물은 무엇을 하려는지 알 수가 없다. 영화에서 캐릭터를 이루는 요소는 사실상 세 가지로 압축된다. 첫째는 시나리오 자체에 묘사된 캐릭터의 성격이다. 두 번째는 배우 연기이다. 시나리오 상에서 인물이 잘 구축되었다 해도 배우가 적합한 이미지로 캐스팅 되지 않거나 연기로서 잘 구현해 내지 못한다면 캐릭터는 살 수 없다. 배우의 연기와 이미지는 건축에 사용되는 자재에 속한다. 마지막으로 감독의 연출이다. 감독이 어떻게 배우를 연출하고, 카메라와 편집을 다루느냐에 따라 배우의 약점을 감추고 장점을 부각 시킬 수 있기 때문이다.[76] 영화는 이 세 가지 요소 모두가 불협화음을 내고 있다.

드라마 <다모>이후 정통 사극보다는 현대인들의 욕망을 담아낸 퓨전사극이 각광을 받고 있다. 이제 tv드라마에서는 "정치 중심의 왕조사나 사료 중심에서 벗어나 허구적 상상력을 발휘한 독특하고 새로운 역사드라마"[77] 그리고 비루한 하위주체의 시련과 사랑, 혁명을 전경화, 후경화하며 다양한 양상으로 배치하는 서사가 주를 이르고 있다. 1000만 관객을 기록한 바 있는 <왕의 남자>, <광해, 왕이 된 남자>역시 이와 같은 맥락에 위치한다. 대부분 하위주체가 지배계급의 불의에 항거하나 실패하는 비극적인 내용들이 주류를 이루고 있다.

놈이의 비중은 소설과 영화가 등가적이다. 논자에 따라서는 황진이보다 놈이에 비중을 더 두어서 황진이의 역할이 축소되었다고 언급한다. 필자는 이러한 발언에 동의하지만 놈이라는 허구적 인물의 재창조가 홍석중의 『황진이』가 지닌 고유의 매력이라고 보는 바이다. 사실 홍석중의 『황진이』의 특색은 주인공외의 주변인물들이 주인공과 동일한 등가적인 가치를 지닌다는 것이다. 영화는 사랑과 혁명을 동시에 담아내려 했지만 어중간한 위치에 머무르고 말았다. 홍석중의 『황진이』에 나오는 놈이는 혁명가의 면모를 지니고 있지만 혁명과는 거리가 먼 한 여자에 대한 지고지순한 순정을 펼쳐 보인다. 내적 독백이 대부분인 소설에서는 이러한 면이 설득될 수 있다. 하지만 영화는 내적 서술이 행위로 드러나야 한다.

소설 『황진이』에서는 괴똥이를 대신해 죽음을 맞이한 놈이의 내면이 전지적 작가시점에 의해 서술된다. 그리고 죽음 앞에 당당한 인간의 형상화를 통해 독자에게 진한 여운을 준다. 이는 영화에서는 불가능하다. 괴똥이를 대신 해 죽음을 맞는 놈이의 행동이 개연성을 잃는다. 소설에서는 괴똥이와 놈이의 관계와 개별적 성격이 소상히 서술된다. 괴똥이 뿐만 아니라 이금이나 상직할멈 같은 황진이의 주변인물 역시, 등가적인 위치에 자리한다. 하지만 영화에서의 괴똥이는 엑스트라와 같은 존재다. 차라리 황진이를 대신한 죽음이었다면 삼각 멜로드라마적 형식에 적합했을 것이다.[78]

성공적인 영화적 스토리텔링을 위해서는 황진이와 놈이의 욕망과 목표를 전면에 배치하고 행위화하기 위해 원작을 자의적으로 해체, 재구성하는 과정이 필요했다. 소설에서의 타자를 대신해 희생하는 놈이는 초연한 영웅의 면모로 인식된다. 원작에서 놈이가 갖는 갈등은 내적 갈등에 가깝다. 하지만 극예술의 핵심은 갈등의 외재화이다. 영화에서의 놈이는 무엇을 하려는지도, 했는지도 알 수 없다가 갑작스레 죽음을 맞는 이상한 인물로 보여 질 뿐이다.

소설에서 류수사또 김희열은 지배층을 대표하는 인물이며, 그들의 위선을 드러내는 대표적인 인물이지만, 영화에서 김희열의 비중은 단지 황진이를 좋아해, 놈이를 죽이는 시기 질투에 눈먼 인물로 형상화된다. 기실 소설의 인물 형상화에 있어서도 김희열은 개연성을 잃고 있으며 이는 소설 『황진이』의 결점에 해당되기도 한다. 2편에서 김희열은 진이와 풍류를 논하고 위선적인 정치인들을 조롱한다. 하지만 3편에서의 희열은 전혀 다른 인간형으로 변한다. 권력을 무기로 진이의 육체를 파열시키는 희열은 다른 인물로 여겨진다. 자연스러운 성격 변화를 보여주지 못해 서사적 개연성을 약화시키는 한계를 드러낸다.[79] 영화는 소설의 한계점을 번복한다. 더군다나 원작에서 김희열이 자신의 치부를 감추기 위해 놈이를 죽이는 것과 달리 황진이에 대한 질투에 눈이 멀어 놈이를 죽이는 것이 급작스럽게 여겨진다. 질투에 눈 먼 살인이 개연성을 획득하기 위해서는 세 남녀의 지속적인 관계 속에서 놈이에 대한 질투와 시기가 극적 사건을 통해 외재화되거나 황진이에 대한 김희열의 정념이 구체적으로 시각화되어야 한다.

2. 삼각 멜로드라마와 에피소드의 나열

소설에서 황진이의 정체성의 변화는 에피소드 사건들에 의한 '극적인 것'을 통해서이다. 이 사건들은 각각 계열화되어있지만 '놈이의 죽음'이라는 하나의 '극적인 사건'으로 향해 나아간다. 영화는 삼각 멜로드라마의 형식을 취하며 사건을 추동한다. 대중예술에서 멜로드라마[80]는 중요한 양식이다. 문제점은 삼각 멜로드라마 형식을 취한 것이 아니라 세 남녀의 애욕의 문제를 극 문법의 형식에 맞게 재구성하지 못한 것에 있다. 소설의 사건과 상황들을 영화에서 고스란히 가져오면서 삼각 멜로드라마도 성공적으로 구축하지 못하고 에피소드 사건 중 하나에 그치고 말았다. 아리스토텔레스가 경멸했던 플롯 또는 행동은 삽화적인 것이다. 상호 간에 개연성이나 필연적 인과관계가 없는 삽화들의 모임은 최악의 플롯이다. 설사 급전이 일어날지라도 이렇게 사태가 반대 방향으로 흘러가는 것은 필연적 인과관계가 있을 때 의미를 지닌다.[81] <황진이>는 캐릭터 중심의 플롯에 가깝다. 그렇다면 우리가 익히 알고 있는 에피소드가 아니라 낯선 장경, 새로운 사건, 매력적인 인물에 중점을 두어야 한다.

홍석중의 『황진이』는 방대한 분량이며, 기존의 황진에 대한 일화들을 작가의 상상력을 통해 '낯설게 보기' 형식을 시도하고 있다. 그렇지만 에피소드인 위성 사건들 자체가 탄탄한 서사구조를 지니고 있다. 이러한 사건들 역시 소설의 총체적 구성과 맞물려, 황진이라는 인물에 대해 공감하게 한다. 영화에서는 다양한 에피소드들에 대한 세세한 해석이 불충분하고, 표면적인 정황들만 영상으로 나열 해 파편화되고 분절된 이미지의 나열에 그치고 말았다.

소설의 영상화는 인물의 심리 변화 그리고 내면적 정황을 얼마나 구체적이고 섬세하게 재현해 내느냐가 관건이다. 영화는 문자언어와는 달리 연기자의 한정된 발화와 행위, 그리고 카메라가 담아낼 수 있는 이미지, 음향 편집 등 기술적인 질료 등을 통해 관객이 극 중 인물의 내적 심리와 사고를 추측하게 한다. 퐁티에 의하면 영화는 사고되지 않고 지각되는 매체이다.[82] 하지만 영화는 시각적 과잉에 복무한다. 현대 사회에서 이미지는 삶의 모든 영역을 그 속령으로 만들고 실재를 압도한다. 인간 문화를 지배한 말의 힘은 이미지의 힘에 밀려났다. 현대 시각예술의 가장 창조적인 작품은 이미지의 유혹을 강화하려는 계산이 아니라 반대로 그 유혹과 싸우려는 노력에서 나와야 한다.[83] 한 장면의 이미지를 통해 소설적 형상화를 구현하는 것은 녹록한 작업이 아니다.

줄거리를 구성하는 행위는 두 개의 시간적 차원, 즉 하나는 연대기적이고 다른 하나는 비연대기적인 차원을 가변적인 비율로 결합시킨다.[84] <황진이>는 어린 시절을 회상하는 플래쉬 백 을 제외하고는 연대기적 시퀀스로 구성된다. 장편소설을 영상화하면서 시간을 연대기적으로 구성한 것은 영화를 지루하고 산만하게 만드는 요인이 된다. 영화의 특징 중 하나는 시공간의 자유로운 전환에 있다. 오버랩이나 교차편집을 이용하여 과거와 현재를 자유자재로 넘나들 수 있는 것은 영화의 주된 장점이다. <황진이>에서 이런 영화적 장점을 살리지 못한다.

어떤 스토리가 알려지고 난 이후에는 그 스토리를 따라간다는 것은 이야기를 이루고 있는 개별적인 사건과 의미들 자체에 중점을 두는 것이 아니라 이미 삽화들이 어떻게 하나의 단일한 결말로 향하게 될 지를 파악하는 것이 중요하다고 리쾨르는 말했다.[85] 리쾨르의 스토리에 대한 개념은 소설『홍석중』에 적확하다. 그는 서로 일관되지 않는 삽화들을 모아 단일한 서사구조로 도출했다. 하지만 영화 <황진이>에서는 그런 일화들이 에피소드로 나열되어 있을 뿐 단일한 목표로 귀결되지 않는다.

예를 들면 사건들을 소설의 플롯 구성과 같이 순차적으로 배열하는 것이 아니라 놈이의 의적 활동을 시작으로 옥에 갇히게 되는 지점까지의 일화를 제시, 황진이의 놈이에 대한 구명 활동, 둘의 엇갈리는 인연과 김희열의 악행 등을 새로운 인과관계로 구성하여 영화의 플롯으로 재창조해야 했다고 보는 바이다.

3. 문체의 시각화의 불가능성

평단에서도 언급했듯, 소설의 서사구조에서도 일관되지 못하는 소소한 단점들이 발견된다. 작가는 이러한 단점들을 문체를 통해 틈새를 메워나간다. 독자가 원작소설에 매력을 느끼는 요인은 문체에 있다.86) 문체는 생경한 단어와 방언들로 이루어져 낯선 장경과 인물들의 내면을 세부적으로 전달해주지만 이를 영상화할 때는 도저한 어려움이 따른다. 이 지점에서 소설의 영화화의 한계가 발생한다. 문체는 소설이 지닌 문자언어 고유의 특성으로 영상언어로 번역이 불가능한 영역이다. 홍석중의 『황진이』의 미학적 특징이 문체에 있다면 이를 영상화하려는 시도 자체가 불가능성을 전제하고 있었다고 할 수 있다. 이는 서사와 다른 서술 차원의 문제라 할 수 있다.

훌륭한 희곡은 시로 다시 쓸 수 없고, 훌륭한 시를 소설의 형태로 바꿀 수는 없다고 한다. 모든 양식들은 영화로 번역할 수는 있지만 근본적으로 같지 않다. 에이젠슈타인은 문학이야말로 가장 중요하고 으뜸가는 시각예술이라 말했다. 앙드래 바쟁은 "문학을 축소시킨다면, 말로써 이미지를 전달하는 것이다. 이는 이미지를 전달하는 것, 마음으로 보게 하는 것으로써 '뇌 속에 있는 스크린'에다 움직이는 사물과 사건을 투사하는 것이다."라고 말했다.87) 독자들의 뇌 속에 상영되는 스크린은 개별적이다. 영화에서 보여 지는 직접적인 스크린은 하나의 이미지로 단일화된다. 소설은 문자언어를 통해 뇌 속에 이미지를 그리는 것이고 영화는 이미지를 시각적으로 받아들인 후에, 뇌에서 사후적으로 해석하는 것이다.

소설의 영화화에 있어 간과할 수 없는 문제 중의 하나는 선행 수용자이며 후행 생산자인 감독의 이해와 해석, 그리고 영상 이미지로 표현하기 어려운 소설의 관념적이고 추상적인 표현의 전환, 영화 매체의 시간 제약성 등은 감독의 개입이 가장 크게 작용하는 요소들로 불가피하게 관객에게 해석과 의미화를 부여하는 불확정성 영역으로 남겨질 수밖에 없게 된다. 88) 이 불확정성 영역의 해석과 의미화가 순조롭게 이루어져야 관객들의 공감을 획득할 수 있다.

Ⅳ. 황진이 서사의 현재적 효용성

본고에서 주목하는 황진이 스토리는 다양한 콘텐츠를 생산해 낼 수 있다고 보는 바이다. 황진이를 통해 재현해 낼 수 있는 그때 거기의 풍경은 한국 고유의 전통미를 드러낼 수 있으며 고전문학에 대한 관심을 고취 시킬 수 있다. 더불어 영화를 비롯해, 드라마, 연극, 뮤지컬 등 다양한 공연예술과 영상 예술 전역을 아우를 수 있다고 본다. 시각적 이미지의 전시에 국한하지 않고 튼튼한 내러티브를 구성하는 것이 중요하다고 본다. 기생 황진이가 아닌 인간 황진이, 자유의지를 실현하고 시대를 앞서간 여성 영웅의 면모를 부각시키기 위해서는 구체적인 스토리텔링 전략이 필요하다.

상징질서 안에서 살아야만 하는 인간에게 시대가 변해도 자유에 대한 억압은 외연만 달리할 뿐 사라지지 않는다. 황진이는 단순한 요부에 국한되는 것이 아니라 그 자유의지로 하여금 수용자들에게 카타르시스를 대리체험하게 해 준다. 무엇에도 구속받지 않고 계급과 시대를 초월한 자유인의 면모는 현대인들에게 있어서도 실현하기 힘든 이상에 다름 아니다.

현대인들은 이야기를 통해 자기 정체성을 구성하기도 한다. 자기 인식의 자기, 또는 서사적 정체성으로서 자기는 자기 삶의 독자인 동시에 필자로 구성되어 나타난다. "자서전에 대한 문학적 분석이 증명하듯이, 삶의 스토리는 주체가 자기 자신에 대해 이야기하는 진실하거나 꾸며낸 모든 스토리들로 끊임없이 다시 형상화된다. 그처럼 다시 형상화함으로써 삶은 이야기된 스토리들로 짜여 진 직물이 된다.89) 사실은 자기 삶을 만들어가는 스토리도 타인들의 이야기들을 통과하면서 형성된 것이다.

극장을 찾는 대부분의 관객 향유층은 여성이기에 남자 배우를 주인공으로 내세운 영화가 상영 될 수밖에 없는 현상은 필연적이다. 황진이는 영화화 전략에 있어서 불합리한 조건이 아닐 수 없다. 하지만 이러한 사고를 전복할 수 있는 이유는 황진이의 영화화가 여성들에게 동일시를 체험케 해준다는 것이다.

'21세기를 살았던 16세기의 여인'이라는 부제가 따를 만큼 현대의 여성들과 황진이는 유사한 면모를 지닌다. 현대 여성들에게 매력적으로 다가오는 이유는 여성 주체성의 문제와 맞닿아 있기 때문이다. 주체성 문제에 있어서 성적 주체성를 배제 할 수 없다. 성적으로 자유분방한 여성일지라도 성적 자유에 대해 쉽게 발화하지 못한다. 남녀를 떠나 한국사회에서 성적 자유에 관한 문제는 여전히 조심스러운 영역이다.

주체적인 현대 여성들은 미모와 재능을 지니고 남성들을 자신의 치마폭에 휩싸이게 만든 황진이의 행위에 동일시된다. 메츠에 따르면, 영화의 동일시는 영화 속 등장인물과의 동일시와 카메라와의 동일시로 구분된다. 등장인물과의 동일시에 논리적, 심리적으로 선행하면서 그 전제가 되는 것은 카메라의 시선과의 동일시이다. 따라서 카메라와의 동일시가 '일차적인 영화적 동일시'이고 라캉의 거울 단계적 동일시에 비견될 수 있다.[90] 가령 황진이 내러티브 자체 안에 있는 황진이라는 캐릭터가 지닌 매력과 카메라 안에 담겨 영화 프레임 안에 담겨 시각화된 아름다운 자태를 지닌 황진이의 이미지는 이중의 동일시를 체험하게 한다. 이러한 이중의 동일시는 시각적 이미지를 통해 주체를 구성하는 역할을 하기도 한다.

하지만 동일시에 순기능만 있는 것은 아니다. 시각성을 통한 주체 구성의 이면에는 시각적 이미지의 환영에 사로잡힌다는 것이다. 이것이 앞서 언급한 시각적 이미지 과잉의 시대의 문제점에 해당된다고 할 수 있다. 스크린에 존재하는 배우들과 동일한 외모를 지향하게 되고 아름다움에 대한 왜곡된 인식이 팽배해진다. 외모 지상주의에 빠진 한국사회에서 외모는 하나의 스펙에 해당된다. 다만 은폐하고 발화하지 않을 뿐, 성형수술을 통해 신체는 물화된다. 이는 도구적 이성, 근대적 이성의 폐해에 다름 아니다. 아름다운 여성을 성적 대상화하려는 남성들의 욕망은 그 대상이 되고 싶은 여성들에게 과도한 성형에의 욕망을 부추긴다. 의학기술의 발달, 과잉된 시각 이미지에 대한 욕망 역시 인간의 지각 양식을 변화시키며, 삶의 형태를 변화시킨다.

그럼에도 불구하고 에로티시즘의 관능성은 대중예술의 주요한 한 부분이며 순기능이라 할 수 있다. 에로티시즘적 향유는 일상에서 흐르고 있는 정념을 추스르고 대리체험하게 해준다. 우리에게 저마다의 성적 성향의 한계 내에서 성적인 상상력의 세계를 탐험하는 것을 허용하게 하고, 우리를 삶에 붙들어 매주는 육체를 느끼게 한다.91) 황진이라는 이름이 에로티시즘을 연상시키는 것은 기생이라는 특수한 집단의 성격에서 비롯된다. 기생은 현재 시대극에서 빠지지 않고 등장하는 캐릭터에 해당한다. 기생이라는 집단에 대한 비상적인 관심은 현대의 리비도 발산을 위해 과거의 섹슈얼리티를 불러들이는 것이다. 현재의 억압된 욕망이 조선시대로 거슬러 올라가 귀환하고 있는 것으로 섹슈얼리티의 역귀환에 다름 아니다.92)

바쟁의 말처럼 원작이 있는 소설의 영화화에 있어서 원작은 그 성공과 실패의 여부를 떠나서 손해 볼 것이 없다. 물론 스크린 셀러라는 신조어가 있듯이 영화가 흥행된다면, 책의 판매부수는 올라갈 것이다. 하지만 영화가 실패한다고 해서, 원작의 내용이 바뀌는 것은 아니다. 더불어 영화화한다는 것 자체만으로 화제를 불러일으켜 판매부수가 올라가는 것도 사실이다. 원작에 가까이 다가서려는 감독의 노력은 원작소설에 대한 애정이 반영되었다고 볼 수 있다. 하지만 각색 작업 역시 오리지널 시나리오 작업과도 같은 창조적 노력이 필요하다. 거대자본을 투입한 집단 예술인 영화가 탄생되었을 때 그 성패 여부의 책임은 감독의 몫이 된다. 더불어 원작이 존재하는 영화의 경우 원작만 하다, 못 하다의 비교는 2차 생산자인 감독이 감내해야 하는 숙명이다.

원작소설 황진이의 고유의 매력은 조선 후기의 일상성을 소설 속에 고스란히 담아 낸 것에 있다. 장윤현 감독 역시, 이를 카메라 안에 담고 시각적 환영주의를 부여하고 싶었던 의도였다고 본다. 그의 시도는 참신했다. 소설의 세부적 묘사와 서사는 뇌의 영상스크린을 통해 실제의 이미지를 열망하게 만든다. 홍석중의 『황진이』는 시각화의 열망을 불러일으키는 소설이다. 하지만 장편소설을 2시간에 담아낼 때 플롯과 인물성격의 재배치에 있어서 치밀한 각색 전략이 필요하다. 소설은 그 자체의 고유한 방법을 가지고 있으며 그 재료는 영상이 아닌 언어여서 소설이 개개의 고립된 독자에게 주는 내밀한 효과는 영화가 어두운 영화관 내의 관객에게 주는 효과와 같지 않다. 양자의 미학적 구조의 차이가 유사성을 열망하는 영화작가에게서 훨씬 더 큰 창의성과 상상력을 요구한다.[93] 세상에 존재하는 무수한 이야기 중에 더 이상 새로운 이야기는 존재하지 않는다. 기존의 이야기를 재구성, 재창조하는 것이 스토리텔러들의 숙명이라 할 수 있다. 그러한 맥락에서 황진이 서사는 창작자에게도 수용자에게도 지속적으로 재창조의 욕망을 불러일으키는 매력적인 화소라 할 수 있다.

구모경

건국대학교 / 국어국문학과

deesse76@naver.com

안드레이 타르코프스키 영화 속의 거울 이미지

김 성 일

Ⅰ. 서론

"사실주의는 유연한 개념이다. 마야코프스키의 사실주의, 파우스토프스키의 사실주의, 세라피모비치의 사실주의, 올레샤와 다른 여러 사람의 사실주의. 이것은 모두 다 다르다. 그리고 우리가 사실주의에 대해 말할 때, 우리는 우리 자신의 작품에 대해 말해야만 한다. 이번 경우 우리는 단편 영화를 다루고 있다. 단편 영화는 자신의 장르를 가져야만 한다. 이 영화는 어떤 장르에 속해야만 하며 우리는 이 장르를 보존하고자했다.

우리의 과업은 관례적인 리얼리티를 창조하는 것이었다. 관례란 무엇인가? 우리는 고리키 혹은 푸르마노프의 방식으로 4권 또는 5권(reel) 이상의 필름으로 주인공의 특성을 발전시킬 수 없었다. 우리는 순수한 관례적 방식을 통해 도식적으로 그들을 발전시킨다. 그것이 우리가 비난받는 바이다."[94]

국립영화학교(VGIK) 졸업 작품인 <증기롤러와 바이올린>을 둘러싼 논란과 관련하여 타르코프스키는 '사실주의적인 것'으로서의 이 영화의 특성에 이의를 제기했다. 이 과정에서 그는 사실주의라는 양가적 용어의 놀랄 만큼 풍부한 뉘앙스에 대한 자신의 인식을 잘 보여주었다. 그는 자신이 단편 영화 장르의 특성에 맞게 순수한 소비에트 관례적 방식을 통해 영화를 제작했고 그로 인해 비난을 받았다고 주장하지만, 무엇보다도 그가 말하고자 하는 주장의 핵심은 바로 "사실주의는 유연한 개념"이라는 점이다. 즉, 각 작가들마다 나름의 세계를 반영하는 자신의 고유한 예술양식을 갖고 있다는 것이다. 그것은 관례적 도식 속에 틀지어질 수 없고 그러므로 그 방식은 비난을 받을 수밖에 없다는 것이다. 타르코프스키는 이러한 독특한 사실주의 개념을 자신의 영화 속에 지속적으로 적용하였다. 이를 위해 그가 자주 사용하는 이미지가 바로 거울 이미지이다.

영화에서 거울만큼이나 사실적이면서도 상징적인 의미를 갖는 이미지는 많지 않다. 대상으로서 거울은 인간의 눈에 의해 지각된 것으로서 공간의 부과된 균질함을 극복할 수 있는, 가장 잘 울려 퍼지는 미학적 장치 중의 하나이다. 그것은 공간적 카테고리를 대신하는 자연적 수단이다. 심지어 대상의 직접적인 반영은 적어도 좌 · 우축을 뒤집어놓는다. 즉 거울은 항상 주체에 왜곡을 반영한다. 게다가 거울과 관련된 시점, 예를 들어, 카메라 혹은 눈은 반영된 대상을 필연적으로 틸트(tilt)한다. 그 결과 이미지는 그것의 물질적 힘을 잘못 재현할 운명에 놓이게 된다. 거울은 종종 공간적 카테고리를 유동시키고 대안 세계를 드러내는 수단[95])으로, 그리고 자아의 내면세계를 탐색하는 수단으로도 사용된다. 이처럼 거울은 마르지 않는 상상력의 원천으로 그 기능을 하고 있다.

타르코프스키는 자신의 영화에서 다양한 거울의 이미지를 보여주고 있다. 대표적인 작가주의 영화감독답게 그의 영화에 나타나는 거울을 비롯한 여러 영화이미지들은 고정된 의미의 상징의 기능을 벗어나 탈고정적이고 다의적인 특성의 이미지로 작용한다. <거울>에 어떤 상징주의가 있는가 하는 질문을 받았을 때 타르코프스키는 다음과 같이 대답했다:

"아니오! 이미지는 그 자체가 상징과 유사하지만 인정된 상징들과 달리 그것은 해독될 수 없습니다. 이미지는 삶의 덩어리와 유사하며 그리고 심지어 작가는 그것이 무엇을 의미하는지 풀 수 없을 지도 모르며 관객들을 내버려 둘지도 모릅니다."[96] 그러나 상징은 '해독되어야 하는 것'을 의미하지는 않는다. 그것이 가진 힘의 한 부분은 그것이 이론적 설명을 넘어선다는 것이다.[97]

본고에서는 타르코프스키 영화에서 반복적으로 나타나는 거울 이미지의 특징을 영화 <증기롤러와 바이올린>, <이반의 어린 시절>, <솔라리스>, <향수> 등을 통해 살펴보고자 한다.[98]

Ⅱ. 타르코프스키 영화에 나타난 거울 이미지

II-1. 타르코프스키 영화의 몇 가지 특징

타르코프스키 영화에 나타난 거울 이미지에 대한 본격적인 분석에 앞서 그가 사용하는 이미지에 대한 보다 깊은 이해를 돕기 위해 그것과 밀접한 관련성을 갖는 그의 영화 속에서는 몇 가지 주요한 특징들을 먼저 간단히 살펴보자. 그 첫 번째 특징은 롱숏이다. 그는 카메라와 주체 사이의 거리에 관해서 많은 롱숏을 사용한다. 비록 때때로 그는 고도로 계획적일수도 있지만, 냉정한 객관성과 앵글의 선택에 있어 자의식적 구성과 거리를 선호한다. 타르코프스키가 종종 클로즈업으로 사랑스럽게 찍힌 대상의 화면전환(cutaway)과 삽입 쇼트를 사용하지만 표현주의의 클로즈업을 지지하지 않는다. 그는 종종 약간 위에서 사람들을 촬영한다. 이러한 하이 앵글 관점은 영화에서의 가장 비현실적인 관점 중의 하나이다. 왜냐하면 일상생활 속에서 사람들은 이러한 방식으로는 세계를 거의 경험하지 않기 때문이다.[99]

타르코프스키 영화에서 두드러지게 나타나는 두 번째 특징은 느린 동작이다. 이 느린 동작은 삶에 대한 그의 서정적 견해로부터 유래하는 부드러운 시(poetic)이다. 행동이 약간 느린 동작으로 영화화되는 대개 조용한 종류의 영화인 타르코프스키의 영화에는 수많은 느린 동작이 있다.[100] 안드레이 타르코프스키의 시퀀스는 매우 길어서, 그들은 영화의 메커니즘이 너무도 명백한 자각을 넘어 다른 영역 속으로 이동한다. 그 속에서는 숏의 지점은 명확해진다. 타르코프스키는 일시적인 요소들을 어떤 정신적인 것으로 연금술적으로 변형시킨다.[101]

세 번째 특징은 컬러와 흑백의 교차적 사용이다. 이 특징은 그의 영화에 있어서 매우 본질적이다. 한 색깔로부터 흑백으로의 변화(<거울>과 <향수>)는 한 세계, 정신적인 상태, 지각으로부터 다른 세계로의 움직임을 나타낸다. 때때로 타르코프스키는 과거를 묘사하기 위해 흑백을 사용한다(<거울>과 <향수>).[102]

이외에도 비, 물, 불, 혹은 비행 등의 다양한 영화 이미지를 들 수 있다. 하지만 어떤 다른 영화제작자도 이러한 이미지를 안드레이 타르코프스키와 같이 특이하고 최면적이며 심오하게 사용하지는 않는다. 이러한 모티프 또는 상징들이 사용되는 방식은 분명히 타르코프스키적이며, 다른 영화제작자들과 다르게 그를 규정하게 한다. 그러나 타르코프스키는 이러한 요소들이 상징이라는 것을 부정한다 - 그는 상징, 은유, 비유, 환상을 싫어한다. 그는 꿈의 힘, 기적의 발생, 무생물의 움직임과 신의 존재를 인정한다. 그러나 그는 상징과 은유는 부정한다.[103]

영화는 끊임없는 흐름의 한 부분이다. 마치 말(言)처럼 이것은 흐름 그 자체이며 끝없는 변화와 움직임의 과정이다(타르코프스키는 자신의 영화를 흐르는 물로 가득 채우고 있다). 성공적인 신비적 영화는 그 존재뿐만 아니라 그것의 되어짐을 인식해야만 한다. 영화 이미지는 그것이 투사되어지고 있는 것처럼 현존한다. 다른 모든 것들은 기억이다. 어떤 이미지,

사건, 연속물(그곳이 결코 아닌, 어떤 다른 곳에 대한 기억)대한 기억이다. 영화 보기 경험에 있어 긴장은 이미지를 포함하고 동결시키는 듯한 정적인 프레임 혹은 스크린과 시간을 넘어 (잠깐 동안 10,000가지 다른 요소들을 무시하면서) 이미지의 끊임없는 흐름 사이에 존재한다. 따라서 기억과 긴장, 이 둘은 관객과 그 관객의 서구적 시간, 담화(서술), 존재론적 기대 속에서 조화를 이루게 된다. 영화는 시간과 경험의 커다란 복용량의 필요성을 충족시켜준다. 이것은 <봉인된 시간> 속에서 타르코프스키가 말했던, 사람들이 프루스트/베르그송적인 경향에서의 시간을 찾아서, 잃어버린 시간을 찾으러 영화관에 간다는 것인 듯하다. 타르코프스키는 한 인터뷰에서 '영화 속에서 사람들이 찾고 있는 것은 반복이 아닌 자신들 삶의 지속이다'라고 말했다.[104)]

어떤 오브제도 이미지, 주제, 모티프, 철학 등에 있어서 거울보다 타르코프스키의 영화에 더 적합하지 않은 듯하다. 거울은 그의 예술성을 형상화하기 위한 완벽한 대상이다. 영화 <거울>에서 거울은 과거와 현재 사이의 접점으로서 기능한다. 이것은 비가 오는 방 시퀀스 후 어머니가 거울 속 자신을 보고, 그다음 나이든 여인으로 보여 질 때 명확하게 된다. 그녀는 거울을 닦는다. 영화는 첫 번째 시가 말하듯, "거울 너머로" 여행한다.[105)] 우리도 거울 너머로의 여행을 본격적으로 시작해보자.

II-2. 영화 〈증기롤러와 바이올린〉 속의 거울 이미지

타르코프스키의 첫 번째 영화 <증기롤러와 바이올린>에서 거울은 두 가지 의미와 기능을 갖고 있다. 시간의 탐사로서 세계에 대한 소년의 묘사가 첫 번째이며, 두 번째는 영화 끝부분에 나오는 소통불가능성에 대한 암시이다. 타르코프스키는 약동하는 도시 모스크바를 찬양하고 카메라 작업 및 편집에서 자신의 예술적 기술적 기교를 보여주기 위해 주인공인 소년 사샤를 모스크바 거리로 내보낸다. 카메라는 소년의 뒤를 따라간다.

바이올린 수업을 받으러 가던 사샤는 상점 진열장 앞에 멈춰 선다. 세계에 대한 그의 탐사가 시작된다. 사샤 앞에서 거대한 하얀 글자가 건물 위로 끌어올려진다. 명백히 그 글자들은 소련에서 일반적으로 건물 꼭대기에 내거는, 노동절 정치적 슬로건을 형성하는 것인 듯하다. 하지만 대신에 사샤는 슬로건 너머의 진열장을 본다. 진열장 안에 있는 거울들은 사샤 자신과 도시 주변의 다양한 모습들을 보여준다. 그는 거기서 4개의 다른 거울 속에 비친 자신의 모습을 본다. 그런 다음 그는 위치를 바꾸면서 동일한 증식을 통해 주변 세계를 본다. 모든 것은 생생하게 흐르는 삶의 움직임과 연결된다: 즐거운 햇빛이 만들어내는 스케치, 집의 조각, 트롤리버스, 사과 봉지를 떨어뜨린 여자를 반영하는, 수차례 증식된 거리의 밑그림. 카메라의 매혹적인 기법들이 펼쳐진다. 거울은 영화의 서사를 앞으로 진행시키지 않고 이미지의 조화로운 반향을 증대시킨다. 반대로 서사의 진행은 사샤로 하여금 진열장을 떠나도록 한다.

이 장면과 관련하여 영화 대본에서 타르코프스키와 곤찰로프스키는 다음과 같은 주해를 달고 있다: '거울의 표면은 번쩍이는 공간을 분할하며 서로서로 반영된 대상들을 쌓아올린다. 그 대상들은 새롭고 경이로운 환상적인 빛깔의 세계를 발생시키면서 한 차원에서 다른 차원 속으로 던져진다.'[106] 뒤집혀진 시계가 5개로 겹쳐진 숏은 그러한 시각적 반영이 추상적인 청각의 패턴에 의해 강화된 인상인 시간의 흐름을 실제로 변화시키고 있음을 보여준다. 그들의 대본에는 이러한 장면을 위한 매혹적인 음악적 지시가 포함되어 있다. 이러한 조각난 스크린의 복잡한 몽타주와 다른 파편화된 효과는 비록 그것이 마를렌 후찌예프의 <나는 20살>(1962)과 게오르기 다넬리아의 <나는 모스크바를 걷는다>(1964)와 같은 영화에서 이후 보여진 도시의 삶과 함께 매혹적인 동시대를 반영하고 있지만, 무엇보다도 1929년 지가 베르토프의 고전 <카메라를 든 사나이>에 대해 명백히 경의를 표하는 것이다.[107]

이러한 시각의 변형과 전도는 바이올린 공명기의 풍부한 울림처럼 관객의 서사 경험에 층위를 이루게 한다. 사샤가 세르게이에게 바이올린 공명기의 기능을 설명한 후 즉시 벽 위를 흘러내리는 빗물의 반사는 그들의 마지막 조우를 마치 시각적 공명기에 의해 성취되는 듯 마술적, 물속 꿈으로 변화시킨다.[108] 그 속에서 사샤의 얼굴은 반복적으로 아물거린다. 거울과 물표면의 반사에 대한 탐구는 이 영화에서 중요한 역할을 한다: 물기가 남아 있는 거리 위에서 반짝이는 햇빛, 그것의 부드러운 표면을 흩뜨리는 잔물결, 사샤가 증기롤러를 운전하는 동안 거울에 햇빛의 눈부심을 붙잡으려고 하는 거리의 소년, 또는 상점 진열장 안 거울 속에 비친 얼굴과 사과, 시계의 여러 이미지.[109]

이처럼 물은 이 영화의 거의 모든 중요한 장면에 삽입되어 있는 이미지로서 종종 거울의 역할을 하기도 한다. 사샤와 세르게이가 다투고 난후 화해했을 때 내리던 비, 이 두 친구가 점심을 먹을 때 비춰지고 들리는 비의 연타음, 폭풍우를 예견하는 비가 범람하는 골목길과 그 이후 이곳저곳에 생긴 물웅덩이, 특히 영화 마지막 부분의 꿈 장면에서의 물웅덩이, 두 사람이 저녁에 만나기로 약속했을 때 물웅덩이에 비친 증기롤러와 운전자 그리고 소년의 모습 등.[110] 이러한 물의 이미지는 이후 <이반의 어린 시절>로부터 <희생>에 이르기까지 타르코프스키의 모든 영화 속에서 변주된 이미지의 형태로 반복적으로 나타나며, 다양한 의미를 생성한다.

타르코프스키의 작품에서 후기 모티프를 예고하는 보다 흥미로운 시퀀스는 거울 앞에서의 사샤와 엄마의 대화이다. 사샤는 낮에 새로 사귄 노동자-친구 세르게이에 대하여 엄마에게 이야기하고 그와 함께 저녁 7시에 영화 <차파예프>를 보러가기로 약속했다면서 외출을 허락해 달라고 요청한다. 하지만 엄마는 사샤의 요청을 받아들이지 않고 그를 밖에 나가지 못하도록 방문을 밖에서 잠궈 버린다. 하는 수 없이 사샤는 자신이 약속을 지킬 수 없으며, 자신의 잘못이 아니라는 것을 음악노트에 적어 종이비행기를 만들어 창밖으로 날려 보내지만, 약속시간이 지나 뒤돌아 떠나는 세르게이 뒤에 떨어질 뿐이다.

엄마와 사샤 사이에서의 소통의 결여는 사샤가 그녀보다 오히려 거울에 비친 그녀의 반영에게 말하는 것 같은 사실에 의해 암시된다. 엄마의 존재는 마치 비열한 유령으로 변형된 듯 거의 보이지 않는다. 오히려 우리의 관심은 사샤 자신과 거울 앞 테이블 위의 대상들에 맞춰진다. 그러나 이와는 별개로 영화의 이러한 스타일은 타르코프스키가 자신의 보다 특징적인 후기 작품에서 적절히 처리하고 있지 않은 다양한 기법들 속에서 훨씬 더 현저하게 나타난다: 극단적이고 특이한 앵글, 복잡한 몽타주 효과 그리고 시간과 공간의 뛰어난 변화에 맞춘 영상의 점이(漸移, fade)와 디졸브의 빈번한 사용. <증기롤러와 바이올린>의 연대와 그 배경은 <이반의 어린 시절>, 그리고 하물며 <희생>과 같은 후기 작품의 어떠한 애매함도 갖고 있지 않다. 오만한 어머니와의 사샤의 긴장된 관계와 그들 사이의 명백한 이해의 부재는 <솔라리스>와 <거울>을 예견한다.

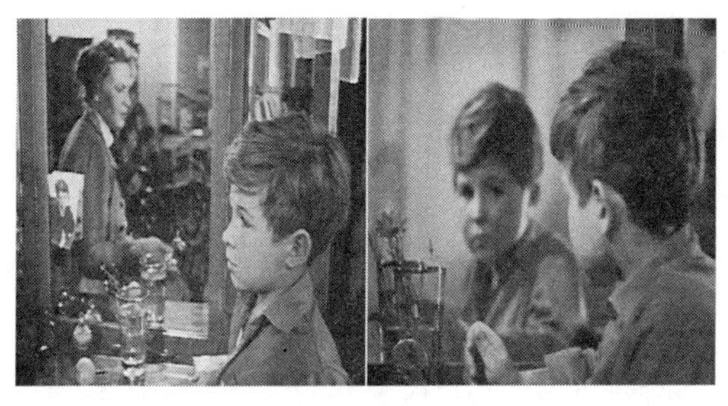

거울 앞에서의 이러한 소통 불가능의 장면은 앞의 두 영화와 <이반의 어린 시절>에서도 발견된다. 영화의 마지막 장면—그 속에서 긴장과 갈등은 붉은 셔츠를 입은 소년이 붉은 증기롤러에 탄 세르게이에게 자신을 결합시키는 것을 상상할 때 백일몽 같은 화해로 명백히 해결된다—은 <솔라리스>, <거울>, <향수>를 예견한다. 특히, 필립 스트릭이 지적한 바와 같이, <솔라리스>에서 아버지(여기서는 아버지의 형상)와 재결합하는 장면을 예견한다고 할 수 있겠다.[111)]

II-3. 영화 〈이반의 어린 시절〉 속의 거울 이미지

"예술은 물질화된 꿈이다"라는 파벨 플로렌스키의 언명은 타르코프스키의 관심을 사로잡은 것 같다. 전쟁의 잔인한 현실을 묘사하는 것으로 생각되는 영화 <이반의 어린 시절>은 '꿈'이라는 비현실적인 사건과 함께 시작된다. '꿈—환상'과 '진짜' 현실과 같은 양자택일적인 실제 사이에서의 이 대립적인 상호작용은 영화의 전반적인 구성 전략의 핵심이다. 꿈은 영화의 서사를 자주 중단시킨다. 이 꿈의 꿈꾸는 주체는 주인공 이반이다. 이점에서 그는 다른 모든 등장인물들과 구별된다. "이반의 상황은 환상과 전쟁의 잔인한 현실을 구별할 능력이 없음의 드라마"라고 하는 사르트르의 주장은 영화의 개념적 핵심을 잘 보여주는 언급이다. 추방된 소년 이반은 사람들이 내부와 외부, 전쟁과 평화, 꿈과 현실, 혹은 광기와 이성 사이의 구별을 할 수 없는 시공간의 미로 속 있는 자신을 발견한다.[112)]

전선에서 아군에 의해 갈쩨프 중위의 막사로 호위되어 온 이반은 종이 위에 적군에 관한 비밀정보를 적고 난후, 더운 물로 목욕을 한다. 물은 지저분한 소년을 금발의 창백한 말라빠진 소년으로 변형시킨다. 그는 식사 후 테이블 위에서 잠이 든다. 물은 다시 전경화된다. 물 떨어지는 소리는 잊혀 지지 않는 장면을 시작한다. 이반은 우물의 꿈을 꾸기 시작한다. 불타는 장작의 클로즈업은 떨어지는 물을 받는 양동이 장면과 침대 한 쪽 너머에 뻗쳐진 이반의 팔 장면으로 이어진다. 물은 명백히 지붕의 새는 곳에서 이반의 손 위로 떨어진다. 이 두 반대 성질의 요소 - 물과 불 - 은 이 장면에서 동일한 공간을 공유한다. 이 적대적인 요소의 혼합은 현실에서 비현실계로의 전이를 의미하는 개념적 이동을 이룬다. 즉, 이것은 꿈의 시퀀스를 만든다. 이반의 젖은 손을 클로즈업한 후에 카메라는 옆으로 이동한다. 그리고 이반의 침대가 깊은 우물 속에 위치하고 있음이 갑작스럽게 드러낸다.

으스스한 음악이 반주되는 갈쩨프의 임시막사로부터 우물로의 장면전환은 놀랄만하다. 이 양립될 수 없는 장소는 단일한 공간적 확장 속으로 함께 결합된다. 공간과 시간이 복잡한 시공간적 망을 가로지르고 형성된다. 타르코프스키는 자신의 영화작업을 통해 이러한 예술적 기법을 갈고 닦았으며 <거울>, <향수>, <희생>과 같은 후기 작품 속에서 이것을 완성한다.

이반의 두 번째 꿈속에서 빛, 물, 평화로운 어머니-아들의 유대의 모티프는 다시 나타난다. 시간은 반영과 거울의 이미지를 통해 굴절된다. 아울러 임시막사와 우물 바닥의 합류와 같은 공간적인 부조화는 카메라가 '위를 볼 때' 공간적 유형의 '동일성'의 오류에 의해 일어난다. 왜냐하면 카메라가 우물 밑으로 깃털을 떨어뜨리는 두 번째 이반을 언뜻 보기 때문이다. 주인공의 특이점은 훼손된다: 이반은 우물 바닥에서 자고 있음과 동시에 위로부터 우물 안을 살짝 들여다보고 있다. 소년의 동일성은 쪼개지며 이 두 분신들의 길은 우물이라는 단일한 공간 속에서 하나로 집중된다.

우물 위에서는 이반과 엄마가 별에 관해 이야기를 나눈다. 엄마는 이반에게 밝은 대낮에도 깊은 우물 속에서는 별을 볼 수 있다고 말한다. 이반은 어리둥절하며 어떻게 그것이 가능한지 되묻는다. 이에 엄마는 우리에게는 낮이지만, 별에게는 밤이기 때문이라는 다소 추상적인 답변을 한다. 낮과 밤, 흑과 백, 환영과 실제 등이 다시 한 번 영화 속에서 뒤섞인다. 비록 엄마의 설명이 믿을 수 없고 과학적으로 오류이지만, 소년을 자극한다. 이반은 아래를 향해 우물물 표면 아래 있는 빛을 잡으려고 한다. 거장의 카메라 숏은, 마치 물 아래로부터인 것처럼, 다른 분열된 동일성 이미지에 의해 뒤이어진다: 이반은 우물 속에서 다시 별 - 이 동일한 희미하게 빛나는 빛 - 을 잡으려고 한다. 그러나 이번에 이미지는 불길한 독일인의 목소리가 수반된다. 이 시퀀스에서 우물은 거울로서 기능하며 현실 차원(이반)과 가상 차원(그의 반영) 사이의 구별하는 것은 불가능하다. 타르코프스키는 우물의 사각형 모양을 구성(framing) 장치로서 사용하며 물은 자연적인 반사 표면이다. 이반은 자기 자신의 반영-분신과 결합되며 다른 영역으로 들어간다. 그러나 앨리스와 다르게 그는 기이한 나라로 들어가지 않는다; 그의 지역은 황폐한 황무지이다: 제2차 세계대전이 한창인 소비에트 러시아.

비유로서 우물은 전통적으로 이승과 저승 사이의 경계를 상징한다. 이 경계적(한계적, 입구적) 본질로 인해 희망이 그 속에서 만들어질 수 있다. 그리고 어떤 원천(source)은 치유의 속성을 갖고 있다. 마치 이에 대해 아는 것처럼 이반은 어머니가 상징적으로 제공하는 우물물을 마신다. 영화의 맨 처음과 맨 마지막에서, 그의 첫 번째와 마지막 꿈속에서 여자는 물이 가득 든 양동이를 가져오고 아들은 그것을 마신다. 그러나 이것은 살아있는 물이 아닌 것으로 판명된다. 이반의 꿈속에서 우물은 주로 죽음의 의미를 함축한다.[113] (24)

또한 <증기롤러와 바이올린>에서 살펴보았던 소통의 결핍이라는 거울 이미지의 특징은 <이반의 어린 시절>에서 이반과 갈체프 중위 사이의 대화에서도 다시금 반복된다. 더 이상 이반으로 하여금 위험한 임무를 수행하지 않게 하기 위해 사령부에서는 그를 수보로프 군사학교로 보낼 것을 결정했다. 이반은 이에 반발하여 도망치지만, 그라즈노프 대령과 콜린 대위에 의해 다시 막사로 되돌아오게 된다. 이반이 어리기 때문에 전쟁에 참전하는 하는 부적절하며, 군사학교에 가서 학업에 매진할 것을 권하는 갈체프 중위에게 이반은 죽음의 수용소에도 가보지 못한 주제에 자신에게 이런저런 참견을 하지 말 것을 갈체프에게 이야기 한다. 이 장면에서 눈물이 맺힌 분노한 이반의 모습이 선명함에 반해 타원형 거울 속에 비친 갈체프의 모습은 초점이 맞지 않은 채 희뿌옇게 보일뿐이다. 화면 전체 프레임 밖에 위치한 채 타원형 거울 틀 속에 희미하게 비쳐지는 갈체프의 형상은 전쟁의 극단적인 비극을 아직 경험하지 못한 신참 장교의 모습을 잘 보여준다. 한편 이반이 유명한 군사학교에 들어가지 않으려는 이유는 그가 존재하는 시간과 관련하여 설명될 수 있다. 주인공에게 있어 시간은 마치 환각적인 활동으로부터 유래하는 것처럼 되돌릴 수 있는 카테고리이다. 이반의 과거는 그에게 있어 유일한 현실이다. 그는 현재에 살지 않는다. 그는 미래에 대해 생각하는 것을 거부한다.[114]

II-4. 영화 〈솔라리스〉 속의 거울 이미지

영화 <솔라리스>에서의 거울은 타르코프스키의 이전 영화에서의 거울과는 종류가 다른 거울이다. 대양의 소용돌이를 볼 수 있는 둥근 거울과 여러 종류의 이미지를 반영하는 비디오 스크린이 그것이다.

<솔라리스>에서의 주요 구성(set-up)은 거대한 행성크기의 거울인 대양 그 자체 위를 선회하는 우주선이다. 영화는 거울들로 가득 차 있다. 이것은 타르코프스키의 그 다음 영화에 <거울>이라는 제목이 붙여졌다는 점으로 볼 때 결코 놀랄만한 것이 아니다. 타르코프스키는 대양 그 자체에는 특별히 관심을 기울이지 않는다. 오히려 그것의 욕망과 악마성을 반영하고 과장하며 전복시키면서 인간에 대해 그것이 거대한 거울 역할을 하는 그 방법에 단지 관심을 기울일 뿐이다.

이 행성은 우주인의 억압된 기억에 바탕 하는 인간을 재생할 수 있다. 즉 유동하는 존재인 대양 솔라리스는 실제 지구-거주자의 이미지와 외관을 가진 그곳의 거주자를 만들어낸다. 이것은 과거의 사건과 현상을 현재에로 돌이켜 반영한다. 이러한 솔라리스의 환영은 궁극적으로 우주인의 상상력의 시각적 산물인 환영이다. 이러한 '반영-환영'은 트라우마의 힘을 갖고 있다.

<솔라리스>에서 주요 모티프들 중 하나는 여러 번 등장하는 원 혹은 천체이다: 둥근 우주 정거장과 복도, 대양의 나선형 소용돌이, 솔라리스 위성, 우주정거장의 둥근 유리창(복도에 비치는 흰 빛의 둥근 웅덩이), 둥근 로켓 발사 방, 사과, 공, 샹들리에, 기구, 시계, 지구, 컵, 물 접시, 둥근 램프와 물병, 둥근 거울, 서재와 다차의 둥근 테이블. 원구, 원, 순회 등. 이것들은 거울과 렌즈, 시각기구로서 작용한다. 따라서 대양이 마치 인간을 연구하는 것처럼 보이며, 그것들 역시 거대한 실험실 안에 있는 것처럼 생각된다.

그러나 이러한 생성의 공간적 개념은 점차 시간적 개념으로 대치되어 전개된다. 일단 환영 중의 하나인 하리가 과거 시간을 기억할 수 있는 인간의 능력인 기억을 되찾자마자 시작된다. 영화의 플롯은 점차 붕괴되며 관객은 더 이상 단순한 환영으로부터 실재를 혹은 그것의 '반영'으로부터 진짜 실체를 구별할 수 없게 된다.

영화의 많은 숏에서 하리는 거울 옆 혹은 거울 보는 모습으로 틀지어진다. 이것은 특히 그녀가 자신에 대해 의심하는 거울 방 장면에서 두드러진다 (타르코프스키는 거울 속에서 서로를 쳐다보는 두 배우의 고전적 장면인 이중적 두 숏을 사용한다). 어떤 경이로운 순간에 하리는 크리스의 아내 사진을 집어 든다. 그러나 처음에 그녀는 이것이 누구인지 알지 못한다. 그녀가 사진을 들고 전신 거울에 비친 자신을 볼 때, 비로소 그녀는 그녀 자신을 깨닫게 된다.[115] 또한 거울을 보며 하리가 자신이 누구인가에 대한 물음과 그리고 과거의 일들을 떠올리며 크리스가 대화를 나누는 장면은 켈빈의 복잡한 의식의 일단을 들여다보게 만들어준다.[116]

과거에 대한 이러한 기억은 기술적 수단에 의해 기록된 인간적 회상이다. 이러한 공존 상태는 우아하게 영화의 녹음부분 속에서 반향된다: 바하의 F 단조 전주곡은 MIDI 싱크로 연주된다. 비디오는 대양에 의해 생생해진 죄책감에 사로잡힌 기억과 대조되며 정거장에서 물질적인 형태로 변형된다. 그러나 역설적으로 이 지구적 회상은 크리스의 떠나간 아내의 환영인 하리가 자신의 과거에 대한 회상을 되찾는 것을 도와주며 그녀가 진짜 인간이었을 때 그녀의 이전 현실을 되찾는데 도움을 준다. 비디오를 보고난 후 여자는 잠시 주저하지만 그다음 거울 - 기억의 엔진 - 로 다가가 다음과 같이 선언한다: "나는 내 자신을 전혀 몰랐어요, 나는 내가 누구인지 기억나지 않아요. 눈을 감으면 나는 내 얼굴을 기억할 수 없어요." 종종 타르코프스키 영화 속에서 등장인물들은 거울 속에 비친 자신의 모습을 조정하면서 황홀하게, 때로는 허영심에 차서 바라본다. 그러나 그들이 마치 진정으로 어떤 타자를 보고 있는 것처럼 두렵게 스스로를 응시한다. 거울에 비친 하리의 반영은 현재의 순간의 기억처럼 그녀가 자신의 과거를 철저히 조사하는 데 도움을 준다: 그녀는 회상의 행위를 수행하며 크리스와의 언쟁에 관한 평범한 세부적인 것들을 기억한다.117)

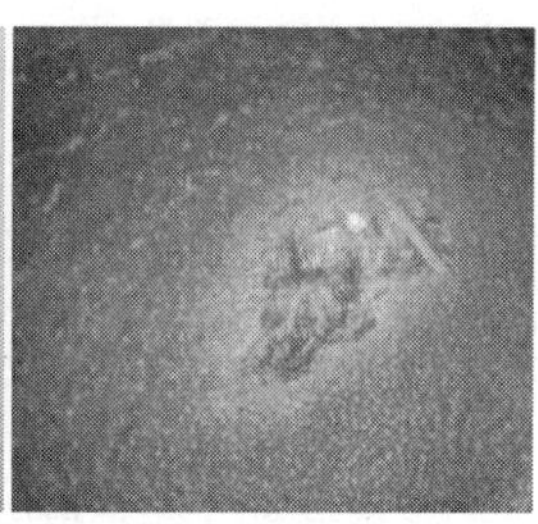

하리는 크리스의 죄책감에 사로잡힌 양심의 산물인 환영이며 불안정한 중성미자의 단순히 연결된 집합체이다. 그녀는 대양에 의해 크리스의 현실 속에 부과되었다. 프로이트의 패러다임에 따르면 하리는 불가사의한 존재이다: 그녀는 사랑하는 아내의 이미지처럼 가정적이다. 그리고 동시에 그녀는 죽은 사람처럼 구현된 시뮬라크럼(simulacrum)처럼 비가정적이다. 초자연적인 것의 양식에 대한 정신분석학자의 기술은 그녀에게 완전히 적용할 수 있다: '불가사의한 효과는 상상력과 실제 사이의 구별이 사라질 때 종종 쉽게 생산된다, 마치 우리가 지금까지 이미저리로 간주했던 어떤 것이 실제로 우리 앞에 출현할 때처럼. 게다가 하리는 환영적인 혹은 비실제적인 시니피에 –'원본보다 더 우월한 재현인 뛰어난 복제(super-copy)'–를 생산하는 명백한 시니피앙이다.'118)

영화의 마지막 장면은 세 가지 모습을 하고 있는 현상을 묘사한다: 실제적인 모습(크리스가 지구에서 자신의 종이들을 태우고 시작부분에서 영화에 들어갔다); 환영적인 모습(크리스가 섬망 상태에서 꿈을 꾸고 자신의 열병 걸린 상태에 의해 고무된); 그리고 솔라리스가 발생시킨 모습. 낯선 행성이 피운 모닥불은 차갑다. 그 속에 던져진 물체는 타지 않는다. 왜냐하면 그 행성이 현상의 본질이 아닌 외관을 모방하기 때문이다. 솔라리스에 의해 발생된 모닥불은 비정상적인 공간 그 자체이다. 그것은 실제의 영역에도 환각의 차원에도 속하지 않는다. 크리스가 하리와 자신의 아버지와 접촉했던 것처럼 솔라리스-거울은 주인공에게 지상의 일에 대해 재고할 것을 무언으로 말하고 있는 것이다.

II-5. 영화 〈향수〉 속의 거울 이미지

영화 <향수>의 중심적 측면은 겉붙임(doubling)의 개념이다. 이 영화에는 타르코프스키/고르차코프를 제외하고 또 다른 분신이 있다: 타르코프스키/소스노프스키, 고르차코프/소스노프스키, 고르차코프/도메니코, 그리고 심지어 타르코프스키/도메니코(본질적으로 도메니코는 현대 삶의 병적인 것에 대한 창작자 자신의 비판을 전달하고 있다는 의미에서). 안드레이는 호텔 방과 도메니코의 집에서 거울에 자신을 한 번 이상 조사하며 으제니아 역시 그의 방의 거울에 비친 자신을 연구한다. 이러한 숏은 비록 으제니아가 안드레이에 대항하여 장광설을 늘어놓은 과정에서 거울을 깨버리는 사실이 그녀가 그와 함께 자신에게 부과된 감정적 올가미로부터 벗어날 수 있다는 것을 함축할지도 모르지만 자기 봉입(self-enclosure)과 나르시즘의 인습적인 이상을 암시할 지도 모른다. 그러나 보다 흥미로운 것은 우리가 안드레이를 보기를 기대하는 곳에서 도메니코의 반영이 보여지는 숏들이다. 이것은 로버트 로저스가 분신에 대한 정신분석학적 연구에서 "비밀스러운 공유자"로, 그리고 C.F. 케플러가 "구원자로서의 두 번째 자아"로 정의한 카테고리로 빠진다. 여기서 반영은 문학적, 육체적 분신이 아닌 심리학적 혹은 은유적 쌍둥이의 분신이다. 케플러가 확실하게 주장한 것과 같이, 그의 현존은 선을 향한 영향을 가질 수 있으며, 심지어 주인공의 영혼의 구원으로 이끌지도 모른다.

도메니코 집에서의 장면 동안 도메니코가 안드레이에게 양초를 운반하는 임무를 맡길 때, 둘은 마치 그가 참으로 안드레이의 분신이었던 것

처럼 거울 속에 비친 좀 더 나이 든 사람과 함께 동일한 숏 속에서 보여진다. 그러나 두 번째에 의한 첫 번째 자아의 보다 명확한 반영(mirroring)은 안드레이의 "옷장" 꿈에서 일어난다. 그가 쓰레기가 흩어져 있는 거리를 따라 걸을 때 카메라는 큰 거울이 달린 옷장을 드러내기 위해 그 뒤를 추적한다; 그는 과거를 방황하며 그런 다음 마치 이것이 물이 찬 대성당에서의 이전 장면에서의 그의 사색으로부터라는 것을 인정하는 듯("나는 옷장 안에 재킷을 가지고 있다"), 둥근 톱의 소음이 멈출 때 뒤돌아선다. 우리는 명확하게 도메니코의 생각인 그러나 러시아어로 안드레이가 말하는 보이스-오버를 들을 때, 그가 오랫동안 가족을 가둬둔 것에 대해 자신을 꾸짖을 때, 그는 거울을 바라보며 선다. 카메라는 안드레이를 추적하고 그다음 거울이 달린 문의 손잡이를 추적한다; 거울에 비친 손이 프레임 속으로 들어가며 천천히 문이 당겨져 열린다. 그러나 비춰진 것은 코트와 스카프를 한 안드레이와 동일하게 입은 도메니코의 모습이다. 안드레이는 재빨리 문을 쾅하며 닫고 거기에 기댄다, 그리고 이제 거울에 자기 자신의 모습이 비춰진다.[119)]

이러한 꿈은 에버바인(Eberwein)이 "예기적인" 혹은 예시라고 부른 카테고리로 빠지게 된다: 안드레이는 도메니코가 "되고" 그를 위한 다른 사람의 과업을 수행한다. 그러나 "꿈"으로서 이러한 사태는 마치 안드레이가 물이 흐르는 건물의 가장자리에 누워있는 것으로 보여지는 것처럼 문제적이며 적어도 반쯤 잠이 든 것처럼 생각될지도 모른다. 이것은 또한 안젤라와의 대화에 선행하며 그가 신과 성 카테리나의 목소리 호의와 함께 황폐한 대성당을 관통해서 걷는, 명확히 "꿈과 같은" 장면에 의해 뒤이

어진다. 이는 위의 알렉산더의 꿈처럼 커다란 꿈속의 꿈 혹은 낮 꿈으로서 간주될지도 모른다.[120)]

영화의 마지막에서 카메라가 느리게 집과 고르차코프로부터 줌 아웃될 때, 그가 러시아로 되돌아가지 못했다는 것을 관객이 알게 되는 첫 번째 표시는 그의 앞에 있는 물웅덩이에 비치는 대성당의 아치의 모습이다. 카메라는 그 러시아 집이 그 물웅덩이에 반영되어야만 하는 그곳에 사람들이 대성당을 보게끔 배치하였다. 이러한 반영은 고르차코프의 심리상태의 비현실성과 그의 향수적 성취의 애매성을 강조한다.[121)]

III. 결론

타르코프스키의 영화에 있어서 거울 이미지는 주요 핵심 이미지들 중의 하나로서 작품의 주제적 의미를 해평하는 데 있어 매우 중요한 기능을 한다. 이상에서 살펴본 이 이미지의 의미를 종합적으로 정리해 보면 다음과 같다.

우선, 타르코프스키 영화 속 거울 이미지는 바라봄과 비춰짐이라는 거울의 양면성으로 대별되는 거울의 고전적 기능인 물리적 반영과 반사의 기능을 충실히 수행한다. 타르코프스키 영화의 여러 등장인물들은 거울에 둘러싸여 그 속에 자신의 모습을 비춰보며, 그들이 속한 세계 역시 거울 속에 반사된다. 하지만 그의 거울은 여기서 멈추지 않는다. 이 이미지는 영화 속에서 끊임없이 변주된다.

그 다음으로, 변주된 거울은 등장인물 간 소통불가능성을 암시하는 역할을 한다. 이것은 <증기롤러와 바이올린>에서 사샤와 엄마 간의 대화, <이반의 어린 시절>에서의 이반과 갈체프 중위 사이의 대화에서 잘 드러난다. 그들은 서로에게 보다는 마치 거울에 비친 서로의 이미지들에게 말을 하는 듯하다.

세 번째로, 타르코프스키의 거울 이미지는 시간의 탐사와 시간의 굴절을 드러내주는 역할을 한다. <증기롤러와 바이올린>의 초반부에서 사샤는 거울을 통해 세계를 낯설게 보는 실험을 하며, 끝부분에서는 거울 속 자신의 모습을 바라보며, 상상력의 나래를 펼쳐 세르게이와의 조우를 이룬다. <이반의 어린 시절>에서의 우물은 거울로서 기능하며 현실 차원(이반)과 가상 차원(그의 반영) 사이의 구별을 해체하며, 과거와 현재의 시간을 굴절시킨다.

네 번째로, 거울은 타자 속에 비친 자기동일성 확인의 기능을 수행한다. <솔라리스>에서 하리는 크리스는 자신의 내면의 양심의 투영인 하리의 모습 속에서 잠재되어 왜곡되고 억압된 자신의 자아를 확인하고 삶의 소중한 의미를 재확인하게 되며, <향수>의 안드레이 역시 자신의 정신적 분신 도메니코 속에서 현대인이 잃어버린, 소중한 삶의 가치에 대한 원초적인 향수를 발견한다.

거울은 다양한 의미의 층위를 갖고 있다. 우리들은 거울 속에 비친 것을 보면서 어떤 것이 반영이고 어떤 것이 '실재'인지 말할 수 없다. 왜냐하면 가상, 사이보그, 실제, 꿈, 상상의 혹은 고안된 현실－이 모든 것이 거울 속에서 희미하게 되기 때문이며, 그 속에는 바라보는 나뿐만 아니라 보여지는 나도 함께 존재하기 때문이다. 단지 거울로부터 물러날 때만이 우리는 어떤 측면이 어떤 것인지 볼 수 있게 된다. 이러한 거울의 통제를 타르코프스키는 망명을 통해서 벗어나게 된다.

김성일
청주대학교 / 문화콘텐츠학과
sikim@cju.ac.kr

운명적 비극성의 삭제와 가부장적 공동체 복원을 위한 계몽적 문법

– 영화 <김약국의 딸들>을 중심으로

김 예 니 · 정 진 헌

1. 들어가며

1960년대의 영화현실은 작품성과 대중성을 두루 갖춘 시나리오가 부족한 상황이었고 이런 이유로 많은 소설이 시나리오로 각색되어 영화화되었다. 소설을 영화화한 경우 탄탄한 시나리오로 작품성이 담보될 뿐만 아니라 비교적 당국의 검열로부터 자유로운 이점이 있었고 정부의 제도적 뒷받침이 있어 1960년대부터 많은 수의 문예영화가 제작되었던 것이다. 영화 <김약국의 딸들>도 이에 속한다. 소설 『김약국의 딸들』이 출간된 것은 1962년이고 이를 원작으로 영화 <김약국의 딸들>이 개봉된 것은 1963년이다. 단행본으로 출간된 원작이 대중적 인기를 누리면서 베스트셀러가 되자 원작의 인기에 힘입어 영화제작이 빠르게 이루어진 사례라고 할 수 있다.

영화 <김약국의 딸들>은 문예영화로 유명한 유현목이 연출을 맡았는데 유현목은 영화 <김약국의 딸들>을 제작하기 전 <오발탄>(1961)으로 평단의 주목을 받은 감독으로 그의 작품 중 12편에 달하는 영화가 문학작품들을 영화화한 문예영화였다.[122] 이렇듯 그의 필모그라피에서 문예영화가 차지하는 비중이 크다고 했을 때, 그의 문예영화 중 하나인 <김약국의 딸들>을 소설 『김약국의 딸들』과 비교하면서 그가 연출한 문예영화의 현실인식과 스타일을 고찰하는 것은 그의 문예영화가 가진 특징들을 살피는데 의미 있는 과정이 될 것이다.

소설을 영화로 만든다는 것은 매체의 변경만을 의미하는 것은 아니다. 활자언어인 소설을 영상언어인 영화로 만들 때, 영화감독은 원작에 대한 자신의 해석을 바탕으로 원작 내용에 대한 선택과 집중, 그리고 배제를 통해 새로운 작품을 만들어낸다. 이는 매체변경의 의미를 초과하는 것으로써 원작의 내용을 공유한 전혀 새로운 작품의 탄생을 의미한다. 왜냐하면 각각의 작품이 같은 내용을 공유하고 있더라도 그것이 형상화되는 방법의 차이로 독자나 관객에게 각기 다른 미감과 주제의식을 전하기 때문이다. 이런 의미에서 소설을 원작으로 하는 영화들에 대한 평가는 원작을 얼마나 충실히 영상언어로 번역했는가에 있지 않다. 원작과의 비교 분석을 통해 무엇이 어떻게 달라졌고 그 달라진 점으로 인해 어떤 새로운 특징이 생겨났는지 면밀히 따져봐야만 원작과 영화가 가진 각각의 예술성과 독창성을 설명할 수 있다.

당시 영화 『김약국의 딸들』이 제작된 데에는 소설 『김약국의 딸들』이 가진 대중성이 큰 이유로 작용하였다.[123] 하지만 영화가 노리는 대중성과 소설의 대중성이 같은 의미일 수는 없다. 실제 영화 <김약국의 딸들>은 원작의 상당부분을 각색, 변형하면서 새로운 이야기를 창조했다. 이에 따라 영화 <김약국의 딸들>이 주는 주제와 관객에게 불러일으키는 미적 효과가 소설 『김약국의 딸들』과 상당히 달라질 수밖에 없었다.

본고에서는 원작과 영화의 달라진 내용들을 분석하고 달라진 내용을 통해 영화 <김약국의 딸들>이 새롭게 창조해낸 미적 효과는 무엇인지 추적하고자 한다. 이를 위해 우선, 원작과 영화를 비교할 것이고 영화 <김약국의 딸들>의 변화된 지점을 살펴보면서 각색된 내용의 의미에 대해 고찰하고자 한다.

2. 영화 <김약국의 딸들>이 보여주는 원작의 변화양상

2-1. 통영과 과도기적 시기의 특수성 배제와 역사성의 축소

현대소설에서는 저자와 서술자를 분리하여 서술자가 카메라의 렌즈처럼 초점자가 되는 경우가 많다.[124] 하지만 박경리의 소설 『김약국의 딸들』의 경우, 서술자가 초점자에 머물지 않고 서사에 개입하여 부연설명이나 첨언을 하는 경우가 있다. 이는 작가가 내용을 강조하기 위해 의도적으로 사용한 서술방식인데 돌출되어 있는 서술자의 목소리는 작가의 의도가 보다 직접적으로 드러나 작품 전체를 조율하는 강한 힘을 발휘한다.

소설 『김약국의 딸들』이 도입부분을 통영에 대한 자세한 설명으로 시작하는 것은 서술자의 의도라고 할 수 있다. 통영이라는 지리적인 조건과 당대 시간상의 조건을 부각시키면서 그 안에서 벌어지는 사건들에 역사적 특수성을 부여하기 위함이다. 서술자는 통영이 풍수 면에서 아름답고 섬세한 수공업이 발달하여 예술성이 짙은 고장일 뿐만 아니라 이미 어업을 중심으로 상업이 발전된 곳으로 양반의 지체보단 실속이 우선되던 고장이라고 설명한다. 이는 이미 통영에서는 신분제의 근간이 흔들렸고 자본주의적 사고가 빠르게 자라나고 있었다는 사실을 설명해준다. 이는 김약국의 경제적 몰락이나 배금주의에 물들어 세속적으로 물들어가는 당시 통영의 모습, 그리고 과거의 가치와 현재의 가치 사이에서 고민하고 방황하는 인물들에게 설득력을 제공한다. 이조말엽부터 식민지를 경과하는 시기의 통영이라는 특수한 조건을 통해 인물들의 변화와 사건의 진행은 단순한 인생사의 의미를 뛰어넘게 된 것이다. 이는 과거의 전통이 몰락하는 가운데, 새로운 미래의 가치를 모색해야 할 시기임을 의미하는 것이고 이런 역사적 해석이 가능하기에 결론 부분에서 용빈이 독립운동을 위해 탈향을 결심하게 되는 장면은 미래지향적인 의미를 획득하게 된다.[125)]

반면, 영화는 시작부분에서 '이조말엽'이라고 시기에 대한 정보를 자막으로 처리함으로써 소설과는 달리 시기에 대한 모든 설명을 일축한다. 공간에 대한 묘사도 지리적으로 어촌마을이라는 풍경만을 제시할 뿐 통영의 특수성에 대한 제시는 나타나지 않는다. 이것은 활자언어와 영상언어의 차이 때문일 수 있다. 소설이 시간이나 지면의 제약 없이 경제적, 정치적 상황과 통영이라는 공간의 특수성에 대해서 상세하게 설명할 수 있었던데 비해, 영화가 서술자의 역할을 대신하는 카메라 렌즈로 통영의 특수성에 대해 설명하는 방법은 통영에 대한 몽타주나 에피소드가 새롭게 삽입되는 방식이어야 하는데, 영화는 이를 과감히 생략함으로써 빠른 이야기 전개를 선택한 것이다. 영화의 경우, 거의 모든 영화는 창작자나 서술자가 개입하여 부연설명하거나 첨언하지 않는다. 이런 식의 개입이나 부연설명은 기법적으로 활용할 수는 있어도 대체로 이런 방식을 사용하지 않는데, 이는 몰입을 방해하고 극의 흐름을 지연시키기 때문이다. 영화는 많은 사람들이 함께 관람하며 반강제적으로 몰입하여 극을 진행시키는 특징을 가지고 있음으로 정해진 시간 내에 모든 이야기를 전달해야 하는 상영시간의 제한이 있다. 이런 이유로 소설을 영화화할 때는 시각적 정보에 의지해서 관객에게 빠르게 정보를 전달하는 하면서 서술자의 설명이 생략되는 경우가 많다.

하지만 원작이 강조한 통영이라는 지역적 특수성이 생략됨으로써 영화 <김약국의 딸들>에는 역사성이 사라졌고 이조말엽이라는 시기 정보가 있으나 그것이 서사전개에서 중요한 정보로 활용되지 못한 채, 어느 시기여도 상관없는 보편적인 이야기로 변하게 된다. 영화 <김약국의 딸들>은 일본형사에게 끌려가 형을 사는 강극의 모습이나 일본인에게 더 많은 술을 주라는 정국주의 주문, 그리고 물고기가 나오는 목은 모두 일본인들이 차지했다는 서기두의 말을 통해 당시 시기적 상황을 엿볼 수 있는 장면을 삽입하긴 했다. 일제 치하 어려운 시기라는 전제를 보여주는 것이다. 하지만 친일적인 인사인 정국주가 더욱 부자가 되고 그렇지 못한 김약국이 더욱 몰락해가는 이유가 일제 때문이라고 제시하지는 않는다. 영화는 일제시대라는 시기적 조건을 각각 인물의 인격에 대한 설명으로 활용할 뿐 경제적 흥망성쇠와 연결하지 않는다. 어려운 시기 방법에 개의치 않고 금전적 가치만을 추구하는 정국주에 대한 비판적 시선이 존재하지만 김약국의 경제적 몰락은 불운과 남해환 사건 때문이지 일제가 직접적인 원인으로 나서지 않기에 시기적 조건과의 연관성을 생각하기는 어렵다.

또한, 소설이 1929년 10월25일 광주학생사건이 발단이 되어 용빈과 홍섭이 피검되는 사건을 통해 홍섭과 비교하여 용빈의 사람 됨됨이와 의연하고 대범한 태도를 보여주면서 당시 일제에 대한 저항정신과 용빈의 주체성을 보여주었다면 영화는 아예 이 사건에 대한 언급을 배제하고 용빈과 반일운동의 관련성을 삭제한다. 이는 단순히 용빈에게서 정치성을 제거한 것을 넘어 여성으로서 주체적이고 근대적인 인물인 용빈의 의미를 축소하는 결과를 낳았다. 이는 강극이 독립운동에 헌신하는 대신 용빈과 결혼하여 마을에서 가문과 고향 재건에 매진하겠다는 결심을 밝히는 영화의 엔딩부분과 맥을 같이 하는 대목이다. 영화 『김약국의 딸들』의 엔딩부분에서 용빈은 미래를 위해 탈향하지 않고 강극의 청혼과 설득으로 아버지 곁에 남기로 결심한다. 이는 용빈이 지녔던 전근대에 대한 지적 고뇌와 미래를 향한 진보적 가능성을 닫아버린다. 그리고 용빈이 시대와 사회에 대해 스스로 고민하고 행동했던 여성이었다는 점이 삭제된다. 이는 영화 <김약국의 딸들>이 원작에 비해 역사적 의미가 축소된 결과를 낳았다. 여성인물들의 주체성 축소는 영화가 보여주는 개혁의 방향이 가부장제 복원을 향하고 있기에 오히려 더욱 반동적인 방식으로 후퇴하게 됨을 보여주며 소설 용빈의 의미를 더욱 미약하게 만든다.

2-2. 운명적 비극성에 대한 달라진 관점

원작의 줄거리를 제한된 시간 내에 상영하기 위해 내용의 압축은 필연적인 과정이다. 이 과정에서 빠른 전개를 위한 배제와 선택이 존재하고 또 감독의 의도에 따라 축소와 집중이 이뤄지면서 영화는 원작과는 다른 미감과 주제의식을 갖게 된다. 이 과정을 통해 영화는 원작과는 다른 영화만의 독자성과 예술성을 획득하게 되는데, 감독의 의도적인 선택과 배제, 그리고 축소와 집중을 통해 관객은 감독의 의도와 영화의 작품세계에 대해 더욱 구체적으로 확인하게 된다.

앞서 인물중심의 빠른 전개를 위해 통영이라는 공간과 이조말엽, 식민지라는 시기적 특수성이 배제되면서 원작의 역사성이 영화에서는 더 축소되었음을 지적했는데, 그 외에도 영화 <김약국의 딸들>에는 배제된 원작의 인물들이 있다. 가장 중요하게는 연순의 존재가 배제되었다는 사실이다. 소설에서 연순의 존재는 김약국 성수를 이해하는 단서로 매우 중요한 인물인데, 영화에서는 연순과 연순을 향한 김약국의 사랑이 모두 생략되었다.

원작에서 연순은 아버지 봉룡과 같은 노란머리를 가진 허약한 사촌누이다. 큰어머니 밑에서 자라면서 부모의 정이 그리운 성수에게 연순은 아버지를 연상시키는 대상이자 따뜻한 육친의 정이며 유일한 안식처였다. 하지만 연순에 대한 성수의 깊은 사랑은 근친간이기에 금지된 사랑이요, 비극적 결말이 예고된 사랑이었다. 원작에서 연순의 존재는 운명적 비극성을 부각시키는 존재이고 '비상먹은 자손은 지리지 못한다'는 예형론적 구조를 강화시키는 존재이다. 비상먹고 자살한 어머니의 죽음으로 성수는 그 자손이 번성하지 못할 것이라는 예언의 범주에 놓인다. 그리고 연순은 이룰 수 없는 사랑이자 성수가 사랑하는 연인과 가족을 이뤄 번성하지 못할 것이라는 것을 구체화함으로써 '비상먹은 자손은 지리지 못한다'는 예형을 확인시켜주는 존재이다.

그런데 영화 <김약국의 딸들>에는 원작의 초반부에서 예형적 존재로 등장하는 연순을 삭제했다. 그리고 딸 다섯 중 연순을 연상시키는 노란머리를 가져 김약국이 가장 사랑하는 막내딸 용혜의 존재도 배제했다. 이는 단순히 스토리의 빠른 전개를 위한 생략으로 보기는 어렵다. 이는 의도적인 배제를 통해 감독이 노리고자 하는 의도가 있는 것이다. 연순과 연순을 떠올리게 만드는 용혜의 배제는 원작이 초반부터 강하게 그리고 있는 운명적 비극성을 삭제하려는 시도로 해석된다. 영화 <김약국의 딸들>의 김약국은 원작의 김약국과 사뭇 다른 인물로 형상화된다. 원작의 김약국이 인간의 의지로 어쩔 수 없는 비극적 운명에 처한 인물로 그 비극적 운명에서 벗어나려 애쓰지 않고 이를 묵묵히 감당하려 했던 전근대의 인물이었던데 반해, 영화 속 김약국은 연순의 존재가 사라지면서 과거 샤머니즘적 믿음에 의탁하는 어머니 한실댁과 대별되는 인물로서 한 집안의 근엄한 가장이자 몰락해가는 고향을 대표하는 인물로 등장한다. 여기서 몰락의 원인은 운명보단 타락과 불성실이 원인이고 이 몰락의 성격도 예형적인 비극이 아니라 극복 가능한 대상으로 사고된다는 점에서 원작과 영화는 차이를 보인다.

극복 가능성이 있는 몰락의 상황은 원인을 이성적으로 사고할 수 있는 일시적인 실패인데, 이는 원작과 달리 영화가 해피엔딩으로 결과하는 것에서 확인할 수 있듯 개인의 노력으로 운명을 극복하려는 점에서 몰락의 성격과 이에 대처하는 인물들의 태도가 다를 수밖에 없다. 이를 증명하는 것은 원작에서 허무주의자로 그려진 정윤을 배제했다는 점이다. 독립운동가로 헌신하면서 세상의 부조리에 열성적으로 대항하는 동생 태윤과 현실주의적이고 허무주의자인 정윤의 존재는 소설 『김약국의 딸들』에서 공동체가 겪고 있는 비극에 대처하는 태도에 있어 서로 상반된 입장을 보여주는 두 인물이었다.

하지만, 영화 <김약국의 딸들>에서는 정윤이 생략되어 있다. 적극적으로 행동에 나서 변화를 일구고자 하는 인물만이 남고 회의하거나 허무주의로 귀결되는 인물들은 삭제되어 있는 것이다. 사회변혁의 의지를 가지고 공동체의 발전을 도모하는 태윤과 강극은 도입부터 좀 더 적극적으로 등장하고 서기두는 보다 근대적인 노동자의 형상으로 등장하는데 반해 허무주의자인 정윤이나 비극적 운명의 상징이자 탈향을 통해 새로운 미래를 암시하는 용혜의 존재는 삭제되어 있다. 이는 감독이 영화 <김약국의 딸들>을 통해 공동체적인 변화에 동참할 것을 촉구하고 있다는 인상을 주는 대목이다.

2-3. 영화에서 집중하고 있는 가난 극복의 서사

원작에는 없지만 감독은 영화에서 영상언어를 구현하는 과정에서 의도적인 미장센을 연출하면서 독자적으로 삽입하는 쇼트가 있다. 이 장면을 통해 영화는 원작과 다른 독자적인 예술성을 획득한다. 영화 <김약국의 딸들>에서 이에 해당하는 쇼트는 '까마귀'를 부르며 복을 바라는 소년의 모습이다. 이는 초입, 중반부, 마지막에 걸쳐 총 3회 삽입되었다. 이는 다분히 상징적이고 의도적인 장면으로 감독의 메시지가 암시되어 있는 장면이라 할 수 있다.

도입부에서 소년은 '까마구야'를 부르며 엄마가 밥 많이 얻어오게 해달라고 빈다. 이 장면은 성수가 자신의 결혼식 날 어머니 아버지의 집으로 사라지면서 성수를 찾으러 큰어머니가 성수부모의 옛집으로 가는 장면이다. 성수를 찾으러 가는 큰어머니 옆으로 까마귀를 부르며 장대를 휘두르고 있는 소년은 노래하듯 먹을 것을 기원한다. 다음으로 시집간 용옥이 남해환 사건으로 몰락해가는 친정에 들렀다가 집으로 돌아가는 길에 남해환 사건으로 아버지를 잃게 된 '까마귀를 부르며 노래하는 소년'을 만난다. 소년의 아버지가 남해환 사건으로 실종되었다는 사실은 소년이 까마귀에게 "우리 집에 돈 좀 갖다 주라."라고 노래하다 '부시'에 빠진 이후 장면에서 유추할 수 있다. 남해환 사건으로 서기두에게 우리 아들은 안 오고 너만 살아왔냐고 하소연하는 할머니가 소년의 할머니로 등장하여 '부시'에 빠진 소년을 나무라기 때문이다. 그리고 까마귀를 부르며 노래하는 소년의 마지막 쇼트에서 이 소년은 할머니와 함께 배를 타고 가면서 까마귀에게 밥과 돈을 갖다달라고 기원한다. 물이 세는 배안에서 할머니는 끊임없이 바가지로 물을 퍼 밖으로 빼면서 물고기를 잡기 위해 바다로 가는 장면이다.

첫 번째 까마귀를 부르며 밥을 기원하는 소년의 쇼트는 소년의 어머니가 잔칫집에 밥을 얻으러 갔다는 사실을 알려주는데, 그 날은 김약국 성수의 결혼식 날이다. 김약국이 경제적으로 안정적인 삶을 사는데 반해, 당대 김약국 주변의 서민들은 밥을 기원할 만큼 가난하고 배고픈 처지임을 짐작케 한다. 그래도 이 때는 김약국의 잔치로 인해 주변 서민들은 밥술이라도 얻어먹을 수 있는 상황이다. 하지만 두 번째 까마귀 소년의 쇼트로 넘어가면 부유하던 김약국에게 남해환 사건이라는 불운이 찾아왔는데 이는 김약국의 불행일 뿐만 아니라 그 소년 집안의 불행으로 연결되어 있다. 김약국의 몰락은 그 지역 공동체의 몰락과 연결되어 있는 것이다. 남해환 사건으로 김약국은 몰락의 길을 걷게 되고, 소년은 가장을 잃음으로써 '밥과 돈'으로 표상되는 생존을 위한 최소한의 수단이 절실해진 상황이다. 결국, 이 두 장면을 통해 확인할 수 있는 것은 김약국의 경제적 몰락은 단순히 한 개인의 비극을 넘어서는 문제이며 공동체적인 위기로 연결되어 있다는 것이다.

여기서 까마귀 소년이 등장하는 마지막 장면은 보다 면밀한 분석을 요하는데, 마지막 장면에서 우리는 감독이 말하고자 하는 메시지를 강하게 전달받기 때문이다. 까마귀에게 밥과 돈을 기원하는 소년의 첫 번째, 두 번째 쇼트가 전체 이야기에서 독립적인 쇼트를 이뤄 독자적인 미감을 형성했다면 세 번째 쇼트는 용빈과 강극의 서사에 겹쳐지면서 그 의미를 완성한다. 원작과 영화의 가장 큰 차이는 원작이 김약국, 용옥의 죽음으로 몰락의 길을 걸어 용빈이 용혜를 데리고 탈향을 결심하는데서 끝을 맺었다면 영화 <김약국의 딸들>은 김약국 소유의 배가 만선으로 돌아와 희망을 제시하면서 김약국이 죽지 않고 살아있어 강극과 용빈이 아버지 곁에 남아 재건을 다짐하는 것으로 끝을 맺는다는 점이다.

이런 해피엔딩으로 각색하기 위해 영화 <김약국의 딸들>은 소설에서는 후반부에 등장하는 강극을 초반부에 등장시키고, 서기두의 존재를 보다 진취적이고 근대적인 노동자의 모습으로 형상화한다. 애초 연순의 존재를 삭제하면서 김약국에게 존재하는 전근대적 색채와 '비상묵은 자손은 지리지 않는다'는 예형의 낙인을 지웠다면 같은 맥락에서 강극과 서기두는 근대적이고 진취적인 모습으로 위기를 극복하려는 의지적 인물로 등장한다.

원작에서 강극은 독립운동을 하는 사람으로 용빈에게 후반부 가족의 몰락을 딛고 일어나 탈향을 결심하게 하는 원동력이 된다. 그는 용빈에게 가문과 개인의 불행에 주저앉지 말고 보다 더 큰 세계와 공동체를 위한 길로 나아갈 것을 결심하게 돕는 역할이다. 하지만 영화에서는 초반부터 등장하여 용빈에게 위기 상황에서도 의연하게 대처하는 모습으로 강한 인상을 주는 인물이다. 그리고 영화는 원작에는 없는 강극의 연서가 용빈에게 전달되면서 용빈을 향한 사랑이 강극에게 예전부터 존재했었음을 직접적으로 드러내고 있다. 이런 초반부의 복선은 후반부에 강극의 청혼으로 이어져 그들이 아버지 곁에 남아 공동체를 재건하는데 힘을 보태자는 결심으로 나아가게 한다.

더불어 서기두는 원작에서 용옥에게 정착하지 못하고 용란에 대한 이룰 수 없는 애정과 연민을 가슴에 묻은 인물로 결국 용옥을 불행으로 이끈 인물이다. 하지만 영화에서는 좌절된 욕망으로 방황하던 서기두의 모습을 짧게 처리한다. 예전부터 용란을 사랑했지만 용란과의 결혼이 어긋나면서 용란에 대한 미련이나 좌절된 욕망으로 방황하는 모습은 어장사업이 잘 안되면서 위기감을 느끼는 장면과 혼재되어 중요하게 부각되지 않는다. 대신 서기두는 김약국의 몰락을 나서서 막아내려 하는 인물로서 용옥에게 자신이 먼저 적극적으로 청혼하여 마침내 용옥에게 정착한 후, 만선의 꿈을 이뤄 김약국 사업 재건의 희망을 보여주는 역할을 한다. 강극과 서기두의 역할은 결국 용옥과 용빈이 아버지 곁에 남아 몰락을 막고 재건을 위해 노력해야 한다는 결론으로 나아가도록 돕는다. 그리고 이런 내용의 설득을 강극이 용빈에게 할 때, 그 뒤로 까마귀에게 밥과 돈을 기원하는 소년과 할머니의 배가 지나가고 강극은 '물 푸는 노파'의 고단한 삶이 우리 삶의 비극임을 역설한다. 물 푸는 것이 고단하지만 그것을 중단하면 배가 가라앉듯 가라앉지 않기 위한 노력은 끊임없이 계속되어야 한다는 주장으로 아버님 계신 곳으로 돌아가자고 설득하는 것이다.

결국, 까마귀를 부르며 밥과 돈을 기원하는 소년의 쇼트는 김약국과 공동체의 관련성과 공동체 회복을 위한 재건의 노력을 역설하는 의미로 기능한다는 것을 확인할 수 있다. 가난에서 벗어나기 위한 노력이 필요하고 그 과정이 고통스럽더라도 끊임없이 노력해야 한다는 것이 영화의 주제의식이다. 인간의 힘으로 어찌할 수 없는 운명의 힘에 맞서 운명을 묵묵히 감당하며 비장미를 보여주던 원작의 김약국과 달리, 영화 <김약국의 딸들>에서는 위기 상황에서 삶을 유지하는 것이 고통스럽고 비극적이더라도 극복하고 이겨내야 한다는 메시지를 던짐으로써 운명적 비극성과는 구별되는 영화만의 독자적인 세계관을 보여준다.

3. 소설 『김약국의 딸들』 운명적 비극성의 삭제와 멜로드라마화

멜로드라마는 유형적인 인물이 등장하여 관객을 열광시키는 선정적인 사건을 통해 인과응보, 권선징악적 결말로 나아가는 특징을 가졌다. 대체로 자극-고난-벌칙의 유형을 따라 줄거리가 진전되는데 자극은 행동을 유발시키는 근본적인 원인, 질투심이나 사악한 인물의 탐욕과 같은 것을 말한다. 그리고 고난은 착하고 순진한 인물들이 이러한 악과 갈등하는 고통을 뜻하고, 벌칙은 마지막 순간의 반전, 즉 악한 인물이 악행 때문에 고통을 당하는 것 등을 의미한다. 이런 구성으로 인해 멜로드라마는 타락한 비극이나 해피엔딩의 비극이라고 한다.[126] 소설 『김약국의 딸들』은 멜로드라마의 플롯과는 거리가 멀다. 선인의 승리도, 악인의 몰락도 없기 때문이다. 오히려 그 반대로 선인의 몰락을 보여주면서 해피엔딩과는 거리가 먼 비극적 결론에 이른다. 하지만 영화 <김약국의 딸들>은 운명적 비극성을 축소시키면서 보다 멜로드라마에 가까운 구성으로 각색하여 전혀 다른 미감과 주제의식을 구축한다.

먼저, 소설 『김약국의 딸들』의 운명적 비극성에 대해 살펴보도록 하겠다. 박경리의 비극적 세계관이 가진 가장 중요한 특징 중 하나는 인식론적 비극성이다. 인식 불가능한 거대한 운명의 힘을 인정하게 될 때, 그리고 운명의 힘을 거스를 수 없는 미력한 인간의 한계를 인식했을 때, 인식론적 비극성은 형성된다. 하지만 박경리의 소설은 인생의 하강 앞에서도 결코 비관주의나 허무주의로 향하지 않는다. 오히려 생에 대한 강한 의지를 가지고 자신의 운명을 감당하면서 고통스런 삶을 초월하기 보단 고통을 온몸으로 견디고 생활에 뿌리를 내리려 한다. 이런 의미에서 비극적 인식은 의식이 깨어 있는 삶을 가능하게 하고, 삶의 의미를 찾아가는 인물들의 부단한 노력의 과정이라고 할 수 있다.[127]

소설 『김약국의 딸들』은 인식론적 비극성을 보여주는 분기점이 되는 작품이다. 왜냐하면 시기적으로 전근대에서 근대로 넘어가는 과도기에 모든 변화가 빠르게 진행되던 통영이라는 공간에서 벌어진 가족사이기에 전근대적인 세계관의 김약국과 그 이후 세대를 표상하는 용빈의 비극에 대처하는 방식은 다를 수밖에 없고, 김약국과 용빈을 종합할 때에만이 소설 『김약국의 딸들』이 말하고자 하는 인식론적 비극성을 파악할 수 있기 때문이다. 소설 『김약국의 딸들』에서 비극의 원인은 사회적 요인으로 규정하기 어렵다. 원작자 박경리의 관심이 사회적 조건보다는 운명적 비극에 대처하는 인물들에 집중하면서 인간 본연의 본성과 심리를 파헤치는 데 있기 때문이다. 소설 『김약국의 딸들』은 바로 작가의 그런 의도가 잘 반영된 작품이라고 할 수 있다.

소설 『김약국의 딸들』의 김약국은 비극적 인물이다. 그는 모두가 터부시 하는 부모의 비극으로 인해 부모에 대한 그리움조차 금지 당했고, 그의 사촌누이 연순에 대한 사랑은 근친상간에 해당하는 것으로 애초 이룰 수 없는 사랑이었다. 결국, 이 고통으로부터 벗어나기 위해 통영을 떠나려고도 해보지만, 대를 이을 역할을 감당해야 했기에 자신을 구박하던 큰어머니가 자신을 가지 못하게 붙잡자 그는 의지적으로 삶에 대한 의지와 모든 욕망을 내려놓는다. 자신을 자신 안에 가두고 고집스레 타자와의 교류를 거부하면서 자신의 혈육마저도 타인처럼 대했다. 부모님에 대한 그리움, 사촌누이를 향한 이루지 못한 사랑의 고통을 누구와도 나누지 않고 모든 슬픔을 오로지 혼자 독차지하려는 것처럼 그는 얼음장 같은 침묵과 무관심으로 살아간다. 심지어 사업이 기울어 가는데도 어떤 의욕도 갖지 않고 몰락을 재촉하는 사람처럼 실패확률이 높은 어장 일을 끝까지 밀어붙인다. 김약국은 보이지 않는 불가항력적인 힘에 순응하며 저항하기를 체념함으로써 운명에 굴복하는 전근대적인 인물인 것이다. 고통을 회피하지 않은 채 살았지만, 김약국에는 현실의 부조리에 저항하고자 하는 의지가 없었다. 소설 『김약국의 딸들』에서 김약국은 전근대의 비극적인 세계상을 제시하는 역할을 담당하고 있다. 그는 벗어날 수 없는 운명의 불가항력적인 힘을 보여주는 인물이다. 그는 운명을 받아들이고 자기 내면의 세계로 침잠함으로써 비극적인 세계가 가진 낭만성을 보여준다. 김약국은 운명을 숙명론으로 받아들이고 그 힘에 순응하면서 삶의 의지 대신 체념을 선택한 것이다.

반면, 김 약국과 대조적으로 용빈은 가족과 사회, 그리고 자신을 포함한 인간의 문제에 대해 고민하고, 고통 속에서 불가항력적인 힘에 의문을 가지고 운명에 맞서 투쟁하는 역할을 수행한다. 그는 계속되는 고난에 맞서 통영을 떠날 준비를 한다. 물론 용빈은 어떤 비극적 깨달음에 도달하지도 못했고 전근대적 비극의 세계상 앞에서 방황하는 모습이다. 더군다나 강극과의 만남은 은유적이며 용혜와 함께 서울로 올라와 용빈이 선택하게 될 삶의 형태가 어떤 모습일지 소설의 내용만으로는 파악할 수 없다. 하지만 용빈은 죽은 용옥의 고통을 함께 하지 못한 것에 대한 죄스러움과 그 고통을 얼마간 자신도 받아야 한다며 타인의 고통에 동참하려 한다. 또한 강극과의 대화를 통해 비극은 용빈과 용빈의 가족에게만 있었던 것은 아니며 당시 어느 누구, 어느 가정에나 있었다는 사실을 깨닫게 된다. 개인적 고통이 보다 넓은 차원의 고통에 대한 공감의 가능성으로 발전하는 대목이다.

김약국은 자신의 생명이 얼마 남지 않았다는 것을 깨달았을 때가 돼서야 의지적으로 자신 안에 도피하여 타자의 고통에 공감하지 않으려 했던 자신의 삶을 후회한다. 그 후회는 운명에 순응한 자의 회한으로 이후 용빈이 전근대적 세계의 상징인 아버지의 집, 고향 통영을 떠날 것을 결심하는 데 설득력을 더한다. 김약국의 죽음은 아버지의 세계로 표상되는 전근대적 세계의 몰락을 의미한다. 아버지의 세계는 아름답고 신비하며 사람의 도리를 저버리지 않고 자신의 자존을 지켰던 세계였으나 타자와 교류하지 못하고 타자의 고통에 동참하지 못하면서 위기를 이겨내지 못한 채 뒤늦은 후회로 마감한 세계였다. 하지만 용빈은 탈향을 결심함으로써 근대로의 이행을 결심한다. 그 미래가 밝고 희망찬 것은 아니지만 아버지가 부재한 세계에서 전근대의 숙명론에 맞서 현실의 부조리에 저항적인 의미를 지닐 것이라는 점을 우리는 강극이라는 연결고리를 통해 예상할 수 있다.

하지만 영화 <김약국의 딸들>은 소설 『김약국의 딸들』과는 전혀 다른 결론을 내린다. 우선, 영화 <김약국의 딸들> 속 아버지의 세계는 전근대의 세계가 아니며 아버지의 세계를 다시 회복해야할 질서로 상정한다. 김약국의 가문이 몰락하는 원인은 '비상묵은 자손은 지리지 못한다'는 속설에 기인하지 않는다. 즉, 부모의 비극이 예형으로 작용하여 김약국의 몰락을 서술한 소설과 달리 영화 『김약국의 딸들』은 전근대의 표상을 어머니 한실댁에 국한시킨다. 영화에서는 한실댁이 고목나무에 치성을 드리거나 무당을 불러 암담한 현실을 타계하려 하는 모습을 나약한 인간의 어리석음으로 묘사하는데 이런 부정적 시각은 결국 한실댁의 죽음으로 결과한다. 한실댁의 죽음은 위기의 극복과 근대로의 이행을 위해서는 전근대적 세계, 샤머니즘적 세계와 결별해야 함을 의미한다. 용란의 죽음도 그녀의 성적 타락이 원인이 되는 것이고, 아버지 김약국의 경제적 몰락은 남해환 실종사건과 관련을 맺는 것이지 비극적 운명 탓이 아닌 것이다. 영화 <김약국의 딸들>은 원작과 달리 비극적인 현실의 원인을 논리적으로 찾아낸다. 그래서 암담한 현실을 타계할 수 있다는 희망을 제시하게 되는 것이다.

그런 의미에서 영화 <김약국의 딸들>은 원작을 멜로드라마적으로 각색했다고 할 수 있다. 운명적 비극성을 다룬 원작을 가난극복의 희망을 암시하는 해피엔딩으로 각색했다는 점에서 멜로드라마적이라고 할 수 있고, 또한 서사의 구조가 멜로드라마의 자극-고난-벌칙에 대응하는 모습을 보이기에 멜로드라마적이라고 할 수 있다. 영화 <김약국의 딸들>에서 자극에 해당하는 사건은 살인과 치정사건이다. 영화 <김약국의 딸들>은 질투에 눈이 먼 봉룡의 살인과 처녀인 용란이 머슴과 벌이는 정사가 몰락의 출발이라 제시한다. 봉룡의 살인이 김약국의 고독을 형성한 원인이 되었다면, 용란의 성적 문란함은 결국 어머니를 더욱 샤머니즘적 주술행위에 매달리게 만들었고 결국, 한실댁 죽음의 원인이 된다. 영화는 영상언어의 특징을 살려 살인 장면의 잔인함과 용란의 선정성을 직접적으로 그려낸다. 어떤 설명도 덧붙여지지 않고 화면에 직접적으로 그려지는 자극들은 관객들에게 선정적 볼거리를 제공하고 서사상의 위기감을 조성한다.

이런 자극으로 인해 고난을 받는 선인은 용빈과 용옥, 김약국과 한실댁, 그리고 서기두이다. 용빈은 선교사 케이트와의 대화에서 본능과 육체만이 있는 용란은 아무것도 모르기 때문에 벌을 받고 있지 않다고 말한다. 오히려 벌을 받고 있는 사람은 김약국과 한실댁이라고 말한다. 용란의 한돌과의 정사는 가족들에게 큰 근심과 수치를 안겨주는 사건이었다. 하지만 막상 용란은 전혀 수치를 느끼지도, 죄스러워하지도 않고 있다는 점에서 용란은 고난 중에 있지 않다. 오히려 용란은 처벌의 대상이 되는 악인에 해당한다. 자신으로 인해 세상 사람들의 비난과 보수적 윤리관으로 가족들이 고통을 받고, 결혼이 좌절된 기두가 방황을 하는 등 선인들이 고난 중에 있음에도 용란은 이들의 고난에 책임을 느끼지 않는다.

결국 용란은 악인으로서 반전을 통해 벌칙을 받게 된다. 원작의 용란은 본능적인 아름다움을 가진 여인으로 그녀의 본능은 선악에 대한 도덕적 판단 이전의 것으로 그려져 있다. 용란에 대한 이런 시선은 그녀를 죄인으로 몰아가지 않는 것이 원작의 특징인데 반해, 영화의 용란은 도덕적 비난의 대상이 된다. 이조말엽이든 영화가 제작된 1960년대든 양쪽 모든 시기의 윤리관에 비추어봤을 때 처녀의 자발적 섹슈얼리티의 추구는 타락으로 간주할 수 있는 비도덕적 행동이었다. 영화 <김약국의 딸들>은 이런 윤리관에 의거해 용란을 죽음으로 응징한다. 한실댁과 한돌이의 죽음으로 실성하게 된 용란은 영화의 서사에서는 결국 기두를 한돌로 착각하고 기두가 승선한 배에 올랐다가 바다에 떨어져 죽음에 이른다. 몰락의 위기를 극복하고 희망찬 미래를 계획하기 위해서 감독이 용란에게 죽음이라는 벌칙을 주는 것은 고난 중에 있던 선인들이 고난의 원인을 제공한 악인을 이겨내고 서사의 중심에 서야 하기 때문이며 성적 문란함은 처벌 받는다는 도덕적 메시지를 제공하기 위함으로 해석된다. 용란에 대한 가부장적인 벌칙은 김약국을 중심으로 하는 가부장적 공동체의 질서를 확립하는데 필수적인 과정이었던 것이다.

4. 영화 <김약국의 딸들>의 해피엔딩이 보여주는 체제 순응적 현실인식

앞선 논의를 통해 확인했듯 영화 <김약국의 딸들>은 원작의 운명적 비극성을 축소하면서 원작과 달리 김약국이 생존하고 그 곁을 강극과 용빈, 서기두와 용옥이 지키기로 결심하면서 해피엔딩을 보여준다. 그렇다면, 원작을 이렇게 각색하여 영화를 제작한 이유는 무엇일까. 왜 김약국과 용옥은 살아남고, 용옥과 용빈은 아버지의 곁을 지키는 것으로 결론을 지었을까. 왜 고향에서 재건에 힘쓰자는 제안은 강극과 서기두에 의해 이뤄질까. '물 푸는 노파'의 비유를 통해 결국 영화가 전달하는 메시지는 무엇인가. 1960년대 대중문화에 대한 탐색과 당대 멜로드라마적 구성을 보여주는 대중소설, 문예영화들에 대한 연구를 통해 영화 <김약국의 딸들>의 해피엔딩이 갖는 의미에 집중하고자 한다.

우리나라의 1960년대는 1961년 5 · 16 쿠테타가 성공하면서 전 국민이 경제성장에 집중할 것을 국가시책으로 삼았던 시기이다. 1960년대 박정희는 '공동운명의식'을 강조하면서 공동운명의식의 담지체를 국가로 상정하고 국가에 대한 충성, 특히 개인적 희생을 바탕으로 하는 국가에 대한 봉사를 "인간사회의 가장 훌륭한 미행"이라고 규정한다. 그리고 그는 한 가정의 가부장에 유비하여 국가의 아버지로서 빈곤 극복을 위한 근대화 프로젝트 달성을 위해 국민들의 협조와 협동을 요구했다.128) 사회진화론적 사고에 입각하여 국민을 공동운명체, 생활공동체로 묶고 국가의 가족 유비를 통해 국민들이 가부장의 권위를 존중할 것과 공동체를 위한 희생도 감수할 수 있어야 한다는 것, 그리고 자신이 맡은 일을 충실히 이행할 것을 주문함으로써 박정희 정권은 온순한 국민 만들기를 진행한 것이다. 이를 위해 도덕적 우위가 필요했던 박정희는 '청신'한 사회규범을 강조했고 가정 내의 사랑이 아닌 가정 외에서의 사랑은 배격했으며 사회적 성역할을 강조한다. 이런 국가적 전략은 대중문화, 특히 1960년대 신문연재소설을 비롯한 대중소설129)에서 잘 드러난다. 그리고 이런 현상은 비단 대중소설에 국한된 것은 아니었다. 당시 국가의 주도 하에 제작되었던 수많은 문예영화들 역시 대중소설과 비슷한 상황이었던 것으로 보인다.

1960년대 초반은 정치적인 격변기이면서 자본주의적 근대화가 본격적으로 이루어지기 시작하여 상업적 전략에 의해 대중문화가 발전하기 시작한 때이다. 압축적인 근대화와 경제성장이라는 국가적 목표설정을 위해 근대적 주체로 대중을 호명해야 하는 필요성은 대중문화의 서사전략에 잘 드러나 있다. 프랑크푸르트학파는 대중문화를 일종의 문화산업으로 규정하고 문화산업으로서의 대중문화를 '대중기만으로서의 계몽'의 특성을 지녔다고 말했다. 문화산업으로서의 대중문화는 대중을 계몽의 대상으로 상정하고 대중을 근대적 주체로 호명하면서 기존질서에 순응하도록 만든다는 것이다.130) 이와 같은 주장은 유현목의 문예영화를 평가하는데 의미있는 평가의 잣대를 제공한다.

영화 <김약국의 딸들>의 감독 유현목은 영화형식의 전근대성을 탈피하는데 주력한 감독이면서 동시에 많은 문예영화를 연출했다. 그는 법적 · 제도적 제약에 따른 영화제작의 어려움을 국가의 문화정책사업과 현실적인 타협을 도모하여 타개하려 했던 것으로 보인다. 그리고 감독 자신도 박정희 정권의 근대화 이데올로기에 동조하면서 그가 추구하던 예술성과 주제의식을 실현하는 수단으로 문예영화를 다수 연출하였다. 감독의 이런 현실인식은 영화에 고스란히 드러나는데 영화 <김약국의 딸들>도 예외일 수 없다. 앞서 1960년대 대중소설에서 드러나는 서사전략처럼 유현목의 영화 <김약국의 딸들>에서도 가족유비로서 국가관이 드러나고 가부장적인 질서의 확립과 '청신'한 사회규범을 강조하면서 가난극복에 매진할 것을 강조하는데 이를 통해 관객은 공동체의 위기와 가난 극복을 위해 가부장의 곁에 남아 희생을 감수해야 한다는 유현목 감독의 현실인식을 유추할 수 있다.[131] 이런 현실인식에 기반한 유현목의 문예영화는 계몽적 문법을 사용하면서 체제순응적인 주제의식을 가졌다.

영화 <김약국의 딸들>의 김약국이 원작과 다르게 근친상간적 사랑을 하지 않는 것도, 전근대적인 색채가 한실댁에 국한되어 김약국에게는 미치지 않는 것도, 그리고 위기를 겪고 있을지언정 죽지 않고 고향을 지키는 아버지의 표상으로 김약국이 묘사되는 것도 가족유비로서의 국가관에 입각하여 지역공동체를 지키는 아버지의 모습을 통해 영화의 용빈이나 용옥, 그리고 자식에 유비되는 국민들을 국가를 위해 일해야 하는 근대적 주체로 호명하기 위함인 것이다. 그래서 영화의 김약국은 소설보다 도덕적 결함이 없고 근대적 인물이며 가부장적 질서를 표상하는 권위를 가진 인물로 묘사된다. 소설에서 서기두의 방황으로 불행하게 죽게 되는 용옥도 영화에서는 서기두의 정착으로 건전한 가족을 이루게 되면서 용옥은 남편과 함께 고향 재건의 주체로 거듭나게 된다. 물론 이런 각성은 남성 주체인 서기두에 의해 주도된다. 고향재건, 가문의 위기 극복을 위해 가정에 정착하면서 도덕적 권위를 확보한 서기두가 고향 재건의 주체로 스스로 각성하는 모습을 통해 위기 극복의 희망을 제시하고 있는 것이다.

영화 <김약국의 딸들>에서 용옥이 서기두의 각성으로 건전한 가정을 성취하면서 재건 사업의 희망을 일구는 주체로 거듭났다면 용빈은 강극의 청혼과 설득으로 아버지의 곁에 남을 것을 결심하게 된다. 남성인물들에 의해 여성인물들은 수동적으로 끌려가는데 이 역시 가부장적인 질서를 확고히 하고 가부장적인 세계로 돌아가자는 의미로 해석된다. 아버지 곁으로 돌아가자고 용빈에게 설득하는 과정에서 강극은 '까마귀를 부르며 밥과 돈을 기원하는 소년과 그의 할머니'가 배를 타고 생계를 위해 바다로 나가는 장면을 본다. 물이 세는 배를 타고 가면서 노파는 쉬지 않고 바가지로 물을 퍼서 배 밖으로 빼고 있다. 강극은 그 모습을 통해 수고스럽지만 바가지로 물을 푸지 않으면 배가 가라앉고 더 이상 살 수 없게 되듯 용빈과 자신 역시 고통스럽더라도 고향 재건을 위한 행동을 쉬지 않아야 한다고 역설한다. 그것이 인생이며 그런 희생이 있어야만 희망이 있고 살아갈 수 있는 것이라고 아버지 곁에 남아야 하는 이유를 설명한다. 영화 <김약국의 딸들>은 희생의 감수를 통해 고향 재건, 가난극복이 먼저임을 남성인물들이 주장하고 이를 여성인물들이 수용하면서 새로운 가정의 탄생과 함께 새로운 미래를 향한 희망을 제시한다. 성적 문란함은 벌을 받고 전근대적 미신행위는 배격되면서 선인들의 승리와 희망찬 미래를 그리며 해피엔딩으로 결론을 맺고 있다.

소설 『김약국의 딸들』이 전근대의 세계에서 벗어나 여성주체에 의해 미래지향적이고 저항적인 세계로의 이행을 모색했다면 영화 <김약국의 딸들>은 남성주체들에 의한 계몽적 색채가 강해지면서 가난 극복을 위한 근대화 담론이 강화된 것을 확인할 수 있다. 이를 통해 영화 <김약국의 딸들>은 1960년대 박정희의 근대화 이데올로기에 부합하는 것으로 체제순응적인 서사전략을 가졌다고 볼 수 있다.

5. 가부장제로의 회귀와 전복성의 탈락

영화 <김약국의 딸들>에 등장하는 여성인물들은 남성인물들에 의해 설득되어 아버지의 세계로 돌아와 아버지의 곁을 지키며 가난 극복과 고향 재건을 위해 희생을 감수하겠다고 결심하는데, 이 결심의 과정은 비주체적이고 수동적이며 결심의 내용 또한 체제순응적이다. 아버지의 권위를 회복시키고 가부장제를 강화하면서 그 안에서 행복한 미래를 꿈꾸는 인물들은 소설의 결말이 가진 전복성과 거리가 먼 인물들로 현실의 부조리에 맞선 저항의 가능성이 삭제되었다. 그들이 재건하고자 하는 것은 아버지의 세계, 과거의 부강함이라고 했을 때 이는 보수적이며 체제순응적이다. 오히려 원작은 아버지의 세계가 몰락함으로써 새로운 가능성을 모색하며 방황하는 여성주체의 모습을 통해 또 다른 가능성을 보여주는데 영화 <김약국의 딸들>은 이와는 전혀 다른 결론으로 귀결된다.

그리고 영화 <김약국의 딸들>의 보수성은 친일행적으로 치부한 정국주나 사랑을 배신한 홍섭, 배금주의와 불륜으로 타락한 용숙이가 벌을 받지 않고, 성적으로 문란하다고 평가받는 용란을 처벌하는 대목에서 더욱 부각된다. 여기서 벌을 받는 대상은 정치적으로나 도덕적으로 잘못된 사람이 아니라 가부장제의 질서를 혼란시키는 주체적 섹슈얼리티의 주체인 여성이다. 용란은 정국주처럼 정치적인 배신을 하지도 않았고, 홍섭처럼 인간적인 배신을 하지도 않았다. 용숙처럼 반인륜적인 범행을 저지른 인물도 아니다. 오히려 무능한 아편쟁이 남편에게 매를 맞고 사는 불우한 처지다. 하지만 용란이 처벌을 받는 이유는 처녀를 지키지 않고 성적으로 개방적이었다는 점과 가부장의 권위가 그녀를 제어하거나 통제할 수 없을 만큼 주체적인 야성을 가졌기 때문이다. 결국, 이런 이유로 용란은 가부장제를 위협하는 존재가 되고 여성에 대한 성적 억압과 주체성의 억압은 가부장제 존속과 강화를 위한 전제라고 했을 때 처벌의 대상이 되는 것이다.

결국 가부장제로의 회귀라는 해피엔딩은 가족으로 유비되는 국가관의 강화, 가부장격인 공동체 지도자의 권위 강화로 연결되면서 체제순응적인 면모를 보인다. 그리고 이 과정에서 소설 <김약국의 딸들>이 가진 여성인물들의 주체성과 전복성은 탈락된다. 전근대의 세계가 몰락하면서 아버지가 부재한 세상에서 그들이 만들어갈 미래에 대한 주체적 선택이 사라졌기 때문이다. 영화 <김약국의 딸들>은 가난극복을 위해 희생을 감수해야 한다고 주장하면서 여성인물들의 자리를 사회적 성역할 안에 가둔다. 그리고 이를 뒷받침하는 이데올로기로 청신한 사회규범을 강조한다.

결론적으로 영화 <김약국의 딸들>은 소설 『김약국의 딸들』의 운명적 비극성을 삭제하고 여성인물의 주체성을 축소시키면서 가부장적 공동체 복원이라는 사회변혁의 과제를 제안한다. 그리고 성적으로 타락한 악인을 벌하면서 청신한 규범을 지키는 선인들의 승리를 통해 계몽의 문법으로 체제순응적인 세계관을 보여준다.

김예니
성신여자대학교 / 국어국문학과
yenie77@hanmail.net

정진헌
건국대학교 / 커뮤니케이션문화학부
cyjjh006@kku.ac.kr

내 안의 타자, 그 "기괴한 낯설음"에 대하여

– 히치콕의 <레베카>를 중심으로

송 인 희

Ⅰ. 서론

히치콕(Alfred Hitchcock)은 다면적 인간 본성에 대한 심층적 이해를 제공한다는 점, 관객을 그의 세계 속으로 끌어들이면서 조절해 내는데 귀재라는 점, 영화적 장치의 탁월한 고안과 실천을 보여준다는 점 때문에 비평 진영의 뜨거운 관심의 대상이 되어 왔다. 특히 히치콕 특유의 방식으로 재현된 인간 내면에 대한 특이한 통찰은 수많은 젊은 영화 관계자들을 찬탄과 경배로 이끌면서 그의 예술세계에 대한 새로운 해석과 다각도의 조망을 낳게 된다. 이렇게 시간과 공간을 넘나들며 수없이 생성된 그에 대한 업적들 중 지젝(Slavoje Zizek)을 비롯한 슬로베니아 학파의 연구는 괄목할 만한 성과를 보여주고 있는데 근자의 포스트 모던적 기반에서의 새로운 조명 방식이라는 점에서 주목을 받고 있다.

지젝은 "당신이 보고 있는 것이 망령난 할망구조차도 전혀 어려움이 없이 이해할 수 있을 만큼 단순한 멜로드라마라고 생각하나요?"[132] 라고 질문하며 "매우 진부한 내용을 낯설게 하는 이러한 해석적 즐거움을 압축하는 작가가 있다면 그가 바로 알프레드 히치콕이다"[133]라고 말한다. 모더니즘적 해석의 방식은 감춰진 것, 억압된 것, 통제 불가능한 것들을 드러내어 해석하고 언어화하려는 시도라고 할 수 있다. "모더니즘적 해석의 즐거움이 해석대상의 불안한 섬뜩함을 길들여 순화시키는 인식의 효과에 있다면 포스트 모더니즘적 접근 방식의 목적은 바로 처음의 익숙함을 오히려 낯설게 하려는데 있"[134]다고 지젝은 지적한다. 그리고 이런 이유들 때문에 히치콕의 영화 텍스트는 포스트모던적 대중문화 연구에 많은 분석적 재료들을 제공한다고 할 수 있다.

히치콕의 영화들이 많은 이론가들에게 주목과 관심, 논란의 대상이 되어 왔지만 페미니즘 적 관점에서의 연구는 그의 여성 혐오적 입장에 초점을 맞춘 비판적 입장이 주를 이뤄 왔다고 볼 수 있다. 로라 멀비(Laura Maulby) 등 많은 페미니스트들은 여성을 남성의 관음증을 위한 페티쉬(fetish)의 대상, 수동적 대상으로 위치시켜 성차별적 이데올로기를 강화한다고 비판한다. 또 남성 비평가인 레이몬드 벨루(Raymond Bellour)도 그의 영화의 내러티브가 가지는 폐쇄성, 가부장적 이데올로기에 기여하는 결말 등을 들어 획일적이고 남성 중심적인 구조를 지적한다.[135]

이런 점에서 히치콕의 헐리우드 첫 진출작이 여성 취향의 고딕 로맨스풍의 <레베카 Rebecca>라는 사실은 대단히 이례적이다. 히치콕의 여성비하적인 관점은 이 작품에 대해 트뤼포(Francois Roland Truffaut)와 나눈 대화에서도 잘 드러난다. 레베카에 대해 그가 물었을 때 "그건 히치콕적인 영화라고는 볼 수 없습니다. 원작은 여성 취향적인 감상적인 3류 소설입니다. 이야기는 진부하죠. 그 당시에 유행하던 여성 문학의 한 부류에 속하는 것이었습니다"[136]라고 대답한다.

영화 <레베카>는 그 당시 선풍적인 인기를 모았던 다프네 뒤 모리에(Daphne du Maurier)의 소설『레베카』의 판권을 셀즈닉(David O Selznick)이 거액으로 사들여 영화화한 작품이다. 여성 관객을 겨냥한 화려한 영화에 관심이 많았던 제작자 셀즈닉은 히치콕의 할리우드 입성 기념으로 이 영화를 제시했다. 그리고 "너의 값비싼 원작을 공경하라"며 원작의 분위기에 충실할 것은 히치콕에게 강요한다. 특히 "히치콕의 표현에 따르면 '나의 망할 놈의 퍼즐 맞추기 편집 방법'을 셀즈닉은 이해하지 못했"[137]는데 이 때문에 끊임없이 "셀즈닉식 터치"를 이 영화에 가미하려 했었다고 토로한다. 그래서 평단의 리뷰와 관객 동원에서도 대단한 성공을 거뒀고 아카데미 작품상까지 수상했지만 히치콕은 이 영화를 셀즈닉의 영화라고 생각했던 것 같다. 도널드 스포토(Donald Spoto)의 지적대로 "케케묵은 느낌을 주는 . . . 이제는 더 이상 제작되지 않는 고딕 로맨스"[138]의 일종이라고 히치콕은 치부했었다. 그래서 그는 트뤼포에게 "그건 사실 3류 영화죠. 그 영화는 세월을 꽤나 잘 견뎌 냈습니다. 이유는 나도 잘 모르겠어요"[139]라고 말한다.

히치콕의 거의 모든 영화 텍스트가 열렬한 관심의 대상으로 언급되고 분석되었음에도 불구하고 <레베카>는 고딕 로맨스를 재조명해 보려는 페미니즘적인 입장에서의 연구, 그리고 타냐 모들레스키(Tania Modeleski)의 여성 오이디푸스의 삼각 구도로 등장인물들의 심리 구조를 설명하는 「여성과 미궁」("Woman and Labyrinth")정도의 연구 성과가 남아있다. 지나치게 세세하고 여성적이라는 인상 때문에 지금까지는 전적인 무관심과 폄훼의 대상이 되어 온 것이다.

그러나 필자의 견해에 의하면 이 영화는 포스트모던의 특이한 한 전형으로서의 히치콕, 히치콕 자신도 미처 깨닫지 못한 바로 그 히치콕을 드러내는 작품이라고 본다. 라캉(Jacques Lacan)의 그 유명한 "나는 타자이다"라는 명제, 또 일관성 있게 유지되던 주체의 상징적 외관을 잠식해 나가며 자기 통제들을 무력화시키는 "살아있는 사자(living dead)", 그리고 기묘하게 희열을 물질화 시키면서 주체를 교란시키고 탈중심화시키는 "응시와 목소리로서의 대상" 등은 오늘날 대중문화 속 포스트모던한 한 현상으로 진단될 수 있다고 지젝은 말한다.[140] 그리고 이러한 특성들은 모두 언어의 세계에 진입하기 위해 내가 포기하고 억압한 모성적 몸으로서의 "사물"(the Thing)과 관련된다. 내가 억압한 그 사물이 귀환하면서 "어둠 속에 있어야 했으나 드러나 버린 어떤 것"[141]때문에 너무나 익숙한 것들이 갑자기 기괴하고 낯설게 드러난다는 것이다. 그래서 히치콕적인 방식을 통한 인간 내면의 심층적 이해라는 명제로 이 영화를 탐색해 나갈 때 이 영화가 왜 포스트모던적 사물의 귀환인 "기괴한 낯설음"을 실현시키는지를 설명할 수 있을 것이다.

Ⅱ. 본론 1

<북북서로 진로를 돌려라(*North by Northwest*)>의 로저 손힐(Roger Thornhill)처럼 "히치콕 세계" 속 주인공들은 갑작스럽고 우연한 어떤 순간, 자신과는 전혀 무관한 세계 속에 끼워 넣어진 자신을 발견하게 된다. 이름도 갖지 못한 이 영화의 여주인공(이 여주인공은 영화 어디에서도 자신의 이름으로 불리어진 적이 없다)도 그런 경우인데 그녀는 우연히 산책길에서 절벽에 위태롭게 발을 내딛고 멍하니 서있던 한 남자와 마주치게 되고 다급하게 "No, stop"이라고 외치게 된다. 그리고 이 순간 그 여인은 최상위의 귀족 계급이라는 자신과 전혀 무관한 이질적 세계 속으로 들어가게 된다. 바닷가에 위치한 이 아름답고 우아한 호텔은 유럽의 귀족들이나 미국의 부호들 같은 상류계층의 인물들만이 휴가를 즐길 수 있는 곳이었다. 모두가 여유롭게 휴식을 즐기는 이곳에서 가난한 고아인 이 여주인공은 돈 많은 늙은 여인에게 고용되어 그녀의 시중을 들고 있었고 노동을 통해 자신의 생계를 유지해야 하는 처지였다. 까다롭고 무시를 일삼는 이 늙은 여인의 횡포 때문에 그녀는 경멸과 비웃음에 늘 시달릴 수밖에 없었

다. 그러나 갑작스럽게 이루어진 귀족의 청혼과 결혼, 이어진 둘만의 신혼여행 이후 그녀가 맞이한 것은 의도하지도 못한 채 끼워 넣어져 버린 생소한 한 세계였다. 이 세계는 그녀가 가진 내재적 속성과는 전혀 무관한 이질성이었고 자신과 도저히 조화될 수 없는 긴장, 갈등, 부조화의 세계였다.

그녀는 그림엽서를 통해 맥심(Maxim de Winter)의 저택인 맨덜리(Manderley)를 처음 보고 강하게 매혹되었다고 그에게 고백한다. 애초부터 맨덜리는 그녀에게 욕망의 구현물로서 응시의 대상이었던 것이다. 주인공에게 우아하고 화려한 몬테 카를로의 호텔이나 맨덜리라는 아름답고 신비스러운 저택은 하나의 환상으로서는 가능하지만 현실이 될 수는 없었다. 그러나 순식간에 일어난 한 사건으로 성 같은 저택의 안주인으로서의 상징적 위임을 부여받게 되고 감당할 수 없고 동일시 할 수 없는 그 자리는 그녀의 불안을 가중시키면서 어쩔 수 없는 무능력만을 노출시키게 만든다. 귀족과의 갑작스런 결혼으로 귀족으로 호명되기는 하지만 승마나 사격 보트타기 등 귀족이 갖추어야할 어떤 소양도 지니지 못한 주인공이 맨덜리에서 느끼는 것은 상징적 지위와 내적 경험 사이에 존재하는 극복할 수 없는 분열이었다. 그래서 오랜 시간을 통해 자연스럽게 축적된 여러 자질 들, 귀족다움을 선천적으로 체화한 전 여주인인 레베카(Rebecca)는 그녀의 결여를 메우고 완벽함의 환영을 주는 욕망의 대상이며 응시의 대상으로 자리 잡게 된다.

"나는 나 자신을 보고 있는 나 자신을 본다. (I see myself seeing myself.)"142) 라는 표현은 나는 나 자신을, 타자가 바라보는 방식으로 인식하게 된다는 의미이다. 다시 말해 내가 나를 바라보는 방식은 나의 내부의 근거에서 비롯되는 것이 아니라 외부대상이 나를 바라보는 그 방식에 의해 지배된다는 의미이다. 주인공이 자신을 바라보는 방식은 자신의 눈에 의존해 있지 않다. 맨덜리라는 저택에 소속된 구성원 하나하나 뿐만 아니라 그 거대한 공간 자체가 자신을 바라보는 눈으로 작용한다. 손질하지 않은 짧은

곱슬머리에 화장도 하지 않은 앳된 얼굴, 수줍고 겁먹은 얼굴로 댄버스 부인과 하인들 앞에 섰을 때 그녀가 느낀 당혹스런 감정은 그들의 눈빛에서 드러난 연민과 의아함 그리고 경멸에서 연유한 것이었다. 레베카가 점유했던 그 자리의 위력은 신분이 낮고 주저주저하며 겁먹은 듯한 소녀에 불과한 그녀가 감당하기에는 너무나 엄청난 것이었고 그녀는 그런 자신의 모습을 그 타자들이 자신을 바라보는 눈빛, 그 방식대로 바라볼 수밖에 없었다.

욕망의 시선이 교차하는 시각의 장 내에서 내 욕망은 타자의 응시로 확인되고 나의 욕망으로 자리 잡는다. 주인공이 맥심 드 윈터라는 귀족계층 속에 편입되면서 주변 인물들에게 가장 먼저 들은 단어가 레베카였다. 미세스 반 후퍼, 맥심의 여동생 그리고 그 집 하인인 프리츠나 댄버스 부인까지 모두 레베카의 귀족성, 완벽한 아름다움, 눈부신 매혹에 대한 경탄을 드러낸다. 레베카는 상징의 장을 지배하는 응시의 주체이며 대상이었던 것이다. 상징의 장을 지배했던 레베카는 살아 있을 때뿐만 아니라 죽어서까지도 욕망의 주체들을 사로잡는다. 그래서 주인공은 타자의 눈길 속에서 레베카와의 비교를 읽어내며 위협과 불안을 느낀다. 자신의 결여를 상기시키는 이상화된 이미지인 레베카에 사로잡혀 압도당한 채 끊임없이 주시 받는 상태에 놓이게 된 것이다. 이 때 주인공은 자신에 대해 확신을 가지고 생각하는 그런 주체로서 자신을 파악할 수가 없다. 자신에 대한 규정이 이미 자기에게 있지 않기 때문이다. 라캉은 "욕망의 변증법이 강조되지 않는다면 왜 타자의 응시가 인식의 영역을 해체하는지 결코 이해되지 않을 것"143)이라고 말한다. "문제의 주체는 사유하는 의식의 주체가 아니라 바로 욕망의 주체이기 때문이다"144).

주인공이 레베카라는 특권적 대상에 사로잡히면서 자신을 재현해 낼 때 이러한 재현은 자신을 드러내고 표현하는 그런 형태가 될 수는 없다. 시각의 영역에서 주인공을 규정하고 결정하는 것은 외부의 응시이다. 욕망의 응시가 외부에 존재할 때 주인공은 내가 보는 상태가 아니라 보여 지는 존재로 바뀌어 진다. 마치 사진의 피사체처럼 그림의 오브제처럼 자신을 타자의 응시의 결과물로 바꾸어 버리는 것이다. 그 응시에 따라 주인공은 마치 자신이 레베카의 환영인 듯 그 이상화된 이미지 속에 자신을 소멸시킨다. 자신을 사로잡는 응시의 기능에 스스로 삽입 되면서 레베카를 모방하면서 레베카로서의 허구적인 재현을 끊임없이 시도하게 되는 것이다.

맨덜리의 안주인으로서 어떤 존재감도 가질 수 없었던 여주인공은 안주인을 찾는 전화에 자신이 현재의 안주인이라는 것을 망각하고 레베카는 1년 전에 죽었다고 말하는 어처구니없는 실수를 저지른다. 자신의 역할, 위치에 대해 어떤 것도 확신할 수 없었던 주인공은 정원 일이나 손님 접대 등 자신에게 어떤 위임이 맡겨질 때마다 레베카가 선택했을 것 같은 소스, 레베카가 입었을 것 같은 드레스, 레베카가 했을 것 같은 행위들로 대신하게 된다. 이러한 시도들은 애초에 불가능한 시도였고 실패로 끝날 수밖에 없는 시도였다. 그럼에도 완벽한 레베카로 재탄생하려는 욕망 속에 마침내 그녀는 만찬 무도회까지 기획하게 된다. 모든 사람들에게 레베카가 찬양되고 숭배되었듯이 자신이 마치 레베카인 것처럼 우아한 모습으로 계단을 내려오는 모습, 만찬 무도회장에서 포크를 드는 모습, 미소를 지으며 대답하는 모습 등을 상상하며 레베카의 화신인 양 위치시키고자 한 것이다. 무력하고 평범한 자신은 사라지고 캐롤라인 드 윈터의 가장 화려하고 눈부신 의상으로 감싸여 박수와 찬탄 속에 만찬회장에 등장하기를 기대하게 된다. 그러나 그녀가 레베카의 화신처럼 만찬회장의 계단을 내려섰을 때 그녀에게 돌아 온 반응은 잿빛처럼 창백해진 맥심의 표정이었다. 그리고 "당신 대체 무슨 짓을 하고 있다고 생각하오? 빨리 가서 갈아입고 와요. 내 말이 들리지 않소?"라는 경악과 분노에 찬 대꾸였다. 아무도 박수를 치지 않았고 마치 벙어리라도 된 듯 얼빠진 채 자신을 바라보고 있었다. 그리고 만찬회장은 숨소리도 나지 않을 만큼 갑작스러운

정적에 휩싸인다. 그녀가 입었던 그 의상은 1년 전 무도회에서 레베카가 입었던 의상 바로 그것이었고 은은한 조명과 음악으로 그녀는 레베카라는 타자를 실현해 낸 것이다.

Ⅲ. 본론 2

맥심에게 레베카가 그토록 공포와 위협의 대상이 되는 이유는 자신이 전혀 통제할 수 없이 고삐 풀린 듯 나아가는 욕망의 형태 때문이다. 살아있을 때부터 레베카는 자신의 욕망에 한 치의 포기도 없었고, 어떤 장애물에도 가로 막히지 않는, 거세되지 않은 남근을 소유한듯한 여성이었다. 사르트르(Jean Paul Sartre)가 『존재와 무』(*Being and Nothingness*)에서도 통찰하듯 항상 연인들의 상호 관계에서의 문제는 사랑하는 자가 상대와의 완벽한 결합을 위해 갈망하는 것이 바로 상대편의 주체성이라는 점이다. 이 때 연인들은 각기 개인의 독립적인 모든 차원을 무화시키면서 상대편을 단지 하나의 살덩어리로 전유하려는 욕망으로 지배된다. 그리고 이 때 "사랑하는 자가 우선적으로 그리고 가장 궁극적으로 원하는 것은 사랑받는 자의 자유이다."[145] 이 관계에서 연인은 I-you의 관계가 아닌 I-it의 관계로 바뀌어 진다. 이렇게 완벽한 하나로의 결합을 가정하는 성관계에서 어쩔 수 없이 드러나는 것이 양 성간의 적대성이다. 충만한 만족감을 보장하고 완벽한 하나가 되기 위해서는 결국 타자의 타자성을 지배하고 상대편을 무의 차원으로 환원시켜야만 한다. 그래서 남성과 여성 사이의 결합에는 상대편의 주체성과 자유를 서로 전유하려는 극복할 수 없는 적대가 가로 놓이게 된다. "성관계는 없다. 다시 말해 양성 간의 관계는 정의상 불가능하고 적대적이다"[146]. 이는 "성관계는 없다는 것 성관계는 상징화될 수 없다는 것, 성관계는 불가능한 적대적 관계라는 점을 내포한다는 것"[147]이다. 이러한 성관계의 불가능성, 근원적 적대라는 실재의 중핵을 은폐시키는 것이 바로 환상이다. "환상은 기본적으로 근본적 불가능성의 빈 공간을 채우는 시나리오, 공백을 가리는 스크린이다. 그러나 이 불가능성은 매혹적인 환상의 시나리오에 의해 메꾸어 진다."[148)]

레베카는 가장 이상적이고 완벽한 결합의 형태가 가능함을 보여주는 환타지적 대상이었다. 가부장적 이데올로기가 지배하는 상징적 장에서 레베카가 발산하는 아름다움과 매혹은 그들 관계의 실재적 적대를 가리고 덮을 환상의 시나리오들을 구성해 왔고 모든 사람들에게 찬탄과 부러움의 대상이 되어 왔다. 그러나 맥심에게 그녀는 극복할 수 없는 근원적 적개심을 유발시키는 대상이었을 뿐이다. 누구에게도 굴복하지 않고 나아가며, 자신의 욕망에 대한 거침없는 그녀의 담대함이 맥심에게 "거세 공포"로 다가오며, 남성지배로 표상되는 가부장적 상징세계를 한순간에 붕괴시킬 수 있는 끔찍한 위협이었기 때문이다. 레베카는 바닷가 작은 오두막집을 밀회의 장소로 사용하였고 맥심은 분노와 증오에 사로 잡혀 그녀를 살해하려한다. 암으로 죽어가고 있던 레베카가 자신의 자살이 남편의 살해에 의한 것처럼 위장하기 위해 그의 분노를 폭발시킨 것이다. 레베카의 끔찍한 야유와 조롱에 자기 통제를 잃어버린 그가 이 순간 대면한 것은 자신이라고 도저히 받아들일 수 없는 "자기 안의 타자"였다. 자신의 상징세계에는 포섭할 수 없어 배제한 그 타자, 바로 어둡고 끔찍한 자기 안의 "사물"이었다. 레베카의 죽음 이후 맥심은 자신의 부와 영예 상징적인 외관은 한 순간에 붕괴될 수 있다는 불안과 위협에 시달리게 된다. 그래서 그 사건 이후로 맥심의 삶은 단지 억압되고 은폐된 외상적 지점 그 비밀을 기원으로 재규정되고 재정립된다. 삶을 보는 틀 자체가 완전히 뒤바뀌게 된 것이다. 바닷가에 버려진 조그만 오두막집은 실재의 작은 조각인 얼룩처럼 억압된 비밀을 물질화하면서 그의 현실이 얼마나 불안정한 기초 위에 정초되어 있나를 드러내 보여 준다.

살해의 욕망, 허구가 빚어낸 실체 없는 살인, 이 외상적 충격은 맥심에게 모든 사물이 동일하게 존재함에도 불구하고 전혀 다른 빛 속에 드러나도록 만든다. 그래서 그 사건 이후의 그의 시각은 현실 자체를 기괴하게 만든다. 시각은 그 자체로 외상적 변형이다. 모든 현실이 그 사건을 통해 보여지고 의미를 지니기 때문이다. 주인공은 맥심에게 의미 없이 던지는 말들에 왜 그가 그토록 불같이 화를 내는지 알 수가 없다. 그의 화를 유도하는 사소한 실마리들은 단지 눈에 띄지 않는 의미 없는 "얼룩"에 불과하기 때문이다. 그러나 그 "얼룩"을 통해 비스듬히 볼 때 그가 정초하고 있는 그 기반은 거대한 심연으로 그 모습을 드러낸다. 바다 위 절벽에서 떨어질 듯 위태롭게 발을 내딛고 있는 첫 장면은 그래서 의미심장하다. 의미 없이 내뱉은 사소한 실마리에서 그가 대면하게 되는 것이 바로 그 절벽 같은 심연이기 때문이다. 그 외상적 사건 이후로 그의 모든 현실은 부자연스럽고 의심으로 가득 차며 전혀 다른 차원의 의미들을 생성해 낸다. 모든 것이 모호한 영역에 자리하면서 감춰진 의미들을 압박해 오며 그의 동일성을 위협하고 잠식시키는 것이다.

맥심이 맨덜리로 결코 돌아가지 않겠다고 결심한 이유는 레베카로 표상되는 맨덜리, 그 적대적 대상과의 외상적 조우를 다시 경험하고 싶지 않기 때문이다. 죽은 자가 가지는 그 막강한 위력은 삶과 죽음의 경계를 넘어서며 행사하는 초자연적 힘이다. "살아있는 시체"(living dead)로서의 레베카는 모든 것을 바라보고 모든 것을 지배할 수 있는 편재하는 응시를 실현시킬 수 있다. 엄청난 부와 영화 가문의 영예로 맥심의 상징적 우주는 무장되어있지만 레베카라는 살아있는 시체의 공포스런 응시에서 벗어날 수가 없다. 그리고 내 안의 억압된 타자, 상징적 우주 속에 포함시킬 수 없는 어둡고 은폐된 그 타자를 끊임없이 대면하도록 이끈다. 응시의 문제에서 중요한 점은 주체와 대상 사이의 역전을 포함한다는 사실이다. 만약 주체가 어떤 사물에 이끌리며 그 응시에 포획되는 이유는 그 곳에 있는 무엇이 내게 굉장히 중요하기 때문이다. 무엇에도 사로잡히지 않는 중립적인 시선으로는 응시를 느낄 수 없다. 중립적 관찰자로서 우리의 안정적 위치를 위협당하는 그 순간이 바로 우리가 관찰되는 대상으로 사로잡혀 지는 그 지점이다. 그래서 레베카의 죽음, 그 외상적 사건은 맥심이 레베카의 저주 어린 응시에 포획되는 그 지점이 된다.

맥길리언이 "<레베카>에서 가장 히치콕적인 순간"으로 지적한 장면이 바로 허니문 때의 필름들을 영사기로 함께 보는 장면이다. 두 사람의 행복한 순간들이 화면에서 펼쳐지려는 순간 프리츠가 들어와 그 이전에 주인공이 깨어버린 도자기의 범인으로 다른 하인이 의심받고 있음을 보고한다. 알 수 없는 불안감에 도자기를 깨트리고 그 파편들을 책상서랍에 숨겼던 주인공은 맥심에게 그에 대한 변명들을 어색하게 늘어놓는다. 그리고 아무 뜻도 없이 "가십(gossip)"이라는 단어를 언급한다. 이때 영사기의 빛은 "가십 가십이라구?" 라고 말하는 맥심의 무섭게 일그러진 얼굴 마치 타자로 변한듯한 얼굴을 비춘다 이 때 주인공은 자괴감과 자포자기한 심정으로 "우리 행복한거 아닌가요?"라고 묻고 맥심은 냉랭하게 "행복은 내가 알았던 적이 한 번도 없는 그런 것이요."라고 대꾸한다. 두 사람은 절망에 빠져 화면을 바라보고 그 곳에서는 여전히 신혼부부가 다정하게 껴안고 웃고 있다. 항상 현실은 그것을 바라보는 프레임을 통해 존재한다. 두 사람이 동일한 영상을 동시에 바라보고 있어도 바라보는 프레임이 다를 때 그를 통해 본 현실은 전혀 다르게 나타난다. 인간은 결코 가시적 영역에서 전체를 볼 수 없다. 다시 말해 "우리는 단지 부분만을, 전체로서는 결코 보여 지지 않을 그런 파편들만을 볼 수 있다."[149] 현실은 프레임 내부에 있지만 진실은 프레임 외부에 있다. 그리고 비가시적 차원의 프레임 외부에서 레베카가 이 두 사람 사이를 환영처럼 떠돌고 있다. 이 두 사람이 레베카와 맺고 있는 경험의 실재성이 레베카의 현존을 영화적인 결에다 덧붙이고 물질적 밀도를 부여한다.

Ⅳ. 본론 3

덴버스 부인이 주인공에게 레베카의 방을 보여 준 것은 응시의 상호주체적 연결성을 보여 준다. 항상 스펙터클은 응시가 향하는 그곳을 향해 상연된다. 덴버스 부인은 맨덜리에서 가장 아름답다는 서쪽 방에 주인공의 응시가 향하고 있음을 알고 있었고 부와 영화의 상징으로서의 그 방을 찬탄할 만큼 완벽하고 아름답게 정돈시켜 놓는다. 그래서 주인공이 바다가 보이는 그 방에 들어섰을 때 그 방은 마치 시간을 되돌려 레베카가 죽기 전 그랬던 그대로의 방처럼 비현실적이며 몽환적인 환상 그 자체의 무대화로 상연된다. 덴버스 부인은 값비싼 장식 난로며 고급스런 조각으로 정교한 침대, 그 위를 덮고 있는 금빛 이불, 커튼 장식, 화장대 위의 촛대 그리고 옷장 속에 가득한 사치스런 털코트며 야회복, 섬세한 레이스 장식의 언더웨어들을 기묘하게 흥분된 표정으로 의기양양하게 보여 준다.

덴버스 부인이 레베카에 대해 그토록 광적인 숭배를 바치고 그 방의 환상적 재현에 집착하는 이유는 그녀가 특권적 대상이기 때문이다. 그녀에게 레베카는 "남자도 여자도 세상 어떤 것도 굴복시킬 수 없는 단지 바다만이 대적할 수 있는" 그런 대상이다. 자신이 욕망하는 그 모든 속성들을 다 체현하며 이상화의 정점에 자리하는 탁월한 대상 바로 어머니의 남근 같은 대상이다. 아이가 어머니의 남근이 부재하는 것을 보고 그것을 부인하며 페티쉬로 그 부재를 메우듯 덴버스 부인은 레베카라는 절대적 대상의 남근을 그 방의 화려한 페티쉬로 바꾼다. 어떻게 인간의 내부에 타자가 함께 거주하는지 그래서 내가 왜 바로 그 타자인지를 드러내는 작업의 중심에 바로 남근이 있다고 지젝은 말한다. 페티쉬가 남근의 대체물이고 그 페티쉬에 매료되고 사로잡힐 때 덴버스 부인은 그 페티쉬를 자신의 존재의 보증으로 받아들인다. 누구나 선망하고 꿈꾸는 부와 영화의 상징으로서의 맨덜리를 레베카의 현존으로 보존하면서 결코 자신의 것이 될 수 없는 완벽한 타자의 세계에 자신을 근거시킨다. 문화적이고 사회적 이상으로서의 레베카에게 과도하게 리비도를 집중시키고 모든 애정과 헌신을 바치면서 그녀의 세계를 자신의 이상화된 존재 근거로 받아들이는 것이다. 그래서 그녀가 마지막 장면에서 맨덜리에 불을 질러 자신도 함께 소멸의 길을 택하는 것은 레베카로 표상되는 맨덜리만이 바로 자신을 지탱하는 기반이기 때문이다. 가장 완벽하고 이상화된 타자의 자리에 자신을 위치시키며 남근적 페티쉬로서의 맨덜리를 훼손시키지 않기 위해 자신의 존재를 내던지고 환상을 보존한 것이다.

레베카의 방이 환상의 장소가 될 수 있는 것은 그 장소의 내재적인 속성 때문이라기보다는 사회 문화적 구조 때문이다. 그 시대의 이상화된 원리 때문에 그 방이 환상의 장소로 기능할 수 있는 것이다. 그녀는 자신을 레베카로 표상되는 그 시대의 사회 문화적 이상의 수호자로 자신을 위치시킨다. 그리고 자신의 의무를 충실히 한다는 태도로 타자를 고통 속에 빠뜨린다. 지젝은 사디즘적 주체의 희열 의지를 타자의 고통 속에서 희열을 찾는 노력으로 설명한다. 고통 받는 타자의 분열을 수단으로 하여 그/그녀는 자신을 아무 결핍이 없는 완전한 실체로 확인한다는 것이다. 사디즘적 수행이, 바로 그 행위가 타자에게 분열을 초래시키고 희열을 얻는 수단인 것이다. 예를 들어 스탈린주의적 공산주의에서 공산주의자는 민중의 이름으로 행동하며 그가 내키는대로 사람들을 괴롭히는 것이 그에게는 민중에게 복무하는 형식 바로 그것이다[150]. 주인공을 분열시킴으로써 그녀의 분열을 바탕으로 자신의 존재의 완전함을 성취하려는 덴버스 부인의 태도는 그래서 사디즘적 도착의 형태를 지닌다. 그녀의 희열은 주인공의 분열을 초래하는 한 보장된다. 처음 주인공과의 대면에서 희미하게 드러내 보였던 혐오 실제로 악의라 할 만한 그런 태도는 점차 노골적인 형태로 가시화되면서 주인공을 고통 속으로 빠뜨린다. 귀족으로서의 우아하고 세련된 격식과 취향을 가질 수 없었던 주인공에게 내부 전화로

드 윈터 부인을 찾으며 주인공을 혼란에 빠뜨리기도 하고, 식단표를 봐달라고 하며 어떤 소스로 할까를 물으면서 주인공의 당황하는 모습에 특유의 거만한 태도로 모멸과 조소를 보낸다. 자신이 이 맨덜리의 가장 완벽한 관리자로 자처하면서 주인을 위해 지시를 받는다는 그 복무의 형태가 바로 그녀가 희열을 얻는 수단이 되는 것이다. 그리고 그녀로 인해 주인공이 점점 자신을 잃고 두려워하며 불안감이 절망감으로 변해가는 것을 바라보면서 그녀의 분열을 가속화시킨다. 주인공을 분열시키려는 그녀의 기도는 상징질서가 마련해 준 가장 완벽한 형태 다시 말해 시대적 문화적 이상 속에서 진행된다. 덴버스 부인은 그 시대 문화적 이상의 실현자라는 위임을 수행할 뿐인 것이다. 그러나 시대적 이상의 도구로 자임하면서 주인공의 점점 분열되어가는 모습을 통해 자신의 희열 의지를 실현시키는 그녀의 복무 형태는 이미 궁극적 도착의 형태를 지니고 있다.

히치콕은 트뤼포와의 대화에서 "덴버스 부인은 걷는 모습을 보인 적이 없으며 움직이는 모습이 포착되는 경우도 거의 없습니다. 덴버스 부인이 여주인공이 있는 방안으로 들어 설 때 여주인공은 문 여는 소리와 발걸음 소리만을 들었을 뿐인데도 뒤돌아보면 그녀가 이미 거기에 존재하고 있었던 것처럼 꼿꼿이 서있는 것을 보게 됩니다. . . . 여주인공은 덴버스 부인이 어디서 나타날지 전혀 모르고 있으며 그 때문에 그녀는 늘 두려움에 떱니다."151)라고 말한다. 히치콕의 의도대로 그녀는 마치 실체가 아닌 듯 움직임을 드러내지 않고 언제 어디서나 주인공을 지켜보며 등장한다. 그녀의 차갑고 괴기스러운 형상, 데드 마스크같은 얼굴과 어두운 그림자같은 움직임이 불안과 공포를 불러일으키며 마치 살아있지 않은 물질의 체현인 듯 보이게 만드는 것이다. 그래서 주인공은 항상 "가혹하고 사디스틱한 눈"에 의해 감시당하고 있는 듯, 그 눈은 이미 모든 것을 다 알고 있는 듯 순수 응시의 지점이 되는 것이다. 그리고 그녀는 주인공에게 "항상 복도를 걸어 갈 때면 마치 마님이 뒤따라오는 듯한 착각이 들어요. . . . 그

가볍고 경쾌한 발소리, 이 방 뿐 아니라 집안의 모든 방에서 다 들려요. 우리들이 지금 이렇게 이야기를 나누고 있는 것을 그 분께서 보시고 있다고 생각지 않나요? 죽은 사람이 돌아 와서 산사람을 지켜본다고 생각지 않나요?"라며 기묘하게 위협적인 목소리로 주인공에게 속삭인다. 이렇게 <싸이코>의 노먼 베이츠의 엄마처럼 주인공의 정상적인 성관계를 방해하는 모성적 초자아로서의 목소리, 도착적 희열을 물질화한 목소리로서의 초자아는 또 다른 히치콕적 특성이기도 하다.

주인공에게 바다를 향해 창문을 열어 젖혔을 때 덴버스는 마치 바다의 거부할 수 없는 힘으로서의 목소리, 마치 상징화되지 않는 주이상스를 물질화한 자극적이고 유혹적인 또 다른 목소리로서의 차원을 드러낸다. 주인공이 무도회의 충격적 사건 이후 절망감에 사로 잡혀 창문에 위태롭게 정신이 다 나간 상태로 매달려 있고 덴버스 부인은 바로 그 뒤에서 뱀처럼 감겨들며 속삭인다. 그리고 이 장면에서의 시각적 특이성을 트뤼포는 "두 얼굴의 대비 즉 마치 죽은 사람처럼 굳은 얼굴과 사색이 된 얼굴, 또 가해자와 피해자를 똑같은 이미지로 하나의 구도 속에 넣는 방법"[152)]으로 지적한다. 이렇게 두 인물의 수평적 공존은 이 둘 사이의 긴장을 부가시킨다. 그리고 이때의 목소리는 덴버스 부인 몸에서 비롯된 목소리가 아닌 전혀 기괴한 차원을 드러낸다. 소리가 의미로 환원되고 소통되어지는 일상적 관계에서의 목소리가 아닌 마치 상징적 장에서는 배제된 금기의 영역으로 주체를 유혹하는 목소리의 차원으로 열리는 것이다. 마치 어머니와의 탯줄을 끊기를 거부하는 근친상간적 향유를 담지한 목소리, 바다 속 어딘가에서 들리는 사이렌의 노래처럼 죽음이라는 금지된 영역으로 인도하는 '대상으로서의 목소리'인 것이다. 그리고 이때의 목소리는 덴버스 부인이라는 외부적 타자로부터 오는 소리가 아닌 마치 내면 깊은 곳에 숨겨진 마치 "나보다 더한 그 무엇"을 일깨우면서 그에 조응하는 그런 목소리이다. 마치 어머니의 자궁으로 다시 회귀하는 듯 주이상스와 공포가 완벽하게 공존하는, 참을 수 없는 긴장을 유발하며 주체를 완벽하게 사로

잡는 그런 목소리의 위상을 드러내는 것이다. 그리고 이 위협적인 공포는 덴버스 부인이라는 외부적 타자에 의존해 있는 것이 아니다. 위협은 오히려 주인공 바로 그 내부에 있다. 아니 정확하게 주인공의 내부 그 아래에, 그 밑바닥에 억압된 상태로 있는 그 무엇이다. 그리고 이 장면에서 히치콕이 왜 그토록 포스트모던의 전형들을 실현시키는지를 절묘하게 드러낸다. 바로 화면 속에서 "더블(double)은 내 안의 그 유령 같은 사물을 체현"[153]하기 때문이다. 이 더블은 나와 똑같지만 동시에 전적으로 기괴하고 낯선 "희열의 순수한 실체"[154]이다. "그림자처럼 주체와 함께 하며 어떤 잉여 '주체 자신보다 더한 것'에 신체를 부여"[155]하는 그 대상이다. 그러나 주체의 완벽하고 조화로운 거울 이미지 속에 포함시킬 수 없어 배제해야 했던 바로 그 대립물인 것이다. 다시 말해 서로 간에 완벽하게 상반되는 "근본적 타자성의 이미지를 통해 그 자신을 인지하는"[156] 바로 그것이 자기 안의 타자로서의 더블인 것이다. 그리고 이 더블의 기괴한 효과는 이 레베카를 전혀 다른 차원의 영화로 만들어 낸다. 이 더블의 목소리는 희열 그 자체를 순수하게 체현하며 마치 신비스런 이질적 몸처럼 주인공과 덴버스 부인이라는 안과 밖의 경계를 넘나든다. 현실의 일관성을 허물며 삶과 죽음의 경계마저도 전복시키는 사물로서의 목소리라는 기괴하고도 낯선 차원으로 열리는 것이다. 그리고 히치콕은 이 때 그 장면을 바라보는 관객의 욕망 그 내부에 도사린 무엇, 그 모호하고 분열적인 성격을 갖고 함께 유희한다.

Ⅴ. 결론

이 영화에서 레베카는 화면 속 어디에도 등장하지 않는 이미 죽은 인물이지만 분명 드라마의 비가시적 영역에 편재하며 살아있는 인물들보다 더 강한 위력을 떨친다. 살아있는 시체(living dead)로서 이름 없는 여주인공과 맥심(Maxim de Winter), 댄버스 부인(Mrs. Danvers)의 삶을 지배하는 것이다. 그러면서 <레베카> 속 등장인물들은 은폐되어 있던 내 안의 이질적 타자와 위태롭게 대면하게 되고 기이한 방식으로 분열되어 진다. 이 영화의 여주인공은 부와 명예, 귀족계급이라는 자신과 전혀 무관한 이질적 세계 속에 편입된다. 그리고 레베카로 표상되는 맨덜리라는 화려한 저택 곳곳에 편재하는 응시는 자신의 확고한 존립 기반을 갖지 못한 주인공의 불안과 서스펜스를 생성시키고 작동시킨다. 이러한 욕망의 응시에 포획되고 탈중심화 되면서 주인공은 레베카라는 이질적 타자로 위태롭게 등장한다.

로렌스 올리비에가 맡고 있는 이 저택의 주인인 맥심의 경우도 자기 동일성이라는 상징적 정체성의 틀 자체가 얼마나 유약한지를 드러낸다. 레베카와의 과거의 외상적 사건이 드리우는 어두운 그림자 때문에 자신의 삶 전체가 잠식되는 또 다른 주체의 위치를 드러내는 것이다. 그리고 레베카는 보이지 않는 공간에 존재하며 그의 모든 것을 바라보고 지배한다. 레베카로 대변되는 그 특권적 응시가 맥심 내면의 그 은폐된 사물로서의 타자를 끊임없이 대면하도록 이끌며 불안과 위험 속으로 몰아넣는 것이다.

모더니즘적 해석과 달리 이 영화가 포스트모던적 특성을 지니는 이유가 모두 이러한 일관된 형태로서의 고정된 재현을 불가능하게 만드는 내 내부에 도사린 '사물'(Thing) 때문이다. 그리고 이 타자로서의 '사물'은 상징적 장에서는 은폐된 채 주인공들의 동일성을 위태롭게 잠식해 나간다. 주인공들이 처한 특이한 국면마다 출현하는 언캐니(uncanny)로서의 사물은 설명할 수도, 상징화 할 수도 없어 억압되었던 내 안의 낯 선 이질성이다. 그리고 이러한 억압된 무엇으로서의 사물이 투여되면 그 대상은 낯익은 일상적인 모습에서 낯 선 이질적 대상으로 변모한다.

이 작품에서의 사물은 헤아릴 수 없이 불가해한 희열을 물질화한 기괴하고 도착적인 모습으로 그 형태를 드러내는데 이 때문에 강렬하면서 과도한 희열을 물질화한 댄버스 부인은 내 안의 낯선 사물로서의 "이질적 몸"(foreign body)처럼 기능한다. 또 약자이고 보편적 가치를 대변하는 이 영화의 여주인공은 관객과의 동일시를 유도하기에 가장 적합한 인물이다. 누구나 꿈꾸는 귀족과의 우연한 결합이라는 신데렐라 스토리의 주인공이면서 사랑의 완성이라는 환상적 서사를 완결시킬 수 있는 역할인 것이다. 그런데 인간 성욕의 모호하고 비밀스런 측면은 이 여주인공이 정상적 성적 만족이 가로 막혔을 때 드러내는 굴절된 리비도의 형태이다. 죽음으로 이끄는 알 수 없는 목소리의 차원으로 열리면서 수수께끼 같은 희열의 흔적들을 드러내는 것이다.

이렇게 안정된 자기 동일성의 틀을 무너뜨리는 기괴한 사물의 출현은 일상적이고 제도화 된 세계를 교란시키는 엄청난 위협이다. 그래서 이러한 사물은 상징적이고 가시적인 차원에서 은폐되고 사라져야 한다. 프로이드적 "기괴한 낯섬"은 억압된 것이 귀환하면서 만들어 내는 효과이다. 이러한 불가해한 사물의 귀환은 맨덜리라는 공간을 비밀로 남아 있어야 할 것들을 이상한 방식으로 노출시키면서 낯설게 교란시킨다. 그래서 이 저택은 경계를 설정 할 수 없는 모호함 속에 놓여진다. 맥심이 어렸을 때부터 거주하던 친숙한 공간이기도 하지만 은폐된 비밀이 드리우는 낯선 기괴함, 삶 가운데 들어 와 있는 죽음의 섬뜩함, 현재를 지배하는 어두운 과거의 위력 등으로 마치 환상과 실재가 불분명한 혼돈 속에 주인공들을 사로잡고 위협에 떨게 만드는 것이다. 이 저택은 그래서 레베카로 표상되는 강렬한 욕망의 현전이면서 드러낼 수 없는 기괴한 희열의 흔적들이 노출되는 두렵고 위험한 장소가 된다. 내 안의 타자인 사물이 어떤 식으로든 상징적이고 가시적인 장에서 은폐되어야 하듯 이 때문에 맨덜리라는 저택도 안정되고 친숙한 일상의 세계를 위해 불태워지고 사라져야만 한다.

트뤼포가 이 맨덜리 저택의 특이성을 지적하며 "'안개가 자욱이 깔리면서 배경 음악이 음산한 분위기를 더하는 가운데 무엇인가 마술적인 분위기가 형성됩니다'라고 하자 히치콕은 맞습니다. 어떤 의미에서 이 영화는 맨덜리 저택에 관한 이야기입니다. 그 저택은 로렌스 올리비에, 조운 폰테인과 함께 등장하는 세 주인공 중의 하나입니다"157)라고 대답한다. 거대한 저택의 검은 잔해가 괴기스럽게 서 있는 오프닝에서의 꿈 장면, 또 덴버스 부인이 불꽃 속에서 광기어린 모습을 드러내며 재로 화하는 모습 등은 금지되고 은폐된 그 무엇을 드러나게 하면서 불타서 사라져야 함도 함께 표상하게 된다. 그러나 이렇게 일관된 서사와 무관하게 기괴하게 돌아 온 사물로서의 실재는 또 다른 층위에서 충격적 잔상으로 남아있다. 시각적 차원에서의 충격이 지배적인 위력으로 남아있게 되는 것이다. 그래서 흔적조차 없이 사라진 맨덜리가 아닌 강렬하게 회귀하는 또 다른 기괴함으로 존속된다.

모든 영화들이 실제적으로 부르주아 결혼 모티프들의 변형이듯이 <레베카>의 주인공도 행복한 결합이 보장되는 결말을 맞는다. 이 영화의 주인공도 마치 소녀의 사랑이 개구리를 왕자로, 완벽한 남근으로 변하게 만들 듯158) 자신의 사랑과 헌신으로 맥심의 결핍을 채우고 남근적 대상으로 재탄생시킨다. "나는 당신한테 결여되어 있는 무엇입니다. 나는 당신에 대한 헌신과 희생을 통해 당신을 메우고 완전하게 할 것입니다"159)라는 헐리우드식 결말인 것이다.

그러나 표면적으로는 단일하고 익숙한, 이러한 서사 뒤에 잠복해 있는 언캐니들의 출현은 여성적 3류 소설이며 흔하고 통속적인 이 작품을 히치콕적인 영화로 새롭게 탄생시킨다. 그래서 비가시적이며 비밀스런 또 다른 영역을 열어 보이며 관객들을 유혹한다. 셀즈닉이 이 영화가 완성되었을 때 시나리오에서는 승리하고 촬영에서는 패배했다고 생각했었던 이유는 "프로듀서 자신이 얼마나 개입을 하건 상관없이 영화에서는 감독만이 통제할 수 있는 비밀스러운 수법과 뉘앙스, 의미가 있다"160)는 사실을 깨달았기 때문이다.

송인희

건국대학교 / 교양교육원

flora080@naver.com

소설 「저녁의 게임」과 「동경」, 영화 <저녁의 게임> 서사 전략 비교 연구

장 영 미

1. 들어가며

이 글은 소설 「저녁의 게임」과 「동경」, 그리고 영화 <저녁의 게임>을 대상으로 하여 서사 전략을 비교 연구하는 것이다. 소설과 영화는 문자와 영상이라는 확연한 매체적 차이와 독자적인 표현, 전달 방식에도 불구하고 서사장르라는 동일한 범주에 속한다. 즉, 두 매체가 서로 긴밀하고도 활발한 교류를 지속할 수 있는 것은 한편으로 각 장르가 자신들만의 고유한 나름의 특유성을 지니면서 다른 한편으로 서사장르라는 공통 요소를 지니고 있다는 점이다. 그러므로 소설과 영화가 서로 다른 장르임에도 불구하고 함께 논의되고 각색될 수 있다. 다시 말해 소설과 영화는 모두 어떠한 이야기를 담고 있으며 또한 그것을 수용자에게 전달한다는 공통점을 갖고 있기에 두 장르의 교접이 가능하다.

물론, 소설과 영화가 엄연한 별개의 예술장르로 나눠지는 것은 사실이다.[161] 이는 다른 어떤 것보다도 각각의 매체 특성인 언어와 영상으로 메시지를 전달한다는 방식의 차이를 들 수 있다. 그럼에도 소설과 영상매체[162]는 서로서로 보완적 관계에 있다고 할 수 있다. 소설의 미덕은 사상과의 교류가 직접적으로 가능하다는 점이며 영상매체의 장점은 탈영토화된 이미지를 직접 드러낼 수 있다는 점이다. 그러나 소설 역시 탈영토화된 제2의 현실을 보여줄 수 있으며, 쉽지 않지만 영상매체 역시 영상언어를 통해 사상과의 교류에 접근할 수 있다. 소설과 영상매체는 상호간의 번역될 수 있는 가장 친밀한 장르인 동시에, 또한 서로 번역될 수 없는 약분불가능성을 드러내기도 한다.[163] 이러한 점에 착안하여, 이 글은 하나의 이야기가 문자매체와 영상매체에 따라서 각기 어떤 방식으로 전달되는지를 비교해 보고자 한다. 즉, 매체에 따라서 구체적으로 전달하려는 것이 각각 어떠한 양상으로 나타나는지, 그 차이를 야기 시키는 원인은 무엇인지를 규명하는 것이 이 글의 목적이다. 이를 위해 양 텍스트의 이야기가 동일한 경우, 즉 소설을 바탕으로 하여 그것을 영화화 한 것이 효과적일 것이다. 그런 견지에서, 이 글은 소설 「저녁의 게임」과 「동경」, 그리고 영화 <저녁의 게임>을 텍스트로 삼고자 한다. 사실 영화 제목만 본다면 소설 「저녁의 게임」만을 대상으로 한 듯하지만, 실제로는 「동경」도 모티프로 하였다. 이는 본론에서 구체적으로 드러날 것이다. 결국, 본고는 소설 「저녁의 게임」과 「동경」, 영화 <저녁의 게임>을 동시에 살필 것이다.

여기서 영화감독의 말을 빌려 보자. 최위안 감독에 의하면, <저녁의 게임>[164]은 "메마르고 서늘한 소설의 분위기 속에서 몇 가지 주요 요소를 바꾸어 다른 이야기로 만들어냈다"라고 한다. 감독의 말처럼, 오정희 소설은 묘한 분위기를 자아낸다. 그는 1968년 「완구점 여인」으로 등장하여 오늘에 이르기까지 작품의 주요 테마로서 일상의 허위성과 삶의 비의성, 이로부터의 끊임없는 일탈욕구와 새로움의 갈구, 그리고 자기 정체성 형성의 문제를 지속적으로 그려내고 있다.[165] 이 외에도 그동안 오정희 작품 세계에 대한 연구는 다양하게 이루어져 왔는데, 그 논의는 상당히 이질적이다. 이는 그만큼 그의 작품세계가 지닌 내포가 다양하다는 의미이다. 특히 그의 초기 소설은 서사적인 요소보다는 시적 요소가 강하게 내재되어 있다. 이것은 오정희 문학의 중요한 특질의 하나로 습작기의 작가 지망생들에게 적지 않은 영향력을 행사해 온 것으로 볼 수 있다. 이런 측면은 「저녁의 게임」과 같은 작품을 통하여 이루어낸 문학적 성과를 비추어 볼 때 부인할 수 없는 사실이다.[166] 그리고 여기서 눈여겨보아야 할 것은 그의 작품이 시적이라는 점이다. 이러한 논의는 다른 연구에서도 발견된다. 오정희 작품은 시적인 문체, 다양한 이미지와 상징 등을 사용하여 독특한 소설 미학을 형성하고 있다. 그의 소설에 나타난 다양한 이미지와 상징 등은 의미의 난해성을 가지고 있어 텍스트의 열린 해석을 가능하게 한다.[167] 여기서 오정희 작품의 난해성은 영화 <저녁의 게임>에서도 여실히 드러난다. 미리 언급하자면, 영화 <저녁의 게임>은 소설의 유사한 인물과 사건으로 또 다른 주제는 물론, 그것이 상징하는 바를 상이하게 하여 독특한 미를 형성하였다. 즉, 오정희 소설 세계는 쓰여졌다기보다는 정교하게 만들어졌다는 느낌을 지울 수 없을 만큼 짜놓은 듯한 상황과 허를 찌르는 결말을 보여준다[168]는 점을 영화 <저녁의 게임>에서도 내재하였다. 이러한 점을 본 고에서 구체적으로 살필 것이다.

결국, 이 글은 오정희 작품 세계에 대한 기존 논의를 참조 하되, 그동안 연구되지 않은 소설 「저녁의 게임」과 「동경」, 그리고 영화 <저녁의 게임>을 서사 전략 측면에서 비교 고찰하고자 한다.[169] 특히 인물과 사건을 중심으로 전개할 것이다. 이야기란 오직 사건들과 존재자들이 모두 일어나는 곳에서만 존재한다. 따라서 사건이나 존재자들의 변화는 곧 이야기상의 전환을 의미한다. 다시 말해 사건이나 인물의 변화는 이야기 전개를 단위별로 구분 짓는데 가장 유효한 기준이 된다. 그러므로 본 연구는 이를 전제로 하여 소설 「저녁의 게임」과 「동경」, 그리고 영화 <저녁의 게임>의 서사 전개를 비교하면서 각각의 텍스트가 갖는 특성을 살피기로 한다.

2. 소설 「저녁의 게임」과 「동경」, 영화 <저녁의 게임> 기본 구성과 인물 비교

먼저, 소설 「저녁의 게임」과 「동경」, 그리고 영화 <저녁의 게임>의 기본 구성을 살펴 이해를 돕고자 한다.

	「저녁의 게임」(소설)	「동경」	<저녁의 게임>(영화)
작가 & 감독	오정희 (1979년 발표, 제3회 이상문학상 수상)	오정희 (1982년 발표, 제15회 동인문학상 수상)	최위안 (2008년 제작)[170]
등장 인물[171]	아버지, 딸(나), 공사장 인부, 소년원생, 엄마, 오빠, 이층집 여자.	남편(나), 부인, 여자 꼬마, 영로(아들), 수도 검침원, 교회 신도.	아버지, 딸(성재), 남자 꼬마, 트럭 운전수, 죄수, 수도 검침원, 전령사.
중심 내용	부녀가 화투놀이를 하면서 주고받는 이상한 대화를 통해 은폐된 가정 해체의 근본적인 문제를 그린다.	아들을 잃고 무료한 일상을 사는 노부부가 옆집 꼬마를 통해 늙음과 젊음, 나아가 삶의 문제를 천착한다.	젊은 시절 아버지의 바람으로 인해 엄마는 죽고 오빠는 가출한 상황 속에서 무료하게 살아가는 부녀의 일상을 중심으로 한다.

위의 표를 좀 더 풀어보면, 소설 「저녁의 게임」의 나는 아버지와 단 둘이 산다. 아버지의 폭력으로 인해 어머니는 요양원에서 죽고, 그런 어머니의 죽음을 묵인한 딸이 아버지와 공범이 되어 매일 저녁 화투를 치면서 자신의 죄를 안고 살아간다. 부녀가 화투를 치면서 나누는 대화 속에서 은폐된 가정 폭력과 가부장제 이데올로기를 문제 삼고 있다.

「동경」은 늙은 남편(나)와 아내, 그리고 이들과 대조되는 이웃집 여자 아이가 중심을 이룬다. 나(남편)는 정년퇴직 이후 현저히 저하된 장기 기능들과 주름이 가득한 얼굴이지만 하얗게 센머리를 검게 염색하는 일을 게을리 하지 않는다. 아내는 세상과 소통하길 원하지만 먼저 떠나보낸 아들에 대한 그리움과 아픔에서 헤어 나오지 못한다. 이 두 인물과 비교되는 이웃집 여자 아이를 설정하여 늙음과 젊음의 대비를 통해 주제를 천착한다.

영화 <저녁의 게임>은 앞의 두 소설을 축으로 영화화한 것이다. 어린 시절 아버지의 폭행으로 인해 청력을 잃은 딸, 성재는 치매에 걸린 늙은 아버지를 보살피며 산다. 세상과 단절되고 고립된 채로 살아가던 성재는 탈옥수와의 짧지만 강렬한 만남을 통해 과거의 기억과 현재의 욕망을 드러낸다. 소설 「저녁의 게임」과 달리 영화에서는 여주인공의 생각과 행동은 오래 전부터 자신의 욕망만을 충족하고 살아온 아버지의 폭력을 문제 삼고 있다.

이렇듯 영화 <저녁의 게임>은 소설 「저녁의 게임」과 「동경」 두 작품을 기본 얼개로 하여 인물을 차용하고 이야기를 변형하고 있다. 익히 아는 바처럼, 소설이 영화화 되는 과정에서 발생하는 이야기의 변형은 매체의 차이에서 기인한다. 그렇다면 소설 「저녁의 게임」과 「동경」은 구체적으로 어떻게 영상 매체로 옮겨지고 있는지, 그 과정에서 이야기의 변형이 어떠한 양상과 유형으로 일어나고 있는지를 등장인물 중심으로 살피기로 한다.

2-1. 주인공 인물 비교－무기력한 여성과 폭력적인 남성

오정희 소설의 여자 주인공의 삶에는 의미가 없다. 그 무의미함은 그녀들이 자신들의 삶을 사는 것이 아니라, 타인에게 의탁한 삶을 사는데서 생겨난 것이다. 그녀들이 타인, 즉 남편과 아이에게서 자신의 삶의 의미를 보증 받는 다는 것은 그녀들에게 진정한 자아가 없다는 뜻이다. 그렇기 때문에 더 이상 타인에게서 자신의 삶의 의미를 보증 받을 수 없게 되거나 혹은 그렇게 보증 받는 의미가 거짓임이 드러나게 되면 그녀들의 삶은 황폐하고 삭막한 것으로 바뀌어 버린다.[172] 이는 소설 「저녁의 게임」과 「동경」, 그리고 영화 <저녁의 게임>에서도 별반 다르지 않다.

소설 「저녁의 게임」에서 여자 주인공 나는 모든 것이 어제와 다름없고 평범한 일상을 사는 것처럼 평온해 보인다. 그러나 나는 씻으려 해도 씻기지 않는 상처, 즉 희미한 자국을 안고 살아간다. 아버지와 깊이 관련된 내밀한 가족사, 즉 요양원에 있던 어머니를 방기하고 죽게 만든 행위는 저녁 산책길에서 본 소년원생을 떠올리며 본능적인 수치심을 느끼기도 한다. 주인공 나는 오빠의 가출을 동경하면서도 무기력하기 때문에 침몰하는 선체에서 결사적으로 탈출할 수 없다. 취할 수 있는 행동이란 가정으로의 복귀가 전제된 한정적인 행위일 수밖에 없기 때문이다. 이런 의미에서 외출은 늘 썩은 냄새가 나는 답답한 현실로부터의 일탈을 의미하며, 다른 남자를 만나 성교를 한다는 사실은 삶의 새로운 전기를 마련하기 위한 구체적인 시도로 볼 수 있다.[173] 덜 지어진 집에서 공사장 인부와 나누는 일탈 행위는 성적 욕망의 충족이 아니라 현실적 결핍을 마련하고자 하는 행위에서 이를 발견할 수 있다. 다시 말해 가정이 해체되고 파괴된 것이 아버지에게서 비롯되었지만, 이를 방조하고 묵인한 나는 생기 없는 삶을 살고 있다. 그래서 주인공 나는 일련의 죄의식의 공동체로부터 벗어나기 위해, 그녀 스스로를 사회적으로 비난받을 만한 부도덕한 여자로 만들어서 보다 구체적이고 현실적인 죄의식[174]을 떠맡고 무기력하게 사는 인물이다.

그리고 「동경」의 주인공 여자는 아들을 잃고 늙은 남편과 살아간다. 이 작품에서 아내 역시 생기가 없는데, 그녀가 자주 하는 일은 밀가루 반죽으로 사람, 개, 말 등 나쁜 꿈을 먹는 짐승을 만드는 것이다. 지칠 줄 모르고 맥을 만드는 아내의 행위는 죽은 아들에 대한 생각을 비롯해 기억에 묻혀 살아가는 인물이기도 하다. 그래서 「동경」의 아내는 「저녁의 게임」의 나처럼 심리적인 혼란을 갖고 있는 인물이다. 가령, 이웃집 아이와 교회 신도들을 대하는 데서 알 수 있다. 이웃집 아이가 그녀의 집을 수시로

드나들고 함부로 잔디를 밟고 꽃들을 꺾는다는 이유로 싫어한다. 그리고 아이가 왔다 가면 무엇인가 조그만 물건들이 없어지기 때문에 아내는 언제나 아이가 다녀간 그 자리를 의심스러운 눈길로 살피는 데서 아내의 성격을 알 수 있다. 반면, 자신의 신방을 오는 신도들에 대해서는 관대하다. 즉, 이른 아침부터 마당 청소를 하고 부엌과 마루에서 종종걸음을 치는가 하면, 그들을 위해 요리를 준비한다. 조용한 집안의 분위기를 활기차게 해 주는 신방 신도를 반기는 것은 꼬마를 대하는 것과 사뭇 다르다. 이런 양가적인 아내의 불안한 심경은 혼자서 무언가를 하거나 말을 하는 것으로 재현된다.

이는 오정희 소설에서 여주인공들은 자신들이 발언이 남성들에게 그리고 남성적 질서에 받아들여지지 않기 때문에 끝없이 누군가를 상정하고 홀로 대화적 독백을 계속 하는데, 「동경」에서의 노파 독백 또한 그만큼 절절한 심리 동기를 지니고 있다.[175] 「동경」에서의 아내는 생기 없지만 세상과 소통하고자 하나 하지 못하는 인물이다.

영화 <저녁의 게임>의 주인공인 성재는 어린 시절 아버지의 폭행으로 청력을 잃고 악보 정리 일을 도와주며 치매에 걸린 아버지와 산다. 폭행을 일삼는 아버지로 인해 어머니는 죽게 되고 오빠는 가출하여 해체된 가정이다. 그러나 치매에 걸린 아버지는 정신이 오락가락하면서도 오로지 자신의 건강과 욕망에만 집착하는데, 이런 분위기 속에서 성재는 매일 지루하고 비루한 일상을 반복한다. 그래서 그녀가 몸을 누일 수 있는 곳은 진흙탕 속이다.

오정희 소설에서 물의 이미지는 빈번하듯이, 영화에서는 물(샤워 씬과 욕실 씬)과 관련된 장면이 많이 나타난다. 특히 여주인공 성재를 중심으로 한 행위에서 많이 드러난다. 영화 첫 장면에서 트럭 운전수에게 따귀를 맞고 집에 와서 욕실로 들어가 샤워를 하는 것을 비롯해 작품 전반에서 빈번하게 나타난다. 이러한 성재의 욕실 씬 혹은 씻는 행위는 죄의식

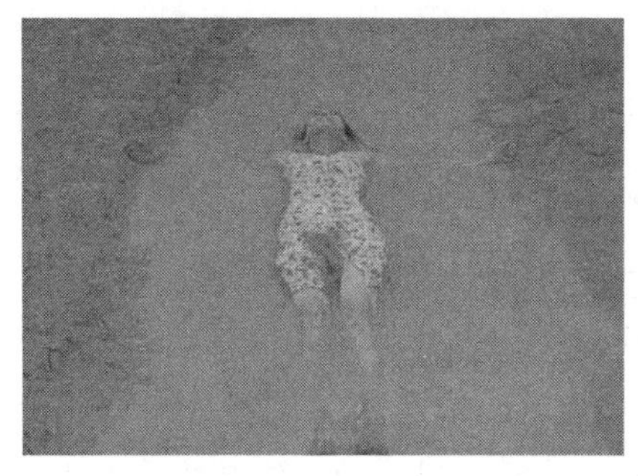

으로부터 벗어나고 싶은 자기 정화의 강박관념을 보여주는 것이다.176) 영화 전반에서 여주인공이 특별히 무언가 행동하는 것이 없다는 점에서 성재와 관련된 샤워 씬과 욕실 씬은 여주인공의 심경은 물론 작품을 읽을 수 있는 장치들이다.177) 여기서 눈여겨보아야 할 것은 여자 주인공이 진흙탕에 몸을 누이는 장면이다.178) 성재는 무료한 일상을 살다가 불현 듯 집을 벗어나 인근 공사장에 있는 진흙탕에 들어간다. 평소 집에 있을 때는 불편한 얼굴이 진흙탕 속에서는 편안한 얼굴이 된다. 여기서 진흙탕은 주인공 성재가 현재 처한 상황과 심경을 대리하는 것이다. 어머니 죽임을 묵인하고 아버지와 근친애적 관계, 그리고 무료하고 비루한 일상을 사는 성재에게는 차라리 진흙탕 속이 훨씬 평온한 곳이다.

이렇듯 소설 「저녁의 게임」과 「동경」, 그리고 영화 <저녁의 게임>의 여자 주인공들은 일상을 무기력하게 살아간다. 그러나 여자 주인공들은 자신들의 삶을 받아들이는 것이 아니라 끊임없이 고민한다는데 있다. 다시 말해 타인들과의 관계 속에서 자신의 존재 문제를 생각하고 있기에 비관적으로 볼 수 없다. 자신이 어떤 존재이고 삶을 어떻게 살아야 하는지에 대한 존재론적 물음을 끊임없이 던지기에 여자 주인공들이 갈등하고 삶에 안주하지 못하는 것이다. 이는 존재의 진실 추구라는 것으로 해석이라고 할 수 있다. 그러므로 세 작품의 여자 주인공들은 현실적 인간을 규정하는, 즉 실존적 존재를 향해 끊임없이 물음을 던지는 존재들이다.

반면, 남자 주인공들은 폭력적인 인물들로 형상화된다. 소설 「저녁의 게임」의 아버지는 젊은 시절 문란한 생활을 한 인물이다. 그의 그런 생활로 인해 아내가 기형아를 낳고 그로 인해 충격을 받아 정신이 이상해지자 요양원에 보내버린다. 요양원에 갇힌 부인이 빼내달라는 것을 묵인하고 결국 죽게 만든다. 그러한 가정 파괴를 딸과 아들에게 동조를 구하는 가운데 딸은 동조하지만 아들은 가출한다. 하지만 아버지는 가족이라는 것에 의미를 두지 않기 때문에 가출한 아들에 대해서도 연연해하지 않는다. 가족이 죽든 가출을 하든 개의치 않는 아버지는 오로지 자신의 건강과 안위만을 생각하는 사람이다. 그런 아버지는 매일 저녁 딸과 화투를 치는데, 가정 해체의 주범이 자신이라는 것을 알면서도 이를 일깨우는 딸이 오빠의 음성을 듣고 자신의 잘못을 깨달으려는 순간 이를 의식하지 못하게, 즉 다시 공범으로의 길을 만드는 비열한 모습을 보이기도 한다.

「동경」의 남편은 평생을 시청 하급관리로 일하다가 정년퇴직을 한 인물이다. 그는 글씨 쓰는 일을 좋아했고 결코 약자(略字)나 오자(誤子)를 쓰지 않았으며, 정확하고 반듯한 글씨에 기쁨과 긍지를 느꼈다. 스스로 정한 몇 가지 규칙과 질서를 지키려는 노력으로 얻어지는 성과를 중요하고 가치 있게 여기는 인물이다. 때문에 자신의 늙음을 받아들이려 하지 않는 인물이다. 가령, 틀니를 하고부터 음식을 씹고 맛보는 즐거움을 잃게 되면서부터 음식에 대해 까다로워졌다는 사실을 인정하려 들지 않는다. 그는 틀니를 해야 된다는 것을 알았을 때 낭패감보다 심한 배반감과 노여움을 느끼고 자신의 늙음 혹은 늙어감을 인정하지 않으려고 한다. 그의 이러한 늙음에 대한 노여움은 아내가 칼국수를 끓이면서 늘상 해오던 일로 간장 넣는 것을 잊고 그것을 아무렇지도 않은 낯으로 먹는 아내에 대해 게을러진 그의 몸 각 기관들에 대한 것과 비슷한 분노와 미움을 동시에 느낀다. 즉 자신이 늙어간다는 것을 거부하고 젊음을 동경하는 인물이다.

그리고 영화 <저녁의 게임>의 아버지는 치매에 걸려 정신이 오락가락 한다. 자신의 딸도 제대로 알아보지 못하는 아버지는 자신의 건강을 위해 개구리를 보양식을 달여 먹는다. 특별할 것 없는 일상 속에서 그는 식욕과 성욕만을 탐닉하고 자신 때문에 죽은 부인과 집을 나간 아들에 대

한 생각은 없고 오로지 자신의 즐거움을 찾는다. 그런 점에서 옆의 그림[179)]은 영화에서 아버지의 모습을 그대로 재현하고 있다. 옆의 그림은 영화 시작 무렵에 나오는 것으로 아버지가 높은 의자에 앉아 화려한 파라솔을 들고 웃으며 만화경으로 세상을 내려다보는 장면이다. 영화에서 이러한 설정은 가부장적이고 폭력적인 아버지의 이미지를 여실히 반영하고 있다. 이는 영화에서 아버지가 딸에게 '모성'과 '여성'이라는 이름으로 명명하여 폭력을 행사하는 것에서도 알 수 있다.

사실, 오정희 소설에서 아버지가 등장하는 경우는 아주 드물다. 간혹 등장하더라도 아버지는 화자와 적대적인 관계를 맺는다. 아버지는 부재, 혹은 폭력을 동반한 직무 유기로 가족의 일상에 그림자를 드리우는 파괴적인 타자로 등장한다. 소설 「저녁의 게임」에서 아버지는 어머니를 정신이상이 걸려 엉터리 기도원에서 죽어가게 한 정신적 압제자[180)]라면, 영화에서 아버지는 남성이라는 이름으로 군림하는 폭력자 다름 아니다.

이렇듯 세 편의 작품에서 남성들은 자신들의 폭력으로 인해 가정이 해체되고 가족의 삶이 피폐하게 된 것에 대한 반성이 없는, 즉 자기중심적이며 가부장적이고 폭력적인 인물의 정형이다.

2-2. 그 외 인물(들) 비교 －유사와 차이로 장치한 인물

다음에서는 소설과 영화에 등장하는 주인공 외에 주요한 인물을 살피고자 한다.

먼저, 소설의 공사장 인부와 영화의 트럭 운전수를 보자. 소설 「저녁의 게임」에서 나(딸)는 어머니의 죽음을 묵인하고 동조한 죄로 인해 항상 결핍을 안고 살아간다. 아버지에게는 단지 기억으로 남아 있는 과거가 나에게는 해결되지 못한 상태로 끊임없이 나의 삶을 불안하게 한다. 소설에서 공사장 인부는 작품의 후반부에 등장하여 나가 갖고 있는 결핍 해소하기 위한 것으로 그려진다. 현실의 삶에서 해결과 충족 되지 않는 결핍은 공사장 인부에게 웃음을 팔고 성관계를 맺는다. 여기서 딸이 공사장 인부와 관계를 하는 것은 자신의 죄의식을 표현하는 또 다른 방식이다. 그러므로 공사장 인부는 가정 해체와 파괴의 주범인 아버지에 대한 반감을 형상화하기 위해 설정된 인물인 것이다.

반면, 소설에서 공사장 인부는 영화에서는 트럭 운전수로 분한다. 소설에서 여자 주인공이 공사장 인부와 성관계를 맺는 것처럼 영화에서도 여자 주인공이 트럭 운전수와 관계를 맺는다. 영화에서 트럭 운전수는 도입부와 결말에 등장하는데, 이는 영화를 읽는데 중요하게 작용한다. 가령, 영화 <저녁의 게임>의 첫 장면은 여자 주인공 성재가 자전거를 타고 공사장을 달려오는데, 경적 소리를 듣지 못하고 비틀거리며 가다가 트럭과 마주쳐서 넘어진다. 트럭 운전수는 자신의 운전을 방해하였다고 여기며 트럭에서 내려 성재의 따귀를 때린다. 이러한 장면은 영화 마지막에서도 반복된다. 그러므로 영화에서 트럭 운전수는 아버지를 대리하는 인물로 해석할 수 있다. 아버지가 폭력적인 인물인 것처럼 트럭 운전수 또한 여자 주인공이 소리를 듣지 못해 길을 못 비키는데도 이유를 물어보지 않고 즉각적으로 폭력을 휘두르는 폭군적인 아버지의 대리인인 것이다. 또한 소설에서나 영화에서 한밤중에 휘파람 소리로 여자 주인공을 불러내서 관계를 맺는 공사장 인부와 트럭 운전수는 유사한 인물인 것이다. 그러나 소설에서 여자 주인공이 공범으로서의 죄책감에서 비롯된 죄의식을 떠맡기 위해 공사장 인부와 관계를 설정하였다면, 영화에서 트럭 운전수는 폭력적인 아버지를 대리하는, 즉 남성의 폭력성을 대표하고 표상하는 인물로 설정된 것이다.

그리고 「동경」의 이웃집 여자 꼬마와 영화의 남자 꼬마를 눈여겨볼 수 있다. 「동경」과 영화 <저녁의 게임>에서 꼬마는, 그 역할이 유사하고 중요하다. 「동경」에서 여자 꼬마는 미용실을 하는 집 아이로, 노부부가 사는 집에 자주 들른다. 지루한 일상을 사는 노부부는 늙음과 죽음에 대해 고민을 하는데, 이웃집 아이를 통해 자신들의 내적 고민과 그 문제를 천착한다. 「동경」에서 여자 꼬마가 늙음과 젊음이라는 대비를 위해 설정되었다면, 영화에서는 부녀의 욕망과 죄의식을 반성하고 성찰케 하기 위해 설정되었다. 가령, 영화에서 남자 꼬마는 거울을 들고 다니면서 드문드문 부녀에게 비추어 그들이 하는 행동과 생각을 꼬집고 있다. 세상과 단절된 삶을 사는 부녀에게 남자 꼬마는 거울을 통해 그들 스스로의 모습을 응시하게 한다.

마지막으로 직접적으로 등장하는 것은 아니지만, 소설 「저녁의 게임」과 영화 <저녁의 게임>에서 엄마와 오빠도 눈여겨보아야 한다. 엄마와 오빠는 가정이 파괴된 근본적인 원인을 읽을 수 있게 하기 때문이다. 소설과 영화에서 엄마는 아버지의 바람으로 인해 기형아를 낳고 정신이 이상해져 요양원 갇히고 그곳에서 죽는 것은 동일하다. 그리고 소설에서 오빠는 가정을 파괴한 아버지의 폭력에 항거하여 가출 하는 정도에 그치지만, 영화에서 오빠는 아버지의 폭력을 피해 동생 성재와 욕조에 있다가 아버지의 오해로 인해 두들겨 맞고 집을 나가버린다는 점에서 아버지 혹은 더 나아가 남성 폭력을 고발하고 있다.

그 외에 영화 <저녁의 게임>은 앞의 표에서 제시한 것처럼 소설 「저녁의 게임」과 「동경」에서 인물을 차용하고 변형하여 그 주제를 드러내고 있다.

3. 서사 전략을 위한 장치로서의 이미지와 상징(들)

연구사 검토에서 잠시 언급하였듯이 오정희 작품은 시적 요소와 상징으로 점철된다. 그의 이러한 특성으로 한편으로 독해의 어려움을 동반하지만 다른 한편으로 작품을 풍성하게 읽을 수 있는 지점이다. 특히 후자의 경우는 소설 「저녁의 게임」과 「동경」이 영화 <저녁의 게임>이 영화화되는데 크게 작용하였을 것이다. 다음에서는 소설과 영화에서 작품의 주제를 부각시키는 상징적인 요소를 중심으로 살펴보고자 한다.

3-1. 공범들의 게임 화투와 욕망과 배설의 개구리

소설 「저녁의 게임」에서 부녀는 저녁상을 물리고 화투를 친다. 부녀에게 화투는 공범으로서의 무료한 일상을 견디고 하루를 마감하는 일종의 의식이다. 뒷면만 보아도 무슨 패인지 환하게 알 수 있을 정도로 그들에게 화투는 생활 속의 한 부분이다. 즉, 부녀는 "화투로 날씨를 걱정하고 건강을 염려하며 모든 사람의 안녕에 마음을 쓰고 신문의 사회면이나 텔레비전 뉴스의 불확실하고 조잡한 정보망을 통해 세상을 개탄"(86)한다. 그러므로 부녀에게 화투는 시간적으로나 공간적으로 가장 가까운 거리에서 공감대를 형성할 수 있는 놀이이다. 그런 만큼 마치 먼 옛날부터 해 왔던 것처럼 일상적이고도 친숙하게 느껴지는 행위이다. 이런 화투에 대하여 아버지는 강한 집념을 보인다. 찻잔에 물을 붓는 동안 나의 패를 훔쳐봄, 곁눈질로 내 패를 흘깃거림, 거푸 두 판을 지자 심술 난 얼굴로 야비하게 이죽거림 등의 행위가 그것이다. 이것은 화투를 이기기 위하여 온갖 수단과 방법으로 동원하고 있다는 것을 뜻한다. 그러나 나에게 있어서는 무의미한 행위에 불과하다. 게임에 이기기 위해서는 승부에 몰두할 필요가 있다. 그런데 화투 놀이는 아버지에게는 게임이 되기에 충분하지만 나에게는 낡고 너덜너덜해진 각본으로 연극을 하는 것 이상의 의미를 지니지 못한다. 말하자면 무료한 시간을 메우기 위한 더러운 게임에 지나지 않는 것이다.[181] 그렇기에 딸은 낡을 대로 낡아 처음과 같은 신선한 감촉 없이 눅눅하고 끈끈하게 손바닥에 달라붙는 화투는 더 이상 의미가 없다. 이는 이전에 생각지 못했거나 생각지 않았던 것을 깨달을 수 있다는 뜻이기도 하다. 그래서 부녀는 다음처럼 솔직하게 대화를 할 수 있다.

> 왜 웃어, 왜 웃어. 심한 짓을 했다고 생각지 않으세요? 모르는 소리야, 달리 무슨 수가 있었니? 넌 아직 어렸고 네 엄마는 또 무슨 일을 저지를지 몰랐어. 간난애도 그렇게 없애지 않았니? 넌 마치 네 엄마가 그렇게 된 게 모두 내 탓이라는 투로구나. 잘 보살펴 드릴 수도 있었어요. 외려 네 엄마에겐 그곳이 편한 곳이야. 친구들도 있고 가족이란 생각하듯 그렇게 대단한 건 아니야. 너부터도 내심 네 엄마를 가까이서 보지 않아도 된다는 걸 다행스럽게 생각하고 있지 않니? 그전에 번번이 네 혼담이 깨지던 것도 에미 탓이라고 원망했을 걸.[182]

위의 인용문처럼 부녀에게 화투는 이전에 일상이며 즐거움이며 놀이였던 것이 빛을 잃었다. 엄밀히 말해 이들에게 화투 놀이는 이전에도 즐거움이 아닌 공범을 유지하기 위한 하나의 게임에 불과한 것이었다. 즉, 서로가 알고 치는 화투이듯이, 아버지가 파괴한 가정을, 딸이 묵인한 것을, 간신히 이어가려는 공범들의 거짓과 진실을 가리는 요소로 작용한다. 그러므로 소설 「저녁의 게임」에서 화투는 공범들의 위태로운 게임으로 기능하는 것이다.

반면, 영화에서 화투 치는 장면은 주제를 읽을 수 있는 지점이다. 영화에서 부녀는 모기장 안에서 화투를 친다. 부녀가 재개발 지역에서 산다는 것은 사람들과 단절된 곳을 의미하는데, 모기장 역시 세상과 막을 쌓는 곳이라는 점에서 이들에게 내밀한 공간이다. 때문에 부녀는 세상과 단절된 모기장 안에서 그들만의 비밀을 털어놓을 수 있다.

아버지: 고맙다. 오늘은 일직 끝내고 자자.

딸: 벌 받을 거예요.

아버지: 벌은 무슨, 너도 그만 잊어버려. 괜히 기다리는 놈 속만 탄다. 매 섞어. 재수 끝이라, 패가 몰려. 오늘은 천 끗 내기다.

아버지: 아니 동네도 없는데 뉘 집 애가 저렇게 울어. 밤마다 저렇게 울면 재수가 안좋은데. 아, 쳐. 자, 폭탄이다. (화투를 치며 즐거운 표정으로) 뒤집어야지.

(……)

딸: 낮에 이상한 꿈을 꿨어요.

아버지: 낮 꿈은 개꿈이야.

(……)

딸: 아무튼 좋은 꿈같지는 않았어요.

아버지: 내가 너를 믿기는 믿는다만 그러면 못 쓴다. 어디 가서 아무 놈이나 한테 그러면 못 쓴다. 여러 소리 할 것 없다. 너도 니 에미처럼 안 되려면 알아서 해. 니가 알아서 해.

(……)

딸: 엄마를 그렇게 만들고 오빠를 죄인으로 만들고 왜 나를 이 지경으로 만들어 놓았냐고요. 딸이 그렇게 해주니까 좋든가요? 그러고 나니까 좋든가요? 나를 못하게 했어야죠! 옛날처럼 나를 때려서라도 못하게 했어야죠.(밑줄은 인용자)

위 인용문은 딸이 아버지를 목욕 씻기고 난 후 화투를 치면서 나누는 대화이다.[183] 소설에서 부녀가 화투를 치면서 그들만의 비밀을 이야기하는 것처럼, 영화에서도 평소 대화가 없던 부녀의 대화는 화투판에서 이루어진다. 앞의 인용문에서 볼 수 있듯이, 이들의 가정이 해체된 원인이 드러난다. 아버지로 인해 엄마 죽고 오빠가 가출을 하게 된 연유가 밝혀진다. 문학 작품을 영화로 만들 때 시나리오 작가나 감독은 원작을 충실하게 재현(혹은 복제)할 수도 있고, 원작을 토대로 하되 전혀 새롭게 재창조할 수도 있다. 동일한 원작은 두고도 전혀 다른 방식의 영화화가 가능하다.184) 이런 측면에서 영화 <저녁의 게임>에서 아버지가 딸에게 '고맙다'고 하는 말의 의미는 원작과는 다른 방식이다. 이는 목욕을 시켜 준 것과 목욕을 하면서 딸을 통해 성욕을 해결할 수 있었던 것에 대한 고마움이 동시에 깔린 것이다. 인용문의 밑줄 친부분이 이를 증명하고 있다. 이는 소설에는 없는 내용으로 영화가 가장(家長)의 가정 폭력과 인간의 욕망이라는 다층적인 주제와 연결되는 것이다.

화투가 소설과 영화에서 그들만의 은밀한 공간으로 작동하는 장치라면, 개구리는 집안 분위기를 읽을 수 있다. 소설 「저녁의 게임」의 나가 사는 곳은 매움한 냄새가 집안 곳곳에 스며들고 비단 개구리의 살과 뼈는 독한 연기로 피어오른다. 아버지의 약을 위해 달이는 냄새가 핵폭발 때문에 인근 지역이 방사능에 오염된 것처럼, 낙진하고 무겁고 끈끈하게 내려앉았다. 그런 약을 달이는 아버지의 모습은 마치 중세의 연금술사 같지만, 나는 냄새로 인해 현기증과 구역질이 나고 버짐과 잔주름이 생긴다. 소설 「저녁의 게임」에서 개구리는 첫 장면에서부터 시작하여 전체적인 분위기를 드러내고 있다. 자양강장제인 비단 개구리는 아버지가 자신의 건강을 생각한다는 의미를 넘어 온 집안에 매움한 냄새를 풍기고 그로 인해 딸의 건강이 안 좋다는 점에서 가정의 평화를 깨는 것이기도 하다.

영화에서 개구리가 등장하는 장면은 소설에 비해 빈번하다. 특히 2장에서 거론하였듯이 영화 첫 장면에서 성재(딸)는 자전거 뒤에 양동이를 싣고 비틀거리면서 오다가 운전을 방해했다는 이유로 트럭 운전수에게 따귀를 맞는다. 따귀를 맞은 성재는 집에 와서 신경질적인 태도로 개구리를 싱크대에 던진다. 성재가 샤워를 하고 나와 방으로 걸어들어 갈 때, 거실에는 개구리가 뛰어 다닌다. 몽환적인 음악과 함께 개구리는 거실은 물론 개수대와 온 집안을 돌아다닌다. 그리고 방으로 들어갔던 성재가 옷을 갈아입고 나오자, 아버지가 싱크대에서 개구리를 죽이고 있다. 아버지는 개구리를 죽여 약탕기에 달인다. 그로 인해 온 집안에 냄새가 난다. 이는 소설과 유사한 내용이다. 그러므로 개구리는 아버지의 분신으로 해석할 수 있다. 아버지가 아끼고 보신용으로 사용된다는 점에서 그러하다. 그러나 영화에서 개구리는 소설과 달리 첨가되는 것이 있다. 바로 남자 꼬마가 개구리를 향해 배설을 하는 것이다. 꼬마는 영화에서 시종일관 아버지와 성재의 시선과 동선을 따라다닌다. 그래서 성재가 한밤중에 트럭 운전수와 관계를 맺고 들어왔을 때 흐트러진 자신의 방을 보고 누군가 들어왔다는 흔적을 생각하며 흥분을 하고 난 후 수음을 한다. 이를 성재 침대 밑에서 숨죽이고 모든 것을 지켜본 꼬마 아이가 새벽이 되자 밖으로 나와 높은 곳에서 아래를 향해 소변을 본다. 소변을 보는 아래에는 개구리가 있다. 앞에서 언급하였듯이 개구리를 아버지의 분신으로 간주한다면, 남자 꼬마의 개구리를 향한 소변은 아버지를 향한 배설인 것이다. 이렇듯 소설과 영화에서 화투와 개구리가 상징하는 것은 작품을 읽을 수 있는 전체적인 분위기로서의 장치이다.

3-2. 내면의 갈등과 상실감, 삶의 균열로서의 거울

오정희 소설에서 반복적으로 나타나는 이미지 중 대표적인 것은 거울이다. 작가가 "등단작인 완구점 여인에서부터 주인공은 절망적인 절도 행위 후에 검게 번들거리는 거울면에서 자신의 모습을 비춰본다. 이후에 쓰게 된 소설 속의 주인공들 역시 내면의 심한 갈등이나 감당하기 어려운 혼란스러운 상황, 깊은 상실감과 삶의 균열을 느낄 때 의식적이든 무의식적이든 거울 앞에 선다"[185]는 것에서도 거울의 중요성을 알 수 있다. 실제로 거울은 그의 작품에서 반복적으로 나타나는데, 「유년의 뜰」에서는 깨어진 현실을 반영하고 불투명한 자기 확인의 모습으로, 「옛우물」에서는 삶과 죽음, 여성으로서의 정체성을 인정하는 모습에서 발견할 수 있다. 또한 「저녁의 게임」의 거울은 모녀의 삶을 구현한다. 가령, 거울로 본 딸의 얼굴은 버짐과 잔주름이 있고, 요양원에서 어머니는 햇빛이 드는 창가에 거울을 놓고 앉아 머리를 빗는 것은 이들의 비루한 모습을 발견할 수 있다. 따라서 거울을 통해 본 이들의 모습은 아름다움과는 거리가 멀다. 여성으로서의 아름다움을 상실한 모습을 거울로 보면서 이들은 자신의 존재를 생각한다. 일반적으로 거울은 가장 여성적인 기제로 알려져 있다. 특히 오정희 작품에서 거울은 우물과 더불어 여성성을 비춰주는 상징적인 기제인 것이다. 그런데 오정희 소설에서 거울은 일그러졌거나 깨져 있다. 그런 거울은 탈난 여성 구성체의 형상을 비춰준다. 아예 볼 수 없는 거울도 있다. 달도 없는 밤에 들여다보는 구리거울 같은 것이 그 예이다. 「동경」에서는 삶과 죽음이라는 양면 세계를 비추는 거울로 구리거울이 제시되기도 한다.[186] 이 소설에서는 남편이 거울을 보는 것과 여자 꼬마가 아내 얼굴에 거울을 비추는 장면이 나온다. 그런데 부부가 대하는 거울은 상이하다. 먼저 남편의 경우를 보자.

① 틀니를 빼내자 거울 속에는 꺼멓게 문드러진 잇몸이 드러났다. 연한 잇몸은 틀니의 완강함을 감당하지 못해 이지러지고 뭉개지고 졸아들었다. 때문에 틀니를 빼어 냈을 때의 입은 공허하고 냄새나는, 무의미하게 뚫린 구멍에 지나지 않았다. 잠긴 문을 확인하고 마치 헛된, 역시 덧없음을 알면서도 순간에 지나가 버릴 것에 틀림없는 작은 위안을 구해 자신의 시든 성기를 쥘 때와 같은 음습하고 쓸쓸한 쾌락과 수치를 동시에 느끼며 틀니를 닦기 시작했다. (……) 거울 속으로, 청년처럼 검은 머리는, 무너진 입과 졸아든 인중, 참혹하게 파인 볼 때문에 더 젊어 보였다.[187]

② 그것은 토우(土偶)나 동경(銅鏡) 따위 죽은 사람들의 부장품들만을 진열한 방이었다. 땅 속에 묻힌 천년 세월을 산, 이제는 말끔히 녹을 낸 구리 거울을 보자 그는 자신이 아주 오래 전에 죽은 옛사람인 듯 느껴졌었다. 관람객이 한 명도 없이 텅 빈 전시실에는 두꺼운 양탄자가 깔려 있어 자신의 발소리조차 들리지 않았기 때문이라고, 어둡고

눅눅한 화랑을 걸어 나오며 그는 잠깐 스쳐간 괴이한 기분에 대해 변명하였다.[188]

①은 남편이 욕실에 들어가 틀니를 빼고 거울을 보는 장면으로 삶에 대한(혹은 젊음) 집착을 엿볼 수 있다. 즉, 자신의 육체는 노인의 그것과 다르지 않은데, 자연의 섭리를 거역하고 불응하려는 존재를 보게 된다. 자신이 갖고 있는 젊음에 대한 갈구가 오히려 스스로의 존재를 초라하게 한다는 것을 생각할 수 있다. 그리고 ②는 남편이 아내가 점심을 차리기 전에 잠시 낮잠을 자는 장면으로 죽음에 대한 것이다. 아내가 밀가루로 맥을 만들면서 들려준 아내의 할아버지에 대한 이야기를 꿈으로 꾸는 것이다. 영로를 묻었을 때 그는 그가 묻고 돌아선 것이, 미쳐 가는 봄빛을 이기지 못해 성급히 부패하기 시작한 시체가 아니라 한 조각 거울이었다고 생각했었다. 죽음이 멀지 않은 나이로, 죽음이란 거부하려고 해도 거부할 수 없는 것이다. 그러나 남편은 죽음을 거부하고 젊음을 동경하는 것을 생각할 수 있다.

남편이 거울을 통해 살과 죽음을 생각하였다면, 아내는 거울을 통해 과거에만 갇혀 사는 후진 하는 삶을 반성하게 한다. 여자 꼬마가 아내에게 하는 행동에서 이를 알 수 있다. 아내는 다른 사람들을 대하는 것과 달리 여자 꼬마에게는 매서운 행동을 한다. 이는 죽은 아들과 상반된, 즉 밝고 명랑하고 철부지인 여자 꼬마의 모습을 싫어하는 것이다. 그래서 다른 사람들에게는 관대한 아내가 여자 꼬마에게는 지나칠 정도로 모질다. 이는 여자 꼬마가 갖고 있는 모습에 대한 질투에서 기인한 것이다. 「동경」에서 아내는 죽은 아들에 대한 기억으로 현재를 살아가고 있다. 그래서 자신의 아들이 갖지 못한 밝은 모습을 갖고 있는 여자 꼬마를 싫어한다. 다음은 여자 꼬마는 과거의 기억으로 살아가는 아내에게 거울로 스스로의 모습을 응시하게 한다.

사납게 눈을 치뜨고 아내를 노려보던 아이가 햇빛 환한 마당으로 뛰어갔다. 그리고는 이리저리 거울을 돌려 아내에게 비추었다. 아내가 눈이 부셔 얼굴을 가리며 손을 내저었다.

"저리 비켜."

그러나 아이는 생글생글 웃을 뿐 거울을 거두지 않았다.

(……)

아이는 마당에서 공처럼 뛰어다니며 거울을 비쳤다. 아내는 겁에 질려 마루로 올라왔다. 거울 빛은 마루턱에 늘어서 하얗고 단단하게 말라 가는 짐승들을 지나 재빠르게 아내의 얼굴에 달라붙었다. 구겼다 편 은박지처럼 빈틈없이 주름살진 얼굴이 환히 드러났다.[189)]

인용문처럼 여자 꼬마가 아내에게 거울을 비추자 눈을 제대로 뜨지 못한다. 아내가 끊임없이 죽은 아들을 생각하고 현재의 삶을 살지 않는 것을 질타하는 것이기도 하다. 그래서 거울에 비친 아내의 얼굴에 거울을 하얗고 단단하게 말라 가는 짐승들을 지나 재빠르게 아내의 얼굴에 달라붙는다.

「동경」에서 거울은 남편에게는 삶과 죽음의 의미를 아내에게는 과거의 기억 속에 살고 있는 모습에 대한 질타이다. 이렇듯 오정희 작품의 거울은 다양하게 그려지고 각각의 의미를 지니고 있다. 거울을 통해 자신을 응시하게 하여 스스로의 문제를 천착하게 한다. 이러한 기능은 영화에서도 발견된다.

영화에서는 성재가 밖에서 돌아와 샤워를 하고 욕실 거울에 자신의 가슴을 비춰본다. 여성의 상징인 가슴을 거울에 비추는 행위는 이후 전개될 내용을 비추는 것이기도 하다. 가령, 영화에서 성재는 자신이 여성이라는 욕망을 억제하고 살아오다가 탈옥수와의 만남을 통해 여성으로서의 정체성을 생각하게 된다. 그런 점에서 성재가 거울로 자신의 가슴을 비춰보는 장면은 주제를 읽는 하나의 요소이다. 또한 영화에서 남자 꼬마는 아버지와 딸의 얼굴에 거울을 비춘다. 아버지가 바깥 의자에 앉아 자위를 하고 있을 때, 거울로 아버지의 얼굴을 비춰 성적 욕망만을 추구하는 그에게 질타하고 있다. 그리고 딸이 밀가루로 점심 식사 준비를 할 때, 꼬마 아이가 거울로 성재 얼굴을 비춘다. 성재가 하는 행동 역시 문제적이라는 것이다. 아버지라는 이름에 갇혀 자신을 표출하지 (안)못하는 행동에 대해 생각하게 하는 의미인 것이다. 이는 「동경」에서 남자 꼬마가 아내에게 하는 행동과 유사하다. 인물들이 스스로 생각하지 못하기 때문에 거울의 반사를 통해 스스로가 안고 있는 문제를 생각하게 한다. 이렇듯 거울은 소설 「저녁의 게임」에서는 모녀의 비루한 삶을 조망하고 「동경」에서는 남편에게는 삶과 죽음의 문제를 아내에게는 세상과 소통하라는 의미를 띠고 있다. 그리고 영화 <저녁의 게임>에서는 욕망의 문제를 천착하는데 기능한다. 결국, 세 작품에서 거울은 인물들의 내면의 갈등과 상실감, 삶의 균열을 겪을 때 기능한 것으로 보인다.

4. 나오며

이 글은 소설 「저녁의 게임」과 「동경」, 영화 <저녁의 게임>을 대상으로 하여 서사 전략을 비교 연구한 것이다. 소설과 영화는 문자와 영상이라는 확연한 매체적 차이와 독자적인 표현, 전달 방식에도 불구하고 서사장르라는 동일한 범주에 속한다는 전제로 이 글을 출발하였다. 소설과 영화가 서로 다른 장르임에도 불구하고 함께 논의되고 각색될 수 있다는 것은 서사 장르, 즉 이야기가 있기에 가능하다. 이런 점에서 본 연구는 소설 「저녁의 게임」과 「동경」, 그리고 영화 <저녁의 게임>의 서사 전략을 비교하였다. 그 결과 영화 <저녁의 게임>은 소설 「저녁의 게임」과 「동경」에서 읽을 수 있는 다양한 이미지와 상징을 영화에서 구성/재구성하였다.

특히 오정희 소설의 특장인 이미지와 상징을 활용하면서 이를 영화라는 매체에 잘 매개한 것으로 보인다. 앞에서 살핀 것처럼, 화투 놀이뿐 아니라 집안 분위기를 읽을 수 있는 개구리, 거울 등을 차용, 변형하였다. 물론 본고에서 거론되지 않았지만, 영화 <저녁의 게임>이 소설「저녁의 게임」을 기반으로 하였다는 것은 여실히 알 수 있는 장면은 또 있다. 영화에서 딸, 성재가 욕조에서 오정희 소설「저녁의 게임」을 한 대목 읽는 장면[190]이 그것이다. 그러나 영화 <저녁의 게임>은 소설을 원작으로 하여 그것을 그대로 구현하거나 재현하는 것으로 그치지 않고 영화라는 매체가 지닌, 즉 카메라로 응시하면서 생각할 수 있는 장을 마련한다. 물론 영화에서 카메라가 소설이 갖는 인간 내면 심리와 사상을 직접으로 드러낼 수 없다는 한계가 있다. 그럼에도 영화 <저녁의 게임>은 소설「저녁의 게임」과「동경」을 기반으로 하여 감독만의 주제를 드러내고 가부장제 이데올로기와 폭력 등 근본적인 문제를 짚고 있다고 할 수 있다. 이는 소설과 영화라는 각각의 매체적 특징을 여실히 발현하였기에 가능하다.

물론 이 글은 소설과 영화의 혼융과 교접에 대해 선명히 짚지는 못한 것이 사실이다. 이러한 점은 추후 또 다른 장에서 연구할 것을 기약한다. 그러나 그동안 연구되지 않은 소설「저녁의 게임」과「동경」, 그리고 영화 <저녁의 게임>을 동시에 거론하여 연구하는 하나의 단초라는 점에 의의를 둘 수 있다.

장영미

한국체육대학교 / 교양과정부

zerose22@hanmail.net

S3D 영화 스토리텔링 특징 연구

– <제 7광구, 2011>의 작품분석을 중심으로

조 해 진

1. 서론

영화는 탄생부터 지금까지 계속해서 형태적 변화를 거듭해 오고 있다. 무성영화로 탄생한 영화는 유성영화, 컬러영화, 대형화면 영화를 거쳐 오늘날 S3D(stereographic 3 dimension) 영화에 이르렀다. 그리고 <아바타 Avatar, 2010>로 인해 촉발된 S3D영화에 대한 관심과 환호는 세계는 물론 국내에서도 미디어의 새로운 형식의 탄생으로 사람들의 이목을 집중시키고 있다.

주지하다시피 3D 입체영화의 시초는 영화의 탄생과 거의 시기를 같이 한다. 1838년 찰스 휘트스톤이 처음으로 입체시를 고안해 낸 이후 1915년 미국 뉴욕의 에스터 극장에서 애너글리프 방식의 입체영화가 처음으로 상영되었고 이후 1922년 <The power of love>가 최초로 상업영화로 상영되었다. 이후 기술적 발전을 계속해 오다가 <치킨 리틀(The chicken little), 2005>, <폴라 익스프레스(Polar express), 2004>, <크리스마스의 악몽(the night before christmas), 1993> 등의 애니메이션이 3D로 만들어져 극장에서 성공을 거두면서 입체영화는 르네상스 시대를 전개하였고 <아바타>에 이르러 전세계적으로 S3D 영화의 새로운 물결이 시작되었다. 또한 이러한 입체영상의 흥기는 영화에 머무르지 않고 TV, 게임, PC, 모바일 등에 걸쳐 전반적인 디스플레이의 형태를 혁명적으로 뒤바꾸고 있다.

이처럼 S3D의 역사가 오래되었음에도 불구하고 마치 <아바타>가 S3D영화의 시작으로 여겨지게 된 이유는 여러 가지가 있겠지만 그 중에서도 그동안은 불안정했던 3D 기술을 안정적으로 촬영, 상영할 수 있는 기술을 개발해서 영화에 적용했다는 점과 그 기술력을 느낄 수 없을 정도로 극에 몰입하게 만들었던 스토리텔링의 힘이 크게 작용했다고 할 것이다. 본고가 주목하는 점은 후자인 스토리텔링의 영역이다.

국내에서 스토리텔링에 대한 논의는 넓게는 디지털 콘텐츠, 좁게는 게임의 서사를 말하기 위해 개념적으로 사용되었다. 이후 스토리텔링은 문화콘텐츠 전반에 걸쳐 스토리와 담화, 그리고 전략까지를 아우르는 개념으로 발전해 오늘에 이른다. 하지만 이에 대한 명확한 개념 정의가 제대로 이루어지지 않았고, 공유되는 개념으로 발전되지 않았던 탓에 스토리텔링에 대한 자의적 해석은 이를 대하는 사람들에게 혼란과 혼동을 주었던 것도 사실이다. 이에 본고는 스토리텔링의 범위를 정확하게 스토리, 담화, 전략의 3부분으로 구분하고 이에 대해 '스토리공학적'[191]으로 접근하고자 한다.

이제까지 스토리와 관련된 연구는 철저하게 인문과학적 영역에서 제한적으로 이루어져 왔다. 하지만 근대에 이르러 사진과 영화 등의 탄생으로 기술과 예술의 경계가 허물어졌던 것처럼 예술과 상업의 경계가 서로 영역을 넘나드는 지금 문화콘텐츠에 대한 접근방법이 주관성이 강한 인문과학적 연구태도에만 한정되는 것은 보편성을 담보하지 못하는 결과를 초래한다. 이를 극복하기 위해서는 인문과학적 시각은 물론이고 사회과학적, 자연과학적 연구방법론도 스토리 연구에 도입해야할 필요성이 있다. 이런 이유로 스토리에 공학(engineering)적 사고를 결합한 '스토리공학'이라는 조어가 탄생되었고 서서히 본격적으로 사용되는 시점에 이르렀다.[192]

현재 스토리산업의 세계적 규모는 1조 3566억 달러로 자동차산업의 1조 2000억 달러, IT산업의 8000억 달러를 크게 웃돈다.[193] 이러한 시점에서 문화콘텐츠 전 영역에 걸쳐 가장 큰 공통분모로 작용하는 스토리텔링에 대한 관심과 고민은 절대적으로 필요하다. 그리고 미디어의 변화는 필연적으로 내용의 변화를 수반한다는 사실을 생각할 때 특히 무성영화에서 유성영화로, 흑백영화에서 컬러영화로의 변화를 겪은 것처럼 2D 평명영상에서 3D 입체영상으로의 변화는 S3D 영화의 스토리텔링의 변화를 가져오게 될 것이고 이에 대한 관심과 논의는 매우 시의적절하며 반드시 필요하다고 본다.

본고는 이러한 사실을 견지하면서 S3D 영화의 스토리텔링의 특징을 살펴보는 것을 목적으로 삼는다. 특히 문학과 영화 모두 스토리의 양대경향을 '리얼리즘계열'과 '판타지계열'로 구분할 수 있음을 고려할 때 연구의 깊이와 초점을 명확히 하기 위해 본고에서는 '판타지계열'로 연구범위를 한정한다. 그리고 보다 실증적인 스토리텔링에 대한 연구결과를 위해 <제 7광구, 2010>을 텍스트로 삼아 작품을 분석하고자 한다.

2. S3D 영화의 스토리텔링 특징[194]

1) 이야기의 환상성

몰입의 정도에 있어서 다른 영상매체와 뚜렷한 차별성을 지닌 입체영화의 속성상 영화의 스토리는 환상성을 강조하는 판타지계열의 스토리가 적합하다. 판타지계열의 이야기는 입체영상이 주는 감각적 경험과 체험을 충분히 수용하면서도 영화의 스토리를 인지하기에 적합한 구조를 가지고 있다. 판타지계열의 스토리는 리얼리즘계열의 스토리와 더불어 영화의 탄생부터 지금까지 큰 두갈래 준령을 형성하고 있다. 사상 첫 영화라 알려진 뤼미에르 형제의 <기차의 도착Arrival of the train, 1987>이 리얼리즘계열의 시작을 연 작품이라면 조르주 멜리어스의 <월세계로의 여행A trip to the moon, 1902>은 판타지계열의 첫 작품으로 평가받고 있는데 판타지계열의 장르로는 호러, SF, 판타지 등이 있다.[195] 이에 반해 리얼리즘계열의 장르로는 휴먼드라마, 코미디, 로망스 등이 있는데 리얼리즘 계열의 스토리들은 모두 현실적이고 실현가능한 사건들이라는 특징이 있다.

판타지계열의 스토리의 가장 큰 특징은 이야기의 환상성이다. 그렇다고 해서 판타지가 결코 '현실과 동떨어져야만 한다'는 말은 아니다. 톨킨은 '창조적인 환상은 사물이 눈에 보이는 대로 명백히 그렇게 세계에 존재한다는 확고한 인식에 바탕을 두고 있기 때문에 환상은 사실에 종속된 것이 아니라 사실에 대한 인식위에 자리잡고 있다'고 말했다[196]. 현실의 충실한 반영을 최고의 미학으로 생각하는 미메시스(mimesis)와 절대 반대되는 개념도 아니고 오히려 미메시스가 인식의 바탕을 이룰 때 판타지가 발생한다는 의미다.

이제껏 영화가 '지극히 현실적'이라는 이유로 배척을 당한 경우는 없었다. 대신 '너무 비현실적이다', '절대 일어날 수 없어', '말도 안돼'라는 이유로 평가절하 되는 경우가 많았다. 하지만 영화는 물론이고 모든 픽션에서 아주 작은 부분의 판타지도 없는 미메시스는 누군가가 겪은 실제 사건을 전달하는 것에 불과하다. 더군다나 영화에 대한 리얼리즘에 평가는 미메시스나 리얼리티와는 상관이 적고 오히려 할리우드 영화가 그동안 제시해 왔던 특정한 리얼리즘의 관습과 스토리텔링에 더 연관이 있다.[197] S3D 영화에는 이런 전통을 넘어서는 '환상성'이 가장 큰 특징으로 드러난다.

2) 장르컨벤션

장르영화를 본다는 것은 완전히 새로운 것을 경험하기 위함이라기보다는 익숙함을 즐기려는 태도에서 비롯된다. 새롭거나 낯선 것을 접한다는 것은 화면외적 몰입을 강요하기 때문에 화면으로의 몰입을 방해한다. 때문에 화면내적인 몰입을 위해서는 익숙함으로 무장한 장르영화의 속성을 활용할 필요가 있다.

장르영화는 크게 공식(Formula), 장르컨벤션(Convention), 도상(Iconography)으로 나누어 구별되어지고[198] 이 구별을 통해 장르는 결정되고 지시성을 확보하게 된다. 그 중 씬이나 에피스드처럼 중간단위의 행위요소를 의미하는 장르컨벤션은 문학에서의 크리셰(cliche)[199]처럼 부정적인 의미로 종종 사용되곤 한다. 하지만 크리셰로 여겨질 만큼 진부하게 여겨지는 장르컨벤션은 입체영화에서는 오히려 효과적인 기제로 작용한다. 장르컨벤션이 효율적으로 사용된 입체영화는 관객들에게 가상현실의 세계를 충분히 체험하면서도 스토리를 놓치지 않고 영화 속 세계에 몰입할 수 있게 한다. 그 대표적인 예가 <아바타 Avatar, 2010>이다.

영화 <아바타>의 경우, 이야기구조나 이미지가 기시감으로 가득 차서 모든 장르컨벤션을 통합한 장르컨벤션의 백과사전적 영화라고 해도 과언이 아니라고 말할 정도로, 다시 말해 기술적 발전을 제외하고는 특별할 게 없다는 평을 들을 정도로 장르컨벤션이 두드러지게 활용되었다.[200] 영화에 나타나는 대표적인 장르컨벤션을 살펴보면, 나비족과 동화하려고 노력하는 제이크 설리의 모습은 <늑대와 춤을Dance with Wolf, 1990>의 존 던비 중위가 인디언 부족에 동화되어 가는 과정과 매우 유사하다. 두 작품 모두 첨부터 지속된 타부족과의 갈등이 상대 부족의 여성의 조력을 통해 해결되고 마침내 그들과의 동화(同化)에 성공하는 모습을 보여주고 있다. 이런 시퀀스의 전개는 이민족과 동화하려는 백인이 등장하는 대부분의 영화에서 볼 수 있는 흔한 전개방식이다. 또 자원을 찾아 행성여행을 하고 원주민과 대립한다는 설정은 제임스 카메런 감독의 전작인 <에이리언alien>시리즈와 꼭 같다.

최근 개봉된 <해리포터－죽음의 성물2Harry Potter And The Deathly Hallows: Part 2, 2011>에도 이런 양상이 두드러지게 나타나는데 이 영화의 대표적인 장르컨벤션은 클라이막스에서 보여지는 해리포터와 볼드모트의 대결 장면이다. 이 둘의 결투장면은 대표적 장르영화인 서부극의 클라이막스 장면과 정확히 일치한다.[201] 이런 익숙한 설정과 에피소드, 즉 장르컨벤션은 관객이 낯선 시각적, 촉각적 체험을 경험하는 동안에도 스토리를 잘 이해하게 만든다.

스토리의 이해를 위해 컨벤션과 크리셰에 의한 익숙함에 기대더라도 공간설정은 낯설고 신비롭게 창조할 수 있다. 영화 <아바타>에는 나비족을 상징하는 여러 가지 장치들이 있다. 그 중에 가장 독특한 것은 '할렐루야' 산이라고 불리는 떠다니는 산이다. '할렐루야'산의 이미지는 관람객이 미처 상상하지 못했던 것으로 클리셰와는 정반대인 데페이즈망[202](déaysement) 기법을 사용하였다. 관객은 이런 장치를 통해 전형적이고 도식적인 장르컨벤션의 이야기 속에서도 영화를 신선하고 새롭게 느끼면서고 비현실의 세계에 동화되면서 그 속으로 몰입하게 된다. 이는 직접적이고 감각적 몰입을 강조한 S3D 형식의 영화에 적절한 수준의 내용이라 판단된다.

3) 동일화

관객은 크게 '동일화(Identification)'와 '거리두기'의 방식을 통해 영화를 향유하게 된다. 동일화를 통해 공감을 느끼고 영화에 몰입할 수 있기 때문에 동일화는 수용자의 심리를 연구하는 정신분석적 영화이론에서 흥미로운 주제로 다루어지고 있다. 또한 관객은 거리두기를 통해 영화에 대한 성찰을 하기 때문에 거리두기는 예술영화의 가장 중요한 기법으로 즐겨 사용된다.

관객은 영화가 허구라는 것을 잘 알고 있으면서도 동일화의 과정을 통해 이것이 허구라는 것을 잊고 영화에 몰입하게 된다. 정리하자면 영화에 현실감을 부여해서 몰입을 강조하는 기법이 동일화라면, 영화가 허구라는 것을 다시 환기시켜 영화가 내재하고 있는 의도와 예술적 미학을 찾고자 하는 기법이 거리두기이다. 두 기법 모두 나름대로 다른 방식의 몰입을 목적하는데 동일화는 체험형 몰입인 감각적, 내화면적 몰입을 목적으로 하는 반면, 거리두기는 지적, 외화면적 몰입을 목적으로 하면서 작품에 대한 사유를 강조한다. 체험형 몰입을 목적으로 한다는 점에서 동일화는 입체영화와 같은 맥락에 놓여 있고 따라서 동일화는 입체영화의 스토리텔링에서 주요한 수단으로 작용한다.

동일화이론은 크리스티앙 메츠(Christian Metz)에 의해 활발한 논의가 전개되었다. 메츠는 보드리의 이론을 수정 보완하여 영화만큼 풍부한 지각활동을 수반하는 연극과 오페라 등과 비교할 때 '영화는 관객에게 동일한 시공간에 속해있는 지각대상을 제공하는 것이 아니라 부재하는 것의 이미지를 제공한다는 점'을 부각시킨다[203].

근원적인 부재를 부인하는 과정에 토대를 두면서 완전함과 충족이라는 환영의 이미지를 보여준다는 점에서 영화는 상상적이다. 즉 영화는 관객을 부재와 현존의 유희로 이끌고, 관객은 자신이 보는 영화가 허구인지 알면서 동시에 허구가 아닌 듯한 태도로 영화보기에 참여하는 것이다. 스크린은 라캉의 거울단계의 거울과 달리 관객의 신체의 이미지를 제시하지 않고 부재한 것을 나타내기 위해 상징을 사용하고 있기 때문에 상징계의 법을 수용한 상상계의 원리로 작동한다. 메츠는 먼저 원근법적 양식으로 신과 같은 전지적 지배감과 통합성을 시선에 제공하는 카메라와 관객의 동일화를 일차적 동일화라고 한다. 관객은 카메라 눈과 자신을 동일화하고, 스스로 카메라가 투사하는 영상을 자신이 통제하고 있다는 착각에 빠진다. 그리고 이러한 일차적인 동일화는 등장인물과의 동일화인 이차적인 동일화의 전제가 된다. 거울단계에서 주체가 자신의 허상적 이미지를 오인하였듯이, 관객은 비실재적인 것에 현혹되어 소외화 요인에 갖히게 되면서 스크린의 이미지와 나르시시즘인 동일화에 빠지게 되는 것이다.[204)]

입체영화에서 이런 동일화를 극대화시키기 위해서는 시나리오와 기술효과의 정교한 끼워맞춤이 중요하다. 스토리의 흐름과 더불어 진행되는 음향, 시각적 충격, 입체효과, 등장인물의 액션 등이 보는 이로 하여금 조금도 딴 생각을 할 겨를이 없이 몰입을 지속시켜줄 때 동일화는 극대화된다. 때문에 작가와 감독간의 협업은 보다 중요해진다. 지금까지의 상업영화의 제작관행은 작가가 쓴 시나리오를 감독이 재해석해서 영상으로 옮기는 형태로 영화가 만들어졌다[205)]. 이런 형태에 제작 프로세스는 계속 유효할 것으로 보이지만 입체영화에서는 그 형태가 변해야 한다. 시나리오작가가 드라마 구성에만 매달려서는 곤란하다. 입체시의 본질에 대한 효과를 체험과 학습에 의해 체득해야 하고 이를 시나리오에 녹여 넣어야 할 필요가 있다. 그리고 연출스탭, 기술스탭과의 긴밀한 공조도 필요하다.

동일화는 또한 몰입과 관련이 있는데 입체영상의 몰입에 대해 연구한 김형래는 몰입에 대한 여러 주장을 정리해 몰입을 크게 4가지로 구분해 냈다. 감각적 몰입(sensual immersion), 지적 몰입 (intellectual immersion), 내화면 몰입(on-screen immersion) 그리고 외화면 몰입(off-screen immersion)이 그것인데 몰입의 경향을 설명하는데 매우 유용해 보이는 분류다.

감각적 몰입의 영화는 인간의 오감에, 특히 시각과 청각에 호소함으로써 몰입을 유도하는 영화를 의미한다. 대개 감각적 몰입은 스크린 내에서 발생하며 스크린 내의 시각적, 청각적 이미지의 배치를 통해 관객의 주의와 이목을 유도한다. 이러한 몰입은 관객의 수동성을 전제한다. 지적 몰입의 영화는 관객의 정신적, 지적 참여와 활동을 자극하는 영화를 의미한다. 이것은 시청각적 이미지를 통해 관객에게 다양한 해석의 여지를 제공하며, 이로써 해석을 위한 관객의 능동적이고 적극적인 참여를 요구한다.

내화면 몰입은 그것이 감각적 몰입이든 지적 몰입이든 주로 스크린이라는 프레임 내에서 발생하는 몰입의 형태를 의미한다. 그리고 외화면 몰입은 스크린 바깥을 지시하거나 극장 밖에서까지 관객의 지적 활동을 자극하는 것을 의미한다. 이것 역시 지적 몰입의 한 형태로서 영화가 끝나고서도 관객이 영화의 열린 결말이나 의미 구조, 또는 서사 구조에 대해 다양한 해석을 시도하게 하는 유형을 의미한다. 예술적 영역을 강조한 영화가 남기는 여운과 같은 것도 여기에 포함될 수 있다. 이러한 지적 참여가 주로 외화면에서 발생하기 때문에 외화면 몰입으로 분류 된다[206]. 이런 점에서 볼 때 상업성과 보편성을 강조하는 S3D 영화는 '감각적 몰입'과 '내화면 몰입'의 방향으로 나아가야 함을 알 수 있다.

1980년대에 입체영화의 실패사례에서 보듯이 동일화의 실패는 작품의 감각적 몰입을 방해하고 화면 외적몰입을 강요한다. 이렇게 되면 입체영화의 가장 핵심 몰입인 체험형 몰입은 이루어지지 않게 되고 입체영화로서의 존재이유를 상실하게 된다. 때문에 관객을 보다 더 화면 안으로 이끌고 감각적 몰입으로 이끄는 동일화 전략은 입체영화 스토리텔링에 있어서 반드시 고려되어야 할 사항이자 특징이라고 하겠다.

4) 스펙터클

관객이 판타지영화에 열광하는 이유는 무엇보다 '존재불가(存在不可)한 세계의 구체적인 가시화(可視化)'와 같은 시청각적인 유희에 기인한다. 이는 S3D 영화에서 극대화되는데 인간의 두뇌 속에 있는 모든 종류의 잠재적인(virtual) 이미지는 계속해서 '생산과 저장'이 반복되고, 현실적(actual) 이미지는 지속적으로 발생하며, 두 유형은 서로 각각 영향을 미친다. 이 점에서 우리는 영화에서 과거, 현재, 미래를 지각 안으로 들어온 새로운 '카메라 의식 (Camera consciousness)'을 통해 이해하게 된다. 마이클

샤피로는 <영화적인 정치적 사유 (Cinematic political thought)>에서 현재 비판적으로 경험하고 있는 사건은 '다른 인지 기능에 의해 통제되는 영역을 통합할 수 있는 판단 능력의 발휘로 인한 것이 아니라, 영화적 장치 (cinematographic apparatus) 로 인해' 가능하게 된다고 주장한다.[207] 이는 영화에 대한 현실인식이 영화 밖에서 이루어지는 것이 아니라 영화 안에서 이루어지기 때문에 영화적 현실지각과 실제 현실지각과는 구분되어진다는 것이다. 이는 영화가 지닌 사실감으로 인해 발생하는데 판타지영화에 이르면 상상력에 대한 현실감은 더욱 구체화된다.

이는 문학에서의 판타지와 확실히 구분되는 부분인데 눈으로는 절대 볼 수 없는 세계가 현실감 있게 표현되어야만 판타지영화라 말할 수 있는 근거를 제공한다. 부정적으로 여겨지던 판타지장르의 영화화는 디지털기술로 인해 비로소 빛을 발하게 된다. 판타지문학이 제시한 존재 불가능한 세계는 디지털의 놀라운 기술적 진보로 인해 실제보다 더 실감나는 하이퍼 리얼리티(Hyper reality)를 창조해 냈고 관객들은 놀라운 상상력과 뛰어난 기술력의 조우를 열렬히 환호하기 시작했다. 때문에 처음으로 만들어진 판타지영화가 아니었음에도 불구하고 <반지의 제왕>과 <해리포터 시리즈>는 관객들에게 판타지영화의 시작을 알리는 작품으로 여겨지게 되었다. 이런 인기에 힘입에 판타지영화는 전세계 영화산업에서 아주 중요한 위치를 차지하기에 이른다.

<해리포터> 시리즈의 호그와트에서 일어나는 대부분의 일들이나 <와호장룡(臥虎藏龍: Crouching Tiger, Hidden Dragon), 2000>에서 보여진 초인간적인 모습들이 그러하다. 판타지 장르의 대표적 하위장르인 SF영화에서 보여지는 미래세상, 우주세상은 이런 특징을 매우 잘 드러내준다. 영상의존도가 높은 영화의 특성상 디지털기술의 발달은 이런 '스펙타클(Spectacle)'을 구현하면서도 미지(未知)의 세계를 현실감 있는 세계로 재창조해내기에 아주 적합하다. 영화의 탄생부터 함께한 시각효과에 대

한 끊임없는 기술개발은 디지털시대에 접어들어 황금기를 맞고 있고, 이는 S3D 영화의 전성기를 견인하고 있다.

5) '언캐니 밸리'의 극복

'언캐니 밸리' 가설은 일본의 로봇학자 모리 마사히로가 인간형 로봇을 연구하는 과정에서 창안되었다. 이 가설의 요지는 사람들은 일반적으로 로봇이나 인형 등이 사람의 모양을 닮을수록 친밀감을 보이지만, 거의 완벽하게 사람과 흡사한 외모와 행동의 로봇이나 인형에는 오히려 극도의 혐오감을 나타낸다는 것이다.[208)]

언캐니 현상과 관련하여 흔히 같은 시기에 개봉된 <폴라익스프레스The Polar Express, 2004>와 <인크레더블The Incredibles, 2004>이 자주 대비된다. 극사실주의 기법으로 언캐니 현상을 극복하지 못한 <폴라익스프레스>와는 달리, <인크레더블>을 만든 픽사는 언캐니 현상을 피하기 위해 카툰스타일을 더욱 극대화하여 대중적으로 크게 성공했다. <인크레더블> 제작진은 사실주의 컴퓨터기술이 부족해서가 아니라 호감증가를 통한 관객의 몰입을 이끌어내기 위해 만화적 느낌을 더욱 극대화한 것이다.

허구의 캐릭터와 실제의 배우를 비교할 때 가장 문제가 되는 부분은 얼굴이다. 사실상 언캐니 현상을 일으키는 것은 얼굴이기 때문이다. 따라서 얼굴 부분을 비교하지 못하도록 하는 연출테크닉이 필요하다. 영화<아바타>에서는 실사의 배우 이미지와 가공의 캐릭터 얼굴부위가 동일선상에 한 화면에 잡히지 않도록 노력한다. 따라서 영화 전체에 두 이미지가 겹치는 부분은 없다. 문제는 이 영화가 원주민과 지구인의 전투장면을 극적 장면의 핵심고리로 사용하고 있다는 점이다. 불가피하게 어울러 전투를 벌일 수밖에 없는 상황이 벌어진다. 비록 겹치는 부분이 있다고 해도 실제 연기자의 얼굴은 거의 알아 볼 수 없을 정도로만 거리에 둔다.[209)]

픽사의 애니메이션은 애초에 인간 자체를 거의 등장시키지 않았다. 이따금 등장한다 해도 만화적 캐리커쳐를 3차원화 시킨 것에 불과했다. 처음에 픽사 애니메이션은 기존 셀 애니메이션의 3차원화 정도로만 기획되었다. 이러한 점은 바로 언캐니 현상을 피해가기 위한 방편이었다. 즉 어떤 캐릭터라도 실제모습을 간략화시킨 탓에 인간적인 사실감과는 거리가 멀었다.

영상콘텐츠에서 '언캐니 현상의 극복 방법'은 단순히 미학적인 관점에서 선호도가 좋은 캐릭터를 만드는 것이 아니다. 영화 <아바타>에서 확인했듯이 좋은 스토리와 호감도 높은 캐릭터는 공간학적 설정과 연출, 인간의 근본적인 이상에 대한 꿈, 인류 문명에 대한 근본적인 성찰, 카메라의 각도와 앵글, 특수효과적인 그래픽, 장르적 특성 등 다양한 요소들과 적절히 결합했을 때 대중적 친화력과 수용성을 확보할 수 있다.

6) 선형적 구조

대중적인 측면에서 좋은 이야기의 구조는 기본적으로 선형적 특징이 있다. 플롯의 사건들과 에피소드들은 극적인 해결에 이르러야 한다. 결말부에서 극적인 해결을 보려면 극의 시작에서 극적인 문제가 제시되어야만 한다. 모든 이야기는 처음과 끝이 있다. 처음과 끝이 없다면 그건 완성된 이야기가 아니다. 열린 결말이라고 해서 결말부분을 완벽히 끝맺음 하지 않는 작품도 있다. 판타지소설에서는 그 열린 결말은 존재하지 않는다. 다음편을 위한 장치로 결말을 짓지 않는 경우도 있다. 이는 다음편이라는 분명한 목적이 존재하기 때문에 그렇다. 이야기는 반드시 결말이 있어야 한다. 아카데미 영화제에서 각본상을 수상한 어니스트 레먼은 이렇게 말했다.

> "1장에서는 등장인물들과 전체의 스토리가 처해 있는 상황을 다룬다. 2장에서는 그 상황이 진척되어 최고조에 이르게 되는 커다란 문제를 다룬다. 3장에서는 갈등과 문제가 어떻게 해결되는가를 다룬다"

헐리우드 영화가 가장 선호하는 이야기 구조다. 사실 이런 3장 구조에 맞지 않는 이야기란 그 자체로 완결성을 가질 수 없다. 판타지소설 또한 이런 3장 구조에 꼭 들어맞아야 한다. 기본적으로 호기심을 일으키는 1장이 존재하고 주인공의 우여곡절, 좌충우돌을 흥미진진하게 그려내는 2장이 있다. 그리고 작품을 끝맺는 3장이 보는 이로 하여금 기쁨과 즐거움, 우울함과 애닯은 감정을 정리해준다. 여기에서 벗어나는 이야기 구조란 헐리우드영화에선 있을 수 없다.

7) 소결

<표 1>은 2010년에 국내에서 개봉한 S3D 영화의 흥행 상위 10개의 영화를 보여주고 있다. 표에서 보듯 10개의 영화가 모두 판타지계열의 영화들이다.

〈표 1〉 2010년 S3D 흥행 TOP 10 개봉작

순위	영화명	개봉일자	3D 관객수	3D 상영 비율	장르구분
1	트랜스포머3	06월 29일	4,047,894	46.20%	판타지/SF
2	쿵푸팬더2	05월 26일	1,953,300	41.70%	판타지/무협
3	캐러비안의 해적-낯선조류	05월 19일	950,782	40.10%	판타지/에픽
4	걸리버여행기	01월 27일	1,030,721	59.40%	판타지/동화
5	토르:천둥의 신	04월 28일	828,337	63.10%	판타지/에픽
6	라푼젤	02월 10일	785,891	73.20%	판타지/동화
7	해리포터와 죽음의 성물	07월 13일	656,594	19%	판타지/에픽
8	제 7광구	08월 04일	632,818	41%	판타지/기괴
9	메가마인드	01월 13일	686,461	67.40%	판타지/SF
10	신들의 전쟁	11월 10일	310,084	44.60%	판타지/에픽

〈출처 : 영화진흥위원회〉

그리고 상위 5개 영화를 앞장에서 살펴본 스토리텔링의 특징적 요소들에 대입하면 <표 2>에서처럼 모두 각 특징적 요소들에 만족하는 결과를 보여주고 있다.

〈표 2〉 2010년 S3D 상위 TOP 5 개봉작 스토리텔링 요소 분석

구분(장르)	트랜스포머3 (SF)	쿵푸팬더 (무협/동화)	캐러비안의 해적(에픽)	걸리버여행기 (동화)	토르 (영웅)
이야기환상성	○	○	○	○	○
장르컨벤션	○	○	○	○	○
스펙터클	○	○	○	○	○
동일화	○	○	○	○	○
언캐니밸리 극복	○	○	○	○	○
선형적구조	○	○	○	○	○

이런 결과를 바탕으로 S3D 영화의 스토리텔링의 특징을 정리하면 <표 3>와 같다. <표 3>에서 보듯 스토리는 1개의 요소, 담화는 5개의 요소, 전략은 3개의 요소로 나누어 생각할 수 있는데 이는 모든 S3D 영화에 적용시켜 분석해 볼 만한 준거를 제공한다는 점에서 일정부분 의미가 있다고 하겠다.

〈표 3〉 S3D 영화의 스토리텔링의 특징적 요소

스토리텔링 영역	특징적 요소
스토리	1. 이야기의 환상성
담화	1. 장르컨벤션 활용 2. 동일화 3. 스펙터클 4. 언캐니 밸리 극복 5. 선형적 구조

전략	1. 블록버스터 2. 원작의 전환 3. 하이퀄리티 CT (high quality culture technology)

3. <제 7광구> 스토리텔링 분석

1) 스토리

스토리텔링에 있어서 원형적 기능을 담당하는 스토리는 '맞다, 틀렸다' 혹은 '잘했다, 잘못했다'로 평가받을 성질의 것은 절대 아니다. 영화에 있어서 스토리는 관객의 선호도에 의해 선택이 결정되는 기호적 성질을 지닌다. 이런 점에서 세상의 모든 스토리는 영화화의 가능성을 갖고 있다고 해도 과언이 아니다. 하지만 그런 성질을 지닌 스토리라도 일정한 기준에 의한 구분은 영화의 제작과 마케팅의 측면에서 반드시 필요하다.

스토리를 구분하는데 가장 용이한 개념이 바로 '하이컨셉트'다. 하이컨셉트는 미국의 상업영화가 시장(관객)에서 경제성(수익성)을 보장 받기 위해 필요하게 된 개념적 장치다. 쉽게 말하면 '이렇게 하면 관객들이 더 좋아하는 작품을 기획하게 되고 배급력이 증대되니 흥행 가능성이 높아지고 그럼으로써 스튜디오의 수익성이 개선되고 따라서 지속적인 재투자가 가능하게 된다'는 생각에서 출발한 영화의 '기획-제작-배급-머천다이징-후속편제작'이라는 일련의 가치사슬을 체계적으로 정리한 개념이다.[210] 이런 관점으로 <제 7광구>의 하이컨셉트를 살펴보면 다음과 같다.

> 제주도 남단에 위치한 제 7광구의 시추선인 이클립스호는 현재까지 석유시추에 번번히 실패하고 있다. 결국 시추작업은 끝을 맺게 되

고 시추대원들은 철수하기에 이른다. 하지만 대원들의 반발로 철수는 조금 연기되지만 알 수 없는 기운에 휩싸인 이클립스호에서 결국 원인모를 살인사건에 휩싸인다. 살인은 계속되면서 살인범이 현실에서는 존재 불가능한 바닷괴물로 밝혀지고 선원들은 괴물과 사투를 벌이다 결국 주인공인 차해준(하지원)은 괴물을 처치하지만 나머지 대원들은 모두 괴물에 의해 희생되고 만다.

현실에서는 존재 불가능한 '괴수'에 대한 이야기는 그동안 많은 기괴판타지 영화의 소재가 되어왔다. 이런 점에서 볼 때 <제 7광구>는 스토리텔링의 영역에서 이야기의 환상성을 제공하는 적합한 스토리를 취했다고 할 수 있다.

2) 담화

앞에서 살펴본 것처럼 S3D영화에 있어 담화의 영역에는 모두 5개의 특징적 요소가 있는데 먼저 장르컨벤션의 경우 <제 7광구>에서는 크게 3가지의 장르컨벤션을 활용하고 있는 모습이 보여진다. 미스테리한 연쇄살인, 괴물 탄생의 비화 그리고 주인공 1인의 최후생존이 그것들이다. 이는 비슷한 장르의 영화인 <에일리언Alien, 1979> <미믹The mimic, 1997>, <괴물, 2003> 등에서 공통적으로 드러나는 컨벤션이다. 하지만 문제는 역시 활용적인 측면이다. <제 7광구>에서 장르컨벤션을 관객들에게 익숙한 코드를 보는 편안함을 제공했다기 보다는 장르컨벤션의 연결이 매우 느슨하게 엮어져 보는 이로 하여금 영화를 지루하게 만들었다. 때문에 익숙함의 서사로 인해 몰입을 강조하기 위한 장르컨벤션이 오히려 진부함으로 느껴지게 만드는 기제로 작용해 버렸다. 특히 '괴물 탄생의 비화'는 약 8분이라는 긴 러닝타임에 걸쳐 그 자체로 하나의 시퀀스를 형성할 만큼 장황하게 설명되어 버려 장르컨벤션의 효과를 제대로 사용하지 못한 대표적 사례가 되어 버렸다.

'동일화 강조'는 몰입의 방향에 대한 문제이다. S3D 영화는 감각적 몰입과 내화면 몰입으로 진행해야 하는데 <제 7광구>의 경우 선상파티 장면, 선상 클레이 사격 장면, 괴물 탄생의 비화 등의 씬을 통해 관객들에게 지적 몰입과 외화면 몰입을 강조하고 있다. 이는 동일화 전략에 정면으로 배치되는 것으로 <제 7광구>는 이 지점에서 실패한 것으로 해석할 수 있다.

다음으로 살펴볼 부분은 '스펙타클의 제공'인데 이 부분은 타 부분들과 비교할 때 비교적 만족스런 지점에 도달했다고 볼 수 있다. <사진 1>과 <사진 2>는 영화에서 보여진 가장 스펙타클한 부분이면서 압도적인 환상성을 제공한 영상이다. 순수 국내 기술진의 역량으로 만들어낸 이런 영상들은 기술면에 있어서 한국영화가 세계시장에 별로 뒤지지 않는다는 것을 잘 보여주고 있다. 하지만 창의적 VFX가 별로 보이지 않는다는 점은 문제로 지적할 수 있다. <아바타(Avatar), 2010>, <트랜스포머(Transformer), 2011 > 그리고 한국영화 <괴물, 2006> 등은 모두 작품저마다의 특징적 VFX를 보여준다. 하지만 <제 7광구>에서는 기술적 우수성은 보여지나 창의적 이미지 창출이 없다는 사실은 이 부분에서 있어 또 하나의 과제를 던져주고 있다.

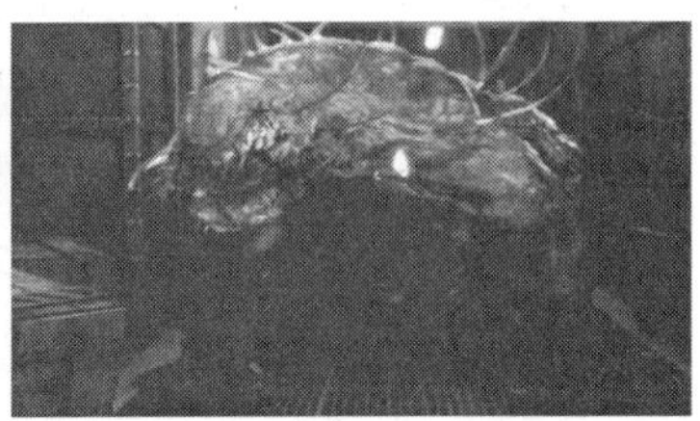

〈사진 1〉 환상성을 창조한 해저 장면

〈사진 2〉 제 7광구에서 창조한 괴물 크리처

관객들의 영상에 대한 거부감과 관련된 '언캐니 밸리"의 경우 <제 7광구>는 앞선 '스펙터클'과 비슷하게 비교적 무난하게 계곡을 넘어간 것으로 판단된다. <사진 2>에서 보듯 괴물의 영상은 지극히 사실적이지도 그렇다고 지극히 허구적이지도 않게 표현됨으로해서 보는 이들에게 크게 거부감을 주지 않는 정도로 제작되었다. 이 외에도 다른 부분에서도 거부감을 느낄만한 이미지는 보이지 않았다.

마지막 특징요소인 '선형적 구조'의 경우 <제 7광구>에서 가장 실패한 요소라 할 수 있는데 <제 7광구>가 선택한 구조는 선형적 구조가 아니라 하이퍼링크형 구조[211]였다. 대중적으로 쉽게 인식되는 이야기 구조인 선형적구조와 달리 하이퍼링크형 구조는 관객에게 사유를 강조하면서 외화면 몰입으로 유도한다.

텍스트에서 나타난 스토리구조는 크게 두가지 해석이 가능한 플롯으로 진행되는데 첫 번째 플롯은 석유시추를 위한 극의 전개이다. 이 플롯을 뒷받침하는 증거는 괴물이 영화시작 후 45분이 지나서야 등장한다는 것이다. 이때까지 극은 괴물과는 아무 상관없이 석유시추라는 소명만을 향해 달려간다. 하지만 이런 소명은 괴물이 등장하고 흐지부지해진다. 두 번째로 생각할 수 있는 플롯은 괴물의 퇴치다. 이 플롯은 <제 7광구>의 스토리의 핵심이라 할 만하고 앞서 언급한 것처럼 이 영화의 하이컨셉트이다. 하지만 이 플롯을 진행시키기에 극은 너무 짧게 구성되었고 괴물은 너무 늦게 나타났다. 때문에 이 두 플롯의 결합은 선형적으로 구조하기엔 무리가 있었고 몇 번의 비중있는 플래시백으로 인해 스토리구조는 하이퍼링크적이 되어버렸다. 이는 감각적 몰입과 내화면 몰입에 있어서 치명적인 단점으로 작용한다고 할 수 있다.

<제 7광구>는 어느 면에서 보나 <에일리언>과 매우 유사하다. 같은 장르의 영화이면서 두 작품 모두 한정적인 공간 구성과 괴물 퇴치라는 아주 흡사한 스토리구조를 가졌다.[212] 따라서 두 작품을 비교하면 스토리텔링의 특징의 모습이 보다 명확하게 드러날 수 있다. <표 4>는 <에일리언>과의 비교를 통한 <제 7광구>의 스토리텔링의 분석결과를 보여준다.

〈표 4〉 〈제 7광구〉와 〈에일리언〉 담화 비교

영역	구분	제 7광구	에일리언
담화	장르컨벤션	△	○
	스펙터클	○	○
	동일화	×	○
	언캐니밸리 극복	×	○
	선형적 구조	×	○

표에서 보듯 <제 7광구>에 비해 <에일리언>은 담화의 특징을 잘 따르고 있는 것을 알 수 있다. 그리고 대중적 흥행의 결과 역시 <제 7광구>보다 훨씬 더 높은 만족스런 결과를 얻었다.

3) 전략

한국영화의 평균 제작비가 약 40억원임을 감안할 때 약 130억원의 제작비가 소요된 <제 7광구>는 한국형 블록버스터 영화임에 틀림없다. 일찍이 대규모의 제작비가 영화흥행에 매우 중요한 요인으로 작용하는 것을 주목한 할리우드는 이른바 '블록버스터 전략'을 통해 규모의 경제적 특징을 전략적으로 활용해 왔다.

'블록버스터'는 원래 제 2차 세계대전 중에 쓰인 폭탄의 이름이다. 이는 영국 공군이 사용한 4,5톤짜리 폭탄으로 한 구역을 송두리째 날려버릴 위력을 지녔다고 해서 블록버스터(Blockbuster)라고 불렀다. 이 용어가 영화에 쓰이기 시작한 것은 1975년 스티븐 스필버그가 <조스>가 그 당시까지 불가능하다고 여겨졌던 흥행수입 1억불의 벽(Block)을 격파(Buster)하면서부터였다. 그 뒤를 이어 조지 루카스의 <스타워즈>3부작과 스필버

그의 <레이더스>, <ET>, <인디애나 존스> 등의 시리즈물이 각각 모두 1억불의 벽을 넘으면서 본격적으로 블록버스터란 용어가 사용되기 시작했다. 이와 같이 블록버스터란 용어는 학문적 개념으로 쓰이기 시작한 것이 아니라 산업적인 차원에서 대규모의 관객을 동원하기 위한 현상을 표현하기 위에 사용되었다. 이후 엄청난 흥행성적을 거운 작품에 대한 경이감을 나타내는데 사용되던 이 용어는 일종의 마케팅 용어로 전유되게 된다. <조스>나 <스타워즈>와 같은 작품의 전설적인 흥행성적을 꿈꾸었던 제작사들이 자신들이 만든 영화가 그런 영화들과 비슷한 특성을 지니고 있다고 홍보하기 위해 이 용어를 차용한 것이다. 거대한 예산, 최고 수준의 특수효과, 볼거리 중심의 내러티브 구조 등이 결합함으로써 <조스>나 <스타워즈>와 같은 충격과 재미를 줄 수 있다고 주장한 것이다. 이와 같은 분위기는 후에 명명된 '뉴할리우드[213]'의 가장 큰 특징으로 여겨진다. 이런 점에서 <제 7광구>의 블록버스터 전략은 S3D 영화에 적합한 시도였다고 볼 수 있다.

블록버스터 전략과 더불어 헐리우드가 추구하는 전략은 '원작의 전환' 전략이다. 이는 경제적인 측면과 사회문화적인 측면으로 구분하여 살펴볼 수 있는데 먼저 경제적인 측면의 경우 헐리우드는 전통적으로 리스크를 회피하려는 수단으로 원작을 사용하여 왔다. 영화는 거점콘텐츠로서 많은 자본이 투입되며 리스크가 매우 큰 장르이다. 때문에 리스크 회피를 위해서 검증된 원작을 재매개하는 경우가 매우 일반적이다. <해리포터> 시리즈, <반지의 제왕> 시리즈, <나니아 연대기> 시리즈는 모두 판타지소설을 원작으로 한 영화들이다. 그리고 <수퍼맨>, <배트맨>, <아이언맨> 시리즈들은 만화를 원작으로 한 작품들이다. 2010년에 개봉한 <타이탄>이나 <트로이Troy, 2004), <킹 아더King Arther, 2004) 등은 신화를 원작으로 삼은 작품들이다.

할리우드 리포터의 2005년 통계에 따르면, 2004년 한 해 동안 298개의 새 프로젝트가 팔렸는데, 이 중 98개가 독립적으로 자체 집필한 시나리오이며, 87개가 문학 원작, 70개가 피칭, 16개가 리메이크, 10개가 만화책, 6개가 실화, 4개가 비디오게임, 2개는 TV쇼와 잡지기사, 1개는 액션에서 온 것이었다고 한다. 이 중에서 오리지널로 분류될 수 있는 스펙 스크립트는 32.9%이다. 영국은 45.5%가 원작 영화의 비중이며 메이저 작품의 경우에는 51%로 더 높다. 한국은 원작이 40%로 가장 낮고 오리지널 시나리오 비중이 60%로 매우 높은 편이다[214]. 이는 리스크 관리면에서 심각한 문제를 야기시킨다. 영화가 점차 대형화될수록 리스크 관리에 대한 중요성은 더욱더 커질 수 밖에 없다.

사회문화적인 측면의 경우 마노비치에 의하면 서구의 문화사는 '인쇄물－영화－컴퓨터(정확하게는 HCI-Human Computer Interface)'의 세축을 따라 문화 인터페이스의 정보를 조직하고, 사용자에게 그것을 보여주고, 시간과 공간을 연관시키고, 정보에 접속하는 과정에서 인간경험을 구성해 왔다고 말한다. 그는 또 인쇄물, 영화, 컴퓨터가 각각의 고유한 방식을 발전시켜오면서 오늘날 문화인터페이스를 존재하게 하는 정보를 조직하는 은우와 전략의 주요 원천이 된다고 주장했다. 결국, 미디어 기술을 중심으로 한 물리적 인터페이스 측면과 그 미디어를 이용함으로써 파생되는 사회적 인터페이스를 동시에 거론하고 있는 함의가 있다는 것이다. 이에 따라 원작의 전환은 투자리스크를 최소화하고 다양한 문화콘텐츠로의 확장을 가능하게 하는 기제로 작용하는데 <제 7광구>의 경우는 원작을 전략적으로 선택하지 않아 리스크를 또 안고 출발하였으며 다른 문화콘텐츠로의 확장이 이루어지지 못한 결과를 초래했다. 때문에 이 부분의 전략은 실패했다고 하겠다.

'하이퀄리티 CT' 전략에 대해 살펴보면, 기술적 수준은 영화의 승패에 분명 영향을 미치는 것으로 보인다. 대표적인 예가 <아바타>인데 3D 기술에 있어 킬러콘텐츠가 됨으로해서 명실상부한 디지털 3D 영화의 출발점이 되어 이어지는 영화제작에 큰 영향을 끼치고 있다. 전적으로 S3D 촬영으로 만들어진 <아바타>와 달리 <제 7광구>는 S3D를 부분적으로 촬영하고 2D 화면을 컨버팅해서 만들어진 영상을 함께 편집하여 최종결과물을 만들어 냈다. S3D 효과의 측면에서만 본다면 그리 낙후된 기술이라고 말하기는 힘들 정도로 꽤 정교한 디지털 S3D 영상을 제작해 냈다. 하지만 역시 스토리텔링과 어우러진 영상물의 관점에 본다면 창의적이고 새롭게 각인될 영상을 만들지 못했다는 점에서 <제 7광구>의 하이퀄리티 CT전략은 성공했다고 보기 힘들다.

4) 소결

이상에서 살펴본 바와 같이 <제 7광구>의 스토리텔링은 부분적으로 만족스런 결과도 있었지만 대체로 실패한 것으로 파악되었다. <표 5>에서 보듯 스토리텔링 영역 중 스토리 부문만 성공적인 모습을 보였고 나머지는 모두 만족스럽지 못한 결과를 보여주었다.

〈표 5〉 제 7광구 스토리텔링 분석표

스토리텔링 영역	구분	제 7광구	비고
스토리	이야기의 환상성	○	판타지계열
담화	장르컨벤션	△	느슨한 연결로 인한 역효과
	스펙터클강조	△	창의성 부족
	동일화	×	몰입을 방해
	언캐니밸리	△	현실적과 비현실적 사이에 위치
	선형적 구조	×	하이퍼링크(hyper rink)적
전략	블록버스터	○	제작비 130억원
	원작의 전환	×	
	하이퀄리티 CT	△	2D 와 3D 혼합 촬영

특히 대중성을 담보할 수 있는 보편적 스토리텔링 구조인 선형적 구조를 포기함으로 인해 관객들에게 흥미롭게 다가갈 수 없었고 이는 스토리텔링의 각 요소들에게 부정적으로 작용했다고 하겠다.

4. 결론

<제 7광구>의 흥행기록은 부진했다. 영화진흥위원회의 최종집계에 따르면 총 관객 2,242,510 명을 동원했고 S3D 영화관에서는 632,818명을 동원해 전체 관람객의 28.2%가 S3D 영화로 관람했다. 하지만 흥행기록과 작품의 완성도가 항상 함수관계에 있는 것은 아니다. 다만 블록버스터 영화를 표방하며 와이드 릴리즈로 개봉한 영화임에도 불구하고 흥행이 실패했다는 것은 일반대중들에게 적절한 영화 스토리텔링이 이루어지지 않았다고 말할 수는 있을 것이다.

앞서 살펴본 바와 같이 <제 7광구>는 영화 스토리텔링의 영역 중 스토리 부문에서는 환상성을 강조한 스토리로 꽤나 매력적인 하이컨셉트를 내포하고 있다. 하지만 문제는 역시 담화와 전략의 부문이다. <제 7광구>는 적절한 스토리와 소재를 선택했음에도 불구하고 담화의 부문에서 실패했다. 특히 '동일화 강조'와 '선형적 구조'를 택하지 않음으로서 오히려 관객들에게 지적 몰입과 외화면 몰입을 강조하는 방향으로 스토리텔링이 전개되었다. 이는 한국영화계에 만연한 '리얼리즘의 숭고'와 거기에 따른 '작가주의' 풍토와 무관하지 않다. 예술로서의 영화를 지극히 강조하고 상업으로서의 영화에 대한 가치평가와 포지셔닝에는 상대적으로 주의를 덜 기울인 결과이다. 영화는 핵심 문화콘텐츠다. 그리고 S3D 영상시대를 맞이하여 영화는 또 한번의 도약을 꿈꾸고 있다. 이러한 시점에서 관객에게 더 다가가고 S3D 시대를 앞당길 킬러콘텐츠는 반드시 필요하다.

이미 세계는 <아바타>로 인해 S3D 영화의 시대를 가속하고 있다. 국내 영화계에도 이 산업의 모멘텀이 될 일련의 영화들이 필요한 시점에서 S3D 영화의 스토리텔링에 대한 '스토리공학적' 분석과 접근은 시의적절하고 반드시 시도되어야 할 영역임에 틀림없다. 본고에서 제기한 S3D 영화의 스토리텔링의 특징 요소들은 개별적이고 자의적인 한계성을 지닌다. 각 특징 요소들에 대한 구체적이고 직접적인 데이터 비교가 필요하다.

지극히 주관적이고 미학적인 접근태도가 만연했던 영화작품의 스토리텔링 분석이 대중성확보와 핵심 문화콘텐츠 산업으로서의 기능을 다하기 위해 보다 객관적이고 과학적인 '스토리공학'적 입장에서 이루어져야 한다. 이에 대한 연구는 이어지는 연구과제로 남겨놓고 S3D 스토리텔링에 대한 관련 연구과 논의가 보다 활발하고 심도 깊게 이루어지길 기대한다.

조해진

가톨릭관동대학교 / 미디어창작학과

chjfilm@hanmail.net

제2부
이야기, 리텔링으로 다시 태어나다

김승옥 시나리오의 현대적 이미지 연구
–현대적 공간의 시각적 이미지화를 중심으로 · 김세준

그림책의 영상 매체 변환과 공간의 서사
–그림책 『폴라 익스프레스』와 영화 ≪폴라 익스프레스≫를 중심으로 · 김영욱

한류드라마로 이어진 고전 캐릭터
– 드라마 <별에서 온 그대>와 판소리계소설 <춘향전>을 중심으로 · 김현희

1970년대 각색 시나리오를 통해 본 여성의 표상방식
– 김승옥 시나리오를 중심으로 · 정한아

소설과 영화의 상호작용, 스토리텔링과 이미지텔링 · 조미숙

팀 버튼의 「이상한 나라의 앨리스」 재화 · 양윤정

김승옥 시나리오의 현대적 이미지 연구

– 현대적 공간의 시각적 이미지화를 중심으로

김 세 준

Ⅰ. 영상시대와 김승옥 시나리오

한국의 현대화 과정을 고찰하는 과정에서 영화는 빼놓을 수 없는 요소이다. 한국 현대화를 산업화, 도시화 현상을 중심으로 말할 수 있다면, 영화는 현대화의 주체인 시민대중들이 현대화 과정을 인식하고 포착하여 구상화한 방식이며, 역으로 주체들이 현대화 과정을 포착하고 인식하게 하는 매개이기도 하기 때문이다. 따라서 한국영화의 부흥이 시작되는 과정 속에서 영화적 인식 방법인 영상 이미지에 대해 고찰하는 것은 한국 현대화 과정의 대중적 인식에 대한 고찰과 맞닿아 있다고 할 것이다.

1970년대는 산업화와 더불어 도시화 양상이 한국 사회에 두드러지게 심화되었던 시기로 한국의 현대성을 고찰하는 데에 중요한 시대임에 틀림없다. 이 시기 도시의 팽창 양상과 더불어 영화의 부흥이 일어날 수 있었던 사회적 요소로 '영상시대'의 활동을 살필 수 있다. 1975년 '영상시대'가 발족하고, 1977년 본격 영화잡지 『영상시대』가 창간됨에 따라 '새 시대의 영화'를 모토로 서구의 새로운 영화와 영화이론을 접할 수 있었던 젊은 세대들에 의해 '영상시대'가 활동하기 시작했다. 이들은 제작 시스템과 영화형식의 개혁, 도덕적 혁명 등에 관심을 기울였던 영화운동들을 모델로 하여, TV의 보급과 불황, 정부의 통제 등 위기를 겪고 있던 한국 영화의 지반에 '새로운' 영화라는 기치를 제창하려고 했다. '영상시대' 그룹의 모토를 요약한다면 '진정한 예술로서의 영화를 통해 권위주의를 향한 예리한 비판을 가하는 것', '진정한 의미의 리얼리즘'을 추구하는 것이었다.[215)]

김승옥은 '영상시대'의 영화 작업에서 시나리오 창작의 중심에 있었다. 그의 시나리오 작업은 당대의 대중문화를 즉각적으로 반영하여 한국의 당대 현대적 문제를 영상적 미학의 관점에서 다루고자하는 시도였다. 1960년대에 특유의 감수성으로 젊은 세대의 의식구조와 생활감각을 명민하게 포착하여 당대를 소설로 형상화하였던 김승옥은, 1970년대에 들어 영화 작업에 참여하면서 사회를 향한 예리한 시선을 시나리오로 형상화하였고, 그가 각본, 각색한 영화들은 흥행의 물결을 타고 대중문화의 중심으로 부상했다. 따라서 김승옥의 1970년대 시나리오에 나타난 현대적 요소의 시각적 이미지를 살피는 것은 당대의 현대성에 대한 대중적 인식을 시지각의 측면에서 확인할 수 있는 수단이 되어줄 것이다.

영화의 시나리오는 영화의 영상을 구상화하는 방식을 담고 있다. 시나리오는 각 장면의 구성을 형상화하는 방향을 제시한다는 점에서 영상적 텍스트의 요소를 포함하고 있는 것이다. 하지만 그 구성방식이 문자적 텍스트를 취하고 있는 면에서 영화 시나리오는 문자적 텍스트의 방식과 영상적 구상화 방식 사이의 매개적 매체에 해당한다고 할 수 있다. 따라서 영화의 시나리오를 연구할 때 문자적 텍스트 안에서 영상으로의 변용에 대한 작가의 의도를 살필 때에만 시나리오의 매체적 속성을 논할 수 있다. 이때 영화 시나리오의 시각적 이미지는 카메라의 시선을 염두에 둔 작가의 시각적 상상력이 구상화된 미장센으로 드러난다. 따라서 영상이 보여주는 미장센과, 이를 보여주는 방식을 통해 시나리오의 의도를 확인할 때, 시나리오의 시각적 이미지를 이야기할 수 있을 것이다.

이에 따라 본고는 김승옥 시나리오에 드러나는 시각적 이미지 구상화 방식을 중심으로 김승옥이 포착하고 있는 현대성을 확인하고자 한다. 시각적 인식이 현대적 지각 방식과 맞닿아 있는 만큼 70년대 영화의 대중적 지지를 확보하고 있는 영화의 시나리오로서의 김승옥 시나리오의 시각적 이미지의 양상을 살피는 것은 당대의 대중들의 지각방식을 확인하고 나아가 대중들의 지각방식에 영향을 미치려 했던 김승옥의 인식의 반영방식을 고찰하는 일이 될 것이다.

김승옥의 시나리오는 당대의 현대적 감수성을 도시 안에서 젊은이들의 생활감각과 심리의 운동성을 중심으로 재현해낸다. 이 젊은이들은 당대 지속적이었던 폭발적인 이농현상과 함께 도시로 편입하기 위해 상경한 청년들과, 도시민으로 나고 도시에서 살아가는 청년들을 포함하는데, 이들은 모두 도시 공간 안에서 심리적 혼란을 겪는다는 점에서 공통점을 보인다. 이들의 심리적 양상은 도시 공간을 배경으로 드러나며, 도시 공간이 지니는 현대성에 의해 영향을 받는 모습을 보여준다. 또한 이는 시각 이미지적 요소와 함께 확인되는 바, 본고는 김승옥의 1970년대 후반의 대표적 작품에 드러나는 현대적 공간의 시각적 형상화의 의도를 중심으로 김승옥이 포착하고 재현한 당대의 현대적 감수성에 대해 고찰하고자 한다.

이를 위해 선정한 작품은 <어제 내린 비>(1975), <영자의 전성시대>(1975), <겨울여자>(1977), <갑자기 불꽃처럼>(1979)이다. 이 작품들은 일단 김승옥의 각색 시나리오가 영화화되어 흥행을 거둔 작품이라는 점에서 선정한 작품이지만, 도시의 다양한 계층의 청춘들의 현대적 삶과 혼란한 심리적 양상을 보여준다는 점에서 함께 다룰 때, 연구의 목표와 부합되는 일련의 결과를 확인할 수 있을 거라 기대한다. 이 작품들에 나타난 도시 공간의 영상을 살펴봄으로써 공간이 지닌 현대성이 인물의 심리와 어떻게 상호작용하는지와, 당대 대중 관객들의 시각과 어떤 상호작용을 통해 당대 현대적 감수성의 재현이라는 작가의 의도가 어떤 양상으로 나타나는지 확인하도록 하겠다. 이를 위해 우선 시각성과 영화의 영상이 지니는 함의에 대해 논하는 것으로 본고의 고찰을 시작하겠다.

II. 영상 이미지의 구상화 형식과 지각 방식

영상적 지각방식은 영화의 발족과 함께 사람들의 지각 영역을 지배해 왔지만, 영화 이전부터 존재해 왔다. 이는 현대소설의 서술방식에서부터 확인된다. 현대소설의 서술방식은 플로베르로부터 조이스를 거치기까지 영화의 카메라와 같은 시야로 세계를 포착하려는 시도를 보여준다. 플로베르의 서술방식은 서술자에 의해 설명되거나 내면을 보여주는 방식에서 벗어나 행위를 보여주는 것에 초점을 맞춤으로써 인물을 제시한다.[216) 이는 영화의 영상에 영향을 받기 이전에 당대 작가가 속해 있던 사회가 가진 지각방식을 대변한다.

신성이 제거된 계몽적 사유의 시대를 살았던 작가들에게 세계는 고정불변의 대상이 아니었다. 불안정한 세계관에 기초한 인식은 작가들에게 실증적이고 감각적인 경험에 몰두하게 했다. 플로베르 이후 조이스에 이르는 작가들은 모두 이와 같은 인식론적 전제를 공유한다. 이는 영화 이전에 이미 감각적 경험을 중심으로 한 지각방식이 지배적으로 나타났음을 보여준다.

이러한 세계관에 따라 형성된 영상적 지각방식과 함께 지각의 시각적 방법론에 대한 연구는 기술적인 시지각을 형성하였다. 카메라 옵스큐라로부터 사진으로 이어지는 일련의 과정 속에서 개발된 시지각적 기술 장치들은 새로운 시각적 세계관에 의해 창조되었으며, 대중들과의 상호작용을 통해 대중들이 새로운 시각적 세계관을 형성하는 데에 큰 영향을 주었다. 이 기술 장치의 이미지들에 대해 당대 대중들은 충격적인 시지각 경험을 했을 터인데, 이때 관찰자로서의 대중들은 육체와 분리된 시야를 통해 이미지를 지각하게 된다.[217] 기술 장치들은 한정된 대상으로서의 세계를 포착해내고 관찰자들은 주체적인 시야가 아닌 기술 장치에 의해 고정된 시야를 경험하면서 일정한 관찰자의 위치를 고수하게 된다. 하지만 인간의 시야가 포착하지 못하는 시각적 이미지를 시각적으로 경험할 수 있게 했다는 점에서, 장치에 의한 시각적 경험은 인간의 지각 경험의 폭을 확장시켰다. 이에 따라 사진이 시각적 소비의 수단으로서 자리매김한 이후까지 기술 장치의 이미지는 현대인들의 지각방식에 영향을 미쳐왔다. '이는 카메라 옵스큐라의 "자유로운" 주체가 아직 사실적이라는 허구를 재상산하고 지속하게 했기 때문이다.'[218]

현대적 기술 장치를 낳은 시각성이 주체에게 일방향적 시각을 제시할 때, 시각성은 주체가 세계를 사물화하고 더 나아가 스스로를 대상화하게 하는 경향을 내재하고 있다. 현대 철학자들은 시각의 현대성이 지닌 이와 같은 헤게모니적 속성의 위험성을 인식하고 있었으며, 많은 문제제기를 통해 이 위험성에 대해 경고하고 대안을 제시하려 노력해왔다. 레빈은 하이데거의 연구가 철학의 전통이 지닌 '망막중심주의'를 비판하며[219] 해석학적이며 탈은폐적인 관점으로 '보기'의 본래적 위상을 찾으려 했던 시도라고 역설한다. 니체의 '방사적 눈'과 '심연을 보기'[220]나 헤겔의 '직관'[221] 역시 시각성이 지니는 대상화의 속성을 해체하는 시도로 논의된다.

결국 서구에서의 새로운 시각적 지각방식은 현대적 세계관에 의해 촉발된 것이며, 그에 의해 나타난 기술이 다시 감각적 경험의 폭을 넓히고 주체의 시각적 위치를 고정화하는 영향을 줌으로써 형성되었다고 할 수 있다. 또한 서구 철학적 전통에 내재해 있는 헤게모니적 시각성이 기술과 복합적으로 연관을 맺으면서 만들어진 것이라고 하겠다.

한편 영화는 기술 장치의 맥락에서 고찰할 수 있는 대상이다.[222] 영상을 포착하고 재현하는 기술 장치로서의 촬영 카메라와 영사기에 의해 관객 다수에게 단일하고 일방향적인 재현을 실현하는 과정이 영화 관람이기 때문이다. 또한 영화는 시각적 현대성의 산물이라는 점에서 '망막중심주의'에 사로잡히거나 이를 강요하는 수단으로 작용할 수 있으며, 이와 같은 점은 '시작의 헤게모니'의 차원에서 논의될 수 있다. 영화의 장면이 작가와 감독에 의해 의도적으로 생산되고 관객과 상호적 관계맺음 속에서 이미지를 재생산할 때, 이미 '시각의 헤게모니'는 그 작동의 가능성을 내재하고 있다.

하지만 영화의 영상 이미지 생산 및 재생산을 단지 단일화되고 일방향적인 전달로만 보는 것은 옳지 않을 것이다. 영화 창작의 과정의 기반으로 자리한 자본주의적 유통과정을 살필 때, 관객의 반응에 의해 영화의 서사와 주제가 방향지어지고 그 영상적 처리방식이 결정되기 때문이다. 결국 영화는 '시각의 헤게모니'가 작동할 수 있는 공간이지만 그 가능성 또한 관객 대중과 창작자의 상호소통에 의해 만들어지는 것이라 하겠다.

그러나 서구의 시지각방식의 소통적인 변화 양상과는 달리, 한국 현대사회에서는 기술의 변화가 우선하여 대중들의 시지각방식에 변화를 가져왔다고 말하는 것이 타당하다. 한국은 근대화와 함께 실증적 체계를 받아들였으나 인식적 측면에서는 유교적 질서의 단일한 세계관을 배경으로 하는 지각방식을 전반적으로 유지해왔다. 이때 영화의 기술적 측면은 한국 대중들의 시각적 지각 방식을 바꾸는 현대적 요소로 작용했음에 틀림없다. 빠른 경제적 부흥과 더불어 미디어의 발전은 한국의 현대인들의 지각방식에서 세계관과 기술적 변화 양상이 상호작용을 거칠 시간을 주지 않고 현대적 지각방식을 일방적으로 수용하도록 했고, 이는 서구의 지각방식의 변화보다 급속한 변화를 가져다주었다. 이에 따라 한국의 현대인들은 세계관 및 가치관의 혼돈을 경험해왔으며, 이 역시 한국영화의 영상 이미지 속에서 확인할 수 있을 것이다.

여기서 현대적 지각방식은 영상을 통한 시지각 방식의 변화와 맞물려 있음은 당연하다. 앞서 말한 바와 같이 TV의 보급과 방송 프로그램의 다양화 이전에 시각적 지각 방식에 가장 큰 영향을 미친 영상매체는 영화라고 할 수 있다. 영화를 통해 현대인들의 시각적 지각 방식이 어떻게 변화하였는지를 살펴보기 위해서는 육체적 시각과 영상적 시각의 인식론적 차이를 살필 수 있어야만 한다.

육체적 시각은 깊이와 초점화 정도에 따라 같은 시야각 안에서도 주체의 주관적 시각을 만들어 낸다. 이는 눈이 받아들인 영상을 지각하는 과정에서의 주관성을 말한다. 같은 시야각 안에서도 사물에 대한 지각은 그에 따른 주체의 지각능력과 해석, 집중도에 따라 서로 다른 시지각을 형성한다는 측면에서 시각적 지각이 주관성을 지닌다고 말할 수 있다. 따라서 육체적 시각은 주관성에 의한 다양성으로 이해해야할 대상이다.

이에 반해 영화의 시각성은 실재의 육체적 시각을 화면 위에서 왜곡한다. 육체적 시각이 깊이와 폭에 대한 초점 정도에 따른 주관적 지각의 양상을 띠는 반면, 영상지각은 카메라에 포착된 대상 모두를 평등하게 인식할 뿐만 아니라[223] 의도된 대상에 초점을 맞춰 수용자에게 특정 지각양상을 강요한다. 따라서 주어진 영상지각 안에서 다시 주관적 지각이 일어날지라도 일단 의도된 미장센의 모든 영상 이미지적 요소를 받아들여야만 하는 것이다.

육체적 시각의 양상이 파편적인 순간성을 지니고 있다면 영화의 시각성은 연속적으로 확장된 양상을 지닌다. 파노라마적 시야는 인간의 육체적 시각이 지닐 수 없는 시야각을 기술적으로 재현해낸다. 또한 영화의 서사를 구성하는 몽타주는 시간과 공간의 의도적인 변용을 통해 영상을 제시한다. 몽타주의 제시는 같은 외부적 물질에 대해 육체적 시각이 포착할 수 있는 시지각을 넘어서거나 포착할 수 없는 시지각적 영상을 이어붙인다. 따라서 영화의 영상은 관객의 육체적 시각에 의도적으로 포착한 시각적 세계를 제시하여 인식시킴으로써 영상적 이미지와 서사의 구조를 단일화하는 경향을 지닌다.

영화 시나리오는 영화의 영상들을 창출하는 데에 기안으로서의 역할을 한다는 점에서 영화의 시각적 이미지 생산의 전제적 요소를 확인할 수 있는 대상이다. 따라서 시나리오는 영화의 영상이 지니는 시각성의 속성을 내포하고 있다. 시나리오의 각 장면이 구상화되어 있는 양상을 살핌으로써 영화의 시각성이 지니는 일차적 의도성을 확인할 수 있을 것이다.

김승옥이 1970년대 영화 시나리오의 중심적인 생산자 중 하나였다는 점에서, 김승옥의 시나리오에는 대중에게 특정 영상 이미지를 재생산하도록 하는 의도된 시각성을 내포하고 있다는 것을 추측할 수 있다. 하지만 이는 앞서 말한 바와 같이 당대의 현대적 감수성이 김승옥에 의해 포착된 바, 대중 관객과의 소통 속에서 이루어진 것이라는 점을 잊지 말아야한다. 이제 김승옥의 시나리오에 드러나는 시각성을 통해서 1970년대의 현대적 감수성을 작가가 어떤 모습으로 포착하고 있는지 살피고, 어떠한 영상화 의도를 통해 당대 대중들과 상호작용할 수 있었는지에 대한 분석을 시도하겠다.

Ⅲ. 현대적 공간의 기호로서의 영상 이미지

주지하는 바와 같이 김승옥은 그의 시나리오를 통해 자신이 포착한 당대의 감수성을 영상으로 옮기고자 했으며, 영화는 그와 대중들이 상호 소통할 수 있는 장으로서의 역할을 했다. 1970년대에서 1980년대로 이어지는 김승옥의 시나리오는 현대적 도시 공간인 서울의 도시민들의 생활감각을 표출하고 있으며, 이는 영화화를 통해 관객들의 공감을 얻어냈다. 따라서 김승옥의 시나리오에 드러난 도시의 현대성에 대한 상상력이 어떤 시각 이미지적 양상을 통해 드러나는지를 고찰함으로써 당대의 현대적 감수성을 확인할 수 있을 것이다.

김승옥의 시나리오는 공장 노동자에서 호스티스, 샐러리맨 등의 다양한 청년 도시민들이 접하는 도시 공간들을 노동 공간, 거리, 호스티스바, 비어홀, 학교, 집 등의 세부적 공간들에 대한 시각적 이미지로 제시하여 보여준다. 영화는 도시민으로서 인물들이 도시 공간 속에서 사회 및 타인들과 관계 맺음을 통해 느끼는 욕망과 정서적 불안을 영상 이미지로 드러낸다. 도시 공간 속 관계는 인간관계를 넘어서 사회적 체계와의 관계를 형상화하고 있는 것이다.

김승옥의 시나리오에 배경이 되어주는 공간인 서울은 당대의 현대성을 확인할 수 있는 가장 대표적인 공간이다. 김승옥은 도시 공간인 서울을 현대인들, 특히 청년들이 혼란을 겪으면서 살아가는 배경으로 제시하고 있다. 김승옥 1960년대 소설 속의 도시공간은 대체로 편입하기 힘든 이질적 세계이면서도 편입하고자 하는 욕망의 대상으로서 양가적으로 표상된다는 주지의 사실을 살필 때, 서울의 재현 양상을 다각도에서 접근해야 함을 알 수 있다. 이때 도시민으로서의 주체들이 혼란 속에서 방황하고 소외의식을 느끼는 공간으로 서울을 제시하는 방식은 시나리오의 매체적 속성에 따라 시각적 이미지로 제시되어야만 한다.

> 42. 봉제품 공장 안(낮)－회상
>
> 먼지가 뿌연 공장 안, 열심히 일하고 있는 사람들, 날래게 일하는 손
>
> 손, 손, 손. 그 한구석에서 영자가 단추 다는 일을 하고 있다. 영자 옆의 영이엄마가 자주 기침을 한다. 허공에 뿌옇게 뜬 먼지가 영자의 눈에 숨막힐 것 같다.
>
> 금방 폐병이라도 걸릴 것 같다. 먼지를 보지 않으려고 일에 몰두하나 금방 또 먼지를 보곤 한다.

> 52. 거리(새벽)－회상
>
> 신나게 달리는 택시 안의 여자운전사. 출근길의 영자 부러운 듯 유심히 본다. 영자 꼭 하고 말겠다고 결심한다.

69. 달리는 버스 안(회상)

초만원의 버스 안, 승객들의 이 표정, 저 표정, 차장 영자 오징어가 된 채 완전히 닫히지 않은 문을 필사적으로 붙들고 있다.

오토바이가 위태하게 버스 앞을 가로지른다. 버스가 출렁하는 바람에 영자쪽으로 우우 몰리는 사람들.

영자 문을 잡고 있던 손을 놓고 만다. 갑자기 열리는 문, 밖으로 나가 떨어지는 영자 오른손이 아슬아슬하게 파이프를 잡는다. 그러나 밖으로 뻗은 손이 지나가는 트럭의 한모서리에 부딪쳐 박살이 난다. 길바닥으로 떨어지는 영자.

희미해져가는 영자의 의식 속에서 그녀의 한 팔이 허공으로 멀리멀리 사라지는 것이 보인다.(후략)[224]

위의 장면들은 <영자의 전성시대>에서 '영자'가 식모로 있던 집에서 쫓겨나 팔을 잃고 창녀가 되기까지의 과정 중 '영자'가 겪는 서울 공간을 보여주는 장면들이다. #42와 #52는 '영자'가 경험하는 세계를 시각적으로 제시하여 서울 공간에 대한 양가적 입장을 보여준다. 여기서는 서울의 도시적 체제에 편입하고자 하는 '영자'의 욕망과 편입에 난항을 겪는 모습을 함께 보여줌으로써 현대 도시 노동자의 심리적 압박감을 확인할 수 있다.

#42에서 '공장 안'은 '손'과 '먼지'로 공장 노동자의 힘겨운 일상을 형상화한다. '날래게 일하는 손'이 클로즈업되어 연속적으로 제시되는 영상은 기계적 반복의 이미지를 인간 신체의 일부인 손의 연속적 활동과 동일시하는 시각적 제시로 공장노동자의 기계적 노동을 보여준다. 이와 함께 '먼지'가 가득한 공간을 시각적으로 제시하고 이를 대하는 '영자'의 심리적 태도를 영자의 움직임으로 보여주어 열악한 노동 여건을 확인하게 한다. 이때 관객의 '먼지'를 향한 시선은 '영자'의 시선으로 고정화될 텐데, 이 시선 안에서 노동공간으로서의 '공장'을 억압의 의미에서 부정적으로 형상화하려는 작가의 의도를 확인할 수 있게 된다.

#52에서 '신나게 달리는 택시'와 '여자운전사'는 '영자'의 시선을 영상

화한다. '영자'를 시선의 주체로 둠으로써 관객은 '영자'와 시야를 공유하고 공동의 관심사에 집중할 수 있다. 의도된 시야는 관객을 인물의 심리에 쉽게 빠져들 수 있도록 만든다. 두 장면에서 의도된 영상들은 도시 공간을 향한 인물의 욕망과 그 욕망의 성취불가가 지니는 안타까움을 전달하고자 하는데, 영상의 피상성[225]에도 불구하고 각 장면의 초점에 의해 관객을 단일한 시선 속으로 끌어들인다.

#69는 '택시운전사'의 꿈을 잃고도 열심히 살려는 '영자'가 팔을 잃는 장면을 보여줌으로써 그녀가 완전한 절망에 빠져 창녀가 되는 계기를 마련한다. '초만원의 버스'라는 것이 도시 공간의 현대성을 보여주는 일단의 요소이거니와, '문을 필사적으로 붙들고 있'는 '영자'의 모습은 '영자'로 대변되는 도시노동자의 위태로운 모습을 보여주는 듯하다. '트럭'에 부딪쳐 팔을 잃는 과정이 한 장면에 연결되며 긴박하게 제시되는 것과 함께, 카메라의 시선은 '영자'의 시야로 옮겨가 자신의 팔이 떨어져 나가는 모습을 보여준다. 이는 앞선 장면들에서와 마찬가지로 관객에게 '영자'의 시선을 공유하게 한다.

이 공유된 시선이 의도하는 바는 분리된 육체의 시각적 제시이다. 인간은 육체의 소유를 통해 완전한 자아정체성을 확립하게 된다. 육체의 붕괴나 소실은 인간이 자기서사를 이어가는 데 큰 장애로 다가온다.[226] 육체가 더 이상 자기정체성을 형성하는 기반으로 작동하지 못하고 타자적인 물질성으로 강조될 때 인간의 자존의식은 위기를 겪게 된다. 자신의 육체가 분리되는 경험은 주체의 자아정체성을 확보하고 지속하는 데에 지대한 영향을 주는 것이다. 분리된 육체와 함께 '영자'도 건강한 자아정체성 확보의 방향을 상실하게 된다.

<영자의 전성시대>에 형상화된 도시공간으로서의 서울이 지닌 시각적 이미지는, '영자'의 공간에 대한 감각적 경험과 도시 속에 편입하고자 하는 욕망을 확인하게 함으로써 대중들이 도시 노동자로서 형성한 도시

에 대한 감수성을 극대화하고 있다. 여기서 현대 도시적 주체는 '공장'과 '버스'로 대변되는 억압과 혼돈의 질서 안에서 발버둥치지만 결국 절망을 향해서 치닫을 수밖에 없는 현실에 놓여있는지 모른다는 위기감이 고조된다. 이 위기감은 당대 관객 대중이 겪는 현대 도시 서울의 삶과 맞물려 개연성을 부여받아 형성되며, 영화를 통해 시각적으로 제시됨으로써 순간적인 영상 이미지로서 확고하게 고정된다.

이처럼 김승옥의 시나리오는 도시 공간을 배경으로 인물들의 심리가 얽히면서 서울의 현대인들의 욕망과 방황을 다룬다. 이를 위해 김승옥의 시나리오 속에 제시되는 공간 영상은 도시의 외부적 모습에 국한되지 않고 세부적 공간 안으로 침투한다. 호스티스 영화들의 급작스런 부흥과 함께 술집 공간이 영상에 두드러지게 나타났게 되었고, 김승옥 시나리오는 이와 때를 같이 한다. 더불어 청년문화의 이미지를 투영하여 보여주는 '비어홀'과 '나이트 클럽'도 현대적 도시 공간으로서 당대의 감수성을 보여주는 영상이라 할 수 있다. 뿐만 아니라 일상적 공간으로서 '(대)학교'나 '회사'의 풍경 또한 당대 현대적 이미지로 살펴볼 수 있을 것이다.

이 중에서 현대적 공간의 시각적 이미지를 살펴볼 수 있는 중요한 공간으로 '집'으로 표상되는 가정공간을 들 수 있다. 집은 가족과의 관계를 보여주는 공간이며, 개인적인 정서가 쉽게 풀려져 나올 수 있는 공간이라는 점에서 당대 서울의 현대도시인들, 특히 청년들의 생활감각을 확인할 수 있도록 하는 공간이라 할 것이다. 전통적인 공간으로서 집은 가부장적 체계의 영향력 아래 형성된 공간이다. 따라서 집안에서는 가족원들과 분리된 공간에 있다고 할지라도 그 가부장적 가족질서에서 벗어나 완전한 개인의 세계를 형성하기 힘들다. 하지만 현대적 공간으로서 집은 개별적 주체가 가족 구성원들과 쉽게 분리될 수 있는 공간이라는 점과 함께, 분리가 일어날 때 개별적 주체의 공간 영역이 배타적 양상을 띤다는 점에서 현대성을 잘 살펴볼 수 있는 요소이다. 김승옥 시나리오의 '집'은 욕망과 혼란이 함께 드러나는 공간이다.

#8 형주의 하숙방(새벽)
자명종 시계의 숨통을 누르는 손
벌떡 일어나 졸린 눈 그대로,
형주 군. 모닝 에브리 바디.
잇스. 씩스 써리.
카세트 단추를 누르면
무역에 관한 영어회화가 흘러 나온다.
따라서 발음한다.
이불, 아래 요를 들추어
빳빳하게 깔아 놓은 바지를 꺼내 주름을 확인하고
칫솔에 치약을 짜면서도 영어회화를 따라 중얼거린다.

#26 나영의 방
오페라 독창회 사진으로 방이 꾸며져 있고
좋은 전축과 스피커가 놓여 있다.
실내복 차림의 나영이
디스크를 꺼내어 전축에 올려 놓고
장식등들을 끄고 어둠 속에서 헤드폰을 끼고 편안한 자세를 취한다.
카메라가 천천히 이동해서 그녀에게 접근.
음악은 조금씩 높아진다.
나영이 어머니가 쥬스를 가져다 놓고
방해하지 않으려고 조용히 나간다.
나영의 얼굴이 화면에 가득 차면 음악 소리가 극도로 높아지고
나영의 표정이 점점 진지해지고 환각으로 넘어간다.[227)]

<갑자기 불꽃처럼>의 집의 모습은 청년들의 생활 정서와 욕망을 잘 드러내고 있다. #8에는 서울로 상경해 직장을 다니는 '형주'의 일상적 생활 감각이 형성되어 있다. '자명종'과 '시계의 숨통을 누르는 손'은 클로즈업의 의도를 지닌 영상이라 할 수 있다. 활기차게 일어나서 하루를 준비하는 당대 서울 도시민의 아침 풍경으로 대변될 수도 있는 이 장면은, '자

명종'을 통해 보여주는 체계화된 일상의 시간에 대한 생활감각을 보여준다. 영어회화를 따라하며 하루를 시작하는 '형주'의 모습을 이미지화한 영상 속에는 현대적 질서에 편입하려는 도시의 청년들의 욕망을 보여준다. 이와 더불어 #26은 '나영'의 욕망을 드러낸다. '좋은 전축'이나 '스피커' 등이 형성하는 도시 중산층의 생활공간의 이미지 안에서 '나영'은 '오페라'의 주인공으로서의 자신의 모습을 '환각'으로 본다. 이는 다음 영상에서 실재적 재현으로 제시되는데 스포트라이트를 받는 자신을 상상한다는 점에서 세계를 자기중심으로 재편하는 도시민의 환상을 직접적인 영상 이미지의 제시로 보여준다. 이와 같은 젊은이의 욕망은 가족적 질서와는 거리감이 있는 사회 속에서 욕망하는 현대 도시민의 모습을 보여준다.

#125 영후의 집 앞길 (밤)
(생략)
집 앞에 도착하여 바라보는 자기 집이 마치 악마의 성 같다.
담을 뛰어 넘는다.

#126 거실
어두운 공간에서 벽에 장식된 총만 번쩍인다.
영욱의 손이 권총을 빼든다.
영욱, 아버지의 서재로 향한다.
별로 조심스럽지 않다.[228)]

#47 요섭의 방안
요섭의 손이 문의 자물쇠를 딸깍 (과장하여) 잠그고
그 손이 병 밑바닥에 술이 약간 남은 위스키병을 들고
마셔버리는 얼굴이 이미 제 정신이 아닌 요섭의 얼굴
눈을 지그시 감고 기다리다가
지금이다.
화면을 찢는 듯 번쩍이는 면돗날

카메라 서서히 판다운 하면 책 위의 종이 줌인 하면 확대되는 낙서
"호랑이들아 잘 있거라. 토끼는 간다.[229]

서울 도시민의 생활감각과 욕망을 영상적으로 재현하는 공간인 '집'은 또한 가족 간의 단절과 고립, 그로 인한 애증의 정서가 발현되는 공간이다. <어제 내린 비>의 가족은 상류층의 가족질서의 일그러진 모습을 본처의 자식인 '영욱'과 첩의 자식인 '영후'의 '민정'을 사이에 둔 삼각관계의 양상으로 보여준다. 가족 간에 결정되어 있던 '영욱'과 '민정'의 정혼은 '영후'와 '민정'의 사랑을 억압하고, '영욱'이 '민정'을 향한 욕망을 주체하지 못하는 상황을 연출한다. 두 사람의 욕망의 대상이 '민정'으로 모아지면서 욕망이 해소의 방향을 찾지 못하는 상황이 지속되며 세 인물은 모두 파탄에 이른다.

#125, 126은 '영욱'이 '영후'와 '민정'의 관계를 알게 되고 만취한 상태에서 집에 돌아오는 장면이다. #125에서 '영욱'의 시야를 공유하는 영상은 그가 가족 질서와 관계를 어떻게 인식하는지를 연출한다. '악마의 성'처럼 연출하는 것은 촬영에서의 감독의 역량이지만 시각적 이미지의 제시 방향은 시나리오 작가로서의 김승옥의 의도에 의해 일차적으로 결정지어져 있다. 대중에게 상류층의 '집'이 가지는 이미지가 바로 이 '성'과 유사할 것이다. 영상은 '성'처럼 보이도록 하기 위해 장면은 일상의 공간인 집의 이미지와 거리감을 심어줄 수 있어야 하고, 관객 대중에게 심리적으로 접근하기 어려운 상류층의 '집'이 지니는 외부적인 시선이 이와 겹쳐질 때 '악마의 성'의 이질적 거리감이 형성될 것이다.

#126에서 '권총'이 '집'이라는 공간에서 쉽게 발견되기 힘든 요소라는 점을 차치하고서 라도 '집'안에서 파괴의 상징인 '권총'을 조심스럽지 않게 빼어들고 돌아다니는 '영욱'의 모습은 그의 가족 내의 공간적인 단절을 보여준다. 윤리적으로 잘못된 행위를 누구도 보고 문제 삼지 않을 정도의

은밀성이 내재되어 있는 분리된 공간으로서의 '집'은 가족 간의 심리적인 단절을 시각화한다.

위의 세 번째 예시 #47은 <겨울여자>에서 주인공 '이화'를 염모하던 '요섭'이 '이화'에게 사랑을 거절당했다고 느끼고 자살하는 장면이다. '요섭'에게 '호랑이'로 생각되는 주변의 모든 경쟁적 질서에 적응하여 살아가는 사람들로부터의 탈출이 '이화'에게로 향하는 마음이었던 바, '이화'에게의 거절 혹은 '이화'에게 잘못된 행동을 했다는 자괴감은 세계 질서에서 먹이가 될 수밖에 없는 자신을 '토끼'로 생각하고 자살하게 하는 계기가 된다. 시나리오에서 이 장면의 '번쩍이는 면돗날'이 제시되는 순간은 '지금이다'로 지시되어 순간적인 화면전환이 요구된다. 죽음의 순간을 대변하는 '면돗날'의 이미지는, 세계에 대한 혼란 앞에서 죽음을 선택해야만 하는 주체의 절망을 금속이 지닌 폭력적인 이미지와 함께 보여준다.

이때 '요섭'이 자살하는 공간은 '자물쇠' 만으로 '집'에서 가족과의 공간과 완전히 단절될 수 있는 공간이다. 현대적 공간으로서의 '집'은 언제든 외부세계와 단절된 세계를 만들 수 있는 공간이다. 이는 개인적 공간의 확보라는 측면에서 주체성을 지니는 것으로 말할 수 있지만, 다른 한편으로는 타자와의 소통을 통해 자아정체성을 확고하게 다질 수 있는 계기를 잃어버리는 것으로도 말할 수 있다. 현대인은 가족 사이에서도 인간적 소통이 불가할 수 있는 공간인 현대적 '집'에서 살고 있다.

김승옥 시나리오에 시각적으로 형상화된 '집'의 공간은 도시 청년들의 사회질서 편입의 욕망과 가족 관계에 대한 왜곡된 정서가 복합적으로 나타난다는 점에서 현대적이다. 전통적 질서 안에서 '집'은 가부장의 강력한 억압 아래 완벽하게 틀이 형성된 세계였다. 하지만 현대성의 침투는 현대인을 개체로서 욕망하도록 만들었고 소외시켰으며, 이런 현대성이 침투된 공간인 집에서 현대인은 가족 질서와 대립하거나 단절하게 되는 양상을 보인다. 한국의 1970년대의 가족은 전통질서와 현대적 질서가 대립을 일으키며 가치관 형성에 난항을 겪고 있었으며, 대중의 이 '집'에 대한 혼란의 감수성이 김승옥의 시나리오에 포착되어 영상으로 시각화되었다고 말할 수 있겠다.

Ⅳ. 영상 이미지의 헤게모니적 속성

김승옥의 각색 시나리오 <어제 내린 비>, <영자의 전성시대>, <겨울여자>, <갑자기 불꽃처럼>는 각각 인물을 도시 상류층, 도시 이주 공장노동자, 일반 도시 학생, 도시 직장인으로 설정하고 있다. 이 청년들은 모두 도시의 질서로 편입해야 하는 기로에서 편입의 성공을 욕망하거나, 편입에 대해 의심하거나, 그 실패로 인해 좌절한다. 이를 김승옥의 시나리오는 젊은이들이 스스로 놓여있는 도시 공간에서 그 질서를 바라보고 느끼는 정서를 일상적 생활감각 안에서 표출하고 있다. 따라서 그의 시나리오 속에 도시 서울이 형상화된 양상은 도시 젊은이들의 삶의 배경이기도 하지만 그들의 삶의 혼란을 야기하는 현대성의 상징적인 재현이기도 한 것이다.

이러한 현대 도시 서울의 모습은 앞서 살핀 바와 같이 시각적 이미지를 중심으로 하고 있다. 이는 영화라는 매체적 속성 때문이기도 하지만 김승옥의 의도적 선택이라고도 말할 수 있다. 문단에 등장한 이래 60년대 대표 소설가로서 자리매김하고 있던 김승옥이 눈에 띄게 소설 작품을 줄여가며 시나리오에 참여한 것은 그의 고백대로 생계의 이유도 있었겠지만, 그가 포착한 현대적 감수성을 표출하는 수단으로서 영화에 대해 선택적 입장에 있었기 때문일 것이다.[230)]

이와 같은 작가 개인적 이유를 차치하고서라도 그의 시나리오는 당대의 현대적 감수성을 시각적으로 부단히 형상화하고 있다는 것을 알아보았다. 앞서 살펴본 도시 거리의 풍경과 '집'은 현대인의 방황을 효과적으로 제시할 수 있는 생활감각의 발로이다. 각 영상들이 보여주는 의도적으로 고정된 시각은 관객 대중의 생활 경험과 맞물려 개연성을 얻어낸다. 이것은 관객 대중이 현대 도시의 질서와 삶에 대해 재인식하는 순간을 양산하고, 나아가 영상과의 상호작용을 통해 재생산된 도시의 이미지를 암묵적으로 비판하는 과정을 형성한다.

하지만 이들의 이야기는 사회 편입의 기로에서 사랑을 문제 삼고, 사랑으로 사회 편입의 양태를 형상화하는 낭만적인 서사 양식을 지니고 있다. 앞서 다뤄진 네 작품은 모두 사랑의 성취에 좌절을 겪고 파멸로 치닫지만, 모두 낭만적 결말로 서사를 마무리한다. 이는 관객 대중에게 부정적으로 재인식된 도시적 삶에 대해 일종의 위안으로 작용했음을 추측하는 것은 어렵지 않다. 앞서 말한 현대 도시적 삶에 대한 비판이 도시 서울에 대한 부정적 시각화를 통해 조심스럽게 확인될 수 있다면, 서사의 결말을 통한 위안은 영화를 관람하는 이유로 작용하는 눈에 띄는 요소였을 것이다.

이때 새로운 문제는 김승옥의 시나리오가 김승옥이 당대의 현대적 감수성을 포착하고 관객 대중의 반응에 의해서 개연성을 확보할 때 일어나는 현대적 도시의 삶에 대한 인식이 영화 영상의 시각적인 고정화에 의해 일어난다는 점이다. 앞서 기술 장치의 세계를 대상화하는 시선은 기술 발전에 힘입어 새로운 지각형태를 발현하게 하였고, 이는 지속적으로 기술과 시지각 방식 사이의 상호작용을 촉진했다는 점을 살폈다. 따라서 한국의 1970년대 영화가 주체를 대상화하는 시선을 내포하고 있는지와 이러한 시각이 현대성의 문제적 요소로 당대 관객 대중에게 어떠한 영향을 주었는지에 대한 연구가 필히 뒤따라야 할 것이다.

우리가 <영자의 전성시대>에서 살핀 도시노동자의 억압상은 육체의 부분을 대상화하여 타자적으로 인식하고 그 물질적 속성을 강조하는 것으로 드러났다. 영상은 육체를 단면적인 시각으로 포착하여 노동자로서

뿐만 아니라 인간으로서의 존엄성에 대한 위기감을 형성한다. 도시 노동자의 자아정체성이 건강한 양상으로 확립되기 어렵다는 당대의 속성이 시각적으로 형상화된 것이다. <갑자기 불꽃처럼>에서 살펴본 '집'의 생활감각에서는 체계화된 도시직장인들의 반복적 일상 속 사회 편입의 욕망과, 자신을 중심으로 세계를 재편하려는 현대인의 욕망을 확인할 수 있었다. 이때 주체는 자신이 형성한 자기 이미지와 현존재를 부단히 동일시하려는 태도를 보임으로써 순간적이고 일회적인 삶의 양상을 단일한 이미지로 환원한다. 이러한 현대인의 감각은 개인적이며 가족의 공간인 '집'에서조차 세계와의 단절감을 느끼게 하는데, <어제 내린 비>와 <겨울여자>에서 확인한 위안의 부재를 이 단절감을 확인하게 하는 장면으로 제시하였다. 건강한 자아정체성을 형성하지 못하는 주체는 파멸적인 '살인'에의 충동과 '자살'의 이미지를 '집'에서 보여준다. 따라서 '공장', '거리'와 유사하게 '집' 역시 현대 도시민의 불안이 형성되는 배경으로 자리매김하는 공간의 현대성이 시각적으로 제시된 것이라 할 수 있다.

이러한 현대적 문제의 시각화는 문제에 대한 재인식을 가져오는데, 이는 직접적이고 상징적인 시각적 재현으로 인해 관객 대중이 이 이미지를 고정화된 현실로 재생산하는 과정을 동반한다. 영화는 암묵적인 비판의 과정을 동반하며 사회 문제 해결에 대한 고무적 위치를 점유하며 문제가 제기되는 담론의 장으로 작동하기도 하지만, 시각적으로 고정화된 현실문제에 대해 수긍하고 일단락함으로써 문제의 확장을 야기하기도 한다. 이는 관객 대중은 영화 관람을 통해 비판의 작업을 행하기보다는 이미지를 수용하여 느끼는 위안에서 일차적 만족을 얻기 때문이다.

현대성의 시각이 지닌 문제에 의해 영화는 '망막중심주의'의 문제를 충분히 내재한 채 자본주의를 기반으로 재생산된다. 영화 속의 시각이 다양성으로서 재현 양상을 지니지 못한다면 영화의 고정된 영상은 '세계상'[231]을 관객 대중에게 제공할 뿐 사회문제의 해결의 실마리를 제공하지 못할 것이다. 이때 관객 대중의 자세 또한 중요한 요소로 작용할 것이다. 다양성을 전제하고 영상 이미지를 수용할 때 대중들의 개별적인 자아정체성이 확보될 수 있다. 영화의 소통 과정에서 창작과 수용은 상호 영향을 미치며 현대적 시각성을 형성해야하고, 양방향적 특성을 내재해야 한다.

이는 물론 영화라는 대중예술의 일부분을 살펴 말할 수 있는 바는 아니다. 이미지의 재생산은 다양한 사회적 문화 생산물들의 상호적 관계 안에서 이뤄지는 바, 당대의 다양한 문화적 요소를 함께 다룰 때 정당한 논의의 범주를 형성할 수 있을 것이다. 하지만 김승옥의 시나리오가 영화화되는 시기가 영화의 재부흥기라는 점을 생각할 때, 이 부분은 다시 고려되어야할 요소가 된다. 김승옥이 당대의 관객대중과의 소통 속에서 그 감수성을 수용하고 생산하였으며, 그의 작품이 유사한 현대적 도시 이미지를 제공하고 있다는 점은, 당대의 관객 대중이 현대적 이미지를 받아들이는 방식이 어느 정도 고정화되고 있다는 것을 말해준다고 하겠다.

따라서 영화의 영상이 단일한 이미지를 고수해서는 현대적 문제에 대해 문제제기의 장으로 작동하기 어렵다는 감각이 공유되어야 할 것이다. 단일화된 이미지는 현대인이 당대를 살아가면서 현실에 대한 기대를 통해 자기 다양성을 추구하여 건강한 자아정체성을 확보하는 일에 부정적인 영향을 끼칠 것이기 때문이다. 하이데거의 '비은폐적인 시선'[232)]은 세계가 다양성을 확보하게 하기 위해 창작자와 수용자를 막론하고 모든 사회적 주체가 생각해봐야할 자세를 제시한다.

V. 다양성으로서의 영상 이미지

지금까지 김승옥의 각색 시나리오에 드러나는 현대적 공간의 시각적 재현에 대한 고찰을 통해 그의 시나리오에 나타나는 현대적 감수성의 반영인 영상 이미지가 갖는 의미에 대해 논하였다. 서구의 영상적인 구상화 방식은 그들의 세계관과 기술발전이 서로 맞물려 새로운 시각적 지각 방식을 창출하는 과정 속에서 형성되었다. 이에 대해 한국의 현대적 영상적 지각 방식은 기술에 의해 수동적인 입장에서 서구보다 빠르게 이루어졌다고 할 수 있다. 이때 영상적 지각 방식은 영화의 유통에 큰 영향을 받았을 터인데, 1970년대의 영화산업 부흥기에 영화 시나리오 창작의 적지 않은 부분을 담당했던 김승옥은 이 영상적 지각 방식의 일차적 생산자로서 그 의의를 지닌다.

1970년대의 김승옥의 각색 시나리오 <어제 내린 비>, <영자의 전성시대>, <겨울여자>, <갑자기 불꽃처럼>은 서울을 대상으로 현대 도시의 주체들의 욕망과 그들이 겪는 혼란과 좌절을 그려내고 있다. 각계의 도시 젊은이들이 보여주는 혼란의 배경으로 자리한 서울은 동시에 혼란의 계기로서 작용하고 있음을 그의 시나리오는 시각적으로 형상화한다. 도시 공장의 모습에서부터 술집, 나이트클럽, 학교, 회사의 세부적인 도시 공간의 생활감각을 다루며, 이는 '집'이라는 가족적·개인적 공간에 대한 형상화와 함께 도시 젊은이들의 혼란을 시각화하여 현대적 감수성을 표출한다.

이 현대적 감수성은 작가 김승옥에 의해 포착된 것이지만, 영화 유통의 자본주의적 기반 속에서 일어난 관객 대중의 호응으로 상호소통의 결과물이기도 하다. 의도된 시각적 이미지들은 관객 대중이 지닌 생활감각과 맞물려 개연성을 확보할 때에만 영상적 가치를 얻어 호응도를 높일 수 있다는 점에서 대중적 감수성과의 연관성을 말할 수 있다.

중요한 것은 영화 영상에 의해 시각적으로 제시된 현대적 감수성이 관객 대중에 의해 시각적 이미지로서 재생산될 때, 영상이 지니는 고정된 시각성이 어떤 영향을 미치는가에 대한 점이다. 살펴본 바, 김승옥의 시나리오는 현대적 도시의 주체의 위치 문제를 다루고 있는데, 이는 사회적 문제제기의 장으로 작용하기보다는 혼란에 대한 공감을 이끌어내고, 낭만적 서사진행과 결말에 의해 위안으로 작용하는 바가 크다.

영화의 시각적 이미지가 고정된 양상으로 재생산될 때, '세계상의 시대'의 문제는 좀더 큰 힘이 실린다. 주체가 세계에 대한 단일한 시선이 아닌 다양성을 내재한 시선으로 세계와 만날 때 현대의 문제는 좀 더 적극적인 해결방안을 모색할 수 있을 것이기 때문이다. 따라서 영화에서는 창작과 수용의 양쪽 측면 모두에서 다양성을 인정하는 시선이 전제될 필요가 있다.

1970년대의 사회에서 주체들의 무분별한 현대성의 수용과 무한정 확장되는 욕망이 혼란스러운 사회 질서 안에서 충돌을 야기하였다면, 영화에서 이 충돌상이 제시되는 것은 긍정적인 양상이라 할 것이다. 김승옥의 시나리오는 뛰어난 감수성으로 이를 포착하여 시각적 형상화를 이루려는 시도였다는 점에서 그 의의를 지닌다. 또한 관객 대중의 호응에 힘입어 생산된 시각적인 현대적 이미지를 보여준다는 점에서 당대에 대한 대중적 감수성을 확인할 수 있다는 연구적 의의를 함께 지닌다. 하지만 사회적으로 긍정성을 함의하기 위해서는 김승옥의 시나리오는 다른 문화적 생산물과 함께 당대에 대한 이미지의 다양성을 확보할 수 있어야만 한다. 이에 따라 본고에서 미치지 못한 다양한 논의는 더 많은 영역들과의 통섭적인 연구를 요한다.

김세준

건국대학교 / 국어국문학과

beastsj@naver.com

그림책의 영상 매체 변환과 공간의 서사

– 그림책 『폴라 익스프레스』와 영화 ≪폴라 익스프레스≫를 중심으로

김 영 욱

Ⅰ. 들어가는 말

본고에서 다루게 될 『폴라 익스프레스』의 원작자 크리스 반 알스버그는 그림책 작가로서는 보기 드물게 할리우드가 사랑하는 작가의 반열에 올랐다. 1970 · 80년대 유행하던 보드 게임을 통해 아프리카 정글과 밀림의 동물들이 튀어나오는 판타지인 『주만지』가 1996년 영화화 되는 것을 필두로, 또 다시 보드게임 때문에 우주의 망망대해를 떠돌게 된 세 남매의 모험담을 그린 『자투라』가 아날로그 느낌을 물씬 풍기는 1980년대 복고풍 실사 가족 영화로 제작된 바 있다. 대체로 32페이지 24컷 그림으로 이뤄진 그림책의 단출함을 반영하기 위해 컴퓨터그래픽의 힘을 빌리는 대신 세트와 캐릭터의 대부분을 실물로 제작 · 촬영했던 이들 전작들과 본고에서 다룰 ≪폴라 익스프레스≫는 21세기 디지털 영화의 온갖 가능성들이 시험된 로버트 제머키스 감독의 3d 입체영화이다. 스토리가 떠오를 때마다 화면 속의 영상을 보는 것처럼 머릿속 상상을 볼 수 있다는 조각가 출신의 그림책 작가 크리스 반 알스버그는 처녀작 『압둘가사지의

정원』부터 현실 속에서 일어나는 판타지를 대단히 흥미진진한 비주얼 이미지로 만들어냈고, 특히 생뚱맞은 느낌을 부각시키는 초현실적인 작풍으로도 유명하다.

주지하듯이 비주얼을 통해 이야기가 진행되는 그림책의 기본 구조는 영화와도 상통하는 맥락이 있다. 따라서 그림을 통해 이야기를 떠올리는 시각적 상상력이 뛰어난 크리스 반 알스버그의 다른 그림책들 『The Widow's Broom』이나 『Sweetest Pig』 등 역시 영화제작이 결정된 점으로 미뤄볼 때, 상상력을 자극하는 훌륭한 서사의 그림책들은 영화로의 매체 변환에도 별다른 어려운 재료가 아님을 확인하게 된다.

본디 그림책은 기본적으로 '보여주며 말하기' 방식을 띠는 이야기를 담고 있는 그림묶음이다. '보여주며 말하기' 방식이라는 소통 방식에 의존하는 그림책은 대개 36쪽 내외의 낱장 그림이 묶인 책의 형태를 지닌다. 낱장 그림은 부동의 이미지이지만, 책장을 넘기는 독자의 물리적 활동에 의해 공간적 움직임이 생겨나고, 이어지는 다음의 낱장 이미지에서 공간의 변화와 더불어 서사의 흐름-시간성-이 확보된다. 엄밀히 말해 종이 위에서 펼쳐지는 그림과 글의 유기적 관계의 역학은 물리적인 2차원을 3/4차원의 상상의 공간으로 확장시킨다. 이 때문에 그림책이야말로 종이라는 고전적 스토리텔링의 매질을 취하고 있으면서도 영상세대에 가장 적절한 방식으로 이야기를 전달하는 기본적인 장르로 자리매김하게 되었다.

본고에서 필자는 아리스토텔레스가 『시학』에서 언급한 그리스 연극과 회화에서의 '모방이론'을 확장시켜 내러티브를 재현하는 두 가지 주요 전통인 말하기(telling)과 보여주기(showing)를 두 개의 예술 장르, 즉 그림책과 영화 각각의 매체에 적용하여 비교해 볼 것이다. 그 과정에서 우선은 그림책이 지닌 독특한 성격을 그림책의 공간적 배치와 움직임의 표현 방법에 중점을 두고 분석하고, 이를 역동적이며 입체성이 부각된 영상물로 옮겼을 때 깊이와 넓이 차원의 공간 확장성을 살펴볼 것이다. 다시 말해,

'보여주기'의 방식에서 차이를 보여주는 그림책과 영화 매체간의 공간 운용에 대한 유사점과 차이점을 고찰하는데 본고의 목적이 있다. 구체적으로는 먼저 그림책의 활자 의미 공간과 영화의 대사를 포함한 음향 공간을 비교하고, 두 번째로 그림책 공간 내에서의 수평 움직임이 영화 속에서 수직 움직임으로 변화된 사례를 살펴보고, 세 번째로 영화 속에서 미래지향적인 테마파크로의 지향성이 드러나는 장면들을 분석하려 한다.

본 논문의 분석 대상은 1995년 미국에서 초판이 발행된 크리스 반 알스버그(Chris Van Allsburg)의 컬러그림책『Polar Express』과 그것을 원본으로 삼아 2004년 제작된 로버트 저메키스(Robert Zemeckis) 감독이 각색·연출한 3D 애니메이션 영화 ≪폴라 익스프레스(Polar Express)≫이다.

Ⅱ. 이론적 배경

마이어 스턴버그의 표현처럼, 모든 내러티브 매체는 '폭넓은 언어 외적 법칙'을 사용한다(보드웰 142). 그림책과 영화 작품 역시 폭넓은 의미에서 언어 이외에도 영상문법을 활용하여 서사를 구성한다. 기호학적으로 그림책은 도상기호(icono signs)와 관습 기호(conventional signs)라는 두 개의 기호로 소통하는 예술 형식이다. 전자가 기표와 기의가 같은 성질을 갖고 있어서 기호로서 기의를 직접 표상하는 방법에 의존한다면, 관습 기호는 기의 대상과 직접적 관계가 없다. 도상 기호인 그림은 대상의 특징이 어떤지를 묘사하거나 표상하고, 관습 기호인 글은 누가 무엇을 어떻게 했는지 순서에 따라 이야기한다. 대체로 관습 기호가 선형적인 반면 영상 기호는 비선형적이기 때문에 어떤 순서로 읽어야 할지 어려울 때가 많다(니콜라예바2 20). 따라서 그림책 자체의 해석에 국한해 볼 때에도, 그 역동성을 이해하기 위해서는 볼프강 이저(Wolfgang Iser)가 언급한 '공소(gap)'

개념의 이해가 선행되어야 한다. 글과 그림에는 독자나 감상자가 자신의 사전 지식(schema)과 경험, 기대에 따라 채워 넣을 여지가 남아있기 때문에 글과 그림의 상호작용에서 무한한 해석의 가능성을 발견하게 된다. 글 텍스트는 글 텍스트대로, 그림 텍스트는 그림 텍스트대로 각각의 빈자리가 있는가 하면, 어느 한 언어가 다른 언어의 전체 또는 부분에 있는 빈자리를 채우기도 한다. 또는 독자가 채워 넣도록 빈자리를 남겨두는 경우도 있다. 나아가 이 공소는 그림책이 영화 매체로 변환될 수 있는 여지를 마련해준다. 다만 그 변환과정에서 그림책에서의 도상기호로서 그림 텍스트는 움직임이 있는 영상 화면으로 비교적 고스란히 옮겨지는데 비해, 관습 기호로서의 글 텍스트는 대화나 독백 등의 관습 기호나 분위기를 조장해주거나 인물의 심리 상태나 분위기를 암시해주는 또 다른 도상기호인 음향 등으로 전환되어진다.[233)]

서론에서 언급한 대로, 필자는 아리스토텔레스 『시학』의 모방이론에서 논지들을 빌어 그림책의 공소들에 잠재된 매체변용의 가능성이 실제 영화에서 어떻게 구체적으로 구현되었는지를 고찰하려고 한다. 아리스토텔레스의 모방(mimesis) 개념은 기본적으로 연극적 수행에 적용되었던 것이다. 5세기 아테네 극에서 테아트론(theatron)이라는 단어가 '보는 공간'을 의미하고, 초기 그리스 극장은 청각만큼이나 시선을 중요시했음을 상기해 볼 때, 극장은 이미 특정 공간에 허구적 공간의 위상을 부여한다. 더불어 청중은 그 조망점의 제한된 원호영역에서만 연극을 감상했음을 알 수 있다.[234)]

그리스극과 마찬가지로 제한된 조망권 안에서만 감상이 가능한 영화와 그림책은 인물들과 그들의 행위가 펼쳐지는 배경 혹은 장소에 의해 내레이션이 영향을 받는다. 좀 더 섬세하게 구분하자면 세팅(배경)은 소설이나 시 등에서 묘사된 시공간적 장소에 해당하고, 세트란 연극이나 영화 등에서 극장의 기둥, 구조물, 소품 등을 의미한다. 세팅과 세트는 미장센의 일부로서, 영화의 경우라면 카메라가 돌아갈 때 카메라 앞에 놓여 있는 연극적이거나 무대적인 장치들 이외의 많은 것들을 포함하는 바, 조명, 의상은 물론이고 심지어 배우조차도 영화의 미장센의 일부로 간주된다. 영화와 문학의 쟁점 가운데 하나는 필름예술에서의 미장센이 소설의 작가나 연극의 연출가가 취한 배경과 세트를 통해 전달하고자 했던 사상과 의미를 제대로 재현할 수 있느냐는 것이다. 본고에서 다루게 될 그림책을 영화로 변환했을 때 공간과 관련된 서사의 변화 및 그 효과에 밀접하게 닿아있는 질문이다. 티모시 콜리건은 만일 소설과 연극 에서 세팅이 특정 의미를 지시해주는 선택의 법칙을 내비치는 것이라고 할 때, 영화로의 개작 과정에서 미장센은 그와 유사한 방식으로 선택된 배경 혹은 로케이션 장소에 또 다른 의미나 메타포를 제시해 준다고 간주했다.[235] 사실 원작이 알려진 상태에서 영화의 배경과 세팅을 포함한 미장센에 변화를 주는 행위는 문학과 영화 사이의 창의적인 크로스오버라고 할 수는 있다. 그러나 글 · 그림 동반 서사(verbal-visual narration) 구조의 '복합 텍스트(composite text)'격인 그림책에서 영화로의 매체 전환을 하면서 완전히 색다른 변화를 꾀하려 해도, 복합 텍스트로서의 특징을 상당 부분 공유하고 있기에 그 운용의 폭이 넉넉지 않다.[236]

Ⅲ. 공간의 시학

1. 고정화된 프레임(frame)의 공간 대 움직이는 신(scene)의 공간

일반적으로 영화는 단편소설, 장편 소설, 연극 등 이야기를 말하는 서사문학예술에서 그 형식과 문학적 관습을 많이 빌어다 쓴다. 스토리는 문학작품과 영화가 공유하는 것으로, 사실이나 허구로부터 사건, 캐릭터, 캐릭터의 동기 등에 이르기까지 기초적인 재제를 제공해준다. 하지만 영화와 서사문학은 이따금 이야기 속의 사건을 특정 순서로 배열해 보여주는 플롯을 통해 전달하고자하는 이야기의 주제 및 서사의 전개 방향과 서술 방법을 달리하는 경우가 많다. 필자는 그림책이 글텍스트와 그림텍스트가 혼재하면서 공통의 서사를 이끌어 나가는 특수한 예술장르라는 차원에서 기존의 그림책 연구자들이 단순히 그림책을 문학의 영역에 국한했던 관행에서 벗어나 있는 종합예술의 한 장르로 취급하려고 한다.

물론 그래픽 노블과도 엄밀한 의미에서 다르지만, 삽화책과 그림책 간의 중요한 차이를 구분한 조셉 H. 슈와츠가 그림책을 두고 '글과 그림의 서술(verbal-visual narration)'이라는 용어를 사용하며 그림책을 '복합 텍스트(composite text)'라고 정의내리고자 주장했던 사례를 놓고 볼 때 내레이션의 분석에 있어서도 글과 그림의 협력 방식을 살펴보는 것에서 출발되어야 하는 장르라고 하겠다.[237] 일반적으로 그림책은 영화처럼 인물의 동작이나 사건의 연결이 이어져 있지 않고 중간 중간 끊어져 있기 때문에 진행 중인 움직임이나 시간의 추이를 직접적으로 묘사할 방법이 없다. 그러나 그림책의 내레이션은 회화와는 달리 서사적이고 순차적이다. 특히 그림만으로도 움직임과 시간의 경과를 전달하려는 명확한 의도를 지닌 그림책의 경우에는 만화와 사진 등에서 차용해온 다양한 그래픽 코드 등을 통해서 시간의 추이를 전달할 수 있을지 여러 가지 시도를 해왔다.[238]

그림책 『폴라 익스프레스』는 펼친면 14쪽 반으로 구성되어 있다. 한편 영화 ≪폴라 익스프레스≫는 100분 분량으로, 14쪽 반으로 구성된 고정화된 그림책의 프레임을 변형을 가하지 않은 채 비교적 충실히 재현하고 낱장의 그림과 글 서사가 전달하고자 하는 내용을 감독의 상상력을 덧대 확장하여 그림책의 펼친면 사이의 공소를 메꾸는 방식을 취하고 있다. 이를테면 펼친면 1의 그림과 펼친면 2의 그림 사이에는 실내와 외부라는 장소의 차이만큼이나 서사의 배경이 이동할 수 있었던 시간의 추이가 존재한다. 1인칭 화자의 회고 시점으로 시작되는 펼친면 1의 글 텍스트에서 마련된 "산타는 없는 거야."라는 주인공의 입말이나, "늦은 밤 벨소리는 아니지만 창밖에서 증기기관이 쒹쒹 김을 내는 소리와 끽끽 대는 쇠붙이 소리를 들었다. 창문너머로 내다보았더니 우리 집 앞에 기차 한 대가 정확하게 멈춰 섰다."는 대목은 3분 30초 분량의 신(scene)으로 영상으로 재현된다. 그 뿐만 아니라 펼친면 2와 어우러지는 글 텍스트는 '폴라 익스프레스' 호에 소년이 올라타기 전 망설이는 소년과 승차를 재촉하는 선장 간의 대화로 구성되는 있는데 앞서 말한 3분 30초 분량의 영화의 첫 신에서 이어져 보여준다.

마리아 니콜라예바는 그림책의 글과 그림과의 관계를 대위법을 빌어 설명하며, 그림책에서의 시공간이야말로 말로 글과 그림을 일치시켜 표현할 수 없는 관계라고 언급했다. 시각 텍스트인 그림은 모방적(minestic)이라서 보여줌으로써 소통하고, 글 텍스트는 설명적(diagetic)이라서 말함으로써 소통한다는 것이다. 그림이나 도상 기호로는 이야기의 인과관계와 시간성을 직접적으로 전달할 수 없기 때문에, 글과의 소통 관계 속에서 이 단점을 극복해야만 한다는 것인데, 이와 같은 대위법을 두고, '공간과 시간 대위법(counterpoint in sapce and time)'으로 칭했다.[239] 글과 그림이 완벽히 조응을 하지 못하는 대위법을 통해 독자는 긴장감과 호기심을 갖게 되는데, 펼친면 2에서는 특히 글 텍스트의 정보가 그림텍스트에서 보여주는 큰 사건(기차가 아이를 실고서 곧 떠나게 될 장면, 실제로 그림에서는 아주 작게 기차의 난간에 기댄 차장이 선로 바깥에 서있는 아이와 대화를 나누는 모습이 발견된다.)의 발생보다 시간적으로 선행함으로써 결과적으로 그림텍스트는 글 텍스트(왼쪽)의 결과가 되는 시차가 드러난다. 반면 영화는 사전에 설정된 시간 형식에 따라 구성되는데, 그림책 펼친면 1과 펼친면 2는 하나의 연결된 시퀀스로서 실제 그림책에서 펼친면

3(코코아 파티 장면)이 펼쳐지는 부분이 등장할 때까지 총 길이 5분 정도에 담겨진다. 통상 내러티브 영화에서 사건 제시의 질서와 빈도, 지속시간은 절대적으로 통제된다. 마찬가지로 영화 ≪폴라 익스프레스≫는 그림책의 펼친면 1과 펼친면 2의 그림텍스트에서 보여준 직접적인 이미지를 재현(미메시스)하는데, 주력해 두 가지의 메인 신(main scene)으로 보여주는 한편, 그림 텍스트의 작은 부분에 덧붙여진 글 텍스트의 설명(디에게시스)에 기대어 감독 나름의 상상력을 입혀 보조 신(supportive scene)을 만들어낸다. 그런데 영화의 신(scene)은 그림책을 읽을 때, 독자들이 그림책의 면지를 넘기는 순간 형성되는(면지의 물리적 이동이 여러 180도 원호 속에서 연속적인 장소를 갖듯이) 프레임의 연속적인 공간이동을 필름을 감는 방식을 통해 예정된 속도로 스크린(고정된 공간)에 인간 시각의 착시를 통해 움직임이 느껴지도록 보여주는 방식을 갖는다.[240]

본고의 뒤쪽에 첨부한 부록 1은 5초 간격으로 그림책의 펼친면 1과 펼친면 2에 해당되는 영화의 앞부분을 캡처한 프레임들이다. 물론 영상물이 시야에 보이려면 시야 당 350-500 milleseonds 에 맞춰야 쇼트가 나타나기 시작한다는 점을 감안하면 부록에서 제공하지 않은 프레임이 훨씬 많음은 물론이다. 그림책 『폴라 익스프레스』는 글의 내레이션과 그림의 내레이션 모두에서 중복된 표현을 거의 찾아보기 힘들다. 잉여(redundancy)의 텍스트가 없기 때문에 글과 그림의 서사는 보충적이면서도 상호보완적이다. 이는 고스란히 로버트 저메키스의 영화 ≪폴라 익스프레스≫에서도 재현되어지고, 상세히 들여다보면 인물과 세팅, 색조 등등의 많은 면에서 그림책 원본의 재현 충실도가 상당히 높음을 알 수 있다. 이는 원작의 작가인 크리스 반 알스버그가 제작자로 일정 부분 영화 제작에 참여한 것으로부터도 유추해 볼 수도 있겠다.[241] 다만 그림책에서 1인칭 회고의 시점이 영화에서 카메라의 시점으로 바뀌면서, 주인공은 Billy란 이름을 갖게 되고, 산타의 세계를 존재를 의심하지 못했던 상태가 더욱 주제적으로 부각되면서 영화는 원작 그림책에서 없었던 장면을 삽입해 영화 장르의 '보여주기'의 강점을 십분 활용하고 있다. 차장은 아이들의 차표를 검사하는데, 이 초반 장면에서 아이들이 주머니 속에서 꺼낸 황금빛깔의 차표는 그저 낱개의 글자에 불과하지만 영화의 결론부에 이르면 각자의 아이들의 성장에서 필요한 덕목으로 새겨져 있음이 확인된다. 이를 두고 유지현은 "출발할 때에 새겨진 뜻 없는 음소들이 과거라면 의미 있는 덕목의 완성은 미래의 목표라는 점에서 차표는 미래적인 시간을 지칭하며 나아갈 것을 촉구한다"[242]고 해석한 바 있다. 영화 속에서 차표는 '시각적 확인'이라는 내용 주제와 부합되는 것이고, '믿음'이라는 추상적 덕목을 시각적 이미지를 빌어 구체화하여 영화 전체의 내레이션을 끌고 가는데 보조적 장치로 활용되고 있다.

2. 지면의 의미 생성 공간 대 영상의 공통감각 공간

일반적으로 그림책은 시공간(chronotope)[243] 운용에 있어서, 글과 그림이 서로의 빈자리인 공소(空所, gap)를 채우거나 서로의 불완전함을 보충해주는 사례가 잘 드러난다. 오로지 그림만으로 서사의 본질적 특성인 인과관계와 시간을 완벽하게 표현하기란 거의 불가능하다. 왜냐하면 시각매체인 그림으로는 시간을 단지 추정 정도밖에 할 수 없기 때문이다.[244]

본고에서 다루는 그림책 『폴라 익스프레스』의 경우도 예외일 수는 없다. 이 그림책의 주제는 '은종'의 소리와 밀접하게 엮여 있고, 독자들의 청각적 상상력을 글텍스트의 문면과 이면에서 그리고 그림텍스트의 구체적 시각 이미지로서 부추긴다. 펼친면 1에서 주인공은 침대에 누운 채 낮에 친구가 말해준 산타의 썰매에 매달린 은종의 딸랑거림을 상상하면서도 산타 따위는 없다고 혼잣말을 한다. 그러던 그 순간 기차의 기적 소리를 듣게 된다. '증기기관에서 픽픽 솟아나는 증기'의 소리와 '덜컥거리는 금속' 기계음의 소음에 대한 감각적 인식을 요청하는 글 텍스트를 원인으로 하여, 침대에서 창문으로 기어가 밖을 내다보는 그림이미지의 결과가 이어진다. 거의 동시적이라 할 수 있는 글과 그림의 독해과정에서 독자는 연속되는 그림 속에 기차가 등장할 것을 기대하게 된다. 한편 펼친면 10에서 소년이 산타로부터 직접 받고 싶은 선물이 다름 아닌 산타의 썰매에서 떨어져 나온 은종이란 사실은 '딸랑거리는 방울소리'의 청각적인 상상력을 통해 텍스트에 내재된 욕망의 작동을 살펴볼 수 있음을 시사해준다.[245) 이처럼 『폴라 익스프레스』에서는 청각적 상상력이 그림에 대한 시각적 문해력(visual literacy)을 높여주는 역능을 담당하고 있다. 근본적으로 소리의 파장은 시간의 흐름 속에서 점유되는 공간으로 상상되어질 수 있다. 정신적인 이미지를 창조할 수 있는 것이다. 물론 글 속에도 자체적으로 함축된 공간의 이미지가 없는 것은 아니다. 이를테면 이어지는 펼친면 2에서의 글 텍스트는 그림에서 보여주지 않는 정경을 묘사하고 있다.[246)]

그러나 환상공간을 체험하고 돌아온 주인공 소년이 전날 밤 있었던 산타와의 조우가 실제였음을 은종으로 확인하는 펼친면 14에서도 청각적 이미지는 강조되고 있다. 화자인 소년 '나'는 잃어버린 줄로만 알던 은종이 담긴 선물 상자를 발견한다. 산타를 암시하는 서명 Mr. C이 적힌, "이것을 내 썰매 의자 밑에서 발견했다. 구멍이 난 네 파자마 주머니를 기워야겠구나."라는 메시지와 더불어. 여기서 되찾은 은종이란 잃어버린 진실의 시간/환상의 시간/유년기의 회복을 상징한다. 또한 비록 깨어져 있지만 그 은종을 흔들자 지금껏 들어본 적이 없는 가장 아름다운 소리가 울려 퍼졌다는, 산타의 존재를 믿지 않는 부모에게는 들리지 않더라는 글 텍스트는 불현듯 '지금여기'의 사건으로 각성된 깨진 종에 얽힌 진실을 변증법적 이미지로 환원하여 드러내준다. 주지하다시피 그림책은 청각적 이미지마저 글과 그림 텍스트에 의존하는 예술장르이다. 따라서 그림책을 감상하는 독자는 그림과 글을 통해 청각적 이미지를 상상하며 독서에

임해야 된다. 그림책 『폴라 익스프레스』의 스토리는 '옛날엔 들을 수 있던 소리'가 '들리지 않는 소리'로 변해버린 의심에 찬 현실을 믿음에 대한 이항 대립 구조에 대입하여, 눈에 보이지 않는 것조차 지각하고 인식하게 된 감각의 각성을 다룬다.[247] 다시 말해, '믿음의 균열'을 은유하는 깨어진 은종에서는 소리를 들을 수 없는 사람들이 현실 속에서 부재하는 산타의 실체를 의심하는 것과 달리, 환상할 수 있는 능력의 회복을 통해 현실의 결여를 넘어선 화자-나는 어른이 되어서도 현실과 환상 공간을 오가며 자유로운 상상을 지속할 수 있다는 의미이다.

한편 영화의 기호론에 관한 논의에서 크리스티앙 메츠는 영화관객에게는 적어도 다섯 가지 서로 다른 의미 작용의 체계에 관한 지식이 필요하다고 주장한다. 문화에 결합된 시각적 · 청각적 지각 방식, 스크린에 비친 대상의 인식, 문화적 의미에 관한 지식, 서사 구조, 그리고 음악과 몽타주와 같은 의미를 함축하는 순수한 영화적 수단 등에 대한 감각적 이해 등이 그것이다[248]. 그림책 본문의 마지막 그림에서 탁자 위에 놓인 은종은 영화에서도 가장 마지막 프레임으로 재현되고 있다. 같은 구도 속에서 페이드아웃되는 느낌이 시각적으로 제시될 때, 동시에 종소리의 청각적 이미지 역시 성인이 된 화자의 내레이션과 더불어 전달된다. 일반적으로 영화는 그림책에서는 원칙적으로 불가능한 음향 효과 요소들을 공감각적 이미지로 전달할 수 있다. 글 묘사와 그림 이미지를 통해 재현할 수밖에 없는 그림책 『폴라 익스프레스』의 청각적 공감에의 호소는 이동하는 기차 속에서 아이들이 코코아를 접대 받는 신(scene)에서 더욱 극명하게 비교된다. 코코아를 나눠주는 광경을 묘사한 그림에 간단하게 '우리는 초콜릿바를 녹인 것처럼 진하고 향긋한 뜨거운 코코아를 마셨습니다.'라는 글 설명이 덧붙여진 그림책과는 달리 뮤지컬로 전환된 영화 ≪폴라 익스프레스≫에서의 이 장면은 청각과 시각의 결합은 당연하고, 뜨거운 핫초코에 대한 촉감적인 상상력까지 자극하는 복합 감각의 판타스마고리아

(phantasmagoira)를 선사한다. 영화는 아이들에게 따듯한 코코아를 대접하는 요리사 복장의 성인남자들과 정장을 빼입고 서빙 하는 사람들의 군무를 현란한 카메라워크를 통해 뮤지컬의 양식으로 보여준다. 360도 회전하는 카메라의 빠른 무빙, 실사영화에서는 불가능한 투명 바닥에서부터 직각으로 올려다보며 찍은 극단적인 앙각 구도의 카메라워킹, 근접 촬영과 원접 촬영 사이의 재빠른 카메라 트래킹을 반복하면서 잘 만들어진 축제의 장면이 연출된다. 이에 어우러지는 남성 합창단원이 부르는 스윙풍의 빅밴드 음악은 1930년대 할리우드 뮤지컬의 전성기를 회상시켜 주는 듯하다. 이처럼 시각적 재현에 노골적으로 표출된 청각적 이미지들이 혼융하여 새로운 판타스(phantas)를 창출시키는 영상관련 기술은 서사에의 몰입도를 높여주는 데 크게 기여한다. 심지어 이어지는 음산한 북극행 기차의 바깥 풍경과 대조를 이루며, 더욱 도드라지게 되는 따듯하고 포근한 공간감의 부수적 연출은 레이 올덴버그의 '제3의 공간' 개념을 영상미학에 적용한 사례로 해석해 볼 수 있겠다.

그림 1. 왼쪽은 그림책 펼친면 3에서의 'Polar Express'의 코코아를 나눠주는 장면이고, 오른쪽은 이 장면을 1분 41초 분량의 현란한 군무로 재창작한 영화의 'Hot Choco' 신(scene)이다.

위의 그림 1.의 오른쪽 네 커트의 필름을 보자. 기차 실내의 따듯하고 포근함이 도드라지는 미장센과 기차에 탑승한 아이들을 반기는 군무와 코코아 서빙 등은 긴장을 완화시키고 편안함을 느끼게 하는 심미적 · 감정적 효과를 낳는다. 레이 올덴버그가 언급한 대로, 공간주체의 감각적 기능을 확장하여 정서적인 편안함과 즐거움을 제공하는 새로운 공간을 창출해 낸 것으로서 손색이 없다. 레이 올덴버그가 1999년에 출간한 The great good place에서 제안하고 있는 '제3의 공간'이란 감각적 엔터테인먼트 요소가 배치된 공간이자, 주체의 뇌리에 각인된 추억과 향수를 불러일으키는 공간을 의미한다.[249] 물론 그림책『폴라 익스프레스』의 해당 장면에서도 글 텍스트는 파자마와 나이트가운만 입고 나온 아이들로 가득한 기차의 훈훈하고 편안한 그림 이미지를 보충설명하고 있다. 아이들은 크리스마스캐럴을 부르고, 무상으로 제공된 핫초코를 마시면서 함께 탑승한 서로를 알아가는 중이다. 따라서 이 장면에서의 기차는 레이 올젠버그나 크리스티안 마쿤다가 언급한 '제3의 공간'에서 중시하는 감각적 엔터테인먼트 요소가 배치된 공간으로서, 온전한 휴식과 행복이 가능한 공간체험을 가능케 해주고 있다. 크리스티안 마쿤다는 특히 제3의 공간에 들어선 사람들은 '무엇인가를 새롭게 시작하고 싶은 의욕이 들 정도'라고 표현하며, '마음의 지도를 따라가는 여정의 끝에 도달한 공간'으로 비유한 바 있다.[250] 자발적으로 북극행 기차에 탑승한 아이들의 감정 상태를 조절할 수 있게 해주는 분위기 연출뿐만 아니라, 낯선 곳으로 가고 있다는 불안감을 감소시켜 주는 '제3의 공간'으로서의 기차는 그야말로 마음의 지도를 따라가는 이동수단이 되어준다. 기차가 일상의 현실 공간에서 탈주하여 판타지 세계로 향하게 될 때 공간 자체가 온전한 것으로 인식되기 위해서는 안 보고는 못 배기게 만드는 비장의 무기 즉, 코어 어트랙션(core attraction)이 있어야 함을 감독 로버트 저메키스는 직감적으로 파악하고 있었다고 볼 수 있겠다.

특히 기차에서 하차한 뒤 산타와의 만남이 이루어지는 북극 마을은 거대한 광장을 끼고 있는 커다란 선물 공장과 아케이드가 즐비한 쇼핑몰과 같은 제3의 공간으로 표상된다. 크리스티안 마쿤다는 제3의 공간을 구축하는 요소 4가지를 꼽았다. 첫째는 사람들의 관심과 이목을 끌 랜드마크인데, 영화에서 거대한 크리스마스트리에 해당한다. 둘째는 사람들이 그 공간 안을 돌아다니며 흥미를 끄는 것을 '살펴보고 찾아내는' 체험을 하도록 해주는 '몰링(malling)'요소이다. 영화 속에서는 주인공 빌리를 포함한 세 악동이 자신들의 선물을 찾아 선물포장공장으로 가는 신(scene)이 해당한다고 할 수 있다. 세 번째는 서스펜스 효과를 이용한 신(scene)인데, 최근 생겨나는 대형 엔터테인먼트 공간들의 구석구석을 유기적으로 이어주고, 공간 전체를 온전한 하나로 인식되게 해주는 '컨셉트 라인(concept line)'이다. 영화에서는 주인공들을 따라다니는 카메라의 동선으로 만들어진다. 마지막 요소는 '코어 어트랙션(core attraction)'인데, 산타클로스의 만남에 잔뜩 기대감을 갖고 북극까지 찾아온 손님들의 기대에 부응하는 장면으로서 루돌프들이 이끄는 썰매에 탑승하는 사건이 이에 해당한다. 이처럼 철저히 연출된 제3의 공간으로서의 북극 마을은 온 동네에 울려 퍼지는 귀에 익숙한 캐럴 '실버벨'에 의해 보다 아늑한 공간이자 안락한 자궁으로의 회귀 심리를 자극하는 공간으로 변모한다. 어디선가 흘러나오는 음악소리의 발원지를 찾아 좁은 골목길을 따라간 아이들이 찾아낸 LP 축음기, 그 위에서 같은 트랙을 빙빙 돌고 있는 LP판은 잊혔던 다락방의 로망을 불러들인다. 특히 3d의 입체 영상으로 제작된 영화≪폴라 익스프레스≫에서 북극 마을 세트는 단절된 현실 공간의 체험이 아닌, 누구나 꿈꾸는 테마파크와 같은 매력적인 공간으로 표현되고 있다. 게다가 이 공간에 어울리는 콘텐츠가 유기적 연계를 통해 영상이란 가상공간에서의 공감각적 체험을 유도하도록 설계되어져, '정말 가보고 싶은 곳'으로서의 이미지니어링(imagineering)을 제대로 해낸다.[251]

3. 회귀 욕망의 2차원 공간 대(對) 미래 지향의 3D 입체 공간

기본적으로 그림책은 글의 시간성과 그림의 공간성, 글에 함축된 공간에 대한 환영, 그림에 함축된 시간에 대한 환영 등으로 말미암아 영상적 질서를 갖춘 서사로 구축된다. 그림책 『폴라 익스프레스』에서 보여주는 일련의 이미지들은 깨진 은종에서 아름다운 소리를 듣는 순간 현현되는 진실-크리스마스의 정신-의 자각으로 귀착된다. 망각의 깊은 어둠 속에 숨어 있던 소리가 들려오는 순간, 그 망각된 것을 가리고 있던 차폐-기억들이 소멸되어지며 환상계로의 재진입이 가능해 지는 것이다. 그리고 이때의 회억 속에서 재등장하는 증기기차 '폴라익스프레스'호는 상징계에서 의미를 잃고서 기표로만 부유하던 산타와 북극마을과 크리스마스 정신의 잃어버린 총체성 회복을 위해 집단환몽(fantasmagorie)[252]이 여전히 작동하는 유년기의 시공간으로 데려다준다. 텍스트 속에 은폐되어 있던 환상의 내적 아포리아와의 조우를 가능하게 해주는 증기기차는 그림책 『폴라 익스프레스』와 영화 ≪폴라 익스프레스(Polar Express)≫의 주요한 사건이 벌어지는 공간이자, 이와 동시에 시공간의 한계를 넘어 상상계에서 북극의 이미지가 부여된 환상계로의 횡단을 가능케 해주는 매개물이다. 그림책과 영화 모두에서 거대한 위용으로 묘사된 기차는 현실과 환상의 경계를 해체하고 현재 그리고 과거 혹은 미지의 세계와의 소통을 가능하게 해주는 통로로서 기능한다.

다만 그림책에서 기차의 진행이 수평적 공간이동을 보여주고 있다면, 영화에서는 수직적 상승을 보여준다. 또한 그림책에서의 공간이동이 점진적인 수평이동을 통해 수직으로 확장되어지는 과정과 더불어 신비하고 웅장한 분위기가 증가되면서 궁극적으로 북극이라는 환상공간으로 진입해하는 과정이 순조롭게 묘사되어 진다. 그러나 영화에서는 기차의 진행을 방해하는 요소들을 삽입하여 북극행의 험난함을 부각하고, 난관극복에서 발생되는 긴장감을 기차 진행의 속도감에 기대어 재현해내고 있다. 특히 ≪폴라 익스프레스(Polar Express)≫의 3d 영상기술로서 스크린 내부의 2d 공간을 입체적 복원을 꾀한 결과, 환상세계로의 이동 과정 자체가 모험서사의 일부처럼 과장되어져 있음에 주목할 필요가 있다. 게다가 영화에서 보여주는 기차 여행은 탈선의 위기 상황에서 선로를 되찾는 장면, 혹은 비정상적인 속도로 질주하는 기차에 주인공이 매달린 채로 위험한 계곡을 곡예 하듯 지나가는 장면을 플라잉캠을 이용하여 롱테이크로 찍은 쇼트를 첨가함으로써 의도적으로 공간의 단절에 대한 불안감을 야기한다.[253)]

반면 그림책에서 그림들은 쉼 없이 새로운 초점을 발생하며 낱장 낱장마다 이야기의 궤도를 설정하며 특유의 리듬감을 구축해간다. 페리 노들먼은 "그림책의 글 서사의 가속과 그림 서사의 비트, 곧 박동을 통해 그림책의 리듬감이 형성된다"고 주장한 바 있다[254)]. 그림책『폴라 익스프레스』에서 기차가 직/간접적으로 등장하는 면은 전반부의 펼친면 2면에서 중반부의 8면까지와 후반부의 14,15면으로 추릴 수 있다. 원칙적으로 정지된 그림의 무시간성에 시간성을 부여하는 글 서사에 내재된 속도감에 따라서 그림책 내지의 면면들에 등장하는 기차는 머이브리지(Muybridge)의 연속사진들처럼 지속적인 운동 방향성과 이동속도가 결정된다. 가령 펼친 2면에서 차장이 뻗은 손을 내밀며, '북극행'임을 알려주었을 때, 화자이자 주인공인 나는 그 손을 잡고 기차에 오르게 되는데, 여기서 독자들은 글 서사 덕분으로 그림이 알려주지 못한 정보를 알아채게 된다. 즉, 최소한 기차는 화자의 집 앞에서 오래 멈춰서 있지 않을 것이라는 것. 마찬가지로 펼친면 3의 늑대 무리의 전경 뒤로 수평으로 길게 그려져 있는 원경 속의 기차는 글 서사의 도움 없이는 멈춰 선 것인지, 움직이고 있는지 조차 분간하기 어렵다. 그러나 독자는 무성영화의 해설자처럼 역할 하는 글 서사의 '고요한 야생의 숲속을 번개처럼 기차가 지나갈 때…'라는 표현에 기대어, 이 기차가 무척 빠른 속도로 이동 중임을 상상하도록 조장된다. 심지어 펼친면 4에 대한 글 서사, '기차는 점점 더 빠르게, 롤러코스터처럼 꼭대기를 오르고 계곡 사이를 질러 내려갔습니다.'의 요청에 따라 독자들은 멈춰진 낱장 그림에서 마저도 기차의 빠른 움직임을 상상할 수 있다.

그림 2. 왼쪽의 펼친면 3의 "……white tailed rabbits hid from our train as it thundered through the quint wilderness."와 오른쪽 펼친면 4의 "But the Polar Express never slowed down. Faster and faster we ran along, rolling over peaks and through valleys like a car on a roller coaster."의 글은 그림에서 독자가 무엇을 보아야 하고 그 그림을 어떻게 해석해야 할 것인가를 알려준다.

그림책과 영화 모두에서 서사의 공간을 창출해내는 주역인 기차가 그림책 속에서는 1895년 뤼미에르 형제가 ≪기차의 도착≫에서 보여주었던 증기기차의 수평적 움직임에서 각도를 그다지 많이 틀지 않은 채, 서서히 움직이고 있는 것처럼 지각된다. 어른이 되어서도 여전히 산타클로스의 선물인 깨진 종에서 울리는 소리를 듣는 주인공 '나'의 일인칭 시점으로 회고되는 액자 속의 이야기[255)]는 유년 시절로 되돌아가게 해준 기차를 매개로 진행된다. 증기기차로 묘사된 북극행 열차는 액자 이야기 밖의 화자인 나를 그 아스라한 옛 시절로 데리고 가는 시 · 공간이동의 수단이다. 또한 어린 시절의 순수함에 대한 그리움과 관련 있는 은방울 소리는 과거가 되어버린 진실의 순간, 영원히 지속될 수 없는 순수의 시간을 상징화한 것이다. 기차의 기적 소리에서 시작되어 깨어진 종에서 들려오는 은은한 소리로 마감이 되는 그림책에서 반추되는 유년기의 시간들은 환상공간으로의 여행을 통해 영겁회귀하는 무시간성의 반복성으로 재생되는 것이다.

한편 영화 ≪폴라 익스프레스≫에서는 3D 입체효과의 테크놀로지가 기차의 속도를 드러내는 컷의 조밀한 편집과 미장센을 입체적으로 잡아내는 카메라의 회전수를 통해 시험되고 있다. 이를테면 아래 그림 3.에 첨부한 영화의 한 장면에서는 시점이 수직축을 따라 아래쪽으로 이동하게 되면서 감상자들은 묘사된 기차에 속도(힘)가 증가한 것을 경험하게 된다.[256)]

그림 3. 왼쪽 그림책에서 마을로 진입하는 증기기관차를 바라보는 감상자(독자)의 시선은 앞쪽 불빛에 맺히고, 마을로 들어서며 이미 속도를 줄인 기차의 정지를 예감하게 된다. 반면 오른쪽 영화에서 눈 싸인 경사면으로 활강하는 기차를 바라보며, 감상자들은 스틸커트에서 조차 금속 레일이 마찰하며 붉은 불똥을 튀기는 관경 혹은 스크린 바깥쪽으로 날아드는 눈발들의 착시효과를 통해 하강의 속도감을 느낄 수 있다.

기차는 실제로도 많은 놀이동산에서 롤러코스터의 라이더로 활용된다. 기차를 타고 테마 놀이 시설을 체험하는 테마파크의 기획은 3d 입체영상, 4d 효과 등의 디지털 기술이 스토리에 곁들여지면서, 진화해가고 있다. 영상물 또한, 첫 상업 활동사진이 선보이기 이전부터 놀이동산에 전시된 일종의 광학장치인 '움직이는 사진'의 개념을 지녔고, 1893년에는 토머스 에디슨도 상자의 구멍을 통해 활동사진을 감상하는 장치인 '시네

마스코프'를 선보인 바 있다. 이처럼 앞 절에서 언급한 대로 '제3의 공간' 개념이 동영상과 어우러져 가장 잘 구현되는 장소로서 테마파크를 꼽을 수 있다. 게다가 테마파크의 내러티브 스토리텔링은 관객들의 동선을 중심으로 이루어지는 건축 공간 스토리텔링 구조와 어트랙션 기구에 적용되는 스토리텔링을 중심으로 나날이 진보되어 가고 있다. 영화 ≪폴라익스프레스≫에서 역시 놀이동산의 롤러코스터에 대응하는 폴라 익스프레스 호가 목조구조물과 철조레일을 빠른 속도로 지나가는 장면 이외에도 라이더(rider)로서의 거대한 기구가 하늘로 떠오르는 장면과 산타의 썰매가 공중을 날아다니는 장면을 보여줌으로써, 관객들이 영화관이 아닌 놀이동산에 초대된 것만 같은 착각을 초래한다. 공간기호학적 관점에서 테마파크의 이미지니어링(imagineering)은 4가지 핵심키워드를 중심으로 구성된다. 그 첫째가 스토리를 기반으로 진행되는 소통이다. 테마파크를 구성하는 공간구조의 핵심 스토리와 사람들이 그 공간 속에서 소통하는데 필요한 매개 스토리를 설정하는 선결 작업이 그래서 무엇보다 중요하다. 이미 대중이 공유하고 있는 영화나 애니메이션의 기억을 절정 요소(climax motif)로 압축하여 현장 공간에서 재현하는 것이다.[257] 즉 테마파크의 성공적 공간을 구성하는 상상력의 원천은 애니메이션으로 재창작된 동화에서 출발하는 셈이다.[258] 새롭고 자극적인 기술에 목말라하는 대형 테마파크들을 중심으로 움직이는 의자 등의 라이더를 갖춘 오감체험 시설이 보강된 4d 영상관 도입[259]이 전 세계적으로 이뤄지고 있는 지구적 현상이야말로 영화 ≪폴라익스프레스≫의 영상 속에 재현된 테마파크의 공간 이미지니어링 구축 동기를 추론 가능하게 해준다. 두 번째 이미지니어링의 핵심키워드는 미학적 개념이다. 공간 주체의 미학적 체험을 극대화할 수 있는 시각적 환경을 구축함에 있어서 테마파크 공간에 시각과 촉감의 체험 효과를 어떻게 미학적으로 적용하는가의 문제에 해당된다. 영화 ≪폴라익스프레스≫에서는 그림책에는 없던 극광 이미지를 입체적으로 펼쳐놓은 신(scene)이 신비한 분위기를 조성해주는 음악과 더불어 재현되고 있다. 일종의 홀로그램이 영상 공간에 새겨놓은 오묘한 신비를 직접 체험함으로써 관객들로 하여금 영화 속으로 좀 더 깊숙이 몰입하게 해주는 미학적 효과가 있다. 20세기까지는 얼마나 현실감 있게 만드는가를 화두로 영화를 만들었다면, 앞으로는 무한히 열린 비현실 · 가상현실의 세계로 얼마나 자연스럽게 들어가는 가에 역점을 두고, 4d 영화를 제작하는 것이 새로운 영화산업의 패러다임으로 자리 잡을 것이다. 여기에는 테마파크 공간의 이미지니어링의 세 번째 핵심 키워드인 가치론적 개념이 마찬가지로 적용될 수 있다. 월트 디즈니는 일찍이 테마파크의 궁극적 목표가 사람들에게 현재를 벗어나 과거와 미래 그리고 환상의 세계로 들어가게 만드는 것이라는 언급한 바 있다. 그의 철학 혹은 예측에 기대볼 때, 제3의 공간으로서 미래의 영화관 역시 정교해진 입체영상을 기본으로 대규모 돔형 또는 원통형 스크린을 갖춘 멀티 4d 극장이 될 것으로 예측가능하다. 또한 ≪폴라익스프레스≫에서 시도된 환상적인 분위기의 연출과 공간 주체의 감각을 무한 확장시키는 역할이야 말로, 마지막 네 번째 이미지니어링의 핵심 키워드인 환상적인 문화기술(CT)의 개념과 일맥상통한다고 하겠다.

영화 ≪폴라익스프레스≫속에 투사된 공간에 대한 새로운 욕망은 단순히 미래지향적이며 기술집약적인 영화에 큰 관심을 두고 있는 로버트 저메키스만의 것은 아니다. 이미 타계한 그림책 작가 닥터 수스는 자신의 그림책 등장인물을 캐릭터로 하여 플로리다 올란도 소재 디즈니월드에 테마파크를 조성했다. 또한 그래픽 동화『위고 카브레』는 "줄거리와 사건의 개요 등이 예술적으로 잘 결합된 걸작 중의 걸작이란 평"과 함께 2008년도 칼데콧 상을 그림책 작가 브라이언 셀즈닉에게 안겨주었다.『위고 카브레』는 초현실주의 영화감독 조르주 멜리아스가 활동하는 초창기 영화시대를 배경으로, 삽화가 글을 보충하는 보통의 동화책과 달리 삽화 자체가 글과 함께 이어져가는 스토리를 구성한다. 책 속에 영화적 촬영 기법을 적극 도입한 덕분에 책장을 넘길 때마다 줌인, 줌아웃, 클로즈업 등의 카메라 워킹을 보는 듯한 체험을 할 수 있는데, 이와 같은 서사와 형식 모두에서 영화의 탄생을 향한 엄청난 헌사를 한 덕분에 영화계의 거장 마틴 스코시즈의 총지휘 하에 3d 영화로 제작완성되어 2011년 겨울 개봉을 앞두고 있는 실정이다.[260] 서론에서도 언급했지만, 크리스 반 알스버그가 본인의 그림책들이 영화로 제작되는 과정에서 물심양면으로 지원을 아끼지 않다는 사실 그 자체는 그림책과 영화 모두 시공간의 서사를 영상적으로 탐구하고 몽타주와 미장센으로서 예술성을 표출하는 예술 영역이란 점에서 설득력을 갖게 된다. 따라서 최근 수많은 그림책 작가들이 그림책의 펼친 지면의 한계를 벗어나 자신의 상상력을 극대화시키고 싶은 방편으로 점차 테마파크의 이미지니어링을 적극 수용하는 영상매체 쪽으로도 관심을 넓혀가는 것은 당연한 욕망의 이행과정이라고도 볼 수도 있다.

4. 환상의 공간 대 가상의 공간

그림책 『폴라 익스프레스』의 서사구조는 지극히 단순하다. 영화 역시 이 서사구조를 근간으로 제작되었으므로 전체적인 줄거리는 대동소이하다. 성탄절 이브에 주인공 '나'를 비롯해 산타클로스의 초대를 받은 아이들은 북극행 기차를 타고 어두운 숲과 높은 산을 지나 북극에 도착한다. 그리고 선물 요정들을 만나고 산타도 보게 된다. 썰매를 타고 하늘에서 내려온 산타는 첫 선물을 받을 사람으로 '나'를 지목하고, 나는 바라던 은종을 선물로 받게 된다. 돌아오는 기차 안에서 파자마 주머니에 난 구멍으로 빠져버린 은종을 잃어버린 사실을 알게 된 나는 쓸쓸히 기차의 차장과 인사를 나누고 집으로 돌아온다. 그리고 다음날 아침, 크리스마스트리 밑에 놓인 선물 상자 속에 바로 그 은종이 깨인 채 들어있음을 알게 된다. 그런데 나와 동생은 은종의 소리를 듣지만, 부모님은 깨진 종에서 소리를 듣지 못한다. 마지막 장에 이르면 지금까지의 서사는 주인공 '나'가 성인이 되어 어릴 적 크리스마스를 회고한 것임을 알 수 있다.

그림 4. 오른쪽 영화의 장면은 왼쪽 그림책의 마지막 컷을 그대로 차용하되, 주인공의 행동과 매개된 화면구성을 보여줌으로써 영화 역시 동화의 서사를 근간으로 제작된 것임을 보여준다.

사실 그림책에서 등장인물 '나'의 대사는 극히 제한되어 있다. 반면 영화에서는 주인공을 중심으로 함께 북극행 여행을 한 친구들과의 대사가 생동감 있게 살아나 있다. 본래 알스버그는 등장인물들마저 이름이 아닌 그저 '소년', '노인', '나' 등으로만 언급하는 것으로 유명하다. 이처럼 알스버그는 인물들을 통해 직접적으로 메시지를 전달하는 대신 환상적인 사건에 무엇인가 덧붙일 수 있는 충분한 유희 공간을 허용하는, 말하자면 고전적 낭만주의 내레이터의 전통을 따른다.[261)]

다시 말하지만, 그림5.의 왼쪽 그림은 지금까지의 전면 그림으로 되어 있는 펼친 열 네 면이 삽입된 액자 내부의 스토리임을 알려준다. 서술자 '나'를 그림 속에서 볼 수 없지만, 성인이 된 자신의 귀에는 아직도 생생하게 은종 소리가 들린다는 독백에서 독자들은 일상 속에 스며든 판타지가 지속되고 있음에 혼란을 느끼게 된다. 이처럼 여행 혹은 꿈이 끝나는 지점에서 원점의 현실로 돌아오는 대신, 현실 속에 불가능한 세상이 겹쳐게 처리하는 방식을 두고, 많은 그림책 비평가들은 크리스 반 알스버그를 두고 초현실주의적인 작가라고 일컫는다.[262] 이 은종은 작가가 의도적으로 소년의 야간 북극여행에 대한 흔적으로 남겨놓은 것이다. 하지만 그림책을 보는 주 독자층인 아이들은 유연하게 대처할 뿐만 아니라 당황하지 않고 한 층위에서 다른 층위로 상상을 자유로이 오간다. 그것은 어린이들이 지닌 놀라운 상상력의 덕택일 것이다.[263]

알스버그는 원형적인 꿈이나 우화를 서술하고, 그것을 그림으로 표현한다. 초현실주의자들이 현실을 기이하게 변형시키고, 꿈의 환영으로부터 하나의 새로운 세계를 창조하듯이, 현실에 자리 잡고 있는 익숙한 것들을 낯설게 보여주며 의구심을 불러일으킨다. 이런 식으로 알스버그는 본질적인 층위라고 여기는 가시적인 세계 뒤의 상상의 층위, 즉 환상이 여전히 존재한다는 의식을 일깨워주려 한다.[264] 크리스 반 알스버그는 노골적으로 왜곡되고 비틀어진 그림체로 새로운 현실을 창조하려 하기보다는 우리가 일상적으로 보는 것들을 약간 변화시키고 시각과 빛으로 낯설게 하는 데 역점을 둔다.[265] 가능한 것과 불가능 한 것과의 유희는 은종의 소리 이외에도 산타클로스가 허구의 존재라는 일상 세계의 판단을 뒤집고 위반하는 데에서도 효용이 발생한다.

환상으로서의 예술은 실재의 상상적 이미지가 아니라 상상을 실재화하는 것이다. 다시 말해, 환상으로서의 예술은 재현의 '원인'으로 간주되는 '지점'을 창조하는 것이다.[266] 라캉에 따르면 일상적으로 우리가 몸을 부딪치며 살아가고 있는 이 현실 공간은 결코 '실재'의 세계가 아니다. 오히려 우리의 욕망이 만들어낸 일종의 환상 공간이다. 끔찍한 실재를 피하기 위해 우리는 이 공간에 욕망을 투사하고 의미의 세계로 채운다. 따라서 우리가 욕망하는 대상들은 상징으로 나타나며, 그것은 욕망의 실재가 전이된 것이다. 크리스 반 알스버그는 몇몇 그의 몽롱한 그림책들에서도 그러하였듯이 『폴라 익스프레스』에서도 의미로 채워진 세계의 자명성을 빼앗고 취약성을 드러냄으로써 그 공간에 은폐되었던 진실과 숭고미를 드러내는 시도를 했다. 다만 초현실적 성향이 강한 다른 작품에서와는 달리, 상당히 완곡한 표현으로 이뤄지는 이 예술적 승화 작업은 깨어진 은종으로부터도 소리를 듣는 화자 '나'의 행동으로 압축된다. 파자마의 구멍에서 흘러 사라져 버린 줄로만 알았던 은종이 깨어진 채로 산타클로스에 의해 상징계의 세계로 보내졌음을 알게 되었을 때, 화자 '나'가 각성하는 것은 대상으로서의 은종을 사물(das Ding)의 존엄으로 상승시키는 아름다움이다. 상징계의 포섭된 다른 사람들이 소리를 듣지 못하는 상황에 반해, '나'는 깨어져서 이미 기표(記標)에서 떨어져 나간 종의 기의(記意) 이전의 실체, 즉 진정한 소리를 듣는다. 상징계의 벌어진 틈 사이로 미끄러져 북극의 산타마을-판타지 세계(상상계?)를 여행하고 돌아온 나는 산타가 내게 선물로 준 은종이란 다시 내게로 돌아왔을 때 비로소 은종은 다름 아닌 실재계의 사물(das Ding)임을 소리로서 확인하게 된다. 따라서 은종은 믿음의 등가적 환유물이자, 기표만으로 실체를 알 수 없던 믿음을 오히려 기표가 깨어진 상태로서 실체를 드러내는 사물(das Ding)이라 하겠다. 이 틈이야말로 판타즘(fantasme)의 장소이자, 이 틈이 있기에 상상력이 발동하게 된다고 볼 수 있다. 그래야 폴라익스프레스호를 타고 환상의 횡단을 시도했던 여행이 의미를 갖게 된다. 주시하듯이, 정신분석학적 관점에서 환상은 외상의 장소일 뿐 아니라 욕망을 충족시키는 상상적 산물이고 장소이다. 문자와 그림은 환상을 불러오는 매체이다. 특히 시적 언어와 시적 이미지는 환상을 더욱 잘 불러 올 수 있다. 흔히 판타즘(fantasme)은 이상하고 으스하고 경이로운 환상성과 연류되고, 『폴라 익스프레스』에서는 신비감이 그득한 북극의 공간을 채우는 아우라로 변모한다. 환상은 화자인 나가 산타클로스의 존재를 믿을 수도 없고, 그렇다고 확실하게 부정하거나 극복하지도 못하기 때문에 발생한다. 현실의 갈라진 틈, 의심이 싹트는 공간의 틈에서 환상의 공간이 생기는 것이다. 완벽한 충족을 끊임없이 지연시키는 환상의 공간은 가상의 공간이 생기기 이전에 이미 존재하고 그것이 작동을 끝낸 후에도 존재하는 공간이라 할 수 있다.

한편 3d 입체 애니메이션은 실재하지 않는 가상의 공간 속에 세트와 소도구를 만들고 생명이 없는 디지털기술에 의해 캐릭터를 움직여 현실 보다 더욱 사실적인 표면 재질과 컬러를 통해 입체성, 중량감, 동작 등을 생생하게 표현해 냄으로써 가상공간을 직접 경험하게 해주는 듯한 착각을 불러일으킨다. 정교하게 모사되어진 가상의 공간은 현실에서 접할 수 없는 모험과 환상의 시뮬라르크의 세계를 펼쳐 보이며 이를 관람하는 관객에게는 화면 속으로 빨려 들어갈 것 같은 임장감을 제공해준다[267]. 3d 입체 애니메이션은 내러티브 구성상 복선이 될 수 있는 피사체와 극의 흐름에서 중요한 요인이 될 수 있는 피사체들을 이용해서 과장된 돌출 입체로서 관객들에게 손에 잡힐 듯한, 놀라움과 임장감을 느끼게 해준다.≪폴라익스프레스≫에서 열차표를 검사하는 기계의 돌출 입체는 크리스마스의 정신을 믿지 않는 소년이 선택되어진 이유를 암시하며, 동시에 본격적인 여행의 시작을 강조한다. 또한 버려진 인형들이 모여 있는 객실 공간을 돌출 입체로 보여주는 의도 역시 크리스트를 믿지 않는 소년의 흔들리는 마음을 보여주기 위한 것이다[268].

가상의 공간, 달리 말해 사이버스페이스가 도입되면서, 가상 현실은 '가상이기도 하고 현실이기도 하다'[269] 고 여겨진다. 디즈니랜드와 같은 증강된 판타지 공간 창출을 꿈꾸는 영화감독은 환상을 체험하는 일이 현실 공간과의 중첩이 가능한 가상공간에서도 가능하다며 관객들을 유혹한다.

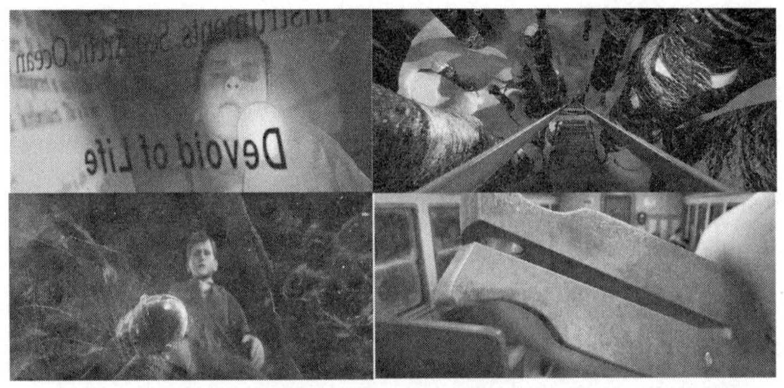

그림 5. 3d 입체감을 증강하기 위해 실사 영화에서는 불가능한 대상물(책–왼쪽 위, 얼음판-왼쪽 아래)를 관통한 앙각 앵글로 잡은 쇼트, 혹은 임장감을 극대화시키기 위해 실제 아슬아슬한 놀이기구에 탄 듯한 임장감을 조성하기 위해 가파른 철로를 림 라이트(rim light)을 활용하여 부감을 극대화하거나(오른쪽 위), 강조하고픈 피사체를 프레임에서 앞쪽으로 돌출되어 보이도록(오른쪽 아래) 하는 다양한 시각적 연출이 시도되었다.

장 보드리야르는 입체 영상물들을 언급하면서 “회화(그림책으로 봐도 무방하다.)처럼 눈만을 위한 투시권 대신에, 여기서는 당신 자신을 투시의 소실점으로 변화시켜 당신이 거꾸로 깊이감 속에 있게 된다.”270)고 지적했다. 또한 그는 “3차원의 시뮬라크르 효과는 역설적이게도, 관객들을 갑자기 명백한 힘을 갖는 모든 것의 숨겨진 차원인 4차원에 더욱 민감하게 만든다”271)고 분석했다. 그에 의하면 우리가 발 딯고 살아가는 세상은 이미 가상실재, 즉 시뮬라르크의 미혹의 지배를 받고 사물이 기호로 대체되고 현실의 모사나 이미지들이 오히려 실재를 대체된 공간이 된다. 부정적인 입장에서 입체 영상적인 재생산을 바라본 그의 입장과는 달리, 로버트 저메키스를 포함한 모든 영화감독, 심지어 그림책 작가들까지 이제는 더 실제적인 실재를 생산하는 공간을 갈망하는 것은 왜일까? 3차원은 2차원 세계의 상상이고, 4차원은 3차원 세상의 상상이듯, 결코 가닿을 없음을 알고 있음에도 불구하고, 실재(진실)에 가닿을 수만 있다면 더 높은 차원의 공간으로 떠나고픈 욕망을 포기할 수 없는 것 역시 21세기를 살아가는 예술가들의 판타지(fataisie)일 것이다. 우리 모두를 대신하고 있는 화자인 '나'가 어른이 되어서도 깨진 은종에서 소리를 듣는 순간만큼은 현실 공간에서는 부재하는 산타클로스의 실재를 긍정하듯이.

Ⅳ. 결론을 대신하여

이상으로 본고에서 살펴본 그림책 『폴라 익스프레스』의 공간 상상력은 다양한 감각적 표현으로 영화 ≪폴라 익스프레스≫에서 보여준 문학적 외연의 확대와 더불어 디지털 기술의 연계라는 점에서 "영화는 예술과 기술의 복합체"라는 자명한 명제를 다시 한 번 확인시켜 준다. 대체로 32페이지 24컷 정도의 지면 안에서 글과 그림으로 독자들에게 서사를 전달해야 하는 그림책에서 시간과 공간의 폭은 지극히 한정적일 수밖에 없다. 그림책은 아리스토텔레스 식으로 말하자면, 내러티브를 재현하는 전통인 말하기(telling)과 보여주기(showing) 중에서 후자에 많이 기대고 있다. 이 점에 있어서는 영화 역시 끊임없는 테크놀로지의 발달에 힘입어, 좀 더 보여주기 방식에 강조점을 두는 형식으로 진화되어 가고 있다고 할 수 있다. 같은 스토리, 같은 인물, 같은 배경을 공유하는 두 장르에서 미메시스와 판타지를 처리하는 기법의 차이점은 장르 고유에 내재된 관습들로부터 찾아볼 수도 있다. 그림책의 글텍스트가 영화에서는 대사와 음향들로 대체되고, 스토리보드를 따르는 감상자의 시선 이동 축이 만든 공간감과 시간 추이에 대한 인지 역시 영화에서는 공간의 깊이감을 좌우하는 미장센과 카메라워킹 및 편집에 의해 직접적인 영향을 받는다. 그림책 작가의 원근법에 기초한 낱장 이미지들과 다음 장면으로 이어지는 이미지들이 함께 만들어내는 공간 변화에 대한 지각은 원칙적으로 2차원적 지면에서

3차원적인 상상력을 활용하는 독자들의 그림문해력에 의해 생산되고 글 텍스트의 도움을 받게 된다. 반면 영화 ≪폴라 익스프레스≫에서도 확인할 수 있었듯이, 360도로 빠르게 회전하는 카메라, 줌인과 줌아웃의 극단적 배치, 앙각과 부감 쇼트로 공간을 활용하는 기법은 그림책의 글 텍스트가 소리로 변화되어 공간의 울림까지 갖춘 청각적 이미지로 전환됨에 따라서 더욱 공감각적이고 입체적인 미메시스를 생성하게 된다.

그림책『폴라 익스프레스』와 영화 ≪폴라 익스프레스≫에서 공통적으로 강조하고 있는 것은 환상성의 체험이다. 두 작품에서 환상성에 주목하는 것은 환상적 공간의 체험을 통해 현실의 결여를 보완하고자 하는 시도를 보여주었기 때문이라고 유지현은 평가했다[272]. 이에 공감을 하면서도, 필자는 영화 ≪폴라 익스프레스≫는 환상 공간을 가상현실로 옮기려고 시도한 역작이라는 입장이다. 영화 ≪폴라 익스프레스≫는 로버트 저메키스가 크리스 반 알스버그의 그림책『폴라 익스프레스』의 서사에 영화감독다운 상상력을 발휘하여 모션 캡처 애니메이션 기법을 더해 3D 영화로 2004년에 발표한 영화이다. 저메키스는 가급적 원본 그림책의 그림 텍스트의 이미지를 충분히 살리고, 인물과 배경을 고스란히 옮겨놓되, 그림책에는 없는 긴장 요소를 창의적으로 추가해 넣음으로써 그림책의 환상 공간을 극장으로 옮겨다 놓았다. 근본적으로 그림책의 2차원적 공간에 비해 영화의 3차원적 공간이 허용하는 더 큰 환상성은 북극으로의 기차 여행담 서사를 다루는 규모에 비례해 증가된 듯하다. 실재 세계에 존재하지도 부재하지도 않는 산타클로스와의 만남, 요정들이 사는 북극의 나라, 그곳으로 데려다주는 북극행 열차는 현실계를 넘어 상상계로 이어지는 판타지에 의해 환상성이 배가된다. 그림책의 북극행 열차가 이름 모르는 화자 '나'로 대변되는 우리들을 산타클로스의 존재를 믿던 어린 시절로 데려다 주는 역시간 방향의 수평 이동을 꾀한 추억의 열차라면, 영화 속 열차는 관객이 실제 영화관의 의자에 앉아서도 화면 속의 폴라익스프레스호에 탑승한 것처럼 느껴지도록 임장감이 극대화된 공간이다. 관객은 극장 의자에 앉아 입체 안경을 쓰는 순간 극장이라는 한정된 현실 속에서 재현된 가상의 북극행 여행을 마칠 수 있게 된다. 따라서 이 기차는 레이 올덴버그가 말한 제3의 공간이 된다. 그 기차가 아이들을 데려다놓은 크리스마스의 대축제가 열리는 북극 역시 올덴버그가 말한 제3의 공간이 된다. 이 기차 여행으로 북극 마을에 도착한 이들은 온갖 호의를 즐기면서, 특별히 무엇인가를 해야 하거나 구매할 것을 강요받지도 않은 채로, '정말 가보고 싶은 곳'을 오감으로 체험한다. 이처럼 영화 ≪폴라 익스프레스≫의 테마파크로의 지향성은 우리가 놀이동산이란 공간에서 이미 체험한 퍼레이드, 롤러코스터, 극광 홀로그램, 뮤지컬 등의 신(scene)을 통해 자연스럽게 표출된다.

오늘날 영화관은 영상을 온몸으로 느끼며 즐기는 오감체험 시설로 진화하고 있다. 3d 입체영상을 너머 '4d 영상체험'이 극장가와 테마파크에서 기세를 올리는 중이다. 4d란 현실성을 극대화시킨 3차원 영상에서 한 발 더 나아가 영상 내용을 오감을 통해 실감나게 체험하도록 해주는 복합적 영상체험 기술을 말한다. 100여 년 전 뤼미에르 형제가 영상에 담은 기차역으로 들어오는 동영상의 충격은 유성 영화 시대의 청각 충격과 컬러 영화 시대의 색감의 충격, 거쳐 컴퓨터그래픽과 3d 입체영상기술 충격을 통해 한층 강력해졌다. 그리고 이제는 오감 충격의 시대를 맞았다. 보고 듣는 영화가 느끼고 체험하는 일종의 놀이시설로 진화하고 있는 셈이다.

한편 OMSU(원소스멀티유즈)를 향한 창작자의 욕망은 그림책 작가 크리스 반 알스버그에게도 예외가 아니다. 이미 닥터 수스로 대변되는 그림책 작가의 '수스 랜드'가 디지니월드에 입주한 점에서 유추 가능하다. 이는 그림책의 제한된 지면 공간을 여러 층위의 공간으로 확장하고 싶은 욕망으로 표출된다. 궁극적으로 그림책 작가도 테마파크의 '제3의 공간'을 창출해 내고 싶은 것이라고 하겠다. 주지하듯이 우리나라의 애니메이션

산업은 세계 최강국에 속한다고 할 수 있고, 최근 몇 해 동안 세계 3대 그림책 상이라 할 수 있는 안데르센 상, 라가치 상, BIB 상(Biennial of Illustrations Bratislava)을 휩쓸며 그림책 강국임도 입증했다. 그러나 그림책을 토대로 애니메이션이나 영화 등이 만들어진 사례는 드물다.

본고는 그림책의 내러티브와 비주얼 이미지를 바탕으로 영화의 디지털 테크놀로지가 그림책 본연의 표현양식과 어떠한 상관관계를 이루며, 어떤 형식으로 공간을 재구성하는지를 살펴볼 목적으로 작성되었다. 라캉의 "시각예술이론"을 빌어 공간의 욕망을 분석하려는 시도가 연구자의 섣부른 욕심에 그치고 만 점을 반성하며, 공간기호학적 방법론에 의거한 그림책과 재매개된 영상물의 공간 담론 연구는 차후의 과제로 미뤄두려 한다. 너그러운 양해를 바란다.

김영욱

인하대하교 / 한국문화콘텐츠학과

sylplus@naver.com

한류드라마로 이어진 고전 캐릭터

– 드라마 <별에서 온 그대>와 판소리계소설 <춘향전>을 중심으로

김 현 희

1. 서론

조선 후기 예술문화의 총아가 판소리였다면 현대 대중문화의 꽃은 드라마라고 할 수 있다. 우리 드라마의 수준이 날로 높아지면서 드라마의 해외 수출도 늘어나고 있으며, 미디어의 발달은 국가의 경계를 허물고 이질적인 문화가 넘나들 수 있게 하였다. 특히 인터넷의 발달은 세계 여러 나라 사람들이 다양한 나라의 문화를 취사선택하여 즐길 수 있게 만들었다. 이처럼 다양한 선택의 기회가 제공되는 가운데 중국인들이 유난히 열광하는 우리 드라마가 있어 눈길을 끈다.

한류[273]라는 현상에 복잡다단한 이유들이 얽혀 있듯 드라마의 성공요인도 다층적이고 중층적인 이유가 있다. 그동안 한류연구를 범박하게 살펴보면, 작품 내적특성으로 가족주의를 대표적으로 꼽았으며[274] 작품 외적특성으로는 한국문화에 대한 동경, 정부의 언론과 드라마에 대한 통제, 현실과 동떨어진 중국드라마들의 낮은 수준을 언급하였다.[275] 그리고 <사랑이 뭐길래>, <겨울연가>, <대장금> 이후 특별히 주목할 만한

한류 드라마가 등장하지 않자, '킬러콘텐츠'의 부재를 이유로 지속적인 한류 확산에 대하여 회의적인 시각을 보였다.[276)]

이렇게 한류 담론이 부정적으로 흘러가던 중 혜성처럼 나타난 <별에서 온 그대>(이하 <별그대>)는 기왕의 한류 드라마에 대한 접근 방식만으로 분석하기에 무리가 있어 보인다. 기존의 한류드라마처럼 이 드라마의 중심축이 가족도 아니고, 10여 년 전에 비하여 중국드라마의 수준도 격상되었으며, 인터넷을 통하여 새로운 문화에 대한 접근 경로도 다양하고 넓어졌기 때문에 한류 드라마의 흥행 원인을 다른 지점에서 찾을 필요가 있다.

도킨스가 만든 개념인 밈(meme, 문화적 유전자)에 의하면 생물학적 유전자처럼 문화도 유전되며 진화한다. 그러나 문화는 생물학과는 다른 방식으로 유전되고 진화하는데, 문화가 전달되기 위해서는 중간 매개물이 필요하며 문화적 유전자는 이 매개물을 모방하면서 진화한다.[277)] 즉, 우리의 문화적 유전자가 전해지기 위해서는 복제 역할을 하는 매개물로서 작품이 있어야하며, 이 매개물인 작품을 모방하면서 문화적 유전자는 진화한다는 것이다. <별그대> 역시 어느 날 갑자기 생성되었다기보다는 우리가 지닌 문화적 유전자가 작품들을 매개로 하여 전승되는 가운데 만들어지게 된 것이라는 설명이 가능하다.[278)] "현재를 이해하기 위해서 우리는 반드시 과거를 소유"[279)]해야 하듯 <별그대>가 탄생하고 한류의 중심이 된 원인을 우리가 가진 풍부한 '서사문화'[280)]의 전통과 그 캐릭터[281)]에서 그 흔적을 찾아보고자 한다.

<춘향전>은 우리의 대표적인 고전 중 하나로서 정전의 위치를 확고히 하고 있으며[282)] 방각본과 활자본 외에도 필사본, 창본, 신소설, 번역본 등을 포함하여 가장 많은 출간 횟수를 보이는 작품이다. 가장 많은 출간 횟수를 보였다는 것은 가장 많은 독자를 확보했다는 방증이기도 하다. 그리고 <춘향전>의 개작은 근대를 거쳐 현대에 이르러서도 멈추지 않았으니 우리의 문화적 유전자 속에 잠재된 <춘향전>의 힘은 짐작조차 하

기 어렵다. 우리의 문화적 유전자 속에 특정 서사 또는 특정 캐릭터가 자리하고 있다면, 그 중 하나가 <춘향전>이라는 사실은 의심할 나위가 없을 것이다. 그러므로 우리에게 존재하는 특정한 문화적 유전자가 전승되는데 <춘향전>이 매개가 되었을 가능성이 크다. <별그대>의 인기는 스토리보다 유독 캐릭터에 집중되는 양상을 보이기에 본고에서는 캐릭터를 중심으로 두 작품을 비교하고자 한다.

본격적인 논의에 앞서 <별그대>와 관련된 두 편을 글을 찾을 수 있었다. 신경범은 <어린왕자>의 주인공인 어린왕자와 <별그대>의 주인공인 도민준을 비교하였다.[283] 여행하는 과정 속에서 장미의 존재를 깨닫고 장미를 찾아 자신의 별로 회귀하는 어린왕자와 꿈꾸던 세상을 버리고 지구로 돌아와 천송이 곁에 남으려는 도민준의 모습을 비교했다는 점에서 본고와 비슷한 의미망을 형성하고 있다. 장창훈은 이 드라마가 높은 시청률을 얻은 이유로 삼각관계와 살인사건, 운명적 만남 등 탄탄한 스토리를 꼽았다.[284] 그는 서울교육방송 칼럼에 발표했던 글을 모아서 <별그대>에 관련된 책을 내었으나, 그 발표시기가 작품이 채 끝나기도 전이기 때문에 전체적인 서사 맥락과 캐릭터를 짚어 내는 작업보다는 세부적인 인기요인을 분석한 글에 가깝다.

본고에는 <별그대>의 작품성과 가치를 논하는 장을 따로 마련하지는 않았다. 이 드라마는 다른 작품과의 유사성에 대한 지적도 상당했으며, 패러디와 표절시비에 대한 논란도 지속되어 분석할만한 가치가 있는 작품이가에 대한 지적이 가능하다. 그러나 높은 시청률로 시청자의 호평과 대중의 평가를 받은 작품이 때문에 논의의 대상으로 삼기에 무리가 없다. 이미 이 드라마는 한류 열풍의 중심에 서 있으며, 그 현상의 원인을 추적하는 것이 이 논문의 목적이기 때문이다.

2. 캐릭터에 집중된 <별에서 온 그대>의 인기

<별그대>는 SBS에서 2013년 12월 18일부터 2014년 2월 27일까지 총 21회에 걸쳐 방영되었다.[285] 본래 이 드라마는 20부작이었으나 시청자들의 성화에 의해 1회 연장하여 방송하였고, <별에서 온 그대-더 비기닝>을 추가 편성을 하였으며[286] 최고 시청률은 전국 28.1%, 수도권 33.2%를 기록하며 한국에서도 성황리에 종영하였다.

<별그대>의 인기 요인은 다양하다. 능청스럽고 진지하게 외계인 연기를 하는 남주인공 역의 김수현과 한류여신이자 대한민국 최고의 미녀지만 돌발행동으로 웃음을 주는 여주인공 역의 전지현, 두 배우의 캐릭터에 대한 이해와 연기가 드라마의 기본 시청률을 담보하였다. 그리고 작품에서 순간이동, 시간정지 능력 등 초능력을 구현하기 위해 사용된 영상기법도 시청자들에게 신선함을 주기에 충분했다.[287] 그리고 『조선왕조실록』에 기록되어 있는 기이한 일을 1회 오프닝에서 보여주며 시청자의 궁금증을 유발시켰다.[288]

여러 가지 인기요인들이 더해져 사랑을 받았던 <별그대>는 한국에서보다 중국에서 더 큰 반향을 일으켰다. 중국 현지에서 "중국 내 한류가 <별그대> 이전과 이후로 나뉜다."는 말이 있을 정도이며, '제2의 한류', '新 한류', '중국 한류 2기', '한류 열풍 2막'으로 불리며 선풍적인 인기를 구가하고 있다. 일반인들뿐만 아니라 중국 공산당 서열 6위인 왕치산(王岐山)도 베이징시의 정부업무보고 심의에 참석해 이 드라마를 거론했다.[289] 그리고 2014년 3월 1일에는 중국에서 불고 있는 한류열풍이 신기해 보였는지, 미국의 『워싱턴 포스트』 1면에서도 중국에서 일어난 <별그대> 현상에 대해 전면 소개 · 분석하였다.[290]

그런데 <별그대>가 이끌고 있는 한류는 이전의 한류와 조금 다른 양상을 보인다. 리우진(劉瑾)은 중국인들이 <대장금>에 매료된 이유에 대하여 중국과 함께 향유할 수 있는 전통적인 문화 도덕관념(유가의 仁, 義, 禮, 智, 信)을 표현했기 때문에 중국에서 성공할 수 있었다고 한다.[291] <대장금>의 장르가 팩션(Faction) 사극이기에 드라마 곳곳에서 발견되는 유교이념을 실마리로 삼아 중국에서 한류를 일으킨 이유를 설명한 것이다. 그러나 <별그대>는 철저하게 현대극으로 여주인공이 적극적으로 자신의 마음을 표현하는 등 유교이념과는 상당한 거리가 있다. 정혁훈은 중국인들의 반응을 통하여 "예상 못한 인기에 중국인들도 당황"하고 있다고 하며, 중국 드라마의 내용에 대한 간략한 분석을 하였다.[292] 그에 의하면 중국 드라마는 여전히 중국공산당 혁명기 항일투쟁을 소재로 하는 드라마와 가족 갈등을 모티프로 하는 드라마로 나뉘기 때문에 이에 식상한 중국인들이 <별그대>에 열광했다고 한다. 곳곳에서 <별그대>의 인기요인을 분석하려 애쓴 흔적들이 보이지만 정밀하게 작품 내적인 인기요인을 분석한 글은 찾기 어렵다.

<별그대>는 방영과 동시에 남녀주인공에 대한 관심이 폭발적으로 증가했다. 남녀주인공이 무엇을 입고, 무엇을 읽고, 무엇을 바르고, 무엇을 먹느냐까지 집중되는 현상을 보였다.[293] 경원식 한국CM전략연구소장도 "<별그대>는 캐릭터가 부각되면서 광고모델 호감도가 크게 높아졌다"고 보았다.[294] 이러한 사례들은 곧 캐릭터가 <별그대>의 인기를 견인하는데 주도적 역할을 하였음을 나타내는 지표이다. <별그대>가 캐릭터에 집중되어 있다는 사실은 여러 기사를 통해 어렵지 않게 접할 수 있었으나, 기사에서는 드라마에 나왔던 장면들을 설명하는 피상적인 수준에서 그쳤으며 캐릭터가 어떠한 특성을 가지고 있는지, 그 연원은 어디서부터 흘러온 것인지에 대하여 고심한 흔적을 찾기 어렵다. 본고에서는 판소리계소설인 <춘향전>과 비교를 통하여 <별그대>에 등장한 캐릭터의 연원을 탐색하고자 한다.

3. <춘향전>과 <별에서 온 그대>의 서사비교

우선 <별그대>의 전체적인 내용 파악을 위하여 줄거리를 제시하고자 한다. 드라마에서는 극적 효과를 위해 사건을 순차적으로 방영하지 않고 시간의 순서를 바꾸어 배치하기도 하였다. 그러나 본고에서는 전체 내용을 한눈에 파악할 수 있도록 시간의 순서에 따라 줄거리를 정리하고자 한다.[295] 비교적 위성사건보다는 핵사건[296] 위주로 살펴보았으며 주인공을 중심축으로 삼아 정리하였다.

> **1회~3회(만남)** : (과거: 조선왕조실록 광해 1년 20권 9월 25일의 기록으로 오프닝을 시작한다. 그리고 열다섯에 마당과부가 된 서이화가 가마를 타고 가던 중 불시착하던 비행물체 때문에 벼랑으로 떨어지려는 순간 도민준이 시간을 멈추어 서이화를 구한다) 그리고 400년의 세월이 흐른다. 도민준은 초능력으로 차에 치일 뻔한 천송이를 구하고는 400년 전에 만났던 서이화와 닮은 얼굴에 놀란다. 그로부터 다시 12년 후, 도민준은 3개월 뒤 본래 살던 행성으로 돌아갈 수 있는 기회를 얻게 된다. 천송이가 도민준 옆집으로 이사를 하고, 도민준은 우연히 본 천송이의 지갑에서 어릴 적 천송이의 사진을 발견한다. 도민준은 사진속의 주인공이 누구인지 묻기 위해 천송이를 찾아간다.

> **4회~16회(사랑, 수난)** : (과거: 서이화의 시댁은 열녀문을 하사받기 위해 서이화를 죽이려 한다. 가문의 명예를 중시하던 서이화의 아버지는 도민준에게 비소를 먹이고, 그 사이 불시착했던 도민준 일행은 지구를 떠난다. 서이화는 도민준에게 화살이 날아오자 도민준을 대신해 화살을 맞고 죽는다) 이재경이 혼잡한 선상결혼식을 틈타 한유라를 죽이고, 천송이는 라이벌이었던 한유라를 죽였다는 누명을 쓴다. 이재경은 사람을 시켜 천송이에게 마취약을 투여한 뒤 차에 태워 낭떠러지로 보내지만 도민준이 초능력을 사용해 천송이를 구한다. 도민준은 천송이를 위협하는 이재경에게 초능력을 보여주며 경고한다. 도

민준은 이재경에게 한유라 사건과 관련된 모든 일을 자신이 한 것처럼 자백할 테니 더 이상 천송이를 위협하지 말라고 하고, 이재경은 도민준의 제안을 수락한다. 도민준은 이재경과 한 약속을 지키려 검사에게 거짓 자백을 한다. 도민준은 천송이에게 자신이 12년 전 차에 치일 뻔한 천송이를 구해 준 사람이며 400년 전부터 여기 살았고 외계에서 왔음을 밝힌다. 이재경은 도민준과 한 약속을 지키지 않고 액션 씬을 찍고 있는 천송이의 와이어를 끊어 목숨을 위협한다. 천송이가 위독하다는 사실을 안 도민준은 초능력을 이용해 응급실로 이동한다. 이재경의 배신으로 화가 난 도민준은 이재경과 한유라 사이를 확인할 만한 증거자료를 검사에게 넘긴다.

17회~19회(사랑, 수난, 이별) : 도민준이 천송이에게 한 달 뒤에 원래 있던 별로 돌아가야 한다고 말을 하자, 천송이는 불안해하고, 도민준은 천송이에게 떠나지 않겠다는 말을 한다. 천송이는 도민준의 일기장에서 이번에 돌아가지 않으면 죽게 된다는 글을 보게 된다. 도민준은 이휘경의 도움을 받아 이재경이 한유라를 살해한 일을 실토하게 하고 그 장면을 녹화한다. 도민준이 이재경을 붙잡아 검사에게 넘기는데 기자들이 취재하기 위해 몰려든다. 이재경은 미리 천송이가 마실 와인 속에 치사량의 마취제를 넣고, 아무것도 모르는 천송이는 그 와인을 마신다. 도민준은 쓰러진 천송이를 안고 병원으로 이동하고, 병원에서 치료를 마친 뒤 다시 순간이동으로 어느 섬에 도착한다. 천송이가 도민준에게 마음을 표현하고, 도민준은 천송이에게 프로포즈를 한다.

20화~21화(이별) : 도민준이 떠나지 않으면 죽는다는 것을 알고 있는 천송이는 도민준에게 본래 있던 별로 돌아가라고 한다. 그리고 떠나기 전날 도민준과 천송이는 두 사람만의 결혼식을 올린다. 시간이 흘러, 도민준의 별에서 비행물체가 날아오고 도민준은 천송이 곁을 떠난다.

21화~특별 에필로그(이별, 재회) : 도민준이 떠난 이후 천송이는 며칠째 밥도 안 먹고 잠도 안 자며 집에서 나오지 않는다. 이재경은 모

> 든 범죄가 밝혀지고 실형을 선고 받는다. 3년 후, 천송이는 재기에 성공하고 안정을 찾은 듯 보이지만 무엇에 홀린 사람처럼 자꾸 도민준을 본다. 시상식 날 천송이가 레드카펫 한 가운데 서자, 갑자기 도민준이 나타나 많은 사람들 앞에서 키스하고 사라진다. 도민준은 처음에는 5~10초 남짓 머물다가 점점 머무는 시간이 길어져 1년 2개월째 머문다. 그러다 어느 날 또 떠나고 천송이는 밤하늘을 바라본다. 다음날 아침, 도민준은 다녀왔다는 말과 함께 천송이를 끌어안고 두 사람은 행복해 한다.

우선 대부분의 통속애정소설 내지는 멜로드라마가 남녀주인공의 사랑을 다룬다는 점에서 <별그대>와 <춘향전>은 같은 성격을 지닌다. 하지만 남녀 간의 사랑을 중심으로 이야기가 전개된다는 점 외에도, 두 작품의 공통점은 쉽게 발견할 수 있다. 두 작품은 남녀주인공이 이별하고 재회하며 여주인공을 핍박한 대상을 남주인공이 대신 징치한다는 점에서 맥을 같이 한다. 남주인공이 피치 못할 사정으로 여주인공에게 이별을 통보하고, 여주인공은 당혹스러워 화를 내지만 이내 마음을 돌려 남주인공을 떠나보낸다. 그리고 남주인공은 여주인공에게 돌아오겠다는 약속을 하고 이를 지키며, 여주인공에게 위해(危害)를 가하던 인물의 죄를 만천하에 드러내고 옥에 보내는 일련의 흐름들이 닮아 있다.

<춘향전>에서 이도령은 아버지를 따라 서울 삼청동에서 남원으로 내려왔다. 글방에서 서책을 읽다가 방자를 앞세워 경치 좋기로 소문난 광한루에 도착한 뒤, 추천하는 춘향을 보고 첫눈에 반한다. <별그대>에서 도민준은 조선에 불시착한 뒤 오랜 시간 지구에 살면서 타인의 삶에 관여하지 않기로 결심하고 떠날 날만 고대하며 지구인들과의 교류를 철저히 단절한 채로 살아간다. 그런데 1회 엔딩장면에서 엘리베이터 문이 열리고 천송이가 걸어들어 오는 모습을 정면으로 본 도민준은 천송이의 얼굴을 뚫어지게 바라본다. 1회 내용이 대부분 두 남녀주인공 그리고 주인공들

과 관계된 주변 인물들을 소개하는데 할애되었기에 엔딩장면은 도민준이 천송이의 얼굴을 제대로 바라본 처음이자 사랑에 빠지는 모습을 표현한 것이라 할 수 있다.

이도령은 춘향에게 불망기를 써주고 초야를 치른 뒤 춘향의 집에서 행복한 나날을 보낸다. <별그대>에서 천송이가 한유라를 죽였다는 누명을 쓰고 기자들 때문에 집에 들어가지 못하고 있자 도민준은 천송이를 집으로 데려와 함께 살기 시작한다. <춘향전>에서 사랑가, 음양가, 비점노래, 어붐질노래 등으로 이어지는 사설들이 있었다면, <별그대>에서는 천송이와 도민준이 한 집에 살며 보여주는 모습들을 통하여 두 사람이 서로 사랑하고 있음을 시청자들이 충분히 느낄 수 있도록 영상으로 마련해 놓았다. 하지만 두 남녀가 함께 살아가는 과정은 그리 순탄하지만은 않았다. 소소한 부딪힘이 있었고 티격태격하는 장면도 자주 등장한다. <춘향전>에서 이도령과 춘향의 다툼이 따로 표현되어 있지는 않지만, 이도령이 춘향에게 이별을 고했을 때 춘향이 울며 큰소리를 내자 월매가 "애고 저것들 또 사랑싸움이 났구나"라고 한다. '천송이와 도민준의 사랑싸움'도 월매의 말 속에서 드러난 '춘향과 이도령의 사랑싸움'과 크게 다르지 않았을 것이라 추측해 본다.

<별그대>의 낭만적이고 환상적인 결말은 <춘향전>을 비롯한 판소리문학 전반에서 보이는 결말과 유사한 지점들이 있다.[297] <춘향전>에서 이도령은 변학도의 생일잔치에 찾아가 "금준미주는 천인혈이요(金樽美酒千人血). 옥반가효는 만성고라(玉盤佳肴萬姓膏)."며 망신을 준 뒤 어사출도 하여 죄를 묻고 변학도를 봉고파직한다. <별그대>에서 도민준은 천송이를 죽이려던 이재경에게 "너의 모든 것을 세상에 까발리겠다."고 말한 뒤 이재경의 죄를 드러내 검찰과 기자들에게 알리고 감옥에 보낸다. 어사가 된 이도령은 남원고을 사람들이 보는 앞에서 춘향과 얼싸 안으며 재회하는데, 이는 도민준이 웜홀을 통해 돌아와 기자들과 카메라에

둘러싸여 천송이와 키스하는 장면과 유사하다. 여기서 웜홀을 통해 돌아온 도민준이 지속적으로 천송이와 살아가는 것인가에 대한 반론을 제기할 수 있겠으나, 도민준이 돌아오는 시간이 점차 길어지고 결국에는 관성을 받아 <춘향전>과 같이 행복한 결말로 이어질 개연성이 크다고 본다.

물론 두 작품 간의 차이점도 분명 존재한다. <춘향전>이 '만남-사랑-이별-수난-재회'의 명확한 서사구조로 이루어져 있다면 <별그대>는 사랑을 확인하는 과정과 수난이 중첩되어 나타난다. 이는 <별그대>가 <춘향전>에 비하여 서스펜스(suspense)와 서프라이즈(surprise)[298]가 강화되었기 때문이라는 가설을 세울 수 있다.

<춘향전>이 홍성하던 시기에 춘향이 변학도의 수청을 거절하고 옥고를 치르게 될 것을 모르고서 책을 읽거나 판소리를 듣는 일은 드물었다. 따라서 독자와 청자들이 작품에서 서프라이즈를 느꼈다고 보기는 어려우며, 오히려 수용자들은 <춘향전>을 통하여 서스펜스를 즐겼다고 본다. 반면 <별그대>는 시청률을 끌어올리기 위해 주동인물인 천송이와 반동인물인 이재경의 대립각을 더욱 날카롭게 세우고 여러 번 충돌하게 만들어 서스펜스와 서프라이즈를 강화하였다. 이재경이 천송이를 죽이려 갖은 방법을 동원하는데, 시청자 대부분이 여주인공 천송이가 죽지 않을 것이라고 예상을 하며 감상하기에 <별그대>에 나타난 천송이의 수난은 서스펜스에 가까운 서프라이즈라 할 수 있다.

<춘향전>에서 춘향의 사랑과 고난이 분리되어 순차적으로 이루어졌다면, <별그대>에서는 천송이의 사랑과 세 번의 고난이 한 데 나타나는데, 이는 분량이 방대한 극을 끌어나가기 위해 서스펜스와 서프라이즈를 강화하는 방식으로 드라마가 진행되었기 때문이다. 즉, <별그대>에서 사랑과 수난이 <춘향전>처럼 분리되지 않고 나타나는 이유는 드라마의 특성과 수사 전략에 따른 것이지 전체 서사 맥락이 다르거나 캐릭터가 달라 생긴 차이는 아니다.

지금까지 소략하게나마 두 작품의 서사를 비교함으로써 <별그대>와 <춘향전>이 가까운 거리에 있음을 확인하였고, 남녀주인공들이 서사의 진행 속에서 서로 관계 맺어 나가는 방식과 행동양상들이 유사하다는 점을 발견할 수 있었다. 다음 장에서는 한걸음 더 나아가 캐릭터의 고유한 특성들을 비교하면서 보다 적극적으로 <별그대>와 <춘향전>의 거리가 가까이 있음을 확인하도록 하겠다.

4. 두 작품 속 등장 캐릭터의 상동성

앞서 3장에서는 <별그대>와 <춘향전>의 사건을 통하여 서사가 대칭을 이루고 있음을 살펴보았다. 4장에서는 본격적으로 '춘향-천송이', '이도령–도민준'을 비교하면서 <춘향전>에 담겨 있는 <별그대> 속 등장캐릭터의 원형질을 찾아보고자 한다. 그러나 작품을 분석하며 서사(敍事, narrative)와 캐릭터를 분리하는 일은 녹록치 않다. 서사가 행위와 관련된 사건들의 집합으로 이루어 졌다면, 캐릭터는 그 행위를 선택하는 일을 담당하기에 한 작품 속에서 서사와 캐릭터를 분명하게 가르는 일은 사실상 불가능하다. 그럼에도 불구하고 작품을 이끌어 나가는데 있어 경중은 있기 마련이다. 특히 남녀 간의 사랑을 다룬 통속애정소설이나 멜로드라마처럼 밋밋한 서사를 이끌어 가는데 캐릭터의 역할은 지대하기에 <별그대>처럼 수용자의 관심이 분명하게 배우와 캐릭터에 집중되어 있는 경우, 그 인기 요인을 분석하는데 있어 캐릭터의 특성을 찾아내는 것이 급선무이다. 춘향전에 등장하는 캐릭터들의 참모습을 살펴보기에 <완판 33장본>, <완판 84장본>, <남원고사>, <신학균본>이 유의미하다고 판단하기에 4종류의 이본을 통하여 <춘향전>에 등장하는 캐릭터의 특성을 제시하고[299] <별그대>와 비교하는 작업을 수행하려 한다.

1) '춘향'과 '천송이' : 자신에 대한 믿음을 가지고 사랑하는 사람을 기다리는 여자

<춘향전> 속 춘향의 신분은 기생[300]으로 본래 관청에 소속되어 기예와 접대를 맡을 책무가 있었으나, 조선후기 신분제 사회의 변동과 월매의 경제력을 바탕으로 기역(妓役)을 면할 수 있었다. 춘향은 변학도가 한양에서부터 이름을 알고 내려올 정도로 미인이었으며, 동네 오입쟁이들의 숱한 구애를 모두 거부하며 일부종사할만한 남편감을 찾고 있었다.

<별그대>에서 천송이를 수식하는 단어는 '대한민국 최고의 국민배우'이자 '한류 여신'이다.[301] 극중 천송이의 직업은 연예인으로 그녀의 미모에 대한 관심은 한국을 넘어 해외에서도 폭발적이다. 그러나 연예인 신분인 천송이는 주변시선으로부터 자유로울 수 없었다. 천송이는 "욕을 하도 많이 먹어 하루 종일 사과 한 개 양배추 반쪽만 먹었는데도 배가 부르다"며 악성댓글과 도를 넘는 관심에 울부짖는다. 그리고 천송이는 어린 시절 차에 치일 뻔했을 때, 혜성처럼 나타나 구해주고 사라진 한 사람(도민준)을 첫사랑으로 간직하고 있다.

기생과 연예인을 일대일 대응시켜 꼭 같다고 하기에는 무리가 따르지만, 춘향과 천송이는 성격적 특성뿐 아니라 세간의 관심을 받을만한 미모와 평범하지 않은 신분을 가지고 있다는 점에서 외적 특성도 동일하다. 드라마 속에서 천송이는 "알아야 될 또래들의 세계는 모른 채 건너뛰었고, 몰라도 될 어른들의 세계는 너무 일찍 알았다."고 한다. '어른들의 세계'로 대변되는 가혹한 세상의 질서를 온몸으로 느끼고 그 고민을 통하여 정립된 가치관을 지니고 있는 천송이의 모습은, '비록 기녀 취급을 받을 만한 신분이지만 기녀취급을 당하지 않으려는 춘향의 의지'와 '춘향을 기녀취급 하려는' 당대 질서 사이의 갈등[302] 속에 살던 춘향을 환기시키는 점들이 있다.

춘향의 캐릭터 특성 중 하나는 결코 점잖지 않다는 것이다. 이도령이 방자를 시켜 춘향을 데려오라고 하자, 방자가 춘향에게 다가가 이도령의 말을 전한다. 이때 춘향은 "네가 미친 자식이로다. 도련님이 어찌 나를 알아서 부른단 말이냐. 이 자식 네가 내 말을 종달새 열씨 까 듯 하였나보다."이라며 강하게 쏘아 붙인다. 춘향이 방자와 대거리 하는 장면은 동리 신재효 이후로 열녀형상이 강화된 <완판 84장본>에서 조차 생략되지 않는다. 이본에 따라 편차는 있으나 춘향은 품격있고 고상하게 그려지기보다 당당하게 할 말을 다 하는 캐릭터로 묘사되어 있다.

<별그대>에 등장하는 천송이의 당당함과 엉뚱함은 극중 재미를 더하고 캐릭터를 잡아가는 요소로 작용한다. 천송이는 매니저 · 코디와 티격태격하고, '모카라떼'를 '목화라떼'로 잘못알고 SNS에 글을 잘못 올려 소속사 대표와 싸우고, 한유라 사건으로 인해 맡은 배역들이 취소되자 오히려 "내가 깠다"며 큰소리친다. 그리고 천송이는 "내가 왜 도민준씨를 곱씹어 생각해야 하느냐"며 "나 여자로 어때?"라고 도민준에게 먼저 묻는다. 이러한 천송이의 저돌적이고 당돌한 면모 역시 춘향과 겹쳐지는 점들이다.

춘향도 천송이 만큼 사랑에 적극적이었다. 춘향은 그동안 찾아왔던 남정네들을 숱하게 거절하였으나 이도령에게 만큼은 단박에 집을 알려 준다. 그리고 이도령이 집으로 찾아오자 직접 나가 이도령의 손을 이끌고 방으로 들어가고(<완판 33장본>), 이도령이 월매에게 "백년기약 맺어주게"라고 하자 월매를 제치고 나서서 이도령과 대화할 만큼 자신의 혼사에 적극적으로 개입한다(<신학균본>). 춘향과 천송이는 지위고하를 막론하고 자신의 뜻을 당차게 이야기는 말하기 방식을 취하며, 사랑하는 사람에게 적극적 의사표시를 한다는 점에서 동일한 성격적 특성을 보인다.

다음으로 눈여겨 볼 장면은 이별에 대처하는 춘향과 천송이의 자세이다. 춘향은 이도령에게 갑작스럽게 이별을 통보받는다. 그리고 오리정까지 배웅을 나갔다가(<완판 33장본>) 집으로 돌아와 이별시를 지어 부르고 신세를 한탄하며 기약 없는 기다림을 지속한다. 춘향이 이도령과 이별하고 돌아와 그날부터 단장하지 않고 홀로 앉아서 지은 시를 살펴보면,

춘향은 이도령을 미워하거나 원망하지 않고 사랑했던 시간들을 후회하지도 않는다. 그저 마음을 다해 믿고 기다린다. 내면심리에 대한 묘사가 상대적으로 적은 고전소설의 특성상 춘향이 자신의 속마음을 직접적으로 토로하기보다는 시를 통해서 춘향의 마음을 우회적으로 드러내는 방식을 취하였다. 그에 비하여 <별그대>의 천송이는 자신의 속마음을 직접적으로 친구에게 드러낸다.

> 천송이: 그 사람은 자기가 할 수 있는 최선을 다했어. (…) 난 아무것도 해주지 못했고 마지막 인사도 제대로 하지 못했어. 그 사람 거기서도 최선을 다할 거야. 나한테 기다리라고 했으니까. 아마 거기서도 노력하고 있을 거야. 그러다 끝끝내 못 돌아올 수도 있지만, 나 안 잊어버릴 거야. 하나도 안 잊어버리고 열심히 기다릴 거야.
>
> <별그대> 21화

위 인용문 속 천송이의 발화는 떠난 이도령을 기다리는 춘향의 마음과 닮아 있다. 두 여주인공들은 사랑하는 대상의 부재에 대한 불안감보다 사랑하는 이의 안위가 걱정되어 고이 보내주는 길을 택한다. 외형적 특징을 비롯하여 두 캐릭터가 지니는 성격적 특성이 닮아 있음을 고려할 때, 사랑하는 사람이 떠나간 상황에서 상대를 원망하지 않고 사랑을 지속하는 것 또한 춘향과 천송이의 특성이라 하겠다.

<춘향전>과 <별그대>에서 여주인공들의 수난은 이루 형언하기 어려울 정도이다. 춘향이 변학도의 수청을 거부하고 갖은 고초를 겪으며 죽을 고비를 넘기는데 천송이 역시 마찬가지로 여러 번 죽을 고비를 넘긴다. 여주인공들의 수난을 해결하는 데 남주인공들이 핵심적 역할을 했다는 점은 두 작품이 동일하지만, 고난을 대하는 방식을 살펴보면 춘향과 천송이가 결을 달리하는 듯 보인다. <춘향전>에서 춘향은 변학도가 내린 모진 매에 십장가를 부르며 극렬하게 저항하는데 비하여 <별그대>

의 천송이는 이재경의 살해 위협에 필사적으로 대응하는 장면이 나타나지 않는다. 천송이가 사태의 심각성을 깨닫기 전에 도민준이 나타나 문제를 해결해 주어 천송이 캐릭터가 지닌 주체성이 약화되는 측면이 있다. 그러나 도민준이 떠난 후 조연도 마다하지 않고 스스로의 힘으로 재기에 성공한다는 점에서 천송이 캐릭터의 주체성은 보완된다.

도민준이 초능력으로 천송이를 구하는 장면이 방송되고, 외계인이라는 사실이 언론에 보도되자 천송이의 엄마는 천송이에게 도민준이 이상한 사람이면 어떻게 하느냐고 따진다. 이때 천송이는 아래 인용문과 같이 "내가 사랑하는 사람"이라고 대답한다. 천송이에게는 도민준이 평범한 사람인지 평범하지 않은 사람인지 중요하지 않다. 그저 세상에서 내가 사랑하는 단 한사람일 뿐이다.

> 천송이: 엄마, 세상에 딱 한명 내가 사랑하는 사람이야. 그전에도 없고 다음에도 없어요. 저 사람 평범하지 않은 사람인 건 맞지만 나한테는 그냥 내가 사랑하는 사람이야. 그러니까 도민준씨 밥 좀 주라.
>
> <별그대> 20화

위 인용문에는 도민준에 대한 천송이의 진솔한 사랑이 드러난다. 그전에도 없고 다음에도 없는 단 하나의 사랑이다. 도민준을 향한 천송이의 사랑과 이도령을 향한 춘향의 사랑이 겹쳐져 보인다. 춘향이 옥에 갇혀 있을 때 거지꼴을 하고 추레한 모습으로 이도령이 찾아오자 춘향은 월매에게 옷가지며 패물을 모두 팔아 "별찬 진지 대접하오."라고 당부한다.[303] 죽을 날 받아 놓은 춘향에게 밥이 무슨 의미가 있을까 싶지만, 내 목구멍으로 넘어갈 밥보다 사랑하는 사람을 챙기려는 마음이 천송이와 꼭 닮았다. 한국인에게 누군가의 밥을 챙긴다는 의미는 단순하지 않다. 끼니를 챙기는 행위 속에는 그 사람에 대한 각별한 애정을 확인할 수 있다.

2) '이도령'과 '도민준' : 사랑하는 여인과 한 약속을 지키기 위해 돌아온 남자

진세간 기남자(奇男子)인 이도령은 용꿈을 꾸고 낳았다고 하여 이름이 몽룡(夢龍)이다. 이도령은 두목지의 풍채를 가졌고, 도량은 창해 같았으며, 문장은 이백이요 필법은 왕희지였다. 부친 따라 남원으로 내려온 이도령이 방자를 데리고 광한루로 나서는데 그 모습이 가히 볼만하다. 특히 도령치레와 나귀치레는 사설이 따로 마련되어 있을 정도로 독자들에게 사랑받는 대목이다. 이도령도 춘향처럼 판본에 따라 다양한 캐릭터로 나타나는데 철부지 소년 같은 모습을 보이다가도 사랑에 책임을 지는 어른스러움까지 다양한 모습을 겸하고 있다.

<별그대>의 도민준은 외계에서 온 남자로 1609년 조선 땅에 떨어진 이래로 처음과 같은 젊음을 유지한 채로 400년을 살아간다. 그 동안 군인, 변호사, 의사, 대학교수 등 여러 직업을 두루 거치며 지구를 떠나기 전까지 세상에 자신을 드러내지 않고 살아가려 한다. 드라마 속에서 시니컬하게 "인생은 인간이 철들만큼 그리 긴 시간이 아니거든"이라는 대사를 던지는 도민준은 진지하지만 무겁지 않은 캐릭터로 인기몰이를 하였다. 하지만 도민준의 진지함은 천송이라는 여자를 만나면서 도전받게 된다.

이도령과 도민준은 사랑하는 여인을 만나고 나서 불같이 타오르는 열정을 발산한다는 점에서 닮아 있다. 이도령은 춘향을 보고 첫눈에 반하여 집을 알려달라고 하고, 그날 저녁 춘향의 집으로 찾아가 월매에게 대뜸 백년가약 맺게 해달라고 한다. 그리고 이도령은 불망기(不忘記)를 쓴 뒤 춘향과 본격적인 연애를 시작한다. 도민준 역시 천송이를 보고 첫눈에 반한다. 그리고 얼마간 내용이 전개된 뒤, 천송이는 피치 못할 사정으로 인하여 도민준의 집에서 한동안 지내게 된다. 극중 도민준은 외계인으로 설정되어 있어 지구인의 타액을 삼키면 심한 발열을 동반하는 몸살을 앓는다.

그럼에도 불구하고 도민준은 천송이의 애교에 넘어가 키스를 하고 만다.

그러나 서로의 사랑을 확인하는 기쁨도 잠시일 뿐, 두 작품 모두 남녀 주인공들의 사랑이 현실 앞에서 무너질 위기에 처한다. 이때 남주인공은 여주인공 곁에 남게 되면 죽는 것보다 못한 삶을 살게 되거나 혹은 죽게 될 것을 알면서도 함께 하기를 제안한다.

<춘향전>의 이도령은 부친이 승차하여 다시 한양으로 돌아가야 했다. 이도령은 부친 앞에서 눈물을 멍울멍울하며 눈을 부릅뜨고 참다가 밖으로 나와 운다. 그리고는 오리정에서 술잔을 땅에 부딪치며 춘향에게 "올라가자. 올라가자. 너로 하여 사당 앞에 볼기 치고 문호를 흐렸다고 쫓아 내치거든 용산 좋은 바닥 삼사간 집 사가지고 막걸리 장사라도 하여 보자."라고 말을 한다.(<별춘향가>) 양반의 자식으로 태어나 평생을 양반으로 살아온 이도령에게 사당에 제사를 올리지 못한다는 것은 곧 살아 있어도 죽은 것이나 다름없었을 터이나, 사랑하는 여인을 두고 도저히 발걸음이 떨어지지 않자 양반체면 불사르고 한양에 함께 가기를 원한다.

도민준도 천송이에게 한 달 뒤에 원래 있던 별로 돌아가야 한다며 이별의 말을 건네고, 천송이는 도민준이 떠나는 것에 대해 불안해한다. 이런 천송이에게 도민준은 마치 이도령이 오리정에서 춘향에게 함께 한양으로 가자고 했던 것처럼 천송이 곁을 떠나지 않고 지구에 남겠다고 한다. 도민준은 더 이상 초능력을 쓰지 못하고 가족들을 만나지 못한 채 이대로 지구에서 죽게 될 수도 있음에도 불구하고 천송이 곁에 남으려 한다. 얼마 후, 천송이가 도민준의 일기장에서 도민준이 본래 행성으로 돌아가지 않으면 죽게 된다는 글을 발견하고 두 사람은 아래와 같은 대화를 나눈다.

> 천송이: 날 위해서 죽지 말고 어딘가에 존재해줘. 그러니까 내 말은, 가. 당신이 있었던 곳으로. 안가면 안 된다며 죽는다며 지금도 힘들다며. 그러니까 가라고"
>
> 도민준: 천송이 난 이미 마음 정했어. 니 옆에 있을 거야

천송이: 나도 정했어. 당신이 내 옆에 있다가 죽으면 나도 죽어. 무슨 말인지 모르겠어? 난 당신이 생각한 것보다 훨씬 더 당신이 좋아서 당신이 어딘가에 살아있다는 사실만으로도 살 수 있을 것 같다고.

도민준: 그렇게 안 해. 너 혼자 만들지 않아. 방법이 있을 거야. 내가 찾을게.

<별그대> 19화

천송이는 도민준에게 본래 있었던 곳으로 돌아가라고 하고, 도민준은 꼭 방법을 찾아 돌아오겠다는 말을 남긴다. 이 장면 역시 이도령과 춘향이 이별하는 장면과 오버랩된다. 이도령이 한양으로 떠난다는 말을 들은 춘향은 소리를 지르며 패악을 부리다가도 월매가 나와 이도령에게 따지자 오히려 월매를 말린다. 그리고 두 사람은 촛불을 켜고 서로 마주앉아 이별의 대화를 나누는데, 여기서 이도령은 "내가 이제 올라가서 장원급제 출신하여 너를 데려갈 것이니 울지 말고 잘 있거라"(<완판 84장본>)라며 방안을 제시한다. 그리고 그 약속을 지킨다.

종모법에 따라 기생의 딸은 기생이었으니 퇴기 월매의 딸인 춘향의 현실적인 신분은 기생이었다. 이도령이 한낱 불장난이었노라 말하고 돌아오지 않는다 해도 원망할 수 없는 입장이 춘향이다. 이도령은 본래 한양 삼청동에서 나고 자란 양반으로 남원부사가 된 부친을 따라 남원에 잠시 머무르던 차였다. 정확히 말하자면 이도령은 본래 있었던 자리인 한양으로 돌아간 것이고, 바꾸어 이야기하면 이도령은 다시 춘향에게 돌아오지 않아도 전혀 이상할 게 없는 인물이다. 도민준 역시 나고 자란 소행성으로 돌아가서 영생을 누리며 살 수도 있었음에도 불구하고 굳이 위험을 무릅쓰며 지구로 돌아와 천송이와의 약속을 지켜낸다. 이도령과 도민준은 본래 있던 곳인 삼청동과 소행성으로 돌아가 그곳에서 머무는 자연스러운 행로를 선택하지 않고 다시 춘향과 천송이에게 했던 약속을 지키기 위해 그녀들 곁으로 돌아온다.

5. 결론 : 한류를 지속 가능하게 하는 동력인 고전 캐릭터

본 연구는 <별그대>가 다시 한류를 이끌어 가고 있는 원인이 작품 속 등장 캐릭터임을 착목하고, 캐릭터의 원형을 찾고자 하는 열망에서 출발하였다. 한류라는 문화현상에 대한 답을 캐릭터의 측면에서 분석하려는 목적을 가지고 있으며 그 구체적인 대상으로 삼은 작품이 <별그대>이다. 드라마를 나누고[分] 쪼개어[析] 살피는 과정에서 우리 고전 캐릭터가 어떻게 유전되었는지 알아보았다.

본고에서는 <별그대>가 한류의 바람을 타고 중국까지 날아가 그들의 마음을 사로잡을 만큼 매력적인 이유를 우리가 가진 '서사문화'의 전통 속에 존재하는 캐릭터에 있다는 사실을 밝혀내려 하였다. 그리고 그 매개물로 <춘향전>을 선택하였다. 두 작품의 서사비교도 간략하게나마 다루었지만, 서사보다 두 작품의 연결고리를 단단하게 하는 것은 캐릭터이기에 캐릭터 간의 관계를 중심으로 <춘향전>과 <별그대>를 기술하였다.

<춘향전>과 <별그대>는 남녀 간의 애정을 다루고 있으며 '현실적 질곡'에 '낭만적 저항'을 했다는 점에서 큰 흐름을 같이 한다. 그러나 남녀 간의 애정을 중심으로 서사가 진행된다 하더라도 모든 캐릭터들이 똑같은 선택을 하지는 않는다. 사랑을 화두로 삼는 여타의 작품들에서 주인공들은 각 분기점마다 각각의 캐릭터 특성에 어울리고 그 이면에 맞는 선택을 하기 마련이다. 어떠한 선택을 함에 있어 그 캐릭터가 갖는 특징들은 매체의 전환에도 불구하고 고유한 특성으로 남아있게 된다.

춘향과 천송이가 사랑하는 사람과 이별을 마주함에 있어 동일한 선택을 한 이유를 탐색하려 노력한 결과, 두 캐릭터의 내적 · 외적 특성들이 유사함을 발견하였다. 춘향과 천송이는 자신의 신분 혹은 직업에서 비롯된 치열한 고민을 바탕으로 나름의 정체성을 확립하고 있었으며, 그 어떠한 상황에서도 자신이 선택한 사랑에 대해 흔들림이 없었다는 점에서 흐

름을 같이 한다. 춘향을 춘향이라 할 수 있게 만드는 특성을 '우성(dominant) 유전자'라 할 수 있는데, 천송이를 천송이로 만드는 본질적인 요소들이 춘향과 닮아 있다. 아무리 가까운 가족일지라도 염색체가 온전히 같을 수는 없듯이 같은 유전자를 내려 받았을 지라도 모든 개체의 속성은 다르기 마련이다. 춘향 캐릭터에 있어서 쪼개지지 말아야할 최소한의 '유전 단위(genetic unit)'를 포함하고 있는 것이 천송이라 할 수 있겠다.

이도령과 도민준의 공통점은 사랑하는 사람을 만나서 변화하였다는 데 있다. 이도령은 춘향을 만나 순수한 애정에 눈을 떴고, 춘향의 진정한 사랑에 감발하여 철부지 소년 같던 모습에서 자신의 사랑을 책임지는 캐릭터로 변모할 수 있었다. 도민준 역시 마찬가지이다. 서이화(천송이의 전생)와 이루지 못한 사랑으로 인하여 인간에 대해 냉소적이었던 도민준은 천송이를 만나 사랑을 시작하고, 천송이로 인하여 지구인을 이해하는 단계까지 나아갔다. 이도령과 도민준이 닮아 있음을 알게 하는 또 다른 척도는 사랑하는 여인과 약속을 지키기 위해 다시 돌아왔다는 데 있다. 본래 한양 삼청동에 살던 이도령은 부친을 따라 잠시 남원에 잠시 머문 것이며 현실적으로 기생신분이었던 춘향을 다시 찾지 않아도 무방한 인물이다. 그리고 도민준은 고향인 소행성에서 영생을 누리며 살 수도 있는 인물이다. 그럼에도 불구하고 이도령과 도민준은 신분의 제약을 넘어서, 혹은 외계인과 지구인이라는 존재의 제약을 넘어서 낭만적이고 순수한 사랑을 찾아 다시 회귀한 인물들이다.

두 작품에 등장하는 캐릭터의 간극을 비교하는 과정을 통하여 <별그대>에 <춘향전> 속 캐릭터들이 녹아 있음 발견하였다. 이 현상을 삼각형의 닮음에 비유한다면, <춘향전>과 <별그대>의 캐릭터들은 '합동'이라고 보기에는 무리가 따를지 모르겠으나 '닮음' 정도로는 설명이 가능하다. 세 변이 모두 꼭 같지는 않으나 변을 연장하여 그려보면 더 큰 삼각형이 만들어지듯 <춘향전>에 등장하는 캐릭터의 확산이 <별그대>의 캐릭터라 할 수 있겠다.

중국에서 <춘향전>에 등장하는 캐릭터에 대한 인기는 일시적 현상이 아니다. 중국인들에게 우리의 고전인 <춘향전>은 이미 명작으로 각인되어 있다. <춘향전>은 1939년부터 최근에 이르기까지 희곡, 창극, 소설, 연환화(連环畵) 등 여러 장르로 번역 개편 또는 개작되어 광범위하게 수용되고 전파되면서 중국번역문학사의 대표적 작품의 하나로 되었으며 중국 경전으로 거듭났다는 평가를 받고 있다.[304] 이와 같이 중국에서 <춘향전>을 수용하고 공명했던 긍정적 경험이 <별그대>를 적극적으로 수용하는 데에 영향을 미쳤다고 할 수 있다.

하늘 아래 새로운 것이 없듯 한류 열풍을 일으킨 <별그대>도 인과율 없이 순수한 우연에 의하여 만들어진 작품은 아닐 것이다. <춘향전>에 등장하는 캐릭터들의 형질(形質, character)이 존재하기에 <별그대>에 등장하는 캐릭터와 같은 변이(變異, variation)도 가능한 것이다. <춘향전>과 <별그대> 속 캐릭터의 상동성을 분석한 결과 가까이는 <별그대>의 인기요인 중 하나를 찾았다고 할 수 있으며, 멀리는 우리 고전 캐릭터가 한류를 지속 가능하게 하는 하나의 실마리로 유효함을 발견하였다. 그리고 우리에게 사랑받는 캐릭터가 곧 한류를 이끌어 나가고 세계에서도 사랑받는 캐릭터로 자리매김할 역량을 가지고 있음을 확인하였다는 데에 본고의 의의가 있다.

김현희

건국대학교 / 국어국문학과

adela7890@naver.com

1970년대 각색 시나리오를 통해 본 여성의 표상방식

– 김승옥 시나리오를 중심으로

정 한 아

Ⅰ. 서론

현대성을 포착하는 예리한 감수성으로 문단의 호평을 받던 김승옥은 1966년, 자신의 소설 무진기행을 시나리오로 각색하면서 영화 작업에 뛰어들게 된다. 군부독재 아래 근대화에 박차를 더했던 1970년대 한국영화는 용암처럼 들끓는 사회의 지층을 보여주는 거울과 같았다. 강력한 독재정치, 산업자본주의의 고도화, 핵가족화를 포함한 가족제도의 재편, 민족주의, 도시화, 노동문제와 도시문제의 대두, 대중문화산업의 성장과 재편, 청년문화의 등장, 향락산업의 성장 등[305] 사회 전반의 양상이 변화되었고, 1970년대 한국 영화는 이와 같은 다양한 요소가 텍스트 안에 스며있던 담론의 장이었다. 김승옥은 영화 속에서 동시대 젊은이들의 감각을 자극하여 대중적 호응과 흥행의 성공을 이끌어낸다.[306]

소설 원작의 시나리오 각색 작업은 전혀 다른 두 매체의 지각방식을 보여준다. 영화는 시각적 이야기이며, 이는 카메라를 매개로 한 영상을 통해 관객과 소통한다. 카메라의 시각은 인간의 실제 시각과 다르다. 우리가 '본다'고 하는 행위는 단순히 인간의 눈에 맺힌 형상만을 의미하지 않으며, 인간의 인지 체계 내에서 받아들이고 해석하는 모든 단계를 의미한다.[307] 그러므로 본다는 행위는 사회적이고 역사적인 행위이다. 우리가 영상을 본다는 것은 그것을 '보는 방식[308]'을 따른다는 것이다.

우리에게 익숙한 영화의 시각화 방식은 기실 근대 이후 카메라가 등장하면서 우리의 눈을 훈련시킨 방식이라 할 수 있다. 즉, 우리는 영화를 볼 때 대상을 '분절'하여 '편집'된 방식으로 보게 되는데 여기서 존재의 분열과 결여가 일어난다. 시각은 근본적으로 남성적[309]이며, 이는 근대화의 기본 전략과 상통한다. 스크린에는 대상을 바라보는 방식이 실현되어 있으며, 관객은 그 영상을 받아들이면서 주체와 동일화를 이룬다.

김승옥의 시나리오 각색 작업을 살펴보면 유난히 여성의 문제를 많이 다루고 있는데, 이는 근대화 과정에서 제일 큰 변화를 요구당한 것이 여성의 존재 방식이기 때문이다. 1970년대는 초고속 산업화를 지향하며 값싼 노동력으로써 여성 인력을 필요로 했으며, 가부장주의 이데올로기의 수호자로써 현모양처인 어머니, 나아가 자본주의 환락 속의 성애의 대상인 유흥가의 여성들을 필요로 했다. 여성은 과거의 일률적인 존재 방식에서 벗어나 사회의 새로운 위치로 호출되었다.

본고에서는 김승옥의 각색 시나리오 중 『겨울여자』, 『어제 내린 비』, 『영자의 전성시대』, 『강변부인』, 『태양을 훔친 여자』를 통하여 1970년대 한국 영화의 여성 표상 방식을 살펴보고자 한다. 이들 시나리오에는 근대화의 부름에 따라 새로운 존재 양상을 가지게 된 여성의 모습과 그것을 바라보는 특유의 시각이 포현되어 있다. 시각대상으로서의 육체는 남성의 육체와 여성의 육체가 모두 포함된다 해도, 시각 그 자체는 전적으로 남성적인 특권이다.[310] 1970년대 대중문화의 가장 중요한 전략이었던 섹슈얼리티는 남성적 주체에 의해 구축되었으며, 이는 여성을 창녀 혹은 성녀 식으로 이분화 한다. 본고에서는 김승옥의 각색 시나리오를 통해 여성의 표상화 방식을 고찰하고, 이를 통해 분열되는 여성의 정체성을 살펴보고자 한다.

Ⅱ. 여성의 성적 대상화

2.1. 여대생의 섹슈얼리티

1970년대 한국 사회는 1960년대로부터 박차를 가한 산업화 정책이 절정에 이른 시기로, 사회 전반이 급격한 변동을 겪으며 경제 성장을 이루었다. 서울은 외형적으로 확연히 근대화, 산업화된 대도시의 면모를 띄기 시작하였고, 이에 따른 산업사회의 다양한 사회, 문화적 현상들이 본격화되기 시작했다.

이 시대 비교적 안정된 환경에서 교육을 받을 수 있었던 젊은이들은 새로운 감수성으로 대중문화를 이끌었다. 이것은 특히 미니스커트와 장발족, 그리고 통기타와 맥주로 대표되는 미국식 서구문화의 유행을 중심으로 가속화되었다.[311] 대중가요에서의 포크송 자작곡가수들의 활동, 영화에서의 영상시대[312] 동인이 그 대표적인 예이다. 이들 젊은 예술가들은 텔레비전의 보급, 정부의 극심한 통제로 불황을 맞은 영화시장에서 새로운 감수성을 지닌 작품을 창조하는데, 신진작가들의 대중소설을 영화화하는 작업이었다.

이 시대 대중문화는 성적 대상으로 여성을 재현하는 데 많은 부분을 할애하며, 기존의 성역할에서 벗어난 여성의 모습을 그리고 있다. 도시화, 핵가족화 등의 영향으로 여성의 가정에서 재생산을 전담하는 일률적 존재에서 분화되어 노동자, 여대생, 카페 여급 등 새로운 사회 집단을 이루게 되었다. 공적 영역으로 진출한 여성의 모습은 영화에서 주요 관심사로 다루어지는데, 남성 창작주체의 눈에 비친 여성의 재현이라는 태생적 한계는 역으로 보면 억압적 근대화 과정에서 타자화 되어온 여성성이 어떻게 다루어지고 있는가를 밝혀주는 단서가 된다.[313]

'어제 내린 비'는 배다른 어머니에게서 태어난 두 형제의 갈등을 다룬 청춘 멜로물로 영화 속에 성적인 암시와 대화들이 끊이지 않으며 성애의 묘사도 과감하게 그리고 있다. 두 형제 사이에서 삼각관계를 형성하는 민정은 영후와의 육체관계에서 환희를 느끼고, 적극적으로 사랑을 표현하는 등 기존의 여성과 다른 모습을 보인다. 순결에 대한 강박 없이 적극적으로 육체관계를 향유하는 여성의 모습은 새로운 섹슈얼리티와 젠더[314]를 상상하게 하며, 관객들의 욕망을 일깨워준다.

#106 호텔 일실
애무하는 영후와 민정
(O.L)
처녀를 바치는 순간의 민정, 참지 못하고 아...
파도 소리와 새들의 지저귐이 들려온다.
커텐 틈으로 새벽빛이 아름답고 바닥에 던져진 하얀 시트의 붉은 핏자국이 선명하다.

118 갈대숲
민정과 영후의 육체가 부딪치고 있다.

119 다른 여관
육체의 환희를 처음으로 느끼는 민정의 얼굴.
이윽고 엉켜 있던 육체 떨어지면 영후의 품으로 고개를 쳐 박는...
민정 그거... 느꼈어... 처음으로....
몹시 부끄러워 한다.
영후 (쓰게 웃으며) 굉장히 빠르군.
다른 여자들은 어린애를 낳은 다음에야 안다는데.
민정 아이!

영화 속에서 민정은 부모님이 정해준 배우자인 영욱을 거부하고 스스로 영후를 선택함으로써 주체적인 삶의 모습을 보이지만, 이에 비해 영욱과 영후는 성적으로 미숙하거나 유년기의 상처에서 벗어나지 못한 덜 자란 소년처럼 그려진다.[315] #119에서 민정이 오르가슴을 느끼는 것을 본 영후의 반응은 그리 긍정적이지 않은데, 이는 그가 여성의 성적 쾌락에 불편함을 느끼는 전근대적 남성상임을 보여준다. 근대화 과정의 가부장 이데올로기는 여성의 섹슈얼리티를 재생산과 연관 지었을 뿐 쾌락과는 무관한 것으로 규정하였다. 성적인 논의는 오직 가정의 부부 침실에서만 인정되었으며, 그리하여 섹슈얼리티는 공리주의적이고 생식적인 것이 되었다.[316]

푸코는 현대에 이르러 섹슈얼리티는 조심스럽게 가두어졌다고 말한다. 근대화의 가부장 이데올로기에서 에로티시즘은 죄의식과 결합하여 음지에 감추어졌으며, 여성의 경우 쾌락을 감각하고 향유하는 것이 금지되었다. 하지만 침묵만이 최선의 응대였던 여성의 섹슈얼리티는 이 시대에 이르러 조금씩 분화되는 양상을 보인다.

1970년대 한국 영화에서 빈번히 등장하는 여성의 육체와 관능의 이미지는 단순히 남성 주체들의 관음증을 반영하는 것뿐만 아니라 현모양처 이데올로기 속에서 억압되었던 여성 주체들이 자신들의 성애를 구성하는 한 통로이기도 하다.[317] 전통적 관념에서 남녀의 성역할은 남성이 주도하고 여성은 수동적으로 이끌려가는 공식이 성립되어 있었다. 여성은 성적인 감각에 무지한 것이 미덕이라 여겨졌으며 그 반대의 경우는 탕녀라고 여겨졌던 것이다.

하지만 '어제 내린 비'에서 여대생인 민정은 쾌락이 섹스의 중요한 요소임을 인지하고, 이를 적극적으로 향유하는 모습을 보인다. 민정은 순결에 대한 강박이나 결혼에 대한 염두 없이 성적 관계를 즐긴다. 이는 성애의 쾌락 그 자체로 유효한 에로티즘의 세계이며, 절대적 목적이요 조건 없는 욕망으로서의 섹슈얼리티이다. 에로티즘은 생식을 목적으로 하지 않는 성행위로서 문자 그대로 에너지의 비생산적 소비 행위이다.[318] 이는 생산과 발전이라는 근대화 전략에 획일화된 남성 주체에게 새로운 생명력을 주는 존재로서의 여성, 나아가 성적인 욕구를 해소할 수 있도록 자신을 내어주는 모습으로 그려진다.

『겨울여자』의 '이화'는 목사인 아버지의 밑에서 자라 보수적인 가치관을 가진 인물이었으나, 여러 남성들을 만나 일련의 사건들을 겪으면서 새로운 성관념을 가지게 된다. 그녀는 자신을 짝사랑하는 민요섭의 포옹을 매몰차게 거절할 만큼 순결 이데올로기[319]에 집착하는 여성이었다. 하지만 그가 자살로 생을 마감하자 충격을 받고 그 후 자유롭게 성적인 관계에 이르는 변화를 보인다. 그녀에게 더 큰 변화를 준 인물은 두 번째 남자인 우석기인데, 그는 지배 권력의 모순과 억압을 피력하고 이화를 각성하게 만든다. 남성 인물의 이러한 태도는 순진한 이화를 교화 시킨다는 점에서 사제관계[320]를 연상시키고, 이화를 성장시키는 계기가 된다.

이화는 가부장제 이데올로기에서 관계가 어떻게 인간을 구속하고 억압하는지를 깨닫게 되고, 결혼제도에 대한 회의에 갖게 된다. 즉, 제도를 통하여 몸과 마음을 열고 닫는 것이 아닌, 자유로운 아가페 사랑을 실천하고자 하는 단계에 이르는 것이다. 이화는 제도적 윤리에 묶여 있는 허민에게 인간 본연의 욕망을 일깨워주며, 그것이 죄가 아님을 역설한다.

#174

더 참지 못하고 문을 열다가 아찔해진다.
알몸의 이화가 이쪽을 향하고 있다.
황급히 문을 닫는 허민 충격이 몹시 크다.

이화소리 똑바로 보세요. 선생님 도망치지 마시고요.
지금 보신 게 제 참 모습이에요.
제가 제자란 점이 그렇게도 중요하게 생각되세요? 인간의 거짓되고 순순한 욕구를 그 때문에 억눌러야할 만큼요? 그게 그렇게도 큰 장애로 보이세요? 전 아무개의 제자가 아닐 수는 있지만 사람이 아닐 수는 없어요. 전 여자 대학 졸업반 학생이 아닐 수는 있지만 이화라는 한 여자가 아닐 수는 없어요. 선생님 왜 보다 중요한 사실보다 중요하지 않은 사실만 보려고 그러세요? 전 선생님이 가엾어 죽겠어요.

#176

침실의 이화 그건 그냥 관습일 뿐예요. 윤리적 관습이죠. 미각 같은 거예요.

하려고만 든다면 길들일 수 있어요. 매운 음식을 못 먹던 사람도 차츰 그 매운 음식을 먹을 수 있게 되듯이 말예요.

윤리적 감각도 마찬가지예요.

이화는 자신의 섹슈얼리티를 자각한 후, 가부장 사회의 억압에서 자유로운 존재로 성장한다. 그리하여 그녀는 허민과 육체적 관계를 맺은 뒤에도 그를 소유하려 하지 않고, 가정을 이루고자 하는 소망을 품지도 않는다. 여기서 이화는 자신의 성적인 본능, 쾌락과는 무관하게 상대방을 위해 스스로를 허락하는 모습을 보이는데, 그녀가 허민을 안을 때 느끼는 것은 깊은 연민이며, 이는 그녀의 일그러진 얼굴 - 고통과 쾌락을 분간할 수 없는 이미지로 형상화된다. '겨울여자'의 이화는 결혼이라는 제도에 안착하는 대신 사회적 약자를 향한 봉사의 삶을 선택하는데, 이는 새로운 주체 구성의 모습이다. 하지만 허민이 부인과 화해하고 가정으로 돌아가는 결말은 이화의 존재가 갖는 한계를 보여준다. 이화의 자유로운 여성상은 산업화 시기의 위협에 직면한 남성 주체를 위무하고, 새로운 생명력을 더하는 존재로 그려지지만 기실 주체를 치유한 후 가정으로 복귀하게 하는 도구적인 의미라는 것이다.

<겨울여자>의 이화와 <어제 내린 비>의 민정은 영화 속에서 어디에도 매이지 않은 자유로운 성애의 자유를 피력한다. 그들의 신분은 '여대생'이며, 경제적 어려움이나 사회적 차별을 겪어본 적 없는 부유한 가정의 아가씨들로, 실제 관계를 갖는 이들도 같은 대학생이거나 지식인 남성층에 국한된다. 같은 시기 커다란 반향을 얻었던 호스티스 멜로물의 경우 창녀들의 남성 편력은 수난의 체험으로 그려지는 데 비해 이들 여대생들의 성애는 자기 탐구 혹은 자유분방함으로 읽힌다. 이들은 다양한 남성들과 성애를 경험한 후에도 불온한 존재로 낙인찍히거나 사회의 밑바닥으로 추락하지 않는다.

1970년대의 대학생은 특별한 신분이며, 모두가 꿈꾸는 이상적 존재였다. 이들은 가장 빨리 서구 문화를 받아들이고, 관습에 저항하고 자유를 외치면서 유신체제의 숨 막히는 억압에 반대하였다. 여성관객의 입장에서 이들은 동경의 대상이지만 동일시의 대상이 될 수는 없었다. 이는 역설적으로 영화 속에서 주도적으로 성애를 향유하는 연애의 주체로서 아직 일반 여성이 용납될 수 없음을 암시한다.

이화와 민정의 존재는 현실이 아닌 환상의 인물들이며, 그리하여 남성과 여성 관객 모두를 안전하게 관능으로 안내하는 도구가 된다. 관능의 해방이야말로 사회적, 정치적, 문화적 해방의 첫걸음이며 이는 다른 이들과 조화로운 상호작용을 성취하려는 성적 에너지의 방출을 통해 얻을 수 있는 해방의 가능성[321)]이라는 점에서 1970년대 김승옥의 시나리오 속 여성의 성애와 쾌락은 대중적 반향을 불러일으켰다. 이는 전에 없던 '섹슈얼리티를 향유하는 여성'을 보여주고 있다는 데서 유의미하지만, 그 인물들의 신분이 일반 대중 여성과 구분된다는 점에서 한계를 가진다고 하겠다.

2.2 창녀의 수난과 눈물

1970년대 호스티스 영화는 <별들의 고향>에서 시작되었다. 그리고 <영자의 전성시대>와 그 아류작들, <여자들만 사는 거리> 등이 잇달아 관객 유치에 성공하면서 흥행성을 인정받게 되었다. 호스티스 멜로드라마는 젊고 순수한 여주인이 윤락가에서 성을 파는 여성이 되는 과정을 보여주며, 여성의 성적 대상화를 통해 수난의 일대기를 그리는 것이 대부분이었다.[322] 이 영화들은 극장으로 호스티스 관객층을 불러들였고, 여태껏 회자되지 못했던 하층민 여성에 대한 관심을 이끌어냈다.

근대화와 도시화가 진행되던 1970년대 서울은 새로운 가능성과 기회를 가진 곳으로 포장되어 많은 젊은 인력을 농촌에서 끌어들였다. 국가 주력 수출 산업의 노동자들은 대부분 농촌에서 상경한 젊은 여성들이었다. 이들이 꿈꾸던 서울은 영화와 텔레비전에서 보이는 도시는 화려한 소비문화의 이미지로 점철되어 있었으나, 기실 이것은 환상일 뿐이었다. 젊은 여성들의 경우 값싼 노동력의 수요[323]에 따라 서울로 몰려들었지만 그들이 선택할 수 있는 직업군이란 한정적인 것이었다. 자본이 없는 여성의 경우 저임금의 육체노동 말고는 돈을 벌 수 있는 기회가 없었으며, 그마저도 열악한 조건으로 인해 신음해야 했다.

영자는 이 도시에서 가정부, 공장 노동자, 버스 안내양, 비어홀의 여급에서 결국 매춘 여성으로 전락하는데, 이는 실로 당시 여성들이 도시에서 전락해가는 도식과도 같았다. 영화 속에서 영자의 육체는 계속되는 수난으로 고통 받는 모습을 보인다. 영자는 식모로 들어간 주인집 아들인 영철에게 겁탈을 당하고 쫓겨난 후, 봉제공장 등에서 노동을 하지만 열악한 환경과 저임금으로 이마저도 여의치 않아 그만두고 버스 안내양으로 일하다가 불구가 되는 사고를 당한다. 작품 속에서 영자의 몸은 남성 기득권자에게 성적으로 유린당하고, 노동력을 착취당하며, 이윽고 절단당하는 지경에 이르는데, 이는 그녀의 삶이 근대의 강압적 폭력 속에 어떻게 노출되어 있는가를 보여준다.

#69

초만원의 버스 안, 승객들의 이 표정 저 표정. 차장 영자 오징어가 된 채 완전히 닫히지 않은 문을 필사적으로 붙들고 있다.

오토바이가 위태하게 버스 앞을 가로지른다. 버스가 출렁하는 바람에 영자 쪽으로 우우 몰리는 사람들.

영자 문을 잡고 있던 손을 놓고 만다. 갑자기 열리는 문. 밖으로 나가 떨어지는 영자 오른 손이 아슬아슬하게 파이프를 잡는다. 그러나 밖으로 뻗은 손이 지나가는 트럭의 한 모서리에 부딪쳐 박살이 난다. 길바닥으로 떨어지는 영자.

희미해져가는 영자의 의식 속에서 그녀의 한 팔이 허공으로 멀리멀리 사라지는 것이 보인다. 경찰의 사이카의 헤드라이트의 사이렌 소리와 함께 그녀를 향해서 가물가물 돌진해온다. 오랫동안.

#151

영자 정처없는 걸음으로 걸어와 철조망 너머로 내려다 보이는 철로를 뒷모습으로 보고 있다. 그 시야로 달려오는 기차. 죽음의 유혹을 느끼는 듯 홱 돌아서는 영자에 어떤 결심이 서린다.

맹렬하게 달려오는 기차. 영자의 얼굴에 솟아나는 땀방울. 굉음을 내며 구르는 기차 바퀴.

영자의 시야에 점점 다가오는 기차. 굉음과 기적소리가 점점 고조되면서 영자의 얼굴에 덮친다.

검은 화면에 영자의 비명 같은 소리가 길게 들린다.

카메라는 영자의 비명 소리가 새어나오는 입과 거기에서 드러난 치아를 클로즈업하고, 관객으로 하여금 그 고통에 함께 몸서리치게 만든다. 근대적 도시는 이전에 없었던 새로운 문물 - 도로, 자동차, 기계, 고층 건물 - 들로 이루어져 있으며, 굉음과 소란으로 가득차 있다. 도시의 감각적 과잉 자극은 필연적으로 대중문화의 확산으로 연결된다. 무뎌진 감각 중추를 자극시키기 위해 더욱더 강렬한 시청각적 충격을 필요로 하기 때문이다.[324] 사람들은 도시화에 대한 동경 속에서 서울이라는 근대적 도시 공간이 품고 있는 이러한 가시화된 물질들을 육체적 감각 속에서 느낄 수밖에 없었을 것이다.[325]

관객들은 영자의 고통에 연민을 느끼면서도, 동시에 카타르시스를 느낀다. 이 시대 호스티스 영화들은 시골에서 상경한 하층 여성들의 수난사를 통하여 관객들에게 비애와 고통을 느끼게 한다. 앞서 등장한 민희, 이화가 환상 속의 존재들이라면 영자는 바로 우리의 가족, 이웃, 자신인 것이다.

> #70 병실(낮) – 회상
> 침대 위.
> 한 쪽 팔이 없는
> 영자 (미친 듯) 팔이 어디 갔어? 내 팔! 내 팔! 내 팔! 내 팔 ! 내 팔 줘! 내 팔 줘요! (춘자, 간호원들이 붙들고 있으나 발광 직전의 영자의 힘을 당해내지 못한다. 간호원 하나가 영자의 팔에 수면 주사를 간신히 놓는다. 동정하는 눈빛으로 묵묵히 영자를 보고 있는 병실 안의 다른 환자들.
> 내 팔 줘요를 외치던 영자, 주사 기운에 잠들면서도 엄마 내 팔, 내 팔이 없어. 내 팔 줘!를 중얼거린다. 잠이 든 영자의 가련한 얼굴. 그리고 붕대가 감긴 끊어진 팔.)

마취에서 깨어난 영자는 엄마를 불러보지만, 이미 불구가 된 육체를 돌이킬 길은 없다. 자본의 전시장인 서울에서 유일한 자본이었던 육체를 훼손당한 영자의 갈 곳은 싸구려 매음굴 밖에 없다. 그녀는 그곳에서 자신을 좋아했던 창수와 재회하지만, 이미 많은 것을 잃어버린 그녀에게 그와의 결합은 소원한 것이다. 관객들은 꿈을 품고 서울에 상경했던 영자의 삶이 점점 더 추락하는 것을 보고, 안타까움을 느끼게 된다. 이는 영자 개인의 문제가 아닌 사회의 문제인 것이다.

영자의 전성시대는 다른 호스티스 영화처럼 사회적 배경 속에 추락하는 개인의 운명을 다루고 있는데, 이는 흡사 하나의 형식체험[326]으로, 관객은 그 과정에서 강한 연민의 감정을 유도하는 고통을 느낄 수 있다. 수난당하는 여주인공의 멜로드라마는 우리의 심금을 울리고, 가슴을 후벼판다. 멜로드라마의 형식체험은 다소 과잉된 양식으로 관객들의 감정을 분출시키고, 관객은 그 과정에서 강한 연민의 감정을 유도하는 파토스를 느낄 수 있다. 파토스는 언제나 동일시를 요구하며, 자기 연민의 요소를 수반한다.[327] 영자의 전성시대를 위시한 호스티스 멜로드라마가 관객들의 큰 호응을 얻은 것은 그 작품들이 대중들에게 동시대의 감수성을 전하며, 공감되는 문제의식을 형성했다는 것을 의미한다.

도시에서 경제적 기회를 모두 박탈당한 여성들은 차선책으로 스스로의 몸을 상품화 할 수밖에 없었다. 판매자이면서 상품이기도 한 창녀는 성애의 상품화를 보여주는 결정적인 상징이었으며, 경제와 성욕, 합리적인 것과 비합리적인 것, 도구적인 것과 미적인 것 간의 모호한 경계를 교란시키는 대표적인 예가 되었다.[328] 이들의 육체는 음지에서는 남성들에게 성적인 욕구를 해소할 수 있는 대상이 되었지만 양지에서는 낭만적 사랑을 기조로 하는 가부장제 사회에 위협이 되는 존재였다. 가부장제 이데올로기에서 낙오하고 현모양처가 되는 데 실패한 영자가 육체적 불구에 이르는 것은 결국 그녀가 온전히 사회에 편입될 수 없음을 보여주는 무의식적 반영이다. 영화 속에서 영자는 도심 곳곳을 방황하지만 그 모든 곳에서 추방되는 타자일 뿐이다.[329]

영화 '영자의 전성시대'에서 주인공 창수가 영자를 바라보는 시선은 수평적 사랑이라기 보다는 수직적 연민과 동정으로 비추어 지는데, 이는 계층적으로 영자와 동일한 그러나 젠더적으로 우월한 남성이 스스로 권력을 확인하는 방법이다.[330] 창수는 영화 속에서 불구가 된 영자에게 의수를 만들어준다. 영자는 창수의 주문을 따라 눈을 떴을 때, 거울 속에서 불구인 자신의 몸이 원래대로 돌아온 것 같은 환상을 본다.

> #123 탈의실 (밤)
>
> 창수 : 자, 눈 떠 봐!
>
> (눈을 뜨고 거울에 비친 자기 모습을 보는 영자, 호주머니 속에 척 꺾여서 들어가 있는 의수가 든 옷소매가 진짜 팔 같다. 창수 가슴에 얼굴을 파묻으며 미친 듯 깔깔 웃는 영자, 울음인지 웃음인지 분간하기 힘든 웃음이다. 얼굴을 파묻은 채)
>
> 영자 : 어떻게..... 어떻게.... 이렇게 희한한 생각을 했어? 난 정말 바보야. 왜 진작 이런 생각을 못했을까.

라깡의 거울단계는 이미지와 주체성의 연관관계를 분명하게 설명해준다. 거울단계의 경험은 인간 존재가 자신의 존재의 통일성과 전체성을 깨닫는 단계이다.[331] 꿈을 안고 서울에 상경했으나 몸과 마음이 모두 상처를 입고 창녀라는 가장 낮은 단계까지 이른 영자가 상징계에 진입하기 위하여서는 자신의 절단된 존재를 접합시켜줄 존재가 필요하다. 창수는 기꺼이 그와 같은 역할을 하고자 하지만, 그의 주변인들은 창녀와 결혼하겠다는 그의 생각을 미친 것으로 여긴다. 결국 자신의 불완전함으로 인하여 창수와 결합하는 것을 저어한 영자는 그를 떠난다.

몇 년 후 창수는 마침내 자신과 수평적 관계를 이룰 수 있는 남자를 만나 가정을 꾸린 영자를 만나게 된다. 아기를 업고, 카메라 이쪽을 바라보는 영자의 눈길은 편안하기만 하다. 원작과 달리 영화에서 추가된 이와 같은 결말은 어딘지 억지스럽고 비약이 있지만, 관객들의 열망[332]을 채워주는 것이다. 이는 가난한 시골 아가씨인 영자의 서울 상경기가 드디어 방황을 마쳤음을 암시하는 것이다. 영화는 영자가 모든 여성의 꿈인 가정으로 진입하는 것에 성공하는 모습을 보여줌으로써 동일시를 이룬 관객층인 하층 계급 여성들의 욕망을 반영한다고 하겠다.

Ⅲ. 모성으로의 회귀

『강변부인』의 민희는 건축가인 남편과 아들을 둔 단란한 가정의 주부이다. 현대식 아파트에서 중산층의 삶을 누리던 그녀는 어느 날 남편의 외도를 목격하게 되고, 평온했던 일상의 균열을 맞이한다. 남편과 함께 집들이에 갔던 민희는 명망 있는 부인이 불륜관계에 빠져있는 것을 목격하게 되고, 그 일에 함께 연루되면서 자신 역시 남편 외의 다른 남자와 관계를 맺게 된다. 민희의 불륜행각은 일찍 귀가한 남편에 의해 발각되고, 그들의 결혼생활은 파경에 이른다. 남편과 아내가 각각 외도를 저질렀지만, 부인인 민희에게는 남편과 다른 정죄의 잣대가 적용된다.

<강변부인>의 시나리오와 원작 소설간 가장 큰 차이점이라면 주인공인 민희의 성적 일탈이 남편에게 발각된 후 더해진 서사이다. 원작에서는 정부와 간통현장을 들킨 민희가 남편에게 폭행을 당하고, 그 가정이 파탄났음을 암시하는데서 그치지만, 시나리오에서는 그 후 민희가 자신의 길을 찾는 서사가 더해지는 것이다. 남편에게 불륜 사실을 들킨 민희는 가정을 떠나 멀리 제주도에 가고, 카메라는 광대한 그곳의 자연을 무심한 듯 담아낸다. 제주도의 을씬한 풍경(#51), 바람이 거세게 불고, 비가 뿌리는 자연풍경(#52), 파도 치는 해변(#58, 83), 붉게 물든 저녁 노을(#62), 한라산(#79~81), 초원(#82) 등의 자연공간이 등장하는 것이다. 스크린 위의 자연은 분명 통상적으로 우리가 마음에 담아온 이상적 이미지와는 분명 다른 것이다. 카메라는 순수하게 구조적이며 기하학적이고 물질적인 자연을 담는다.[333] 풍경과의 무의식적이며 관습적인 관계가 깨지게

되면 풍경은 우리에게 낯선 영역이 된다.334) 가부장제의 관습에 도전하는 근대적 여성의 젠더란 바로 이처럼 낯선 시각에서 시작된다.

홀로 제주도로 떠난 민희는 그곳에서 인수라는 남자를 새롭게 만난다. 이들의 관계는 보다 자유롭고 순수한 성격을 가진다. 여행지의 인연으로 만난 그들은 육체적 관계를 갖지만, 이는 앞서 양일과의 관계와 달리 보다 내밀한 소통에 이른다. 인수는 민희를 있는 그대로 바라보고, 그녀의 구속되지 않는 내면의 야성을 길들이려하지 않기 때문이다. 변화무쌍한 자연을 외롭게 응시하는 민희의 '시선'과 함께 시종 카메라를 들고 다니며 인희를 응시하는 인수의 '시선'이 어지럽게 교차한다.

#58

해변

인수 (소리) 잠깐만요 그대로 계세요

(민희 뒤돌아보면 찰칵 셔터를 누르는 인수)

인수 (폴라로이드 카메라를 가져가며) 한 장만 더 자 그대로 웃으세요 좋군요.

(멍한 채 인수를 바라보는 민희. 다시 철컥 셔터소리
인수 그제서야 민희에게 다가와 손을 길게 뻗힌다.
민희 깊은 허탈감에 빠져 갑작스런 인수의 태도에
저항할 기력이 없이 인수에게 손을 맡기고 바다에서 나온다.
젖은 옷 사이로 비치는 민희의 관능적인 몸매가 순간적으로 인수의 시선을 스쳐간다.
잠시 침묵. 인수 폴라로이드 카메라에서 인화된 사진을 꺼내보고 민희에게 건네준다.)

당신의 피 속에는 마치 옛해녀의 피가 그대로 타고 흐르는 것 같군요. 그 어두운 표정이 또한 조화를 이루면서 말입니다.

'해녀'는 자유롭고 자족적인 여성을 상징하며, 이는 민희가 단순한 가정의 수호자로서의 어머니, 아내 이상의 존재임을 의미한다. 산업화, 근대화 과정을 겪으면서 여성은 다양한 변화를 경험하였다. 재생산의 역할을 담당하는 기존의 역할 이상의 존재양상이 가능해진 것이다. 그러나 폐쇄적인 사회 환경에서 전통 범주를 벗어난 여성은 자기 정체성이라는 문제에 직면하게 된다.[335] 가부장주의 이데올로기에서 여성의 존재는 남성과의 관계 속에서 정의된다. 아무도 여성이 독자적으로 어떤 존재인가에 대해서는 질문하지 않는다. 가정의 울타리를 떠난 여인은 단번에 다른 사람들의 입방아에 오르며, 정숙하지 않은 여인으로 낙인찍힌다. 이는 단순히 남성 주체만의 시각은 아니며 여성 자신이 스스로를 규제하는 굴레가 된다.

기존의 규범에서 벗어나 자기 삶의 정체성을 찾는 과정은 위험한 것이다. 왜냐하면 그것은 사회 일반으로부터 분리되는 소외와 고독을 수반하기 때문이다. 민희는 골동품 상인이라는 새로운 직업을 가지고, 스스로의 삶을 부양하며, 그 일을 곧잘 해내어 성취감을 느끼기도 한다. 하지만 그녀는 전통적 질서에서 완전히 벗어나지 못하고, 어머니로서 자신의 위치에 향수를 느낀다. 민희는 아이와 함께 살지 못하는 현실에 대해 무엇보다도 큰 고통을 느끼며, 아이 때문에 인생을 전환시키는 결정을 내리지도 못한다.

민희는 인수와 도미하여 한국적 가부장주의 이데올로기에서 완전히 벗어날 기회가 있었음에도 아이를 한 번씩이라도 몰래 보고 싶다는 이유로 포기하고 만다. 그녀는 자신과 똑같이 과거의 결혼에서 실패하고 어린 아이를 데리고 사는 홀아비 재호를 선택한다. 그리고 스스로 자신의 삶을 꾸려나갈 수 있는 능력이 있음에도 다시금 재호와 가정의 틀을 만들기 위해 애쓰는 모순적 태도를 보인다. 이는 반복되는 억압의 문제를 만든다.

#125　재호　야 내가 니 머슴이야?
(민희 재호의 갑작스러운 행동과 엉뚱한 말에 놀란다.)
민희　그게 무슨 소리에요?
재호　(다가가며 큰 소리로) 몰라서 물어?

(민희 뒷걸음질친다)

민희　소리 좀 제발 지르지 마세요. 깜짝 깜짝 놀라겠어요.

재호　남들이 날 뭐라 그러는 줄 알아? 운전수 서민희씨 운전수 알겠어? 뭐 하나 내 마음대로 하는 게 있어? 이리와라 저리가라 물건 내라 실어라 여자가 가게에 매일 나와 설쳐대니까 남들이 날 병신 취급 할 수 밖에 더 있겠어.

#126　아파트 밖(아침)

(건물 밖으로 나와 용달차로 다가가는 재호
막 차 문을 열려는데 민희 다가와 민희의 손에 쥐어진 통장과 도장을 재호에게 건네준다
재호 얼떨결에 받아드는데)
오늘부터 가게에 나가지 않겠어요.

재호가 자신이 고용인으로 부려지는 현실에 불만을 토로하자 민희는 곧 가게에 대한 권리를 모두 재호에게 넘겨버리고 만다. 그녀는 재호의 딸을 자식처럼 받아들이고, 자신의 위치를 가정의 울타리 속으로 재위치 시킨다. 관계 속에서 민희는 재호 보다 그녀의 딸인 순정에게서 더욱 애틋한 감정을 느끼는데, 이는 자신이 잃어버린 '어머니라는 역할'에 대한 향수이다. 또한 재호에게 배신당한 후, 그녀가 다시금 돌아가는 곳 역시 자신의 아들이 있는 유치원이며 그곳에서 그녀의 긴 방황이 종지부를 찍고 가정으로 돌아가는 듯한 장면이 연출된다.

어머니로서 온당하지 못한 섹슈얼리티로 인해 가정에서 축출 당했던 여인이 모성의 애달픈 호소로 인해 용서받고 가정으로 돌아오는 것이다. 불안과 회의로 흔들리기만 했던 민희의 얼굴은 아들 욱을 품에 안으며 비로소 기쁨으로 빛난다. 이는 자신의 정체성을 찾아 떠났던 민희의 방황이 결국 모성으로서의 도착점에 이르러 끝나는 것을 의미한다. 여기서 중요한 것은 모성의 의미가 아니라 모성이 은폐하는 것이 무엇인가이다. 왜냐하면 모성은 여성의 정체성과 불가분의 것으로, 혹은 전부로 인식되어 왔기 때문이다.[336)]

모성담론은 여성을 가부장주의 이데올로기에 무의식까지 구속시키는데, 이는 진정한 여성의 모습을 찾는데 걸림돌이 되고 만다.[337] <강변부인>에서 모성으로 회귀하는 민희의 모습은 결국 그녀가 찾아 방황했던 것들이 부적절한 것이며 어머니로서 자신의 역할을 다하지 못한 것을 도리어 반성하게 하는 아이러니를 낳게 된다. 이는 남편이 아닌 다른 남성과의 관계에서 관능을 느끼고 여러 남성들을 만나며 방황했던 민희를 벌하는 남성 주체의 시선이기도 하다.

혼외 관계를 통해 가정을 일탈한 민희는 어디에도 소속되지 못하고 방황하다가 아이를 껴안으면서 어머니의 위치에 자리매김한다. 민희가 다시금 안정적인 삶으로 발을 디디기 위해서는 어머니로서의 정체성이 필요하다는 뜻이다. 김승옥의 다른 작품 <태양을 훔친 여자>에서도 비슷한 구조를 볼 수 있다. 주인공 정숙은 복잡한 과거를 가진 여성으로 옛 남편과 옛 내연남이 아직도 그녀의 곁에 맴도는 와중에 태준과 새로운 애정관계를 형성한다. 그녀는 복잡한 남성 관계에서 숨바꼭질을 하듯 위장과 숨김을 반복한다. 이는 그녀가 근본적으로 남성 중심적인 애정관계에서 벗어나기를 바라는 까닭이다.

그녀에게 아이는 자신의 긴 방황을 끝낼 수 있는 종착역이었다. 하지만 재회한 민정이 그녀를 거부하고, 도시 생활을 두려워하자 순정은 갈 곳을 잃어버린 듯 텅 빈 눈동자로 화면을 바라본다.

#116

정숙 (소리) (편지보는 태준)

소리 민정이가 내 앞에서 떠나간 순간
저는 진실로 모든 것을 잃어버렸습니다.

(달리는 열차 안)

정숙 (소리) 저는 이제 아무것도 지니지 못한 허수아비에 불과합니다.

여행을 얼마나 오래 걸리지는 알 수 없습니다. 제 마음 속에 아이를 다시 갖고 싶다는 생각이 전처럼 되살아날 때 전 여행을 끝내렵니다.

정숙은 다시금 아이를 갖고 싶다는 생각이 생길 때 자신의 여행, 즉 방황이 끝날 것이라고 말한다. 그녀가 다시금 안정적인 삶으로 발을 디디기 위해서는 어머니로서의 정체성이 필요하다는 뜻이다. 이와 같은 여성주인공들의 모성에 대한 집착은 그들의 방황이 미완의 것임을 의미하며, 근대적 가부장주의 이데올로기로의 회귀를 암시한다.

모성에 대한 강력한 향수, 회귀의식은 가부장주의 이데올로기를 향한 욕망에 의해 추동되는 것이다. 따라서 이러한 모성의 세계는 필연적으로 집을 유기체적 완전성으로서 상상하는 동시에 가장-어머니-자식이라는 완전한 가부장적 질서에 의해 완성되는 유기체를 상상하는 것이다.[338] 어머니는 근대화의 대가로 현대인이 잃어버린 우주적 합일, 신화의 자리를 대신한다. 그 자리는 혼란스러운 현실에 대비되어 더욱 성화되고, 이념화되어 여성을 구속하는 것이다. 모성 신화가 근본적으로 가부장주의로의 회귀를 꿈꾸는 것이라면 이는 남성 중심의 서사가 될 수밖에 없다.

Ⅳ. 결론

본고는 김승옥의 각색 시나리오에 드러나는 여성의 표상 방식에 대한 소고를 전개해보았다. 1970년대는 근대화의 가속이 더해지면서 도시화, 산업화가 숨 가쁘게 전개되던 시기였다. 대도시로의 이동이 심화되면서 전통적 사회와 규범은 깨어지고, 합리와 효용을 중심으로 하는 상대주의가 자리 잡으면서 대중은 가치의 혼돈을 겪게 되었다. 특별히 여성의 위치는 가정의 내부에서 재생산을 전담하는 자리에서 사회 내로 진입이 이루어지는데, 이는 여성의 성적 대상화를 불러일으켰으며, 섹슈얼리티는 대중문화에서 가장 주요한 전략적 입지점이 되었다.

영화의 시각은 카메라를 통한 것으로, 자연스럽고 연속적인 인간의 시각과 달리 분절, 편집되어 나타난다. 관객은 카메라의 영상을 보면서 주체화, 동일시를 이루며 이는 필연적으로 대상의 소외를 불러온다. 영화 속에 드러나는 여성의 표상 방식은 1970년대 남성 주체의 근대화 사회가 여성을 호출하는 방식과 맞닿아 있다.

산업자본주의의 흐름에 따라 여성의 성은 상품화 되고, 다양한 방식으로 소비된다. 김승옥의 시나리오 속의 여성들은 섹슈얼리티의 양상에 따라 육체적 성애를 주장하는 여대생부터 서울에 상경하여 갖은 고초를 겪으며 사회의 전반을 체험하는 창녀, 그리고 가정을 떠났다가 돌아오는 유부녀까지 다양한 모습으로 나타난다. 이는 다름 아닌 우리 사회가 경험한 근대의 지도로서의 여성의 삶의 행로라 할 수 있으며, 우리는 그의 작품을 통해 남성적 주체의 대상으로 그려진 여성의 모습이라는 한계와 의의를 되짚어볼 수 있을 것이다.

정한아
건국대학교 / 국어국문학과
hanah1419@hanmail.net

소설과 영화의 상호작용, 스토리텔링과 이미지텔링

조 미 숙

1. 매체의 차이 – 활자언어와 영상언어, 소설과 영화

소설을 읽기보다 차라리 영화를 보겠다고 말하는 세상이다. 종이책에 비해 영상은 우리 생활에 더욱 가까워지고 있다. 일상화되다시피 한 스마트폰을 통해 그러한 현상은 더욱 가속화되고 있다.

문학작품과 영화는 이야기를 전개하는 서사예술이라는 점에서 긴밀한 관계를 가지며 그 관계는 상호충돌과 상호의존의 역사로 설명되기도 한다.[339] 활자언어인 소설과 시각언어인 영화 두 매체는 서로 경멸하거나 존중하기도 하고 서로 구원하기도 하였으며 서로 배우기도 하며 서로 왜곡하기도 하며 발전해 왔다.

책 읽기가 혼자만의 사적 영역이라면 영화를 보는 행위는 비교적 공식적이다. 단절된 공간, 한정된 시간 속에서 많은 사람들이 동시에 같이 볼 수 있다는 영화 관람 방법 때문이다. 한편, 보던 도중에라도 다른 곳으로 관심을 돌릴 수 있는 책 읽기와 달리 영화 보기는 어느 정도 강제된 방식으로 몰입하여야 한다는 특징을 갖는다.[340] 따라서 영화는 문학작품보다 더욱 전폭적으로 관객을 지배할 수 있고 때로 막대한 사회적 영향력을 갖는 특징을 갖는다.

대중문화의 대표격인 영화는 학술적인 관심에서 오랫동안 제외되어 왔던 것이 사실이다. 그 배경에는 외래 사조의 무비판적 수입에 대한 경계심,[341] 대중문화에 대한 평가절하, 지배계급의 이데올로기 공고화의 수단이 되곤 했다는 점[342] 등을 들 수 있다. 모든 지배적인 것들의 전복과 동시 소외된 것들의 제자리 찾기를 꾀하는 오늘날과 같은 포스트모더니즘의 시대, 대중문화를 인정하고 즐기려는 움직임 속에 대중문화에 관한 논의와 연구도 매우 자연스러운 것이 되었다.[343]

영화는 문학 작품을 그 자양분으로 하고 있는 경우가 많다. 그런데 문학작품이 작품성에 의해 결정된다면 영화는 오락성의 정도에 따라 운명이 좌우되는 경향을 갖는다. 문학에서 영화로 옮겨지는 과정에서 문학기법이나 문체적 아름다움 등의 문학적 작품성은 소거되게 마련이고 그렇게 발생한 빈틈이 관객을 동원하기 위한 오락성에 의하여 채워지기 때문이다. 소설의 스토리텔링은 영화에서 이미지텔링으로 변환된다. 소설에서 주제를 전달하고자 생생한 이야기로 전달되던 방식은 영화에서 이미지 위주로 이야기되기도 한다는 것이다.

문학작품을 영화로 만들 경우, 원작의 충실한 재현에서부터 완전히 새로운 서사로의 변화까지 다양하게 된다. 심지어 영화가 소설을 재해석하고 새로 쓰고 있는 경우까지 감안할 때 소설과 영화의 관계는 긴밀한 맥락에서 고찰될 필요성이 있다. 분명한 것은 원작에 충실하다고 하여 원작의 의도를 잘 살린다거나 원작에서 벗어났다고 하여 잘못된 영화로만 보기는 어렵다는 사실이다. 영화로 만들어진 이상 영화 그 자체 독립된 작품으로 평가하여야 하기 때문이다.

문학작품이 영화화되는 데는 예술성, 상업성 등 여러 가지 요인이 작용한다. 우리나라의 경우, 1927년 심훈의 「먼동이 틀 때」, 1937년 이태준의

「오몽녀」, 1938년 정비석의 「성황당」을 위시하여 이후 많은 문학작품이 영화화되었다.[344] 문학작품이 만들어진 후 시간적 간격을 두고 새로이 영화가 되어 나올 경우에는 더욱, 특별한 이데올로기 아래 호출되는 경우가 빈번하다. 시일이 흐른 뒤 영화화되는 문학작품의 목록을 살펴보면 그것은 뚜렷하다. 문학작품과 영화가 동시대일 경우에도 문학과 영화라는 다른 장르에서 반복 강조되어야만 했던 시대적 필요성에 대한 설명이 필요하다. 오늘날 원소스 멀티유즈의 흐름 아래 장르를 바꿔 새로이 만들어지는 경우에는 또 다른 접근이 필요하다. 문화콘텐츠라는 것이 산업을 전제로 하는 것이라는 점에서 상업성과 긴밀한 관련을 갖고 있기 때문이다.

2. 소설과 영화, 스토리텔링이 이미지텔링으로

영화는 모순들 간의 협상이 담겨져 있는, 또 다른 협상을 불러일으킬 소지가 많은 장르라고 한다. 그것은 영화라는 장르 자체의 다성성과 확산 가능성 때문이다. 영화는 다양한 이미지, 미장센을 통하여 한꺼번에 다양한 이야기를 하는 것이 가능하다. 그런가 하면 영화는 대량복제가 가능하다. 불특정 다수가 한 자리에 모여서 함께 경험할 수 있기도 하지만 대량복제로 인해 빠른 속도로 많은 대중에게 전파될 수 있다는 점에서 그 확산의 힘은 가공할 만한 수준이다. 원본이 아예 없어진 오늘날, 그것은 더욱 가속화되고 있다.

영화가 특정 지역의 특정 가치관과 맺는 관계는 예민하다. 영화적 창조 욕구는 항상 당시대의 사회적 가치관과 첨예한 갈등을 빚게 마련이다. 그리고 그 갈등구조가 그대로 그 시대의 도덕적 속성을 드러내 주는 결과를 가져오게 된다.[345]

소설이 영화화한 목록을 살펴보면, 이데올로기가 강조되던 시절의 영화들에서 분명한 선택과 배제의 양상이 있음을 주목해야 할 것이다. 지배이데올로기를 비교적 노골적인 방식으로 구현하는 경우도 있지만 원작의 섹슈얼리티를 전경화함으로써, 혹은 계몽소설이나 성장소설을 영화화하는 과정에서 성장이데올로기라는 지배이데올로기를 내면화, 학습하게 하는 경우도 있다. 여기에서는 소설의 영화화 역사를 이데올로기와의 연관선상에서 보고자 한다. 이데올로기와 연관을 갖는 소설의 영화화 과정은 이데올로기에 대한 동일성 구현, 이데올로기에 대한 반동일성으로 나눠 살펴질 수 있다.[346)]

1) 이데올로기에 대한 동일성 구현으로서의 영화

조선인의 표현의 자유가 억제되었던 일제강점기를 지나 해방 후 전쟁을 겪고 난 뒤 우리 영화가 제 모습을 추스르는 데는 많은 시간이 소요되었다. 따라서 1950년대의 영화는 문학작품에 크게 빚질 수밖에 없었다. 이때 이광수나 김동인 등의 식민지시대 유명작가들이나 새로 등장한 작가들의 작품이 영화의 좋은 자양분으로 사용되었다. 그 뒤를 이어 1960년대와 1970년대는 군사정권이라는 파시즘의 시대이면서 경제개발계획으로 상징되는 산업화시대였다. 군사정권은 정치적인 모든 것을 억압하면서 경제적 발전이라는 미명이 마치 면죄부라도 되는 듯 국민들을 억눌렀다.

당시 대중매체와 대중문화는 지배계급의 지배를 공고히 하는 제도로 사용될 수밖에 없었다. 우선적으로 우리나라 1960-1970년대 일제강점기 계몽소설들이 우선적으로 영화화하였다. 거기에는 일제강점기에 대한 비교우위, 발전 이데올로기 강조, 가난에의 탈피 등의 계몽성을 강조하려는 캠페인 목적이 들어 있었다. 1960년대 초에 이광수의 「흙」(1960, 권영순/1967, 장일호)이나 「재생」(1960, 홍성기), 심훈의 「상록수」(1961, 신상옥)같은 계몽적 내용의 작품들이 새삼 영화화되었던 것은 감독들이 당시 지배층의 이데올로기를 내면화하고 있었다는 반증이 된다.

한편 주요섭의 「사랑방손님과 어머니」, 황순원의 「소나기」 같은, 이른바 '순수'의 작품들이 호출되기도 하였다. 이러한 서정적 작품들은 전쟁을 겪고 조국 재건에 지쳐 가는, 혹독한 정치 현실에 시달리는 국민들로 하여금 현실의 삭막함을 벗어나 숨통을 트이게 만들어주는 역할을 하였다. 하지만 이것 역시 일종의 지배이데올로기의 내면화 작업으로 볼 수 있다. 동심을 표현하고 서정을 강조한다는 미명 아래 관객들로 하여금 스스로를 미성숙한 주인공과 동일시함으로써 은연중 지배층에게 가르쳐지는 것을 수용하게끔 하거나 순수 추구의 방식으로 살아가게끔 종용하였음도 기억해야만 한다. 순수 동심이란 치열한 사회성과는 거리가 멀다. 순수 서정이 빚는 이데올로기 역시 주목해야만 한다.[347] 1970년대에 크게 유행한 청소년 하이틴물이 유신독재의 강력한 정치적 억압성이라든가 폐쇄성을 명랑과 순정의 비정치적 이미지로 대치시킴으로써 국민을 억압하는 부당한 정치권력을 은폐하고 순화시키는 역할을 하였던 것과 같은 맥락에서 말이다.[348] 그런가 하면 상대적으로 강한 이데올로기를 담고 있는 작품도 볼 수 있다. 1960년도에 이범선의 「오발탄」을 영화화하여 많은 인기를 얻었던 유현목이 새삼 황순원의 「카인의 후예」(1968), 선우휘의 「불꽃」(1975)을 호출한 것이나, 그 외 여러 감독들이 모윤숙의 「렌의 애가」(1969, 김기영), 이어령의 「장군의 수염」(1968, 이성구), 선우휘의 「깃발 없는 기수」(1979, 임권택) 같은 경우가 그러하다. 이는 지배층의 반공 이데올로기[349]가 직접적으로 작동하여, 특정 이데올로기만 수용한 결과로 볼 수 있다.

물론 영화에만 국한되는 것이 아니라 당시 모든 문화는 반공 이데올로기와 직접 간접으로 연관을 가지고 있다. 오늘날까지도 우리 사회가 색깔 논쟁에서 자유롭지 못하다는 것은 국민 만들기 시대의 정부의 반공 교육이 철저하고 치밀했었기 때문이기도 하다. 당시 정권은 그들의 지배이데올로기를 국민들의 의식에 깊이 각인시킴으로써 그들로 하여금 체제 이데올로기로 무장하도록 하는 데에까지 미쳤다. 반공 이데올로기는 국가

보안법과 경찰, 정보기관의 물리적 폭력이 뒷받침되어 있었기에 더욱 강력한 힘을 가졌다. 이 강력한 힘으로써 반공은 남한의 독재정권이 자신의 권력을 유지하는 힘의 원천이 되었다. 이 시대 반공 이데올로기는 신성불가침의 이념이었던 것이다.

2) 이데올로기에 대한 반동일성, 결과적 찬동으로서의 영화

유신정권과 5공화국으로 표상되는 1970, 1980년대는 자명한 이데올로기의 시대였으며 문화 전반은 이데올로기의 자장 안에서 유통되고 소비되었다. 이런 상황에 영화는 이데올로기를 외면하고자 하였다. 그러한 방향으로 영화들은 제작되었다. 우선 호스티스물들이 극장을 지배했다. 1970년대 중반으로 접어들어 소설의 성공에 힘입어 영화화한 호스티스물들은 현실의 눈을 가리거나 도피하는 역할을 충실히 하였다. 인기를 끈 문학작품들을 동시대에 다시 영화화하면서 호스티스물들은 한국 사회의 문화를 대표하는 흐름이 되어갔다. 최인호의 『별들의 고향』(1974, 이장호)을 신호탄으로 조선작의 「영자의 전성시대」(1975, 김호선), 조해일의 『겨울여자』(1977, 김호선) 등의 작품들이 유행처럼, 줄을 이어 등장하였다. 급격한 산업화와 도시화 속에서 무분별한 소비와 향락의 대리물이었던 호스티스 여주인공들은, 그 사회적 부조리와 의미로써 분석되기보다 섹슈얼리티만 강조되어 영화화되었다. 전쟁 이후 남성들의 사회성이 약해질 대로 약해진 상황에서 가족을 위해 희생의 길을 걸으며 호스티스가 될 수밖에 없었던, 혹은 새로이 눈앞에 펼쳐지는 근대화와 도시화 속에서 도시 환상을 좇다가 결국 그 도시의 배설물로 전락하게 된 것이 당시 호스티스들이다. 문학과 영화 모두 이들 호스티스들의 사회적 의미를 생각했어야 하였지만 당시 문학과 영화는 그러한 여성들의 삶의 질곡과 그것을 떠받치는 사회적 의미에 무관심했다. 오히려 여성 육체를 대상화하는 통속적 시선을 흥미 위주로 그려내고 그들을 둘러싼 이야기를 과장된 신파로써 그려내기에 급급했다. 호스티스물들 외에도 문화적 섹슈얼리티 강조 현상은 나타났다. 과거의 작품들 중 이데올로기와 직접적으로 연관 없는 작품들이 섹슈얼리티를 과장하며 호출되었던 것이 그것이다. 이를테면 김동인의 「감자」가 당시 섹스어필의 대명사였던 강수연을 내세워 변장호에 의해 1987년 영화화하고 김유정의 「소낙비」와 「땡볕」의 내용을 합한 「땡볕」이 당대 최고의 여배우 조용원을 주연으로 하여 하명중에 의하여 영화화되었으며 나도향의 「뽕」이 이미숙이라는 배우를 내세워 이두용이 영화화했던 일련의 현상들이 그것이다. 1938년 영화화되었던 정비석의 「성황당」은 1980년 「뻐꾸기는 밤에 우는가」라는 영화로 다시 호출되기도 하였다. 과거의 작품에 섹시 코드를 더욱 강화하여, 곧 검증된 작품에 상업성을 더욱 가미하여 영화화하는 이러한 현상은 당대 정권이 요구하는 것에 대한 영화적 응답과정을 보여준다. 이런 작업들은 군사정권 시대의 문화적 키워드가 섹슈얼리티의 강조라는 것을 증명하고 있다.

이러한 영화들이 강조한 섹슈얼리티의 강조는 당시의 이른바 '3S정책(스크린, 스포츠, 섹스)'에 따른 것이었다. 이것은 지배이데올로기의 은폐의 효과를 가져왔다. 섹슈얼리티 강조의 영화들은 결과적으로 국민의 불만과 저항이 정당하게 표출되는 것을 우회적으로 억압하는 역할을 하였던 것이다. 군부 독재의 강력한 철권통치와 권력의 폭력성에 대하여 국민들은 불만을 가지게 되었지만, 국민의 불만을 말초적 감각으로 쏠리게 하는 영화들의 힘에 의해 그것은 완화되었다. 많은 국민들은 그러한 영화를 보면서 일시적으로 숨통이 트이는 느낌을 갖고 사회보다는 개인의 차원, 말초적 관심으로 주의를 돌리게 되었다. 결국 일련의 영화들은 국민의 현실 균형 감각을 마비시키는 역할을 톡톡히 하였던 것이다.

3. 「저기 소리 없이 한 점 꽃잎이 지고」와 「꽃잎」을 통해 본 소설과 영화의 상호작용

1990년대에 와서 대중문화는 새로이 자리매김 된다. 이전에 평가절하되던 대중문화가 자세히 들여다볼만한 가치가 있는 것으로 새로이 인식되며 국제화 세계화 등과 맞물린 신세대 문화의 진취적 성향으로 그 사회적 의미를 갖게 되는 것이다.[350] 영화담론의 고조에는 동구권의 몰락, 좌우 이데올로기의 종말로 지식인 사회에 위기의식이 형성된 점, 포스트모더니즘으로 상징되는 허무주의적 존재론이 퍼지면서 가벼운 표면의 미학이 융성하게 되었다는 점, 더 이상 대중문화가 지배층에 의하여 장악되지 않게 되었다는 점 등이 요인이 된다.

대중문화에 대한 지식인들의 학술적 관심이 높아진 것도 이 즈음이다.[351]

탈냉전의 시대가 되면서 문학작품의 영화화 양상이 뚜렷한 변화를 겪는다. 「단지 그대가 여자라는 이유만으로」로 대표되는 여성 문제에의 조명이 한 흐름으로 형성되었다는 것과 『남부군』, 『태백산맥』으로 대표되는 일련의 작품들의 영화화이다. 이런 작업들은 이념의 쇠퇴와 그간 알아왔던 북한과 '적'들에 대한 새로운 조명을 보여주고 있다는 점에서 새로움을 갖는다.

1992년 최윤의 「저기 소리 없이 한 점 꽃잎이 지고」를 영화화한 장선우 감독의 「꽃잎」은 여성 문제 조명, 탈이념이라는 시대적 배경 하에서 나타났다.

1) 소설 「저기 소리 없이 한 점 꽃잎이 지고」의 서사구조

소설 「저기 소리 없이 한 점 꽃잎이 지고」는 서두 부분과 10개의 장면으로 분절되어 있다. 분절된 장들은 각각 전지적 작가 시점(1, 5, 8), 소녀의 내면 시점(2, 4, 7, 9), 우리들의 시점(3, 6, 10)으로 다각화되어 어떠한 사건에 대한 다각적인 접근을 시도하는 것이다.

> 1-소녀와 장의 첫만남과 관계 시작
> 2-자꾸 졸리는 '나', 엄마 몸에 구멍이 나는 순간 '나'는 머리에 검은 휘장이 생겼음.
> 3-우리들은 소녀를 찾아 옥포에 와서 옥포댁을 만남.
> 4-'나'의 악몽과 죄책감. 돌아다니던 도중 여러 강간의 경험
> 5-장, 막연하게 소녀를 아파하게 됨. 그녀에게 잘해주고자 함.
> 6-우리들, 서천 옥포 간 용달차 부리는 임씨를 만나 서천으로 가서 김상태를 만남.
> 7-기차. 차창으로 자신을 바라보는 소녀. 자신을 직시하게 됨. 검열의 휘장을 벗고 자책을 느끼는 상태에서 자살을 시도함.
> 8-소녀 몸단장함. 소녀의 제의를 목격하게 된 장. 그녀의 절망을 눈치 채고 그녀를 그녀로서 되돌려 놓기 위해 심인광고를 냄
> 9-소녀, 자신의 행위를 곱씹어 생각함. 그리고 그것에 대한 속죄의식을 결심함
> 10-우리들, 대천에서 소녀를 기다리다가 다시 서울로 감. 기차 안에서 소녀를 보는 공동의 착시현상을 경험함. 심인광고를 보고 장을 찾아갔다가 돌아와 친구 제사를 준비함.

전지적 작가 시점을 보이는 부분을 먼저 살펴보자. 서두에서 작가는 독자 모두에게 광기를 보이는 소녀에 대한 관용과 이해를 독려하고 있다. 아울러 그러한 소녀는 수많은 존재이며 여전히 언젠가는 만나게 될 우리 모두의 역사임을 강조한다. 5와 8은 장과 소녀의 이야기이다. 소녀가 오빠라고 부르며 무작정 따라다니는 장은 어떤 사람이었는가.

> 그는 모든 느낌을 육체적인 반응으로 번역해내는 사람이었고 모든 종류의 육체적인 공포를 공격으로 해소하는 데 습관화된 사람이었을지도 모른다.[352]

장은 소녀의 '따라옴'의 행동을 임의로 육체적 의사표시로 읽어내었고 그녀에게 육체적 공격을 가한다. 그것은 잔인한 학대와 성폭력이다. 일단 육체적 공격으로 소녀에 대한 반응을 보인 장은 한참 시일이 흘러서야 소녀에 대하여 살피기 시작한다. 그것은 소녀의 "청춘을 다 살아버린 것 같은 망연한 표정"이었고 "무엇이 저 어린애를 저 꼴로 만들었을까" 하는 질문이었으며 "그 꼴을 만든 데 자신도 한몫 낀 것만 같"다는 반성이었다. 그 다음부터 장은 소녀로 인해 열병처럼 앓기 시작한다. 그녀에게 옷가지를 사주려고 하고 밥을 해먹이려고 한다. 그리고 난 뒤 소녀를 그렇게 만든 것들에 대한 소문을 듣는다. 그리고는 그 소문의 한 중간에 소녀를 끼워 넣음으로써 소녀에 관한 미스테리를 풀어 간다. 장은 소녀가 제자리를 찾았으면 하고 바란다. 그러나 소녀의 낮 외출을 미행하고 소녀의 광기의 바닥을 발견하고는 절망한다. 그리하여 소녀의 사진을 찍고 심인광고를 낸다. 소녀가 장을 떠나는 부분은 텍스트에서는 생략되어 있다.

다음은 '우리들' 시점의 서사이다. 소녀를 찾게 된 구체적인 계기 등은 생략된 채 옥포까지 와서 소녀를 찾는 부분에서 시작된다. 결국 전지적 작가 시점으로 이야기가 진행되는 것과 나란하게 우리들은 그녀의 뒤를 한 박자 늦게 따르고 있다는 이야기이다. 옥포댁에 의하면 소녀는 그곳에서 일주일간 지내다가[353] 장거리의 무엇인가를 보고 도망쳤다. 우리들은 그녀를 찾아 장항으로 갔다가 다시 옥포로 돌아와 서천에서의 소녀의 이야기를 전해주는 임씨를 만난다. 버스를 타고 서천으로 가면서 광주 악몽에 우리들 중의 하나가 격렬히 울지만 승객들은 무관심하다. 그들은 김상태를 만난다. 그에 의하면 소녀는 서천에서 집단에 의해 강간당하고 죽을 지경에 이르렀는데 김상태는 자신에게 연루된 소문을 해소하기 위하여 지극정성으로 그녀를 간호하였었다는 것이다. 소녀는 마치 자신의 상처 같았다는 김상태의 말은 소녀가 소녀 한 개인의 상처가 아니라 우리 모두의 상처임을 강조하는 부분이다. 엄마가 구멍이 뚫려 죽어 오빠를 찾아

서울 간다는 말만 반복하는 소녀는 자신의 어깨와 넓적다리를 자꾸 꼬집었다고 한다. 그러한 행위는 죽은 어머니를 떼어놓던 손, 도망치던 다리에 대한 소녀의 자학을 외면화하는 것이었다. 우리들은 병원이 있던 대천에서 김상태와 같이 그녀를 찾는다. 그리고 김상태를 떠나 기차를 타고 올라오던 도중 기차 안에서 웃고 있는 소녀의 환상을 다같이 본다. 그리고 자문한다.

> 그 미소가 그녀를 찾아 떠난 우리의 동기들이 모두 경솔한 것이라고 비웃기라도 하는 것 같아 우리는 말짱하게 잠이 깬 채, 새벽까지 남은 시간을 왜 우리가 그녀를 찾고자 여행을 떠났었던지에 대해 곰곰이 생각하는 데 보냈다. 이미 가버린 친구의 누이를 찾아 위안해 주려고? 그리고 그의 어머니의 죽은 혼을 안심시키려고? 그날, 그 도시, 그 이후 무언가를 했어야 했기 때문에? 우리의 미성숙한 고통을 섣불리 치유하기 위해서? 그녀의 모습에서 끔찍함의 구체적인 흔적을 찾고자 하는 자학심리? 아니면 이미 피폐될대로 피폐된 그녀를 보호해 주겠다는 경박한 인도주의? 어딘가를 돌아다니고 있을 그녀처럼 잠을 두려워하면서 깨어있기 위해서? 악몽을 암처럼 세포 속에 품고 그러고도 앞으로 나가기 위해서? [354)]

관찰자는 전통 소설적 관찰자 단수 '나'가 아니라 '우리'이다. 소녀를 찾는 복수 관찰자들의 작업은 그 '우리'들 상처를 내면에서부터 생생하게 곱씹고 되살리는 작업이었다. 역사적 비극을 바라보고 그것을 추적하는 것은 한 개인이 아니라 복수, 모두여야 하며 그 의미를 곱씹어야 한다는 소설적 장치라고 판단할 수 있다. 아프게 그 의미를 반추한 후 우리는 심인광고를 낸 장을 만나기는 하지만 더 이상은 소녀를 찾지 않는다. 소녀는 한두 사람이 아닐 것이며 죽음은 이제 한 개인의 문제로 해결될 수준을 넘어선 것이기 때문이다.[355)]

소설의 숨은 의미는 소녀의 개인사를 추적하면서 풀릴 것이므로 광인이 된 소녀의 시점을 분석해보아야 할 것이다. 어떤 사람의 광기에는 원인이 있으며 그 심연을 들여다보는 일에 우리들은 너무 인색한 것이 아닌가, 이 소설은 그런 질문을 던진다. 소녀의 눈앞에서 어머니는 총을 맞고 죽었는데 소녀는 두려움에 어머니의 손을 빼내느라 정신이 없었다. 그러한 자신의 행동에 스스로 책임질 수 없는 어린 소녀는 미치는 수밖에 도리가 없었다. 소녀는 딱정벌레에게 포위되는 꿈을 꾼다. 딱정벌레가 되어버릴지도 모른다는 강박증은 소녀 스스로 사람답지 못하다는 자책에 의해 스스로를 벌레로 자학한 결과이다. 소녀의 '검은 휘장'은 자신의 부끄러운 행위에 대한 기억을 나중으로 미루려는 방어기제였다. 부끄러운 행위에 대한 기억을 미루면서도 스스로 속죄의식을 가지고 있던 소녀는 사람들의 온갖 학대를 다 받아들인다. 벙어리를 비롯한 모든 남자들의 성적 욕구의 해소책이 되기도 하고 동네 꼬마들의 놀림감이 되도록 무방비하게 스스로를 방치한다. 마치 종교적 제의의 속죄물인 양 스스로를 학대하는 소녀는 마침내 자신이 자학하고 광기에 사로잡히게 된 원인, 그간 도피하여 왔던 문제에 정면으로 맞닥뜨리게 된다. 차창 밖 흔들리는 자신 얼굴에 겹치는 수많은 얼굴들의 발견이 그것이다.

> 그래 그 순간 내가 뭘을 했는지 가르쳐 주지. 자 잘 봐. 내가 세세하게 말해 주지. 너는 눈을 똑바로 뜨고 엄마 복부의 구멍에서 흘러나오는 검은 액체를 바라보았어. 갑자기 주위의 아우성 소리가 선명하게 가락가락 귓속으로 쏟아져 들어왔지. 그리고 소리로 되어 나오지 않는 고통 때문에 너를 더욱 움켜쥐고 있는 엄마 손, 돌처럼 순식간에 굳어져 버린 것만 같은 엄마 손, 뜨거운 손, 달아오른 돌, 내 손을 까맣게 태워 버릴 것만 같은 엄마 손아귀에서 손을 빼려고 너는 미친 듯이 팔을 휘둘렀지.(…)너는 급기야 한발로 엄마의 내팽겨쳐진 팔을 힘껏 누르고 네 손을 빼어냈어. 엄마의 근육살이 발밑에 서 미끈거렸지. (…) 몇 얼굴을 밟았는지도 모르는 채, 몇 얼굴이나 네 다급한 발길로 차 던졌는지도 모르면서 뒤도 돌아보지 않고 골목으로 뛰어 들어갔어.[356)]

이러한 발견, 자신이 어머니에게 얼마나 냉혹했는가를 깨달으며 소녀는 차창에 머리를 부딪쳐 자살을 기도한다. 그러나 "저주스럽게도" 다시 살아나고 이제는 나름대로 속죄의 방편을 마련한다. 그것은 자신의 몸에 대한 회복이다.

> 모든 사람이 다 볼 수 있도록 내일 다시 곰팡이난 내 몸을 햇볕에 말려야지. 그리고 오빠에게 모두를 말해야지. 사방에서 서성거리는 무수한 오빠들, 무덤 속에서 기지개를 켜고 일어나 앉아 그들이 다른 행사에 몰두하기 전에.[357)]

소녀에 의해 알려지는 이 소설의 의미는 우리 민족의 원상이 되어 버린 한 도시의 소문의 정체와 그것에 대한 우리들의 자세일 것이라 생각된다. 소녀가 떠난 뒤 장은 "그녀와 동거한 몇 달이 바로 지옥이었고 그녀가 눈앞에서 사라진 이후에는 또 다른 방식으로 지옥은 계속되었다"고 말한다. 민족의 비극적 역사의 구체적 증거가 눈앞에 있다는 사실이 고통이었으며 그것이 치유되지 못한 채 여전히 거리를 떠돌고 있다는 사실은 민중에게 더 큰 아픔일 수밖에 없다는 것이다. 장은 아무런 행동성을 갖지 못하고 역사적 가치관도 뚜렷하지 않는 그저 그런 민초 중 하나에 불과한 존재이다. 역사란 거창한 것이 아니며 우리 스스로 깨달아가야 한다는 작가의 논리는 장이라는 밑바닥 인생을 통하여 민족의 비극을, 그 역사적 의미를 탐색하도록 하였던 것이라 판단된다.

2) 영화 「꽃잎」의 서사구조

소설과 달리 영화는 이미지로 소설보다 훨씬 많은 것을 이야기하면서 시작된다. 영화의 시작이 광주 기록사진들인 것이다. 다큐멘터리 필름들 속에 가벼이 웃는 전경들의 모습과 끌려가는 젊은이들의 모습이 안타깝게 교차되는데 신중현 작곡 김추자 노래 「꽃잎」이 흐른다. 이것은 이 영화를 지배하는 광주항쟁의 순간과 소녀의 밝았던 순간에 불렀던 노래, 비극과 행복함이라는 어울릴 수 없는 두 가지를 묘하게 융합시킨 이미지텔링의 극대화 부분이다.

소설의 세 가지 시점처럼 영화의 서사구조도 다음의 세 가지로 되어 있다.[358)]

장씨와 소녀의 서사(ㄱ)
우리들의 서사(ㄴ),
숨겨져 있는 소녀의 개인적인 문제(ㄷ)[359)]

(ㄱ)과 (ㄴ)이 번갈아 제시되고 (ㄷ)은 순간순간 겹치면서 영화 전체를 압도하는 큰 원인, 혹은 원상으로 작용하게 된다.

앞부분에서 꽃잎과 검은 휘장의 이미지가 대두되고 장씨와 소녀의 장면이 시작된다. (ㄱ-1[360)])거지꼴로 장씨를 따르는 소녀와 (ㄷ-1)밝은 모습으로 오빠들 앞에서 「꽃잎」 노래를 부르던 발랄한 장면이 대조적으로 겹친다. (ㄴ-1)그리고 소녀의 사진을 들고 있는 우리들의 장면이 이어져 세 가지 서사가 이루어질 것을 알려준다.

(ㄱ-2)장은 소녀를 강간하고는 따라와 창고 한구석에 누워 자는 그녀를 학대한다. 장의 구타와 학대 장면은 (ㄷ-3)소녀의 광주에서의 원상과 겹친다. 버려도 따라오는 소녀와 장은 함께 살게 된다. 밥을 먹는 소녀, (ㄷ-1)오빠 친구들과 놀던 기억이 겹친다. 소녀는 그 기억을 떠올리며 미소를 짓고 장은 소녀의 미소를 마주 대하지 못하고 외면한다. 다음 공사장 장면에서 노름하는 인부들의 모습이 나오는데 장의 술 먹는 모습과 「창밖의 여자」를 부르는 텔레비전 속 조용필의 모습이 나란히 배치된다. 정말 소녀는 '창밖의 여자'였으며 우리는 술을 먹으며 그 문제에 감상적이었어도 되는가 질문하게 하는 부분이다. 술 취해 들어온 장은 소녀에게 난동

을 부린다. 자고 있는 소녀에게 물을 끼얹고 옷을 벗긴다. 알몸이 된 소녀는 자신의 몸에 자해하는데 장은 그런 소녀를 다시 성폭행하고 술을 마시게 한다. (ㄷ-3)장의 학대와 광주에서의 쫓기던 장면이 교차되면서 성적 폭력과 사회적 폭력은 등가의 위치에 있음을 보여준다.

(ㄴ-2)우리들의 서사 부분. 우리들은 옥포에서 그녀를 찾고 있다. 옥포댁은 소녀와 처음 만나게 된 부분부터 이야기해준다. 소녀가 어린애들에게 몰려 물에 잠기고 있을 때 한 남자가 나타나 경운기에 태운다. 겁을 먹은 소녀는 그에게서 도망치려 하지만 다시금 잡히고 강간당한다. 이 장면에서 경운기 탄 남자의 예비군복이 클로즈업된다. 소녀는 그 후 옥포댁에게 맡겨지고 소녀는 옥포댁의 치마꼬리를 잡고 다닌다. 그러던 어느 날 그녀는 갑자기 떠났다고 한다.

(ㄱ-3)장이 자는데 소녀가 자꾸 다가온다. 다음날 보니 장의 신발이 나란히 놓여 있다. 장이 면도하는 모습을 보고 소녀는 오빠를 바라보듯 행복하게 웃는다.

(ㄴ-3)우리들이 사람을 찾는 모습이 보이는데 이 와중에 벙어리를 만나기도 한다. 소설 속에서 음식을 주고 소녀의 성을 농락했던 벙어리 청년은 가벼이 지나가는 사람으로 처리된다. (ㄷ-1)김추자 노래를 하는 소녀의 발랄한 모습이 겹치고 소녀를 찾아 장항에 갔던 우리들 다시 옥포로 돌아온다.

(ㄱ-4)공사장, 노름판이 벌어지고 장은 술을 마시고 있다. 술을 마신 장, 다시 소녀를 학대하고 소녀는 뒹굴면서 (ㄷ-3)시체더미에 실려 가던 기억과 겹친다. 계속해서 성적 학대의 와중에 소녀는 악몽을 꾼다. 다음날 장은 일을 끝내고 돌아오면서 시장을 들러 소녀의 옷을 사려하고 음식을 하여 소녀에게 먹이려고 하지만 소녀는 손을 긁으며 짐승소리를 낸다.

(ㄴ-4)우리는 트럭을 타고 김상태에게 간다. 조용필의 「창밖의 여자」가 흐르고 김상태에게 소녀와의 이야기를 듣는다.

(ㄱ-5)장은 소녀를 보살핀다. 다음날 장은 소녀의 옷가지와 구두를 사서 소녀에게 주고 목욕을 시킨다. 소설에서 소녀를 제 자리로 돌려놓고 싶다는 바람이 구현된 것이다. 이때 우리의 굿가락이 흐른다. 감독은 씻김굿의 형식으로 소녀의 아픔을 씻어내고 싶었던 듯. 새로 단장한 소녀, 밥을 먹다가 실성한 듯 웃는다.

(ㄷ-4)기차 안. 거지꼴의 소녀, 차창에 비친 자신을 바라보다 하얀 혼령을 만난다. 소설에서는 자신의 모습인데 영화에서는 죽어간 사람인, 오싹한 혼령의 모습이다. 혼령은 "말해 봐, 니가 날 어떻게 했어"라고 소녀에게 다구치고 소녀는 광란한다. 소녀가 광인이 되지 않을 수 없는 상황을 강조하는 부분이다.

(ㄱ-6)소녀를 재우던 장이 소녀를 보며 낮에 들었던 광주사태 소문을 떠올린다. "설마… 지네 나라 군인들이… 그랬을까"라거나 광주의 시민들을 고정간첩들로 선전했던 부분을 상기한다.

(ㄴ-5)소녀를 찾는 우리들의 장면. 우리들은 대천역에서 피켓을 들고 소녀를 찾다가 여인숙으로 돌아온다. 대조적으로 여인숙 텔레비전으로 5공화국 헌법 공포식이 중계방송 된다. 높은 투표율로 통과된 헌법이며 이는 이 헌법의 제정에 전 국민이 한마음 한뜻이었음이 강조되고 있다.

(ㄱ-7)장은 소녀의 광란을 보면서 낮에 들었던 광주에 대한 소문을 상기한다. 소녀와 광주의 연관성을 인식하면서 장은 소녀를 제자리로 돌려놓고 싶어 한다. (ㄷ-3)광주 폐허 위의 소녀가 다시 오버랩 된다. 소녀가 겉치장에 신경을 쓰는 듯하자 장은 소녀가 평범하게 되는 과정이라 여기고 큰 거울을 사다 준다. 그러던 어느 날 장은 시장에서 쭈그리고 앉아 걸인 취급 받는 소녀를 발견하고 집으로 끌고 온다.

(ㄴ-6)우리들은 소녀를 찾다가 지쳐간다. 김상태는 울면서 변사체 중에 소녀를 찾아야 할 것 같다고 비관하지만 우리들은 소녀를 기다리고 있다. (ㄷ-1)소녀의 노래 부르는 장면.

(ㄱ-8)장은 소녀의 외출을 미행한다. 무덤가로 간 소녀, 마른 꽃을 집어 무덤마다 놓으며 "오빠 나야…" 하며 이야기를 꺼낸다. (ㄷ-2)소녀의 오빠가 죽은 작년(1979년) 가을이면 박정희가 권총에 죽고 정국은 혼란에 빠져 있었던 무렵이다. 소녀의 오빠는 그 상황에 대학생으로서 시위에 참여했다가 잡혀 군대에 갔고 군대에서 의문사한 것으로 보인다. (ㄷ-3)소녀의 어머니는 '옷을 곱게 입고 외출'하여 탄원하고는 그에 대한 정부의 무반응에 망연자실하며 살아간다. 그러던 어느 날 보통 때처럼 시청으로 탄원서를 제출하러 가는 어머니와 그를 따라나선 소녀가 시위대에 합류되었다. 광주의 항쟁 장면을 이야기한다. 계엄령 해제 요구 대열에 섞인 엄마와 소녀, 뒷골목에서 소녀와 엄마의 옥신각신과 그래도 엄마를 따라나서던 일을 되새긴다. (ㄱ-8)+(ㄷ-6)소녀는 사격이 시작되고 어머니에게도 총탄이 박히던, 결정적인 장면을 아프게 떠올린다. 광주의 비참함은 흑백화면 기법으로 다큐멘터리처럼 그려지고 소녀는 그 장면을 아프게 떠올리며 머리를 좌우로 흔들고 마침내 실신한다.

(ㄷ-5)시체들이 즐비한 거리에서 소녀는 죽은 어머니가 꼭 잡은 자신의 손을 빼내고 시체더미를 밟으면서 도망쳤다. 소녀는 그것이 무서움 때문이라고 오빠에게 고백한다.

(ㄱ-8)무덤가에서 일어난 소녀는 다시 시장에 나가 앉아 사람들을 본다. 장은 그런 소녀를 지켜본다. 국기하강식이 시작되어 모든 사람들이 멈춰섰을 때 소녀만 뚜벅뚜벅 어디론가 향한다. 장은 돌아와 다시 쓰러져 있는 소녀에게 나가라고 소리친다.

(ㄴ-7)우리들은 기차를 타고 가다가 쓰러져 자는 소녀의 모습을 본다. 그것은 공동의 환시였다. 하숙방으로 돌아온 우리는 한 달 전에 심인광고를 낸 신문을 들고 장을 찾는다.

마침내 (ㄱ)의 서사와 (ㄴ)의 서사가 만난다. (ㄱ-9)+(ㄴ-8)장의 창고로 우리들이 찾아간다. 그러나 장은 소녀를 그리워하며 소녀에게 사줬던 옷

가지를 앞에 놓고 술을 마시고 있다. 장은 자학하고 있었고 그를 본 우리들은 냉정히 돌아선다. 떠나는 우리들에게 장은 "찾아주면 잘 할게요"라 말한다.

(ㄱ-10)무덤가 서성이는 장의 모습에 우리들 중 한 사람의 보이스오버가 겹친다. 소설에서 맨 앞에 던져졌던 소녀에 대한 우리들의 자세가 영화 마지막을 장식하며 관객에게 강하게 강조된다. 소녀에게 관심을 보여 달라고.

영화는 소설의 서사구조를 크게 위반하지 않는 범위 내에서 영화적 장치(미장센)를 통하여 주제를 보다 더 직접적인 방식으로 부각하고 있다. 장선우는 시점 쇼트가 강조되는 경우에 환유적으로 개입하거나 모든 내러티브의 논리적 층위를 무시하고 개입하는 방식으로 광주체험을 영상화한다. 감독은 자신의 내면에 왜곡되고 짓눌린 기억들에 대한 부채를 씻어내기 위하여 영화의 내러티브와 미장센을 씻김굿의 구도로 만들려 하였으며 신음하는 소녀와 '장', 그리고 '우리들'을 위해 경쾌하면서도 슬픈 난장의 이미지를 틈입시키고 있다.[361]

3) 영화 「꽃잎」 스토리텔링의 이미지텔링으로의 변화 양상

새로운 폭력기계, 군사정권은 선의지를 표방하고 헌법으로 그 작동을 보장받고 있으며 그 스스로 원해서가 아니라 대중들의 갈망에 의해 마지못해 폭력을 행사하는 수호천사처럼 행세했던 것이 군사정권 하의 형편이었다. 군사정권 하에서 그러한 폭력은 교묘하게 은폐되어 있었고 대중문화는 그 은폐에 동참하고 있었다.

그런데 영화 「꽃잎」에서는 이례적으로 그 폭력성이 매우 사실적으로 그려지는 것을 볼 수 있다. 소설에서 자제하고 있는 광주 관련 발언을 전

두환 대통령이 나오는 티비 장면의 노출, 당시 유행했던 조용필 노래 등을 통한 이미지텔링 방식으로 보다 구체적으로 역사를 묘사하고 있다. 소설에서는 '광주사태'라는 말이 한 번도 등장하지 않는다. 사건을 명확히 적시하지 않음으로써 오히려 소설은 난해하게 읽히기까지 한다. '광주'라는 시니피에는 상처 입은 소녀라는 시니피앙 안에 은폐되어 있기 때문이다. 영화처럼 분명히 말하지 않는 소설, 이 소설은 광주항쟁이라는 역사적 사실에 관한 지식을 전제로 하는 인텔리적 경향을 갖는다. 삐에르 부르디외는 취향을 ①본격적인 것(엘리트적인 것) ②어느 정도 교양이 있는 것 ③대중적인 것으로 나누면서 그것이 계급과 밀접한 연관을 맺는다고 하였다. 그는 사회의 각기 다른 계층은 서로 다른 능력과 성향을 지니고 있어서 서로 다르게 '인지하고 분류하고 기억한다'고 주장하였다. 그에 의하면 취향의 구별은 개인 특유의 선택이나 자명한 것 혹은 사소한 것이 아니라 오히려 사회경제적 맥락에서 대두하는 것이며 타인에 비해 얼마만큼의 교육적 전통을 지니고 있는가, 특별한 미학적 전통을 얼마나 일찍 습득했는가를 보여주는 것이다. 부르주아 미학이 관조적인 거리, 형식적인 실험에서 얻어지는 미적 쾌락, 예술작품을 분간해내는 감식안에 특권을 부여하는 것이라면 대중미학은 기능주의적으로 내러티브와 내용이 잘 이해되지 않는 스타일을 거부하고 강력한 관객 동일시를 지향한다는 것이다.362)

소설 「저기 소리 없이 한 점 꽃잎이 지고」는 전통적인 대중소설의 미학을 취하지는 않고 있는데, 그에 반해 영화 「꽃잎」은 여러 볼거리와 구체적 묘사 등으로 소설과는 다르게 대중적 미학을 취하고 있다. 소녀의 광기는 폭력기계들의 폭력에 의한 것이었다. 영화에서(ㄴ-2) 소녀가 강간당하는 순간, 그 남자의 예비군복이 클로즈업되는 것은 군사적 폭력에 대한 강한 거부감이 전경화되는 부분이다. 옥포에서 그녀는 밖을 지나가던 인부들의 낯을 보고 광주에서의 매장 기억을 되살려 다시 광기가 심해져 다시 방황의 길을 떠나게 된다. (ㄱ-6)에서 "설마… 지네 나라 군인들이…

그랬을까"라고 하는데, 그것이 폭력기계에 대한 은폐의 결과를 잘 알게 하는 부분이 된다. 광주의 시민들을 고정간첩들로 선전하는 뉴스를 이야기하고 빨갱이 콤플렉스를 언급하는 원작에 생략된 부분을 첨가하며 영화는 주제를 뚜렷하게 한다. (ㄱ-8)에서 장은 '간첩신고소' 옆에서 소녀를 바라본다. 그때 국기 하강식이 시작되고 모든 사람들이 제자리에 정지한다. 이런 장면은 당시 사회가 거대한 통제 시스템에 의해 철저한 방식으로 지배되고 있는 사회임을 보여준다. 주체를 호명하여 돌아볼 것을 강요하는 국기 하강식은 군복, 계급장, 거수 경례 등과 함께 철의 규율로서 중앙집권적 당을 통해서 국민에게 다가오는 파시즘적 행위의 하나이다. 그런데 그러한 규율을 거부하고 소녀는 일어나 앞으로 걸어 나간다. 살기등등한 얼굴로 군중들 사이를 헤쳐 걷는 소녀의 행위는 애국가를 부르던 민중에게 총을 쏘는 권력에 대한 저항감의 표현이다. 장의 고뇌는 아슬아슬하게 빨갱이 콤플렉스와 휴머니즘 사이에서 줄타기를 한다는 데 있다. 소녀가 일어나 걸어 나갈 때 그녀를 따라가지 못하고 소녀의 아픔에 공감하면서도 돌아와 다시 쓰러져 있는 소녀에게 나가라고 욕설을 퍼붓는 장의 행동이 그것을 증명한다.

소설의 8과 영화 (ㄱ-8)에서 소녀의 제의가 나타나게 된다. 소녀는 무덤마다 마른꽃을 놓아준다. '수많은 오빠들'이라는 이야기이다. 개인의 차원을 넘어 민족의 아픈 역사이기도 한 광주를 생생히 떠올리며 소녀는 접신한 듯 무언가를 외우며 머리를 좌우로 흔들다 기진한다. 그리고 '오빠'에게 모든 것을 고해성사한 뒤 다시 일어나 시장으로 향한다. 그것은 자신의 곰팡이난 몸을 햇볕에 말리고 싶다는 것과 다 말려졌음을 모두에게 확인받고자 하는 소녀의 제의적 행위이다. 소녀가 시장에 나가 앉자 전장과 시장바닥이 대비된다. 전장의 처참함을 시장의 건강함으로 보상받고자 하는 소녀의 욕망은 오가는 이들의 건강한 발걸음이 고맙기만 하다. 그래서 소녀는 미소 띤 얼굴로 행인들을 바라본다. 소녀의 미소의 의미는 무엇일까. 소녀의 미소는 김추자의 「꽃잎」을 부르는 장면과 겹치는 '소녀의 행복'을 의미한다. 소녀의 행복을 빼앗은 것은 광주사태라는 역사적사건이다. 영화는 줄곧 두 장면을 반복 대조함으로써 개인의 행복이란 기득권의 무력 앞에 얼마나 무기력한지를 보여주고 있다. 어머니-가정-일상을 빼앗긴 소녀의 바람은 영화 속에서 두 번의 애니메이션으로 표현된다. 자신의 집에 가보는 상상과 자신이 되어 버릴지 모르는 딱정벌레에의 공포를 오빠가 구원해 주기를 바라는 부분이다. 이 두 장면이 애니메이션으로 표현되었다는 것은 그것이 결코 이루어질 수 없는 환상임을 강조하는 장치이다.

주목해야 할 것은 이러한 소녀의 체험이 개인의 체험으로 끝나는 것이 아니라는 것이다. 소녀의 개인적 아픔에서 나아가 우리 민족 모두의 원상임을 영화는 강조하고 있다. 예술작품들이 사회적 의미를 가지려면 그 작품을 통하여 사회적 현실을 보여주고 또 그 의미를 밝히려는 의도를 가지고 있어야 한다. 개인이 단지 개인으로만 머물지 않고 그 개인이 속한 사회의 진상과 의미를 드러내고 있을 때 개별적 인물들이 사회적이 되는 것이다.[363] 영화는 특히 사회적인, 대중문화의 선봉이라는 사실을 상기할 때, 그 사회적 성격을 깊이 인식해보아야 할 것이다.

4. 나오며－소설과 영화, 지속되어야 할 보완관계

본고에서는 이데올로기와의 연관선상에서 소설을 영화화한 양상을 대략 살피고 최윤과 장선우의 작업을 예로 들면서 소설과 영화가 어떤 방식으로 보완될 수 있는가, 그 가능성을 짚고 있다. 영화화 작업은 사적 영역인 소설을 공적 영역으로 끄집어내는 행위이다. 그만큼 영화감독의 성실성이 중요할 수밖에 없다. 문학 연구가들이 영화에 관심을 가져야 하는 이유는 이 지점에서 비롯된다.

오늘날은 전자, 영상시대에 맞춰 활자세대의 변화가 요구되는 시대라고 한다. 강단에서도 영상적 이미지를 적극적으로 활용하게 된다. 그러나 영상매체에 대한 선호에도 불구하고 소설의 인기가 소멸되는 것은 아니다. 드라마가 소설로 된 예가 있는가 하면 영화가 소설로 된 예도 있기 때문이다. 『가을동화』 (오수연, 생각의나무, 2001)는 드라마가 먼저 인기를 끌게 되자 소설로 출판된 경우이다. 『쉬리』(정석화, 다른세상, 1999)는 한석규와 송강호, 최민식이 주연한 영화를 소설화한 것이고 『이중간첩』(구본한, 열린책들, 2003)은 '책으로 만나보는 영화'라는 타이틀 아래 소설과 시나리오, 영화 스틸로 만들어낸 소설이다. 『봄 여름 가을 겨울 그리고 봄』(김문영, 샘터사, 2003)은 김기덕 감독의 동명의 영화를 소설화한 것이고 『똥개』 (곽경택, 다리미디어, 2003) 역시 곽경택 감독의 동명 영화를 소설화한 것이다. 이러한 예들은 영상이 압도하는 시대임에도 불구하고 아직도 활자매체로서의 문학의 역할이 충분히 남아 있음을 증명하는 현상이다.

소설과 영화의 관계선상에서 생각해 볼 때, 소설은 상상하게 하고 영화는 사고하게 한다. 소설 작품을 읽으며 묘사된 대로 우리는 머리에 그려본다. 그려 보는 이미지로 이야기되는 것이 영화이다. 영화작품을 보며 우리는 그 의미가 무엇인지 곱씹게 된다. 작가의 이야기, 작가의 스토리텔링을 생각하게 된다는 말이다. 이것은 영화나 문학이 결국 서로 보완의 관계임을 잘 보여준다. 그렇다면 상상력의 재현을 위하여 영화와 문학은 계속 긴밀한 관계를 잃지 않아야 할 것이다.

조미숙

건국대학교 / 교양교육원

msjoms@naver.com

팀 버튼의 「이상한 나라의 앨리스」 재화

양 윤 정

1. 들어가며

팀 버튼(Tim Burton 1958. 8. 25)이 재화한 영화 「이상한 나라의 앨리스」(Alice in Wonderland 2010)는 앨리스의 통과제의를 빠른 진행으로 보여준다. 이 영화는 루이스 캐럴(Lewis Carroll)의 다양한 사건으로 구성된 『이상한 나라의 앨리스』(Alice in Wonderland 1865)와 『거울나라의 앨리스』(Through the Looking-Glass 1871)(앞으로 이 두 작품을 『이상한 나라』와 『거울나라』로, 두 작품을 동시에 언급할 때 『앨리스』로 표기하기로 함)에 근거하여 만든 새로운 앨리스 이야기로서, 앨리스의 영웅적인 통과제의를 서사구조로 사용하고 있다. 영화에서 앨리스가 성인이 되기 직전인 19세의 숙녀로 제시되는 것은 그녀가 여성으로서 자신의 정체성을 찾기 위하여 내면여행을 떠나기에 적절하고, 그녀의 여행은 통과제의의 모든 과정을 보여주기 충분하다.

버튼이 앨리스 계획을 가진 디즈니의 관계자와 만났을 때, 그는 앨리스 영화의 결정판을 만들고 싶었다. 『앨리스』는 19세기 중엽에 출판된 이래로 오늘 날까지 이미 오페라, 영화, 텔레비전 등으로 거의 30번은 각색되었으며, 버튼은 그 당시까지 영화화된 어떠한 앨리스도 마음에 들지 않았다고 한다. 그는 지금까지 존재하지 않았던 색다른 앨리스 영화를 만들고 싶었고, 그래서 탄생한 것이 2010년 영화「이상한 나라의 앨리스」이다. 버튼에 의하면 이 영화는 누군가가 자신의 힘을 발견하는 다소 내면적인 이야기이다. 그의 인터뷰 기사에 의하면 "나는 앨리스 영화들이 항상 마음에 들지 않았습니다. 앨리스는 아주 성가시고 특이한 어린 소녀예요. 그녀를 그러한 등장인물로 만들고자 합니다. 즉, 그녀는 조용하고, 내성적이고, 불편한 입장에 처해 있고, 주변상황을 다룰 줄 모르는, 어리지만 성숙한 영혼을 가진 여성이 될 것입니다. 이 영화는 누군가가 자신의 힘을 발견하는 다소 내적인 이야기입니다"("Interview" from ScreenCrave).

이 영화는 앨리스의 상상 속에 있는 언더랜드(Underland)라는 판타지 무대에서 일어나는 이야기이다. 영화의 대본은 미국의 아동문학가 린다 울버튼(Linda Woolverton)이 썼으며, 그녀는 이미 디즈니의「라이언 킹」(The Lion King),「뮬란」(Mulan),「미녀와 야수」(Beauty and the Beast)의 대본을 써서 검증받은 작가이다. 특히「미녀와 야수」에서 울버튼이 통과의례와 여성의 힘을 성공적으로 보여준 점은 영화「이상한 나라의 앨리스」에도 시사하는 바가 있다. 그녀의 이러한 방식은 영화「이상한 나라의 앨리스」에도 적용되어 자신의 정체성과 삶의 문제를 숙고하는 우리시대의 모든 사람들을 매료하며 다시 한 번 버튼과 디즈니에게 상업적인 성공을 안겨주었다.

「이상한 나라의 앨리스」는 캐럴의『거울나라』의 재버워키(Jabberwocky)의 넌센스 시에 근거한 '탐색이야기'로 바뀐다.「재버워키」의 구절, 즉 "그는 보팔 검을 손에 들고 / 오랫동안 무서운 괴물을 찾아다니다가 / 텀텀나무 옆에서 휴식을 취하고 / 한동안 생각에 잠긴 채 서 있었지"(Looking-Glass 116)가「이상한 나라의 앨리스」의 서사구조에 중요한 모티프를 제공한다. 이 영화에서 앨리스는 이미 어린 아이가 아닌 자신의 정체성에 대하여 고민하는 빅토리아 시대의 19세 숙녀로 등장한다. 그 외에도 다양하고 재미있는 등장인물들은 캐럴의 두 작품을 혼합하고 재구성하여 탄생한 것이며 버튼의 환상성을 드러내기에 충분하다.

이 영화는 캐럴의 『앨리스』와 다른 액자 이야기(framing)를 사용한다. 영화에서 앨리스는 진취적인 기업가 찰스 킹슬리(Charles Kingsleigh)의 반항적인 딸이다. 어린 시절에 그녀가 꾸었던 악몽은 그녀의 아버지가 돌아가신 후 13년 만에 반복된다. 그녀는 애스코트 경(Lord Ascot)의 우유부단한 아들 해미쉬 애스코트(Hamish Ascot)로부터 방금 전에 청혼을 받고 대답을 머뭇거리다가 흰 토끼를 좇아 토끼 굴속으로 뛰어든다. 이것은 언더랜드로 가는 통로이며 앨리스의 내면여행의 시작인데, 그곳에서 앨리스는 여전사가 되어 악을 제거하고 질서를 회복한 후 다시 지상의 현실세계로 돌아온다.

「이상한 나라의 앨리스」의 빠르게 진행되는 통과제의 서사구조는 이 영화의 가장 중요한 성공요인들 가운데 하나이다. 이것은 디즈니의 영화들에 자주 사용되는 구조로서 성공적인 문학작품을 영화나 애니메이션으로 성공시켜온 그들의 전략을 이해하게 해 줄 뿐만 아니라 스토리텔링의 시대에 시사하는 바가 크다.

2. 「이상한 나라의 앨리스」의 구성

캐럴과 버튼은 아이와 어른의 시각에서 세상을 바라보면서 비평을 해온 예술가들이다. 캐럴은 19세기에 기존의 관념을 뛰어넘는 판타지소설 『앨리스』시리즈를 써서 현재에도 다양한 매체를 통해 끊임없이 재화되는 원전콘텐츠를 생산했다. 버튼은 사회에 합류하지 못하는 아웃사이더를 주인공으로 등장시켜 음산하면서도 기괴한 동화적인 영화를 만들어왔는데, 「빈센트」(Vincent 1982), 「비틀쥬스」(Beetlejuice 1988), 「가위손」(Edward Scissorhands 1990), 「찰리와 초콜릿 공장」(Charlei and the Chocolate Factory 2005) 등이 그의 대표작이다. 이 두 예술가들은 어린이와 어른에게 즐거움을 주는 동시에, 그 이면에 기존의 관념에 문제를 제기하거나 도전하는 전복적 성격을 띤 작품을 시도하기 때문에 유사한 정신을 공유하는 예술가들이라고 할 수 있다. 특히 캐럴은 빅토리아 시대의 선구적이고 중요한 판타지 작가이며, 버튼은 빅토리아 시대와 그 시대의 예술을 사랑하는 현대의 예술가이므로 캐럴의 『앨리스』를 오늘날 시각으로 재해석하고 재화하여 영화로 만드는 것은 매력적인 작업이었다.

버튼에 의하면 「이상한 나라의 앨리스」는 원작과는 전혀 다른 새로운 영화이다. 그가 이 영화를 캐럴의 『앨리스』의 속편 격에 해당한다고 하듯이 주인공 앨리스의 나이가 19세이며 등장인물들의 성격과 서사의 구성 모두 새로운 해석에 근거하여 재구성하였다. 그럼에도 이 영화는 캐럴의 『앨리스』로부터 풍자정신, 판타지 구성, 등장인물 등 많은 부분을 차용하기 때문에 원전컨텐츠의 각색이라고 하는 편이 맞을 것이다. 『앨리스』의 속편이든 각색이든 원전 컨텐츠를 되짚어 볼 필요가 있는데 다음에 캐럴의 『이상한 나라』와 『거울나라』를 판타지서사 분석방법 가운데 비교적 간단한 집–떠남–모험–집에 따라 단순화 시킨다.

〈루이스 캐럴의 『앨리스』〉

	『이상한 나라의 앨리스』	『거울나라의 앨리스』
집	앨리스는 언니와 함께 강둑에 앉아 있다.	앨리스는 고양이들과 함께 거실에 있다.
떠남	앨리스는 흰 토끼를 좇아 토끼 굴로 내려간다.	앨리스는 거울속의 집에 대하여 공상을 하다가 거울 속으로 들어간다.

모험	이상한 나라(Wonderland)에서 앨리스는 먹고 마시는 것의 도움으로 몸의 크기를 바꾸면서 여행한다. 앨리스는 이상한 나라의 아름다운 정원에서 벌어지는 광기의 다과회, 코커스 경주, 법정의 에피소드를 겪은 후 그들의 광기에 분노하면서 꿈을 깬다.	앨리스는 체스 판으로 되어있는 거울나라를 졸이 되어 여행한다. 앨리스는 다양한 등장인물들을 만난 후 체스 판의 여덟째 칸에 도착하여 여왕이 된다. 하지만 만찬회가 엉망이 되자 그녀는 꿈꾸기를 거부하며 현실로 돌아온다.
집	앨리스는 지상의 언니 곁으로 돌아온 후, 이야기를 듣는 아이들에게 둘러싸여 있다.	앨리스는 어린 소녀로 돌아와서 그녀의 고양이 다이나와 함께 있다.

『앨리스』는 다소 복잡한 사건으로 구성되어 있어서 위의 표와 같이 단순화하기에 다소 어려움이 있지만 영화의 이해를 위해서 이것은 필요하다. 『이상한 나라』는 한 여름 들판, 언니와 시냇가에 앉아있던 앨리스가 회중시계를 보며 급하게 달려가는 흰 토끼를 보고 그를 좇아 토끼 굴을 통하여 지하세계로 들어가는 것으로 시작된다. 앨리스는 판타지 세계인 이상한 나라에서 아름다운 정원에 들어가고 싶어 하기 때문에 먹고 마시는 것의 도움으로 자신의 신체의 크기를 조절하여 그곳에 들어간다. 앨리스는 아름다운 정원에서 애벌레, 공작부인, 체셔고양이, 미친 모자장수, 삼월 토끼, 그리핀, 가짜거북, 바다가재 등의 등장인물들을 만나며, 다음에는 정원에서 살아있는 홍학과 고슴도치를 사용하여 크로케 경기를 하는 왕과 여왕을 만나게 된다. 이후에 여왕의 파이를 훔친 하트 잭에 대한 재판에서 앨리스의 목숨이 위태로워지지만 그 순간 그녀는 모든 이상한 나라를 거부하면서 꿈에서 깨어난다. 『거울나라』는 한 겨울에 안락한 거실에 있던 앨리스가 거울 뒤편의 나라는 어떤 곳일까라는 호기심으로부터 시작된다. 거울 속으로 들어간 앨리스는 그곳이 거대한 체스 판으로 이루어진 세계라는 것을 알게 된다. 이후 앨리스는 붉은 여왕과 하얀 여

왕 그리고 붉은 왕과 하얀 왕을 차례로 만난다. 그녀는 기차를 타서 거울 나라의 곤충들이 있는 숲을 통과하고 트위들덤과 트위들디, 험티 덤티, 사자와 유니콘 등을 만난다. 앨리스는 일곱 번째 칸에서 백기사를 만나 적기사의 위협으로부터 벗어나는데 도움을 받고, 마침내 여덟 번째 칸에 도달하여 여왕이 되지만, 그녀는 꿈꾸기를 거부하고 현실세계로 돌아온다.

『앨리스』는 에피소드로 구성되어 있지만 버튼은 이 이야기를 앨리스의 '탐색이야기'로 바꾼다. 영화 「이상한 나라의 앨리스」에서, 앨리스는 이미 어린 소녀가 아닌 19세의 성숙한 여성이다. 그녀는 어린 시절에 자신이 겪은 이상한 나라의 경험을 잊고 살아왔지만 청혼을 받고 대답을 해 주어야 하는 내면적으로 복잡한 순간에 우연히 만난 흰 토끼를 좇아 다시 언더랜드에 가게 된다. 그녀는 전사로서 언더랜드의 모든 과정을 성공적으로 수행한 후 현실세계로 돌아왔을 때 더욱 진취적인 결정을 하게 된다.

「이상한 나라의 앨리스」에서 앨리스는 아버지를 여읜 직후에 이상한 등장인물들이 나오는 반복되는 꿈 때문에 성가셔하다가 빅토리아 시대의 저택에서 열리는 가든파티에 참석하게 된다. 그녀는 이 파티에서 해미쉬에게 청혼을 받는데, 애스코트 가문은 앨리스의 아버지가 이전에 소유했던 무역회사를 현재 소유하고 있다. 앨리스는 해미쉬의 청혼에 어떠한 대답을 해야 할 지 난감해 하다가 흰 토끼를 좇아 토끼 굴속으로 떨어지는데 이곳이 언더랜드이다. 캐럴의 『앨리스』에서 판타지무대는 '이상한 나라'('wonderland')인데, 버튼의 「이상한 나라의 앨리스」의 판타지무대는 언더랜드, 곧 앨리스의 내면세계이다. 이곳은 13년 전 그녀가 어린아이였을 때에 방문했던 경이로운 세계이기도 하지만 최근까지 그녀는 이곳에 대한 거의 모든 기억을 잊고 있었다. 이번에 그녀는 언더랜드에서 선과 악의 싸움인 하얀 여왕과 붉은 여왕의 싸움에서 하얀 여왕의 여전사가 되어 모험을 한다. 그녀는 언더랜드를 지배하고 있던 붉은 여왕을 물리쳐서 그곳에 질서를 회복하고 영웅이 된다.

판타지 세계인 언더랜드를 지배하는 붉은 여왕은 그녀의 동생 하얀 여왕으로부터 왕관을 빼앗아서 그곳을 지배하고 있다. 앨리스가 언더랜드에 도착했을 때 보게 된 전서(compendium)에 따르면 이곳의 무질서를 바로잡기 위해서 앨리스는 보팔 검을 찾아서, 프랩져스 데이(Frabjous Day)에 이 검으로 붉은 여왕의 전사 재버워키를 죽이게 된다. 재버워키는 용의 형상과 함께 다양한 동물들의 특징이 결합된 끔찍한 모습을 가지고 있다. 언더랜드에 등장하는 많은 등장인물들 가운데 체셔고양이(Cheshire Cat)는 앨리스를 모자장수(The Hatter), 삼월토끼(March Hare), 더마우스(the Dormouse)가 있는 곳으로 이끈다. 하지만 언더랜드의 많은 등장인물들은 앨리스를 나쁜 사람이라고 믿고 있으며, 이런 이유에서 붉은 여왕의 신하인 스테인(Stayne)은 앨리스를 찾아다닌다. 한편, 앨리스는 모자장수와 함께 하얀 여왕의 성으로 달아나다가 도중에 모자장수는 붉은 여왕에게 붙잡힌다. 베야드(Bayard)라는 경찰견은 투옥된 자신의 가족들 때문에 붉은 여왕을 위하여 일하고 있었지만 앨리스가 붉은 여왕의 성에 숨어들었을 때 그녀가 모자장수를 구하는 것을 돕는다.

앨리스는 붉은 여왕의 성에서 보팔 검이 밴더스내취(Bandersnatch)의 굴에 숨겨져 있음을 알아낸다. 밴더스내취는 이전에 맬림컨(Mallymkun)에게 자신의 눈을 잃었는데, 앨리스가 그의 눈을 되찾아준다. 이에 보답하기 위하여 밴더스내취는 앨리스가 붉은 여왕의 성을 탈출하는 것을 돕는다. 앨리스는 보팔 검을 찾아서 하얀 여왕에게 가져가지만, 자신이 무시무시한 재버워키를 죽일 수 있다는 확신을 할 수 없다. 이 때, 애벌레인 압살롬(Absolem)은 고통스런 번데기단계로 들어간다.

앨리스는 드디어 자신이 재버워키를 죽여야 한다는 소명을 인식하게 된다. 압살롬의 번데기 단계가 나비로 성장하기 위한 고통스런 단계이듯이 앨리스가 재버워키와 대적해야 하는 고통스런 단계를 받아들였을 것이다. 그녀는 붉은 여왕의 전사 재버워키와 싸울 준비를 하고 있지만, 그럼에도 이 전투는 그녀에게 너무나 끔찍하다. 앨리스는 아버지가 심어준 상상력과 진취적인 정신을 가지고 있으며, 이러한 힘으로 그녀는 모든 과정을 통과하여 여기까지 왔음을 아직 깨닫지 못한다. 드디어 앨리스는 재버워키와 대적하게 되며, 이 과정에서도 그녀는 상상력과 진취적인 정신으로 용기와 힘을 얻어서 이 괴물을 물리친다. 앨리스는 재버워키와의 싸움에서 승리하여 하얀 여왕에게 왕관을 되찾아 주어 언더랜드에 정의를 회복하고 장엄한 모험자의 반열에 오른다.

앨리스는 언더랜드에서 모험을 끝낸 후 현실세계인 집으로 돌아온다. 그녀는 해미쉬의 청혼을 정중히 거절하고, 그 대신에 그의 아버지가 소유하고 있는 무역회사의 수습직원이 되어 중국으로 향하는 "원더"라는 배위에 오른다. 압살롬이 번데기단계를 지나 나비가 되어서 앨리스의 주변을 날아다니듯이 그녀의 미래는 밝아 보인다.

3. 헐리웃의 전통서사에 근거한 통과제의 구조

버튼의 「이상한 나라의 앨리스」의 통과제의 서사구조를 논하기 이전에 그가 따르거나 전복을 시도하는 헐리웃 영화의 전형적인 서사구조를 살펴보기로 한다. 하나의 법칙으로 통용되는 전통 헐리웃 서사는 일반적으로 발단-전개-결말의 3장 구조 또는 발단-전개-위기-절정-결말의 5장 구조를 가지는데, 5장 구조가 더욱 보편적이다. 이것은 관습적으로 양식화 되어있기 때문에 관객에게 식상하게 느껴지는 한계가 있으나 그럼에도 5장 구조는 세계 영화시장의 역사를 통해 가장 흥행적인 서사로 검증되어왔다. 즉 헐리웃 영화에 이러한 구조가 하나의 불문율처럼 사용되고 있으며 각 단계를 연결하는 것은 전통적 플롯처럼 거의 인과관계에 의존한다.

전통 헐리웃 서사는 그럼에도 창의적 개성을 가진 여러 영화 제작자들에 의해 다양한 변주와 변화의 모색이 시도되고 있으며, 버튼은 가장 성공적인 대안주자들 가운데 한사람이다. 기본적으로 자신의 모든 작품을 헐리웃 제도 안에서 만들어온 버튼은 5장 구조를 차용한 통과제의 구조를 즐겨 사용한다. 버튼은 이러한 구조의 근본적인 뼈대 즉 이야기의 틀 자체는 그대로 가져오는 대신에 현대 서사에 점점 더 중요성이 부각되고 있는 영역들, 즉 각장이나 사건의 순서를 연결 · 배치하는 논리, 갈등이나 사건을 전개하게 하는 원인, 클라이맥스를 터뜨리는 사건해결의 방법 등을 자신의 스타일로 비틀고 변형시킨다.

〈전통 헐리웃 서사구조에 근거한 통과제의 기본구조〉

	헐리웃 서사의 기본구조	통과제의의 기본구조
발단	사건의 시작을 준비하는 과정	통과제의 예비과정, 분리의 전 단계
전개	사건의 본격적 시작	분리-통과제의 시작
위기	사건에 의해 유발된 시련의 반복	통과제의 본격적 관문통과기
절정	최고의 시련, 작품 내 모든 사건, 갈등의 해결점이자 폭발점	통과제의의 최대관문, 극복 또는 실패
결말	사건해결, 인물들의 변화	통과제의 완수

헐리웃 서사와 통과제의 기본구조를 정리한 위의 표는 두 구조가 근본적으로 일치하고 있음을 보여준다. 즉, 통과제의 구조는 전통 헐리웃 서사라는 기존 서사의 틀 위에 '환상과 무의식'을 도입하여 개별화된 독자적 삶의 이야기를 통해 보편적인 서사를 구축하는 것이다. 버튼의 「이상한 나라의 앨리스」의 서사구조 역시, 이러한 원형구조의 틀 위에 시대적, 장

소적 특수성과 통과제의를 수행하는 신참자의 내적 영역 등이 도입되면서 변화를 모색하는 통과제의 구조를 차용한다.

통과제의는 흔히 주인공이 반복되는 시련을 극복함으로서 성장하는 과정들로 서사화 된다. 그리고 관객의 욕망을 대리 충족시키는 것이 첫 번째 목표인 헐리웃의 제작방향은 대부분의 주인공을 통과제의를 완주한 현대판 영웅으로 만들어왔다. 그러므로 영화의 서사에서 통과제의는 대부분 성공적으로 이루어지고 거의 모든 주인공은 통합의 단계에 도달한다. 위의 통과제의의 기본구조에 따라서 버튼의 「이상한 나라의 앨리스」를 요약하면 다음과 같다.

〈팀 버튼의 「이상한 나라의 앨리스」에 사용된 통과제의 구조〉

	「이상한 나라의 앨리스」
통과제의 예비과정	가든파티에서 앨리스는 해미쉬 에스코트에게 청혼을 받는다.
통과제의 시작	흰 토끼를 보자 앨리스는 토끼 굴로 뛰어 들어간다.
통과제의의 본격적 관문통과기	판타지 세계인 언더랜드에서 앨리스는 붉은 여왕의 나라, 참수의 위기, 숲을 통과하여 하얀 여왕의 나라로 간다.
통과제의의 최대관문	앨리스는 붉은 여왕과의 싸움에서 아버지가 길러준 상상력의 힘으로 용기와 힘을 얻어서 재버워키를 물리친다.
통과제의 완수	앨리스는 언더랜드에 질서를 회복한 후 영웅이 된 후 현실로 돌아온다.

4. 「이상한 나라의 앨리스」에 나타난 통과제의 구조

통과제의란 인생이 무엇이고 삶의 고비와 시련은 무엇이며 그것들을 어떻게 극복해야 하는지에 대한 우리의 삶의 근원적인 원형으로서 변화하는 시대적 현실을 반영하는 척도로서 늘 존재하여 그 시대 사람들에게 하나의 모범답안이 되어왔다. 통과제의는 문화인류학, 사회학, 철학 등 다양한 학문에서 다양한 개념으로 사용되고 있는데, 인류학에 다르면 통과제의는 유년이나 사춘기에서 성인 사회로 진입하기 위해 치르는 일련의 고통스런 의식을 일컬으며 이때 주인공에게는 육체적인 시련과 고통, 신체 어느 한 부분의 제거, 금기와 집단적인 신명에 대한 일련의 고통스런 체험이 부과된다. 이러한 고통의 체험을 통과함으로써 이들은 비로소 성인 사회의 구성원으로서 자격을 부여받으며 그 사회에 재 편입하게 된다(한용환 336-7). 통과제의는 원시 고대 사회에서부터 형성된 이후 종교적 영역과 연계된 채 강력한 힘을 발휘하며 계승되어 왔다. 중세에 통과제의는 원시 시대의 주술적 성격을 잃게 되고 그 후 제도권의 변두리를 배회하였지만, 낭만주의 시대에 다시 중심사회로 복귀한다. 그리고 산업혁명이라는 커다란 역사적 사건 이후 후기 산업사회에서 제의는 개인주의와 합리주의로 길을 갖게 되었고, 이 흐름의 체험은 주로 예술, 스포츠, 게임, 오락 등의 레저 장르로 발전한다.

통과제의 구조는 예술작품 분석에 사용되기에 이르렀고 일반적으로 아놀드 반 헤네프(Arnold Van Gennep, 1873~1959)의 이론이 사용된다. 그는 프랑스의 인류학자로서 통과제의에 관심을 가지고 연구를 한 최초의 학자이다. 그는 인간생활에 있어서 전이단계에 시행되는 의례들의 규칙성과 중요성을 체계적으로 파악한 최초의 인류학자이며 그가 이러한 의례에 붙인 '통과제의'라는 명칭은 인류학과 사회학은 물론(헤네프 256), 문학 작품 등의 서사 분석에도 사용하는 중요한 용어가 되었다. 그는 통과제의를 다음과 같이 분리, 전이, 통합으로 구조화한다.

〈반 헤네프의 통과제의 구조 분석 이론: 분리–전이–통합〉

반 헤네프	개념
분리	신참자의 낡은 신분이 새로운 신분의 준비과정에서 없어진다.
전이	일종의 카오스 단계로서 신참자는 재생을 기다리는 동안 일종의 죽음과 유사한 상황으로 표현되는 단계를 겪는다.
통합	제의적 주체는 전체 사회의 비교적 새롭고 안정되고 분명한 위치로 돌아간다.

헤네프에 의하면 분리는 개인을 이전의 사회적 지위로부터 단절시키는 상징적 행위를 수반하는 단계이다. 이 단계에서 통과제의를 겪는 당사자인 신참자의 낡은 신분은 새로운 신분을 준비하는 과정에서 없어진다. 전이는 일종의 카오스 단계이다. 신참자인 주인공이 재생을 기다리며 어두운 자궁 속에 있는 상태 또는 죽음과 유사한 상황으로 표현되는 단계인데, 의례의 주체인 신참자는 모든 지위 또는 역할의 징표를 벗어버리고 과거와 미래사이의 정지된 상태 또는 미래로 향하는 입구로 들어간다. 다른 용어로 이것은 '가장자리', '사회적인 중간단계'라고도 한다. 통합에서 의례의 주체는 과거와 미래의 경계에서 벗어나 새로운 사회적, 종교적 지위를 부여받게 된다. 이것은 제의적 주체들이 전체 사회에서 상대적으로 새롭고 안정되고 분명한 위치로 되돌아감을 나타내는 상징적인 현상과 행동을 포함한다.

그렇다면 헤네프의 이론을 근거로 「이상한 나라의 앨리스」를 다음과 같이 요약할 수 있다.

〈반 헤네프의 통과제의 이론에 따른 「이상한 나라의 앨리스」〉

반 헤네프	「이상한 나라의 앨리스」
분리	통과제의 예비과정-앨리스는 가든파티에서 해미쉬 애스코트에게 청혼을 받고 망설이다가 흰 토끼를 좇아 토끼굴로 뛰어든다.
전이	통과제의 시작-앨리스는 붉은 여왕이 통치하는 언더랜드에서 도착하여 모험을 시작한다.
	통과제의 본격적 관문통과기-앨리스는 언더랜드에 정의를 회복하기 위하여 붉은 여왕의 나라, 참수의 위기, 숲, 하얀 여왕의 나라를 거친다.
	통과제의 최대관문-앨리스는 보팔 검을 찾아내고 그 검으로 붉은 여왕의 재버워키와 싸워 이긴다.
통합	통과제의 완수-앨리스는 재버워키와의 싸움에서 승리하여 하얀 여왕에게 왕관을 찾아주어 언더랜드에 질서를 회복하고 장엄한 영웅의 반열에 오른 후 자신의 현실로 돌아온다.

4.1. 분리

이 영화는 빅토리아 시대의 영국의 가든파티에서 19세의 앨리스가 해미쉬에게 청혼을 받는 것으로 시작된다. 앨리스의 정체가 성인의 문턱인 19세의 숙녀로 설정된 것은 소녀에서 여성으로 성숙한 자아를 형성하게 되는 정신적 성장의 이행으로 연계되어 그녀가 현실에서 분리되어 내면의 판타지 세계로 여행을 하고 좀 더 나은 자아를 향하여 성장하도록 하는 장치로서 적절하다.

앨리스의 가족들은 해미쉬의 청혼을 앨리스가 받아들이기를 바라지만 그녀는 부유하지만 매력없는 이 남자와의 결혼을 망설인다. 앨리스의 언니는 부모가 정해준 남자와 결혼을 하여 살고 있지만 앨리스는 그런 여성의 삶에서 벗어나고 싶은 욕망을 가지고 있기 때문이다. 앨리스는 얼마 전에 돌아가신 아버지에 의하여 당대의 소녀들과는 다르게 양육되었는데, 그는 앨리스가 상상력을 가지도록 그리하여 진취적으로 살도록 가르쳤다. 청혼을 받아들여야 할지 말지 중요한 이 시점에서 앨리스는 머뭇거리면서 자신의 아버지라면 그녀를 위해 어떤 결정을 내릴 지를 생각한다.

'아버지가 살아계셔도 이런 일이 일어날까? 분명히 그는 해미쉬와 결혼하지 말하고 하실거야...그러나 아버지는 돌아가셨고.'

앨리스가 진취적으로 살면서 그녀에게도 그러한 정신을 심어준 아버지를 떠올리는 것은 장차 그녀의 선택을 예상하게 한다. 전형적인 여성의 삶인 결혼과, 자신의 길을 스스로 개척해 나가는 다른 삶 가운데 선택을 해야 하는 이 혼란스런 순간에 나타난 흰 토끼는 앨리스를 토끼 굴로 뛰어들게 하는데, 이것은 그녀가 현실에서 분리되어 상상의 세계, 즉 판타지 세계로 가도록 하는 것이다. 앨리스는 해결해야할 문제를 안고 그 답을 찾기 위하여 자신의 내면세계로 여행을 떠나는 것이며, 그녀는 이 신비한 여행 경험을 통하여 성숙한 결정을 내리게 될 것이다.

4.2. 전이

앨리스는 토끼 굴에서 한참을 떨어져서 언더랜드에 도착한다. 언더랜드는 신참자인 앨리스의 무의식이며 그녀의 리얼리티의 다른 일부로서, 그녀가 인간적 고뇌와 한계, 고통 속에서 극복을 향한 혼돈의 한가운데를 치열하게 겪고 있는 성스런 전이단계의 이미지인 것이다. 이 공간에서 앨리스는 숨겨두었던 상상력을 마음껏 사용할 수 있고 다양한 꿈을 꿀 수 있는데, 꿈을 꾸는 동안 앨리스는 자신이 꿈을 꾸고 있다고 자주 언급하여 관객의 이해를 돕는다. 하지만 언더랜드의 우울한 암회색이 암시하듯이 그녀의 꿈은 즐겁게 묘사되지 않고, 이곳이 마음을 끄는 매력적인 장소로 제시되지 않는 것은 앨리스의 여행이 악몽임을 암시한다. 버튼이 만든 다른 영화들처럼 <이상한 나라의 앨리스> 역시 어둡고 음습한 배경과 함께 환상문학의 한 장르인 고딕소설의 분위기와 풍자정신을 보여주기에 적절하다.

앨리스는 붉은 여왕과 하얀 여왕으로 나뉘어 싸우는 언더랜드에서 질서를 회복할 여전사로서 영웅적인 탐색을 시작한다. 이 과정에서 신참자인 주인공은 계속되는 여행을 통하여 성장하는데, 마침내 주인공으로 하여금 통과제의를 성공적으로 수행하도록 하는 중요한 요소가운데 하나는 멘토(mentor)이다. 영화의 멘토는 일반적으로 주인공이 정신적 통과의례를 겪도록 동기를 부여하거나 모종의 가르침이나 교훈을 통해 주인공을 한 단계 높이는 데 결정적 역할을 하는 존재이다(이형식 201). 「이상한 나라의 앨리스」에서 앨리스가 계속되는 고통과 시련을 이겨내어서 마침내 통합에 이르게 하는 힘, 즉 그녀의 통과제의를 돕는 사람과 그 힘은 얼마 전에 작고한 그녀의 아버지이다. 아버지가 들려주었던 말씀은 앨리스에게 항상 진취적인 결정을 하도록 할 뿐만 아니라 그것을 이룰 힘을 갖게 한다.

> "신사양반, 불가능한 것을 성취하는 유일한 방법은 그것이 가능하다고 믿는 것이지요."
> "랑군, 방콕, 자카르타에 무역의 근거지를 만드는 것을 상상해보세요..."
> "아버지는 가끔 아침식사 전에 여섯 가지 불가능한 것을 생각한다고 말씀하셨다."

앨리스의 아버지는 그녀의 어린 시절에 상상력과 진취성을 심어주어서 그녀가 내면적인 열망을 갖게 했다. 그는 앨리스의 내부에서 움트는 진취적인 욕망과 전복적인 힘을 자라게 할 재기발랄함의 씨앗을 심어놓음으로서 앨리스가 빅토리아 시대의 기존의 사회 규범에 얽매여 사는 것을 원하지 않았다. 이것이 앨리스로 하여금 신참자로서 탐색을 시작하여 모든 어려운 과정을 성공적으로 이겨내고 영웅이 되어 통합에 이르게 한다. 영리한 앨리스는 영웅적 탐색의 시작과 그 과정에서 자신에게 필요한 힘과 지략을 아버지가 심어준 상상력에서 발견하여 마지막 싸움에서 승리한다.

앨리스가 언더랜드에 도착했을 때, 그곳을 지배하는 것은 붉은 여왕이었지만 이곳의 가치들은 하얀 여왕의 것, 즉 보수성에 기초한다. 이 영화가 판타지 영화이고, 판타지라 하면 잭슨(Rosemary Jackson)의 연구, 『판타지: 전복의 문학』(Fantasy: The Literature of Subversion 1981)에서 보여주듯이 현실세계에 대한 신랄한 풍자 혹은 전복이라는 기대를 하게 된다. 그러나 판타지 세계인 언더랜드는 현실을 신랄하게 풍자하거나 전복하기보다는 현실의 재현이며, 단지 가벼운 풍자이다. 더욱이 앨리스의 승리가 하얀 여왕의 가치를 따르는 것은 기존의 가치를 따르는 것이며, 이러한 특징은 이 영화가 팀 버튼답지 못할 뿐만 아니라 그가 디즈니와 일하는 한계라는 혹평을 받는 근거이기도 한다. 그러나 버튼은 이미 영화 「가위손」과 「찰리와 초콜릿공장」 등에서 이미 기존 체제를 옹호하는 보수적인 경향을 보여 왔다. 「가위손」에는 「미녀와 야수」("Beauty and the Beast")의 모티프가 사용된다. 하지만 할머니가 된 여주인공이 어린 손녀에게 이야기를 들려주는 액자 이야기형식은 이러한 동화를 전복하고 현실에서 미녀와 야수의 사랑은 실현하기 어렵다는 결말을 유도하여 현실에 대한 좌절을 드러내기에 적절하다. 「찰리와 초콜릿공장」 역시 초콜릿 공장이라는 즐거운 판타지 세계 이면에서 착한 아이는 상을 받고 나쁜 아이는 벌을 받는다는 권선징악의 교훈을 담고 있는 작품이다. 영화가 막대한 자본을 투입해야 하는 장르임을 고려할 때 상업성은 영화감독에게 간과할 수 없는 부분이며 혹평의 대상만은 아니다. 또한 이들 영화가 가족영화이고 부모와 함께 영화관을 찾을 어린이 관객들이 돌아갈 현실을 생각한다면 영화가 그들에게 즐거움을 주는 가운데 교육적 가치를 표방하는 것도 허용할만하며 이로 인하여 오랫동안 디즈니 영화는 성공적이었다.

버튼의 보수성은 「이상한 나라의 앨리스」에서도 판타지 나라인 언더랜드에 재현된다. 주지하다시피 캐럴의 이상한 나라와 거울나라에서 빅토리아 시대의 급변하는 모든 것들은 신랄한 풍자의 대상이 된다. 캐럴은 『앨리스』에서 빅토리아 시대의 언어적 관례, 사회적 예법, 계급제도, 시간과 공간 등 규칙과 질서 체계가 무너진 것 등을 풍자의 대상으로 삼고 있다. 캐럴의 『앨리스』에서 체셔고양이가 "여기[이상한 나라]의 우리는 모두 미쳐있다." (Wonderland 51)라고 하듯이 이상한 나라는 모두가 미쳐 있는 판타지 세계로서 현실을 풍자하고 전복하기 위한 것이다. 이에 비하면 언더랜드의 광기는 다소 약하게 그려진다. 이것은 곧 이 영화에 가벼운 전복과 풍자만이 사용되고 있음을 의미한다. 이러한 풍자를 우리는 앨리스가 언더랜드에서 만나는 등장인물들과 장소에서 볼 수 있다. 즉 앨리스가 만나는 모자장수, 언더랜드를 상징하는 붉은 장미, 붉은 여왕과 하얀 여왕 등의 등장인물들과 그들의 광기는 버튼을 오래도록 매료해왔던 캐럴의 작품에서 온 것이며 그들은 빅토리아 상류층의 삶, 정신 병리학, 사회정치 등에 대한 숙고이다.

앨리스가 언더랜드에서 만나는 등장인물 가운데 모자장수는 주목할 만하다. 캐럴의 원작에서 모자장수는 주변적인 등장인물에 불과하지만 버튼의 영화에서 그는 앨리스와 함께 주요 등장인물로 등장하여 서로 도우면서 같이 성장하는 영웅으로 제시된다. 하지만 모자장수의 붉은 머리카락은 모자 만드는 사람의 직업병인 수은중독을 암시한다. 이외에 가벼운 풍자들 가운데 언더랜드의 상징인 흰 장미에 붉은 칠을 하는 장면도 암시적이다. 이것은 영국의 국화가 붉은 장미임을 고려할 때, 언더랜드 자체가 위선임을 상징한다. 붉은 여왕 주변에 있는 신하들의 과장된 이마, 코, 턱 등은 그들의 과장된 지성, 자존심, 위엄 등의 허위의식을 보여주며, 이들은 또한 빅토리아 시대를 낙관하던 신하들의 거짓된 모습이기도 하다. 또한 이 시대에 다윈의 진화론이 발표되어서 강력한 반격을 받았다. 책상과 의자의 다리 역할을 하면서 힘겨워 하는 원숭이는 진화론에 대한 공격을 희화화 한다. 붉은 여왕을 포함하여 그녀 주변 등장인물들의 커다란 머리는 이성을 중시하던 서구세계를 풍자적으로 재현한 것이며, 붉은 여왕이 동물들을 사용하여 크로케 경기를 하는 것은 그 사회의 동물학대를 희화화한다.

등장인물들과 함께 언더랜드 자체도 풍자의 대상이다. 언더랜드는 하얀 여왕이 대표하는 선과 붉은 여왕이 대표하는 악으로 이분화 되어 있으며, 현재 이곳을 통치하는 것은 붉은 여왕이다. 붉은 여왕은 커다란 머리를 가지고 있고 화를 잘 내는 상처받은 성인여성이다. 완벽하게 그려진 그녀의 하트모양의 입술은 사랑을 갈구하는 모습이지만 그녀의 외모는 사랑받을 수 없는 운명을 암시한다. 또한 그녀가 "저자의 목을 쳐라"라고 외치면서 커다란 목소리로 언더랜드를 지배하려고 하지만 아무도 참수를 당하는 일이 없는 것은 과연 그녀가 여왕의 힘을 가진 존재인가라는 의문이 들게 하는 동시에 유머러스하다. 이에 반해 눈부신 하얀 피부와 아름다운 얼굴을 가지고 있는 하얀 여왕은 언더랜드의 선을 상징한다. 그녀는 빅토리아 시대의 보수적 인물로서 생명을 헤치지 않겠다는 맹세를 한 선한존재이며, 결국은 언더랜드의 지배자가 된다. 하얀 여왕이 언더랜드의 지배자가 된다는 것은 언더랜드에 현실의 상식이 적용되는 다소 보수적인 나라임을 상징한다. 그러나 그녀의 코믹한 연기는 그녀가 표방하는 선을 풍자하는 것이다. 버튼의 방식이 늘 그러하듯이 악으로 설정된 붉은 여왕이 관객의 웃음과 함께 연민을 자아내고 있고, 선을 대표하는 하얀 여왕 역시 유머러스하게 제시되고 있다면 언더랜드의 선과 악은 절대적인 것이 아니기 때문에 언더랜드 역시 풍자의 대상임을 암시한다.

전이단계의 마지막 부분에 이르러 주인공은 통과제의의 마지막 관문으로 들어가기 위하여 숲을 통과해야 한다. 숲은 흔히 정체를 알 수 없는 험난한 시련들을 품고 있는 주된 관문중의 하나이고, 또한 끝을 알 수 없는 미궁의 이미지로 작동하기도 하며 통과제의의 가장 험난한 시련의 절정에 대한 상징적 암시들을 풍부하게 내포한다. 주인공 앨리스는 자신이 찾은 보팔 검을 가지고 붉은 여왕의 성을 빠져나와 숲을 통과하여 하얀 여왕의 성으로 간다. 앨리스가 언더랜드에 질서를 회복하기 위한 최후의 단계인 재버워키와의 대적을 앞두고 있는 시점인 것이다. 그러나 그녀에게 재버워키와 싸워 이기는 것은 불가능해 보이기 때문에 앨리스는 이것이 자신의 소명임을 아직 인식하지 못한다. 그 때, 애벌레인 압살롬이 번데기단계로 들어가는 것은 그녀에게 암시하는 바가 있다. 애벌레가 힘겨운 번데기과정을 거쳐야 아름다운 나비가 되어 날 수 있듯이 앨리스는 무시무시한 재버워키와의 싸움에서 승리해야 언더랜드에 통합을 가져오고 자신은 영웅의 반열에 오르게 되는 것이다. 마침내 앨리스는 재버워키와 싸우기로 한다.

프렙쳐스 데이에 붉은 여왕과 하얀 여왕의 군사들이 서로 대적하여 있는 가운데, 앨리스는 붉은 여왕의 전사인 재버워키와 싸움을 시작한다. 앨리스는 싸우는 도중에 궁지에 몰리게 된다. 그 순간 앨리스에게 문득 아버지의 말씀이 떠오르는데, 이것은 그녀가 이 난관을 헤쳐 나가는데 결정적인 힘이 된다. 앨리스는 아버지가 들려주던 여섯 가지 불가능한 일을 혼자서 중얼거리면서 힘을 얻고, 다시 일어서서 싸운다.

> "여섯가지 불가능한 일,....하나! 당신의 키를 작아지게 하는 것이 있다....나는 재버워키를 죽일 수 있다."

앨리스가 재버워키를 죽일 수 있다고 상상하는 것은 실제로 그녀에게 그런 힘을 갖게 한다. 재버워키와 싸우는 동안에, 앨리스는 그의 등에 올라가기도 하고 하늘로 내던져지기도 하면서 죽음과 같은 과정을 겪는다. 그 높은 곳에서 앨리스는 검을 휘둘러 재버워키의 목을 친다. 재버워키가 죽자 격노한 붉은 여왕은 앨리스의 목을 치도록 명령한다. 하지만 붉은 여왕의 명령에 따라 움직이는 등장인물은 아무도 없고, 그녀의 부하들은 모두 하얀 여왕의 편으로 간다. 하얀 여왕은 왕관을 되찾은 후 붉은 여왕과 그녀의 하인 스타인을 먼 곳으로 영원히 추방한다. 앨리스의 승리는 언더랜드에 정의를 회복하고 그녀가 장엄한 영웅의 반열에 오르도록 한다.

4.3. 통합

통과제의를 성공적으로 완수한 주인공은 귀환한다. 이것은 초월적 세계 또는 세속의 세계로 돌아가는 귀환이 될 수 있는데, 귀환 후 주인공은 한 자아에 들어있는 두 개의 상반된 세계인 정신적 · 육체적 간극을 해소한다. 즉, 주인공은 외적 진실과 내적 진실 사이의 갈등을 해소하고 마음의 평안을 회복한다. 주인공 자신에게 부여된 삶의 사건, 즉 각자의 무의식을 향한 여행을 완주해야 하는 이유는 현대의 삶이 점점 더 다양하고 복잡해지기 때문이다. 바로 이 때문에 버튼의 인물들이 진정한 자아로 가는 비상구를 찾기 위하여 자기안의 무의식을 횡단하는 것이며, 앨리스가 언더랜드의 어렵고 힘든 모든 과정을 거친 후에 통합에 이르는 이유이다.

통과제의를 성공적으로 마친 앨리스는 모자장수를 뒤로하고 현실 세계의 집으로 돌아온다.

"가지 말아요,"...."하지만 가야해요, 해결해야할 일들이 있어요."

앨리스가 모자장수에게 작별인사를 한 후 돌아온 곳은 그녀가 토끼를 좇아 떠났던 바로 가든파티가 열리던 정원의 토끼 굴 가장자리이다. 여행에서 돌아온 앨리스는 빅토리아 시대의 숙녀들과는 다른 선택을 한다. 앨리스는 해미쉬의 청혼을 정중히 거절하는 대신에 사업가가 되어 중국으로 떠날 "원더"라는 배 위에 올라있다. 그녀가 떠날 때, 애벌레였던 압살롬이 나비가 되어서 그녀의 주위를 날아다닌다. 이것은 애벌레가 고통스런 번데기 과정을 거쳐야 아름다운 나비로 성장하듯이 그녀의 인생 항로 고통을 동반하겠지만 밝은 미래에 대한 낙관적인 암시이다. 앨리스는 아버지가 가르쳐준 상상력의 힘을 가지고 진취적인 정체성을 가진 빅토리아 시대의 숙녀로서 도약하는 시점에 있는 것이다.

5. 나오며

버튼의「이상한 나라의 앨리스」에 사용된 통과제의 구조는 소원성취 모티프를 구체화하여 현실의 삶에 좌절을 느끼며 살아가는 우리들에게 삶의 문제에 대한 해결책을 암시하거나 대리만족을 주기에 충분하다. 앞에서 살펴보았듯이「이상한 나라의 앨리스」는 캐럴의『앨리스』의 모티프, 판타지구성, 등장인물들, 그리고 작가의 풍자정신을 일부 차용하여 재화한 영화이다. 앨리스가 빅토리아 시대의 19세 숙녀로 등장하는 것은 그녀가 어린이와 성인의 경계선에서 숙녀로서 자신의 정체성을 형성하기 위하여 내면여행을 시작하기에 적절하다는 것을 암시한다. 그러므로 영화는 앨리스의 통과제의 여정을 보여주기에 적절하며 통과제의 예비과정, 통과제의 시작, 통과제의의 본격적 관문통과기, 통과제의의 최대관문, 통과제의 완수의 모든 단계를 분명히 보여준다.

앨리스는 내면으로 여행을 떠나면서 현실과 분리된다. 그녀는 액자 이야기에서 해미쉬의 청혼에 무슨 대답을 해야 할 지를 망설이다가 토끼 굴로 떨어진다. 그곳은 무질서가 지배하는 언더랜드이며 앨리스가 그곳으로 여행을 함으로서 현실과 '분리'되기 시작하는 것이다. 앨리스가 언더랜드에 도착했을 때 그곳은 붉은 여왕이 통치하고 있는데, 그곳은 선을 대표하는 하얀 여왕의 왕국과 악을 대표하는 붉은 여왕의 왕국으로 이분화되어있다. 전서에 따라 그녀는 하얀 여왕의 전사로 붉은 여왕의 전사인 제버워키와 싸움을 해야 하는 운명을 받아들인다. 결국 앨리스는 이 싸움에서 승리하여 모든 '전이'과정을 성공적으로 통과하며, 언더랜드에 질서를 회복하게 된다. 이 모든 과정에서 앨리스의 아버지가 키워준 상상력의 힘은 앨리스에게 멘토로 작용하여 그녀가 분리와 전이의 모든 과정을 성공적으로 통과하여 통합에 이르게 한다. 앨리스는 현실로 돌아온 후 해미쉬의 청혼을 거절하는 대신에 진취성을 가지고 자신의 새로운 삶을 개척하기 위하여 중국으로 항해하는 것을 선택한다.

「이상한 나라의 앨리스」에 사용된 통과제의 구조를 포함하여 문학에서 사용되는 통과제의 구조는 인간의 삶에 있어서 근원적인 원형이자 변화하는 시대적 현실을 반영하는 척도로 존재해왔다. 이러한 구조는 인생이란 무엇이고 삶의 시련과 고비는 무엇이며 그것들을 어떻게 극복해야 하는지를 시대적 특수상황에서 구체적으로 작성한 삶에 대한 한 가지 모범답안이 될 수 있다. 따라서 「이상한 나라의 앨리스」의 통과제의 구조는 자신의 해결해야할 문제를 가지고 있는 주인공인 앨리스뿐만 아니라 영화를 즐기는 어린이와 어른 관객들에게 즐거움과 함께 삶의 문제에 대한 통찰력을 준다는 점에서 이 영화의 중요한 성공요인으로 작용한다.

양윤정

건국대학교 / 교양교육원

yunjyang@kku.ac.kr

제3부
동화와 소설, 애니메이션으로 변용하다

시공간의 확대와 해체의 의미

– 동화 『오세암』과 애니메이션 <오세암>을 중심으로

정 혜 원

1. 들어가며

아동문학에 있어 동화는 말할 것도 없고 애니메이션도 시장성을 가지고 점차 늘어나는 추세이다. 애니메이션은 원작동화나 신작 시나리오를 가지고 재창작 된 예술이다. 최근 애니메이션에 대한 연구는 1990년대 이후로 지속적으로 발표되고 있다. 이것은 일차 관객이 영사세대란 점과 일반 관객들도 영상매체에 대한 관심이 부상되었다는 것을 시사하는 것이다.

영화의 탄생이 그랬던 것처럼 애니메이션은 영화와 문학작품(소설, 동화 등), 음악, 미술작품(그림) 등의 다른 예술로부터 많은 도움을 받고 탄생되었다.

애니메이션은 영화나 소설 혹은 그림 등과는 차이가 있다. 물론 영화와 마찬가지로 사운도와 영상을 표현 매체로 사용한다는 점에서 애니메이션과 가장 유사한 장르다. 한편 이러한 이유 때문에 애니메이션을 주류 영화의 아류이거나 이웃사촌, 혹은 어린이 교육 오락 프로그램의 하위 장르라는 신뢰받지 못하는 지위를 받아들여야만 했던 것[364]도 사실이다.

애니메이션을 영화의 한 장르로 보는 것은 시정되어야 할 관점이다. 우선 실사영화와는 다른 촬영기법을 갖고 있으며 영화가 있는 현실을 그대로 카메라에 담음으로써 리얼리즘에 입각한'객관성'을 중시한다면 애니메이션은 현실 그 자체와 닮은 것이 아니라 단순하고 과장된 언어로 외부세계를 형상화한다. 현실의 재현이 닮은 것이 아니라, 단순하고 과장된 언어로 외부세계를 형상화한다. 현실의 재현이라는 영화의 특성과는 달리 애니메이션은 사진에 의해 리얼한 보통 영화적인 것은 완전히 제거해 버려야 한다. 이러한 것이 애니메이션 예술 속에서 하나의 독립된 예술분야를 형성할 수 있는 이유 중의 하나이다.[365] 즉 영화가 이미지를 통해서 현실을 재현한다면, 애니메이션은 기존의 이미지를 변형하여 현실을 재구성한다는 것이다. 애니메이션은 현실을 똑같이 재현해 내는 것이 아니라 현실을 정교하게 이미지로 재구성하여 창조된 미장센을 가지고 관객들에게 얼마나 설득력 있게 다가가느냐에 달려 있다.

애니메이션에 대한 연구는 애니메이션의 산업적인 면[366]과 애니메이션의 사회적 영향력· 기법·제작 기술[367]과 이 논의의 대상으로 삼은 작품과 연관된 연구[368]로 나누어 볼 수 있다. 논문에서 볼 수 있듯이 영상매체전공, 신문방송 전공, 애니메이션 전공, 문예창작 전공, 문학교육 전공, 문화콘텐츠 전공, 문학 전공 등 다양한 전공과 학과에서 애니메이션에 대한 연구를 하고 있었다. 애니메이션 연구는 기본적으로 문학을 가지고 분석하는 것이라서 문학전공이 아닌 타 전공에서 용어나 문학의 이해, 분석능력 등에서 다소 문제점을 보인다. 이미 동화『오세암』과 애니메이션 <오세암>의 논의가 활발히 진행되는 속에 논자는 두 매체의 시공간의 확장과 해체를 통해 어떤 의미를 갖는지 고찰해보고자 한다.

2. 작품 시공간의 확대와 해체

동화작가 정채봉[369]은 '오세암' 전설[370]을 동화 『오세암』[371]으로 창작해냈다. 다시 이 원작을 토대로 성백엽 감독이 애니메이션 <오세암>[372]을 제작했다. 애니메이션은 동화를 거의 대부분 차용하여 제작되었다.

전설의 특징은 개별적 증거물을 갖는다는 것이다. 증거물을 토대로 유래나 특징을 이야기로 꾸며낸 것이다.[373] '오세암 전설' 역시 오세암의 유래를 가지고 새로운 이야기로 발전시킨 것이다. 또 동화와 애니메이션도 이러한 영향을 받고 탄생한 것이다.

동화는 누가 보아도 불교적인 색채가 다분한데, 가톨릭 신자였던 작가 정채봉은 불자와는 다른 언어로 신앙고백을 하겠다고 말하고 있다. 불교와 가톨릭이 궁극적으로 다르지 않다는 사유로 창작에 임했다.[374]고 밝히고 있다. 작가는 짧은 불교설화를 가지고 불교적인 사유와 그의 철학적 물음이 가득 한, 그리고 인간적인 소망을 담은 작품으로 재창작해낸 것이다.

애니메이션 <오세암>은 동화의 서사를 바탕으로 더 많은 서사를 삽입하고 거기서 파생된 이미지를 가지고 상상력을 발휘하고 있음을 쉽게 발견할 수 있다. 애니메이션은 서사와 조형예술, 음악 등이 결합된 장르이다. 또 애니메이션은 드라마 예술이고, 그 드라마의 감동과 재미를 주는 것은 작가 또는 감독의 가치관과 세계관이 얼마나 설득력 있게 담아내고 있는 지에서부터 시작된다. 그 설득력 있는 서사는 인문학적인 사고와 작가나 감독만의 독자적인 철학에서 나올 수 있다는 것을 간과해서는 안 될 것이다. 즉 기교보다는 진정성 있는 인문학적 상상력을 기반으로 해야 한다는 것을 의미하는 것이다.

두 작품은 절정과 결말부분을 제외하고 모두 현실적인 시공간에서 사건이 전개된다. 동화는 초겨울에서 시작하여 이듬해 봄으로, 애니메이션은 늦가을에서 시작하여 이듬해 봄으로 시간적 배경이 설정되어 있다. 주요 공간적 배경은 설악산과 절, 관음암으로 설정되어 있는데 애니메이션의 경우 더 확대되어 있음을 발견할 수 있다.

시간과 공간이란 상호 별개의 것이 아니라 동일체이다. 모든 존재는 공간 내에 위치하고, 그 존재의 구체적인 의미는 그 존재가 지속성을 가질 때에야 비로소 획득되는 것이며, 그것은 곧 공간의 존재 양식이 다름 아닌 시간이라는 것을 의미한다. 즉, 영상은 그 본질적 특성상 매순간 어떤 장소와 시간을 함의하지 않을 수 없는 것이다.[375] 시공간이란 배경은 단순한 배경으로 존재하는 것이 아니라 작품 전반에 영향력을 끼칠 수 있는 것이므로 다른 문학적 요소와 마찬가지로 중요하다.

1) 시간적 배경의 확대와 해체

동화 『오세암』의 시간적 배경은 겨울이란 시간에 대부분 머물러 있는데, 겨울이란 배경은 모든 사건을 비극으로 치닫도록 한 설정이다. 겨울은 폭설이란 복병을 동원하여 더 암울하게 끌고 간다. 스님이 길손을 데리고 암자로 떠날 때도 겨울이었고 식량이 떨어져 시장으로 구하러 나가는 때도 겨울이었다. 이것은 어린 길손에게 공포의 시작이며 이승의 사람들과의 단절을 예고하는 것이다. 겨울이란 계절과 떼려야 뗄 수 없는 것인 눈, 즉 이 폭설은 길손이 암자에 혼자 남겨지는 비운의 결과를 가져다준다. 현실적으로 길손이 아무도 없는 외딴 산속에서 공포와 굶주림, 추위까지 겪게 된다는 것은 어린 아이가 극복하기 힘든 상황이다. 겨울은 길손에게 힘든 시간의 연속이며 끝내 성불로 종지부를 찍지만 현실적으로는 어린 길손이 죽음에 이르게 된다.

<오세암>은 늦가을부터 시작하는데 이렇게 시간적 배경을 확장한 이유는 동화와 달리 영상매체가 보여줄 수 있는 것을 적극 활용하기 때문이다. 첫 장면은 늦가을 바다로 극단적 롱 쇼트[376]를 사용하여 넓고 푸른 바

다 풍경을 잘 보여주고 있다. 이것은 작품의 시작을 알려주는 역할을 하고 있다. 늦가을의 바다와 산속은 단풍과 산속 짐승들이 등장하고 이것은 곧 길손에게 놀이거리를 제공해준다. 애니메이션은 동화보다 길손이란 인물의 순진무구한 천진성을 더 부각시키고 있다. 길손은 세상의 모든 것에 호기심을 가지고 있으며 남녀노소, 동물, 자연이 친구가 된다. 발단부분에 길손이 누나와 냇가를 건널 때 돌다리 간격이 넓어서 자신은 돌다리로 건너고, 누나는 물속으로 건너게 된다. 길손이 장님인 누나가 넘어질까봐 손을 잡고 조심스럽게 건너다 강아지 한 마리를 발견하고 오매불망 걱정하던 누나를 내팽개치고 강아지를 쫓아간다. 남매의 끈끈한 우애에도 불구하고 강아지 한 마리에 정신이 빠져서 쫓아가는 것은 길손의 아동다운 심리를 보여주는 것이다. 이것뿐만 아니라 장님인 감이는 절의 부엌일을 돕는 반면 길손은 스님들이 법회를 하는 곳에 가서 뛰어다니고, 스님의 옷을 훔쳐다가 노루에게 입혀주고, 뚱뚱한 스님의 볼을 꼬집고, 나뭇가지마다 스님들의 고무신을 걸어놓고, 탑에 올라 새들에게 말을 걸며, 암자에서도 산속의 토끼와 다람쥐, 산양과 친구가 되려고 따라다닌다. 관세음보살 탱화가 그려진 방에 가서도 마치 살아있는 사람과 이야기 하듯 말을 한다. 이 모든 길손의 행위가 동화보다 애니메이션에서 더 구체적으로 보여주는데, 이것은 길손이 천진성을 강조함과 동시에 이러한 순진무구한 아이이기에 결말부에 성불할 수 있다는 것으로 자연스럽게 이끌려는 장치이다.

애니메이션은 동화와 달리 겨울이 꼭 어둡고 우울한 것만은 아니다. 애니메이션도 동화와 마찬가지로 길손이 혼자 암자에 남겨지지만 암자에서 스님과 함께 눈썰매를 타며 겨울놀이를 즐기고 스님을 기다리면서 산속의 새와, 토끼, 다람쥐, 산양과 친구가 되는 장면이 첨가되어 있다. 겨울은 길손에게 놀이를 제공하고 한 순간이지만 즐거움을 주는 시간이기도 하다. 동화에서 한 줄, 두 줄로 묘사된 것을 애니메이션에서 훨씬 많은 씬을 연출했다. 이렇게 애니메이션은 동화와 달리 이중적인 의미를 가지고 있다. 동화는 겨울이란 이미지가 갖는 상징을 그대로 갖고 있으며 현실적으로 암울한 결과를 가져다준다. 그러나 애니메이션은 길손으로 하여금 겨울이란 계절과 산속의 짐승들과 소통하게 해주는 시간이다. 길손이 모든 만물과 소통할 수 있다는 것은 천진무구한 심성을 가졌기 때문에 가능한 것이며 이것 또한 아동만이 갖는 특권이라 할 수 있을 것이다. 또 길손이 혼자 심심해서 시작한 것이지만 탱화 속에 관세음보살을 어머니라고 부르며 엄마놀이를 즐긴다. 애니메이션은 길손에게 고통스런 겨울만을 경험하게 하는 것이 아니라 자연과 소통하고 즐거운 놀이를 제공함으로써 따뜻하고 기쁜 추억도 준다. 이것은 원작을 거스르지 않으면서도 아동용 애니메이션이란 점을 간과하지 않고 아동에게 위로를 주려는 것이다.

두 작품 모두 봄이란 시간적 배경은 길손의 성불과 감이의 개안(開眼)을 상징한다. 겨울이 가면 만물이 생동하는 봄이 오듯이 이 작품도 봄은 모든 비극을 종식시키고 행복한 결말을 가져다준다. 두 작품이 공통적으로 길손의 현실적인 죽음을 맞는다. 동화는 길손의 죽음 이후 길손의 장례식과 영험하다는 것이 소문나서 각 지역에서 몰려드는 사람들의 서사까지 보여준다. 이는 불교적 승화와 현실적 죽음을 동시에 다루고 있으나 불교사상에 더 비중을 두고 있는 것이다. 그러나 애니메이션은 길손이 성불했다고 관세음보살이 나타나 알리는 장면에서 페이드인(Fade-in)[377]을 사용하여 아주 환상적인 분위기를 자아낸다. 이 순간 감이의 눈에도 관세음보살과 그들이 그토록 갈구했던 어머니의 모습이 하나로 겹쳐지면서 눈을 뜨게 된다. 길손의 성불과 감이의 눈 뜨는 장면은 불교적 기적을 체험하게 하게 하는 부분인데, 이 기적의 장면에서 신비롭고 환상적인 분위기를 연출한다. 그 장면이 끝나는 동시에 어린 길손이 자는 듯 누워있는 것으로 현실적 죽음을 알리지만 동화처럼 장례식 장면은 등장하지 않는다. 대신 길손과 감이가 어머니의 꿈을 꾸며 따뜻한 봄을 맞이하는 것으로 결말을 짓는다. 동화가 지나치게 결말부에 사족 같은 뒷이야기를 붙임으로 해서 불교적 색채가 강하게 드러났다고 한다면 애니메이션은 현실적 죽음보다는 갈망하던 어머니를 길손 남매가 만나 따뜻한 봄동산에서 즐기는 환상이 잘 드러난다. 이러한 환상적인 효과는 역시 페이드인이 한 몫했음도 확인할 수 있다.

동화의 구성이 연속성을 유지하면서 연대기적으로 제시하지만, 애니메이션의 경우는 시간의 영속성을 해체한다. 즉 동화는 '초겨울→한겨울→초봄'으로 설정되어 있으나 애니메이션은'늦가을→겨울→과거(회상)→초봄'으로 해체시킨다. 이것은 과거와 현재, 미래란 시간을 자유자제로 확장한다는 의미로 애니메이션에서는 시간의 비약과 압축이 가능하다는 것을 보여주는 것이다. 이러한 장면화의 특징은 애니메이션에 있어 시간의 물리적 흐름을 해체 할 수 있기 때문이다.

동화가 겨울에서 시작하는 것과 달리 애니메이션은 늦가을에서 시작하는데 단순한 시간의 확장이란 의미를 넘어 작품을 더 촘촘히 치밀하게 구성하고 작품의 서사를 풍요롭게 하려는 의도라 할 것이다.

또 애니메이션은 회상이란 인서트(insert)[378]를 사용하고 있다. 절에서 생활하는 시간은 현재의 시간이다. 길손이 노래하는 장면에서 감이가 회상하는 장면이 삽입되는데 이것은 연대기적 시간을 해체하는 것으로 볼 수 있다. 감이가 길손을 업고 장사나간 어머니를 기다리면 어머니가 와서 함께 집에 들어가는 장면을 회상하는 것인데 마치 빛 바란 사진처럼 전체 화면을 누런빛으로 처리하고 있고 동요'섬집 아이'가 잔잔하게 깔려서 더 애잔함을 느끼게 해준다. 행복했던 시간을 회상하는 것으로 현실이 불행하다는 것을 내포하기도 한다. 또 길손의 등살에 어머니가 옛날이야기를 해주던 일, 누나 댕기를 매주던 일을 해주는 회상이 있는데 이것도 과거로 시간을 돌이키는 것이다. 길손 남매가 절에서의 생활하면서 행복한 추억이 있는 과거로 회귀하는 것을 볼 수 있다. 그러나 그 과거에는 행복한 것만 있는 것이 아니라 집에 불이 나서 어머니가 감이를 구하러 들어왔다가 어머니가 죽는 과거의 모습도 묘사되어 있다. 감이는 어린 길손에게 어머니가 돌아가셨다고 직접 말하지 못하고 잠든 길손에게 독백처럼 말한다. 또 암자에서 심심해진 길손이 누나와 시골길을 산책하고 놀던 일을 회상할 때 누나 감이는 길손과 리어카를 타고 가던 것을 회상한다. 회상은 현재의 시간이 아니며 과거의 기억이 있는 시간이다. 감독은 회상을 통해 관객의 이해를 돕기 위해 중간 중간에 길손 남매의 과거를 삽입하였다. 즉 정보를 제공하여 관객을 배려하려는 의도도 내포된 것이다. 현재의 시간과는 다른 과거를 보여주는 것은 분명히 시간을 해체하는 것이고 이를 통해 더 개연성 있는 작품으로 전개하려는 의도로 해석할 수 있을 것이다.

2) 공간적 배경의 확대와 해체

인간의 감각은 모든 개념화 된 이데올로기에 선행된다. 이것은 영상에서 보여줄 수 있는 시각이나 청각이 매우 큰 위력을 가진다는 의미로도 해석할 수 있을 것이다. 동화가 글이나 그 행간의 의미를 파악하여 상상하는 것과 달리 애니메이션은 직접적으로 치밀한 계획아래 의도한 영상을 보여줌으로 해서 바로 의미를 파악하게 해준다. 동화는 독자의 지식이나 경험, 상상력에 따라 다른 것을 그려낼 수 있으나 애니메이션은 관객들에게 직접적으로 의도한 영상을 보여준다. 특히 감이의 회상장면이나 프롤로그, 에필로그를 통해서도 전체 내용을 파악할 수 있고 다양한 공간을 배치할 수 있었다는 것을 찾아볼 수 있었다. 이런 연유로 애니메이션은 동화와 달리 쉽게 공간을 확장하고 세분화할 수 있다는 특징이 있다.

동화의 경우 공간적 배경으로'포구 → 절 → 관음암'으로 설정되어 있고, 애니메이션의 경우'바닷가 → 냇가 → 산길 → 백담사 → 선방 → 대웅전 → 집 → 산속 → 관음암 → 산길 → 선방 → 봄동산'으로 훨씬 많은 공간적 배경으로 설정되어 있다.

구성단계	사 건	공간적 배경
발단	길손 남매와 스님이 만나 절에 들어감	바다, 냇가, 산속, 절
전개	절에서의 생활(아이들과 싸움, 사고뭉치 길손의 행동, 관음암으로 가게 된 길손)	절, 집
위기	관음암에서 심심한 시간을 보내는 길손의 생활, 스님이 식량 구하러 감, 폭설로 조난당한 스님	관음암, 산속, 시장
절정	길손이 동물들과 친구가 되고 관음보살과 대화하며 지냄	관음암, 산속
결말	길손의 성불과 죽음	관음암, 봄동산

바다는 이야기의 시작을 알리는 공간적 배경이다. 어머니의 품처럼 넓은 바다에 길손이 혼자 마구 뛰기 시작하는데 이 장면을 롱 쇼트(long shot)[379]로 잡고 있다. 동화는 등장인물의 움직임이 구체적으로 나오지 않으나 애니메이션은 바다의 풍경인 바닷물, 파도, 갈매기, 길손의 뜀박질 등을 통해 역동적인 움직임을 포착할 수 있다.

동화에 없는 냇가와 산길은 길손의 천진무구함을 보여주는 공간이다. 냇가에서 길손은 어머니를 그리워하는 아이로 그려지면서도 천방지축 장난꾸러기의 특성을 가진 아이란 것을 증명해주는 곳이다.

두 작품이 공통적으로 설정한 절이란 공간은 길손 남매가 거지처럼 떠돌다가 스님의 도움으로 배회하지 않고 절에서 안정된 생활을 할 수 있게 되는 공간이다. 길손에게 육신적으로는 따뜻하고 안정된 공간이지만 다른 아이들로부터 따돌림을 당하고 성인들로부터 학대를 받으며, 스님들로부터 질책만 당하는 공간이다. 그러나 이것 또한 이중적인 공간이다.

장난꾸러기 길손이 실컷 놀 수 있는 공간이고 어머니 같은 누나가 있고, 친절한 스님이 있는 공간이다. 길손은 이 공간에 오래 머물지 못한다. 물론 모든 책임은 길손의 행동에 있으나 누구도 어린 길손을 진심으로 이해하는 인물은 없었다. 이런 이유로 스님은 길손을 데리고 암자로 가려고 결심하게 된다. 이 공간은 길손이 이승에서 머물렀던 공간 중 어린이다운 행동을 마음껏 할 수 있는 공간이기도 하다.

다음으로 주요한 공간적 배경은 관음암이다. 길손에게 있어 암자는 성불과 죽음, 행복과 고통을 맛보게 하는 공간이다. 길손이 아무도 없는 산속 관음암에서 관세음보살 탱화가 있는 방에서 그의 어머니를 부르며 자신의 결핍된 어머니에 대한 그리움을 이 공간에서 해소한다. 자애로운 관세음보살의 자태는 길손이 그리던 어머니의 모습이었으므로'엄마'라고 부르며 행복해한다. 또 길손은 죽음이란 보시(布施)로 누나 감이의 눈을 뜨게 되는 기적이 일어나는데, 이것도 이 암자에서 일어난다. 이것은 흔히 고전문학의 개안설화(開眼說話)에서 많이 볼 수 있는 내용이다. 어머니에 대한 애정결핍을 해소하고 누나의 눈을 뜨게 해준다는 것은 기쁜 일이니 행복한 공간으로 해석할 수 있다. 그러나 어린 길손이 혼자서 현실적으로 죽음에 이른다는 점에서 비극적인 공간이 되기도 한다. 불교에서 삶은 생명과 죽음의 반복이며 죽음조차도 다른 삶의 연속이라고 여긴다. 두 작품 속에서 길손의 죽음을 불교사상으로 미화 내지 승화시켰지만 세속적인 시각으로 보면 어린 아이가 추위와 굶주림, 공포에 떨다가 죽은 공간이다. 길손에게 관음암은 고통과 죽음을 맞은 공간이다. 물론 작가나 감독이 예술적으로 승화시키려는 의도는 간파할 수 있으나 동화의 일차독자가 아동이란 점을 고려해볼 때 이해하는데 다소 무리가 따를 수 있을 것이다.

애니메이션에는 봄이 와서 감이와 스님이 길손을 찾아가는 산길이 등장하는데 동화에는 별 사건이 없었다. 그러나 애니메이션에서는 이 공간에서 길손의 죽음을 예감하게 된다. 감이가 개똥지빠귀의 울음소리가 슬프다는 말에 스님이 길손과 개똥지빠귀에 대해 한 말이 생각나서 가슴 아파한다. 길손의 산속 친구인 새가 복선을 깔아주는 부분이다. 별 의미 없던 공간이 길손의 죽음을 예견해주는 중요한 공간으로 변모한 것이다.

동화에서 끝 장면이 길손의 장례식이라면 애니메이션에는 아예 장례식 장면이 삭제되어 있다. 그 대신 그립던 가족이 재회하는 것으로 결말을 맺는다. 감이가 이미 죽은 길손에게 어머니 꿈을 함께 꾸자며 말을 하자 가족이 모두 불교의 천국인 서방정토 같은 봄동산에서 꿈같은 재회를 하게 된다. 봄을 상징하는 노란빛으로 전체 화면으로 채우고 봄꽃이 만발한 동산에서 온 가족이 웃음꽃을 피운다. 동화가 현실인 죽음으로 마무리를 했다고 한다면, 애니메이션은 불교에서 설파하는 죽음과 삶이 윤회한다는 것을 이미지를 통해서 보여주고 있다. 즉 현실과의 단절이 아닌 끊임없이 돌고 도는 윤회를 보여주고 있는 것이다. 또한 죽음을 공포같이 관객에게 다가가는 것이 아니라 환상적이고 동화적인 방식으로 다가감으로 해서 위로를 준다. 동화적 방식과 위로를 주는 방식은 아동을 배려한 것으로 해석할 수 있을 것이다. 이 역시 극단적 롱 쇼트를 이용하여 서방정토와 같은 특정한 분위기를 연출하고 있는데 아주 황홀하고 웅장한 느낌을 준다. 그러나 불교적인 색채가 강하여 아동 관객이 수용하고 이해할 수 있을지는 여전히 의문으로 남는다.

3. 나오며

동화와 애니메이션은 공통적으로 가족이 부재한 상황에서 시작한다. 그것은 길손 남매가 어머니를 그리워하고 찾고 싶은 갈망에 휩싸이게 하는 설정이다. 길손의 이러한 애정결핍과 우울한 심리는 작품 곳곳에 영향을 미친다. 작품 초반부터 결말까지 어머니에 초점을 맞추고 있는데 특히 애니메이션이 어머니 찾기에 더 비중을 두고 있음을 알 수 있다.

문학의 구성요소 중 시공간이 차지하는 비중 역시 크다고 할 수 있다. 동화가 겨울에서 시작하여 이듬해 봄으로 설정한 것과 달리 애니메이션은 늦가을에서 시작하여 이듬해 봄으로 설정하고 있다. 이것은 짧고 강렬한 사건 위주의 단편동화와는 달리 영상을 보여줄 수 있는 애니메이션은 사실상 시간을 확대하거나 해체해도 별 지장을 받지 않으며 오히려 다양한 영상을 통해 관객에게 더 많은 것을 시사한다. 특히 감이가 회상하는 장면이 여러 번 포착되는데 이것도 관객에게 과거의 정보를 주어 이해도를 높이고 작품의 서사를 풍부하게 하려는 목적임을 알 수 있다. 회상은 현재의 시간이 아니며 과거의 기억으로 시간을 해체하는 것이다. 현재의 시간을 진행하다가 과거로 회귀하는 기법을 쓴 것은 현재 길손 남매가 왜 불운한 상황으로 몰렸는지, 무엇이 문제인지에 대한 상황인식을 시키고자 하는 것이다. 이 회상은 과거의 시간으로 머물지 않고 결말부에 가서는 감이의 상상으로 이어진다. 시간의 해체는 한편으로 시간의 확대로 해석할 수 있을 것이다.

공간 역시 마찬가지다. 동화의 공간에서 의미를 부여한 것보다 애니메이션의 공간이 더 많은 의미를 부여하고 있었다. 동화에서는 간출했던 공간이 영상으로 보여주는 애니메이션에서는 원작에 있던 공간은 더 많은 사건이 있는 공간으로, 원작에 없던 공간은 새로운 의미를 주는 공간으로 탄생한다. 애니메이션은 실사 영화에 비해 움직임과 색채의 표현이 자유로워서 공간 표현을 함에 있어서도 더 다양한 시각으로 표현할 수 있다는 긍정적 측면을 가지고 있다. 거기다 상승적 효과를 줄 수 있는 요소로 음악과 음향효과를 들 수 있다. 배경이 바뀔 때마다 그 분위기를 표현할 수 있는 음악이나 분위기를 더 고조시킬 수 있는 음향효과음은 관객을 매료시키기에 충분하다. 애니메이션은 동화에서 묘사할 수 없는 부분들을 영상을 통해 직접적으로 보여줄 수 있기 때문에 관객들에게 시청각적으로 즐거움을 선사한다.

동화에 없는 시공간의 확대와 해체는 독자일 때 볼 수 없는 깊은 감동에 호소하고 있음을 알 수 있다. 원작동화는 시공간을 확대하거나 해체하는 부분이 거의 없다. 그러나 애니메이션은 원작동화를 대부분 수용하면서도 회상과 다양한 사건을 삽입하여 시공간을 확대하고 해체하고 있다. 이것은 영상매체의 장점을 충분히 살린 것으로 평가할 수 있다. 원작동화가 불교적 색채에 천착하고 있다면 애니메이션은 불교가 주는 종교적 측면을 넘어 동화가 주는 환상을 보여주려고 부단히 노력했음을 간과할 수 있다. 종교는 사실상 아동 독자나 관객들에게 무겁고 어려운 소재일 수 있다. 그래서 애니메이션은 불교색채도 버리지 않으면서 아동 관객에게 쉽게 다가가기 위해 환상적인 기법을 사용한 것이다. 결론적으로 애니메이션은 빈약한 상상력이나 상투적인 종교성보다는 아동의 천진무구한 마음은 종교를 넘어 어느 세상이나 통한다는 숭고한 철학을 정교하게 보여주고 있다.

정혜원
한라대학교 / 교양교육원
sk0716@iwonju.kr

빌려 쓰기와 관용의 윤리

: 영소설 『빌려 쓰는 사람들』과 일본 애니 <마루 밑의 아리에띠> 비교 연구

조현준

1. 들어가며: 소설과 애니메이션의 만남

메리 노튼(Mary Norton: 1903~1992)의 『빌려 쓰는 사람들』(*The Borrowers*)(1952)은 출간 후 반세기 넘게 흐른 뒤 요네바야시 히로마사(Hiromasa Yonebayashi) 감독의 애니메이션 <마루 밑의 아리에띠>(*The Secret World of Arrietty*)(2010)가 2011년 한국에 개봉되면서 새롭게 주목을 받았다. 일본 지브리 스투디오의 미야자키 하야오(Hayao Miyazaki)와 니와 케이코(Keiko Niwa)의 각색을 거쳐 새로운 시간과 공간에서 탄생한 애니의 원전이 사실 20세기 중반의 영국 아동 환상문학이라는 사실이 새롭게 조명 받은 것이다. 이 20세기의 영국 소설과 21세기의 일본 애니메이션은 시대적이고 문화적인 배경이나 인식론적 관점에 있어서 서로 다르지만 그런 차이에도 불구하고 소인과 인간, 소녀와 소년간의 인종과 젠더를 넘어선 관계를 다룬다는 기본 토대를 공유한다.

소인족과 거인족의 만남은 얼핏 『걸리버 여행기』(*Gulliver's Travels*)(1726)의 걸리버와 소인국 사람들 간의 코믹한 시사 풍자를 연상시키기도 하고,[380]

몸이 작아져 소인들과 환상적 체험을 하고 돌아온 『이상한 나라의 앨리스』 ("Alice's Adventures in Wonderland")(1865)를 떠올리게도 한다. 소인과 거인의 관계는 많은 평론가에게 어린이/어른, 무산계급/유산계급, 약자/강자, 전근대사회/근대사회, 환상주의/산업주의, 온정주의/합리주의로 구분해 설명된다.[381] 서로 다른 종족의 만남이라는 관점에서 보면 『빌려 쓰는 사람들』과 <마루 밑의 아리에띠>는 희극적 사회풍자나 환상공간속 욕망의 발현보다는 차이를 대면하는 현실적 방식의 문제를 제기하며, 나아가 식민국과 제국간의 정치적 관계를 볼 수 있는 관점을 제공할 수 있다.

일반적으로 강한 주체가 차이를 가진 약한 타자를 대면할 때 취하는 방식은 상대를 제압하여 없애려는 '말살(annihilation)'의 방식이거나 타자의 차이를 가시화하여 '진열(display)'하는 방식이라 여겨진다.[382]이런 방식은 근대화 이후 문명을 전파하겠다는 명목으로 아시아와 아프리카, 그리고 남미대륙으로 식민지를 확장해나갔던 제국주의 서구 열강이 비서구를 마주하는 전형적인 방식이기도 했다. 서구 제국주의자들에게는 비서구의 모든 국가와 문화가 작고, 열등하고, 비문명적으로 보였다. 그래서 개화와 계몽이라는 이름으로 개발과 착취를 동시에 이루어냈다. 후쿠자와 유키치가 '탈아입구' 대동아주의를 외친 이래로 한국이 36년간 일본의 식민국으로 겪은 고난도 같은 맥락에서 이해할 수 있다.

물리적 힘, 신장의 크기, 문화나 사회적 가치가 다른 두 민족의 만남이 지배나 착취가 아닌 평등과 평화로 이어질 수 있을까? 어떻게 말살이나 진열의 방식이 아닌 대등한 소통의 관계로 나아갈 수 있을까? 근대의 이성 중심주의와는 다른 근대 이후의 감성주의, 특히 나보다는 타인과의 관계에서 오는 윤리적 감정의 가능성에 주목해 볼 수 있다. 이 글은 영국 소설 『빌려 쓰는 사람들』에 나타난 빌려 쓰기의 가치와 윤리적 감정의 양상을 살펴보고 그 양가성과 한계에 대해 숙고해 보고자한다. 그리고 영국 소설 『빌려 쓰는 사람들』과 일본 애니 <마루 밑의 아리에띠>와 비교하면서 20세기와 21세기, 영국과 일본의 차이가 빚어내는 양가성과 한계점이 어떤 변화로 이어질 수 있는지 고찰하고자 한다. 제국주의적 시선과 비제국주의적 교감의 방식을 중심으로 인간이 타자를 대면하고 차이에 응대하는 윤리적 반응으로서의 '관용'과 '공감'의 감성에 주목하려는 것이다. 또한 이런 관용과 공감의 한계에 대해서는 '통치성'이라는 문제와 관련해 논의하고자 한다.

2. 메리 노튼의 『빌려 쓰는 사람들』

찰스 킹슬리, 조지 맥도날드, 루이스 캐럴 등 대표적인 아동 문학가를 생산한 19세기 중반은 영국의 판타지 아동문학의 황금기로 평가된다. 그에 이어 1903년 영국 런던에서 출생한 메리 노튼은 20대 초반 성 마가렛 수녀원에서 교육받고 이후 미국과 포르투갈에서 생활하며 경험을 넓혔다. 그녀는 1943년과 1945년에 각각 『마법의 침대장식』(*The Magic Bed Knob*), 『화톳불과 빗자루』(*Bonfires and Broomsticks*)를 발표하여 대중적 관심을 모았고[383], 1952년에는 숨어사는 난장이 이야기 연작중 첫 번째 편인 『빌려 쓰는 사람들』의 문학성을 인정받아 그해 카네기 상과 안데르센 상을 수상했다. 이 수상으로 인해 노튼은 『빌려 쓰는 사람들』의 연작을 구상했다. 인간에게 생필품을 빌려 살면서 집안에 숨어사는 난장이들은 이제 그 집을 나와 초원과 공중을 누비며 새로운 집을 찾기 위한 주체적 여정에 오른다.

숨어사는 난장이들 시리즈는 오래된 괘종시계 아래 깃들어 사는 포드(Pod)와 호미리(Homily) 부부 그리고 외동딸 아리에띠(Arrietty)로 구성된 클락(Clock)가의 이야기이다. 『빌려 쓰는 사람들』은 연작 중 첫 작품으로 이후 『들판의 빌려 쓰는 사람들』(*The Borrowers Afield*)(1955), 『물위의 빌려 쓰는 사람들』(*The Borrowers Afloat*)(1959), 『공중의 빌려 쓰는 사람들』(*The Borrowers Aloft*)(1961), 『보복당한 빌려 쓰는 사람들』(*The Borrowers Avenged*)(1982)이 차례로 출간되었다. 당시 『뉴욕 타임즈』는 노튼의 『빌려 쓰는 사람들』을 루이스 캐롤의 『이상한 나라의 앨리스』의 환상적 분위기와 비교했고, 『뉴욕 헤럴드 트리뷴』은 환상성보다 소인족들의 현실적이고 실제적인 사실성을 극찬했다.

공포나 역경의 극복은 아동문학이나 성장소설의 기본 테마이다. 몰래 빌려 쓰는 일이 생업이라 인간에게 발각되는 것이 두려워 숨어사는 난장이 소녀 아리에띠도 젠더와 인종의 차이라는 공포를 극복하고 소년과 우정을 맺는다. 이런 신장 차이가 나는 이종족 간의 만남에는 관용과 공감이 나타날 수 있으나, 반대로 불관용과 비공감이 나타날 가능성도 배제할 수 없다. 소피 대고모나 소년과 달리 로자 픽햇칫(Rosa Pickhatchet)이나 드라이버 부인(Mrs Driver)은 소인들을 작은 도둑으로 보거나 인간인지 쥐인지 모를 해로운 '동물'로 인지하기도 한다. 소녀와 소녀의 가족은 이런 위협을 벗어나기 위해 안락한 인간의 집을 떠나 들짐승이 사는 자연으로 돌아가야 한다. 소인에게는 용기와 모험, 창의력과 사고력이 필요하고, 거인에게는 이종족을 대면하는 합당한 방식, 특히 자신보다 작고 약한 사람을 대면하는 윤리적 방식으로서의 관용과 공감이 요구된다.

『빌려 쓰는 사람들』의 이야기는 이러하다. 13살의 아리에띠 클락은 아버지 어머니와 함께 영국 저택의 마루 밑에 깃들어 사는 소인 소녀이다. 이들은 독립적 생활수단이 없어 인간 콩들(human beans)이라 부르는 인간(human beings)의 작은 물건을 '빌리며' 생계를 유지한다. 포드는 어느 날 작은 찻잔을 빌리러 갔다가 류머티스 열병으로 대고모 댁에 휴양 온 소년에게 들키게 된다. 겁에 질려 귀가한 그는 아내에게 이 사실을 고백한다. 그리고 고양이에게 잡혀 먹혔다고 생각하는 조카 엑레티나(Eggletina)를 떠올리며 딸 아리에띠에게 인간에게 들키지 않도록 조심하라고 경고한다. 생존 기술을 익히기 위해 아버지와 함께 빌리기 원정길에 오른 아리에띠는 우연히 그 소년과 만나 우정을 키우게 된다. 소년은 집 밖 조금 떨어진 오소리 굴에 사는 헨드리어리 삼촌(uncle Hendreary), 루피 고모(aunt Lupy)에게 아리에띠의 편지를 전해주기로 한다.

아리에띠는 소년이 다가오는 기척을 느끼지 못했기 때문에 인간이 다가올 때 '느낌'을 감지하는 법을 배우고 그 기술을 연마하러 나갔다가 우연히 드라이버 부인과 정원사 크램펄(Cramfurl)이 소년에 대해 걱정하고 불평하는 대화를 듣게 된다. 그들은 소년이 현관 매트를 더럽히는 것과 오소리 굴을 찾아 헤메던 것을 보고 아마도 그가 흰 담비를 키우는 것이라고 생각한다. 소년은 편지를 전해주고 답장까지 받아오는데 이 모든 사실을 알게 된 포드는 인간에게 발각되었다는 공포심에 격렬히 떨게 된다. 그 가운데 소년은 아이 방의 인형의 집 가구를 소인들에게 선물로 주려하고 우정의 표시로 매일 밤 이런 저런 화려한 선물을 건넨다.

소인들에 전하는 선물들 때문에 조금씩 사라지는 진열장의 물건이 알아 챈 가정부 드라이버 부인은 소년을 감시한 끝에 소인족의 존재를 알게 된다. 마루 널에서 발견된 작은 살림살이를 보고 소인들의 존재를 확인한 드라이버 부인은 작은 도둑을 찾았다며 쥐잡이꾼을 부른다. 쥐잡이꾼이 소인들을 잡기 위해 유해가스를 살포하는 동안 소년은 간신히 곡괭이로 환기구를 터서 소인들의 탈출을 돕는다. 이후 소년은 이런 일이 있었다는 것을 누이에게 말했고, 누이는 오소리 굴에 선물을 두고 온 뒤 다음날 그것이 사라진 것을 보고 동생의 말을 믿게 된다. 그리고 그곳에서 오빠의 일기와 유사한 필체를 담은 아리에띠의 일기를 발견한다.

이 작품에서 주목할 만한 점이 세 가지 정도 있다. 첫째는 서사구조에 따른 모호성이다. 전체 20장으로 구성된 『빌려 쓰는 사람들』은 액자 서술구조를 가지고 있어서 내부 스토리라 할 수 있는 2장부터 18장까지가 아리에띠와 소년의 우정 이야기에 해당한다. 그 층위를 감싸고 있는 외부

스토리 1장, 19장, 20장은 오랜 시간이 흐른 후 소년의 누이 메이 부인(Mrs. May)이 케이트라는 소녀에게 옛 이야기를 전하는 형식으로 되어 있다. 말하자면 빌려 쓰는 소인들을 직접 본 적 없는 메이 부인이 오랜 시간이 지난 후 죽은 남동생이 들려줬던 옛 이야기를 회상하는 방식으로 이루어져 있기 때문에 메이 부인의 기억도 의심스러운데다 사건 당사자가 없으므로 진위여부를 확인할 길도 없다. 따라서 청자나 독자 입장에서는 소인족의 세계라는 환상적 공간에 대한 신뢰가능성이 오직 메이 부인이 전하는 서사의 진실성에 달려있다고 할 수 있다. 이 이야기의 입증자료로 제기되는 것은 아리에띠의 일기뿐이다.

좀 더 면밀히 보면 서술 구조는 세 겹의 양파구조로 되어있다고 볼 수 있다. 그 서술자는 메이 부인, 소년, 그리고 아리에띠로 서술의 각 층위에서 메이 부인은 케이트에게, 소년은 메이 부인에게, 아리에띠는 소년에게 이야기하는 형식으로 되어있다. 이런 액자구조의 이야기에서 내용의 중심을 구성하는 것은 가장 안쪽의 서술 층위에 있는 아리에띠가 되지만 그 이야기의 신빙성을 좌우하는 인물은 가장 바깥쪽의 화자인 메이 부인이다. 그러나 메이 부인의 말에는 일관성이 없다. 메이 부인이 전하는 남동생은 연대장이면서 북서부 전선에서 장렬한 죽음('a heroic death')을 맞이한 국가적 영웅이기도 하지만384) 어린 시절 영어 읽기 능력이 부족해 누나들을 시기하고, 또 주목 받고 싶어서 특이한 가짜 이야기를 꾸며내기도 좋아했기 때문이다.

맨 바깥 층위의 서술자인 메이 부인도 성장배경의 문화적 환경이나 국가적 소속감에 있어 이중성을 드러난다. 메이 부인의 서술에 따르면 남동생은 질투가 많은 막내라서 놀라운 이야기를 할 때 식구들이 보이는 관심과 충격을 즐겼다. 메이 부인 남매는 영국 혈통이지만 나고 자란 곳은 신비와 마술과 전설이 많은 인도이기 때문에 남들에게는 보이지 않는 것을 볼 수 있었다.(7) 성장 배경이나 국가 상황에 있어 제 1화자인 메이 부인과 제 2화자인 소년 둘 다 양가적이고 이중적이다.

특히 소년은 류머티스 열병(rheumatic fever) 때문에 인도에서 영국으로 휴양온 병약한 상태인데다 영어도 인도어도 완벽하지 못하다. 다시 말해 건강도 언어도 불완전한 상태라는 것이다. 소년이 아리에띠와 관계에서 처음 원한 것도 아리에띠가 책을 읽어주는 것이었다. 소녀와 소년의 만남은 소인과 거인의 만남이기보다는 13살 누나와 9살 동생, 영어 능력자와 무능력자의 만남처럼 보인다.

> "책 읽을 줄 알아?" 소년이 마침내 말했다."
> "물론이지. 넌 못 읽어?"아리에띠가 말했다.
> "응." 소년이 머뭇거렸다. "실은 아니. 내 말은... 응 난 방금 인도에서 돌아왔다는 말이야"
> "그게 이거랑 무슨 상관인데?" 아리에띠가 물었다
> "글쎄, 인도에서 태어난다는 건 두 개 국어를 한다는 거야. 그리고 두 개 국어를 한다면 읽지 못한다는 말이지. 잘은 못 읽는다고."(74-5)

영국계 인도태생인 소년의 불안정한 정체성은 당시 피식민지 인도를 지배하던 영국의 패권주의나 지배성향으로 완전히 설명되지 않는 양가적 모습의 하나이다. 소년뿐만 아니라 삼남매 모두 당시 영국의 식민지인 인도 태생이기 때문에 인도어도 영국어도 제대로 할 수 없으며 인도인도 아니지만 엄밀히 말해 영국인도 아니다. 소년은 영국의 집을 친숙하게 느끼지 못하며 영국인임에도 영국 문화에 익숙하지 못하다. 또 인도에서 태어났지만 인도인도 될 수 없다.[385] 본국으로 돌아온 인도 태생 영국인 이야기는 긴 항해의 고단함을 잊고 헤어질 때의 외로움을 치유하기 위해 환상으로 꾸며지기 일쑤였다. 인도에서는 아직 본적 없는 동화 같은 고국 영국에 관해, 영국에서는 자신이 성장한 이국적이고 마술적인 인도에 관한 환상같은 이야기를 꾸미는 것이다.[386] 이야기를 꾸미는 일은 '낯선 고향'과 '익숙한 타향', 식민통치자와 식민피지배자 사이의 분열 속에서 나타나는 외상적 경험으로 보인다. 이런 이중성과 모호성은 환상 이야기를 발생시키는 원인인 동시에 이야기의 진위여부를 불투명하게 하는 요소로 작용한다.

소인족에 대한 소년의 태도도 양가적이다. 소년과 소인족의 첫 만남은 인간의 찻잔을 빌려가는 포드를 소년이 도와주면서 시작된다. 이어 소년은 아리에띠를 만나게 되고 이후 소년은 자신이 인도에서 신기한 사실을 봤다고 주장한다.(74) 19세기말 영국의 식민지에는 가족 단위의 정착민이 늘어나면서 많은 영국인이 인도에서 태어났다. 식민지 정착민이 본국으로 송환될 때는 종종 가족과 강제로 이별하게 되었고 아동은 기숙학교나 친척집에 보내지기도 했다. 인도로 이주한 영국인 2세대는 대부분 풍부한 자원, 뜨거운 햇살, 그리고 인도 하인들의 봉사, 인도 유모(ayah)의 양육, 그리고 힌두 문화속에서 자라지만 돌아 온 영국의 환경은 그와는 달랐다. 이들은 출생후 줄곧 인도 유모에게 길러졌으므로 그들의 첫 언어는 대체로 영어가 아닌 인도어(Hindustani)였다. 따라서 이런 이중적인 문화 환경은 아동의 정체성을 형성하는데 불안정과 긴장의 요소가 된다. 인도에서 태어난 영국 혈통이라는 이중적 정체성이 상대적으로 열등감을 내화시켜 몸이 작은 소인들을 마주할 때 불완전한 약자인 소인과 동일시하는 동기가 되고 그것이 공감과 관용으로 이어질 수 있다

반면 소년은 무력의 과시나 권력 지향의 비공감과 불관용의 양상도 보인다. 소년은 아리에띠를 처음 보았을때 "움직이지마! 안그러면 물푸레나무 작대기로 때려줄거야"(71)라고 협박한다. 인도에서 본 소인들은 자신에게 달려와 고약하게도 손톱으로 할퀴었다는 것이다. 아리에띠가 집안 어디에 사는지 밝히지 않으려 할 때에도 그녀를 집어들어 두동강이 내버리겠다고 위협한다. 아리에띠가 나이를 묻자 아홉 살인데도 열 살이라고 거짓말하는 것도 같은 맥락에서 이해된다. 이런 소년의 제국주의적 방식을 슬기롭게 극복하는 것은 오히려 아리에띠이다. 배짱 있는 담력과 문자 해독력을 가진 아리에띠는 용기 있게 나이 확인을 통해 자신이 누나이고

글을 더 잘 읽는다는 장점을 부각해 몸집이나 힘의 차이에도 불구하고 둘 간의 대등한 우정 관계를 발전시킨다.

두 번째는 주목할 점은 '빌려쓴다'는 것의 윤리성에 관한 것이다. '빌려 쓰기'와 '훔치기'의 차이에 대해 아리에띠는 인간과 생각이 다르다. 인간과 빌려 쓰는 사람들의 관계는 빵과 버터의 관계와 같다고 생각한다. 보통 빵이 중요하고 버터는 부수적이라고 생각하지만 아리에띠에게는 버터가 중요하고 버터가 빵을 빌리는 것이 당연하다. 그래서 소인족이 인간의 물건을 가져다쓰는 것은 빌리기이고, 소인족이 소인족의 것을 가져다쓰는 것은 훔치기라고 분류한다. 소인족이 인간에게서 물건을 가져오는 것은 빌려오는 것 일뿐 훔치기가 아니라는 주장이다.

> 소년은 잠시 뒤 말했다. "빌리기, 그게 너희가 그걸 부르는 말이니?"
> "그럼 뭐라고 부르는데?" 아리에띠가 물었다.
> "나 같으면 훔치기라고 할텐데."
> 아리에띠가 웃었다. 진심으로 웃었다. "하지만 우린 빌려 쓰는 사람들이야. 너희가 인간 콩들인가 뭔가로 불리는 것처럼." 그녀가 설명했다. "우리는 이 집의 일부야. 네 말은 난로 쇠살대가 난로통에서 석탄을 훔친다고 말하는 거랑 같다구."
> "그럼 훔치는 건 뭔데?" 아리에띠가 진지해 보였다. 그녀는 물었다. "그걸 몰라? 훔치기는 이런 거라 할 수 있지. 만약 헨드리어리 삼촌이 화장대에서 에머랄드 시계를 빌렸는데 아빠가 그걸 가져다 우리 집 벽에 걸었다면 그건 훔치기야." "에메랄드 시계!" 소년이 탄성을 질렀다. "그냥 우리집 벽에 그런 시계가 하나 있길래 말해본거지만 우리 아빠는 직접 그걸 빌려오셨어. 꼭 시계일 필요는 없어 뭐든 될 수 있으니까. 각설탕 하나도 똑같아. 그렇지만 우리는 훔치지 않아."
> "인간에게서 가져가는 것만 빼면 말이구나." 소년이 말했다. (84)

이 대화에서는 소년과 소녀의 소통이나 공감이 잘 된 것 같지 않다. 아리에띠가 소년에게 빌리기와 훔치기의 차이를 설득하는데 애를 먹기 때문이다. 오말리는 빌리기가 훔치기로 제시되지 않는 이유는 그로 인해 인간이 겪는 상실이 별로 크지 않기 때문이라고 주장한다.387) 노튼도 빌려 쓰는 사람들이 필요로 하는 것은 너무 적은 것이라서 인간은 "그들의 숨겨진 존재를 수용하고 그저 조용히 내버려 두면 된다(accept their hidden presence and gently leave them alone)"(8)고 주장한 바 있다.388) 빌리기는 또한 오랜 역사와 전통을 자랑하는 특정한 기술이나 거래 혹은 장인 정신으로까지 표현된다. 특히 포드는 빌리기는 숙련직이며 일종의 기술이라고 말하면서 자신의 일에 자긍심을 보이고, 아리에띠는 빌리기의 윤리성을 옹호한다.389)

언뜻 소인의 인간 물품 빌려 쓰기가 윤리적이라는 말은 잘 이해되지 않는데 '빌리기'라는 약자의 생존방식에서 찾을 수 있는 윤리성은 무엇일까? 인간의 눈이 뜨이지 않을 정도로만 몰래 가져다 쓰는 생활방식은 일반적인 도둑질과는 다르다. 인간에게는 소용가치가 다하거나 잘 쓰지 않는 상품을 소량으로 가져다 중요한 생필품으로 다시 쓰는 재활용이라는 의미에서 윤리적 소비의 방식일 수 있기 때문이다. 예를 들어 이미 쓰고 버린 금속커버가 달린 샴페인 코르크는 소인족에게는 훌륭한 의자가 되고, 한두개 없어져도 그만일 인간의 흙털개 매트의 털 한 개 두 개는 소인의 생활에 필요한 헝겊 솔이 된다.(24) 특별한 용도가 아니면 잘 찾지 않는 외과용 붕대는 소인족에게 롤러 타월이 되고, 18세기의 은제 눈썹 빗은 소인들의 머리빗이 된다. 인간의 폐품을 활용하거나 잘 쓰지 않는 장식품을 티나지 않을 정도로 소량만 가져다 생필품으로 활용하는 것이다.

생필품에 국한되어야 할 빌려 쓰기가 사치품으로 확장될 때는 윤리성이 위협받을 수 있다. 특히 호미리의 교양이나 취향에 대한 문화적 요구는 위기를 부르는 원인이 된다. 소년의 선물 공세는 호미리의 사치품에 대한 고급취향을 충족시키며 최고의 행복감을 선사하지만 결국 '들키지 않을 정도'의 빌려 쓰기라는 원칙을 넘어서면서 종족 말살의 위기를 불러온다. 빌리기는 분명 체계적인 폐품활용이자, 꼭 필요한 '생필품만에만(only out of necessity)' 한정되어야 한다. 그것 없이는 살수 없는 물품 말이다. 재미 때문도 욕심 때문도 게으름 때문도 아니다. 오직 '생존(survival)'을 위한 것이어야 한다.

마지막으로 주목할 점은 이종족과 관계하는 방식의 변화 양상이다. 모든 민족은 누구나 자민족 중심주의(ethnocentrism)를 가지고 있다. 아리에띠는 처음 소년과 만났을 때 세계가 자신의 종족만을 위해 존재한다고 주장하는데 소년의 소녀의 이런 자긍심을 비난한다. 그리고 소년의 이야기를 전하는 메이 부인도 소인족들은 예민하고 자만심 강하며 자기가 세상을 쥐고 있다고 생각하는 이들이라고 평한다.(8) 소인족들은 인간은 험한 일을 하기 위해 창조된 거인족 노예라고 말하지만 실상은 인간과 만날까봐 공포에 떨고 있기도 하다.

소인 아리에띠는 위협적인 거인을 상대하면서도 굴하지 않는다. 보통 강대국에서 문호개방과 통상압박이 오면 약소국이 취할 수 있는 대응은 쇄국, 절충개국, 적극개국 세 가지 중 하나가 된다. 포드와 호미리는 쇄국을 원하지만 아리에띠는 절충개국 즉 서로 관계는 갖되 대등한 입장에서 주체적인 개방을 할 것을 원한다. 그래서 아리에띠는 자민족 중심주의적 '상식'을 동원해 자긍심을 높인다. 이런 상식에 따르면 소년을 포함한 인간은 크램펄, 병든 대고모, 드라이버 부인뿐이지만 소인족은 자신이 속한 클락가 외에도 많은 수가 있다. 오버맨틀가, 합시코드가, 레인배럴가, 린넨프레스가, 부트레크가, 스토브 파이프가, 벨풀가 등 말이다(85).[390] 이런 '상식'은 대단히 주관적이지만 일단 몸집이 큰 소년과 대등한 관계 설정을 위해 필요한 과정으로 간주된다.

소년은 이에 반박한다. 자신이 본 소인족은 둘이지만 인간은 수 백명 보았다는 것이다. 소년은 제국으로서 영국의 위용을 자랑하는데 기차역,

축구경기, 경마장, 왕실 건물, 알버트 홀 외에도 영국의 식민지 및 다른 나라에 대해서도 말한다. 인도와 중국, 북미 대륙과 영연방국을 예로 들며 할인 판매 행사에 몰려든 사람의 수는 수백이 아닌 수천 수백만 수십만 수억에 달한다고 주장한다. 오히려 소인족은 아리에티의 가족 세 사람뿐이라고 맞받아친다. 강자가 자신의 위용과 권위를 과시하는 방식이다.

이들과 관계는 처음에는 이렇게 자신의 종족의 정당성과 우월감을 과시하는 방식이었으나 점차 대등한 소통의 관계로 변모한다. 애초에 포드의 빌리기를 도와주었던 소년의 관용적 성향도 있지만, 인도 태생의 영국인이라는 불안한 입지와 류머티스 열병이라는 질병을 앓고 있는 약자라는 면에서 소인들과 공감하기 때문이기도 하다. 전술했듯 영국의 식민지 인도에 대한 신비화는 일종의 오리엔탈리즘을 반영하기도 하지만, 동시에 불안정적이고 병약한 소년의 태생이라는 이중성 때문에 사회적 약자에 대한 관용과 공감으로 연결된다.

소년이 아리에띠를 대등한 친구나 이웃으로 받아들이는 극적인 계기는 어른들의 뜻에 위배되는 단독행위인 소인 구조 작업에서 드러난다. 드라이버 부인이 부른 쥐잡이꾼이 마루 밑에 방역용 유해가스를 뿌려 클락가를 몰살시키려하자 소년은 인도로 돌아가야 하는 긴박한 상황이었는데도 몰래 곡괭이로 환기구를 찍어 소인들의 퇴로를 만들어준 것이다. 소년의 이 행위는 불완전하던 소인족과의 관계를 우정으로 완성하는 적극적 윤리행위이자 성장의 통과의례로 평가된다.

3. 지브리 스투디오의 <마루 밑의 아리에띠>

이제 배경이 바뀐다. 우선 원작과 달리 소년은 일본인이다. 시대도 2010년 도쿄의 서부 코가네이(Knganei)로 옮겨온다. 쇼(Sho)는 선천성 심장병 때문에 전원의 외갓집으로 요양 온 병약한 소년이다. 일본인인 소년의 부모는 이혼했고 아버지는 본 지 오래인데다 엄마도 외국출장으로 늘 바쁘다. 고도로 경쟁적인 현대사회에서 버림받은 외톨이 쇼는 대고모 사다코(Sadako)의 집에와 가망 없는 심장병 수술을 기다리고 있다. 그런데 도착 첫날 고양이가 뭔가 덤불숲에서 공격하려는 것이 무엇인지 확인하려다 쇼는 아리에띠를 보게 된다.

10센티의 아리에띠는 생존의 기술을 전수받기 위해 아버지와 빌리기 원정을 갔다가 쇼에게 자기 존재를 들킨다. 어렵게 아버지가 구한 각설탕도 그만 떨어뜨리고 만다. 다음날 쇼는 그 각설탕을 처음 아리에띠를 봤던 지하 환기구 앞에 놓고 '잊고 간 것'이라는 메모를 남긴다. 엄마는 인간에게 자신들의 존재를 드러내는 것이 두려워 이 선물을 그대로 놓아두자고 주장한다. 아리에띠는 빗물이 쓸고 개미가 먹고 남은 각설탕을 들고 소년을 찾아간다. 자신들을 그냥 내버려 둘 것을 부탁하기 위해서다. 아리에띠는 인간에게 존재를 드러냈다는 사실을 아버지에게 들키게 되고 위협을 느낀 부모님은 다른 곳으로 이사 가기로 결심한다.

쇼는 외할머니 사다코에게서 인형의 집에 관한 내막을 들은 뒤 선의에서 소인들이 사는 집의 천정인 마루널을 열어 기존 주방을 떼어내고 인형의 집에서 나온 멋진 고급 주방을 교체해 넣어준다. 인형의 집은 쇼의 외증조 할아버지가 처음 이 집에 소인들이 산다는 것을 알게 된 후 그들에게 선물하고 싶어서 특별히 주문한 정교한 영국식 주택의 축소판이라 실제로 전기와 오븐이 작동된다. 할아버지는 그 후 소인족을 만나지 못해 전달할 방법이 없었고 쇼의 방에 있던 고급주택 모형을 손자가 대신 전달하게 된 셈이다.

한편 포드는 이사갈 집을 물색하느라 장거리 원정을 나갔다가 부상을 입게 되고 그 와중에 우연히 만난 같은 소인족 스필러(Spiller)[391]의 도움을 받아 귀가한다. 스필러는 소인족이 이사갈만한 장소를 알고 있다고 말하고 포드는 부상에서 회복된 후 가족과 함께 그 장소로 이사가기로 결심한다. 이사가 임박한 아리에띠는 쇼에게 마지막 작별인사를 간다. 마지막 작별인사를 하면서 아리에띠의 모습을 보여달라는 쇼의 청을 그녀는 들어준다. 두 사람이 대면한 가운데 쇼는 67억 인간에 비해 소인족은 너무나 수가 적어 곧 멸족하리라고 말하지만, 아리에띠는 반발하며 살아남는다는 것은 중요하며 자신은 반드시 생존하리라는 강한 의지를 보인다. 대화 속에 아리에띠는 쇼가 선천적 심장병을 앓고 있으며 성공률이 희박한 수술을 앞두고 있다는 사실을 알게 된다.

한편 쇼가 마루널을 떼느라 꺼낸 연장을 보게 된 가정부 하루(Haru)는 근처 마루널을 살피다 인형의 집 일부를 찾아낸다. 하루는 주방에서 차를 끓이고 있던 호미리를 신기해하며 잡아 유리병에 가둔 뒤 다른 소인족도 잡고 싶은 마음에 해충 방제회사에 방문 접수를 의뢰한다. 쇼와 대화하던 아리에띠는 엄마의 비명소리를 듣고 달려가고 엄마가 실종된 것을 보고 쇼에게 도움을 구하러 간다. 쇼는 하루의 계략으로 방에 감금되어 있었는데 둘은 협동하여 방을 탈출해 갇혀있던 호미리를 구한다.

사다코가 돌아오자 하루는 소인족의 존재를 주인에게 입증하려한다. 그러나 인형의 집 주방은 제자리로 돌아왔고, 마루널 아래는 비었으며, 호미리는 탈출하고 없었다. 사다코는 괜한 일을 했다며 해충 방제회사를 돌려보낸다. 그러나 인형의 집의 주방에서 나는 허브 냄새를 맡고 살피다가 포트 안의 허브 잎사귀를 발견한다.

이사길에 오른 아리에띠 가족은 배를 타기 직전 잠시 휴식을 취하는데 그동안 아리에띠는 쇼의 고양이를 발견하고 고양이에게 쇼를 이곳으로 인도해줄 것을 부탁한다. 심장병을 앓는데도 그 길을 뛰어 온 쇼는 작별인사를 전하며 손수건에 고이 싸온 각설탕을 아리에띠에게 선물한다. 그리고 아리에티가 말한 살아남는 것의 중요성과 생존의 의지가 가망 없던 자신의 삶에 희망을 주었다고 말한다. 마침내 아리에띠의 가족과 스필러는 함께 찻주전자를 타고 강물로 이사길을 떠난다.

소설과 영화 두 작품 모두 아동의 고난 극복을 통한 성장이라는 중요한 요소를 공유하고 있으며, 기성세대의 성인과는 다른 청소년만의 세상에 대한 호기심과 문제 해결을 통한 주체의 변화와 성장에 초점을 맞춘다. 영화는 특히 아리에띠와 쇼의 변화와 성장을 극적으로 연출하여 미성숙에서 성숙으로, 무지에서 지혜로 변모하는 모습을 보다 잘 구현한다. 영화는 복합적인 서사구조의 장치 없이 쇼와 아리에띠의 에피소드에 초점을 맞추고 있기 때문에 이야기상의 모호성이 별로 부각되지 않는다. 또 쇼나 아리에띠는 모두 일본인이어서 글을 읽고 쓰는 데도 언어적 문제가 없다. 애초부터 영화는 소인 아리에띠의 모습을 시각적으로 보여주기 때문에 소인족의 존재는 의심할 여지없는 사실로 간주된다.

쇼의 성격도 변화가 없다. 그는 처음부터 타인을 배려하고 약자를 보호하며, 소설 속 소년보다 더 관용적이고 공감어린 태도로 일관한다. 영화에서 쇼와 아리에띠의 만남은 세 번인데 그 첫 만남이 이런 쇼의 모습을 잘 보여준다. 소인족이 자신보다 월등히 큰 인간에게 들키면 안 되는 이유, 들킬 경우 두려움을 보이는 까닭이 힘센 종족의 약소 종족에 대한 폭력의 위해의 가능성에서 온다는 것을 그는 잘 안다. 그래서 첫 대면에서 모습을 숨긴 아리에띠에게 처음으로 거는 말이 "무서워 하지마. 오늘 정원에서 널 봤어"이다. 이는 자신이 소인족의 존재를 알지만 해를 주지는 않으리라는 것을 확신시켜 안심을 주고 두려움을 덜어주려는 배려의 말로, 상대를 겁주고 기죽이려던 소설 속 소년의 처음 태도와는 전혀 다르다. 부모에게 버림받은 난치병 환자라는 사실이 소년을 사회적 약자의 입장과 동일시하게 만들고, 물리적 약자인 소인들의 입장에 처음부터 쉽게 공감하게 만든 것일 수도 있다.

이때 '말걸기'라는 행위는 주체를 형성하는 중요한 요건이 된다. 버틀러는 『윤리적 폭력 비판』(*Giving an Account of Oneself)*』에서 타자의 개념이 규범의 사회성에만 국한되는 것은 아니라고 주장하며, 사실에는 두 가지가 있는데 규범이 사회적 맥락에서 함의하는 '사실'과 우리가 부지불식간에 타인과 관계를 맺고 있는 '사실'을 구분해야 한다고 주장한다.[392] 또한 말하기 속에서 형성되는 정체성에 집중하면서 '호명'의 문제로 되돌아와 법이 아닌 타인의 호명과 부름에 열려있는 주체의 등장에 대해 논의한다.[393] 버틀러는 말걸기에 어떤 윤리가 존재한다면, 그리고 판단이 말걸기의 형식이라면 판단의 윤리적 가치는 그 판단이 취하는 말걸기의 형식에 의해 결정될 것이라고 보았다. 내가 너에게 나를 설명한다면 내 서술은 그전에 나에게 말을 걸어준 언어의 구조, 말걸기의 구조에 의존한다.[394] 나는 나를 너에게 설명하면서 나 자신을 묶어낸다.

나를 시작하는 순간 나는 다른 말걸기에 휩쓸리게 된다. 그리고 내 삶에는 처음부터 타인과 밀접히 관련된 윤리적 장면과, 내 등장의 상호 주관적 조건을 형성하는 정신분석학적 장면간의 수렴점이 존재한다.[395] 나를 설명하려는 이런 설명은 실패할 수밖에 없지만 그런 말하기의 관계속에서, 타자의 전제속에서 그 실패가 나를 구성한다. 쇼는 "무서워 하지마. 오늘 정원에서 널 봤어"라는 첫 대면의 말걸기를 통해 아리에띠의 공포를 줄여주고 그녀에게 안심을 주려고 한다. 물론 이 말은 아리에띠를 더욱 두려움에 떨게 만든다. 그렇지만 이 말걸기를 가능하게 한 것은 쇼가 심장병 환자인데다 부모의 사랑을 충분히 받지 못한다는 사실로 인해 생긴 작고 약한 존재에 대한 공감의 감성이다.

두 번째로 주목할 점은 소설에서 중시되던 '빌려 쓰기'의 윤리성이 영화에서는 소수자의 '생존'이라는 정치성으로 변화된다는 점이다. 이 부분은 아리에띠와 쇼가 두 번째로 만나는 장면이자, 아리에띠가 처음 자신의 모습을 드러내는 장면과 관련된다. 그 장면에서 아리에띠는 인간에게 들킬 경우 멸족될 위험이 있는데도 불구하고 대등한 관계를 위해 쇼의 요청을 수락하고 자신의 모습을 보여준다. 쇼는 그런 소인이 몇 명이나 있냐고 묻고 아직 4명밖에 못봤다면 67억 인간에 비해 소인족은 턱없이 적으니 멸족의 운명에 놓였다고 주장한다. 생물은 환경변화에 적응하여 적자생존의 원칙대로 진화한다는 진화생물학적 입장인 것이다. 그러나 아리에띠가 우리는 살아남아야 하며 다들 열심히 살기 때문에 소인족은 쉽게 사라지지 않는다고 반박할 때 중요하게 부각되는 것은 바로 '생존'의 중요성이다.

소설에서는 소인들의 빌려 쓰기의 윤리성이 강조되었던 반면, 영화에서는 소수종족의 상황이 소설보다 열악하고 생존의 의지는 더욱 강조된다. 소인족은 클락가를 제외하고 두 가족이 더 있었는데 하나는 행방불명되고 하나는 이사갔기 때문에 아리에띠 가족을 제외하고 본 소인이라고는 스필러밖에 없다. 소수 인종끼리 연대하여 생존력을 높일 가능성을 더 희박하고 이제 소인들은 멸족 위기에 놓인 종족처럼 보이지만, 조건이 열등하다고 해서 한 종족의 도태를 운명으로 받아들일 수는 없다. 이제 살아남는다는 것, 즉 생존은 엄연한 중요성을 획득하고 그래서 생존을 위한 투쟁 또한 강화된 삶의 의지속에 강조된다.

살만한 삶, 애도할만한 죽음은 무엇이고 살만하지 않은 삶, 애도할 수 없는 죽음은 무엇일까? 버틀러는 9, 11 사태로 죽은 미국인들의 삶은 애도되었지만 이라크전으로 죽은 민간인과 병사들의 죽음은 애도조차 되지 못했다는데 주목한다. 애도는 이미 개인적 슬픔의 차원에 국한된 것이 아니라 정치적 의미를 가지는 것이다. 합당한 애도를 하려면 누가 죽었는지 가시화되어야 하나 그런 가시성, 즉 애도 가능한 삶과 애도 불가능한 삶을 결정하는 것을 기율권력이다.[396] 미국이 9, 11사태에 대해 슬픔을 빨리 극복하여 애도에서 군사적 보복으로 가는 것이 아니라 애도와 함께 머물러 타인의 고통에 정서적으로 공감하고 타인의 상실과 고통을 함께 나누고 슬퍼한다면 우리는 공존의 사회성으로 나갈 수 있다. 애도 가능한 삶과 불가능한 삶을 정치적으로 구분하는 것이 아니라 가멸적 몸을 가진 모든 인간의 보편 양상으로 받아들일 때 공감의 감정적 연대가 가능해진다.

인간은 서로 다른 차이를 가지고 있지만 가멸적 육신과 상처받기 쉬운 영혼을 가지고 있다는 점에서 보편적이다. 그래서 우리는 이런 취약성 속에서도 삶을 지속하기 위해 서로에게 의존하며 살아간다. 이런 보편적 취약성과 근본적 의존성에 사유한다면 상실에 대해 보다 윤리적으로 대응할 수 있을 것이다. 우리의 존재가 달려 있는 상대방의 상실에 대해 공감하고 애도의 슬픔에 함께 머물 때 공감의 윤리뿐 아니라 존재의 책임이 발생할 수 있다.

나는 나와 타인의 관련성에 집중되어 있기 때문에 내가 단순히 '나'로만 수렴될 수는 없으며, 이런 주체의 근본적 취약성을 인정하는 능력이 폭력을 방지하는 첫걸음이 된다. 몸의 취약성이 윤리적 책임을 작동시키려면 우선 몸의 취약성을 인정하는 일이 중요할 것이다.[397] '인간'이라는 개념 자체를 결정짓고 인간다운 삶을 규정하는 규범의 폭력성을 탐구해서 '말하기' 혹은 '말걸기'라는 구조 속에 화자의 청자, 또 그것을 가능하게 하는 맥락속에 탄생하는 주체의 문제를 고려해야 한다. 이제 주체가 타자에게 민감하게 반응하는 것은 상처받기 쉬운 취약성을 드러내는 동시에 윤리적 책임의 근원이 된다.[398]

소수민족에게 생존의 정당성과 생존에의 의지는 소인들의 '빌려 쓰기'를 더욱 독창적으로 계발하는 데서 구현된다. 빌려 쓰기의 독창적 계발은 소인족의 존속이나 생존의 의지가 강화하는 수단이 되어 빌려 쓰기의 주체성을 더욱 강조한다. 핀으로 찍고 커튼타기라는 비교적 단순한 빌려 쓰기의 방법을 취하던 소설과 달리, 영화에서 포드는 빌려 쓰기에 필요한 여러 도구들을 손수 제작하거나 창조적으로 응용하는 발명가에 가깝다. 양면 테이프는 등반에 필요한 접착 지지대가 되고 가봉용 옷핀은 적과 맞설 무기로 재해석되며, 도르레나 손전등, 등반용 로프 등의 여러 장구는 포드의 독창적 발명품으로 제시된다. 영화에서는 빌려 쓰기라는 방식 자체가 주체적인 발명이나 창조적 행위로 평가되면서 인간세계나 자연세계를 상대로 한 좀 더 진취적이고 자유로운 활동으로 확대된다. 찻주전자가 강물을 건너는 보트가 되는 것도 마찬가지 맥락이다. 멸족하지 않으려는 살아남으려는 삶의 의지와 생존 투쟁은 어떤 종족에게나 숭고하고 존엄한 것이다.

마지막으로 쇼와 아리에띠의 관계는 더 깊은 층위에서 상호영향과 상호의존으로 발전한다. 소설에서는 처음에는 잘난 척하던 소녀와 소년이 서로 책을 읽어주고 생존을 도와주는 정도로 발전했다면, 영화에서는 둘의 우정 관계가 더 깊이 있게 표현된다. 두 사람 모두의 향후 인생에 큰 영향을 미치기 때문이다. 시작부터 소인족과 인간의 만남은 포드와 소년의 만남이 아닌, 아리에띠와 쇼의 만남으로 제시된다. 그리고 아이다운 으름장과 협박을 하던 소년이 공감어린 관용의 자세로 변모하는 것이 아니라, 처음부터 공감어린 관용적 자세를 보이던 쇼가 아리에띠를 자신의 삶을 지속할 이유, 즉 생명의 근원으로 생각하게 된다.

이 주제는 세 번째 만남의 장면에서 전경화 된다. 찻주전자 여행을 떠나기 직전 둘의 작별인사 장면에서 쇼는 아리에띠에게 한번 거절당한 적이 있는 각설탕을 이별의 선물로 주고, 아리에띠는 자신이 빌리기 원정때마다 가장 중요하게 여기던 머리집게를 선물로 준다. 같은 각설탕이지만 같은 각설탕이 아니다. 동정이 아닌 우정이기 때문이다. 심장이 나쁜 소년은 가슴의 통증을 참고 뛰어왔고 이제 삶의 중요성을 알게 되었기 때문에 심장수술을 받고 살아날 것이라고 의지를 피력한다. 아리에띠도 이번에는 그 진심을 받아들인다. 더 이상 한쪽만 다른 한쪽에게 의존하는 관계가 아닌 상호의존의 대등한 관계가 된 것이다. 쇼는 아리에띠와의 만남을 통해 변화되었으며 살아갈 용기를 얻었으며 아리에띠는 영원히 잊지 못할 "내 심장의 일부"라고 말하고 아리에띠는 지켜줘서 고마웠다고 응대한다. 이 부분에서 두 사람은 서로의 삶에 깊숙이 개입하면서 소인의 인간에 대한 의존이 인간의 소인에 대한 의존으로 변하면서 둘의 관계는 '상호의존성'으로 나아간다.

상호의존성은 『불확실한 삶』(*Precarious Life*) 이후 주디스 버틀러가 주목하는 윤리적 관계의 핵심적 요소다. 언제 어디서 폭력이 발생할지 모르는 인간의 불확실한 삶은 사실상 근본적으로 취약하며 서로에게 의존하고 있다. 인간에게 인간으로서 살 가능성을 제공하고, 떠나보낸 사람을 애도할 애도능력을 주는 것은 무엇인지, 삶을 삶으로 인식하게 만드는 인식가능성이 무엇에서 비롯되는지 들여다보면서 개인의 이성보다는 공동체의 감성에 귀기울이는 것이다. 이런 감성적 정동중에서도 특히 슬픔, 분노, 상실은 중요한 윤리적 자원이 된다.

쇼와 아리에띠의 정체성도 개별적인 확고한 자기 동일성보다는 언제나 자기 내부에 타자를 안고 있는 비결정적 상호의존성에 기반해있다. 이런 상호의존성에서 주체와 타자의 차이를 수용하고 서로에게 영향을 주면서 형성되는 관계적인 공동체의 정체성으로 이어질 수 있다. 나의 정체성 자체가 내 안에 타자를 포함하며, 이런 나의 내적 이질성이 역설적이게도 나와 타자간의 윤리적 관계의 출발점이 되는 것이다. 나도 모르는 나의 불확실성을 인정하는 데서 출발하는 주체론은 인간의 '근본적 취약성'과 주체의 타자에 대한 '본질적 의존성'을 인정하는 데서 시작하는 새로운 윤리의 가능성이 된다.

근본적 취약성과 본질적 의존성의 인정에 따른 새로운 윤리의 가능성은 서로 다른 종족인 인간들간의 관계뿐 아니라 자연과 인간의 관계도 변모시킨다. 자연은 인간의 발전을 위해 개발하고 착취하는 대상이 아니라 공생과 협력의 장이 될 수 있는 것이다. 영화 속의 자연에 대한 호미리의 태도는 소설과는 대비되는데 소설 속에서는 자연을 야만과 동일시했다면 영화에서는 자연이 두렵긴 해도 막연한 동경을 느끼는 대상이 된다. 영화 속 호미리는 물질적 부유함과 문명적 교양, 고급 주방에 대한 취향을 갖고는 있으나 채광창의 바다 그림에 대한 애착을 보이는 등 미지의 자연에 대한 동경과 선망을 보여준다.

소설 속 호미리는 자연과 인간을 야만과 문명이라는 이분법으로 도식화하고 집밖으로 이사하는 것이 위험한 야만으로 버려지는 것이라고 생각한다. 그녀는 필요한 것만 빌린다는 포드와는 달리 교양과 취향을 드러내는 사치품에 관심이 많다. 인형의 집에서 나온 호두나무 가구에 포도주 세트, 음악이 나오는 코담배갑 등은 생필품과 거리가 있는 일련의 사치품이다. 식민지 인도의 마데이라산 백포도주를 밤마다 즐기는 병든 소피 대고모의 태도와 유사하다. 도토리 깍정이보다는 고급 찻잔을 선호하는 호미리가 문맹이라는 점은 아이러니이다.

영화 속의 호미리는 이와는 다르다. 호미리는 평생을 마루의 좁은 집에서 살았지만 늘 바다 그림을 창가에 붙여놓고 넓고 푸르고 자유로운 자연을 동경하며 이사 때에도 그 그림을 포기하지 않는다. 실제로 이들이 새 터전을 향해 나가는데 물길은 중요한 수단이 된다. 또한 자연 속에서 사냥을 통해 생존하는 스필러는 소인이지만 의존이나 기식을 거부하는 독립적 주체의 모습을 보여준다. 도움을 준 클락 가족에게 식사제의를 받자 사냥한 귀뚜라미 다리가 있다며 거절하는 모습은 그가 더 이상 '빌려 쓰는 사람'이 아니라 적극적 의미의 독립적 경제주체임을 부각시킨다. 소인족은 멸족 위기에 있으나 당당함이 있으며 자연은 문명과 대비되는 야만이 아니라 함께 공생해야할 터전으로 제시된다. 이처럼 영화에서는 종족이 다른 거인과 소인의 관계도, 인간과 자연의 관계도 상호의존과 공생적 협력 속에서 소통하는 것으로 제시된다.

4. 관용과 공감, 그리고 통치성

빌려 쓰기에 의존하는 삶은 자립적이거나 자활적이지 못해 부모에게 의존하는 아동, 소비에만 의존하는 근대인, 생산수단이 없는 도시거주 프롤레타리아, 혹은 식민지 인도에 의존하는 제국 영국에 종종 비유된다.399) 소인족의 '빌려 쓰기'에 대해 『빌려 쓰는 사람들』과 <마루 밑의 아리에띠>는 서로 다른 이종족이 만났을 때 흔히 나타날 수 있는 열등 인종 말살이나 신인종 전시의 방식이 아닌, 대등한 공감이나 강자의 관용과 약자의 생존의지라는 방식으로 제시된다.

일반적으로 타자를 대하는 방식이 말살과 전시라면 말살의 방식은 소설 속 드라이버 부인이 취하는 방식이고, 전시의 방식은 영화 속 하루 상이 취하는 방식이다. 사다코의 가정부 하루는 마루 밑의 소인들을 산채로 잡아 주인마님과 여러 사람들에게 전시하고자 한다. 물론 쥐잡이꾼을 동원에 살상하려는 드라이브 부인보다는 '죽이지 말고 잡아달라'는 하루가 훨씬 더 관대하지만 상대를 나포해 전시의 대상이나 소유물로 만드는 방식 또한 폭력적인 타자 응대 방식의 하나라 할 수 있다. 반면 난장이는 포도주에 의한 취기가 부른 환상이라고 생각하는 소피 고모나 소인족에 대한 낭만적 향수를 가진 사다코 부인, 그리고 소설의 소년이나 영화의 쇼는 비교적 관대한 관용의 태도를 보이거나 공감의 소통을 시도한다.

한쪽은 말살이나 전시의 방식인 반면 다른 한쪽은 관용과 공감의 태도를 취하는 이유는 무엇일까? 드라이버 부인이나 하루 상은 가정부라는 노동자 계급이라서 자신을 고용한 유산계급에게 신실함이나 정직함이 의심당할 소지가 있다. 자신의 지위가 위협받을 가능성이 있는 경우 차이는 즉각 제거하거나 통제 가능한 것으로 만들어야 할 대상이 된다. 드라이버 부인은 살림살이를 조금씩 축내는 소인족을 말살하려 하고, 하루 부인은 소인족을 특이한 전시물이나 장난감으로 포획하려 하는데 두 사람 다 주인에게 직업적 능력과 성실성을 인정받아 그 직업의 안정성과 전망을 높이려는 목적에서 행동한다. 다시 말해 이들이 취하는 말살이나 전시의 방식은 불안정한 사회적 노동자 계급이 자신의 직업을 안정되게 유지하려는 행동으로 제시된다. 고용상태의 불안정성을 줄이고 안정성을 높이는 방식으로 응대하는 이들에게는 타종족이나 타인에 대한 배려와 관용의 여유가 없다. 결국 배려나 관용이라는 것은 상대보다 내가 더 우월한 위치에 있다는 전제에서 출발하는 것으로 보인다.

반면 유산계급, 즉 지배계층의 고용주들이 소인족에게 보이는 대응방식은 관용과 공감의 방식으로 나타난다. 소설속 소년은 무력해 보이지만 그럼에도 불구하고 헌신적이고 용기있는 일련의 행동으로 빌려 쓰는 사람들의 탈출을 돕는다. 스톳(Stott)은 그의 우정과 행동은 소심하고 불안한 어린 소년을 해방시켰다고 평가한다. 그러나 카와바타는 이런 성장이 단순한 차원에 있지 않다고 말한다. 소년은 클락가를 구하는 영웅적 행위 직후 그간 그 소인 가족과 맺었던 애정의 유대관계를 모두 박탈당한 채 자신에게 적대적인 세계, 성인의 편의가 소년의 꿈과 소망을 지배하는 인도로 돌아가야 하기 때문이다.

관용의 윤리성에서 가장 문제되는 것은 그것이 우월한 자가 열등한 자에 대해 무해한 정도의 경멸을 참아내는 것이라면 대등한 관계로 나갈 수 없다는 점이다. 관용은 강대국이 약소국에게, 영국이 인도에게, 혹은 거대한 인간이 소인에게, 소년이 소녀에게 취할 수 있는 윤리적 태도이다. 19세기 제국주의 열강 시대의 영국과 인도, 혹은 인도내 영국인 2세의 이중적 입지를 고려해본다 해도 소설속의 소년이 아리에띠에게 보이는 태도는 강자의 여유에서 비롯된 관용의 자세인 면이 있다.

웬디 브라운의『관용: 다문화제국의 새로운 통치전략』에 따르면 관용은 초월적이고 보편적인 개념, 원리, 원칙, 미덕이기 보다는 목적과 내용, 행위주체와 대상에 따라 다양한 역사적, 지리적 변형태를 가지는 정치담론이자 통치성의 실천으로 이해된다. 그런데도 오늘날 관용 담론은 탈정치화 되어 정치적 문제를 개인적이거나 종교적 자연적 문화적 문제로 이해하려하는데 이는 제국주의 통치전략을 은닉하려는 시도라는 것이다. '정치의 문화화(culturalization of politics)'는 정치성을 탈정치화하여 공적인 정치성을 개인적 윤리성으로 무화하는 전략이 될 수 있다. 특히 이런 개인의 사적인 믿음은 현 정치 사회 경제 구조에 별 영향을 끼치지 않는 선에서만, 즉 기존의 인식론적 권위에 도전하지 않는 한에서만 관용의 대상이 될 수 있다.

반면 공감의 문제를 보자. 영화 속의 쇼는 아리에띠와 몸의 크기는 차이가 있지만 같은 일본인이라는 것에 대해 이의가 없다. 소설과는 달리 이중국적에서 오는 정체성의 불안 부분이 드러나지 않기 때문에 이종족간 언어와 국적의 문제는 제기되지 않는다. 소설에서는 동화에서는 이야기의 사실성을 입증하는데 아리에띠의 일기가 핵심적 역할을 하는 반면, 영화에서는 소인의 존재를 이미 기정사실로 받아들이기 때문에 이중국적이나 언어의 모호성에서 오는 불안정한 요소가 표면화되지 않는다. 소설과 영화 둘 다 성장과 성숙의 문제를 다루고 있으나 공감에 따른 깊은 관계성으로 나가는 것은 소설보다는 영화이다. 소설에서 소년은 위기에 놓인 아리에띠의 가족이 안전하게 도주했는지 확인도 못하고 인도로 곧 돌아가게 되지만, 영화에서는 죽음을 살고 있던 소년의 삶의 의미와 가능성 자체를 적극적으로 변화시킨다.

공감과 관련된 인접 감정들도 눈여겨 볼만하다. 혐오(disgust)는 아담 스미스의 도덕 감정론 이론에 나오는 공감(sympathy)의 길을 차단하며 분노와 증오라는 비사교적 열정과 긴밀히 연결되어 있기도 하지만, 반면 이상한 형태의 사교성을 가능하게 하면서 특정 대상의 배제로 인해 타인을 내 무리에 포함시키거나 끌어온다는 의미도 있다.[400] 응가이에 따르면 홉스의 경멸(contempt)에 나타나는 무관심은 적극적 비호감인 경멸이라기보다는 만족감에서 비롯된 경멸, 혹은 자신의 우위를 확인하는 경멸감으로 보이기 때문에 놀랍게도 혐오감인 반감(aversion)보다는 혐오의 반대항인 관용에 더 가깝다고 주장한다.[401] 홉스의 경멸은 인접감정인 연민이나 모멸처럼 상대적으로 무해하며 위험의 대상이 되기에는 너무 약하거나 사소해서 무시하거나 잊을 수 있는 것, 혹은 열등한 것이 된다. 반면 누스바움은 근본적으로 혐오와 선망 자체가 부도덕한 것이고 동감, 동일시, 측은지심이라는 윤리적 감정과 대치된다고 본다. 이에 대해 웅가이는 혐오와 선망은 그 자체로 부도덕(immoral)한게 아니라 무도덕(amoral)한 것인데 윤리학자의 판단으로 추한 감정으로 평가되고, 그에 따라 공감적 동일시를 막는 저해 요인이 된다고 덧붙인다.

결론적으로 말해 『빌려 쓰는 사람들』과 <마루 밑의 아리에띠>에서 소년과 소녀는 몸 크기와 종족의 차이에도 불구하고 아이에서 어른으로의 성숙을 위한 통과 의례를 함께 겪는다. 그리고 그 과정에서 인간 소년과 소인 소녀간의 관용과 공감의 관계는 말살이나 전시와는 다른 중요성을 갖는다. 이 관계를 통해 소설과 영화 속 아리에띠는 안락한 기식생활이 가능했던 인간의 집을 떠나 자연 속으로 모험의 여정의 오른다. 소년도 변모한다. 소설 속 소년은 독립적인 판단에 따라 어른들 몰래 소인들의 탈출을 도와주고, 영화 속 소년은 쓸모없고 의미 없던 삶에 생의 의지를 소환해 살아남는다는 것의 중요성을 깨닫는다.

요컨대 영화 속 소년과 소녀의 관계가 소설보다 훨씬 더 상호 의존적이며 상대의 존재로 인한 더 큰 변화를 보여준다. 소녀는 마루 밑에서 위험하지만 매력적인 세상을 향해 나갈 자유의 도전 의지를 얻고, 소년은 선천적 질환이 있어도 극복하고 살아봐야겠다는 생존의지를 얻는다. 마루 밑에서 인간에게 뭐든 빌려 살던 작지만 기운 넘치는 소녀는 이제 집밖 세상으로 나아가 인간이 아닌 자연에게 빌려 쓰기를 시작한다. 아무리 소수라해도 살아남아야 하며 열심히 살기 때문에 쉽게 사라지지 않는 소인족은 그 삶에 대한 의지만으로도 살 가치가 있는 사람들이다. 또 그런 소녀의 의지는 소년의 심장이자 생명이 된다. 아무리 작고 보잘것없어도 산다는 것이 중요하다는 아리에띠의 말이 소년에게 생명의 의지를 불러오기 때문이다.

그러나 이런 관용이나 공감조차도 보편적인 원리에서 역사적이고 정치적인 맥락속의 구성물로 변모했다. 서구 사회에서 관용의 대상은 '믿음'에서 '존재'로 바뀌었다. 과거에는 다른 종교나 신념이 관용의 대상이었다면, 19세기부터는 그 대상이 특정한 인종이나 존재를 가리키게 된 것이다. 대표적으로 19세기에는 유대인이, 20세기에는 공산주의자가, 21세기에는 무슬림이 관용의 대상이다. 하지만 관용 자체가 흔히 생각하듯 초월적인 보편적인 개념, 권리, 원칙, 미덕이기보다는 목적과 내용, 행위주체와 대상에 따라 다양한 역사적 지리적 변형태를 가지는 정치적 담론이자 통치성의 실천이라는 것에 유의해야 한다.[402]

인간에게 기식하던 생활을 박차고 자연으로 돌아간 소인족에게는 언제나 족제비나 까마귀, 담비에게 잡아먹힐 위험이 있다. 위험은 물론 있지만 위험은 언제 어디에나 있다. 어쩌면 인간이 가장 위험하다. 외로움, 불안정, 상실감은 빌려 쓰는 사람들을 봤거나 그 이야기를 전하거나 그 이야기를 듣는 사람들이 공유하는 감정이기도 하다. 그러나 이런 소인들에 대한 인간의 관용이나 공감은 자신의 삶에 위해가 되지 않는 약한 경멸과 혐오의 대상에 대한 우월한 감정일수 있기 때문에 대단히 맥락적으로 형성된 정치적인 담론의 결과물일수 있다.

5. 나오며

지금까지 윤리적 감정으로서 관용의 가능성과 근본적 취약성에 따른 상호의존성의 관점에서 차이를 가진 이종족 간의 대등한 관계와 소통의 가능성을 논의했다. 그러나 현실적으로 관용의 시선에 들어있는 통치성을 배제하기란 어려워 보인다. 메이 부인은 소인족은 최소한 전쟁은 하지 않는다고 주장한다. 미국 초기 정착민들, 아프리카와 인도에서 농장을 운영하는 사람들은 살인을 위한 살인을 하지만 소인족은 그렇지 않다는 것이다. 동물의 세계는 생존을 위한 살생만을 하기 때문에 여우가 배가 부를 때는 토끼도 그 근처를 깡총거리고 뛰어다닌다(175). 그렇다면 토끼가 알아야 할 것은 여우가 배가 부른가 아닌가이다. 아리에띠같은 소인족은 제국주의 시대의 영국인간에게는 관용과 공감의 대상이 될 수 있지만 그들은 최소한 상대가 그런 안정된 권력속의 위치를 공고히 다지고 있다고 느끼는지를 알아야 한다.

약자의 입장에서 강자에 대한 관용도 가능할까? 허버트 마르쿠제는 상호경멸의 민주주의 사회에서 독특하게 형성된 상위층에 대한 하위층의 무심한 관용은 적극적 상태에서 소극적 상태로, 실천에서 비실천으로 가는 기존권력에 대한 자유방임이라고 설명한다. 그에 따라 악에 대한 관용은 풍요로 가는 길의 응집력으로 작용한다는 면도 있다.[403] 그렇다면 이 역시 정치적이고 맥락적인 담론의 구성물이다.

이처럼 공감과 관용의 문제는 단순하지 않다. 웬디 브라운은 관용이 오늘날 모든 차이의 윤리적 중개인이자 해결책으로 격상되었으나 그 배경에는 차이의 물화가 있다고 우려한다. 모두가 다문화주의의 해결책으로 관용을 외치지만 관용에 기반한 다문화주의 담론은 본질화된 정체성을 한층 더 자연스러운 것으로 만들며 차이 자체를 적대행위와 혐오감의 원인으로 보게 만들 위험이 있다. 관용은 2000년 미국 대선후보 리버만의 슬로건이자 조지 부시의 행정각료 선출기준이기도 했다. 오바마의 대선 후 슬로건 관용의 승리나 관용의 표현도 불평등과 배제, 그리고 갈등을 탈정치화할 위험이 있다. 그러나 관용은 초월적이고 보편적인 개념이 아니라 다양한 역사적 지리적 양태를 가진 정치담론이자 통치성의 실천이다. 관용의 정치성을 문화의 이름으로 탈정치화하는 것은 문제가 될 수 있다.

동일시와 공감 혹은 관용의 대상으로서의 타자, 자아의 대상으로서의 타자를 극복할 방법은 어디에 있을까? 그것은 구체적 맥락과 정치적 관계,

통치성의 관점에서 차이를 탈정치화하는 정치 전략을 드러내는데서 발견할 수 있다. 시간적이고 공간적인 면에서 나 자신의 이해를 넘어서는 타자의 가능성을 알고 그 가능성에 나를 열어둘 수 있는 공동체로서의 '세계 속의 이웃'에 있다. 이미 나는 내 바깥에 있고, 내 옆에 있으며 나의 너머에 있다.[404] 나는 언제나 다른 사람과 행위하거나 다른 사람을 위해 행위한다. 그 다른 사람이 실제로 있을 수도 있고 상상 속에 있을 수고 있다. 그래서 타인과 관계할 수밖에 없는 내 몸은 내 것이기도 하도 내 것이 아니기도 하다. 이것이 공감과 관용을 통해 근본적으로 취약한 주체들의 상호의존에 입각한 관계적 정체성을 바라봐야 하는 윤리적 소명의 이유이다.

조현준
경희대학교 / 후마니타스 칼리지
scarlet21c@khu.ac.kr

■ 주(註)

<『겨울여자』의 영화적 스토리텔링과 한계성>

1) 박봉성, 『대중 예술의 미학–대중예술의 통속성에 대한 미학적인 접근』, 동연, 1995, 177쪽.

2) '호스티스 문학'은 1970년대 대중소설 중에서 창녀, 양공주, 여대생 등이 등장하여 남성과 성적 관계를 가지는 내용의 작품을 모두 일컫는 용어이다. '술과 여자'로 상징되는 호스티스 문학은 소설이 영화로 각색되면서 하나의 용어로 자리 잡았는데, 최인호의 『별들의 고향』이 호스티스 문학의 시초라 할 수 있다.

3) '베스트셀러'는 동시대를 살아가는 사람들의 '공동체험과 집단의식의 반영물이자 시대상황의 산물'이다. 그렇기 때문에 베스트셀러를 다룰 때에는 그 문학성을 따지기보다는 그 작품들이 당대 시대상황과 어떠한 관련 하에 만들어 졌으며, 그 작품들이 당대 독자에게 어떤 의미로 다가갔는지 밝히는 과정이 필요하다. (오경복, 「한국 근현대 베스트셀러문학에 나타난 독서의 사회사-1970년대 소비적 사랑의 대리체험적 독서」, 『Comparative Korean Studies』제13권 제1호, 국제비교한국학회, 2005, 1쪽).

4) 소설과 영화의 구별을 위해 본고에서는 소설을 『겨울여자』로, 영화를 <겨울여자>로 사용토록 하겠다.

5) 정종화, 『자료로 본 한국영화사2 – 1955~1997』, 열화당, 1997, 참고.

6) 문예영화(文藝映畵)에 대한 정의는 공통된 합의 없이 논자마다 비교적 다양하게 보고 있는 듯하다. 『한국어대사전』에 의하면 '문예(文藝)'란 문학 미적 현상을 사상화하여 언어로 표현한 예술작품을 통틀어 이르는 말이다. 즉 '문예'에 '영화'가 합성된 '문예영화'는 "문학작품을 각색하여 만든 영화"라고 되어 있다. 그리고 이러한 의미로 사용하고 있는 논문들은 권명아, 「문예영화와 공유기억(commemoration) 만들기」, 『한국문학연구』 제26권, 동국대학교 한국문학연구소, 2003. 김남석, 「1960~70년대 문예영화 시나리오의 영상 미학 연구」, 고려대학교 박사학위논문, 2003. 김종수, 「1960년대 문예영화의 원작소설연구」, 『대중서사연구』제19호, 대중서사학회, 2008 등이 있다. 본고는 이러한 논의들이 바라보고 있는 "문학작품을 각색하여 만든 영화"라는 개념으로 문예영화를 바라보고자 한다.

7) 청춘영화(靑春映畵)는 젊음 · 청춘의 일상, 고민, 꿈, 성장을 소재로 삼은 영화로 질풍노도의 미성숙기이자 세상을 향해 발언하고자 하는 욕망으로 충만하고 사랑과 인생에 대해 혼란해 하는 방황의 시기라는 특성이 짙게 배어 있는 영화를 가리킨다.

8) 박성봉, 앞의 책, 179쪽.

9) 조해일, 『겨울여자 上 · 下』, 문학과지성사, 1976, 181쪽(이하 인용문은 페이지수로 기재함).

10) 배선애, 「1970년대 대중예술에 나타난 대중의 현실과 욕망-<별들의 고향>, <겨울여자>를 중심으로」, 『민족문학사연구』 34, 민족문학사연구소, 149쪽. 2007.

11) 강준만, 『한국현대사산책-1970년대편 3권』인물과사상사, 2002, 56쪽.

12) 마이클 J. 툴란, 김병식 · 오연희 공역,『서사론-비평언어학적 서설』, 형설출판사, 1993, 151쪽.

13) 앙드레 바쟁, 박상규 역,『영화란 무엇인가?』, 시각과언어, 1998, 142~143쪽.

14) 벨라 발라즈, 이형식 역,『영화의 이론』, 동문선, 2003, 300~302쪽.

15) 백문임,「70년대 문화 지형과 김승옥의 각색작업」,『현대소설연구』 제29집, 한국현대소설학회, 2006, 74쪽.

16) 강준만,『한국현대사산책-3권』, 인물과사상사, 2002, 101~102쪽.

17) 조지훈,「1970년대 한국영화의 가족로맨스 환상 연구」, 한양대학교 박사학위 논문, 2010, 37~42쪽.

18) 조해일,『겨울여자 上 · 下』, 문학과지성사, 1976, 702~703쪽.

19) 영상자료원 작가 인터뷰 인용.

20) 사이드 필드, 유지나 옮김,『시나리오란 무엇인가』, 민음사, 2004, 170쪽.

21) 나병철,『영화와 소설의 시점과 이미지』, 소명출판, 2009, 18~21쪽.

22) 오경복, 앞의 논문, 9쪽.

23) 조해일,『겨울여자 上 · 下』, 144쪽.

24) 바슐라르,『몽상의 시학』, 홍성사, 1978.

25) 앙드레 바쟁, 앞의 책, 320쪽.

26) 마리 매클린, 임병권 역,『텍스트의 역학-연행으로서 서사』, 한나래, 1997, 78~79쪽.

27) 위의 책, 161쪽.

28) 조해일,『겨울여자 上 · 下』, 54~55쪽.

29) 조해일,『겨울여자 上 · 下』, 230~231쪽.

30) 이수현,「<겨울여자>에 나타난 저항과 순응의 이중성」,『현대문학의 연구』 제33권, 한국문학연구학회, 2007, 267쪽.

31) 마이클 J.툴란, 앞의 책, 53~55쪽.

32) 위의 책, 143~145쪽.

33) 이수현, 앞의 논문, 267쪽.

34) 벨라 발라즈, 앞의 책, 146~147쪽.

35) 나병철, 앞의 책, 295쪽.

36) 로버트 숄즈 외, 앞의 책, 145~150쪽.

37) 하길종,『영상, 인간구원의 메시지』, 예조각, 148~150쪽.

38) 존 스토리, 박만준 역,『대중문화와 문화연구』, 경문사, 2004.

39) 김종원, 정중헌,『우리영화 100년』, 현암사, 2001, 336~337쪽.

<소설 원작 영화의 스토리텔링 전환 고찰>

40) 고명철,「'황진이 서사'를 다룬 남과 북의 역사소설, 그 허구적 진실」,『시민인문학』제16호, 경기대학교, 2009, 45쪽.

41) 오태호,『환상통을 앓다』,「남북을 횡단하는 '낭만성'의 표상」, 새미, 2012, 338쪽.

42) 폴 리쾨르,『시간과 이야기 2』, 문학과 지성사, 2000, 22쪽.

43) 오태호, 앞의 글, 340쪽.

44) 박태상,「소설 황진이와 영화 황진이의 심미적 거리」,『국어국문학』 제151집, 국어국문학회, 2009, 386~387쪽.

45) 로버트 숄즈, 로버트 켈로그, 제임스 펠란, 임병권 역,『서사문학의 본질』, 예림기획, 2007, 366쪽.

46) 홍재범,「각색 방법론 정립을 위한 시론」,『한국극예술연구』 제36집, 한국극예술학회, 2012, 191쪽.

47) 루이스 쟈네티, 김진해 역,『영화의 이해』, 현암사, 2001, 347쪽.

48) 앙드레 바쟁, 박상규 역,『영화란 무엇인가?』, 시각과 언어, 2001, 131쪽.

49) 이형식,『문학 텍스트에서 영화 텍스트로』, 도서출판 동인, 2004, 109쪽.

50) 데이비드 하워드, 심산스쿨 역,『시나리오 마스터』, 한겨레출판, 2013, 51쪽.

51) 홍석중,『 황진이 제 1권』, 대훈, 2004, 198쪽.

52) (극적인 것: '극적인 것'이란 발견 깨달음으로 인해 인식지평이 변화되는 것을 일컫는다.) 홍재범,『스타니슬랍스키 시스템과 한국 극예술의 접점』, 연극과 인간, 2006, 42쪽.

53) (논다니: 웃음과 몸을 파는 여자를 속되게 이르는 말) 홍석중,『 황진이 제1권』, 대훈, 2004, 342쪽.

54) 명형대,「소설 <황진이> 연구」,『한국문학논총』, 제50집, 한국문학회, 2008, 476쪽.

55) 아리스토텔레스, 천병희 역,『시학』, 문예출판사, 2002, 144쪽.

56) 로버트 숄즈, 앞의 글, 328쪽.

57) 시모어 채트먼, 최상규 역,『원화와 작화』, 예림기획, 1998, 34~35쪽.

58) 아리스토텔레스, 앞의 책, 93쪽.

59) 박태상,「생동한 인물 성격 창조와 작가의 창발성」,『황진이 1권』, 대훈, 2004, 325쪽.

60) 홍석중, 앞의 글, 42쪽.

61) 로버트 숄즈, 앞의 글, 276쪽.

62) 홍석중,『황진이 제 3권』, 대훈, 2004, 294~298쪽.

63) 죠르주 바타이유,『에로티즘』, 민음사, 1997, 60쪽.

64) 박태상, 앞의 글, 327~331쪽 참조.

65) 아리스토텔레스, 천병희 역,『시학』, 55쪽.

66) 송미선 · 류철균, 「2000년대 영화의 장소 기반 서사<사랑해, 파리>」, 『문학과 영상』 2008년 봄호, 115쪽.

67) 박노현, 「텔레비전 드라마와 스토리텔링」,『한국문학연구』제41집, 동국대학교 한국문학연구소, 2011, 333쪽.

68) 홍석중, 『황진이 제1권』, 150쪽.

69) 박명진,「역사드라마의 광학적 무의식, 민족서사와 재현 이미지 연구」, 『우리문학연구』 제20집, 2006, 220쪽.

70) 위의 글, 208쪽.

71) 앞의 글, 59쪽.

72) 이는 언뜻, 입체적 인물과 전형적 인물의 혼돈을 빚을 수 있는데, 성격의 일관성과 입체적 인물은 어떤 '극적' 사건을 통해서 기존의 인물이 가지고 있던 인식 지평이 변하는 인물이다. 이 또한 그 인물이 본래 가지고 있던 성격의 자질에서 비롯된다.

73) 이정구,「시나리오에서 메인 캐릭터 구축 원리」, 『영화연구』 제57호, 한국영화학회, 300쪽.

74) 류훈,「영화 시나리오의 스토리텔링」, 『한국문예비평연구』 제33집, 한국현대문예비평학회, 2010, 8쪽.

75) 심산, 앞의 글, 104쪽.

76) 이정국, 앞의 글, 295쪽.

77) 박미란,「TV 드라마의 서술 방식과 재현 방식 연구」, 『한국문학연구』 제40집, 동국대학교한국문학연구소, 2011, 332쪽.

78) "놈이 또한 괴똥이를 구하기 위함이 아니라 수청을 거역한 황진이를 위해 기꺼이 참수형을 감수하는 것으로 그렸어야만 당위성을 확보하게 된다." 박태상, 「소설 『황진이』와 영화 「황진이」의 심미적 거리」,『국어국문학』 제151집, 국어국문학회, 2009, 389쪽.

79) 오태호, 앞의 글, 354쪽.

80) 홍재범,『한국 대중비극과 근대성의 체험』, 박이정, 2002, 31쪽. (멜로드라마: 텍스트 구성상에 있어서 사건의 전개와 행위의 표출 양상, 결말의 처리방식 등이 '멜로드라마적' 이냐가 기준이 된다. 감정의 과잉과 도덕적 비학이 멜로드라마 양식을 다른 양식이나 장르와 변별할 수 있는 본질적인 자질로서 기능한다. 멜로드라마는 인물들의 욕망과 도가 지나친 감정을 극이 전개되어 나가는 힘으로 활용한다)

81) 최혜실, 『스토리텔링, 그 매혹의 과학』, 한울아카데미, 2011, 35쪽.

82) 최배석, 「소설의 영화로의 매체전이에 따른 불확정적 영역에 관한 고찰」,『영화연구』 제57호, 한국영화학회, 2013, 401쪽.

83) 황종연, 『탕아들을 위한 비평』,「이미지의 유곽에서 이야기하기」, 문학동네, 2012, 507쪽.

84) 폴 리쾨르, 김한식, 이경래 역, 『시간과 이야기 1』, 문학과 지성사, 2012, 151쪽.

85) 위의 글, 153쪽.

86) 박태상, 앞의 글, 325쪽.

87) 로버트 리처드슨, 이형식 역,『영화와 문학』, 동문선, 2000, 19~23쪽.

88) 최배석, 앞의 글, 415쪽.

89) 폴 리쾨르, 앞의 글, 472쪽.

90) 주은우, 『시각과 현대성』, 한나래, 2003, 485쪽.

91) 박성봉, 『대중예술의 미학』, 동연, 2001, 336~339쪽.

92) 박명진, 앞의 글, 222쪽.

93) 앙드레 바쟁, 앞의 글, 131쪽.

<안드레이 타르코프스키 영화 속의 거울 이미지>

94) Discussion of Steamroller and Violin (6 January 1961); RGALI 2453 · 4 · 1339, p.67. / Robert Bird. Andrei Tarkovsky: Elements of Cinema. London, Reaktion Books Ltd, 2008. pp.32~33에서 재인용.

95) 이러한 예로서 알렉산드르 푸쉬킨의 『죽은 공주와 일곱 명의 기사에 대한 이야기』(1833), 루이스 캐롤의 『이상한 나라의 앨리스』(1871)를 들 수 있으며, 양자택일의 세속의 구조를 보여주는 수단으로는 안드레이 벨르이의 『귀환: 제3 심포니』(1904). Nariman Skakov. The Cinema of Tarkovsky. Labyrinths of Space and Time. London, I.B. Tauris, 2012, p.103.

96) Time within time: The Diaries 1970-1986 [by Andrei Tarkovsky]. Trans. Kitty Hunter Blair. Calcutta: Seagull Books, 1991, p.369.

97) Jeremy Mark Robinson, The Sacred Cinema of Andrei Tarkovsky. Crescent Moon Pub, 2006, p. 156.

98) 영화 <안드레이 루블료프>와 <잠입자>, <희생>에서는 거울 이미지가 거의 등장하지 않거나, 주요 모티프로서 기능하지 않는다. 영화 <거울>에는 다양한 종류의 거울 이미지가 미학적 대상이자 미장센으로 등장한다. 하지만 타르코프스키의 영화 서사 구조에 접근 방법이 매우 복잡하여 이에 관해서는 개별 연구가 필요할 것으로 생각되어 본 논문에서는 다루지 않고자 한다.

99) Jeremy Mark Robinson, pp.127~128.

100) Jeremy Mark Robinson, p.129.

101) Jeremy Mark Robinson, p.285.

102) Jeremy Mark Robinson, p.130.

103) Jeremy Mark Robinson, p.155.

104) Jeremy Mark Robinson, p.81.

105) 아르세니 타르코프스키의 시 <첫 번째 만남>(First Meeting)
"Every moment that we were together / Was a celebration, like Epiphany, / In all the world the two of us alone, / You were bolder, lighter than a bird-wing, / Heady as vertigo

you ran downstairs / Two steps at a time, and led me / Through damp lilac, into your domain / On the other side, beyond the mirror."

106) Andrei Tarkovsky. Collected Screenplays. (trans.) William Powell and Natasha Synessios. London, Faber and Faber, 1999, p.15.

107) Vida T. Johnson & Graham Petrie. The Films of Andrei Tarkovsky. A Visual Fugue. Indiana Univ. Press, 1994. p.64.

108) Robert Bird, p.36.

109) Peter Green. Andrei Tarkovsky. The Winding Quest. London, The Macmillan Press Ltd, 1993, p.21.

110) Vida T. Johnson & Graham Petrie, p.65.

111) 강한 어머니와 부재하는 아버지는 명백히 감독의 자전적 배경을 갖고 있다. 아마도 이 두 예는 여성 등장인물에 대한 불신과 심지어 적의라는, 타르코프스키의 작품의 또 다른 측면을 반영한다. 음악 선생님과 어머니는 유사한 권위주의적 특징을 보여준다. 세르게이 역시 자신의 여자 동료보다는 오히려 사샤와 영화관에 가고자 한다. 영화에서의 유일한 "긍정적인" 여성은 인형 같은 음악 수업 동료인 소녀이다. 사샤는 그녀에게 사과를 건네준다. 세르게이와 샤샤 사이의 강한 남성적 유대는 타르코프스키의 다음 영화에서 이반과 다른 군인들 사이와 안드레이 루블료프와 다닐 혹은 보리스카 사이, 그리고 <잠입자>에서 세 남자가 도달하게 되는 상호 이해의 유대 속에서 반영된다. 그러나 강한 긍정적 남성 관계가 존재하지 않는 영화 – <솔라리스>, <거울>, <향수>, <희생> – 에서 영웅들은 방향을 잃는 것 같다. Vida T. Johnson & Graham Petrie, pp.65~66.

112) Nariman Skakov, p.19.

113) Nariman Skakov, p.24.

114) Nariman Skakov, p.30.

115) Jeremy Mark Robinson, pp.382~384.

116) 둘의 대화는 다음과 같다.
하리: 난 내 자신조차도 모르겠어요. 난 누구죠? 눈을 감으면 내 얼굴이 기억나지 않아요. 당신은 자신이 누군지 아나요?
크리스: 그래, 모든 인간들처럼..

117) Nariman Skakov, pp.84~85.

118) Nariman Skakov, pp.89~90.

119) Vida T. Johnson & Graham Petrie, p.164.

120) Vida T. Johnson. & Graham Petrie, p.239.

121) Andrei Tarkovsky. Sculpting in Time: Reflections on the Cinema. (Trans. Kitty Hunter-Blair). London: Faber and Faber, 1989, p.140.

122) 한국영상자료원의 한국영화데이터베이스에서 유현목으로 검색한 자료 참고.(출처: 한국영화감독사전) http://kmdb.or.kr/vod/mm_basic.asp?person_id=00001471#url, 박유희, 「문예영화와 검열-유현목 영화의 정체성 구성과정에 대한 일고찰」, 『영상예술연구』 제17호, 영상예술학회, 2010.

123) 한영현은 "1962년 독서계의 『베스트 · 셀러』로 날개가 돋친 박경리 작 『김약국의 딸들』이 유현목 감독에 의해 남해의 어촌에서 『로케』에 들어갔다"(<「중개차」>, ≪서울신문≫, 1963년 2월 8일)는 신문기사를 인용하며 출판 당시 소설이 독서계의 베스트셀러가 되었다는 것은 내용과 구성 측면에서 대중들의 호응을 얻을만한 요소를 내포하고 있다는 것을 의미한다고 말했다. 이런 의미에서 시나리오가 빈약하던 1960년대 당대 현실을 감안할 때, 소설 『김약국의 딸들』은 대중성을 겸비한 매력적인 텍스트라는 것이다. 한영현, 「박경리 소설의 문학적 상상력과 영화적 변용－영화 『김약국의 딸들』을 중심으로」, 『여성문학연구』 제33호, 한국여성문학학회, 2014.

124) H. 포터 애벗 지음/우찬제 외 옮김, 『서사학 강의』, 문학과 지성사, 2010, 137～150쪽.

125) 물론, 소설 『김약국의 딸들』은 공간적 조건이 보다 강조되어 있고, 시간적 조건은 후경화되어 있다. 이는 김약국의 비극의 원인을 사회적 조건에서 찾지 않고 운명에서 찾게 하기 위한 전략으로 해석된다. 하지만, 본고에서는 소설 『김약국의 딸들』과 영화 <김약국의 딸들>의 비교를 통한 특징들을 분석하는 것을 목적으로 한다. 영화는 소설에 비해 시공간적 조건이 더욱 후경화 되어 있다. 그리고 후반부의 내용을 상당부분 바꿔 해피엔딩으로 각색했다. 반면, 소설은 영화에 비해 시공간적 조건이 좀 더 중요하게 서술되어 있고 이는 이후, 탈향을 결심하는 용빈의 행동을 해석하는데 역사적 해석이 가능한 단서를 제공한다.

126) G.B. Tennyson, 『희곡개론』, 동명사, 2002, 115～118쪽.

127) 김예니, 『박경리 소설의 비극성 연구』, 성신여자대학교 박사학위 논문, 2015.

128) 황병주, 「박정희 체제의 지배담론-근대화 담론을 중심으로」, 한양대학교 박사학위 논문, 2008.

129) 강애경, 「1960년대 신문연재소설의 '사랑'의 정치성 연구」, 전남대학교 박사학위 논문, 2012.

130) M. 호르크하이머 & Th. W. 아도르노, 김유동 옮김, 『계몽의 변증법』, 문예출판사, 1995, 175～183쪽.

131) 이유란, 「1960년대 유현목 작품에 나타난 현실인식 연구」, 중앙대학교 석사학위 논문, 2005. 이유란은 유현목의 <아리랑>과 <태양은 다시 뜬다>이 보여주는 가난극복을 위한 일치단결의 주제는 당시 유현목 감독이 박정희 근대화 이데올로기에 대한 동조로 해석한다. 특히, <아리랑>에 주인공과 <태양은 다시 뜬다>의 국회의원의 모습은 박정희를 연상시키는데 그들은 가난극복을 이끄는 지도자로서 도덕적이고 공동체에 대한 책임의식이 투철하며 희생적인 사람으로 묘사된다.

<내 안의 타자, 그 "기괴한 낯설음"에 대하여>

132) 지젝, 슬라보예. 김소연 옮김. 『항상 라캉에 대해 알고 싶었지만 감히 히치콕에게 물어 보지 못한 모든 것』. 서울: 새물결, 2001, 12쪽.

133) Ibid.

134) Ibid.

135) 서인숙,『씨네 페미니즘 이론과 비평』, 서울: 도서출판 책과 길, 2003, 213쪽.

136) 트뤼포, 프랑수아. 곽현주 · 이채훈 옮김. 『히치콕과의 대화』. 서울: 한나래, 1994. 155쪽.

137) 맥길리건, 패트릭. 윤철희 옮김. 『히치콕 서스펜스의 거장』. 서울: 을유문화사, 2006. 440쪽.

138) 스포토, 도널드. 이형식 옮김. 『히치콕-히치콕의 영화 50년』. 서울: 을유문화사, 2005. 95쪽.

139) 맥길리건, 패트릭. 윤철희 옮김. 『히치콕 서스펜스의 거장』. 서울: 을유문화사, 2006. 455쪽.

140) Zizek, Slavoj. Enjoy Your Symptom. Routledge New York & London, 2001. 4장 "Why does the Phallus appear" 참조.

141) 프로이트, 지그문트. 정장진 옮김. 『예술 문학 정신분석』. 서울: 열린책들, 2004. 432쪽.

142) Lacan, Jacque. The Seminar. Book XI.The fundamental concepts of Psycho-analysis, Ed. Jacque-Alain Miller. Trans. Alain Sheridan. London: W. W. Norton, 1973. p.80.

143) Lacan, Jacque. Ibid. p.89.

144) Ibid.

145) Sartre, Jean Paul. Being and Nothingness. Trans. Warnock, Mary. London: Routledge, 1989, p.452.

146) Zizek, Slavoj. The Sublime Object of Ideology. Verso London& New York, 1989. p.5.

147) Ibid. p.73.

148) Ibid. p.219.

149) Zizek, Slavoj. "The Hitchcockien Blot". Alfred Hitchcock Centenary Essays. Ed. Richard Allen and Ishii Gonzales. London British Film Institute, 1999. p.123.

150) 지젝, 슬라보예. 김소연 옮김. 『항상 라캉에 대해 알고 싶었지만 감히 히치콕에게 물어 보지 못한 모든 것』. 서울: 새물결, 2001. 319~320쪽.

151) 트뤼포, 프랑수아. Ibid. p.158.

152) Ibid. p.158.

153) Zizek, Slavoj. Enjoy Your Symptom. Ibid. p.125.

154) Ibid.

155) Ibid.

156) Ibid. p.126.

157) 트뤼포, 프랑수아. Ibid. p.160.

158) Zizek, Slavoj. The Plague of Fantasy. Verso London& New York, 1997. p.74.

159) Zizek, Slavoj. The Sublime Object of Ideology. Ibid. p.116.

160) 맥길리건, 패트릭. 윤철희 옮김. 『히치콕 서스펜스의 거장』. 서울: 을유문화사, 2006. 443쪽.

<소설 「저녁의 게임」과 「동경」, 영화 <저녁의 게임> 서사 전략 비교 연구>

161) 소설의 영상화 과정에는 여러 변화 인자들이 작용할 것이다. 배역, 촬영 여건, 기술상의 문제 등 영상 제작을 위한 복합적인 외부 조건들은 물론이고 제작자의 의도와 연출자의 주관 등에 따라 원작의 이야기는 무한에 가까운 변이물들로 생산될 것이다. 이외에도 사회문화적 배경, 윤리적 문제 등 각색 과정에 영향을 미치는 요소들은 다양하게 산재한다. 나병철, 『소설과 서사문화』, 소명출판, 2006, 467~468쪽.

162) 여기서 영상매체는 영화를 일컫는다.

163) 나병철, 앞의 글, 467~468쪽.

164) 이 영화는 한국 영화사상 최초로 2009년 모스크바 국제영화제 경쟁부분 12편 중 주목할 만한 작품에 선정되었고 이달 10월 2일 폐막한 제20회 유바리국제판타스틱 영화제에서 특별상을 받았다. 남성감독이 연출했음에도 불구하고 여성의 복잡한 심리와 정체성을 깊이 있는 시각으로 묘사했다는 것이 특징이다. 심지어 여성감독의 작품만이 상영될 수 있는 프랑스 크리떼이유 국제여성영화제에서 러브콜을 받기도 했다. 비록 남성감독의 작품이었다는 것을 알고 초청이 무산됐지만, 남성감독이라고는 믿을 수 없을 정도로 여성의 심리를 섬세하게 표현했다는 평을 받았다. 앞의 내용은 <무비스트> 김도형 기자의 리뷰에서 가져왔다.

165) 심재호, 「하이데거 철학으로 본 오정희 「동경」 연구」, 『국어국문연구』 제50집, 국어국문학회, 2011, 96쪽.

166) 김진석, 「오정희 소설 연구」, 『인문과학연구』 제14호, 2003, 3쪽.

167) 김민옥, 「오정희 소설에 나타난 거울 이미지 연구」, 『비평문학』 제37호, 한국비평문학회, 2010, 93쪽.

168) 김세나, 「오정희 소설에 나타난 충동의 논리」, 『우리말글』 제63집, 우리말글학회, 2014. 63~64쪽.

169) 영화 <저녁의 게임>이 평론(서평)이 아닌 구체적으로 연구된 것은 김종완의 경우이다. 김종완은 「최위안의 영화 <저녁의 게임>에 표현된 시간성 연구」 하였다. 제라르 쥬네트의 시간성 이론을 중심으로 하여 서사이론에서 다루어지는 텍스트의 시간 개념인 이야기 시간, 담화 시간, 묘사 시간의 세 차원으로 분류하여 <저녁의 게임>을 연구한 것이다. 연구 결과 감독이 세상을 대하는 태도에 있어 현대적인 관점을 강하게 엿볼 수

있었다고 한다. 아울러 감독이 새로운 기법의 개발이나 최근 경향의 현대 영화에서 보이는 기법에 의존하기보다는 내적 독백이나 의식의 흐름 기법 같은 관객에게 익숙한 표현 방식, 그래서 이미 고전적 서사 전략의 범주라고 할 수 있는 영화적 표현 수단을 창조적으로 활용하여 현대성을 대표하는 전략을 보인다는 점을 도출하였다. 김종완, 「최위안의 영화 <저녁의 게임>에 표현된 시간성 연구」, 『한국콘텐츠학회논문지』 제14권 제12호, 한국콘텐츠학회, 2014.

170) 다음은 영화 <저녁의 게임>의 수상 및 초청 이력이다.
2009년 유바리 국제판타스틱영화제 특별상 수상, 2009년 바로셀로나 아시아영화제 경쟁부문 초청, 2009년 모스크바 국제영화제 메인 경쟁부문 초청, 2009년 브라질리아 국제영화제 초청.

171) 소설과 영화에서 실제 등장하지 않아도 스토리와 사건에 영향을 미친 인물 모두를 거론하였다.

172) 우찬제 엮음, 『오정희 깊이 읽기』, 문학과지성사, 2007, 119쪽.

173) 김진석, 앞의 글, 19쪽.

174) 곽상순, 「서사의 반전과 욕망의 역설: 최인호의 「술꾼」과 오정희의 「저녁의 게임」」, 『국제어문』 제34집, 국제어문학회, 2005, 247쪽.

175) 김경수, 「널 길 위의 소재들-오정희 소설의 노인들」, 『작가세계』 여름호 통권 제61호, 2004, 358쪽.

176) 김종완, 앞의 글, 50쪽.

177) 영화 <저녁의 게임>에서 욕실을 배경으로 하는 장면은 빈번하지만 또한 중요한 이미지이다. 가령, 욕조에서 딸이 아버지를 씻기는 장면과 오빠가 아버지의 폭력으로부터 성재를 도피시키는, 즉 바깥에서 들려오는 아버지의 폭력으로부터 성재를 보호하기 위해 자신이 몸을 담그는 등 이것이 모두 욕조에서 일어난다. 이러한 장면들은 작품을 이해하는데 주요한 장치로서 그것이 내재하고 있는 이면을 적확히 읽어야 한다. 따라서 영화 <저녁의 게임>의 욕실(물)과 관련된 장면은 추후 과제로 돌리기로 한다.

178) 본고에서 사용된 그림은 네이버의 <저녁의 게임> 이미지에서 가져왔음을 밝힌다.

179) 본고에서 사용된 그림은 네이버의 <저녁의 게임> 이미지에서 가져왔음을 밝힌다.

180) 우찬제, 앞의 글, 227~228쪽.

181) 김진석, 전게서, 19쪽.

182) 오정희, 88쪽.

183) 영화 자막에 나온 대사를 재구성한 것이다. 영화에서 딸은 수화로 아버지와 대화한다.

184) 송태현, 「소설 「벌레 이야기」에서 영화 <밀양>으로」, 『세계비교문학연구』 제25집, 세계비교문학학회, 2008, 347쪽.

185) 우찬제 엮음, 전게서, 45쪽.

186) 위의 글, 295쪽.

187) 오정희, 「동경」, 『바람의 넋』, 문학과지성사, 1986, 171~172쪽.

188) 위의 글, 173쪽.

189) 위의 글, 179쪽.

190) ……이렇다 할 취미나 재미와는 담을 쌓고 살아온 그의 유일한 도락은 권총에 있었다. 만물이 잠들기를 기다려 벌거벗고 5연발의 총알이 장전된 총을 귀밑에 들이대는 것은 단순히 절대적 긴박감과 자유를 사랑했기 때문이다. 아니 지유가 아니라 유희일 것이다. 방아쇠에 손가락을 걸고 혹 누군가 불시에 문을 연다면, 혹 어디선가 엿보는 눈을 발견한다면, 혹 뜻하지 않게 등허리 부근을 모기에게 물린다면 자신의 의사와는 관계없이 거의 반사적인 행동으로 방아쇠를 당겨버릴지도 모른다는 데 생각이 이르면 머리의 혈관은 수만 볼트의 전류로 충전되고……오정희, 81쪽.

<S3D 영화 스토리텔링 특징 연구>

191) 국내에 스토리공학이라는 용어가 공식적으로 처음 알려진 것은 일본의 시나리오 작가인 가와베 자즈토(川辺 一外, かわべかずと)의 저서를 통해서였다. 그는 저서에서 '이 글은 '쓰지 못하던' 한 인간이 이렇게 생각함으로써 '쓸 수 있게' 되었다는 하나의 기록'라고 책을 소개한 뒤 스토리공학의 개념을 설명했다. 가와베, 자즈토. 허환 옮김. 『드라마란 무엇인가?－스토리공학 입문』. 시나리오친구들, 1999, 21~23쪽.

192) 구체적으로 공학이라는 단어를 사용하지는 않았지만 헐리우드에서는 이와 비슷한 개념으로 스토리를 접근한 시도는 꽤 오래전부터 있어왔다. 영화감독인 엘리아 카잔은 "영화의 대본은 문학이라기보다는 건축"이라는 말로 영화대본의 구조적 특징을 지적했고 시나리오 학자인 린다 카우길은 "시나리오의 본질은 '구조'"라고 언급하기도 했다.

193) http://news.kbs.co.kr/culture/2012/04/05/2459597.html KBS뉴스, <창작이 사라진다>, 2012년 4월 25일자(검색일 2012년 6월 15일).

194) S3D 영화들은 현실너머의 세계를 배경으로 하려는 경향이 매우 강하다. 이는 대부분의 판타지영화들이 취하는 태도인데 S3D 영화들도 이야기의 환상성을 도구로 관객의 몰입을 극대화 한다. 또한 S3D 영상은 '콘서트'. '다큐멘터리', '스포츠경기' 등에서도 매우 적합한 형태로 조사되었는데 이 또한 넓게 해석하면 현실을 이탈해 또 다른 세계에 직접 참여하는 듯한 환상성을 제공한다는 점에서 판타지영화와 일맥상통하는 점이 있다고 하겠다. 이와 관련하여 논자는 S3D영화에 최적화된 스토리텔링의 특징으로 판타지계열의 스토리, 장르컨벤션의 활용, 동일화 전략 등을 제시한 바 있다 (조해진, 「3D 입체영상에서 고려해야 할 스토리텔링 연구」, 『영화연구』49호, 한국영화학회, 2011, 참조).

195) Katherine A. Fowkes, The fantasy film, Wiley-Blackwell, 2010, p.2.

196) 캐더린, 흄. 한창엽 옮김.『환상과 미메시스』. 푸른나무, 2000, 50쪽.

197) Katherine A. Fowkes, 위의 책, p.4.

198) 토마스, 소벅. 주창규 외 옮김. 『영화란 무엇인가?』. 거름, 2000.

199) 영화에서의 클리셰는 '장면'과 '스토리' 두 부분으로 나누어 생각할 수 있는데, 전자의

경우는 '폭발장면에서 유유히 걸어 나오는 느린 화면의 주인공' 같은 것이고, 후자의 경우는 '출생의 비밀', '권선징악' 같은 것을 의미한다.

200) 김희경, 「영화 <아바타>의 이항 대립구조」, 『순천향 인문과학논총』제27집, 순천향대학교 인문과학연구소, 2010, 491쪽.

201) 대규모 군중 전투 씬 이후에 벌어지는 주인공과 악당의 정면 대결의 모습이나, 둘이 함께 쓰러졌다가 가까스로 일어나 마주하는 결투장면은 서부극의 전형적인 장르컨벤션이다.

202) '데페이즈망'은 프랑스어로 '낯선 느낌'이라는 사전적인 의미와 함께 본래는 '나라나 정든 고장을 떠나는 것' 또는 '다른 생활환경에 두는 것'을 의미하는 말로 초현실주의에서는'어떤 물체를 본래 있던 곳에서 떼어내는 것'을 가리킨다. -『세계미술용어사전』, 월간 미술출판사, 1999, 89쪽.

203) Christian Metz, The imaginary Signifier-Psychoanalysis and the Cinema: the imaginary signifier, London:Macmillan, 1982, 47쪽.

204) 곽정연, 「동일화와 거리두기」, 『카프카연구』제17집, 한국카프카협회, 2007, 105쪽.

205) 상업영화를 추구하면서도 작가영화의 제작형태를 버리지 못하고 있는 한국영화의 제작관행은 상업영화 일반론과는 다소 거리가 있다. 즉 감독 1인이 시나리오와 디렉팅(directing), 심지어는 기획과 마케팅에까지 영향을 끼치는 경우가 많은데 영화가 대형화될수록 다양한 생산요소들과 함께 전문화와 분업화는 반드시 이루어져야 한다. 조해진, 앞의 글, 167쪽.

206) 김형래, 「'몰입' 개념으로 본 3D 입체영화의 미래」, 『외국문학연구』 제41호, 한국외국어대학교 외국문학연구소, 2011, 92쪽.

207) Fowkes, 앞의 책, pp.19～20.

208) 이윤희, 「영화 <아바타>가 보여주는 극사실적 애니메이션 스타일의 특이성 연구」, 『만화애니메이션연구』통권 20호, 한국만화애니메이션학회, 2010, 50쪽.

209) 김기덕 · 김현식, 「3D 입체영상 <아바타>와 언캐니 현상」, 『인문콘텐츠』 제22호, 인문콘텐츠학회, 2011, 100～101쪽.

210) 저스틴, 와이어트. 조윤장 · 홍경우 옮김. 『하이 컨셉트 -할리우드의 영화 마케팅』. 아침이슬. 2004, 7쪽.

211) 한 가지 내용으로 일관성 있게 한 방향으로 나가는 '선형적 구조'와는 달리 '하이퍼링크적 구조'는 달리 앞뒤 상황을 계속 오가며 지속적으로 관객들에게 외화면 몰입을 강요하며 스토리를 유추해 나가야 한다.

212) <에일리언>이 비록 S3D 영화는 아니지만 두 작품이 판타지장르를 근간으로 하고 있으며 흡사한 스토리를 전개하고 있다는 점에서 두 영화의 스토리텔링의 비교는 유의미하다고 하겠다.

213) 고전 할리우드 영화와 구별되는 새로운 흐름을 설명하는 용어가 뉴 할리우드이다. 뉴 할리우드란 <조스>, <스타워즈>의 성공에서 비롯된 새로운 경향이며, 작가주의의 영향을 강하게 받은 무비 브랫이라 불리우는 새로운 감독 세대, 하이컨셉(High concept)으로 불리우는 새로운 마케팅 전략, 영화산업에서 새롭게 등장한 미디어 그룹

과 그들의 관리 스타일, 사운드와 이미지를 창조하는 새로운 테크놀로지의 등장이 그 특징이다. 뉴 할리우드는 단순한 영화 제작상의 관행으로 파악하기 보다는 7,80년대에 일어난 세계적인 자본주의의 흐름과 그에 대한 할리우드 영화산업의 대응으로 보는 것이 더 타당한 관점이라는 것을 확인할 수 있다. 김병철, 「한국형 블록버스터의 지형도」, 『영화연구』 21호, 한국영화학회, 2003, 16쪽.

214) 김미현 외, 『한국영화 기획 개발 경쟁력 강화 방안 연구』, 영화진흥위원회, 2010, 39쪽.

<김승옥 시나리오의 현대적 이미지 연구>

215) 백문임, 「70년대 문화지형과 김승옥의 각색 작업」, 『현대소설연구』 제29호, 한국현대소설학회, 2006, 11쪽.

216) '구상화된 소설은 설명 대신에 행위를 통해서 제시하고 고도로 특정화된 시공간 드라마를 보여준다.' 앨런 스피겔, 박유희 · 김종수 역, 『소설과 카메라의 눈』, 르네상스, 2005, 61쪽.

217) '관찰자는 장치의 순수한 작동으로부터 분리되어 세상의 객관성에 대한 기계적이고 초월적인 재-현(re-presentation)의 증인, 육체와 분리된 증인으로서 그곳에 존재한다.' 조나단 크래리, 임동근 · 오성훈 역, 『관찰자의 기술』, 문화과학사, 2001, 71쪽.

218) 조나단 크래리, 위의 책, 204쪽.

219) '하이데거가 근대성에 대한 자신의 비판을 정식화하면서 사용한 시각적 언어–그는 "세계의 어두워짐"에 대해 썼다–는 서구 문명의 이 '어두워짐', 추락 및 전락과 지식, 진리, 현실에 대한 우리의 패러다임으로서의 시각의 헤게모니 사이에 일정한 연관이 있음을 시사하기 때문이다.' 데이비드 마이클 레빈, 정성철 · 백문임 역, 「추락과 전락」, 『모더니티와 시각의 헤게모니』, 시각과 언어, 2004, 322쪽.

220) 게리 사피로는 니체가 타자를 대상적으로 환원하여 그의 영예에 대해 분개하는 '악한 눈길'과 대조적인 순수하게 타자를 수용하고 축복하는 '방사적 눈'에 대해 말했다는 점에서부터 '시각이 현전의 형이상학에 따라 해석되어서는 안 되며 용기 있게 '심연을 보기'로 이해되어야 한다는 입장'을 취했다고 주장한다. 게리 사피로, 정성철 · 백문임 역, 「철학의 그림자들 속에서」, 『모더니티와 시각의 헤게모니』, 시각과 언어, 2004, 216~236쪽.

221) '시각적 직관은 그것이 보는 것을 '주변'을 향해 물러서는 것으로 혹은 사라지는 '지평' 내에 현존하는 것으로 간주하지 않고, 상호연관된 공간적 연속성을 구성하는 것으로 혹은 그 안에서 각 대상이 동등하게 현전하는 전체로 본다.' 스티븐 홀게이트, 정성철 · 백문임 역, 「시각, 반성, 그리고 개방성」, 『모더니티와 시각의 헤게모니』, 시각과 언어, 2004, 199쪽.

222) 랄프 슈넬은 문자적 텍스트로서의 문학과 영화의 지각형식을 구분하면서 영화는 장치라는 시각에서 정의된다고 말한다. 랄프 슈넬, 강호진 외 역, 『미디어 미학』, 이론과 실천, 2005, 229쪽.

223) '사진의 이미지는 (...) 순수하게 구조적이며 기하학적이고 물질적인 주제의 속성만을 강조하는 경향이 있다. 더구나 카메라의 눈은 인간의 눈이 통상적으로 인지하는 시야의 깊이를 강조하지 않고 평평하게 만드는 경향이 있다. 다시 말해 시야 안의 모든 것들, 즉 사람들, 사물들, 둘러싼 환경을 모두 전경화한다.' 앨런 스피겔, 앞의 책, 192쪽.

224) 김승옥 각본/각색, <영자의 전성시대>, 1975.

225) '영화를 보는 관객의 의식에는 인물과 사물의 관계에도 불구하고 사물과 인물은 형식적으로 같은 평면 위에 있는 존재로서 동일하게 강조된다.' 앨런 스피겔, 앞의 책, 276쪽.

226) 기든스는 실존적 불안 속에서 존재론적 안전을 확보할 수 있는 요소로 '자아정체성의 연속성'을 들고 있다. 주체가 이 전기적 서사의 연속성을 확립하지 못할 때 불안전한 개인이 된다. 앤소니 기든스, 권기돈 역, 『현대성과 자아정체성』, 새물결, 1997, 109~114쪽.

227) 김승옥 각본/각색, <갑자기 불꽃처럼>, 1979.

228) 김승옥 각본/각색, <어제 내린 비>, 1974.

229) 김승옥 각본/각색, <겨울여자>, 1977.

230) '70년대 신진 작가들의 대중소설이 지식인 문학과 상업적 대중문학 양쪽 모두로부터 다소의 거리를 확보하고 있었다는 점은, 역시 70년대에 새로 등장한 영화인들이 동시대 대중소설을 영화화하는 데 관심을 기울였던 이유를 유추할 수 있게 만든다. 이들은 소설가-독자-관객들과 동일한 '세대적 정체성'을 지녔다는 점을 중요하게 생각했던 것이며, 이때 '세대적 정체성'이란 도시화와 산업화에 대한 반응이라고 말할 수 있을 것이다.' 백문임, 앞의 글, 7쪽.

231) '하이데거는 '세계상'이라는 용어를 설명하면서, (...) "우리 앞에 놓인 질료가 마치 우리를 위해 놓인 것처럼 보인다"는 것을 깨닫는 것이라고 그는 말한다. 이와 마찬가지로 누군가에 대한 상을 갖는 것도 "특정한 방식으로 존재하는 무언가를 우리 앞에 놓는 일이며 우리 앞에 계속 놓이는 그것으로 하여금 그런 방식으로 놓이게끔 만드는 일"이다. 스티븐 홀게이트, 앞의 글, 152~153쪽.

232) '그 참된 시선은 따라서 가시적인 것과 비가시적인 것, 현전하는 것과 부재하는 것의 상호작용에, 인간 시각의 확립을 위해 조명의 장을 여는, 또한 존재론적 차이의 선물로서 가시적이게 되는 상호작용에 자신을 계속 열어둔 채 있고자 하는 시선이다.' 데이비드 마이클 레빈, 앞의 글, 354쪽.

〈그림책의 영상 매체 변환과 공간의 서사〉

233) 그림책에 담긴 고정된 프레임들이 만들어내는 서사는 영상화 과정에서 과장, 연장, 압축, 삭제 등으로 변환되는데, 이는 에이젠슈타인의 이론에 기대어 더욱 심오한 분석이 필요하다고 할 수 있다. 한편 그림책의 선형적인 글 텍스트에 담긴 서사에서 영상화 과정 중 소리로 전환되어지는 문자 텍스트들의 속성 변화에 대한 고찰은 영상물의 스타일과 음향에 관련된 것이지만, 그림책이나 영화가 공통적으로 글과 그림을 분리해서

의미를 전달하는 매체가 아니란 점에서 새로운 매체변용의 담론을 절실히 요구한다고 할 수 있다. 니콜라예바, 마리아 외.서정숙 외 역. 『그림책을 보는 눈-그림책의 분석과 비평』. 서울: 마루벌, 2011. 26~55쪽 & 219~266쪽. 참조.

234) 보드웰, 데이비드 · 톰슨, 크리스틴. 주진숙 · 이용관 역. 『영화예술』. 서울: 이론과실천, 1993. 22쪽.

235) Timothy Corrigan, Film and Literature: An Introduction and Reader, Prentice Hall, New York, NY, 1998, pp.84~85.

236) '복합텍스트(a composite text)'개념은 슈워츠가 제안한 것으로서 글과 그림의 서루 뗄 수 없는 총체를 뜻하는 할베레의 '아이코노텍스트(iconotext)' 개념과 유사하다. 슈워츠는 글과 그림의 협력 방식을 일치, 정교화, 상술, 부연, 확장, 보완, 교대, 불일치 등으로 나누어 개별 그림책을 독해하는 과정에서 이중의 서사(narration)가 만들어내는 선형적인 의미들을 분석하여 보여준 바 있다. 이와 같은 그림책에 있어서의 이중의 서사에 대한 분석 도구는 영화에서의 대사를 포함한 음향 텍스트와 프레임과 신(scene)의 시간의 흐름에 따른 내레이션 사태의 변화를 파악하는 도구로도 전용될 수 있다는 점에서, 문학에서 영화로의 매체 변환에서는 없었던 색다른 공간의 서사학을 요청한다고 하겠다.

237) Schwarcz, Joseph H. Ways of the Illustrator: Visual Communication in Children's Literature. Chicago: American Library Association, 1982. p.11.

238) 니콜라에바, 앞의 글, 220쪽.

239) 위의 글, 54쪽.

240) 그림책에서 면을 넘기는 행위는 영화에서 필름 하나하나를 이어 붙여 보여주는 방식으로 전환된 것으로 이해할 수 있다. 근본적으로 물리적 힘에 의존하는 그림책의 장면 전환은 영화 예술 장르에서 광학의 기술에 의해 대체되었지만, 그림책 장면 하나는 영상물에서 대체로 아주 미세하게 조각조각 분리된 필름들로 구성된다.

241) 실제로 영화에 관심이 많은 그림책 작가 크리스 반 알스버그는 그의 첫 작품 『주만지,Jumanji』(1981)로 칼데콧 메달을 타고, 수상식 소감을 통해 그림책 장르에 대한 사견을 영화에 빗대 언급한 바 있다. "It is a unique medium that allows an author-artist to deal with the passage of time, the unfolding of enents, in the same way film does." (Houghton Mifflin, online, 2004, p.2) 이와 같은 크리스 반 알스버그의 영상미학에 대한 성향 혹은 관심에 대해 Dominic Catalno는 자신이 박사학위 논문에서 다음과 같이 평하고 있다. "It is my sense that this film tendency is what allows this particular artist's work to translate to the big screen, such as the movie version "Jumanji" and the more recent film of "The Polar Express," featureing a digitally captured version of Tom Hanks as the conductor, the boy, and Santa himself." 이상은 Dominic Catalano, The roles of the visual in picturebooks beyond the conventions of current discourse, Ohio State University, Docotrial Thesis, 2005, p.247에서 인용.

242) 유지현. 「문학과 영화에 나타난 공유와 변형 - 동화 『북극으로 가는 기차』와 영화 『폴라 익스프레스』를 중심으로」, 『우리어문연구』 vol. 30(2008), 324~325쪽.

243) 시간을 뜻하는 'chronos'와 장소를 의미하는 'topos' 두 단어의 합성어 시공간(chronotope)은 시간과 공간이 본질적으로 지지고 있는 관계의 상호연관성을 강조한다.

244) 니콜라예바. 마리아, 조희숙 외 역. 『아동문학의 미학적 접근』. 서울: 교문사, 2009. 219쪽.

245) "I knew that I could have any gift I could imagine. But the thing I wanted most for Chrismas was not inside Santa's giant bag. What I wanted more than anything was one silver bell from Santa's sleigh." Chris Van Allsburg, Polar Express, Houghton Mifflin Company, New York, NY, 1985. 펼친면 10쪽에서 인용.

246) "It(the train) was wrapped in an apron of steam. Snowflakes fell lightly around it." 이처럼 펼친면 2의 글텍스트는 그림 공간에서 펼쳐진 디테일을 보다 세심하게 묘사해내기도 한다.

247) 유지현은 이를 두고 다음처럼 분석했다. "어른이 되어서 이제 들리지 않는 은방울 소리는 흐르는 시간 앞에서 영원한 것은 존재하지 않는다는 사실을 일깨워준다. 은방울 소리의 기억은 유년시절의 순수함에 대한 그리움과 연관을 맺고 있다. 은방울 소리는 흘러가버린 진실의 순간, 영원히 지속되지 않는 순수의 시간을 상징화한 것이다. 시간의 흐름에 따른 변화와 소리의 특성을 결부시켜 진실함과 영원성에 대한 아쉬움을 드러내고 있다." 이상 유지현, 앞의 글, 319쪽.

248) Metz, Christian. Language and Cinema. Hague: Mouton, 1974. p.100.

249) 레이 올젠버그(Ray Olsenburg)는 The great good place(1989:1991)에서 우리의 일상생활에서 가장 사적인 공간인 가정을 제1의 공간, 일터를 제2의 공간으로 분류하고, 이 두 공간에 균형을 유지시켜주는 공간으로 비공식적으로 사람들이 편안하게 모일 수 있는 곳으로서 제3의 공간 개념을 창출해 냈다. 제3의 공간은 공동체와 그 속에서 살아가는 개개인들 모두에게 중요한 다음의 기능을 담당하는 곳이어야 하는데, 첫째, 이웃을 단합시킬 수 있는 공간이어야 하며, 둘째, 방문자나 낯선 사람들이 공동체에 진입할 수 있는 관문이어야 하며, 셋째, 선별된 공간, 넷째, 어른과 어린이가 함께 어우러질 수 있는 공간, 다섯째 공동체의 건강에 도움이 되는 공간, 여섯째, 정치적 논쟁을 부추길 수 있는 의견의 자유공간, 일곱째 생활비를 절감시켜주는 공간, 여덟 번째, 유흥이 제공되는 공간, 아홉 번째 우정을 돈독히 할 수 있는 공간, 열 번째 퇴직한 사람들에게 중요한 공간으로 역할을 다해야 한다는 것이다. 크리스티안 마쿤다의 저서 『제 3의 공간 - 환상적인 체험을 제공하는 공간연출 마케팅』에서는 레이 올젠버그의 제3공간의 개념을 수용 · 발전된 사례로서 사람들이 영혼의 마사지를 제공받기 위해 일부러 찾아가는 곳: 쇼핑몰, 극장, 박물관, 바, 레스토랑, 야외공원, 테마공원 등의 공간연출에서 '편의성'과 '즐거움'이 극대화된 전략이 소개되어 있다. 이상 Ray Olsenburg, The great good place: Cafes, Coffee, Shops, Bookstores, Bars, Hair Salons, and Other Hanouts at the Heart of a Community, Marlowe & Co. 3rd Ed.(1999) 와 크리스키안, 마쿤다. 최기철 · 박성신 역. 『제 3의 공간 –환상적인 체험을 제공하는 공간연출 마케팅』. 미래의 창, 2005. 참조.

250) 크리스티안 마쿤다, 앞의 글, 서문.

251) 테마파크 관련 분야에서 사용하는 신조어인 이미지니어링은 창의적 상상력(imagination)과 공학기술(engineering)의 융합으로 사람의 감성을 움직이는 상상적 기술을 의미한다.

252) 무매개적 직접성을 전제하는 각성이 아닌, 은종 소리의 지각을 통해 환등상(주마등,

fantasmagorie)처럼 부활하는 유년기의 크리스마스로 이동시켜주는 증기기차는 '꿈/공간(zeit(t)raum)'의 알레고리로도 해석가능하다.

253) G. 바슐라르의 '단절(rapture)'의 개념과 관련해 생각해 볼 수 있다. 그는 새로운 과학정신의 시대에 이르러 과학에서 일어났던 혁신은 이렇듯 과학사를 불연속적으로 파악하는 단절에 의해 새롭게 설명된다고 말한 바 있다. 디지털 영화 속에 표현된 속도 감각이 동반하는 불연속성 공간 단절은 새로운 공간을 창안하는 것으로도 해석된다. 바슐라르 식으로 말해 현대 과학의 성과에서 특히 기술적 단절이 함축하는 것은 이러한 기술들이 주어진 자연의 측정을 더욱 정밀화한다는 것을 넘어서 '새로운 자연'을 창안하는 것에 있다.

254) 노들먼, 페리. 김상욱 역. 『그림책론 - 어린이 그림책의 서사 방법』. 파주: 보림, 2011. 216쪽.

255) 마지막 한 면을 제외한 펼친 1면부터 14면까지는 모두 액자 속 이야기이다.

256) 그림책에서 시점이 수직축을 따라 위쪽이나 아래쪽으로 이동하게 되면, 묘사된 등장주체들에게 행사할 수 있는 힘이 증가하거나 혹은 감소되는 것과 같은 경험을 하게 된다. 데이비드, 루이스. 이혜란 옮김. 『현대 그림책 읽기』. 작은 씨앗, 2008. 312~313쪽. 참조.

257) 백승국 · 유동환, 「테마파크 기획을 위한 공간기호학적 방법론 연구』을 중심으로-」. 『기호학연구』 vol. 23(2008), 387쪽.

258) 1950년대 초반, 월트 디즈니는 디즈니랜드 프로젝트를 진행하면서 만화영화의 스토리와 캐릭터를 건축공간에 부활시켰다. 그는 자신이 창조한 만화영화 캐릭터들의 특징을 테마파크에 부활시켰다. 그 결과 디즈니랜드는 일반적인 당시의 테마파크와는 새로운 공간 개념을 보여주는 제3의 공간으로 탄생하게 되었다. 또한 유니버설 스튜디어는 일본 동경과 미국 플로리다의 테마파크에 영화 <스파이더맨>에서 차용하여 재구성한 어트랙션 콘텐츠를 제공하고 있다. 전시 퍼포먼서, 트랙 라이더, 3d 입체영상, 4d 효과 체험을 통해, 영화 <스파이더맨>의 이미지와 스토리를 각인시키는 효과를 낳았다. 영화의 세트를 라이더에 승선하여 입체영상의 공간 속을 직접 누비는 체험을 통해, 테마파크의 공간은 영상물의 공간과 중첩되어 체험자들의 뇌리에 자신들의 기억 속에 남게 된다.

259) 이를테면 롯데월드는 몇 년 전 100석 규모의 대형 실감체험 영상시설인 '다이나믹 시어터'와 '4D 입체영화관'을 선보였다. 초당 60프레임 속도의 70㎜ 영화 기법에 영상 장면에 따라 객석을 움직여주는 유압시스템을 컴퓨터로 연결한 장치에다, 의자의 진동과 추락 효과, 물 분사 효과, 바람 효과 등 오감체험 장비가 설치돼 있다. 서울랜드도 기존의 입체영상에 바람 · 의자 진동 효과를 결합한 입체영상관 외에 지난해 360도 스크린과 다양한 실감체험 시설을 곁들인 '타임머신 5D 360' 영상관을 열었다. 2011년 6월에는 추가로 영상에 따라 측면에서 바람이 불고, 눈 내리는 장면에서 비눗방울이 날리는 등의 효과를 내는 설비를 추가했다.

260) <'Hugo' Q&A: James Cameron & Martin Scorsese>란 제목의 The Hollywood Reporter의 2011년 11월 16일자 대담 기사에서 마틴 스콜세지는 "영화계의 선구자들은 원근감, 컬러, 빅스크린, 사운드를 영화에 담으려고 노력했습니다. 3d로 원근감을 실현하는 건 전혀 이상하지 않지요. 우리는 삼차원의 세계에 살고 있고, 삼차원 사물을 보는데 3d로 찍는 건 공간의 깊이감을 담아내는 데 이상적이라고 봅니다. 3d 영화가 창출한 이미지

들을 화면을 통해 관객들이 경험한 뒤로도 감정적인 충격은 유지된다고 봅니다. 1930년대에 뤼미에르 형제도 3d를 실험했어요."라고 말한 바 있다.

261) 틸레, 옌스. 지광신 외 역.『그림책의 새로운 서사 형식』. 서울: 마루벌, 2010. 272쪽.

262) 잠재의식, 우연, 꿈, 환각, 정신착란, 즉 일상적이지 않은 심리적인 상태로부터 예술가의 상상이 생겨나며, 예술가의 상상은 구체화, 현실화 될 수 있는 것으로 간주한다.

263) 틸레, 앞의 글, 284쪽.

264) 크리스 반 알스버그는 환상계의 사물을 현실화시키거나 현실의 인물이 환상계에 참여하는 방법 등을 통해서 실재세계와 환상의 경계를 와해시킨다. 이런 판타지적으로 증강된 현실을 보여주는 방법은 3D 애니메이션 영화로의 전환에 여러모로 유리하다고 하겠다.

265) 틸레, 앞의 글, 284쪽.

266) 프랑스에서 나온 미학 사전 Vocabulaire d'esthéique(Presses univerasitaire de France, 1990, P.1408)에는 'fataisie'와 'fantasme' 항목이 있다. 전자는 '표상, 정신적 이미지, 상상적 출현'이라는 의미를, 후자는 '기이한 성격을 띠는 환영적 광경' 혹은 '비현실적인 것으로 인식되는 주관적이고 정신적인 이미지'라는 의미를 갖는다. 전자가 상상력에 중심을 두고 있는 반면, 'fantasme'항목은 "꿈이나 예술적 창조물의 어떤 국면에서처럼, 부유하는 상상력이 충족되는 장소" 그리고 "정신분석학적 의미에서 억압된 욕망을 만족시키는 데 기여하는 상상력의 생산물"이라는 설명이 따라 나온다. 조선령,『라캉의 근본환상 개념과 예술이론』, 홍익대학교 박사학위논문, 2010, 5~6쪽.

267) 김경호.「3D 입체 애니메이션 영화에 있어서 시각적 연출의 특성에 관한 연구」, 세종대학교 석사학위논문, 2010, 60~61쪽.

268) 위의 글, 64~65쪽.

269) 김진석,『이상 현실, 가상 현실, 환상 현실』, 서울: 문학과지성사, 2001, 57쪽.

270) 보들리야르, 장. 하태환 역.『시뮬라시옹』. 서울: 민음사, 1992. 179쪽.

271) 위의 글, 181쪽.

272) 유지현, 앞의 글, 306쪽.

<한류드라마로 이어진 고전 캐릭터>

273) '한류(韓流)'는 한국의 대중문화 열풍을 의미하는 단어로, 영어로는 'Korean Wave' 혹은 우리말 소리대로 'Hallyu'로 통용된다. 1999년 중국 CCTV에서 <사랑이 뭐길래>가 중국에서 큰 인기를 끌면서『북경청년보(北京青年報)』'한국의 유행이 밀려온다'는 뜻으로 처음 언급된 후 일반화되었다. 한류라는 말 자체는 1997년 대만에서 먼저 나왔는데 한국 기업이나 제품을 가리키는 말로 쓰였기에 현재의 의미와는 다른 맥락으로 사용되었다(매일경제 프로젝트팀,『한류본색』, 매일경제신문사, 2012, 19~22쪽 참조).

274) 한국 드라마는 가정 생활극은 물론이고 청춘 우상극까지 모두 유교 전통의 윤리관념을

체현하고 있다(윤경우, 「중국의 '한류' 수용과 저항」, 『한국과 국제정치』 제22권 3호, 경남대학교 극동문제연구소, 54면 재인용); 유세경 · 이경숙, 「동북아시아 3국의 텔레비전 드라마에 나타난 문화적 근접성」, 『한국언론학보』 제45권 3호, 2001; 김영순 · 박지선 외, 『겨울연가 콘텐츠와 콘텍스트 사이』, 다홀미디어, 2005; 최혜실, 「한류 현상의 지속을 위한 작품 내적 연구」, 『인문콘텐츠』 제6호, 인문콘텐츠학회, 2005.

275) 박영환, 『문화한류』, 동국대학교출판부, 2008 참조.

276) 단, 이상민의 경우 <겨울연가>의 붐이 일었을 때 많은 전문가들이 한류를 일시적 현상으로 생각했던 것과는 달리, 한류 드라마가 초기, 성장기, 확장기를 거치며 체계적이고 순차적으로 발전하고 있다는 사실을 언급하였다(이상민, 「한류 드라마의 특성과 경쟁력」, 『비교한국학』 제20권 1호, 국제비교한국학회, 2012. 참조).

277) Dawkins, Richard, The selfish gene, 홍영남 역, 『이기적 유전자』, 을유문화사, 2006.

278) 박장순 또한 한국의 드라마를 '밈'의 복합체로 보고 개별 단위의 '밈'으로 구성되어 있다고 보았다(박장순, 『한류의 흥행 유전자 밈』, 북북서, 2011, 59쪽 참조).

279) 로버트 숄즈와 로버트 켈로그는 고전문학이 우리에게 실제적으로 고전문학 이후의 모든 서사 형식들의 원형들(prototypes)과 모든 서사 형식들의 상호 작용과 진화를 통제하는 과정들의 패러다임을, 즉 일종의 모델을 제공한다고 하였다(Scholes, Robert, Kellogg, Robert, The nature of narrative, 임병권 역, 『서사의 본질』, 예림기획, 2001, 80쪽).

280) 황혜진은 한국인들이 드라마를 즐기는 현상 이면에는 구성진 이야기를 향유하는 '서사문화'의 전통이 존재한다고 파악하고, 특정한 이야기를 향유하던 전통이 현대에 이르러 새로운 매체와 만나 드라마나 영화로 이어진다고 보고 있다(황혜진, 「한국 드라마로 이어지는 고전서사의 전통」, 『겨레어문학』 제49집, 겨레어문학회, 2012 참조).

281) 지식의 차원에서 해부하여 정리한 인간이 아니라 저만의 성격을 가지고 살아 움직이는, 형상(形象)으로서의 인간이다. 그들은 상상을 매개로 창조된 가상의 존재이지만, 실제의 인간을 넘어서는 힘을 발휘하기도 한다. 캐릭터의 창조는 서사문학의 성패를 좌우한다. 독자의 가슴속에 깊이 각인될만한 생생한 캐릭터를 만들어 냈다면 그 작품은 그것만으로도 성공한 것이라 할 수 있다(서대석 엮음, 『우리 고전 캐릭터의 모든 것』, 휴머니스트, 2008, 6쪽).

282) 김종철, 「정전으로서의 춘향전의 성격」, 『선청어문』 제33집, 서울대학교 사범대학 국어교육과, 2005.

283) 신경범은 '길들여진다는 것은 서로에게 세상에서 단 하나밖에 없는 꼭 필요한 존재가 되는 것'이라는 <어린왕자>의 주제와 '사랑의 소중함'을 전하는 <별에서 온 그대>가 일맥상통한다고 보았다(신경범, 『별에서 온 그대 속 어린 왕자』, 산호와진주, 2014. 참조).

284) 장창훈, 『별에서 온 그대 드라마 후기』, 미디어북, 2014.

285) 편성: 수, 목 밤 10시/ 제작사: HB엔터테인먼트/ 기획: 최문석/ 제작: 문보미/ 연출: 장태유/ 극본: 박지은/ 출연: 전지현, 김수현, 박해진, 신성록 외

286) SBS는 드라마가 인기를 얻자 2014년 2월 소치동계올림픽의 시청률을 끌어올리기 위해 개막식 직전에 <별에서 온 그대 -더 비기닝>을 70분 동안 상영하였다. 도민준과 천송이를 중심으로 1회15회~까지를 편집한 특별판은 동시간대 1위를 기록하며 당시 이 드라마의 인기를 증명하였다.

287) 불릿 타임 효과를 만들기 위해 60개의 소형 특수 카메라가 사용되었으며, 고프로 카메라가 180도 주변에 설치되었고 정지된 인물들이 다양한 각도에서 촬영되었다(The secret behind You Came From the Stars. 한시네마). 이주봉은 <별그대>의 일부 영상이 전통적인 다큐멘터리 인터뷰 장면과 유사하게 구성되었음을 지적하고는 최근 한국에서 관찰예능이 대세를 이루고 있음에 미루어 인터뷰 양식을 차용하여 비슷한 효과를 창출한다고 보고 있다(이주봉, 「SBS드라마 <별에서 온 그대>의 다큐멘터리 양식 차용과 그 효과」, 『한국방송학회 학술대회 논문집』 2014(11), 한국방송학회, 2014 참조).

288) 실제로 광해군일기를 보면 강원도에서 벌어진 기이한 일을 보고하는 기록이 있다. 강원도 간성군, 원주목, 강릉부, 춘천부, 양양부에서 두루 발견된 것으로 그 중 묘사가 가장 치밀한 것은 양양부에서 올린 기사이다.
襄陽府, 八月二十五日未時, 品官金文緯家中庭簷下地上, 忽有圓光烱如盤, 初若着地, 而便見屈上一丈許, 有氣浮空。大如一圍, 長如半匹布, 東邊則白色, 中央則青熒, 西邊則赤色。望之如虹, 宛轉纏繞, 狀如捲旗。及上半空, 渾爲赤色, 上頭尖而下本截斷。直上天中少北, 變爲白雲, 鮮明可愛。而仍似粘着天面飛動, 觸揷若有生氣者, 忽又中斷爲二片, 而一片向東南, 丈許煙滅, 一片浮在本處, 形如布席。少頃雷動數聲, 終如擂鼓聲, 自其中出, 良久乃止) 光海 20卷, 1年(1609 己酉 / 명 만력(萬曆) 37年) 9月 25日(癸卯) 3번째 기사(양양부(襄陽府)에서는 8월 25일 미시(未時)에 품관(品官)인 김문위(金文緯)의 집 뜰 가운데 처마 아래의 땅 위에서 갑자기 세숫대야처럼 생긴 둥글고 빛나는 것이 나타나, 처음에는 땅에 내릴 듯 하더니 곧 1장 정도 굽어 올라갔는데, 마치 어떤 기운이 공중에 뜨는 것 같았습니다. 크기는 한 아름 정도이고 길이는 베 반 필(匹) 정도였는데, 동쪽은 백색이고 중앙은 푸르게 빛났으며 서쪽은 적색이었습니다. 쳐다보니, 마치 무지개처럼 둥그렇게 도는데, 모습은 깃발을 만 것 같았습니다. 반쯤 공중에 올라가더니 온통 적색이 되었는데, 위의 머리는 뾰족하고 아래 뿌리 쪽은 자른 듯하였습니다. 곧바로 하늘 한가운데서 약간 북쪽으로 올라가더니 흰 구름으로 변하여 선명하고 보기 좋았습니다. 이어 하늘에 붙은 것처럼 날아 움직여 하늘에 부딪칠 듯 끼어들면서 마치 기운을 토해내는 듯하였는데, 갑자기 또 가운데가 끊어져 두 조각이 되더니, 한 조각은 동남쪽을 향해 1장 정도 가다가 연기처럼 사라졌고, 한 조각은 본래의 곳에 떠 있었는데 형체는 마치 베로 만든 방석과 같았습니다. 조금 뒤에 우뢰소리가 몇 번 나더니, 끝내는 돌이 구르고 북을 치는 것 같은 소리가 그 속에서 나다가 한참 만에 그쳤습니다.)

289) 중국인들은 드라마의 한국식 애칭인 <별그대>를 그대로 번역해 싱니(xing ni)로 친근하게 부른다. 중국 내 권력 서열 6위인 왕치산(王岐山) 당 중앙기율검사위 서기 또한 지난 3월 공식 석상에서 "중국은 왜 이런 드라마를 만들지 못하나"라고 언급하였다. 최고 지도자부터 일반 국민들까지 <별그대>의 인기를 실감한 셈이다("13억 인구 마음 사로잡은 '별' 새로운 한류시장의 밑그림을 그리다", 디지틀조선일보,
http://news.chosun.com/site/data/html_dir/2014/06/29/2014062901095.html)

290) "별 그대, 중국 문화를 위협한다?", 프레시안,
http://www.pressian.com/news/article.html?no=115767

291) 劉瑾, 「<大長今>引發 '根'的思考」, 신랑위러(新浪娛樂),
http://ent.sina.com.cn, 2005. 9. 26.(박영환, 『문화한류』, 동국대학교출판부, 2008, 99쪽 재인용)

292) 정혁훈, 「'별그대' 광풍 부는 중국 한류의 현장」, 『관훈저널』 여름호 통권131호, 관훈클럽, 2014.

293) 올 초 중국에서 별그대 열풍은 사회현상으로 이어질 만큼 거셌다. 인터넷에서 마지막 회가 방영될 때는 휴가를 내려는 여직원들이 몰려 아예 휴업한 화장품 공장이 나타나는가 하면 중국인에게 '귀가시계'라는 트렌드도 생겼다. 심지어는 상하이 한인타운 내 상점은 월세가 세 배로 치솟고, 한국 브랜드의 상품 판매량은 급격히 늘기도 했다. 별그대 드라마 방영 이후 중국 젊은이들 사이에 치맥(치킨+맥주)이 유행하는 등 문화현상으로까지 번지며 다양한 신드롬을 낳았다("시진핑 부부의 각별한 '별그대'사랑이 더 허탈한 이유는", 아시아경제,
http://view.asiae.co.kr/news/view.htm?idxno=2014070810162564381).

294) "중국을 홀린 별그대…김수현 전지현, 삼성전자 · 현대차 한 손에", 한국경제,
http://www.hankyung.com/news/app/newsview.php?aid=201404177662g

295) 줄거리 정리 기준을 간단히 설명하고자 한다. 예컨대, '1화~3화'를 정리한 내용은 1, 2, 3화가 방영된 순서대로 정리한 것이 아니라, 1화~3화가 서사적으로 묶어질 수 있기에 하나로 정리하였고 그 안에서 줄거리를 순차적으로 재구성하였다. 그리고 괄호 안은 도민준이 400년 전 조선에 도착하여 벌어졌던 일이다. 드라마의 특성상 시청률을 위해 매회 엔딩 부분에서 극적인 상황을 연출하는 경우가 많으며, 다시 새로운 회가 시작되는 지점에서 지난 회의 엔딩을 다시 보여주기도 한다. 이를 '연속 드라마 기법(cliff hanger)'이라 부르는데, 서사단락을 회별로 나누는 걸림돌이 되었다. 따라서 본고에서는 연속 드라마 기법에 의해 엔딩장면에서 제시된 장면이 다시 다음 회에 나오는 경우 다음 회의 서사로 정리한 경우도 있다.

296) 시모어 채트먼은 서사물의 사건은 연결의 논리뿐만 아니라 계층구조의 논리도 가지고 있다고 하였다. 사건을 핵사건과 위성사건으로 나누어, 핵사건은 사건들의 방향으로 가장 중요한 요소를 이끌어 가는 중요한 서사 계기이고, 이보다 작은 위성사건은 필수적 사건은 아니라고 하였다(Chatman, Seymour, Story and discourse, 최상규 역, 『원화와 작화』, 예림기획, 1998, 67~70쪽 참조).

297) 한때 국문학사에서 판소리는 작품의 문학적 성취보다는 결말부의 비현실성 때문에 소설적 한계를 보인다는 평가를 받은 적이 있다. 이에 신동흔은 판소리문학 작품의 결말부에 대하여 손쉽게 문학적 한계를 논단했던 관점을 비판적으로 바라보며, 결말부의 환상성에 대하여 논의한 바 있다(신동흔, 「판소리문학의 결말부에 담긴 현실의식 재론」, 『판소리연구』 제19권, 판소리학회, 2005 참조). 비록 그의 논의에서 예로 든 작품은 <심청전>과 <흥부전>이나, 판소리문학 결말부에 대한 인식은 <춘향전>에서도 동일하다고 본다.

298) 서스펜스(suspense)는 흔히 스릴러(thriller)와 혼용되어 쓰이는데, 스릴러가 시청자의 공포를 자극할 목적으로 만들어진 장르(genre)의 한 명칭이라면 서스펜스는 공포와는 관계없는 수사 전략 중 하나이다. 또한 서스펜스는 서프라이즈(surprise)와도 다른데, 서스펜스가 예정된 결말로 향해 나아가는 과정 속에서 나타나는 긴장감이라면 서프라이즈는 급작스럽게 일어난 돌발적 사건을 말한다.

299) 필자는 <완판 33장본>을 기준 텍스트로 삼고 춘향전이 적극적으로 향유되던 시기에 등장하였던 <완판 84장본>, <남원고사>, <신학균본>을 통하여 '천의 얼굴'을 가진 춘향의 캐릭터를 가시화하려 노력한 경험이 있다. 별춘향전계열 중 연구에 가장 보편적으로 사용되고 있는 텍스트인 <완판 84장본>과 남원고사계열 중 최고라 평가 받는 <남원고사>, 그리고 경판과 완판의 중간적 위치에 있으며 문체나 내용면 작품성을 인정받고 있는 <신학균본>을 통하여 춘향 캐릭터의 특성을 살펴보았다(졸고, 『춘향의 캐릭터 특성과 현대적 재해석에 관한 연구』, 건국대학교 석사학위논문, 2014 참조).

300) 조선시대 기생은 약방과 상방 혹은 각 지방 관아에 소속된 공노비 신분으로, 국가의 전례에 동원되는 관변 예능인으로 활동하며, 기예와 접대라는 임무를 동시에 수행하여 왔다. 가악에 대한 민간의 수요가 많아진 18세기 이후에는 민간연예인으로 활동하면서, 좌상객들에게 재예와 성적 향락을 제공해 왔다(정병설, 「조선의 기생」, 『나는 기생이다』, 문학동네, 2007, 365쪽).

301) "한땐 국민요정, 지금은 한류여신. 한마디로, 그녀는 별이다. 초중고 내내 촬영장에 있느라 제대로 된 학교교육은 받아본 적도 없어 알아야 될 또래들의 세계는 모른 채 건너뛰었고, 몰라도 될 어른들의 세계는 너무 일찍 알았다."(SBS <별에서 온 그대> 홈페이지)

302) 박일용, 「판소리계 소설 <춘향전>의 사실적 성격」, 『조선시대의 애정 소설』, 집문당, 1993, 224쪽.

303) 나 입던 비단 장옷 봉장 안에 들었으니 그 옷 내어 팔아다가 한산세저 바꾸어서 물색 곱게 도포 짓고 백방사주 긴 치마를 되는대로 팔아다가 관, 망, 신발 사드리고 절병, 천은비녀, 밀화장도, 옥지환이 함 속에 들었으니 그것도 팔아다가 한삼, 고의 불초(不肖)찮게 하여 주오. 금명간 죽을 년이 세간 두어 무엇할까. 용장, 봉장, 빼닫이를 되는대로 팔아다가 별찬 진지 대접하오. <완판 84장본>

304) 특히 북한 창극 <춘향전>이 1954년 8월 월극으로 번역 개편되어 중국 각지에서 경극, 평극, 예극, 진극, 조극, 황매극 등 개편 공연되었고, 그 대본들 또한 8개 출판사에 의해 공식 출판되며 <춘향전> 붐이 일었다. 수십 년 역사의 세례와 검증을 거쳐 절강 월극 <춘향전>과 광동 조극 <춘향전>은 완전 현지화 되어 현재 중국 희곡명작으로 자리매김하였다. 소설, 영화, 창극뿐만 아니라, 그림책, 유성기음반, 카세트테이프, CD, VCD, DVD, 민화, 엽서, 전화카드 등 다양한 콘텐츠로 개발되었다. 요컨대 <춘향전>은 중국의 한국문학번역이입사에서 지속적으로 번역 수용되고 여러 양식의 문화콘텐츠로 개발되어, 중국 경전으로 거듭났다고 한다(김장선, 『중국에서의 <춘향전> 번역 수용 연구』, 역락, 2014).

<1970년대 각색 시나리오를 통해 본 여성의 표상방식>

305) 한국예술연구소 엮음, 『한국현대예술사대계 －1970년대』, 시공아트, 2004, 215쪽.

306) 김승옥의 각색 작업은 다음과 같다. 안개 (김승옥 원작, 1967), 장군의 수염(1968, 이어령 원작), 감자(1968, 김동인 원작), 충녀(1972, 김승옥 원작), 황홀(1974, 김승옥 원작),

어제 내린 비(1975, 최인호 원작), 내일은 진실(1975, 김지연 원작), 영자의 전성시대(1975, 조선작 원작), 여자들만 사는 거리(1976, 조선작 원작), 겨울여자(1977, 조해일 원작), 태양을 훔친 여자(1979, 양인자 원작), 갑자기 불꽃처럼(1979, 오태석 원작), 강변부인(1980, 김승옥 원작), 도시로 간 처녀(1981, 김승옥 원작), 무진 흐린 뒤 안개(1986, 김승옥 원작). 백문임,「60년대의 감수성, 야행을 만나다」,『르네상스인 김승옥』, 엘피, 2005, 85쪽.

307) 조나단 크레리, 임동근 외 옮김,『관찰자의 기술』, 1998, 141쪽.

308) 현대의 합의된 '보는 방식'은 원근법이라고 정의할 수 있다. 원근법은 2차원적인 평면에 3차원적인 깊이를 표현하기 위해 도입된 재현방식이다. 이는 시각 공간을 합리적으로 배열할 수 있도록 가시적 세계의 중심 되는 지점을 설정하고, 그 지점을 보는 사람의 눈과 일치시킴으로써 보는 사람을 시각장의 주체로 호명하는 것이다. 이는 서구 현대의 이성중심주의적 사고에 다름 아니며, 시각의 특권화가 어떻게 기능하였는지를 보여준다. 주은우,『시각과 현대성』, 한나래, 2003.

309) 철학적 차원에서 현대성은 시각의 헤게모니로 규정될 수 있으며, 이는 서구 현대의 이성주의를 촉발시킨 원동력이 되었다. 시각중심주의란 주체와 객체, 마음과 신체, 이성과 비이성의 이분법과 전자들의 특권화에 의거하여 객체와 신체, 비이성을 관찰과 통제의 대상으로 삼음으로써 지배와 억압의 사회적 결과를 초래해온 이 시각을 특권화하는 서구 현대성의 전통과도 연결되어 있다는 것이다. 데이비드 마이클 래빈, 정선철 외 옮김『모더니티와 시각의 헤게모니』, 시각과 언어, 2004, 57쪽.

310) 피터 브룩스,『육체와 예술』, 문학과 지성사, 2006, 179쪽.

311) 김영옥「70년대 근대화의 전개와 여성의 몸」,『여성학논집』제18집, 이화여자대학교 한국여성연구원, 2001, 29쪽.

312) 영상시대 그룹의 범위는 통상적으로 미국 유학을 마치고 돌아온 하길종 감독을 중심으로 한 젊은 감독과 평론가들(이장호, 김호선, 홍파, 이원세, 변인식)등을 가리키며 작품으로는 영상시대 발족 이전에 만들어진 별들의 고향부터 하길종의 유작 병태와 영자까지를 아우르는 것으로 말한다.

313) 황혜진,「1970년대 한국영화에 나타난 공·사 영역의 접합방식」,『영화연구』제26호, 한국영화학회, 2005, 434쪽.

314) 젠더란 생물학적 성을 의미하는 섹스에 대별되는, 사회 문화적인 구성물로서의 성을 의미하는 개념이다. 즉 여성과 남성에게 할애된 일련의 특질 및 행동을 가리키는 용어로서 사회적으로 요구되는 여성다움이나 남성다움을 의식적, 무의식적으로 내면화한 결과 형성되는 것으로 간주된다.

315) 유신체제기의 대중 영화에서 남성들은 대개 유아화 되어 있거나 여성화된 모습이다. 이들에게서는 남성적 권위를 찾아볼 수 없는데, 이것은 주로 당시의 시대적 환경 속에서 상대적으로 더 큰 좌절을 경험했던 중산층 지식인 계급의 남성에게서 더욱 명징하게 드러난다. 안낙일,「1970년대 대중 소설의 두 가지 서사 전략」,『한국의 대중문학』, 소화, 2001, 168~171쪽.

316) 앤소니 기든스,『현대성과 자아정체성』, 새물결, 1997, 268쪽.

317) 김영옥, 위의 글, 34쪽.

318) 유기환, 『조르주 바타이유 저주의 몫, 에로티즘』, 살림, 2006, 192쪽.

319) 1970년대는 한국의 자본주의가 급격하게 발전하면서 전쟁 이후 경제적 주체로서 등장했던 여성들이 다시 가정으로 복귀할 것을 요구받았던 시대다. 공적 영역에서의 남성 역할과 사적 영역에서의 여성 역할이 이분화 되면서 여성에게 현모양처의 모델을 주입시키는 순결이데올로기가 탄생하였다. 김은하, 「산업화 시기 남성 고백담 속의 여성 육체」, 『한국근대문학연구』 제4권 1호, 한국근대문학회, 2003, 292쪽.

320) 남녀관계의 연애가 가르치는 대상과 가르침을 받는 대상으로 이분화 되어있다는 것은 이들의 관계가 불평등하다는 사실을 알려준다. 곽승숙, 「1970년대 신문연재소설의 여성인물과 연애양상 연구」, 『여성학논집』 제23집 2호, 이화여자대학교 한국여성연구원, 2006, 참조.

321) 박성봉, 『대중예술의미학』, 동연, 1995, 337쪽.

322) 호스티스 멜로드라마는 tv산업의 성장에 대한 영화산업의 대응전략이었다. 이들 영화는 이전보다 적극적으로 여성을 성적 대상화하고, 동시에 젊은 관객의 감각에 호소하는 감각을 더했다. 한국예술연구소 엮음, 앞의 글, 238쪽.

323) 노동집약적 '수출지향 공업화'를 산업화 전략으로 선택한 박정희 정권은 1970년대에 2차 산업이 1차 산업을 능가하고 중공업이 경공업의 비중을 추월하는 선진국형 산업구조를 만들었다. 이로써 한국사회는 농업사회에서 단숨에 공업사회로 변신을 꾀하게 되었다.

324) 벤 싱어, 『멜로드라마와 모더니티』, 시공아트, 2004, 161~187쪽.

325) 한영현, 「문예영화에 나타난 육체 표상과 서울의 물질성」, 『돈암어문학』 제22집, 돈암어문학회, 2009, 340쪽.

326) 형식체험은 존 듀이 미학의 핵심을 이루는 개념으로, 그는 형식을 어떠한 체험이 완성되었을 때 나타나는 추상적인 그 무엇이라고 했다. 여기에는 저항과 긴장, 그리고 기분전환을 일으키는 흥분을 폭넓고 완결된 체험의 마무리로 변화시키는 특별한 역동성이 존재한다. 홍재범, 『한국 대중 비극과 근대성의 체험』, 박이정, 2001, 194쪽.

327) 멜로드라마의 눈물은 자신에 대한 비애를 의미한다. 대부분의 연민은 자기연민이다. 우리는 위기에 처한 사람들을 동일시한다. 그들을 향한 연민은 우리 자신에 대한 것이다. 벤싱어, 앞의 글, 75~79쪽.

328) 리타펠스키, 『근대성과 페미니즘』, 거름, 1998, 47쪽.

329) 노지승, 「영화 영자의 전성시대에 나타난 하층민 여성의 쾌락」, 『한국현대문학연구』 제24집, 한국현대문학회, 2008, 435쪽.

330) 위의 글.

331) 주은우, 앞의 글.

332) 대중예술은 대중을 위무하기 위하여 해피엔딩을 지향한다. 관객들은 상상에서나마 현실의 절망으로부터 도피할 수 있기를 바라는 것이다. 박성봉, 앞의 글, 313쪽.

333) 이는 한 편 영화의 물질성이 영화를 기술적이고 산업적인 표준에 의해 극단적으로 자연을 소외시키도록 천명하는 예술적 복제 형식으로 만드는 것이다. 랄프 슈넬, 강호진 옮김, 『미디어 미학』, 이론과실천, 1999, 183쪽.

334) 앨런 스피겔, 박유희 외 옮김, 『소설과 카메라의 눈』, 2005, 274쪽.

335) 베티프리던은 개인적 정체성에 대한 여성의 깊은 불안이 일어나게 된 것은 오로지 여성들에게 이제 더 많은 선택이 가능해졌기 때문임을 분명히했다. 이러한 많은 대안들에 비추어 봄으로써만 비로소 여성들은 현대적 문화가 "인간으로써 자신들의 잠재력을 키우고 충족시키지"못함을 알게 되었다. 앤소니 기든스, 앞의 글, 341쪽.

336) 모성, 어머니상은 우리에게 너무나 당연한 것처럼 인식되지만 기실 100~150여년 정도 밖에 되지 않은 비교적 새로운 현상이다. 18세기 말 산업혁명이 야기한 가부장주의 이데올로기에 의해 헌신적으로 자식을 사랑하는 어머니의 정체성이 형성된 것이다. 즉, 남성이 시장에서 보다 효율적으로 일할 수 있도록 그를 보조하고 격려하며 가정을 안정적으로 돌보는 것이 여성의 주된 노동이 되었으며, 합리적 삶의 형태가 되었다. 전근대 사회에 아동을 돌보는 일은 여성에게만 국한된 것이 아니었으나 이후 육아는 어머니의 가장 고유한 과제가 된다. 이렇게 어머니 역할이 강조되면서 새로운 숭배가 나타나는데, 모성이데올로기까지에 이르는 모성신화가 그것이다. 이는 18세기에 시작되어 19세기에 번창하였으며 20세기 이후까지 강화된다. 엘리자베스 바탱베르, 『만들어진 모성』, 동녘, 2009, 참조.

337) 권위주의적 가족이라는 제도가 유지되기 위해서는 아내와 아이들이 남편과 아버지에게 종속되는 것 이상이 요구된다. 노동하는 국민들의 어머니들이 실제로 처해있는 야만성과는 현격한 모순 관계에 있는 모성의 이상화와 신성시는 여성들이 성의식을 갖지 못하도록, 그들에게 부과된 성적 억압이 파괴되지 않도록, 그리고 성적 불안과 성적 죄책감이 위력을 잃지 않도록 하는 수단으로 사용된다. 빌헬름 라이히, 황선길 옮김, 『파시즘의 대중심리』, 그린비, 2006, 참조.

338) 권명아, 「모성신화의 기원, 그 파시즘적 형식에 관하여」, 기독교신학, 1999, 52쪽.

<소설과 영화의 상호작용, 스토리텔링과 이미지텔링>

339) 송병선, 『영화 속의 문학 읽기』, 책이있는마을, 2001, 6쪽.

340) 집단적 감상의 장르인 영화는 보다가 되돌려 앞으로 가거나 멈추는 일이 거의 불가능하며 스크린 위에 펼쳐지는 이미지와 사운드에 관객의 오감은 자유를 잃게 된다. 롤랑 바르트를 비롯한 많은 사람들이 영화, 꿈, 몽상 사이의 유사성을 강조한 것은 바로 그 때문이다. 프랑시스 바누아, 송지연 옮김, 『영화와 문학의 서술학』, 동문선, 2003, 30쪽.

341) 원용진, 『대중문화의 패러다임』, 한나래, 1997, 20쪽.

342) 텍스트에 관한 롤랑 바르트의 개념을 빌어 영화를 닫힌 텍스트와 열린 텍스트로 나누면 그중 닫힌 텍스트, 쾌락의 텍스트가 이데올로기적 텍스트이며 관객의 지각에 도전하지 않기 때문에 쉽게 소비되는 것이라고 볼 수 있다. 이에 반해 열린 텍스트, 희열 텍스트는 급진적 전위적이어서 관객의 지각을 혼란스럽게 하는 텍스트가 된다, 조안 홀로우즈·마크 얀코비치 엮음, 문재철 옮김, 『왜 대중영화인가』, 한울, 1999, 192쪽.

343) 정치적 거대담론의 와해는 문화적 미시담론의 등장을 부추기게 되었고 그 결과로 대중

문화의 논의도 활발하게 되었던 것이다. 윤석진, 『한국 멜로드라마의 근대적 상상력』, 푸른사상, 2004, 12쪽.

344) 문학이 영화된 리스트는 매우 많다. 근래의 몇 작품만 예를 들어보아도 「공동경비구역 JSA」(박상연 작 「DMZ」), 「실미도」(백동호 작), 「밀애」(전경린 작 「내 생애 꼭 하루 뿐인 특별한 날」), 「결혼은 미친 짓이다」(유하 작) 등 쉽게 그 예를 찾을 수 있다.

345) 박명진, 『욕망하는 영화기계』, 연극과 인간, 2001, 109쪽.

346) 여기에서 동일성, 반동일성의 용어는 들뢰즈의 용어이다. 들뢰즈를 비롯한 후기 구조주의는 어떠한 이데올로기적 흐름의 저변의 반동일성을 포착한다. 그리고 보다 중요한 것은 이데올로기에 대한 직접적 동일성보다 그것을 가능하게 하는 선험적 타자성 또는 구조의 빈칸으로서의 반동일성이라고 보았다(질 들뢰즈, 『들뢰즈가 만든 철학사』, 이학사, 2007, 53쪽). 결국 여기에서 '동일성'이라 함은 직접적으로 이데올로기에 자신의 것을 동일화하는 경향을, '반동일성'이라 함은 동일성을 가능하게 하는 저변의 역할을 의미한다.

347) 지나친 서정성에의 몰입 강조는 현실에 대한 비판정신을 소거하게 될 수 있어 그로 인해 지배이데올로기에 조종당하는 것이 될 우려가 있음을 기억해야 한다. 억압을 당하지만 일제강점기보다는 지금이 낫다는 안빈낙도와 안분지족, 현실 정치보다 자연에 대한 감상과 몰아를 강조하는 것들은 '지금, 여기'라는 치열함을 잃게 작동될 우려가 있다. 조미숙, 「반공주의와 국어교과서」, 『새국어교육』 제74권, 한국국어교육학회, 2006, 440쪽.

348) 문학과 영화 연구회, 『우리 영화 속 문학 읽기』, 도서출판 월인, 2003, 217쪽.

349) 한국의 반공주의는 "공산주의에 대하여 적대적이고 배타적인 논리와 정서"를 의미한다. 특히 "북한공산주의 체제 및 정권을 절대적인 '악'과 위협으로 규정, 그것의 철저한 제거 혹은 붕괴를 전제하며 아울러 한국(남한) 내부의 좌파적 경향에 대한 적대적 억압을 내포하고 있는 개념"이라고 할 수 있다. 반공주의란 공산주의에 대한 비판적 태도나 부정적 반응 수준이 아니라 그것에 대한 이성적 토론을 완전히 "압도하는 감각(the sense of overriding)"으로서 "모든 좌파사상에 대한 부정적 반응이나 객관적 비판을 적대적 감정으로 치환시키는 격렬한 정서의 이념적 표현"인 것이다.(권혁범, 「반공주의 회로판 읽기 : 한국 반공주의의 의미체계와 정치사회적 기능」, 『통일연구』 제2권 제2호, 연세대학교 통일연구원, 1998, 7~42쪽)

350) 원용진, 앞의 책, 23쪽.

351) 문학과 영화연구회, 앞의 책, 15쪽.

352) 최윤, 「저기 소리 없이 한 점 꽃잎이 지고」, 최윤·하일지, 『회색 눈사람/ 경마장의 오리나무』, 동아출판사, 1995, 15쪽(본문 인용은 모두 이 책)

353) 소녀는 스스로 기억을 하지 않으려 하지만 죽어가는 엄마를 놓아버린 죄에 대한 속죄의 욕구는 필사적으로 옥포댁의 치마끝을 놓지 않으려는 행동으로 나타난다.

354) 최윤, 「저기 소리 없이 한 점 꽃잎이 지고」, 83쪽

355) "이 지역에 꼭 그녀와 동일한 이유는 아니더라도. 그렇게 많은 사람들이 그녀처럼 무엇엔가 홀린 채 떠돌아 다니고 있다는 사실은 놀라운 일이었다." "죽음은 죽은 자에게는 사건이 아니다. 그 죽음은 남아 있는 사람에게만 혹독하게 생생한 사건이 된다. 죽음은

대답이 없기 때문에, 모든 죽음은 완성되어야 할 것의 미완성이기 때문에"(83쪽)등의 부분은 이것이 개인적 체험을 넘어서는 것이며 산자의 해결해야 하는 몫임을 보여준다.

356) 최윤, 「저기 소리 없이 한 점 꽃잎이 지고」, 80쪽

357) 최윤, 「저기 소리 없이 한 점 꽃잎이 지고」, 82쪽

358) 괄호 안의 숫자는 그 서사 안의 시간적 순서를 의미함.

359) 주로 광주항쟁과 관련된 역사적 진술. 이 부분에서 미장센은 뽀얀 먼지 내려앉은 앨범처럼 덧칠되어 불안함과 사실성의 강조 장치로 활용된다.

360) 여기서 'ㄱ-1'이란 장씨와 소녀의 서사 중 첫 번째라는 것.

361) 박명진, 앞의 책, 212쪽.

362) 부르디 외, 최종철 옮김, 『구별짓기: 문화와 취향의 사회학』, 새물결, 1995, 230쪽.

363) 문학과 영화 연구회, 앞의 책, 216쪽, 참조.

<시공간의 확대와 해체의 의미>

364) P. Wells, 한창완역, 『애니마톨로지@』, 한울아카데미, 2002, 16~17쪽.

365) J. Halas, 이일범 역, 『애니메이션 이론과 실제』, 신아사, 2003, 32쪽.

366) 곽재우, 「한국 케이블 TV프로그램의 창구화를 통한 부가가치 창출에 대한 실증적 연구」, 서강대학교 석사 학위논문, 1998.
박수현, 「국내 애니메이션 산업의 제작 현황 및 구조에 관한 연구」, 중앙대학교 석사학위논문, 1999.
송경희 외, 『TV 만화 영화 육성발전 방안 연구』, 한국방송개발원, 1998.
오재훈, 「뉴미디어 확산 과정에서의 애니메이션 산업 활성화 방안에 관한 연구」, 중앙대학교 석사학위논문, 1998.
정재호, 「한국 애니메이션 콘텐츠산업에 관한 연구」, 단국대학교 석사학위논문, 1999.
정혜승, 「한국 만화 영화 산업의 구조적 문제에 관한 연구」, 한양대학교 석사학위논문, 1997.
한창완, 「애니메이션 경제학」, 커뮤니케이션북스, 1998.
황성환, 「한국애니메이션 산업의 구조적 특성에 관한 연구」, 청주대학교 석사학위논문, 2000.

367) 김성진, 「일본 애니메이션 특성과 한국적 수용에 관한 연구」, 건국대학교 석사학위논문, 1998.
노수인, 「한국 순정만화와 일본 소녀만화의 관계 연구」, 이화여자대학교 석사학위논문, 2000.
서혜옥, 「애니메이션이 청소년에게 미치는 영향」, 중앙대학교 박사학위논문, 2001.
이정아, 「디즈니 만화영화에 나타난 성과 사랑」, 대구효성가톨릭대학교 석사학위논문, 1998.
임보영, 「일본과 한국만화에 나타난 지배적 가치관 분석: 청소년에게 미치는 영향을 중심으로」, 아세아연합신학대학교 석사학위논문, 1999.

정유라, 「한국만화영화텍스트 연구: 폭력 양성 메커니즘을 중심으로」, 중앙대학교 석사학위논문, 1996.
한 봄, 「대중문화에 반영된 권력관계: 만화 속의 반페미니즘」, 숙명여자대학교 석사학위논문, 1999.

368) 김용상, 「동화『오세암』과 애니메이션 <오세암>의 비교연구」, 원광대학교 석사학위논문, 2008.
김유경, 「한 · 일 애니메이션에 나타난 가족관계 비교 분석연구: 부모와 그 자녀 관계를 중심으로」. 전남대학교 석사학위논문, 2005.
김재호, 「내러티브의 상위구조와 하위 구조에 따른 애니메이션 분석 모형연구」, 홍익대학교 박사학위논문, 2008.
노제운, 「동화 속의 숨은 그림 찾기: 정채봉의 <오세암>과 권정생의 <강아지똥>분석」,『어문논집』제38권, 민족어문학회, 1998.
박성철, 「정채봉 동화「오세암」과 애니메이션 <오세암>비교연구」, 부산교육대학교 석사학위논문, 2008.
신원선, 「「오세암」전설의 문화콘텐츠화 양상과 한계」,『인문연구』 제58호, 영남대학교 인문과학 연구소, 2010.
안미영, 「'오세암'의 이야기 변천과정과 인물의 성격 변화」,『비교문학』 제33권, 한국비교문학회, 2004.
안수현, 「오세암 서사의 스토리텔링 연구」, 단국대학교 석사학위논문, 2010.
이종애, 「문화원형을 활용한 애니메이션 스토리텔링연구: <오세암>과 <천년 여우 여우비>를 중심으로」, 경희대학교 석사학위논문, 2010.
이종호, 「「오세암」모티프의 장르 · 매체별 서사학적 비교연구」, 『동화와번역』 제17집, 동화와번역연구소, 2009.
정소은, 「애니메이션 <오세암>의 아동매체로서의 의미분석」, 성균관대학교 석사학위논문, 2004.
조미라, 「애니메이션「오세암」과「반딧불 묘」의 서사비교 연구: '죽음'에 이르는 결말구조를 중심으로」, 『만화애니메이션연구』통권 제7호, 한국만화애니메이션학회, 2003.
조미라, 「한국장편 애니메이션 서사연구: 1990년대 이후 장편 애니메이션을 중심으로」, 중앙대학교 박사학위논문, 2005.

369) 정채봉(1946~2001): 동화 「꽃다발」로 동아일보 신춘문예 당선(1973), 중앙일보 소년중앙 동화현상모집에 「무지개」당선(1974), <샘터>입사(1978-2000), 첫 동화집『물에서 나온 새』 발간(1983), 『오세암』발간(1986)으로 새싹문학상 수상, 『꽃 그늘 환한 물』 발간(1989)으로 불교아동문학상 수상, 『바람과 풀꽃』 발간(1990)으로 세종아동문학상 수상, 『푸른 수평선은 왜 멀어 지는가』 발간(2000)으로 소천아동문학상 수상. 동국대학교 국어국문학과 겸임교수로 재직(1998~2000), 유고 동화집 『하늘새 이야기』 발간(2001), 저서-동화집으로『오세암』, 『물에서 나온 새』, 『초승달과 밤배』, 『멀리 가는 향기』, 『숨 쉬는 돌』, 『내 가슴 속 램프』, 『꽃 그늘 환한 물』, 『향기 자욱』과 수필집, 시집도 있다.

370) 삼국유사에 기록된 백담사 암자 오세암에 얽힌 전설이다. 조선 인조(1643년)에 설정스님

이 있었는데 그 스님에게는 양친을 여윈 다섯 살 된 조카가 있었다. 그 해 늦가을 10월에 스님이 영동 쪽에 볼 일이 있어 조카에게 오늘밤만 혼자 자면 온다는 약속을 하고 나갔다. 그날 밤 폭설이 내려 사방을 분간할 수 없게 되어 돌아갈 수가 없었다. 겨울이 지나고 봄이 된 후 조카가 죽었거니 하고 가보니 조카가 살아있었다. 영문을 물으니 조카가 인자하신 어머니가 와서 밥과 젖, 이부자리를 주어서 살았다고 했다. 스님이 기이하게 여기자 순간 어디선가 흰옷을 입은 부인이 내려와 조카의 이마를 어루만져 주었다. 스님께는 보리기를 주고 파랑새로 변해 날아가 버렸다. 그래서 다섯 살 어린 동자가 득도하여 이 절 이름을 오세암이라고 부르게 되었다. 이것은 흔히 '관음영험설화'라고 한다.

371) 작가 정채봉이 1986년『오세암』을 창작과비평사에서 출간하고 박철수 감독은 영화 <오세암>(1990)을, KBS 드라마 전설의 고향 <오세암>(1997)을, 성백엽 감독은 애니메이션 <오세암>(2003)을, 정채봉 딸 정리태는 동화『오세암－엄마를 만나는 곳』(2003)을 출판하였다. 예일극단에서는 뮤지컬 <오세암>(2007)을 무대에 올리기도 했다.

372) <오세암>이 극장에 상영된 지(개봉 2003. 5. 1) 일주일 만에 다른 영화들에 밀려 조기 종영이라는 위기를 맞게 되었다. 그 당시 한국 애니메이션 서포터즈 모임의 주도로 네티즌들이 조기종영 반대에 대한 서명운동을 확산시켰다. 자발적으로 2천명이나 되는 네티즌들이 동참했고 그 결과 전국에서 8만 5천명이라는 관객을 동원하게 되었다. 이것은 네티즌의 위력을 보여준 결과로 모처럼 동화와 애니메이션의 만남을 성공으로 이끈 예라 할 수 있을 것이다. 여기서 멈추지 않고 칸영화제 주니어 주얼리상 수상에 이어 세계 최고의 프랑스 안시페스티벌에서 영예의 그랑프리를 수상하였다. 이에 제작진들은 감사의 표시로 관객들에게 앙코르 상영까지 하게 되었다.(2004. 7. 13～18) 이처럼 동화와 애니메이션의 만남은 순조롭지 못하고 우여곡절 끝에 만나게 되었다(자료출처 http://zzaru.net/～kaf).

373) 최운식,『한국서사의 전통과 설화문학』, 민속원, 2002, 63쪽.

374) 김현숙, 「동심을 의역하면-정채봉 동화읽기」,『아동문학평론』제98호(봄호), 2001, 180쪽. 불교와 가톨릭이 궁극적 정신이 크게 다르지 않다는 작가의 사유는 종교가 가지는 유사성을 말한다.

375) 서정남,『영화와 서사학』, 생각의나무, 2004, 255～257쪽. 참조.

376) 볼프강 가스트, 조길예 역,『영화－영화와 문학』, 문학과 지성사, 2001, 43쪽.
극단적 롱 쇼트는 풍경이나 석양 그리고 스카이라인 등이 원경으로 처리되는 것을 말한다. 하나의 시퀀스가 시작되거나 끝나는 부분에서 이 극단적 롱 쇼트를 사용함으로써 특정한 분위기를 전달하거나 상징적 이미지를 제시하기도 하며 하나의 사건을 감성적으로 혹은 웅장한 느낌을 주며 여닫는 기능을 할 수 있다.

377) 페이드 인/아웃(Fade in/out)-흔히 쓰이는 조명기술과 관련된 용어로, 페이드아웃은 일반적인 밝기에서 서서히 어두워지며 영상이 사라지는 것을, 페이드인은 반대로 서서히 밝아지며 사라지는 것을 뜻한다.

378) 인서트(insert)는 연출자의 배려에서 비롯한 기법으로, 관객들이 장면을 쉽게 이해할 수 있도록 부가 정보를 씬 중간 중간 삽입하는 방식이다.

379) 롱 쇼트(long shot) 은 롱 쇼트의 넓은 시야는 관객으로 하여금 크기, 모양, 위치 등 한 장

면 내 여러 요소들의 상대적 비례 관계를 파악할 수 있게 한다. 다수의 인물을 포함한 씬 일 경우, 롱 쇼트는 관객의 방향 감각 확보를 위해 몇몇 대목에서 필수적인 요소로 간주 된다.

<빌려 쓰기와 관용의 윤리>

380) 마커스 크라우치(Marcus Crouch), 로저 랜슬린(Roger Lancelyn), 그리고 클로드 로슨(Claude Rawson)은 『빌려 쓰는 사람들』이 조나단 스위프트의 걸리버 여행기에 나오는 소인국 릴리풋 사람들을 문학적 근원으로 하고 있다고 설명한다.

381) 대부분의 아동문학 해설가들은 아동의 성장이라는 측면에서 『빌려 쓰는 사람들』을 조망하면서 소인족은 아이를, 그들에겐 거인인 인간은 성인을 대표한다고 보지만 매들린 트래비스(Madelyn Travis)는 복합적인 계급의 문제로 접근하고, 앤드류 오말리(Andrew O'Malley)는 전근대적 온정주의의 관점에서, 크리스 홉킨스(Chris Hopkins)는 젠더의 관점에서 조망하기도 한다.

382) Pace, Patricia Pace, "The Body-in-Writing: Miniatures in Mary Norton's Borrowers," Text and Performance Quarterly 11(1991), P.280.

383) 소설 『마법의 침대장식, 혹은 열가지 쉬운 교습으로 마녀가 되는 법』과 『화톳불과 빗자루』는 1971년 디즈니사의 『침대장식과 빗자루』로 영화화 되었다. 앤절라 랜스버리(Angela Lansbury)와 데이빗 톰린슨(David Tomlinson)이 주연을 맡았다.

384) Mary Kathleen Norton, The Borrowers (London: Harcourt Young Classic, 1998), 6. 앞으로 이 책에서의 인용은 본문 중 괄호 안에 면수만 표기하기로 한다.

385) Ariko Kawabata, "Sense of Loss. Belonging, and Storytelling: An Anglo-Indian Narrator in The Borrowers." Child Lit Educ 37(2006), P.126.

386) Ibid., P.127.

387) Andrew O'Malley, Andrew. "Mary Norton's Borrowers" Series and the Myth of the Paternalist Past." Children's Literature 31(2003), P.83.

388) 오말리는 인간과 인간에게 빌려 쓰는 사람들의 관계는 온정적인 것이며 인간은 소인들이 취하는 약간의 무해한 방종에 대해서는 눈감아야 한다고 주장한다.

389) Mandelyn Trevis, "Mixed Messages: The Problem of Class in Mary Norton's Borrowers Series," Children's Literature in Education 38(2007), P.188.

390) 이들 가문의 이름이 상징하는 것은 사실 소인족이 깃들어 사는 인간의 집의 위치, 즉 사는 장소를 의미한다. 예컨대 오버맨틀가는 벽로 위 장식선반에 산다. 사실 아리에띠가 열거한 많은 가문들은 소피 고모 집에 기식하는 소인족이고 아리에띠는 시계 아래 집을 벗어나 본적이 없으니 다른 집에도 이정도로 많은 소인족이 살고 있는지 확인할 길이 없다.

391) 홉킨스는 스필러가 남성 소인족이 갖추어야할 모든 것, 즉 독립성, 창의성, 용맹성을 구

비하고 있는 낭만적 남성인 반면, 대다수 다른 동족과는 달리 규범적 의미의 가정의 필요성을 느끼지 않는다고 본다. Chris Hopkins, "Arrietty, Homily, Pod: Home, Size, Gender, and Relativity in The Borrowers," Children's Literature Association Quarterly 25 (2000), P.26. 이런 점은 아리에띠의 가족과도 대조적이지만 이후 『보복당한 빌려 쓰는 사람들』에 나오는 병약한 예술가 지식인 피그린(Peagreen)과도 대비된다.

392) Judith Butler, Giving an Account of Oneself(New York: Fordham UP, 2005), P.24.

393) Annika Thiem, Unbecoming Subjects: Judith Butler, Moral Philosophy, and Critical Responsibility(New York: Fordham UP, 2008), PP.96-7.

394) Judith Butler, Giving an Account of Oneself(New York: Fordham UP, 2005), P.53.

395) Ibid., P.59.

396) 히더 풀은 희생자의 가시성, 책임 소재의 확정, 제도의 변화의 요청이 애도를 정치화하는데 필요한 세 가지 요소라고 말한다. Heather Poole, "The Politics of Mourning: The Triangle Fire and Political Belonging," Polity 44.2 (April 2012), P.188.

397) Judith Butler, Precarious Life(London: Verso, 2004), P.43.

398) Ibid., P.91.

399) Ariko Kawabata, "Sense of Loss. Belonging, and Storytelling: An Anglo-Indian Narrator in The Borrowers." Child Lit Educ 37 (2006), P.130.

400) Adam Smith, The Theory of Moral Sentiments, ed. D. D. Raphael and A. L. Macfie(Oxford: Clarendon, 1976) 참고.

401) Sianne Ngai. Ugly Feelings(Cambridge: Harvard UP, 2005), P.336.

402) 웬디 브라운, 『관용: 다문화 제국의 새로운 통치전략, 톨레랑스는 어떻게 제국의 '통치성'으로 기능하는가?』, 이승철 역(서울: 갈무리, 2010), P.22.

403) Herbert Marcuse, "Repressive Tolerance," A Critique of Pure Tolerance (Boston: Beacon, 1965), PP.82-3.

404) Judith Butler, Precarious Life (London: Verso, 2004), P.20.

■ 참고문헌

1. 국내 단행본

강준만,『한국현대사산책-1970년대편 2-3권』, 인물과사상사, 2002.

경상대학교 인문학연구소,『영화로 문화 읽기』, 박이정, 2004.

권택영,『영화와 소설 속의 욕망이론』, 민음사, 1995.

김동규 외,『문학과 영화 이야기』, 학문사, 2002.

김동욱,『춘향전사본선집』Ⅰ, 명지대학교출판부, 1977.

김미현 외,『한국영화 기획 개발 경쟁력 강화 방안 연구』, 영화진흥위원회, 2010.

김성곤,『문학과 영화』, 민음사, 1997.

김장선,『중국에서의 <춘향전> 번역 수용 연구』, 역락, 2014.

김종원 외,『우리영화 100년』, 현암사, 2001.

김중철,『소설과 영화』, 서울:푸른사상사, 2000.

김진석.『이상 현실, 가상 현실, 환상 현실』, 문학과지성사, 2001.

나병철,『근대성과 근대문학』, 문예출판사, 1995.

______,『소설과 서사문화』, 소명출판, 2006.

______,『영화와 소설의 시점과 이미지』, 소명출판, 2009.

문학과 영화 연구회,『우리 영화 속 문학 읽기』, 월인, 2003.

박명진,『욕망하는 영화기계』, 연극과 인간, 2001.

박성봉,『대중예술의 미학』, 동연, 2001.

박영환,『문화한류』, 동국대학교출판부, 2008.

박일용,『조선시대의 애정 소설』, 집문당, 1993.

박종희 외,『영화와 문학으로 열어 가는 인성교육』, 학지사, 2003.

박태상,『황진이 1권』, 대훈, 2004.

백문임 외,『르네상스인 김승옥』, 앨피, 2005.

변재길,『문학과 영화』, 금정, 2000.

서인숙,『씨네 페미니즘 이론과 비평』, 책과 길, 2003.

서정남, 『영화와 서사학』, 생각의 나무, 2001.
설성경, 『국문학총서 춘향전』7, 시인사, 1986.
______, 『한국고전문학전집 춘향전』12, 고려대학교출판부, 1993.
송경희, 『애니메이션 제작』, 커뮤니케이션북스, 2002.
송낙현, 『애니스쿨』, 서울문화사, 1997.
송병선, 『영화 속의 문학 읽기』, 책이있는마을, 2001.
신경범, 『별에서 온 그대 속 어린 왕자』, 산호와진주, 2014.
심 산, 『심산의 시나리오 워크숍』, 해냄, 2008.
안낙일 외, 『한국의 대중문학』, 소화, 2001.
오정희, 『바람의 넋』, 문학과지성사, 1986.
______, 『유년의 뜰』, 문학과지성사, 1998.
오태호, 『환상통을 앓다』, 새미, 2012.
우찬제, 『오정희 깊이 읽기』, 문학과지성사, 2007.
원용진, 『대중문화의 패러다임』, 한나래, 1997.
월간미술, 『세계미술용어사전』, 월간미술, 1999.
유기환, 『조르주 바타이유 저주의 몫, 에로티즘』, 살림, 2006.
윤석진, 『한국 멜로드라마의 근대적 상상력』, 푸른사상, 2004.
이부영, 『분석심리학』, 일조각, 2011.
이윤석, 『남원고사 원전 비평』, 보고사, 2009.
이일범, 『애니메이션 이론과 실제』, 신아사, 2003.
______, 『소설과 영화의 시점』, 신아사, 2005.
이형식, 『영화와 문학』, 동문선, 2000.
______, 『영화의 이해』, 건국대학교, 2001.
______, 『문학 텍스트에서 영화 텍스트로』, 동인, 2004.
임동언, 『애니메이션 입문 Ⅰ, Ⅱ』, 명지출판사, 1994.
장창훈, 『별에서 온 그대 드라마 후기』, 미디어북, 2014.
정병설, 『나는 기생이다』, 문학동네, 2007.
정채봉, 『오세암』, 창작과비평사, 2002.
조길예, 『영화-영화와 문학』, 문학과지성사, 2001.
조해일, 『겨울여자 上 · 下』, 문학과지성사, 1976.

주유신 외, 『한국 영화와 근대성 –'자유부인'에서 '안개'까지』, 소도, 2001.
주은우, 『시각과 현대성』, 한나래, 2003.
최만산, 『소설과 영화』, 신아출판사, 2005.
최운식, 『한국서사의 전통과 설화문학』, 민속원, 2002.
최윤 외, 『회색 눈사람/ 경마장의 오리나무』, 동아출판사, 1995.
최혜실, 『디지털시대의 문화읽기』, 소명출판, 2001.
______, 『디지털시대의 영상문화』, 소명출판, 2003.
______, 『스토리텔링, 그 매혹의 과학』, 한울아카데미, 2011.
한국예술연구소 엮음,『한국현대예술사대계 –1970년대』, 시공아트, 2004.
한용환. 『소설학 사전』, 고려원, 1992.
한창완, 『움직이는 미학』, 한올, 2001.
현은자 외, 『그림책의 이해2』, 사계절, 2005.
홍석중, 『황진이 제1, 2, 3권』, 대훈, 2004.
홍재범, 『한국 대중비극과 근대성의 체험』, 박이정, 2002.
______, 『스타니슬랍스키 시스템과 한국 극예술의 접점』, 연극과 인간, 2006.
황선길, 『애니메이션의 이해』, 디자인하우스, 1996.
황종연, 『탕아들을 위한 비평』, 문학동네, 2012.
황혜진, 『춘향전의 수용문화』, 월인, 2007.

2. 국내논문 및 평론

강애경, 「1960년대 신문연재소설의 '사랑'의 정치성 연구」, 전남대학교 박사학위논문, 2012.
고명철, 「'황진이 서사'를 다룬 남과 북의 역사소설, 그 허구적 진실」, 『시민인문학』 제16호, 경기대학교 인문과학연구소, 2009.
곽상순, 「서사의 반전과 욕망의 역설: 최인호의 「술꾼」과 오정희의 「저녁의 게임」」, 『국제어문』제34집, 국제어문학회, 2005.
곽승숙, 「1970년대 신문연재소설의 여성인물과 연애양상 연구」, 『여성학논집』 제23집 2호, 이화여자대학교 한국여성연구원, 2006.

곽정연, 「동일화와 거리두기」, 『카프카연구』 제17집, 한국카프카학회, 2007.
권명아, 「모성신화의 기원, 그 파시즘적 형식에 관하여」, 『원우론집』 제30호, 연세대학교 대학원 원우회, 1999.
______, 「문예영화와 공유기억(commemoration) 만들기」, 『한국문학연구』 제26권, 동국대학교 한국문학연구소, 2003.
권성우, 「영상시대의 문학교육」, 『문학교육학』 제15호, 한국문학교육학회, 2004.
권혁범, 「반공주의 회로판 읽기 : 한국 반공주의의 의미체계와 정치사회적 기능」, 『통일연구』 제2권 2호, 연세대학교 통일연구소, 1998.
김경수, 「널 길 위의 소재들-오정희 소설의 노인들」, 『작가 세계』여름호 통권 제61호, 2004.
김경호, 「3D 입체 애니메이션 영화에 있어서 시각적 연출의 특성에 관한 연구」, 세종대학교 석사논문, 2010.
김기덕 · 김현식, 「3D 입체영상 <아바타>와 언캐니 현상」, 『인문콘텐츠』 제22호, 인문콘텐츠학회, 2011.
김남석, 「1960~70년대 문예영화 시나리오의 영상 미학 연구」, 고려대학교 박사학위논문, 2003.
김민옥, 「오정희 소설에 나타난 거울 이미지 연구」, 『비평문학』 제37호, 한국비평문학회, 2010.
김병철, 「한국형 블록버스터의 지형도」, 『영화연구』 21호, 한국영화학회, 2003.
김상남, 「단편 애니메이션의 그림책 전환에 따른 변인 요소 분석」, 중앙대학교 석사학위 논문, 008.
김성곤, 「영상텍스트와 문학연구방법의 확장」, 『문학과영상』 제1집, 문학과영상학회, 2000.
김세나, 「오정희 소설에 나타난 충동의 논리」, 『우리말글』제63집, 우리말글학회, 2014.
김세희, 「그림책과 영상기술의 만남」, 『어린이문학교육연구』 제3집, 한국어린이문학교육학회, 2002.
김영옥, 「70년대 근대화의 전개와 여성의 몸」, 『여성학논집』 18집, 이화여자대학교 한국여성연구원, 2001.
김예니, 『박경리 소설의 비극성 연구』, 성신여자대학교 박사학위 논문, 2015.

김용상, 「동화 『오세암』과 애니메이션 <오세암>의 비교연구」, 원광대학교 석사학위 논문, 2008.

김유경, 「한·일 애니메이션에 나타난 가족관계 비교 분석연구: 부모와 그 자녀 관계를 중심으로」, 전남대학교 석사학위 논문, 2005.

김은경, 「소설『김약국의 딸들』과 영화『김약국의 딸들』의 비교 고찰」, 『비교문학』 제48집, 한국비교문학회, 2009.

김재호, 「내러티브의 상위구조와 하위 구조에 따른 애니메이션 분석 모형연구」, 홍익대학교 박사학위 논문, 2008.

김종수, 「1960년대 문예영화의 원작소설연구」, 『대중서사연구』 제19호, 대중서사학회, 2008.

김종완, 「최위안의 영화 <저녁의 게임>에 표현된 시간성 연구」, 『한국콘텐츠학회논문지』 제14권 12호, 한국콘텐츠학회, 2014.

김종철, 「정전으로서의 춘향전의 성격」, 『선청어문』 제33권, 서울대학교 국어교육과, 2005.

김지혜, 「김승옥의 각본 작업에 나타나는 남성주체 연구」, 『한국현대문학연구』 제48권, 한국현대문학이론학회, 2012.

김진석, 「오정희 소설 연구」, 『인문과학연구』 제14호, 서원대학교 인문과학연구소, 2003.

김현숙, 「동심을 의역하면-정채봉 동화읽기」, 『아동문학평론』 제98호, 서울국제아동문학관, 2001.

김현정, 「자크 라캉(Jacques Lacan)의 시각예술이론을 통한 현대 공간 분석」, 국민대학교 석사학위논문, 2008.

김형래, 「'몰입' 개념으로 본 3D 입체영화의 미래」, 『외국문학연구』 제41호, 한국외국어대학교 외국문학연구소, 2011.

김희경, 「영화 <아바타>의 이항 대립구조」, 『순천향 인문과학논총』 제27집, 순천향대학교 인문과학연구소, 2010.

노제운, 「동화 속의 숨은 그림 찾기: 정채봉의 <오세암>과 권정생의 <강아지똥>분석」, 『어문논집』 제38권, 민족어문학회, 1998.

노지승, 「영화 영자의 전성시대에 나타난 하층민 여성의 쾌락」, 『한국현대문학연구』 제24집, 한국현대문학회, 2008.

류 훈, 「영화 시나리오의 스토리텔링-장편 상업영화를 중심으로」, 『한국문예비평연구』 제33집, 한국현대문예비평학회, 2010.

명형대, 「소설 <황진이> 연구-이태준, 홍석중, 전경린의 『황진이』를 중심으로」, 『한국문학논총』 제50집, 한국문학회, 2008.

민경미, 「애니메이션 입체 영화에 대한 연구」, 『만화애니매이션연구』 제9호, 한국만화애니메이션학회, 2005.

박노현, 「텔레비전 드라마와 스토리텔링: 미니시리즈 <다모>와 <추노>의 서사 전략을 중심으로」, 『한국문학연구』 제41집, 동국대학교 한국문학연구소, 2011.

박명진, 「역사드라마의 광학적 무의식, 민족서사와 재현 이미지 연구: <스캔들>, <형사>, <음란서생>의 경우를 중심으로」, 『우리문학연구』 제20집, 우리문학연구회, 2006.

______, 「추리와 역사의 변증법: <별순검>시즌 1을 중심으로」, 『한국극예술연구』 제35집, 한국극예술학회, 2013.

박미란, 「TV 드라마의 서술 방식과 재현 방식 연구」, 『한국문학연구』 제40집, 동국대학교 한국문학연구소, 2011.

박성철, 「정채봉 동화「오세암」과 애니메이션 <오세암> 비교 연구」, 부산대학교 석사학위 논문, 2008.

박유희, 「문예영화와 검열—유현목 영화의 정체성 구성과정에 대한 일고찰」, 『영상예술연구』 제17호, 영상예술학회, 2010.

박태상, 「소설 황진이와 영화 황진이의 심미적 거리」, 『국어국문학』 제151집, 국어국문학회, 2009.

박치환, 「G. 바슐라르에게 있어 '일상적인 것'의 가치 —『공간의 시학』을 중심으로—」, 『프랑스학연구』 제45권, 프랑스학회, 2008.

방재석, 「소설과 영화의 관계양상 연구」, 중앙대학교 박사학위 논문, 2003.

배선애, 「1970년대 대중예술에 나타난 대중의 현실과 욕망—<별들의 고향>, <겨울여자>를 중심으로」, 『민족문학사연구』 제34권, 민족문학사연구소, 2007.

백승국 · 유동환, 「테마파크 기획을 위한 공간기호학적 방법론 연구』을 중심으로」, 『기호학연구』 제23권, 한국기호학회, 2008.

백문임, 「70년대 문화 지형과 김승옥의 각색 작업」, 『현대소설연구』 제29호, 한국현대소설학회, 2006.

송미선 · 류철균, 「2000년대 영화의 장소 기반 서사<사랑해, 파리>」, 『문학과 영상』 제9권 1호, 문학과영상학회, 2008.

송태현, 「소설 「벌레 이야기」에서 영화 <밀양>으로」, 『세계비교문학연구』 제25집, 세계비교문학학회, 2008.

신동흔, 「평민 독자의 입장에서 본 춘향전의 주제」, 『판소리연구』 제6권, 판소리학회, 1995.

______, 「판소리문학의 결말부에 담긴 현실의식 재론」, 『판소리연구』 제19권, 판소리학회, 2005.

신원선, 「「오세암」전설의 문화콘텐츠화 양상과 한계」, 『인문연구』 제58호, 영남대학교 인문과학연구소, 2010.

심재호, 「하이데거 철학으로 본 오정희 「동경」 연구」, 『국어국문연구』 제50집, 국어국문학회, 2011.

안미영, 「「오세암」의 이야기 변천과정과 인물의 성격 변화- 설화 및 동화와 애니메이션에 나타난 "어린아이"의 형상화 고찰」, 『비교문학』 제33권, 한국비교문학회, 2004.

안상혁, 「샤크 라캉의 거울단계와 영상미디어의 매개과정과의 연관성」, 『디자인연구』 제62호, 한국디자인학회, 2005.

안수현, 「오세암 서사의 스토리텔링 연구」, 단국대학교 석사학위 논문, 2010.

안재희, 「TV 아동 프로그램과 문학적 상상력」, 『문학교육학』 제8권, 한국문학교육학회, 2001.

오경복, 「한국 근현대 베스트셀러문학에 나타난 독서의 사회사-1970년대 소비적 사랑의 대리체험적독서」, 『Comparative Korean Studies』 13권 1호, 국제비교한국학회, 2005.

오수진, 「극영화에서 음악과 내러티브의 관계에 관한 연구」, 서울대학교 석사학위 논문, 2004.

유동관, 「어린이 그림책 화면의 연속성에 대한 연구」, 『디자인학연구』 제54호, 한국디자인학회, 2003.

유지현, 「문학과 영화에 나타난 공유와 변형 – 동화 『북극으로 가는 기차』와 영화 『폴라익스프레스』를 중심으로」, 『우리어문연구』 제30권, 우리어문학회, 2008.

이강모, 「문화산업으로서 국내 애니메이션 산업에 대한 연구」, 연세대학교 석사학위 논문, 2001.

이상민, 「한류 드라마의 특성과 경쟁력」, 『비교한국학』 제20권, 국제비교한국학회, 2012.

이선진, 「3D 입체 애니메이션 영화의 입체감 표현 연구 -<크리스마스 캐롤>을 중심으로-」, 세종대학교 석사학위 논문, 2010.

이수현, 「<겨울여자>에 나타난 저항과 순응의 이중성」, 『현대문학의 연구』 제33권, 한국문학연구학회, 2007.

이유란, 「1960년대 유현목 작품에 나타난 현실인식 연구」, 중앙대학교 석사학위 논문, 2005.

이윤희, 「영화 <아바타>가 보여주는 극사실적 애니메이션 스타일의 특이성 연구」, 『만화애니메이션연구』 통권 20호, 한국만화애니메이션학회, 2010.

이정구, 「시나리오에서 메인 캐릭터 구축 원리- <시민 케인>의 '차스 포스터 케인'을 중심으로」, 『영화연구』 제57호, 한국영화학회, 2013.

이종애, 「문화원형을 활용한 애니메이션 스토리텔링연구: <오세암>과 <천년 여우 여우비>를 중심으로」, 경희대학교 석사학위 논문. 2010.

이종호, 「「오세암」 모티프의 장르 · 매체별 서사학적 비교연구」, 『동화와 번역』 제17집, 동화와번역연구소, 2009.

이주봉, 「SBS드라마 <별에서 온 그대>의 다큐멘터리 양식 차용과 그 효과」, 『한국방송학회 2014 가을철 정기학술대회 논문집』, 한국방송학회, 2014(11).

이채론, 「팀 버튼의 환상성 연구 -「이상한 나라의 앨리스」를 중심으로」, 세종대학교 석사학위 논문, 2010.

이택광, 「디지털 영화의 논리: 찍기에서 그리기로」, 『문학과영상』 제10권 3호, 문학과영상학회, 2009.

이택광, 「픽사, 미메시스, 그리고 유토피아주의: 컴퓨터애니메이션과 디지털 아우라」, 『문학과영상』 제8권 1호, 문학과영상학회, 2007.

전인한, 「두 유혹 사이에서: 영화와 문학」, 『안과 밖』 제13권, 영미문학연구회, 2002.

정근원, 「영상세대의 출현과 인식론의 혁명」, 『세계의 문학』 여름호, 1993.

정소은, 「애니메이션 <오세암>의 아동매체로서의 의미분석」, 성균관대학교 석사학위 논문, 2004.

정출헌, 「『춘향전』의 인물형상과 작중역할의 현실주의적 성격- 李古本 『춘향전』을 중심으로」, 『판소리연구』 제4권, 판소리학회, 1993.

정혜원, 「그림책 속에 숨어있는 영화적 사유」, 『아동문학담론』 제8호, 청동거울, 2006.

정혁훈, 「'별그대' 광풍 부는 중국 한류의 현장」, 『관훈저널』 통권131호, 관훈클럽, 2014.

조미라, 「애니메이션「오세암」과「반딧불 묘」의 서사비교 연구:'죽음'에 이르는 결말구조를 중심으로」, 『만화애니메이션연구』 제7호, 만화애니메이션학회, 2003.

______, 「한국장편 애니메이션 서사연구: 1990년대 이후 장편 애니메이션을 중심으로」, 중앙대학교 박사학위 논문, 2005.

조미숙, 「소설의 드라마화 연구- 내러티브와 담론에 나타나는 이데올로기 양상 고찰」, 『돈암어문학』 제17집, 돈암어문학회, 2004.

______, 「반공주의와 국어교과서－1차 교과서를 중심으로 한 교과서의 선택과 배제 양상」, 『새국어교육』 제744권, 한국국어교육학회, 2006.

조선령, 「라캉의 근본환상 개념과 예술이론」, 홍익대학교 박사학위 논문, 2010.

조지훈, 「1970년대 한국영화의 가족로맨스 환상 연구」, 한양대학교 박사학위 논문, 2010.

조해진, 「3D 입체영상에서 고려해야 할 스토리텔링 연구」, 『영화연구』 제49호, 한국영화학회, 2011.

최명숙, 「소설과 영화의 시점 비교 연구」, 충남대학교 박사학위논문, 2001.

최미진, 「1960년대 대중소설의 서사전략 연구」, 부산대학교 박사학위 논문, 2003.

최배석, 「소설의 영화로의 매체전이에 따른 불확정적 영역에 관한 고찰」, 『영화연구』 제57호, 한국영화학회, 2013.

최혜실, 「한류 현상의 지속을 위한 작품 내적 연구- 드라마의 스토리텔링 구조 분석」, 『인문콘텐츠』 제6호, 인문콘텐츠학회, 2005.

한영현, 「문예영화에 나타난 육체 표상과 서울의 물질성」, 『돈암어문학』 제22호, 돈암어문학회, 2009.
한영현, 「박경리 소설의 문학적 상상력과 영화적 변용 －영화『김약국의 딸들』을 중심으로」, 『여성문학연구』 제33호, 한국여성문학학회, 2014.
한옥희, 「문학과 영화의 만남」. 『돈암어문학』 제17호, 돈암어문학회, 2004.
홍재범, 「1970년대 김승옥 시나리오의 대중적 감수성」, 『현대문학이론연구』 제36집, 한국현대문학회, 2012.
______, 「각색 방법론 정립을 위한 시론」, 『한국극예술연구』 제36집, 한국극예술학회, 2012.
황병주, 「박정희 체제의 지배담론－근대화 담론을 중심으로」, 한양대학교 박사학위 논문, 2008.
황혜진, 「한국 드라마로 이어지는 고전서사의 전통」, 『겨레어문학』 제49권, 겨레어문학회, 2012.

3. 국외저서 및 논문

가와베 가즈토, 허환 옮김, 『드라마란 무엇인가? －스토리공학 입문』, 시나리오친구들, 1999.
게리 사피로, 정성철 · 백문임 역, 『모더티니와 시각의 헤게모니」, 시각과 언어, 2004.
데이비드 노먼 로도윅, 김지훈 역, 『질 들뢰즈의 시간기계』, 그린비, 2005.
데이비드 루이스, 이혜란 역, 『현대그림책읽기』, 작은씨앗, 2008.
데이비드 마이클 레빈, 정성철 · 백문임 역, 『모더티니와 시각의 헤게모니』, 시각과 언어, 2004.
데이비드 보드웰 · 크리스틴 톰슨, 주진숙 외 역, 『영화예술』, 이론과실천, 1993.
데이비드 보드웰, 오영숙 역, 『영화의 내레이션 1』, 시각과언어, 2007.
도널드 스포토, 이형식 옮김, 『히치콕－히치콕의 영화 50년』, 을유문화사, 2005.
랄프 슈넬, 강호진 외 역, 『미디어 미학』, 이론과 실천, 2005.
로렌스 자이프 · 실비아 판텔레오, 조희숙 역, 『포스트모던 그림책』, 교문사, 2008.

로버트 리처드슨, 이형식 옮김, 『영화와 문학』, 동문선, 2000.
로버트 숄즈 외, 임병권 역, 『서사문학의 본질』, 예림기획, 1997.
루이스 쟈네티, 김진해 역, 『영화의 이해』, 현암사, 2001.
리처드 도킨스, 홍영남 역, 『이기적 유전자』, 을유문화사, 2006.
리타펠스키, 『근대성과 페미니즘』, 거름, 1998.
마리 매클린, 임병권 역, 『텍스트의 역학-연행으로서 서사』, 한나래, 1997.
마리아 니콜라에바, 조희숙 외 역, 『아동문학의 미학적 접근』, 교문사, 2009.
마리아 니콜라에바 외, 서정숙 외 역, 『그림책을 보는 눈 –그림책의 분석과 비평』, 마루벌, 2011.
마이클 J. 툴란, 김병식 외 역, 『서사론–비평언어학적 서설』, 형설출판사, 1993.
미셸 푸코, 이규현 옮김, 『성의 역사 1 앎의 의지』, 나남신서, 1990.
반 헤네프, 전경수 역, 『통과의례』, 을유문화사, 2000.
벤 싱어, 『멜로드라마와 모더니티』, 시공아트, 2004.
벨라 발라즈, 이형식 역, 『영화의 이론』, 동문선, 2003.
빌헬름 라이히, 황선길 옮김, 『파시즘의 대중심리』, 그린비, 2006.
삐에르 부르디외, 최종철 옮김, 『구별짓기: 문화와 취향의 사회학』, 새물결, 1995.
스티븐 훌게이트, 정성철 외 역, 『모더티니와 시각의 헤게모니』, 시각과 언어, 2004.
슬라보예 지젝, 김소연 옮김, 『항상 라캉에 대해 알고 싶었지만 감히 히치콕에게 물어 보지 못한 모든 것』, 새물결, 2001.
시모어 채트먼, 김경수 역, 『영화와 소설의 서사구조 - 이야기와 담화』, 민음사, 1990.
____________, 최상규 역, 『원화와 작화』, 예림기획, 1998.
____________, 한용환 외 옮김, 『영화와 소설의 수사학』, 동국대학교 출판부, 2001.
시몬느 비에른느, 이기우 역, 『통과제의와 문학』, 문학동네, 1996.
아리스토텔레스, 천병희 역, 『시학』, 문예출판사, 2002.
앙드레 바쟁, 박상규 역, 『영화란 무엇인가?』, 시각과언어, 1998.
앤소니 기든스, 권기돈 역, 『현대성과 자아정체성』, 새물결, 1997.

앨런 스피겔, 박유희 외 역, 『소설과 카메라의 눈』, 르네상스, 2005.
엘리자베트 바댕테르, 심성은 옮김, 『만들어진 모성』, 동녘, 2009.
옌스 틸레, 지광신 외 역, 『그림책의 새로운 서사 형식』, 마루벌, 2010.
요아힘 패히, 임정택 옮김, 『영화와 문학에 대하여』, 서울:민음사, 1997.
웬디 브라운, 이승철 역, 『관용: 다문화 제국의 새로운 통치전략, 톨레랑스는 어떻게 제국의 '통치성'으로 기능하는가?』, 갈무리, 2010.
유리 로트만, 유재천 역, 『예술 텍스트의 구조』, 고려원, 1991.
장 보들리야르. 하태환 역, 『시뮬라시옹』, 민음사, 1992.
저스틴 와이어트, 조윤장 외 옮김, 『하이 컨셉트 –할리우드의 영화 마케팅』, 아침이슬, 2004.
조나단 크래리, 임동근 외 역, 『관찰자의 기술』, 문화과학사, 2001.
조르주 바타이유, 조한경 역, 『에로티즘』, 민음사, 1997.
조안 홀로우즈 · 마크 얀코비치 엮음, 문재철 옮김, 『왜 대중영화인가』, 한울, 1999.
지그문트 프로이드, 정장진 옮김, 『예술 문학 정신분석』, 열린책들, 2004.
캐스린 흄, 한창엽 역, 『환상과 미메시스』, 푸른나무, 2000.
크리스티안 마큔다, 최기철 외 역, 『제3의 공간』, 미래의 창, 2005.
크리스티안 프라가, 김현우 역, 『고딕의 영상시인 팀버튼』, 마음산책, 2007.
토마스 소벅, 주창규 외 옮김, 『영화란 무엇인가?』, 거름, 2000.
패트릭 맥길리건, 윤철희 옮김, 『히치콕 서스펜스의 거장』, 을유문화사, 2006.
페리 노들먼, 김상욱 역, 『그림책론 –어린이 그림책의 서사 방법』, 보림, 2011.
폴 리쾨르, 김한식 외 역, 『시간과 이야기 1』, 문학과 지성사, 1999.
________, 『시간과 이야기 2』, 문학과 지성사, 2000.
폴 웰스, 한창완 옮김, 『애니마톨로지@ 애니메이션 이론의 이해와 적용』, 한울, 2001.
프랑수아 트뤼포, 곽현주 외 옮김, 『히치콕과의 대화』, 한나래, 1994.
프랑시스 바누아, 송지연 옮김, 『영화와 문학의 서술학: 문자의 서술 영화의 서술』, 동문선, 2003.
피터 브룩스, 『육체와 예술』, 문학과 지성사, 2006,
G.B. Tennyson, 『희곡개론』, 동명사, 2002.

H. 포터 애벗 지음, 우찬제 외 옮김, 『서사학 강의』, 문학과 지성사, 2010.

M. 호르크하이머 & Th. W. 아도르노, 김유동 옮김, 『계몽의 변증법』, 문예출판사, 1995.

Alison, McMahan. The Films of Tim Burton: Animating Live Action in Contemporary Hollywood. Continuum, 2005

Brown, Wendy. "The Governmentality of Tolerance", *Regulating Aversion: A Critique of Tolerance in the Age of Identity and Empire*. Prinston: Prinston UP, 2006.

Burton, Tim. Alice in Wonderland by Disney-film. 2010.

Butler, Judith. *Gender Trouble: Feminism and the Subversion of identity*. New York: Routledge 1990

___________. *Giving an Account of Oneself*. New York: Fordham UP, 2005.

___________. *Precarious Life*. London: Verso, 2004a

___________. *Undoing Gender*. New York: Routledge, 2004b

Carroll, Lewis. Alice in Wonderland-A Norton Critical Edition. 2nd ed. Ed. Donald J. Gray. New York: Norton, 1992.

Catalano, Dominic. "The roles of the visual in picturebooks beyond the conventions of current discourse." Ohio State University, Doctorial Thesis, 2005.

Christian. Metz, The imaginary Signifier-Psychoanalysis and the Cinema: the imaginary signifier, London:Macmillan, 1982.

Corrigan, Timothy. Film and Literature: An Introduction and Reader. NY: Prentice Hall, 1998.

Hiromasa Yonebayashi. *The Secret World of Arrietty*. a 2010 Japanese animated film from Studio Ghibli

Hopkins, Chris. "Arrietty, Homily, Pod: Home, Size, Gender, and Relativity in *The Borrowers*." *Children's Literature Association Quarterly* 25(2000): 21-29.

Katherine A. Fowkes, The fantasy film, Wiley-Blackwell, 2010.

Kawabata, Ariko. "Sense of Loss. Belonging, and Storytelling: An Anglo-Indian Narrator in *The Borrowers*." *Child Lit Educ* 37(2006): 125-131.

Kuznets, Lois R. "Permutations of Frame in Mary Norton's "Borrowers" Series." *Studies in the Literary Imagination* 18(1985): 65-78.

Lacan, Jacque. *The Seminar. Book XI. The fundamental concepts of Psycho-analysis*, Ed. Jacque-Alain Miller. Trans. Alain Sheridan. London: W. W. Norton, 1973.

Marcuse, Herbert. "Repressive Tolerance," *A Critique of Pure Tolerance*. Boston: Beacon, 1965.

Metz, Christian. Language and Cinema. Hague: Mouton, 1974.

Ngai, Sianne. *Ugly Feelings*. Cambridge: Harvard UP, 2005.

Norton, Mary Kathleen. *The Borrowers*. 1953. London: Harcourt Young Classic, 1998.

____________________. *Poor Stainless*. 1966. New York: Harcourt, Brace, Jovanovich, 1991.

Olsenburg, Ray. The great good place: cafes, coffee shops, bookstores, bars, hari salons, and other handouts at the heart of a community, NY: Marlowe & Co. 3rd ed. 1999.

O'Malley, Andrew. "Mary Norton's Borrowers" Series and the Myth of the Paternalist Past." *Children's Literature* 31(2003): 71-89.

Pace, Patricia. "The Body-in-Writing: Miniatures in Mary Norton's Borrowers." *Text and Performance Quarterly* 11(1991): 279-290.

Salisbury, Mark. Burton on Burton. London: Faber and faber, 2006.

Saltmarsh, Sue. “Depend On, Rely On, Count On: Economic Subjectivities Aboard The Polar Express.” Children's Literature in Education. Vol. 40(2009), pp.136-148.

Sartre, Jean Paul. *Being and Nothingness*. Trans. Warnock, Mary. London: Routledge, 1989,

Schwarcz, Joseph H. Ways of the Illustrator: Visual Communication in Children's Literature. Chicago: American Library Association, 1982.

Standridge, Brinly. “Disruptions and Desire in Psychoanalysis and Children's Books: Adma Philips and Chris Van Allsburg.” University of Florida, M.A. of Arts, 2008.

Thiem, Annika. *Unbecoming Subjects: Judith Butler, Moral Philosophy, and Critical Responsibility*. New York: Fordham UP, 2008

Travis, Mandelyn. "Mixed Messages: The Problem of Class in Mary Norton's *Borrowers* Series." *Children's Literature in Education* 38(2007): 187-194.

Van Allsburg, Chris. Polar Express, NY: Houghton Mifflin Co., 1985.

Woolverton, Linda. Alice in Wonderland. London: Puffin Books, 2010.

Zemekis, Robert. Polar Express, CA: Warner Brothers, 2004.

Zizek, Slavoj. *Enjoy Your Symptom*. Routledge New York & London, 2001.

__________. *The Plague of Fantasy*. Verso London& New York, 1997.

__________. *The Sublime Object of Ideology*. Verso London& New York, 1989.

__________. "The Hitchcockien Blot". *Alfred Hitchcock Centenary Essays*. Ed. Richard Allen and Ishii Gonzales. London British Film Institute, 1999.

Тарковский , Андрей . Коток и скрипка. Мосфильм, 1960. (Фильм)

Тарковский , Андрей . Иваново детство. Мосфильм, 1962. (Фильм)

Тарковский , Андрей . Солярис. Мосфильм, 1972. (Фильм)

Тарковский , Андрей . Nostalghia. Opera Film, 1983. (Фильм)

Андрей Тарковский : Начало... и пути. (сост. и ред. М. Ростоцкая). М., 1994.

Болдырев, Николай . Жертвоприношение Андрея Тарковского. М., 2004.

Гордон, Александр. Не утоливший жажды. об Андрее Тарковском. М., 2007.

Миф и фильмы Андрея Тарковского. М., 1991.

Туровская, М. 7½ или фильмы Андрея Тарковского. М., 1991.

Bird, Robert. Andrei Tarkovsky. Elements of Cinema. London, Reaktion Books Ltd, 2008.

Green, Peter. Andrei Tarkovsky. The Winding Quest. London, The Macmillan Press Ltd, 1993.

Johnson, Vida T. & Petrie, Graham. The Films of Andrei Tarkovsky. A Visual Fugue. Indiana Univ. Press, 1994.

Jónsson, Gunnlaugur A. and Óttarsson, Thorkell Á. (ed.) Through the Mirror: Reflections on the Films of Andrei Tarkovsky. Newcastle, Cambridge Scholars Press, 2006.

Redwood, Tomas. Andrei Tarkovsky's Poetics of Cinema. Newcastle, Cambridge Scholars Publishing, 2010.

Robinson, Jeremy Mark. The Sacred Cinema of Andrei Tarkovsky. Crescent Moon Pub., 2006.

Skakov, Nariman. The Cinema of Tarkovsky. Labyrinths of Space and Time. London, I.B. Tauris, 2012.

Tarkovsky, Andrei. Sculpting in Time: Reflections on the Cinema. (Trans. Kitty Hunter-Blair). London: Faber and Faber, 1989.

Tarkovsky, Andrei. Collected Screenplays.(trans.) William Powell and Natasha Synessios. London, Faber and Faber, 1999.

Time within time: The Diaries 1970-1986 [by Andrei Tarkovsky]. Trans. Kitty Hunter Blair. Calcutta: Seagull Books, 1991.

4. 기타

김승옥 각본/각색, <어제 내린 비>, 1974.

김승옥 각본/각색, <영자의 전성시대>, 1975.

김승옥 각본/각색, <겨울여자>, 1977.

김승옥 각본/각색, <갑자기 불꽃처럼>, 1979.

장윤현 감독 <황진이> 영상자료, 2007.

드라마 <별에서 온 그대>, 연출: 장태유, 극본: 박지은, SBS, 2013~2014.

디지틀조선일보,
http://news.chosun.com/site/data/html_dir/2014/06/29/2014062901095.html.

아시아경제,
http://view.asiae.co.kr/news/view.htm?idxno=2014070810162564381.

프레시안, http://www.pressian.com/news/article.html?no=115767.
SBS <별에서 온 그대>
(http://program.sbs.co.kr/builder/programMainList.do?pgm_id=22000001041).
http://www.guardian.co.uk "Alice beats Avatar to US box office" from Guardian.
http://screencrave.com "Interview: Tim Burton for Alice in Wonderland" from ScreenCrave.
http://www.wikipedia.org.
KBS뉴스, <창작이 사라진다>, 2012년 4월 25일.
http://news.kbs.co.kr/culture/2012/04/05/2459597.html(검색일 2012년 6월 15일).

스토리앤이미지텔링
스토리텔링, 영상을 만나다

초판 1쇄 인쇄일 | 2016년 1월 4일
초판 1쇄 발행일 | 2016년 1월 5일

지은이 | 박혜숙 외
엮은곳 | 건국대학교 스토리앤이미지텔링연구소
펴낸이 | 정진이
편집장 | 김효은
편집/디자인 | 김진솔 우정민 박재원 김정주
마케팅 | 정찬용 정구형
영업관리 | 한선희 이선건 최재영
책임편집 | 김진솔
인쇄처 | 월드문화사
펴낸곳 | 국학자료원 새미(주)
등록일 2005 03 15 제25100-2005-000008호
서울특별시 강동구 성안로 13 (성내동, 현영빌딩 2층)
Tel 442-4623 Fax 6499-3082
www.kookhak.co.kr
kookhak2001@hanmail.net

ISBN | 979-11-86478-71-4 *93800
가격 | 25,000원